ALEXANDREIAS

AVERTISSEMENT DE CONTENU

RACISME, HOMOPHOBIE, VALIDISME, ANXIETE, FAUSSE COUCHE

© 2024 Raven K. Barbicane

Édition : BoD • Books on Demand GmbH, In de Tarpen 42, 22848 Norderstedt (Allemagne)

Impression : Libri Plureos GmbH, Friedensallee 273, 22763 Hamburg (Allemagne)

ISBN : 978-2-3225-5493-5

Dépôt légal : Septembre 2024

ALEXANDREIAS

Raven K. Barbicane

Pour David Dubar.

Carte de l'empire et des voyages d'Alexandre le Grand, *A History of the Ancient World,* **Dr. George Willis Botsford, 1913.**

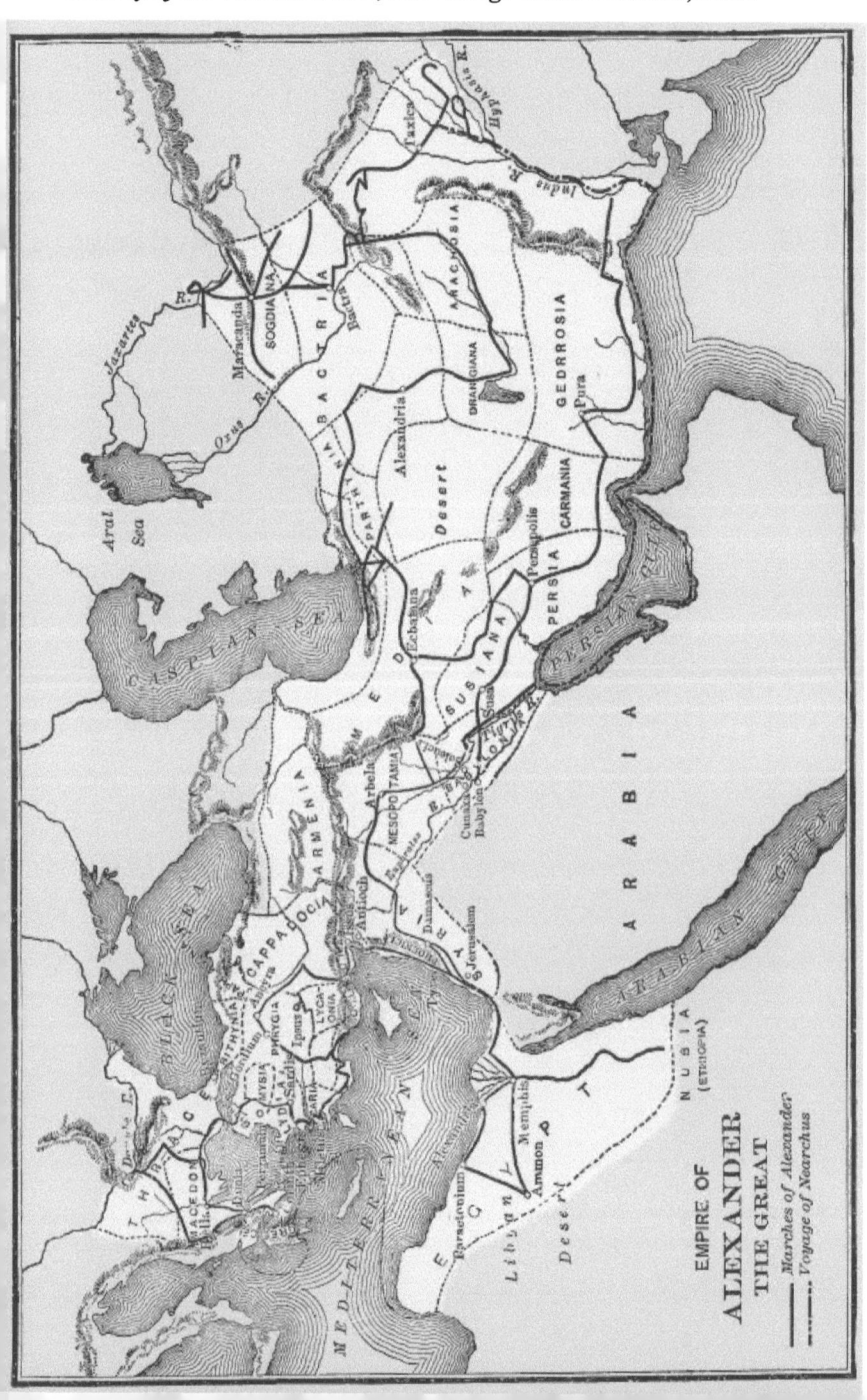

Le roi tombant bientôt après en des angoisses et en des douleurs excessives, désespéra lui-même de sa vie et tirant son anneau de son doigt, il le remit à Perdiccas. Là-dessus les amis du roi lui demandèrent à qui il laissait son empire, à quoi il répondit en un mot, au plus courageux. Prêt enfin à rendre le dernier soupir, il dit que les principaux de ses amis lui feraient de grandes obsèques, par les combats qu'ils se livreraient les uns aux autres pour la succession de ses états.

– Diodore de Sicile, *Bibliothèque Historique*.

ALEXANDRIE

« *Car ainsi qu'on lui demandait, moi présent, combien de milliers de livres il avait amassés, il répondit : "Sire, il y en a déjà de serrés en votre librairie plus de deux cent mille et, avant qu'il soit longtemps, je ferai que le nombre passe la somme de plus de cinq cent mille".* »

- Lettre d'Aristée.

CHAPITRE 1

Alexandrie, Égypte, novembre 1922.

La soirée était déjà bien avancée. Debout face au tableau dont son époux venait de faire l'acquisition, Katherine Grey se demandait comment elle allait bien pouvoir se débarrasser de la migraine qui commençait à lui vriller le crâne. L'idéal aurait été de prendre un bain chaud, quelques cachets, et de savourer le calme. Mais prendre un bain était hors de question tant qu'il resterait un papyrologue contrarié, un historien de l'art exaspéré et un céramologue épuisé dans sa bibliothèque. Elle percevait vaguement les échos de leur conversation de l'autre côté du mur. Le professeur Law était furieux, comme à son habitude. La jeune femme l'entendait agiter ses papiers comme s'il avait voulu les faire sécher au vent. Elle s'imaginait sans peine, à l'autre bout de la pièce, Charlie Dawson étendant ses mains calleuses vers la bouteille de whiskey tandis que Don Woodland s'enfonçait dans son fauteuil et rajustait ses lunettes en faisant mine d'écouter très attentivement la diatribe de leur mentor. C'était la même scène depuis des semaines, tous les soirs sans exception, et Katherine avait depuis longtemps renoncé à y participer.

— Le professeur n'a pas l'air décidé à écouter les hypothèses de notre cher Don.

Katherine esquissa un sourire en sentant la longue main effilée de son mari se poser sur son épaule.

— Le professeur n'est disposé à écouter personne, dès lors que son avis est ignoré, répondit-elle. Quel est le problème, cette fois ?

— Don dit que l'essentiel des vestiges que nous avons dégagés est ptolémaïque, sourit Lysander. Charlie confirme, mais Law persiste à dire que tout est plus ancien. La faute à quelques hiéroglyphes dont le style prête à confusion. Je lui ai pourtant dit qu'ils avaient raison.

Katherine se retourna vers lui, le sourcil arqué sous la mèche blonde qui bouclait sur son front.

— Le style des hiéroglyphes ? lâcha-t-elle. C'est stupide. Nous ne pouvons pas uniquement nous baser là-dessus pour...

La porte de la bibliothèque s'ouvrit à la volée, noyant la fin de sa phrase sous les vociférations haletantes du professeur. Lysander bondit aussitôt pour retenir un balsamaire romain qui vacillait dangereusement sur son socle, heurté par le battant. Charlie Dawson referma la porte et coula un regard contrit à Katherine. Même si elle le cachait plutôt bien, il devenait évident qu'elle n'attendait qu'une chose : qu'il prenne son manteau et se décide à ramener le professeur chez lui.

— Je suis désolé, dit-il. Je n'ai rien cassé, n'est-ce pas ?

— Non, non, répondit Lysander en s'autorisant un sourire. Je suppose que le professeur est plus virulent que d'habitude ?

Charlie haussa les épaules et grimaça. De l'autre côté de la porte, la voix de Law couvrait toujours celle de Don.

— Je ne suis apparemment pas un assez bon céramologue au goût de monsieur, soupira Dawson. Mais puisque je reste un chauffeur compétent, je suppose que je dois rester ici à l'attendre.

Tout en parlant, il avait reporté son attention sur Katherine et son regard n'avait cessé de dévier vers la porte du salon. Il venait si souvent passer la nuit chez les Grey, épuisé par les mécontentements incessants de Law, qu'il connaissait la demeure sur le bout des doigts. Il savait notamment que le couple gardait jalousement sa réserve de café dans la cuisine lorsqu'ils recevaient – celle qu'ils ne réservaient qu'à leurs plus proches amis. Katherine saisit sans peine ce que le jeune homme espérait. Elle poussa un profond soupir et désigna la bibliothèque d'un léger mouvement du menton.

— Lysander travaille avec Don, ce soir, indiqua-t-elle. Tu peux rester.

— Il faut que je ramène Frederick, objecta Charlie.

— Eh bien, nous t'attendrons, répondit Lysander. Le café sera chaud quand tu reviendras.

Dawson acquiesça en silence. Dans l'autre pièce, les chaussures de Law claquèrent soudain contre le parquet. Le battant s'ouvrit brusquement, retenu juste à temps par le pied de Lysander. Le linguiste ne recula pas lorsque la formidable moustache du vieil homme surgit à quelques centimètres de son visage.

— Vos théories virent à l'obsession, docteur Grey, asséna Frederick Law en enfonçant un doigt osseux dans la poitrine de son élève. Vous accumulez les œuvres d'art et les fausses preuves sans penser une seule seconde aux conséquences ! Vous...

— Professeur, vous êtes fatigué, l'interrompit doucement Lysander. Pourquoi ne pas rentrer chez vous ? Je suis persuadé qu'une tasse de thé et un bon livre vous feraient du bien autant qu'à nous. Nous avons une longue journée devant nous, demain.

— Je sais ce que vous essayez de faire, Grey. Si vous voulez me jeter dehors, faites-le au moins avec honnêteté.

— Voyons, professeur, vous savez que notre hospitalité n'a pas de limite.

Lysander s'appuya un peu plus lourdement sur la canne qu'il avait à la main, et Charlie étouffa un éclat de rire. Son sourire, tout à fait charmant, avait suffi à occulter son mouvement aux yeux de Law... Mais quiconque le connaissait bien savait y voir un signe de mensonge éhonté. Frederick pinça les lèvres, les yeux plantés dans ceux de Lysander à la recherche de la moindre trace de moquerie. Ce qu'il y vit parut presque le satisfaire, puisqu'il pivota sur ses talons pour décocher un regard à Charlie. Ce dernier serra aussitôt les dents pour ne pas laisser transparaître son hilarité. Ils auraient tout le temps d'échanger quelques plaisanteries salutaires lorsque le professeur serait rentré chez lui, hors de portée de voix.

— Eh bien ? lâcha Law. Partons-nous ?

— Tout de suite, Frederick, tout de suite, répondit Charlie.

Il fit un mouvement pour s'éclipser en direction de la porte d'entrée, mais le vieil homme lui passa devant dans un formidable claquement de chaussures. Au même instant, Don Woodland vint se planter dans l'encadrement de la porte, sa pipe coincée entre les lèvres et le regard sombre derrière ses épaisses lunettes rondes.

— Un jour, je vous jure que je vais finir par l'étrangler, marmonna-t-il.

— Tu n'en feras rien, répondit Lysander à mi-voix.

— Et pourquoi pas ?

— Parce que tu sais aussi bien que moi qu'il a raison.

Don lui adressa une moue contrariée, mais ne protesta pas. Il n'avait pas besoin de demander la moindre précision au linguiste pour comprendre qu'il ne lui parlait pas des hiéroglyphes. Un bref appel dans le couloir fit sursauter Charlie. Le jeune homme se pencha vivement vers Katherine pour lui murmurer un *À tout à l'heure* audible d'elle seule, puis se précipita à la suite de Law vers sa voiture. Dans le salon soudain désert, Woodland devait bien admettre qu'ils formaient un étrange trio – comme si toute la bonne société d'Oxford n'avait pas pris la peine de le leur rappeler chaque fois qu'ils mettaient le pied en Angleterre. *Personne ne financera la moindre expédition organisée par vous*, se plaisait à répéter Frederick dès que l'occasion se présentait. *Une femme, un étranger et un infirme. Non, vraiment, personne ne voudra prendre de risque.* Et, ainsi que l'avait affirmé Lysander, ils ne pouvaient que constater à quel point il avait raison.

— Eh bien, soupira Katherine en se laissant tomber dans son fauteuil favori. Il est parti. J'ai bien cru qu'il allait prendre racine.

— Aucune chance, répliqua Don. Il bougeait beaucoup trop pour cela.

Il leva les bras pour imiter les gestes grandiloquents du professeur, tirant une certaine satisfaction du rire étouffé de Lysander. Ce dernier prit place près de sa femme avec un soupir de soulagement. Il étendit sa jambe droite aussi loin que possible devant lui, sa canne appuyée contre le bord du sofa. Il se faisait tard, et l'obus qui avait failli lui coûter la vie cinq ans plus tôt se rappelait douloureusement à lui.

— Je vais préparer le café, indiqua Don. J'ose espérer que Charlie ne traînera pas trop.

— Comment as-tu deviné ? s'étonna Katherine.

— Frederick est hors de contrôle, et ce pauvre Charlie va devoir le supporter jusqu'à chez lui. S'il ne vient pas dormir ici, il ne fermera pas l'œil de la nuit. Contrairement à toi, visiblement.

La jeune femme venait de lui décocher un bâillement à s'en décrocher la mâchoire. Son mal de tête battait en retraite, à présent que sa cause s'était éloignée, mais il avait eu le temps de la drainer de ce qui lui restait d'énergie.

— Nous avons creusé toute la journée, objecta Katherine. J'ai dû aider Charlie à trier ses maudits tessons de poterie, puis il a fallu hisser Frederick et Lysander en haut d'un mur pour qu'ils puissent déchiffrer les hiéroglyphes qui ont déclenché la fureur de ce bon professeur. Tu avoueras que cette saison n'est pas de tout repos.

— Et encore, répliqua Don, tu n'as pas eu à subir ses commentaires ! Lorsque Charlie est sorti, il était en train de me demander si j'y voyais vraiment quelque chose, avec ces lunettes. D'après lui, je dois vraiment être devenu aveugle si je persiste à croire que nos vestiges ne sont pas antérieurs aux Lagides.

Lysander fronça aussitôt les sourcils. Don n'était pas le dernier à plaisanter sur les *culs-de-bouteille* qui lui servaient de verres, mais cette remarque prenait un tout autre arôme dans la bouche de Frederick Law. Don avait le malheur de cumuler les défauts à ses yeux : pour commencer, il était historien de l'art, et n'avait par conséquent rien à faire sur un chantier de fouilles. Ensuite, le même obus qui avait failli arracher la jambe de Lysander avait emporté quelques-uns de ses doigts – trois à la main droite, un seul à la gauche – ce qui tendait le professeur comme un arc chaque fois que le jeune homme examinait un objet trop fragile. Enfin, son premier contact avec l'ypérite avait été une véritable catastrophe et lui avait coûté la vision parfaite dont il se targuait autrefois – alors que Lysander ne pouvait se passer de ses binocles lorsqu'il s'agissait de lire une lettre.

— Plus le temps passe, et plus il devient exécrable, nota Katherine alors que Don s'éloignait vers la cuisine. Il va bien falloir dire quelque chose. Parle-lui, toi, il t'écoutera sûrement.

— Je ne crois pas que cela résoudra le problème, répondit Lysander. Comme je le disais, il a raison. Il suffit de voir comment on nous regarde lorsqu'on rentre à Oxford. Tout le monde pense que nous sommes les pires des incompétents.

— Frederick dit que tu es le meilleur linguiste de notre génération.

— Il est bien le seul. J'ai bégayé devant Sir Kenyon, et il a aussitôt décrété qu'il y avait *du travail à faire*.

Ses sourcils semblaient vouloir se rejoindre au milieu de son front alors qu'il prononçait ces mots. Katherine l'observa un instant, puis tendit un doigt pour le poser sur le pli qui s'était formé entre ses yeux.

— Allons, murmura-t-elle. L'avis de Sir Kenyon n'est pas si important. Le fait est qu'il ne serait pas à Londres, à veiller sur des vieilleries, s'il n'y avait pas de gens comme nous pour les déterrer.

Lysander se dérida aussitôt. Il prit la main de Katherine dans la sienne et déposa un baiser sur le bout de ses doigts. Ils ne pouvaient rester contrariés bien longtemps lorsque l'autre était tout près. Don réapparut au moment où la jeune femme laissait retomber sa main, chargé d'un plateau encombré d'un service de porcelaine si vieux que de pouvoir encore s'en servir tenait du miracle.

— Vous aviez du courrier, indiqua Woodland en désignant le plateau d'un coup de menton. C'était dans le couloir, et je crois bien que Frederick et Charlie ont marché dessus en partant.

Les Grey se redressèrent alors qu'il posait le plateau sur la table basse. Une enveloppe était soigneusement glissée entre deux tasses, estampillée d'une marque de chaussure jaunâtre. Katherine déplia la lettre, intriguée, et se pencha vers son mari pour lui permettre de lire avec elle. Un cri de stupeur leur échappa presque aussitôt. Il ne leur avait fallu qu'une seconde pour reconnaître l'écriture gracieuse qui se déployait sur le papier.

— Qui est-ce ? s'inquiéta Don.

— Evelyn ! s'exclama Katherine, aux anges. Nous n'avions plus de nouvelles depuis… Quoi, que dit-elle ?

Les yeux de Lysander s'étaient soudain arrondis, comme si leur correspondante avait écrit la pire des énormités. Il ouvrit la bouche pour répondre, mais la porte d'entrée s'ouvrit soudain, le coupant dans son élan. Ils entendirent Charlie se débarrasser de son manteau, avant que le jeune homme ne les rejoigne d'un pas joyeux, ayant aperçu le café fumant qui n'attendait que lui. Il avait presque atteint le plateau lorsqu'il remarqua les mines curieuses du couple Grey.

— Eh bien ? s'étonna-t-il. Il y a eu un mort ?

— Pas exactement, répondit lentement Lysander. Je veux dire... Tu te souviens de Lady Evelyn, n'est-ce pas ?

Charlie fronça les sourcils.

— J'aurais le plus grand mal à l'oublier, rétorqua-t-il. M. Carter ne parlait que d'elle, la dernière fois que nous nous sommes vus.

— Très bien. Parce qu'il se trouve qu'elle nous a envoyé cette lettre, pour nous annoncer que M. Carter vient de faire une trouvaille près de Louqsor.

— Ah ?

Charlie ne voyait pas bien le rapport entre leurs travaux et ceux de Howard Carter, plus au sud en Égypte, mais il devinait confusément qu'il devait s'attendre à quelques conséquences. En tout cas, les Grey avaient l'air de prendre cette information très au sérieux. Katherine releva les yeux vers lui et lui adressa un sourire contrit.

— C'est un tombeau, expliqua-t-elle. La porte n'a pas été ouverte. Evelyn dit qu'il est encore entièrement intact.

— Un tombeau ? répéta Charlie, soudain alarmé. Un tombeau de quoi ? Un dignitaire ?

Lysander serra les lèvres, et le céramologue ne sut dire s'il était ennuyé ou s'il se retenait de rire. Près de lui, le sourire de Katherine s'élargit.

— Un pharaon, répondit-elle. Toutankhamon, tu sais ? Celui que Carter cherche depuis si longtemps.

Le visage de Charlie se décomposa aussitôt. Don ne put retenir un éclat de rire à sa mine catastrophée. Blottis l'un contre l'autre sur le canapé, les Grey avaient l'air désolés pour leur malheureux invité.

— Oh, non, gémit ce dernier. Oh, non, je n'y crois pas...

Il comprenait mieux la scène qui l'avait accueilli, à présent. Les conséquences seraient inévitables. La découverte de

Carter était formidable. Leur propre équipe avait été dépassée. Et Dieu savait que Frederick Law entrerait dans une rage folle dès qu'il apprendrait la nouvelle.

CHAPITRE 2

La journée serait sans doute la plus chaude de l'année. La plus chaude, et la plus humide – la faute aux eaux du Nil qui ne cessaient de s'infiltrer dans les immenses fosses creusées par les ouvriers de Law, au grand dam de ce dernier. Charlie était effondré au fond d'un de ces trous, entouré de quelques dizaines de tessons de poteries qu'il était supposé remonter pour les trier. Debout près de lui, les bras chargés de deux vases encore plus ou moins intacts, Katherine considérait les gouttes de sueur qui coulaient sur son front. Charlie Dawson ne pourrait jamais cacher à quel point il était Anglais. À cet instant, il rêvait sans doute d'une bonne averse et d'une tasse de thé.

— Tu préfères peut-être tout trier ici ? remarqua Katherine.

— Non, non, balbutia Charlie en se redressant tant bien que mal. Je vais monter... Bon sang, la prochaine fois, je demanderai à être envoyé en Grèce. Peu importe avec qui, tant que j'ai l'assurance d'une brise un peu plus fraîche qu'ici.

— Tu peux toujours aller piquer une tête. Je crois qu'on a une autre infiltration, depuis hier matin.

Dawson adressa une grimace à sa collègue. En vérité, il aurait payé cher pour que Law quitte le chantier, ne serait-ce qu'une minute, le temps qu'il puisse profiter de l'eau de la Méditerranée. Mais le professeur ne quittait pas ses fosses des yeux, et le jeune homme savait qu'il remarquerait immédiatement son absence. Il se pencha pour ramasser la boîte de fragments qu'il avait mise de côté avant de s'effondrer et se retourna vers Katherine. Elle se trouvait déjà au pied de l'échelle et tendait l'un de ses vases à un ouvrier, avec d'infinies précautions. Puisque ses talents de géographe ne leur étaient encore d'aucune utilité, elle avait décidé de s'initier à la céramologie – et elle se montrait diablement douée, Charlie ne pouvait que le remarquer. La jeune femme s'assura que l'ouvrier en haut de la fosse avait le vase bien en mains, puis se pencha pour ramasser l'autre. Charlie la vit se pétrifier soudain, les yeux écarquillés.

— Katherine ? appela-t-il. Tout va bien ? Il est cassé ?

— Ne bouge surtout pas, répondit-elle. Reste où tu es. Je crois...

Un sursaut manqua de faire glisser son vase au sol. Charlie retint l'envie de bondir en arrière. Cette fois, il avait senti. Le sol avait tremblé – non, *craqué* – et il doutait que cela soit le fruit d'une infiltration d'eau. Katherine tendit précipitamment son vase à l'ouvrier et lui adressa quelques mots en arabe. L'homme laissa échapper un cri alarmé et s'éloigna au pas de course, sans doute pour prévenir Law. Quelque chose n'allait pas. Katherine et Charlie échangèrent un regard par-dessus les monceaux de céramique qui les séparaient. La jeune femme observa un instant la terre aux pieds de son ami, puis se retourna vers l'échelle, les sourcils froncés. Elle aurait sans doute le temps de remonter si le sol devait s'effondrer, mais Charlie...

— Grey, Dawson. Qu'est-ce que vous faites encore là-dedans ?

Le visage de Frederick était apparu en haut de la fosse, ses yeux lançant des éclairs.

— Pour être honnête, professeur, je préfère encore rester là, répondit Charlie. Je pourrais faire un pas malheureux et finir écrasé.

— Ne soyez pas stupide. C'est de la terre, pas de la glace. Il n'y a pas de galeries, là-dessous, n'est-ce pas Katherine ?

La jeune femme ne répondit pas, mais Charlie perçut la confusion sur son visage. Elle avait passé des semaines entières à étudier les plans de l'Alexandrie antique. C'était elle qui leur avait indiqué où creuser pour mettre au jour les quartiers royaux. Sans aucun doute, s'il devait y avoir des galeries, elle devait être au courant...

— Pas de galeries, non, murmura-t-elle. Mais peut-être qu'il y a...

Un craquement sonore l'interrompit aussi sec. Elle poussa un cri de stupeur et sa main agrippa l'échelle, comme si elle avait voulu retenir sa chute. Charlie n'entendit qu'à peine le commentaire agacé de Law au-dessus de leurs têtes. Toute son attention était concentrée sur le pied de Katherine qui n'avait pas encore atteint le premier barreau de l'échelle – et sur la terre affaissée autour de lui.

— Monte, Katherine ! s'écria-t-il. Dépêche-toi ! Frederick, rattrapez-la !

— Comment ? s'étonna le professeur, interrompu au milieu de son sermon.

Trop tard. L'ouvrier égyptien plongea en avant en voyant la main de Katherine émerger au bord de la fosse. Il ne la rata que de quelques centimètres. Le sol céda dans un fracas de fin du monde, et l'échelle avec lui, emportant Katherine dans sa chute. Charlie se précipita pour la rattraper, mais regretta aussitôt son mouvement. Un pan entier de terre s'effondra devant lui et le força à reculer, au moment où Katherine plongeait dans les ténèbres, toujours accrochée à l'échelle.

— Merde ! s'écria Dawson en agitant les bras pour disperser le nuage de poussière qui s'élevait du trou béant. Katherine ! Katherine, tu m'entends ?

— Surtout, restez où vous êtes, Dawson ! hurla Law pour couvrir les cris des ouvriers qui se précipitaient vers lui. N'essayez pas de descendre, vous ferez pire que mieux !

— Qu'est-ce qui s'est passé ? Katherine est là-dessous ?

Charlie releva les yeux, entre deux quintes de toux qui mettaient le feu à sa gorge. Lysander et Don s'étaient frayés un chemin jusqu'à Frederick, et l'expression épouvantée de Grey était visible même depuis le fond de la fosse. Dawson plissa les yeux et tendit le cou pour tenter d'apercevoir quelque chose à travers la poussière. Alors que le nuage retombait, il crut qu'il allait s'étrangler de nouveau. Pas de galeries, avait dit Katherine. Évidemment. Ce n'était pas de la terre qui s'était effondrée sous leurs pieds, mais de la pierre. Bon sang, si elle avait pris un bloc sur la tête !

— Katherine ! appela Charlie, aussi fort qu'il put. Réponds, bon sang ! *Katherine !* Voulez-vous vous taire, là-haut ?

Il se serait mis à quatre pattes au bord du trou s'il avait eu la certitude qu'il ne risquait pas de provoquer une deuxième chute. Il n'entendrait pas la jeune femme lui répondre, de là où il se trouvait, à moins qu'elle ne soit en meilleur état que ce qu'il s'imaginait. Il ouvrait la bouche pour crier de nouveau lorsque quelque chose s'envola soudain du trou pour le frapper au visage. Le jeune homme laissa échapper un cri de protestation avant de reconnaître l'objet. L'un des barreaux de l'échelle.

— Elle est vivante ! cria-t-il à l'adresse des archéologues massés au-dessus de lui. Ça fait mal ! ajouta-t-il en direction du trou, retenant le rire de soulagement qui menaçait de le prendre.

— Désolée, répondit Katherine d'une voix rauque. J'étais trop occupée à tousser pour savoir où viser.

— Tu n'as rien ?

— J'ai mal partout, mais je crois que tout fonctionne. C'est l'échelle qui a le plus souffert. Charlie, je crois bien que nous avons trouvé une cave !

— Nous ? C'est plutôt *elle* qui nous a trouvés ! Tu crois que tu peux remonter ?

Silence. Même sans la voir, Charlie pouvait deviner l'expression contrariée qui s'épanouissait sur le visage de Katherine.

— Non, répondit-elle après quelques secondes. Je pourrais escalader les débris, mais rien ne me dit qu'ils ne me retomberont pas dessus aussitôt.

Dawson entendait les ouvriers se disputer au-dessus de sa tête. Il ne saisissait pas tout – son arabe n'était pas aussi bon que celui des autres – mais il devinait que personne ne parvenait à se mettre d'accord sur la manière de tirer Katherine de sa cave.

— Il y a un escalier ! lança soudain cette dernière.

— Mais il est certainement bouché, répliqua aussitôt Charlie.

— Évidemment. Mais cela signifie qu'il y a une porte quelque part. Bon sang, il y a de l'eau partout…

— Et d'après toi, où est-elle, cette porte ?

— Dans la fosse qui se trouve à côté de la nôtre. Je vois un peu de bois flotté, ce sont peut-être les planches qui... Oh, non, attends. Attends une minute.

Charlie perçut un léger clapotis et retint le cri de protestation qui lui brûlait les lèvres. Au-dessus de lui, Lysander attendait toujours que l'on remonte sa femme, incapable de reprendre le fil de son travail. Si elle retombait plus bas encore, si une pierre se détachait et lui tombait sur la tête... Un cri fit sursauter le jeune homme. Il se reprit aussitôt, trop effrayé de déséquilibrer encore le plafond de la cave. En haut de la fosse, les ouvriers amenaient une échelle de cordes, suffisamment longue pour atteindre Katherine.

— Tout va bien ? s'inquiéta Dawson.

— Oui, répondit Katherine, la voix bizarrement étouffée. Il y a... C'est magnifique. Des peintures partout, Don serait aux anges. Il y a de la boue sur les murs, mais je crois que la plupart ont survécu. Et il y a... Tiens, montre ça à Lysander.

Charlie faillit manquer le petit objet doré qui s'envola soudain vers lui. Il le fixa un instant, posé au creux de sa paume, sans comprendre de quoi il s'agissait. Une poignée de porte, songea-t-il. Ou le couvercle d'une boîte de thé. Il ne saisissait pas ce que Lysander pourrait bien faire avec une chose pareille, mais Katherine en savait sans doute plus que lui sur la question.

— Docteur Grey, appela Charlie. Katherine m'a demandé de te montrer ça.

Lysander fit un mouvement pour descendre dans la fosse, mais Don et Frederick se précipitèrent aussitôt pour l'arrêter. Ils n'avaient pas besoin d'un deuxième Grey au fond du trou. Lysander leur adressa quelques mots que Charlie ne comprit pas, puis se retourna vers le céramologue.

— Décris-moi, répondit-il.

— C'est du laiton, je crois. C'est rond et creux, je crois que quelque chose y était attaché.

Charlie leva l'objet le plus haut possible au-dessus de sa tête, de sorte que Lysander pouvait le voir clairement. Grey reconnut la trouvaille de Katherine une seconde avant Frederick, et les deux hommes laissèrent échapper un cri de stupeur.

— Combien y en a-t-il ? s'exclama le professeur. Katherine, combien ?

La réponse mit quelques secondes à venir, et il sembla à Charlie que la jeune femme riait.

— Des centaines, dit-elle. Beaucoup doivent être sous l'eau. Il y en a aussi dans une espèce de niche travaillée dans le mur. Et la plupart des colonnes ont l'air d'avoir tenu.

— Qu'est-ce que c'est ? s'inquiéta Charlie. Un entrepôt ?

— Quelque chose comme ça. Je dois vérifier mes plans, répondit Katherine. Mais je crois qu'il s'agit de la cave de la bibliothèque antique.

Charlie poussa un cri alors que les ouvriers faisaient descendre leur échelle de cordes au fond de la fosse. Au vu de l'absence de réaction du professeur Law, il n'avait pas entendu ce que la jeune femme venait de dire. En revanche, il sauterait de joie en apprenant ce qu'elle avait trouvé. Howard Carter pouvait bien garder son pharaon : le monde entier tournerait son regard vers la bibliothèque d'Alexandrie et le savoir que l'on pourrait en tirer.

Le céramologue observa avec un étrange détachement Katherine émerger de la cave, la chemise et la jupe tachées d'eau et de limon noir. Elle rayonnait pourtant, adressant déjà quelques mots à Lysander qui lui tendait la main pour l'aider. Dawson hocha la tête lorsqu'un ouvrier lui cria de ne pas bouger, le temps qu'ils contournent la fosse pour venir le chercher. Alors qu'il allait se détourner de Katherine, un éclat doré retint son attention. Lorsque Lysander avait serré sa femme contre lui, Charlie aurait juré voir cette dernière plonger quelque chose dans sa poche, assez vite pour que personne ne la voie…

CHAPITRE 3

— Tu n'aurais pas dû.

Katherine ne répondit pas. Charlie parlait à voix basse, mais le médecin était toujours là, de l'autre côté de la toile de tente, et elle ne tenait pas à ce qu'il les entende.

— Tu n'aurais pas dû le prendre, insista Dawson. Ou alors, il aurait fallu le montrer à Frederick. Nous ne savons même pas ce que c'est !

— Cela me paraît pourtant évident, rétorqua la jeune femme aussi bas que possible. C'est un bijou. Un bien bel objet, qui intéressera sûrement Don et Lysander.

— Mais nous ne sommes pas les seuls à pouvoir décider de ce que nous pouvons ramener en Angleterre ou non. Tu pourrais t'attirer des ennuis. Ou plutôt, tu en attireras à Lysander. Tu sais bien que c'est lui qu'ils tiendront pour responsable.

Katherine lui coula un regard glacial. L'espace d'un instant, Charlie crut qu'elle allait le frapper. Elle n'aimait pas qu'on lui rappelle la manière dont elle était vue à Oxford, il le savait, mais il ne ratait jamais une occasion de remuer le couteau dans la plaie. Dawson voulut ajouter quelque chose, mais le médecin surgit soudain près du lit, sa tête enturbannée penchée sur les notes qu'il avait prises un peu plus tôt.

— Tout va bien, lança-t-il avec un soulagement évident. Vous allez sans doute avoir mal pendant quelques jours, et vous aurez quelques hématomes de belle taille, mais vous n'avez rien de cassé. Quant à ceci, ajouta-t-il en pointant la plaie qu'elle avait sur le front, je préfère le surveiller, mais rien n'indique que ce soit grave.

Katherine lui adressa un sourire reconnaissant et se leva sans attendre d'y être invitée. Charlie émit un grognement désapprobateur. Sans grande surprise, la jeune femme n'était pas très différente de son mari : tous deux refusaient net de rester alités, même sur le conseil des médecins. Il se souvenait encore d'une journée mémorable au cours de laquelle Lysander avait dégringolé les escaliers de l'université, peu après la fin de la guerre. Don avait insisté pour qu'il se serve de sa canne, mais le jeune homme avait refusé, prétextant qu'il allait très bien et qu'il était encore capable de marcher seul. La première marche avait bien failli avoir raison de ce qui restait de son genou gauche...

Dawson attendit que la jeune femme rassure une dernière fois le médecin sur son état avant de la suivre hors de la tente, quittant sa fraîcheur à regrets. Il aurait pu prétexter une insolation pour rester un peu plus longtemps, mais il y avait la question du bijou que Katherine avait tiré de la cave, et de ce qu'elle comptait en faire une fois rentrée chez elle.

— Écoute, reprit gravement Charlie en la poursuivant en haut des fosses. Si Frederick apprend que tu l'as montré à quelqu'un sans lui en parler avant, il sera furieux. Pense un peu à moi, s'il te plaît. Je n'ai pas envie de l'écouter parler de l'ingratitude des jeunes gens pendant des heures !

— Alors, garde-le pour toi, rétorqua Katherine. Nous ne serons pas longs, et nous le remettrons à sa place une fois que nous saurons ce que c'est exactement.

— Pourquoi ne pas le remettre tout de suite ? Mmh ? De cette façon, personne d'autre que nous deux n'en saura rien. Katherine, je t'en prie, ce n'est pas raisonnable...

Il manqua de trébucher lorsque la jeune femme pivota soudain pour lui faire face, les sourcils froncés et les lèvres serrées.

— Charles Dawson, articula-t-elle. Nous avons trouvé la bibliothèque d'Alexandrie. C'est formidable, n'est-ce pas ? Je suppose que Howard Carter sera presque jaloux de notre découverte, en comparaison de la sienne ?

— Peut-être, bredouilla Charlie. Oui, sans doute...

— Alors, dis-moi, qui ici a le plus de chances de voir son nom associé à cette cave et tout ce qui s'y trouve ?

Dawson baissa les yeux presque involontairement. À quelques pas de là se trouvait le professeur Law et son expression satisfaite sous sa moustache. Il parlait fort et traversait le chantier d'un pas énergique, incapable de tenir en place depuis que Katherine lui avait décrit ce qu'elle avait vu de la cave. Un brusque découragement saisit le céramologue à la gorge. Oh, ils avaient fini par prendre l'habitude. Katherine, Lysander, Don, lui-même, tous ceux qui travaillaient sous la houlette de Frederick Law étaient encore jeunes. Trop pour être pris au sérieux, semblait-il. Tout le monde à Oxford répétait qu'ils étaient brillants, que le professeur avait fait un excellent travail avec eux et qu'ils iraient loin... Mais ils avaient été tenus écartés de toutes les découvertes importantes qu'ils avaient pu faire. Si Law mettait la main sur un élément intéressant, il apposait son nom dessus et récoltait les congratulations de ses collègues – et ses étudiants ne devenaient plus qu'un détail dans la grande fresque de sa carrière.

— Je sais, murmura Charlie. C'est frustrant au possible. Mais...

— Mais rien du tout, l'interrompit Katherine. Il peut garder sa cave, nous prendrons le bijou. Il est capable de se passer d'un bout de laiton parmi d'autres, non ?

— Cela, je ne sais pas. Si ce n'était pas qu'un simple bout de laiton ?

— Eh bien, nous verrons. Allez, viens. Ils ont presque fini, nous irons fêter ça ensuite.

— Et où comptes-tu cacher ta trouvaille le temps que Frederick ait assez bu pour ne se rendre compte de rien ?

Katherine haussa les épaules.

— Il faudra que j'aille me changer, répondit-elle en désignant ses vêtements noircis. Je trouverai bien une boîte vide à l'étage.

*

S'il y avait bien une chose que Frederick Law devait reconnaître chez le couple Grey, c'était leur bon goût indéniable en termes de décoration. Il avait d'abord vu d'un mauvais oeil leur achat d'une maison entière à Alexandrie – à quoi cela pourrait-il bien leur servir, pensait-il, puisqu'ils passaient le plus clair de leur temps à Oxford – mais il trouvait finalement leur résidence très agréable et infiniment plus pratique que la chambre d'hôtel qu'il partageait avec Charlie. Alors qu'il observait l'habile arrangement de meubles anciens, de tableaux et de poteries qui composait le salon, le vieux professeur ne pouvait que s'incliner : l'atmosphère qui régnait là était parfaite pour ce qu'ils avaient à célébrer.

— À la vôtre, docteur Grey, lança-t-il en levant son verre. Et à votre très heureuse chute !

Katherine esquissa un sourire et leva son verre en retour, aussitôt imitée de Lysander. Charlie ne lui avait plus parlé du bijou qu'elle avait trouvé. Elle ne le lui avait pas montré avant d'aller le cacher dans sa penderie, et le jeune homme craignait trop d'attirer l'attention de Frederick pour se risquer à évoquer le sujet à nouveau. En revanche, Lysander avait vu l'objet, il le devinait sans peine. Il avait suivi sa femme à l'étage sans hésiter, et était redescendu l'air pensif, les joues légèrement empourprées. Don serait le suivant. Dawson, lui, devrait ramener le professeur à l'hôtel avant de pouvoir se pencher à son tour sur cette trouvaille. Il avala une gorgée de champagne et observa le couple assis face à lui. Don se trouvait près d'eux sur le sofa, et ils se tenaient à une distance respectueuse l'un de l'autre pour ne pas choquer la sensibilité de Frederick. Pourtant, à voir les regards complices qu'ils s'adressaient, personne n'aurait pu douter de la nature de leur relation.

— J'espère que nous pourrons descendre d'ici peu, sourit Katherine en se penchant en avant pour poser son verre. Tout est inondé, alors il faudra drainer. Mais une fois cela fait, vous verrez, il y a encore beaucoup de choses que nous pourrons étudier.

— Croyez-vous qu'il reste de quoi lire ? interrogea Frederick. Je ne crois pas que les papyrus aient survécu, mais au moins quelques tablettes d'argile…

— Oh, je n'en sais rien. Je n'ai pas vu grand chose, hormis les fresques et les restes de bois trempé.

— Nous pourrons sûrement trouver plus une fois que nous aurons drainé, répondit Don. Et consolidé le plafond. Nous ne pouvons pas prendre le risque d'un nouvel effondrement, n'est-ce pas, professeur ?

— Bien entendu, soupira Law. Nous avons déjà perdu assez de vestiges comme cela. Charlie, avez-vous une idée du nombre d'objets qui ont disparu dans la cave ?

Dawson sursauta. Une fois encore, il s'était placé en retrait et ne s'était pas attendu à ce qu'on lui adresse la parole aussi tôt dans la soirée.

— Quelques dizaines, répondit-il maladroitement. Katherine a pu faire remonter deux vases entiers avant de tomber. Il restait une caisse de tessons à trier, le reste a été mis de côté ensuite.

— Très bien, très bien, murmura Frederick d'un ton pensif. Eh bien, puisque ce ne sont que quelques dizaines de tessons, nous devrions pouvoir les récupérer à peu près entiers. Pour ceux qui n'auront pas fini broyés sous la pierre, s'entend.

Charlie expira lentement, cherchant tant bien que mal à masquer son soulagement. Il avait craint que Law ne lui reproche la perte de cette caisse, mais le professeur était d'assez bonne humeur pour le lui pardonner. De l'autre côté de la pièce, Lysander lui adressa un sourire rassurant.

— Comptez-vous envoyer une réponse à Lady Evelyn, Grey ? interrogea soudain le professeur.

Le linguiste sourit un peu plus largement et hocha la tête.

— Bien sûr, répondit-il. Il faudra féliciter Monsieur Carter pour sa découverte, cela va sans dire.

— Mais vous l'informerez également de la nôtre ? insista Law.

— Évidemment.

Don coula un regard éloquent à Charlie. Dès que Katherine avait émis son hypothèse, ils avaient su qu'ils seraient presque entièrement effacés de l'histoire. Frederick adorait ses étudiants, à sa façon... Mais il aimait plus encore être félicité pour ses exploits. De tels éloges étaient rares, mais cette fois, il serait encensé jusqu'à la fin de sa carrière et plus longtemps encore. En revanche, il suffirait que quelqu'un d'autre découvre d'autres tombes autour de celle de Carter, et ce dernier ne serait plus qu'un parmi d'autres. La bibliothèque était une opportunité en or de lui passer devant.

— Tant mieux, tant mieux, souffla Law entre deux gorgées de champagne. Howard sera ravi de savoir que nous travaillons si bien de notre côté, nous aussi. Oh, j'allais oublier... Grey, j'aimerais vous présenter à quelqu'un à notre retour à Londres.

Lysander arqua un sourcil et jeta aussitôt un bref regard à Katherine, comme pour chercher son approbation. Charlie perçut le léger haussement d'épaules de la jeune femme. Une forme d'assentiment comme une autre.

— Quelqu'un ? répéta le linguiste. Quel genre de quelqu'un ?

— Le genre important, répondit Frederick avec un petit rire. Vous connaissez certainement le professeur Keyes, au moins de vue ?

Lysander crut qu'il allait s'étouffer avec son champagne. Katherine se rapprocha aussitôt de lui pour lui prendre son verre des mains et le poser sur la table, alors que Don se tenait prêt à lui asséner une grande tape dans le dos s'il ne se reprenait pas. De l'autre côté du tapis, Charlie ouvrait de grands yeux ronds sur le professeur. Ils ne seraient peut-être pas complètement occultés, tout compte fait...

— Oui, articula Lysander après quelques secondes. J'ai entendu parler de Keyes, oui... Y a-t-il autre chose que vous vouliez me dire, professeur ? Je suppose qu'une telle rencontre n'a rien à voir avec le hasard ?

— Oh, tout dépend de la manière dont vous le voyez, répondit Frederick. Vous pouvez considérer comme un hasard le fait que votre épouse soit tombée précisément à cet endroit, aujourd'hui, et ait eu assez de bon sens pour identifier ce qu'elle avait trouvé. Quoi qu'il en soit, j'aimerais que Keyes vous apprenne ce qu'il sait de la papyrologie. Cela vous sera fort utile dans le futur, croyez-moi.

Lysander ne répondit pas, trop ébahi pour seulement y penser. Le professeur Keyes était l'un des plus éminents collègues de Frederick, bien plus reconnu par ses pairs que Law ne le serait jamais, bibliothèque ou non. Ses connaissances et son expérience en papyrologie avaient fait le tour du monde, et que Law accepte de lui envoyer l'un de ses plus brillants élèves en disait long sur ce qu'il avait en réserve pour le docteur Grey.

— Mais, bredouilla ce dernier. Vous êtes à même de m'apprendre, professeur, vous...

— Peut-être, l'interrompit Frederick, mais même le pire des imbéciles verrait que Keyes est plus doué que moi dans ce domaine. Si vous voulez enseigner aux meilleurs, Grey, il faudra vous former auprès des meilleurs.

— Enseigner ?

— Tout à fait. À ma place, Grey. Lorsque je me serai brisé la nuque au fond d'une fosse.

Le vieil homme avait prononcé ces mots sur le ton de l'humour, mais Charlie ne put retenir un léger frisson. Depuis plusieurs années déjà, Frederick plaisantait sur les causes probables de sa mort – et il était clair qu'il ne s'imaginait pas finir ses jours paisiblement dans son lit. Pourtant, il n'avait jamais envisagé d'être remplacé à Oxford. Cette brusque annonce ne disait rien de bon aux jeunes gens rassemblés là. Malgré tout ce qu'il avait pu dire, seules deux choses avaient pu le pousser à solliciter Keyes pour former Lysander : une maladie, ou la perspective d'une retraite imminente. Le même cheminement avait dû se faire dans l'esprit de Grey, car il secoua la tête et émit un rire tremblant, deux taches rouges apparaissant peu à peu sur ses joues :

— Enfin, professeur, nous avons le temps, protesta-t-il faiblement. Et puis, il y aura tellement de choses à faire, la bibliothèque à étudier, des rapports à écrire…

Frederick haussa un sourcil et le linguiste se tut, comme il avait appris à le faire à l'université. Cette expression-là n'admettait aucune réplique.

— Qui sait vraiment si nous avons le temps ? interrogea Law d'une voix pourtant étonnamment douce. Peut-être que ce chantier sera le dernier, docteur Grey. Et je refuse, vous m'entendez, je refuse que quiconque d'autre que vous vienne prendre ma place. Alors, je mettrai toutes les chances de votre côté, que vous le vouliez ou non. Vous comprenez ?

— Bien sûr, professeur, répondit Lysander. Bien entendu. Je... Merci.

Frederick balaya ce mot d'un revers de la main comme s'il s'était agi d'une mouche agaçante. Il se retourna vers Charlie et lui adressa un claquement de langue agacé dont lui seul avait le secret.

— Ne me regardez pas avec ces yeux-là, Dawson, lâcha-t-il. Allons ! Rentrons, voulez-vous ? Je veux être reposé demain, quand nous descendrons officiellement dans cette cave.

Il finit son verre d'une traite et se leva dans un mouvement brusque, arrachant un bref sursaut à Charlie. Ce dernier coula un regard à ses trois compagnons alignés sur le sofa. Katherine hocha discrètement la tête. Il pourrait revenir dès que le professeur aurait le dos tourné, et se pencher avec eux sur le cas du bijou qui la fascinait tant.

CHAPITRE 4

Une chose était sûre, Katherine s'était trompée. Il ne s'agissait pas d'un simple morceau de laiton parmi d'autres – ou alors, du laiton particulièrement bien conservé. Don n'avait pas osé le lui annoncer de cette façon, du moins pas directement, mais il ne lui avait fallu que quelques secondes pour comprendre que le lourd médaillon qu'elle avait subtilisé était fait d'or.

— Voilà qui est intéressant, marmonna-t-il, penché au-dessus du bijou. Il ne me semblait pas que... Non, pas du tout. Vous avez une loupe dans cette maison, rassurez-moi ?

— Bien évidemment, rétorqua Lysander en se retournant pour aller chercher l'objet. Les ornements sont donc si petits ?

— Trop pour mes pauvres binocles, répondit Don avec un rictus. Katherine, il ne faudra pas m'insulter si je te dis que cet objet n'a rien d'antique.

— C'est ce que tu crois ? s'inquiéta aussitôt la jeune femme.

— Oh, pour le moment, je reste ouvert à toute possibilité. Seulement, un travail de cette qualité, sur une surface si petite, pourrait tout aussi bien dater du Moyen Âge ou de la Renaissance. Comment il aurait pu arriver là-dessous, en revanche... Je te remercie, Grey.

Woodland s'empara de la loupe que lui tendait Lysander et reprit son observation de l'objet. Le médaillon était étonnamment grand, pour un simple bijou : un lourd disque d'or pendait au bout d'une chaîne si fine que voir ses maillons après tant d'années tenait du miracle. Son pourtour était orné de motifs végétaux qui, si Don en croyait les traces bleuâtres qu'il distinguait dans les creux, avaient un jour été colorés. Il ne s'était pas intéressé aux ornements cela dit. Autre chose avait attiré son attention dès qu'il avait vu le médaillon dans la main de Katherine : l'étoile qui se déployait au centre du disque, marquée en son centre d'une sorte de lentille de verre rendue opaque par le temps passé dans la boue.

— C'est très impressionnant, murmura-t-il. J'ignore comment ils ont fait pour... Oh, Katherine, je crois que ce truc-là est bien antique. Je demanderai confirmation à Charlie lorsqu'il arrivera, mais le verre ne trompe pas.

— Le verre ? répéta Lysander, interloqué. Il y a du verre là-dedans ?

— Au centre. J'ignore s'il était purement décoratif ou s'il servait à quelque chose, mais je n'oserai jamais nettoyer cela moi-même. S'il ne craint pas trop la colère de Frederick, c'est monsieur Dawson qui devra s'en charger. En attendant, Lysander, je crois que quelque chose là-dessus pourrait t'intéresser.

Grey arqua un sourcil et s'approcha du bureau, délaissant sa canne pour s'appuyer sur les meubles. Il émit un sifflement appréciateur lorsqu'il se pencha sur le médaillon, suivant le doigt de Don qui lui indiquait le pourtour du disque. Juste sous les feuilles et les branches de vigne, une inscription courait autour de l'étoile, presque parfaitement préservée, entièrement rédigée en grec.

— Ah, souffla-t-il. En effet, voilà qui est intéressant.

— Qu'est-ce que ça dit ? interrogea Don.

Lysander ne répondit pas immédiatement. Il peinait à déchiffrer les mots qui s'enroulaient autour du bijou, et encore plus à trouver le début et la fin de l'inscription. Il resta silencieux quelques instants, les sourcils froncés, puis se saisit de la loupe et fit doucement tourner le disque sur le bureau, cherchant un meilleur angle de vue. Depuis l'autre côté de la table, Katherine le vit pincer les lèvres, l'espace d'une demi-seconde. N'importe qui serait passé outre, mais elle savait interpréter ce signe pour ce qu'il était : Lysander était prodigieusement agacé.

— Cela ne veut rien dire, lâcha-t-il. Vraiment, cela n'a aucun sens. On dirait... Il y a peut-être quelque chose qui m'échappe. Mais c'est comme si les mots avaient été écrits dans un ordre aléatoire. Cela doit vouloir dire quelque chose, mais pour le moment, je serais bien incapable de vous dire quoi.

Il n'avait pas achevé sa phrase que quelqu'un frappait à la porte, à l'étage inférieur. Katherine contourna aussitôt le bureau pour aller ouvrir. Don et Lysander la suivirent du regard, appuyés contre la table de part et d'autre du médaillon.

— Sans doute Charlie, dit Grey. Frederick était de bonne humeur, mais il l'a retenu plus longtemps que d'habitude.

— Il est pire quand il est content, répondit Don avec un petit rire. Il commence à parler et personne ne parvient à l'arrêter. Assieds-toi, Lysie, ajouta-t-il d'une voix plus douce.

— Je vais bien.

— Pas à moi.

Don désigna sa jambe d'un léger mouvement du menton, et Lysander baissa les yeux. Il tremblait, encore légèrement, mais il ne pouvait pas se permettre de l'ignorer. Lorsqu'il s'y risquait, sa jambe se rappelait à lui avec une violence peu commune, et il ne pouvait plus rien faire hormis rester couché et pleurer dans un oreiller. Il s'assit lentement dans le fauteuil qui faisait face au bureau, et rendit son sourire à Don.

— Il faut que tu arrêtes de me surveiller, dit-il.

— Mais si je ne le fais pas, tu te tues à la tâche, répliqua Woodland en s'installant face à lui. Tu as passé la journée debout, et tu insistes encore pour faire comme si de rien n'était. Un jour, Katherine va devoir te ramasser à la petite cuillère au milieu du salon.

— Je m'étonne même qu'elle ne l'ait pas encore fait, soupira Lysander.

Il prit le médaillon entre ses doigts et le soupesa un moment, faisant jouer la lumière sur sa surface. Il restait des traces de limon dessus, mais Katherine avait pu en nettoyer la majeure partie. Les deux hommes avaient bondi lorsqu'elle le leur avait montré – d'abord de peur, exactement comme l'avait fait Charlie, puis d'excitation. Car le bijou était hors du commun, cela, c'était évident. Ils étaient sur le point d'achever leur quatrième mois à Alexandrie, pour leur troisième saison de fouilles, et jamais encore ils n'avaient découvert d'objet semblable. Pourtant, tous le savaient, ils seraient bon pour une sanction et un sermon sans fin si le professeur Law venait à apprendre qu'ils l'avaient étudié sans chercher à le consulter auparavant.

— J'ai cru qu'il n'irait jamais se coucher ! s'écria Charlie en pénétrant dans le bureau. Il ne parlait que de la bibliothèque, de ce qu'il y aurait à faire demain, de ce qu'il espérait trouver là-dedans... Lysander, tout va bien ?

— Oui, répondit Grey. Ça va.

— Tu es sûr ? Tu as l'air... Tu es un peu pâle.

Don jeta un regard éloquent à son ami. Il avait attendu trop longtemps, penché au-dessus de la fosse tant que Katherine se trouvait dans la cave. Lysander expira lentement et adressa un sourire contrit à sa femme.

— Je serai sûrement alité demain, dit-il alors qu'elle s'approchait de lui. Tu préviendras Frederick pour moi ?

Katherine acquiesça et se pencha pour rapprocher sa canne de son fauteuil.

— Je préfère te savoir au lit, plutôt que de te voir t'effondrer au milieu du chantier, répondit-elle à voix basse.

L'absence de réaction de Charlie lui indiqua qu'il ne l'avait pas entendue, à son grand soulagement. Seul Don connaissait l'ampleur des crises de Lysander. Frederick faisait mine de ne pas voir la canne qui l'aidait à marcher, et Charlie passait son temps à s'inquiéter à la moindre alerte. C'était Grey lui-même qui avait refusé de les alerter précisément sur sa santé. *Je refuse d'être traité avec plus de complaisance à cause d'un simple morceau de bois*, répétait-il.

— Maintenant que tu es là, lança Don à l'adresse de Charlie, regarde un peu ça. Est-ce que ça n'est pas fascinant ?

Dawson s'approcha du bureau à son tour, intrigué. Ses yeux s'agrandirent de stupeur devant le médaillon, et il se pencha dessus avec prudence, comme s'il craignait de le casser au moindre contact. Il le souleva lentement pour observer la bille de verre au centre de l'étoile et se mordilla la lèvre, pensif.

— Qu'est-ce que tu en penses ? interrogea Don. Tu crois que tu peux le nettoyer ?

— Oh, oui, répondit Charlie. Oui, sans doute... Il faudra seulement que je sorte mes outils de l'hôtel sans que Frederick s'en rende compte.

— Et pour ce qui est de le dater ?

— Cela, je n'en sais rien. J'ai très envie de te dire que c'est hellénistique, mais sans pouvoir étudier le verre en profondeur, je préfère ne pas m'avancer.

Dawson reposa le médaillon sur le bureau et coula un regard à Katherine. Elle l'observait avec satisfaction, ses yeux brillants d'une lueur qui signifiait chez elle : *je te l'avais bien dit*. Charlie poussa un soupir et secoua la tête. Il était fasciné par le bijou, certes, mais il n'approuvait pas pour autant la manière dont la jeune femme se l'était procuré.

— Tu as conscience que Frederick va me tuer si je me fais prendre ? lança-t-il.

— Il n'osera pas, répondit Katherine. Nous nous répandrons en excuses et nous essaierons de ne pas nous endormir quand il nous fera la leçon.

— Mais s'il croit que ça peut nuire à sa réputation…

— Nous ne sommes pas obligés de le nettoyer ce soir, intervint Lysander. Tu pourrais emporter quelques tessons abîmés demain soir et prétendre que tu viens travailler ici. Il ne se doutera de rien.

— Et s'il décide de m'accompagner ?

— Nous sommes d'assez bons comédiens, je crois, répondit Don avec nonchalance. Nous lui servirons un peu de whiskey, un peu de thé, et il repartira aussi sec. Seul, avec un peu de chance. Parlant de whiskey…

Il se leva et sortit en direction de la cuisine, sous le regard amusé des Grey. Charlie resta debout près du bureau, posant un œil hésitant sur le médaillon. Ce n'était pas tant la colère de Law qu'il craignait – il avait déjà passé des heures entières à l'entendre hurler, alors qu'il n'était qu'un étudiant parmi d'autres. Non, ce dont il avait peur, c'était du pouvoir qu'il détenait. S'il le souhaitait, Frederick pouvait les propulser au sommet de leur carrière, ou au contraire ruiner leur réputation pour les décennies à venir. Le jeune homme sursauta en sentant quelque chose tapoter sa jambe. Il se retourna vers ses collègues et rencontra le sourire amusé de Lysander alors qu'il ramenait sa canne contre le fauteuil.

— Tout ira bien, Charlie, dit-il. Tiens, si nous trouvons quelque chose d'intéressant avec ça, Frederick sera plus que ravi que nous y ayons pensé avant que le Museum ne mette la main dessus.

Dawson haussa un sourcil.

— Vu sous cet angle... répondit-il lentement. Tu crois que d'autres chercheurs pourraient vouloir l'étudier ?

— Don dit qu'il n'a jamais vu ça nulle part. Cela ne m'étonnerait pas qu'ils se montrent intéressés.

Charlie acquiesça et prit le médaillon entre deux doigts. Il n'était pas historien de l'art, ni spécialiste de la bijouterie antique, mais il ne pouvait qu'être d'accord avec Don. Il se souvenait des parures égyptiennes et des fibules grecques qu'ils avaient déterrées quelques années plus tôt, et rien ne correspondait à ce qu'il avait sous les yeux. Il retourna le disque et fronça les sourcils. Il s'était attendu à ce que la bille de verre soit simplement insérée dans un écrin d'or, mais le médaillon était en fait percé, laissant la pièce rapportée ressortir de l'autre côté.

— Voilà qui est surprenant, marmonna-t-il. C'est une drôle de manière de décorer un bijou, vous ne croyez pas ?

Les Grey se penchèrent sur le médaillon comme s'ils n'avaient été qu'une seule et même personne. Lysander acquiesça lentement, intrigué.

— En effet, souffla-t-il. Décidément, Katherine, tu es tombée sur une sacrée découverte... Au sens littéral du terme.

— Je savais bien que cela vous intéresserait, répondit la jeune femme. Ne manque plus qu'une carte, et je pourrai aussi mettre la main à la pâte.

Don surgit à nouveau derrière eux, la bouteille de whiskey dans sa main valide. Lysander voulut se lever pour attraper les verres rangés dans la bibliothèque, mais Katherine posa aussitôt une main sur son épaule pour l'en empêcher. Alors qu'elle contournait le bureau pour attraper la vaisselle, Charlie désigna sa découverte à leur collègue, étrangement fier d'avoir remarqué le trou qui traversait le disque.

— Ah ! s'exclama Don avec un large sourire. Katherine, j'adore ce que tu nous as ramené. Tiens, Charlie, est-ce que tu crois que si nous le regardons comme ça...

Woodland prit l'objet entre deux doigts et le tint face à la lampe qui éclairait la table, de sorte que la lumière traversait le verre. Charlie s'accroupit aussitôt pour jeter un regard au travers, malgré la couche de boue séchée qui le rendait opaque.

— Eh bien, cela n'a pas l'air particulièrement transparent, répondit-il. Mais cela n'a rien à voir avec le balsamaire que vous avez en bas. Je crois que nous pourrions voir les choses à travers une fois que nous l'aurons nettoyé. Peut-être un peu déformées, mais visibles tout de même.

— Ça fonctionnerait comme une lentille ? s'enquit Katherine en posant les verres sur le bureau.

— Oh, je n'irais pas jusque là. Ce n'est peut-être qu'un ornement très luxueux... Et encore. À l'époque où la bibliothèque existait, Alexandrie était encore le centre de la production de verre. S'il y a un endroit au monde où nous pouvons en retrouver, c'est bien ici.

Il se redressa alors que Lysander servait le whiskey, laissant Don reposer le médaillon au coin de la table. La perspective de mettre Frederick en colère semblait n'avoir plus aucune importance. Leurs yeux à tous les quatre brillaient d'intérêt et d'excitation à l'idée d'impressionner leurs pairs d'Oxford une fois de plus. La découverte de la bibliothèque serait suffisamment incroyable, une fois confirmée... Mais s'ils y ajoutaient un élément remarquable, quelque chose qui attirerait les foules au Museum, ils assureraient leur réputation en dépit de tout ce que Law pourrait dire.

— J'espère que nous n'en trouverons pas d'autres une fois la cave drainée, soupira Don en se rasseyant. Il serait dommage de perdre l'exclusivité de l'étude.

— Hormis ce que j'ai envoyé à Charlie, je n'ai rien trouvé d'autre, répondit Katherine.

— Qu'est-ce que c'était, d'ailleurs ? interrogea Dawson.

— Une des pièces de métal qui se trouvaient au bout des rouleaux de papyrus, répondit Lysander. De chaque côté du cylindre en bois. La plupart n'en avaient pas et certains étaient simplement faits de bois sculpté, mais c'est assez reconnaissable.

Il avala une gorgée de whiskey et s'appuya contre le bureau. Son esprit cavalait à la recherche d'un lien entre le médaillon et la bibliothèque d'Alexandrie. Peut-être n'était-ce qu'un accident. Peut-être trouveraient-ils quelques ossements au fond de l'eau, ceux du propriétaire du bijou qui l'avait perdu au moment où le bâtiment avait brûlé. Mais il avait envie de croire à autre chose, un lien plus profond que ce qui paraissait évident. Sans doute trouveraient-ils plus d'indications le lendemain, lorsqu'ils pourraient descendre dans la cave par des voies plus conventionnelles...

— Lysie.

Il sursauta en entendant Katherine chuchoter tout près de son oreille. La jeune femme sourit et lui enleva doucement son verre des mains, les doigts posés sur son épaule.

— Tu tombes de sommeil, murmura-t-elle. Tu as failli t'endormir sur le bureau.

— Nous n'allons pas tarder, lança Don. De toute manière, nous ne pouvons pas nous permettre de nous fatiguer. Frederick avait raison, nous aurons beaucoup de travail demain.

Il vida son verre d'une traite, imité plus lentement par Charlie. Katherine voulut les accompagner jusqu'à la porte, mais Woodland lui fit signe de rester avec Lysander.

— Si tu ne le mets pas au lit tout de suite, il va s'endormir là et ne bougera plus jusqu'à demain, murmura-t-il. Sa jambe tremblait trop pour qu'on prenne le risque.

La jeune femme acquiesça et salua rapidement les deux hommes, puis aida Lysander à se lever. Ils n'étaient pas arrivés dans la chambre qu'il s'effondrait sur le lit avec un soupir de soulagement, encore tout habillé. Il dut produire un dernier effort surhumain pour se redresser et se débarrasser de ses vêtements, puis se retourna pour passer un bras autour des épaules de Katherine. Quelques secondes encore et il plongeait dans un merveilleux sommeil.

CHAPITRE 5

— Où est Lysander ?

Katherine s'immobilisa et poussa un profond soupir alors que Frederick la rejoignait aux abords des tentes. Elle s'était attendue à ce qu'il pose des questions, mais pas si tôt dans la journée.

— Il est resté au lit, répondit-elle. Il nous rejoindra plus tard, sa jambe lui fait mal.

Law fronça les sourcils. Sa contrariété était évidente.

— Je pensais qu'il descendrait avec nous, marmonna-t-il. Enfin, je suppose qu'il est préférable d'attendre que l'escalier soit dégagé... Il ira mieux bientôt, n'est-ce pas ?

Katherine hocha la tête. Lysander avait avalé son petit-déjeuner sans rechigner et était même parvenu à se lever pour s'habiller avant de retomber sur le lit, incapable de tenir plus longtemps.

— S'il se tient tranquille, il devrait être là cet après-midi, répondit-elle. Autrement, il faudra attendre demain matin. Salam, Ahmet.

— Salam, Katherine, lança une haute silhouette vêtue de blanc en passant devant elle. Lysander est malade ?

— Il est resté debout trop longtemps hier. Avec tout ce qui s'est passé, il n'a pas pensé à se reposer.

— Ah. Je peux envoyer Nashwa, si tu veux ?

Katherine esquissa un sourire. Frederick avait d'abord engagé Ahmet comme guide et interprète – un homme haut et sec, à la peau sombre et à la moustache aussi prodigieuse que celle du professeur, à l'expérience indéniable sur les chantiers de fouille. Don appréciait tout particulièrement sa compagnie, et la manière dont il pouvait dater une fresque en quelques secondes, rien qu'en observant la manière dont les hiéroglyphes avaient été dessinés. Nashwa, sa femme, était plus souvent vue en compagnie du médecin, lorsque la tente restait ouverte et qu'ouvriers et chercheurs traversaient le chantier d'un bout à l'autre pendant des heures.

— Je ne pense pas que ça soit nécessaire, répondit la jeune femme. Il avait seulement l'air fatigué quand je l'ai laissé, et il est seul à la maison.

Ahmet acquiesça avec un sourire et s'éloigna à l'appel d'un ouvrier en contrebas. Katherine et Frederick le suivirent un instant du regard, puis le professeur se retourna vers la jeune femme, les mains enfoncées dans les poches de son pantalon.

— Vous êtes certaine que Lysander va bien ? s'inquiéta-t-il. Je veux dire, je comprends bien que la journée d'hier a été riche en émotions, mais ce n'est pas la première fois qu'il doit rester couché cette saison. Il ne risque pas de perdre sa jambe, dites-moi ?

— Pour le moment, tous les médecins et chirurgiens qu'il a vus ont assuré que son intégrité n'était pas en danger, répondit Katherine. Il doit simplement faire attention à ne pas se surmener, et... Enfin, vous connaissez Lysander. Il ne tient pas en place. Dites plutôt, cette histoire de formation avec le professeur Keyes...

Frederick haussa les épaules et émit un léger grognement, comme si le sujet n'était qu'un détail.

— Comme je vous l'ai dit, je ne vois personne d'autre prendre ma place, dit-il. Lysander est le meilleur linguiste qui ait fréquenté mes leçons. Keyes fera de lui un excellent papyrologue. Il pourra enseigner d'ici peu, et peut-être passer plus de temps en Angleterre.

— Il aime fouiller, vous savez ?

— Oui, soupira Law. Je m'en doute. Mais vous convenez comme moi qu'il ne pourra pas tenir ce rythme éternellement.

Katherine acquiesça, malgré son envie de protester. Elle souhaitait plus que tout lui assurer que Lysander était parfaitement capable de tenir plusieurs saisons de fouilles d'affilée, que son travail n'en serait pas affecté... Mais elle ne pouvait qu'admettre que son époux avait tendance à se laisser emporter et à oublier de se reposer. Il avait échappé de peu à l'amputation, sur le front, mais il ne pourrait l'éviter s'il persistait à pousser son corps au-delà de ses limites.

— Allons, lâcha Frederick. Mettons-nous au travail. Je suppose que Lysander vous a transmis quelques notions de linguistique ? Vous lisez les hiéroglyphes ?

— Pas aussi bien que lui, j'en ai peur, répondit Katherine. Vous pensez retrouver de quoi lire, là dessous ?

— Je l'espère, en tout cas. Ils ont commencé à vider la cave tôt ce matin, il y a une échelle de ce côté. Avec un peu de chance, l'eau a suffisamment baissé pour que nous puissions descendre sans trop de difficultés...

Le professeur fit signe à la jeune femme de le suivre, et cette dernière lui emboîta le pas en direction des fosses. Ahmet se trouvait déjà en bas lorsqu'ils parvinrent au bord du trou qui s'était effondré la veille. Il s'approcha de Frederick avec une moue ennuyée que Katherine reconnut aussitôt. Quelques années plus tôt, ils avaient fouillé un temple en ruine et avaient déniché une quantité stupéfiante d'amulettes et d'offrandes en tous genres. Ahmet avait eu la même expression, et s'était empressé d'approcher Frederick pour lui demander de ne pas y toucher. Après des heures de négociations, le professeur et le guide avaient fini par se mettre d'accord pour enterrer à nouveau la moitié de ce qu'ils avaient trouvé, après les avoir dessinés et photographiés.

— Oh, Ahmet, soupira Frederick. Qu'est-ce que vous avez trouvé là-dessous que nous ne devons pas toucher ?

— Rien pour le moment, répondit précipitamment le guide. Je voulais seulement... Si vous trouvez des restes de papyri, professeur, vous les emmènerez avec vous en Angleterre, n'est-ce pas ?

— C'est-à-dire que je n'ai pas le choix. On attend de moi que je ramène *quelque chose*.

— Je comprends, murmura Ahmet, embarrassé. Mais... Je suis désolé, professeur, mais croyez-vous que vous pourrez en laisser au moins quelques-uns ici ? Je veux dire, pas nécessairement les abandonner dans cette cave, mais au moins les confier à un musée égyptien ?

Katherine adressa un bref regard au professeur, et esquissa un sourire. Frederick faisait mine d'être ennuyé, mais il était trop détendu pour être réellement en colère. Il laissa passer quelques secondes, pensif, puis hocha lentement la tête.

— Très bien, dit-il. Évidemment. À condition que nous trouvions quoi que ce soit de lisible, vous garderez ce qui traite des savoirs scientifiques, et la moitié des documents historiques que nous pourrons identifier.

— Tout ce qui a trait aux sciences ? s'inquiéta Ahmet. Vous ne risquez pas d'avoir des problèmes avec les Anglais ?

— Oh, sans doute, répondit Law avec un haussement d'épaules. Mais après tant d'années de fouilles, mon garçon, je ne crois pas qu'ils pourront me faire grand chose. L'échelle est-elle toujours en place ?

— Oui, vous pouvez y aller. Merci, professeur…

Frederick sourit et agita un peu la main, comme pour chasser ces remerciements. Il adressa de nouveau un signe à Katherine et s'approcha du trou pour descendre, incapable de masquer son impatience plus longtemps. La jeune femme le suivit du regard, amusé, et se retourna vers Ahmet.

— Il a proposé à Lysander de prendre sa place à l'université, hier soir, expliqua-t-elle. Je crois qu'il songe à prendre sa retraite d'ici peu, même s'il ne veut pas l'admettre.

— J'espère ne pas entacher sa réputation à cause de cela, soupira Ahmet. Pas si tôt dans sa carrière.

— S'ils veulent trouver une faute, elle retombera sur Frederick, répondit Katherine. C'est sans doute le seul avantage à sa manie de nous écarter de tous les rapports officiels.

— Katherine ! appela le professeur depuis le bas de l'échelle. Qu'est-ce que vous attendez ?

La jeune femme émit un petit rire et descendit à son tour avec prudence, ne se souvenant que trop bien de la taille des pierres qui étaient tombées la veille. Arrivée en bas, elle promena un regard appréciateur sur la cave. La pièce avait eu le temps de changer de visage : l'eau dans laquelle elle avait pataugé avait presque entièrement disparu, laissant derrière elle un sol boueux et glissant, et les fresques qu'elle avait distinguées sur les murs se déployaient à présent sous la lumière chaude des lampes.

L'inondation avait laissé sa marque sur les peintures, et des plaques entières s'étaient détachées du mur, mais les couleurs étaient encore vives par endroits. La jeune femme balaya le sol du regard à la recherche de bijoux semblables à celui qu'elle avait trouvé, mais elle ne rencontra que des morceaux de bois en décomposition et de petits embouts de laiton.

— Impressionnant, commenta Frederick en risquant quelques pas en direction d'une colonne. Il fait un peu frais, non ?

— Charlie doit être ravi, répondit Katherine.

— Tu n'as pas idée ! répliqua la voix de Dawson, quelque part au fond de la cave. Je crois que je vais m'installer ici pour le reste de la saison.

— Ne dis pas de sottises, lança Don un peu plus loin. Il y a des planches à votre gauche, pour que vous puissiez nous rejoindre, ajouta-t-il à l'adresse des nouveaux venus.

— Est-ce que vous avez trouvé quelque chose d'intéressant ? s'enquit Frederick en clopinant jusqu'à la passerelle. Des rouleaux, des tablettes ?

— Beaucoup de fresques, peu d'objets, soupira Charlie. Les ouvriers disent que les escaliers ne mènent nulle part, mais il y a quelques portes que nous pourrions ouvrir d'ici peu.

Katherine suivit le professeur sur les planches de bois, partagée entre le soulagement et le regret que Lysander ne puisse pas les accompagner. Descendre dans ces conditions aurait été trop dangereux pour lui, mais il aurait adoré découvrir ce qui se dévoilait sous leurs yeux. Les colonnes qui s'alignaient à côté d'eux étaient formidablement sculptées de la base au chapiteau, guidant le regard jusqu'aux niches et alcôves qui creusaient les murs. Charlie et Don se tenaient dans l'une d'entre elles, les yeux levés sur les quelques étagères de pierre qui n'avaient pas croulé sous le poids de l'eau.

— Si *cela* n'est pas la preuve qu'il s'agit bien d'une bibliothèque, lança Don en se retournant vers Frederick, je veux bien perdre ce qui reste de ma main.

— Je suis d'accord avec la première partie de votre phrase, Woodland, répondit le professeur en le rejoignant tant bien que mal. En tout cas, c'est l'hypothèse la plus plausible. Nous n'avons donc rien à lire pour le moment, dites-vous ?

— Pas dans cette salle, du moins. Si les autres ne sont pas remplies d'eau et de boue, nous pouvons espérer avoir plus de chance. En revanche, si vous me le permettez, j'aimerais beaucoup observer ces colonnes, professeur.

— Bien entendu.

Don adressa un clin d'œil à Katherine et traversa la pièce en direction des sacs qu'ils avaient abandonnés un peu plus loin. Il lança quelques mots en arabe aux ouvriers qui achevaient de consolider le plafond et l'un d'eux descendit aussitôt pour l'assister – un très jeune homme qui parlait peu l'anglais, mais dont Woodland disait qu'il savait observer les détails comme personne.

— Comment va Lysander ? voulut savoir Charlie.

— Il va mieux, répondit Katherine en passant un doigt sur l'une des étagères. Il devrait être sur pied cet après-midi. Vous avez pu jeter un œil derrière une de ces portes ?

Dawson secoua la tête.

— Les ouvriers disent que c'est dangereux de les ouvrir avant d'avoir monté les soutiens du plafond, expliqua-t-il. Ils pensent qu'il pourrait y avoir une inondation plus importante de l'autre côté.

— Ce qui serait pour le moins ennuyeux, soupira Frederick. Combien de temps cela prendra-t-il ?

Charlie haussa les épaules, impuissant. À ses yeux, le plafond était suffisamment bien soutenu pour résister à un simple mouvement de porte, quitte à ce qu'ils soient tous trempés pendant un moment, mais il ne tenait pas à reproduire l'expérience de la veille. Ils ignoraient qui se trouvait dans les fosses du dessus, et ils ne pouvaient risquer un nouvel effondrement. Law se retourna vers les ouvriers, les lèvres légèrement pincées, et s'éloigna de ses deux protégés pour leur adresser quelques mots. Charlie saisit aussitôt l'occasion. Il attrapa le poignet de Katherine et la tira vers l'une des fresques, les joues brusquement empourprées.

— Don dit que cela n'a peut-être rien à voir, souffla-t-il, assez bas pour n'être entendu que de la jeune femme. Mais regarde un peu ça…

Katherine jeta un bref coup d'œil par-dessus son épaule. Frederick leur tournait le dos, attendant qu'un des ouvriers descende de son échafaudage pour répondre à ses questions.

Lorsqu'elle se retourna vers le mur, son regard se posa aussitôt sur ce qui intéressait Charlie : la même étoile que celle qui ornait le médaillon, comme dissimulée au milieu d'autres motifs géométriques. Ces derniers paraissaient se répéter à l'infini, sur la bordure de la fresque – mais l'étoile, elle, restait seule.

— Il dit que c'est le soleil de Vergina, poursuivit Charlie en surveillant Frederick du coin de l'œil. Un des symboles du royaume de Macédoine. Il pense que ça fait référence à Alexandre le Grand.

— Cela n'aurait rien de surprenant, marmonna Katherine. Puisque c'est lui qui a fondé la ville... Est-ce que tu crois que...

La jeune femme coula un regard suspicieux à l'une des portes les plus proches. Le bois avait tenu, dans sa plus grande partie, mais il en manquait suffisamment pour qu'ils soient assurés d'une chose : il n'y avait pas assez d'eau de l'autre côté pour inonder à nouveau la cave. Charlie tira brusquement sur sa manche, alarmé. Frederick mettait fin à sa discussion avec l'ouvrier.

— Qu'est-ce qu'il y a ? murmura précipitamment Dawson. Vite !

— S'il s'agit bien de la bibliothèque, alors nous n'avons pas trouvé un, mais trois monuments antiques, répondit Katherine à toute vitesse. La bibliothèque, le Mouseion, et le tombeau d'Alexandre. Il pourrait bien se trouver quelque part sous une des autres fosses...

— Il arrive !

Katherine se tut aussitôt, faisant mine d'observer avec attention le profil de femme que l'on distinguait encore entre deux manques. Frederick jeta un bref regard à la fresque avant de se retourner vers Charlie, un sourire satisfait aux lèvres.

— Ils ont bientôt terminé, dit-il. Monsieur Woodland reste ici pour faire le relevé des colonnes. Dawson, je vous épargne la peine de remonter pour le moment. Alden, vous venez avec moi.

Katherine grimaça, mais ne releva pas. Il ne s'était pas écoulé beaucoup de temps avant qu'elle épouse Lysander, alors qu'ils étaient encore étudiants, mais Frederick persistait à l'appeler par son nom de jeune fille dès qu'il en avait l'occasion.

— Puisque nous nous trouvons sous l'ancienne bibliothèque, reprit-il, nous ne devrions pas tarder à trouver les fondations d'autres bâtiments. Selon Strabon, le Mouseion et le Sèma jouxtaient notre trouvaille.

Charlie et Katherine échangèrent un regard éloquent. Bien entendu, Frederick n'avait pu qu'en venir aux mêmes conclusions qu'eux. De l'autre côté de la cave, Don s'était retourné vers eux et les observait avec inquiétude. Il craignait que le médaillon ne devienne le seul vestige que leur équipe serait capable de ramener en Angleterre. Sans autre objet à faire sortir des ruines, ils seraient bien obligés d'en avertir le professeur, et d'expliquer comment ils se l'étaient procuré…

— Selon les plans que j'ai pu définir, le Mouseion devait se trouver sur cet axe, répondit Katherine en désignant la porte la plus proche. Mais j'ignore si cette cave et celle qui existait sous le Mouseion – si elle existait – ont un jour communiqué.

— Eh bien, nous creuserons plus loin, si ce n'est pas le cas, répondit joyeusement Frederick. Mais, si vous me le permettez, Katherine, j'aimerais que vous vous penchiez plus avant sur le cas du Sèma. Je ne voudrais pas paraître mesquin, mais si je peux coiffer Carter au poteau, croyez-moi, je ne m'en priverai pas.

Katherine hocha la tête, prise d'un étrange frisson. Elle ne pouvait qu'acquiescer : entre Alexandre le Grand et un pharaon dont personne n'avait jamais entendu parler jusqu'à présent, la préférence du public était courue d'avance. Mais, alors que Frederick s'éloignait à grands pas, son sourire toujours accroché sur le visage, elle ne pouvait s'empêcher de se demander ce qui arriverait si les ruines du Sèma avaient totalement disparu... Ou pire, s'ils réalisaient qu'elles n'avait simplement jamais existé.

CHAPITRE 6

Lysander songeait à l'absurdité de sa situation. Cloué au lit par sa jambe, incapable d'aligner plus de deux mots sans gémir de douleur, il était pourtant accroché au téléphone comme si sa vie en dépendait et laissait l'homme de l'autre côté de la ligne débiter un flot de paroles qui semblait ne jamais vouloir s'interrompre. Si Katherine revenait à cet instant, elle trouverait sans doute la scène particulièrement risible.

— Je suis vraiment très déçu de ne pas pouvoir venir moi-même, regrettait Howard Carter depuis Louqsor. Mais nous devons encore ouvrir la porte du tombeau, et j'aimerais terminer avant la fin de la saison. Il y a là-dedans des choses formidables, docteur Grey ! De l'or, de l'or partout, plus que je n'aurais jamais pu l'imaginer. Est-ce que vous avez vu à quoi ressemble la bibliothèque ?

— J'ai bien peur que non, répondit Lysander avec une grimace. Je n'ai... Oh, bon sang. Je n'ai pas pu... Excusez-moi, Carter. Je dois rester alité ce matin.

— Oh, je suis désolé ! Rien de trop grave, j'espère ?

— Un simple caprice de mon genou gauche. Je devrais être remis d'ici peu.

— Tant mieux ! s'exclama joyeusement Carter. Lady Evelyn a pris un bateau ce matin pour vous rejoindre. Elle tenait absolument à vous féliciter avant de revenir ici.

— Nous l'attendrons avec impatience, assura Lysander en forçant un peu le bonheur dans sa voix.

— J'y compte bien ! J'aurais aimé vous voir ici, à Louqsor, mais vous devez être débordés, vous aussi... Enfin ! Nous nous verrons en Angleterre. À bientôt, Grey !

— À bientôt, Carter.

Lysander raccrocha avec soulagement et renversa la tête sur l'oreiller, s'efforçant d'ignorer la sourde douleur qui pulsait dans sa jambe et menaçait de devenir plus violente d'un instant à l'autre. Il cherchait à se convaincre que ce n'était rien de bien important. Il n'avait pas souffert immédiatement, lorsque l'obus avait explosé. Ce n'était que bien plus tard qu'il avait réalisé que quelque chose n'allait pas – en réalité, sa première préoccupation avait été la main déchiquetée que Don pressait contre son épaule, alors qu'il cherchait à l'éloigner des tirs ennemis. Il était resté dans cet état de semi-conscience jusqu'à ce que le médecin évoque l'amputation. Il avait relevé la tête pour protester – il ne sentait rien, cela ne pouvait pas être si grave – et avait cru s'évanouir en voyant le sang qui s'écoulait encore à gros bouillons sur sa cuisse. C'était à ce moment que la douleur était apparue, à la fois terrible et salutaire. Tant qu'il souffrait, avait affirmé le médecin, sa jambe pouvait être sauvée. Il s'efforçait de se remémorer ces mots chaque fois que la douleur revenait. Il avait maudit l'homme qui avait permis ces crises, plusieurs années auparavant, mais il ne pouvait que lui être reconnaissant de n'avoir pas insisté pour lui trancher la jambe sur place.

Son genou lança soudain et Grey se tordit de douleur sous les draps, les lèvres serrées pour retenir un cri bien que personne n'ait été là pour l'entendre. Il n'avait que quelques pas à faire pour trouver des antidouleurs, mais pivoter pour étouffer ses gémissements dans l'oreiller lui paraissait déjà insurmontable. Il entrouvrit les paupières et jeta un œil à la montre qu'il avait abandonnée sur la table de chevet, près du téléphone. Si seulement Katherine pouvait rentrer... Il leva une main pour défaire le premier bouton de sa chemise. Quelqu'un lui avait dit un jour que les êtres humains avaient tendance à oublier la douleur. Force était de constater que c'était son cas. Il se souvenait pourtant d'une crise spectaculaire qui lui avait fait supplier qu'on lui coupe la jambe, alors qu'il vivait encore à Oxford. La douleur avait été vive et soudaine, et il s'était effondré au beau milieu du salon en hurlant comme un possédé. Il aurait donné cher pour ne jamais revivre un tel épisode – et pour ne plus jamais faire subir cela à Katherine.

Des pas dans le couloir le firent soudain sursauter, lui arrachant un bref sanglot. Le visiteur ne tarda pas à venir frapper à la porte, doucement, comme si on craignait que Grey ne soit endormi.

— C'est ouvert, parvint à articuler ce dernier.

Il expira un soupir de soulagement en voyant Katherine passer la tête par l'entrebâillement, un air soucieux se peignant presque aussitôt sur son visage.

— Tout va bien ? s'inquiéta-t-elle. On dirait que tu vas t'évanouir.

— Si seulement, répliqua Lysander. Crois-moi, je ne demande pas mieux que...

Il s'interrompit brusquement pour retenir un cri. À présent, le moindre mouvement déclenchait une violente protestation de la part de son membre meurtri. Katherine referma la porte et se pencha pour enlever ses chaussures, osant à peine quitter son mari du regard. Ce dernier tourna la tête vers elle pour lui adresser un faible sourire.

— Ça va aller, murmura-t-il. J'ai connu bien pire, n'est-ce pas ?

— Peut-être, mais cela ne signifie pas que ça n'est pas désagréable pour autant, rétorqua Katherine.

Elle traversa la pièce en direction de la petite porte qui faisait face au lit, et Lysander la bénit intérieurement lorsqu'elle revint armée du précieux antidouleur qu'il ne pouvait atteindre.

— Frederick est en bas, indiqua la jeune femme alors qu'il se redressait pour avaler un verre d'eau. Il a dit qu'il voulait te parler, mais je vais le renvoyer.

Lysander grimaça à ces mots.

— Il voudra monter malgré tout, répondit-il. Autant le laisser venir.

— Tu te sens capable de tenir une conversation avec lui ?

Grey réfléchit un instant, puis retomba sur ses oreillers et secoua la tête. Il avait déjà eu beaucoup de mal à supporter les tirades interminables de Carter. Il n'était pas prêt à subir un sermon de la part de Law, même en devinant que le vieil homme était à cet instant plus inquiet pour sa santé que pour ses prouesses en linguistique.

— Alors, je le renvoie, et je lui dis de repasser plus tard, dit doucement Katherine. Il pourra bien se passer de toi une journée. Non, Lysie, insista-t-elle alors que son mari cherchait à protester. Tu dois te reposer.

— Carter est persuadé que je suis débordé par le travail dans la bibliothèque, marmonna Lysander. Je n'aime pas rester allongé ici pendant que vous trimez là-dessous.

— Crois-moi, nous n'avons pas trimé du tout ce matin, soupira Katherine. La cave est vide. Pas de papyri, pas de tablettes, rien. À part des colonnes qui intéressent beaucoup Don, et quelques fresques partielles. Attends une minute, quand as-tu parlé à Carter ?

Lysander esquissa un sourire.

— Il n'y a pas vingt minutes, répondit-il. Il a appelé, pour nous féliciter et me dire que Lady Evelyn avait pris un bateau pour Alexandrie ce matin même.

Le visage de Katherine s'illumina aussitôt, pour son plus grand plaisir. Lady Evelyn Herbert était l'une de ses amies de longue date, animée par la même passion pour tout ce qui avait trait à l'antique. Chaque fois qu'elles se voyaient, les deux femmes semblaient n'en faire plus qu'une, leurs réflexions s'accordant avec la plus grande fluidité.

— Cela, c'est une excellente nouvelle, sourit Katherine. Je vais prévenir Frederick, avant de très poliment le mettre dehors. Je lui dirai aussi que je reste avec toi pour le reste de la journée.

— Tu n'es pas obligée, protesta Lysander alors qu'elle s'éloignait vers la porte.

— Je sais.

— Oh, Kitty ?

La jeune femme se retourna au moment où elle allait sortir, avec un haussement de sourcils interrogateur.

— Si tu pouvais, hésita Lysander à voix basse. S'il n'est pas trop insistant... est-ce que tu peux me ramener le médaillon, s'il te plaît ?

Katherine hocha la tête et disparut à nouveau derrière la porte. Grey ramena la couverture sur sa poitrine et poussa un profond soupir. Il lui semblait que les médicaments commençaient déjà à faire leur effet – à moins que la présence de sa femme ne soit suffisante pour lui faire oublier la douleur. Il perçut la voix de Frederick, au bas de l'escalier, puis celle de Katherine, forcée de hausser un peu le ton pour se faire entendre. S'il l'avait pu, le linguiste se serait levé pour aller lui prêter main forte. Il tendit l'oreille pour tenter de reconnaître quelques mots dans leur conversation, en vain. Finalement, il ferma les yeux et plongea dans une sorte de demi-sommeil, dans lequel le souvenir qu'il avait du médaillon tournoyait dans son esprit. Il avait sans doute été trop fatigué la veille pour pouvoir comprendre l'inscription qui courait autour du disque doré, et la phrase lui avait paru sans queue ni tête. Il doutait de pouvoir faire beaucoup mieux ce matin-là, mais cela méritait au moins un nouveau coup d'œil.

Il rouvrit les yeux en sentant la main de Katherine effleurer ses cheveux. Le sourire amusé de la jeune femme lui indiquait clairement qu'il s'était endormi avant qu'elle ne revienne.

— Tu vas mieux ? interrogea-t-elle.

Lysander acquiesça en silence et se redressa prudemment, s'efforçant de ne pas trop prendre appui sur sa jambe. Son regard tomba presque aussitôt sur le médaillon posé sur la table de chevet.

— Merci, articula-t-il, l'esprit encore embrumé par le sommeil et les médicaments. Est-ce que tu pourrais me lire ce qu'il est écrit, s'il te plaît, Kitty ?

— Bien sûr, répondit la jeune femme. Par où dois-je commencer ?

— Essaie par le haut. Ici.

— *Ho basileus ou katapauthēsetai en tē araruiāi gē tēs Alexandreias tēs gē...* Attends, quoi ?

Katherine releva les yeux vers Lysander, interloquée. Ce dernier fronçait les sourcils, observant le médaillon comme s'il avait pu voir au travers.

— Cela ne veut rien dire, protesta la jeune femme en relisant l'inscription. Je ne comprends pas... Je n'ai pas confondu une lettre avec une autre, n'est-ce pas ?

Elle tendit le bijou à Lysander et le laissa le retourner entre ses mains, les lèvres de plus en plus pincées de contrariété.

— Non, marmonna-t-il. Non, cela ne veut rien dire. Je ne comprends pas... La première partie de la phrase a du sens, mais la suite ne signifie rien. *Le roi ne reposera pas dans la terre maudite d'Alexandrie*...Et ensuite, ce n'est plus qu'une suite de mots sans aucune logique.

Il fit tourner encore quelques fois le disque entre ses doigts, puis le reposa sur la table de chevet, agacé. Katherine vint aussitôt s'asseoir près de lui sur le lit. Au tapotement de ses doigts sur la couverture, elle comprenait qu'il réfléchissait intensément.

— *Ho basileus ou katapauthēsetai en tē araruiāi gē tēs Alexandreiastēs gē hierā tē en katapauthēsetai basileus*, articula-t-il. Non, non, ça ne va pas... Les mots se suivent, mais ils ne correspondent à aucune structure !

— Tu crois que tu pourrais en toucher deux mots à Frederick ? s'enquit Katherine. Sans lui dire d'où provient l'inscription, ni comment tu as pu la lire...

— Il posera des questions, c'est inévitable. Il voudra voir l'objet. Non, si je dois la déchiffrer, il faudra que je le fasse seul... Si Carter avait pu se déplacer, je lui aurais demandé un peu d'aide, mais puisqu'Evelyn vient seule...

Lysander poussa un profond soupir et prit la main de Katherine dans la sienne pour la porter à ses lèvres. Il n'aimait pas buter sur une inscription. Habituellement, le sens des mots lui venait naturellement, et il pouvait traduire des dizaines de pages en quelques heures. Qu'une phrase si brève lui donne du fil à retordre le frustrait au plus haut point. Il fit un mouvement pour se relever, mais sa jambe le rappela aussitôt à l'ordre, le forçant à se recoucher. Katherine se leva et contourna le lit pour venir s'étendre près de lui, et Grey se blottit aussitôt contre son épaule. À nouveau, il ferma les yeux et poussa un soupir de contrariété.

Ho basileus ou katapauthēsetai en tē araruiāi gē tēs Alexandreias tēs gē hierā tē en katapauthēsetai basileus.

Il avait beau retourner la phrase dans tous les sens, il ne parvenait pas à en extraire la moindre cohérence. Les mots tournoyaient derrière ses paupières closes, alors que la main de Katherine effleurait ses cheveux dans de lents vas et vients.

Ho basileus ou katapauthēsetai en tē araruiāi gē tēs Alexandreias tēs gē hierā tē en katapauthēsetai basileus.

Il n'aimait pas ne pas comprendre. S'il avait pu demander l'aide de Frederick ! Mais même ainsi, le professeur ne lui aurait pas donné la réponse si facilement, il le savait. Il ne se souvenait que trop bien des heures passées devant les livres de grec, de latin et de hiératique, Law penché par-dessus son épaule, à s'arracher les cheveux sur des traductions sans fin.

Ho basileus ou katapauthēsetai en tē araruiāi gē tēs Alexandreias tēs gē hierā tē en katapauthēsetai basileus.

Il devrait demander à Don. Lui aussi avait suivi les cours du professeur, et il pourrait sans doute l'aider à y voir plus clair dans cette énigme. Les doigts de Katherine venaient caresser son front, à présent, alors que la douleur dans sa jambe semblait disparaître complètement. Cette fois, il songeait à s'endormir pour de bon et attendre que les antidouleurs fassent tout à fait leur effet. Après tout, Evelyn n'arriverait pas ce jour-là, et puisque Frederick avait l'air tout disposé à laisser Katherine passer la journée auprès de lui…

Un bruit soudain le tira de sa torpeur avec un sursaut épouvanté. Lysander releva les yeux vers sa femme, interloqué, et rencontra son regard exaspéré.

— J'aime beaucoup Alexandrie, lança Katherine en se redressant, mais je dois bien avouer que nous manquons d'intimité, par ici. Je reviens tout de suite.

Lysander la laissa se lever, à regrets, au moment où l'importun frappait à nouveau à la porte, comme s'il essayait d'enfoncer le battant pour entrer. La jeune femme disparut dans le couloir et Grey tendit l'oreille pour entendre de qui il s'agissait. Il ne put s'empêcher de s'asseoir brusquement en reconnaissant les voix mêlées de Don et Charlie qui parlaient à toute vitesse :

— Nous avons ouvert la porte, disait Charlie. Celle que nous trouvions la plus intéressante…

— Frederick était surexcité, ajoutait Don. Les ouvriers pensaient qu'il n'y aurait rien de l'autre côté, mais ils ont trouvé…

— Ils ont trouvé des tablettes ! Des centaines ! Ahmet était aux anges !

— Mais ce n'est pas tout, poursuivit Don. Nous allions partir, puisque Frederick était déjà très heureux de sa trouvaille. Il disait qu'il voulait en amener la moitié ici, pour que Lysander puisse travailler sans quitter la maison.

— Mais ! s'exclama Charlie. Au moment où nous allions quitter la cave…

— Tu ne le croirais pas ! Je ne sais même pas comment nous avons pu passer à côté !

— Frederick n'est pas au courant, bien entendu.

— Moins vite, messieurs, moins vite, implora Katherine.

— Une carte ! s'écria soudain Don. C'est une carte !

Un silence soudain envahit la maison alors que la jeune femme cherchait à comprendre ce que les deux hommes venaient de lui dire. À l'étage, Lysander se débattait avec les draps, incapable de tenir en place plus longtemps. Il connaissait assez ses deux compagnons pour savoir que leur découverte était de la plus haute importance – et il ne demandait rien plus que de voir les talents de Katherine à l'œuvre.

— Une carte, répéta lentement cette dernière. Où donc ? Une carte de quoi ?

— De quoi, je n'en sais trop rien, répondit Don. Mais elle se trouve dans la pièce que nous avons ouverte. Nous n'avions pas compris de quoi il s'agissait, au début, et puis Ahmet a très justement fait remarquer que cela ressemblait à quelques-uns des plans que tu avais fait de la ville antique.

— Mais un plan n'est pas une carte, protesta aussitôt Katherine. Tu es bien sûr de ce que tu avances ?

— Absolument certain. Il faut que tu viennes voir ça, tout de suite.

— Mais… Lysander…

— Je descends, lança aussitôt l'intéressé. Je vais beaucoup mieux. Et puis, il faut que je parle à Don. Charlie, si tu pouvais avoir l'obligeance de distraire un peu ce bon professeur, le temps que nous terminions notre petite enquête…

CHAPITRE 7

Katherine ne parvenait pas à en croire ses yeux. Passé le premier choc des montagnes de tablettes d'argile rassemblées au pied des étagères, son regard s'était posé sur l'immense fresque qui ornait le fond de la salle, juste à côté de la cave dans laquelle elle était tombée. Là aussi, le sol était couvert de boue encore humide, et les ouvriers avaient placé des planches au sol pour éviter les chutes. La jeune femme se tourna vers Lysander, debout tout près d'elle. Il était resté bouche bée, stupéfait par la qualité des vestiges. Entre les colonnes, les fresques, les tablettes, tout attirait son regard et son intérêt.

— Eh bien ? lança Don dans leur dos. Est-ce que c'est bien une carte ?

— Oui, répondit Katherine à voix basse. Oui, tu avais raison. C'est... Je crois que c'est une carte du monde.

— Une carte du monde ? Comment ? protesta Woodland en penchant la tête sur le côté pour mieux voir. Est-ce que ça n'est pas plutôt une carte de la région ?

— C'est le cas, expliqua la jeune femme en s'approchant du mur. En tout cas, pour ce qui est de cette partie-là.

Elle désignait le bas du mur, là où l'on distinguait vaguement le contour d'une côte et ce qui ressemblait au delta du Nil.

— Ici, c'est l'Egypte et le Sinaï, reprit-elle. Là, la Grèce. La Perse est de ce côté-là.

— C'est une carte du monde connu, murmura Lysander. À l'époque ptolémaïque.

Katherine hocha la tête. Comme dans la pièce adjacente, il manquait de grandes plaques par endroits, mais le dessin avait pu être presque entièrement préservé. Que l'eau et le feu n'aient pas détruit les pigments relevait du miracle. Elle jeta un bref regard par-dessus son épaule pour s'assurer que Frederick ne revenait pas dans la cave, puis se pencha vers le mur, fascinée. Les quelques lampes que les ouvriers avaient disposées là jetaient une lumière vacillante sur la fresque et la rendaient presque irréelle. Elle reconnaissait les fleuves et les côtes qu'elle avait passé des heures à dessiner, sous le regard parfois moqueur de ses professeurs – les mêmes que sur une carte moderne, seulement déformés d'une drôle de façon, comme tracés avec hésitation.

— Regarde, souffla-t-elle en sentant Lysander parvenir près d'elle. Notre Alexandrie est ici, mais ils en ont marqué des dizaines d'autres. C'est... incroyable. S'il ne manquait pas des zones entières, nous pourrions les compter avec précision, et aller les fouiller aussi.

Lysander suivit son doigt alors qu'elle lui désignait les cités fondées par Alexandre et ses successeurs. Il était incapable de prononcer le moindre mot. Katherine avait raison, il y avait là de quoi changer la recherche archéologique pour des décennies. Toutes ces villes perdues, toutes ces ruines qui ne demandaient qu'à ressortir au grand jour... L'idée seule lui donnait le vertige. Don ne tarda pas à les rejoindre à son tour pour observer la fresque, éclairée par l'expérience de la jeune femme. Charlie et lui n'avaient pas osé supposer une découverte de taille, lorsqu'ils l'avaient vue. Leur premier réflexe avait simplement été de courir chercher Katherine, avant que Frederick n'ait la brillante idée de faire appel à un autre géographe pour déchiffrer le réseau de routes et de fleuves qui se déployait devant eux.

— Pourquoi ont-ils peint cela ici ? s'enquit-il. L'autre pièce a une décoration mythologique, pourquoi ne pas l'imiter dans celle-ci ?

— Ce devait être une salle d'étude, répondit Lysander en promenant son regard autour de la pièce. Peut-être que toutes ces tablettes traitent de géographie, de stratégie militaire, de commerce... Les gens qui travaillaient ici devaient avoir besoin d'une carte précise et disponible à tout moment.

Katherine passa une main sur le mur, là où se trouvait Alexandrie la Grande. Elle s'imaginait sans peine géographes, soldats et négociants se rassembler dans ce petit espace, mus par le même besoin de connaître leur environnement. Combien de grands noms s'étaient arrêtés devant cette carte pour prévoir leurs voyages ? Combien de conquêtes avaient été planifiées entre ces murs ?

— Grey ! lança soudain la voix de Frederick. Vous êtes debout !

Katherine s'écarta brusquement de la fresque et fit volte-face, juste à temps pour voir Lysander se composer une mine faussement affable.

— Professeur Law, répondit-il. Oui, je vais un peu mieux. Je vois que vous êtes tombé sur un petit trésor.

Don haussa un sourcil en direction de Charlie, debout derrière le professeur et la mine déconfite. Dawson lui répondit par un mouvement d'épaules impuissant. Frederick s'était soudain mis en tête de remonter lui-même quelques tablettes, et le céramologue n'avait rien pu faire pour l'arrêter.

— Petit ? répéta le vieil homme avec un éclat de rire. Vous appelez ça *petit* ? C'est une véritable mine d'or, mon garçon ! Imaginez un peu tout ce que nous pourrions tirer de ces écrits, tout provisoires qu'ils aient pu être. Qu'y a-t-il donc sur ce mur qui vous intéresse tant ?

— Une carte, répondit aussitôt Katherine. Une carte du monde hellénistique. Elle répertorie la majorité des Alexandries fondées au cours de la guerre contre Darius, sinon toutes.

Frederick laissa échapper un petit cri de surprise, et bondit sur les planches pour s'approcher, Charlie sur ses talons. Katherine s'écarta pour leur laisser voir la fresque dans son intégralité. Lysander la suivit en silence à l'écart, trop heureux de pouvoir observer les montagnes de tablettes d'argile de plus près. Il doutait de pouvoir déchiffrer grand-chose, si elles avaient subi l'inondation... Mais s'il pouvait étudier ne serait-ce qu'un quart de ce qui avait été écrit dans cette pièce, il sauterait de joie. Quelque chose attira soudain son attention et le fit resserrer les doigts autour de sa canne.

— Kitty, murmura-t-il. Kitty, regarde...

Katherine se retourna vers la fresque pour distinguer ce qu'il lui désignait du bout du doigt. Elle mit quelques secondes à le voir, au milieu des dizaines de marqueurs qui accompagnaient la carte : un soleil minuscule, placé au beau milieu d'une côte et coincé entre les territoires égyptien et séleucide. Comme celui qu'elle avait remarqué dans l'autre pièce, il semblait seul sur le mur, comme dissimulé aux yeux de quiconque ne sachant pas où regarder. Les Grey échangèrent un bref coup d'œil. Au cours des fouilles qu'ils avaient effectuées aux côtés de Frederick, ils avaient appris à ne pas faire de conclusions hâtives. Les coïncidences avaient existé tout au long de l'Histoire, et certaines choses qui paraissaient liées pouvaient n'avoir aucun rapport les unes avec les autres – c'était d'ailleurs ce que Law ne cessait de leur répéter. Mais leur esprit ne pouvait s'empêcher d'imaginer une relation entre ces motifs habilement cachés et le médaillon qui dormait toujours sur la table de chevet de Lysander. Ce dernier balaya à nouveau la pièce du regard. *Ho basileus ou katapauthēsetai en tē araruiāi gē tēs Alexandreias tēs gē hierā tē en katapauthēsetai basileus.* Peut-être l'une des tablettes l'aiderait-elle à comprendre ce que cela signifiait…

— Alden, il faut que vous vous penchiez là-dessus, déclara soudain Frederick en se détournant de la fresque. Imaginez un peu ce que nous pourrions faire si nous connaissions le nombre exact d'Alexandries fondées par ce cher Alexandre…

— Bien entendu, répondit Katherine. Je n'avais pas l'intention de laisser ce mur de côté.

Law acquiesça avec satisfaction et adressa un signe à Lysander pour l'inciter à le suivre. Les deux hommes s'éloignèrent côte à côte vers l'autre pièce, le professeur débitant toute une flopée d'instructions concernant les tablettes et leur lecture par son élève. Katherine les suivit du regard jusqu'à ce que Frederick soit enfin hors de portée de voix, puis se retourna vers Don et Charlie et s'approcha du mur pour poser le doigt juste sous le soleil, un léger sourire aux lèvres.

— Tiens donc, murmura Don. C'est un marqueur, tu crois ?

— Je n'en sais rien, répondit Katherine. Tout est déformé. Il pourrait s'agir d'Antioche, tout comme d'une autre ville dont nous n'aurions pas connaissance. Ou alors, cela n'indique rien du tout et cela sert à autre chose.

— Cela pourrait avoir quelque chose à voir avec le médaillon, souffla Charlie. C'est étrange, ce n'est pas peint... Ça a l'air gravé.

Katherine passa doucement le doigt sur le motif et hocha la tête. Il y avait un peu de boue dans le renfoncement qu'il formait, mais elle sentait bien un léger relief qu'elle ne devinait nulle part ailleurs.

— Soit c'est un marqueur particulièrement important, dit-elle, soit c'est quelque chose de très étrange que je n'ai encore jamais vu.

Elle observa le symbole encore quelques secondes avant de s'écarter. Si cela avait réellement un lien avec le médaillon, il leur faudrait sans doute comprendre à quoi servait le bijou avant toute autre chose. Ils ne devaient pas se précipiter. Il n'y avait pas seulement le risque de se tromper, mais aussi celui d'attirer l'attention de Frederick et de le voir leur interdire toute recherche à ce sujet.

— Allons-y, dit Charlie. Lysander va sûrement avoir besoin de notre aide pour se débarrasser de Frederick.

— Sans doute, répondit Don avec un petit rire. Allons le tirer d'affaire. Tu veux peut-être rester encore un peu, Katherine ?

— Non, sourit la jeune femme. Je veux ramener Lysander à la maison le plus vite possible. Il a pris des médicaments, mais ce n'est qu'une question de temps avant qu'ils ne cessent de faire effet.

Woodland acquiesça et ils s'engagèrent tous les trois sur les planches, guidés par les voix de Frederick et de Lysander qui remontaient déjà l'échelle. Charlie laissa échapper un soupir résigné en sentant l'éclatant soleil égyptien sur son visage. L'après-midi était déjà bien avancée, mais la température ne baisserait pas avant plusieurs heures encore.

— Tu vas survivre, glissa Don, amusé.

— J'ai des doutes, répondit Dawson avec une grimace. Nous en avons encore pour deux semaines, c'est bien ça ?

— Oui, tant que Frederick ne décide pas de prolonger un peu la fête pour chercher à ouvrir le tombeau d'Alexandre.

Charlie poussa un gémissement horrifié à cette perspective. Les deux semaines à venir lui paraissaient déjà insurmontables, et seule l'idée de pouvoir travailler dans la fraîcheur des souterrains l'empêchait de reprendre immédiatement un bateau pour l'Angleterre.

— Ce qui m'étonne, lança soudain Don, pensif, c'est que nous n'ayons pas trouvé d'ossements.

Katherine et Charlie se retournèrent vers lui, interloqués. L'historien éclata de rire.

— Vous verriez vos têtes ! lança-t-il. Non, je veux dire... Si le bâtiment a brûlé par le haut, et qu'il a été inondé par le bas, il y a bien quelques personnes qui ont dû y rester, non ? Comment se fait-il que nous n'en ayons pas encore trouvé la moindre trace alors que...

Il jeta un coup d'œil en direction de Frederick et se pencha vers ses deux compagnons, soucieux de ne pas être entendu.

— Alors que nous avons bel et bien trouvé le médaillon, reprit-il à voix basse. Ce bijou, il devait bien appartenir à quelqu'un ? Il n'a pas pu tomber là par hasard ?

— Eh bien, *quelqu'un* l'a sans doute laissé tomber en fuyant l'incendie, répondit Katherine. Et ne s'est rendu compte qu'ensuite qu'il était perdu... Ou alors n'a pas eu le temps de retourner le chercher.

— Ce ne serait pas si surprenant, approuva Charlie. Dans un moment de panique... L'eau n'a pas dû monter assez vite pour noyer son propriétaire.

— Mais il y avait l'incendie, insista Don. L'eau d'un côté, le feu de l'autre... Ce serait un miracle que tout le monde ait réussi à sortir à temps !

— Il y a peut-être d'autres pièces dans lesquelles nous trouverons des restes humains. Nous n'avons pas encore regardé du côté de l'escalier...

La voix de Frederick qui les appelait les arracha à leur conversation. Ahmet se tenait près de lui, prêt à recevoir les instructions du professeur pour le reste de la journée.

— Dépêchons, lança Law alors que les trois jeunes gens le rejoignaient. Nous n'avons que deux semaines pour impressionner nos amis d'Oxford, et ce charmant monsieur Carter avec eux. Nous n'avons donc pas de temps à perdre. Grey et Dawson, vous vous partagerez les tablettes d'argile. Woodland, prenez Ahmet et votre apprenti, vous vous chargerez des colonnes et des peintures murales. Alden, la carte est toute à vous. Vous êtes libre de demander l'aide de nos ouvriers si vous en avez besoin. Quant à moi, je serai à la surface avec une équipe pour dégager l'escalier si nous le pouvons.

— Bien, répondit Charlie. Docteur Grey, nous travaillons en bas, n'est-ce pas ?

Lysander émit un petit rire et posa sa main libre sur l'épaule de Dawson.

— Mieux, répondit-il. Nous allons prendre quelques tablettes et travailler chez moi. Frederick préfère que je me ménage, et je suis assez d'accord avec lui.

Il adressa un bref signe de tête à Katherine, qui lui répondit par un sourire satisfait. Tant qu'il ne se trouvait pas sur le chantier, son époux aurait accès à ses médicaments et à son lit en cas de besoin – et le savoir accompagné de Charlie la rassurait plus que si Frederick l'avait renvoyé seul.

— Allons-y, lança Don alors que les deux hommes s'éloignaient. J'ai un carnet en trop en bas, si tu en as besoin.

— Je vais tenter quelques relevés, approuva Katherine. Mais j'aimerais aussi m'assurer que cette pièce servait bien à la géographie, et non à autre chose. Ahmet, y a-t-il qui que ce soit par ici qui s'intéresse à la cartographie ?

L'Egyptien parut réfléchir quelques secondes, son regard passant en revue chacun des ouvriers qui s'affairaient autour d'eux, puis secoua la tête.

— Pas que je sache, répondit-il. Mais je ne connais pas les centres d'intérêt de tout le monde ici. Tu peux demander à Nashwa de t'aider, si tu veux. Elle est très douée en dessin.

Katherine tendit le cou pour tenter d'apercevoir la jeune femme dans la tente du médecin. Elle mit un moment à la trouver, penchée sur le poignet d'un ouvrier, les cheveux et le bas du visage couverts d'un léger voile blanc.

— Elle est occupée, dit Katherine. Je préfère ne pas la déranger. Je vous suis, messieurs.

Alors que les deux hommes s'engageaient à nouveau sur l'échelle, Katherine ne put s'empêcher de repenser au médaillon et à l'inscription qui courait autour. Elle ne voulait surtout pas se précipiter, ni risquer leur crédibilité à tous en proposant une théorie trop farfelue... Mais son instinct lui disait que les soleils présents sur les fresques de la bibliothèque et celui qui se déployait sur le bijou étaient étroitement liés, que les uns ne pouvaient avoir d'utilité sans l'autre. Alors qu'Ahmet s'enfonçait dans la cave à la suite de Don, la jeune femme promena son regard sur la fosse, pensive. Sous leurs pieds se trouvait peut-être le tombeau d'Alexandre le Grand, pillé par les empereurs romains, mais sans doute encore un peu accessible. Son cœur rata un battement à cette idée. La bibliothèque était déjà une découverte spectaculaire en soi... Mais que deviendraient Carter et son pharaon si l'équipe du professeur Law mettaient la main sur l'un des plus grands généraux de l'Histoire ?

CHAPITRE 8

Le port d'Alexandrie était inhabituellement animé, ce matin-là. Ils n'étaient pas tout à fait arrivés sur les quais que Lysander avait déjà manqué d'être renversé par quatre messieurs peu attentifs qui avaient heurté sa canne. À présent, il s'accrochait de son bras libre à celui de Katherine, et repoussait les importuns par de petits mouvements agacés.

— Tu crois que Frederick a déjà contacté la presse ? s'inquiéta Don. Je n'ai pas vu autant de monde par ici depuis un bon moment.

— À vrai dire, cela ne m'étonnerait qu'à peine, répondit Lysander. Il ne pense qu'à devancer Carter et à lui faire cracher des félicitations.

— Ne nous a-t-il pas déjà félicités au téléphone ? s'étonna Katherine.

— Si. Mais Frederick n'a pas l'air de s'en satisfaire. C'est ce bateau, je crois ?

Le gros de la foule se pressait pour accueillir un élégant bateau à aubes qui venait de s'arrêter sur le quai, déversant des dizaines de passagers qui venaient s'ajouter au beau monde qui encombrait déjà le passage. Katherine se dressa sur la pointe des pieds pour tenter d'apercevoir au moins le chapeau de Lady Evelyn

Herbert. Les deux femmes ne tardèrent pas à s'adresser de grands signes de la main, un large sourire aux lèvres.

— Kitty, je suis tellement contente de te voir, lança Evelyn dès qu'elle fut à portée de voix. Quand Howard m'a dit ce que vous aviez trouvé, j'ai su que je devais prendre un bateau sur-le-champ. Mon père aurait beaucoup aimé venir, mais le voyage depuis l'Angleterre l'a déjà beaucoup fatigué, et il voulait accueillir le Conseil des Antiquités comme il se doit... Oh, non, non, je peux m'en charger toute seule.

Lysander suspendit son geste, la main à quelques centimètres de la valise de la jeune femme. Cette dernière lui adressa un bref signe de tête, juste à temps pour lui indiquer l'homme qui s'approchait d'eux le nez en l'air. Lysander ramena aussitôt sa canne contre sa jambe en levant les yeux au ciel.

— Depuis combien de temps les gens refusent-ils de la voir ? s'inquiéta Evelyn.

— Oh, depuis le début, soupira Grey. Mais ce n'est rien en comparaison des mains de Don.

— Je peux encore me servir des doigts qui restent ! protesta l'intéressé.

— Mais les gens n'ont pas de haut-le-cœur quand ils voient ma jambe.

— Touché. Allons, vous devez être fatiguée, sourit Don à l'adresse d'Evelyn. Logez-vous chez les Grey, ou devrez-vous partager la merveilleuse compagnie du professeur Law à l'hôtel ?

La jeune femme laissa échapper un éclat de rire.

— Lysander m'a très gracieusement proposé une chambre, répondit-elle. Il a justement laissé entendre que monsieur Law pouvait se montrer... bavard, le soir venu.

Elle empoigna sa valise avant que Lysander n'ait pu insister pour la porter, et leur petite équipée remonta le port dans l'autre sens, non sans s'attirer les regards surpris des passants. Si Frederick avait bien contacté la presse, il s'était gardé de mentionner ses acolytes, sans quoi ils auraient déjà été abordés par des dizaines de lecteurs impatients. Ils en avaient fait les frais au cours d'un bref séjour à Londres, après que les journaux se soient emparés des plans de l'Alexandrie antique dessinés par Katherine –

les Grey avaient presque dû se barricader chez eux pour éviter des questions de plus en plus embarrassantes.

— Monsieur Carter nous a dit que vous aviez trouvé des choses formidables dans le tombeau du pharaon, glissa Katherine à Evelyn alors qu'ils tournaient dans une rue moins agitée.

— Oh, tu n'as pas idée, répondit son amie. Ne le dites à personne, surtout, mais nous sommes descendus dans la chambre funéraire avant l'arrivée du Conseil, avec mon père, Howard et monsieur Callender. Nous avons dû ramper un peu pour y arriver, et comme j'étais la plus fine d'entre nous, je suis passée devant... J'aimerais que tu puisses voir ça avant que nous ne dérangions tout ! Il y a tellement d'or, Kitty ! Assez pour trois vies au moins. J'ai cru que Howard allait se mettre à pleurer quand nous l'avons rejoint.

— Et pourtant, tu as tout laissé là-bas pour venir voir notre cave, plaisanta Katherine.

— Je suis sûre que c'est une très belle cave.

— Elle a de très belles colonnes, en tout cas, approuva Don. Et une carte qui donne du fil à retordre à madame Grey.

Evelyn haussa un sourcil et se retourna vers son amie, intriguée. Elle n'avait connaissance d'aucune carte ni d'aucun plan qui ait un jour pu la mettre en difficulté. Si vraiment celle de la bibliothèque était indéchiffrable, cela serait un précédent dans sa carrière.

— Je te montrerai, dit Katherine. Mais il y a... Oh, il ne faut rien dire à Frederick, il serait furieux. Mais il y a une certaine récurrence de soleils de Vergina dans cette cave que nous n'arrivons pas à comprendre. Et personne n'arrive à mettre la main sur le tombeau d'Alexandre le Grand. C'est curieux, tu ne penses pas ?

— En effet, répondit Evelyn. Est-ce que le Sèma n'est pas censé se trouver juste à côté de la bibliothèque ?

— En tout cas suffisamment près pour que nous puissions tomber dessus au bout de quelques jours. Mais rien à faire, impossible de trouver ne serait-ce que les restes d'une porte. Nous y voilà.

Leur petit groupe passa rapidement la porte de la demeure des Grey, et Lysander referma le battant derrière eux avec un soupir de soulagement. Il aimait Alexandrie, il adorait l'Égypte toute entière, mais il devait bien avouer que les couloirs déserts d'Oxford lui manquaient par moments. Il ne put s'empêcher de songer à Charlie, qui ne s'engageait auprès de Law que pour rêver d'un retour en Angleterre au premier rayon de soleil un peu trop agressif. Grey commençait à comprendre ce qui l'attirait tant dans l'idée d'une vie recluse au fond d'un bureau.

— C'est charmant, dit Evelyn en posant sa valise au pied de l'escalier. Vous êtes ici depuis longtemps ?

— Depuis que Frederick a décidé de nous traîner jusqu'à Alexandrie, répondit Katherine. Nous avons eu de la chance de tomber sur cette maison, elle est parfaite pour la collection de Lysander.

L'intéressé esquissa un sourire amusé à ces mots. Il lui faudrait déplacer le balsamaire romain avant de rentrer en Angleterre, sans quoi il risquait de le retrouver en morceaux lors de la prochaine saison de fouilles... Il s'écarta de la porte pour conduire Evelyn et Don au salon, tandis que Katherine s'éclipsait pour préparer du thé. Ils n'étaient pas assis depuis cinq minutes que quelqu'un venait frapper à la porte d'entrée comme si on avait voulu l'arracher de ses gonds.

— Encore ? protesta Katherine depuis la cuisine. Don, est-ce que tu pourras dire à Charlie que nous avons encore des oreilles qui fonctionnent très bien ?

— Je ne suis pas certain que ce soit Charlie, répondit Woodland. Ma chère Evelyn, j'espère que vous vous souvenez bien de notre bon professeur...

Katherine traversa le couloir dans l'autre sens pour ouvrir la porte et dut retenir un soupir agacé en voyant Frederick sur le perron, la moustache plus soignée que jamais. Il serra rapidement la main de la jeune femme et la suivit à l'intérieur pour saluer Lysander d'un ton joyeux, comme s'il venait d'apprendre une excellente nouvelle.

— Monsieur Woodland, lança-t-il avec un bref signe de tête. Grey, Alden. Vous êtes libres demain matin, n'est-ce pas ?

— Demain ? répéta Lysander. Eh bien... Oui, je suppose que nous pouvons faire quelque chose pour vous, si c'est ce que vous nous demandez.

— Bien entendu. Ahmet dit qu'il y a quelque chose d'étrange sur les fresques, je me demandais si vous accepteriez d'y jeter un œil. Où en êtes-vous, avec les tablettes ?

— La plupart sont parfaitement illisibles, mais nous en avons trouvé quelques-unes qui traitent de mathématiques et de géographie…

— Je vois. Donnez-les à Ahmet et sa femme, celles-là partent pour les musées égyptiens. Alden, dites-moi, est-ce que vous... Vous avez de la visite ?

La bouilloire s'était mise à siffler dans la cuisine, signe indiscutable qu'un étranger était présent chez les Grey. Frederick se pencha légèrement à la porte du salon et sursauta vivement en apercevant Evelyn, tranquillement installée dans le fauteuil habituel de Katherine.

— Pardonnez-moi, lâcha-t-il en arrachant presque son chapeau de sa tête. Lady Evelyn, j'ignorais que vous deviez venir à Alexandrie... Vous avez fait bon voyage ?

— Excellent, professeur, je vous remercie, répondit la jeune femme avec un sourire amusé. Je suis venue admirer votre trouvaille.

— Oh, bredouilla Frederick, les yeux écarquillés de stupeur. Et monsieur Carter…

— Est resté à Louqsor. Il avait beaucoup à faire, et il s'excuse très sincèrement de ne pouvoir être présent à l'inspection de la bibliothèque... Même si je crois comprendre que vous avez déjà bien entamé le travail ?

Le professeur hocha faiblement la tête. Sa bonne humeur ne s'était pas complètement évanouie, mais il était suffisamment sous le choc pour ne plus pouvoir dire un mot sans bégayer. Il avait reçu bien des visites surprises au cours de sa carrière, mais celle-ci était de loin la plus déconcertante. Il s'écarta pour laisser passer Katherine et le plateau qu'elle transportait, chargé d'une tasse supplémentaire pour leur mentor. Ce dernier s'assit lentement, à bonne distance d'Evelyn, comme s'il avait craint sa conversation. Après tout, il pouvait se montrer empressé devant ses équipes, rêver d'impressionner Carter et le très estimé Lord Carnarvon... Mais le faire devant la fille dudit lord, il n'en était pas question. Elle avait beau être encore très jeune, l'aristocratie britannique avait quelque chose de proprement terrifiant aux yeux de Frederick.

— Tu me parlais d'or, glissa Katherine en prenant place à côté d'Evelyn. Mais il n'y a pas que des bijoux et des pièces de monnaie, n'est-ce pas ?

La jeune femme secoua vivement la tête, les yeux brillants de tout ce qu'elle avait vu dans le tombeau.

— Des objets en tous genres, tous entassés là comme... Eh bien, comme pour un grand voyage, répondit-elle. Des coffres, des roues de char en or, des vases, des tables d'offrandes en forme d'animaux, des chaises magnifiques ! Il y a quelques photos, vous les verrez sans doute dans les journaux.

— Cela donnerait presque envie de descendre dans le désert, commenta Don. Nous n'avons rien de tout cela dans notre petite caverne.

— Vos colonnes sont très respectables, Woodland, répondit aussitôt Frederick. Elles ne sont certes pas dorées, mais nous devons bien admettre qu'elles ont quelque chose de remarquable.

— Et tu sembles oublier que Charlie ne nous suivra pas dans le désert, approuva Lysander en achevant de servir le thé. Il a déjà suffisamment de mal à respirer ici, je suis sûr qu'il trouverait le moyen de rentrer à pied en Angleterre si nous lui annoncions une fouille plus chaude encore.

Il tendit une tasse à Evelyn, qui le remercia à voix basse et coula un bref regard à Katherine. Depuis que ces deux-là s'étaient mariés, la jeune femme ne pouvait s'empêcher de les admirer. Ils semblaient ne jamais devoir se disputer, leur moindre désaccord était presque aussitôt résolu, comme s'ils n'étaient qu'une seule et même âme dans deux corps différents. Lorsqu'elle avait rencontré Sir Brograve Beauchamp, quelque temps plus tôt, Evelyn s'était empressée de parler de lui à Katherine, la suppliant de la conseiller sur la marche à suivre pour tirer le meilleur de leur amitié. À présent, l'idée d'un mariage se profilait également pour Lady Evelyn, et elle priait pour que l'entreprise soit aussi heureuse que celle des Grey.

— Et comment va ce cher monsieur Carter ? s'enquit soudain Frederick.

Don et Katherine échangèrent un bref regard par-dessus la théière. Avait-il finalement décidé d'affronter son collègue, par l'intermédiaire de leur invitée ?

— Il va bien, répondit tranquillement Evelyn. Même s'il ne dort plus qu'à peine, tant il est surexcité.

— Prolonge-t-il les fouilles jusqu'à l'hiver ? poursuivit Law.

— Oh, non. Nous reviendrons l'année prochaine, sans doute au printemps. Il vaut mieux ne pas précipiter les choses... Il serait dommage de tout gâcher en voulant aller trop vite, n'est-ce pas ?

Frederick acquiesça en silence, un sourire satisfait sous sa moustache. Don tourna vers lui un regard interloqué, puis ferma les yeux et passa une main sur son visage, consterné. Le professeur cherchait à savoir combien de temps d'avance ils pourraient prendre sur Carter. Il était d'une fourberie sans égale.

— J'ai cru comprendre que les fresques de la bibliothèque vous donnaient des difficultés ? interrogea Evelyn.

— Oui, répondit Frederick avec un bref hochement de tête. Mais plus pour bien longtemps. Comme je le disais en arrivant, notre guide égyptien a trouvé quelques petites choses étranges sur les peintures, et... Eh bien, je suppose que je n'étais pas censé l'entendre, mais lui et l'apprenti de monsieur Woodland évoquaient une histoire de clef, quelque chose qui servirait, selon eux, à déchiffrer un message caché dans le mur.

— Une clef, répéta Lysander. Comme pour lire un message codé ? Ou au sens littéral du terme ?

Frederick haussa les épaules et avala une gorgée de thé, pensif.

— Je ne sais pas, dit-il. Ils se sont arrêtés de parler quand je suis passé près d'eux. Mais vous devriez chercher dans les tablettes avec Charlie, on ne sait jamais sur quoi l'on peut tomber.

Lysander porta à son tour sa tasse à ses lèvres. Il pressentait qu'Ahmet avait aperçu les soleils de Vergina, lui aussi – et le jeune apprenti de Don n'avait pu passer à côté. Si leur petit groupe les mettait au courant de l'existence du médaillon, pouvaient-ils être certains qu'ils n'avertiraient pas Frederick aussitôt ? La main de Katherine sur son genou interrompit le fil de ses pensées. La jeune femme ne le regardait pas, penchée vers Evelyn, mais le linguiste aperçut sans peine les yeux de Law posés sur lui. Le jeune homme pinça les lèvres et prit une autre gorgée de thé. À présent que le professeur savait qu'il y avait autre chose à chercher, il leur faudrait se montrer prudents jusqu'à la fin de la saison. Moins de deux semaines, songea-t-il. Quelques jours encore, et il pourrait emporter le médaillon à Oxford pour le comparer avec les autres parures qu'il conservait là-bas. Sans doute, avec un peu de chance, détenait-il déjà quelque chose qui portait une inscription semblable, dont le sens serait évident...

Alors que son regard errait du côté des jambes de Frederick, une idée soudaine lui traversa l'esprit. S'il ne parvenait pas à déchiffrer seul le message gravé sur le médaillon, il ne serait peut-être pas forcé de demander son aide à Law. Une fois de retour à Oxford, peut-être le professeur Keyes serait-il tout disposé à mettre ses connaissances au service de la bibliothèque d'Alexandrie ?

CHAPITRE 9

— Je ne sais pas ce que c'est, disait Ahmet. Et je pense que nous ne pourrons jamais le savoir... Mais j'ai pensé que vous deviez être mis au courant.

De là où elles se trouvaient, Katherine et Evelyn pouvaient voir Law hocher vigoureusement la tête, trop vite pour pouvoir prétendre ignorer ce que le guide avait à lui dire. Une fois le professeur rentré à l'hôtel, la veille, les Grey avaient pu présenter le médaillon à Lady Evelyn, et lui exposer leurs suppositions quant aux minuscules symboles gravés dans la bibliothèque. La jeune femme avait convenu avec eux que le bijou pouvait sans doute être relié à la cave d'une manière ou d'une autre, même s'il ne s'agissait que d'une perte ou d'un oubli malencontreux au moment de la catastrophe...

— Le docteur Alden va se charger de cela, dit Frederick. Avertissez-nous si vous en trouvez d'autres.

— Il ne t'appelle toujours pas madame Grey ? s'inquiéta Evelyn alors qu'Ahmet s'éloignait.

— Il a du mal à s'y faire, répondit Katherine. Je suppose que c'est une bonne chose... Tant qu'il m'appelle Alden, je ne suis pas qu'une drôle d'extension de Lysander.

— Il est vrai que cela pourrait vite devenir ennuyeux. Je n'aimerais pas devenir un faire-valoir pour Brograve. Ni même...

Evelyn parut hésiter, puis se pencha vers Katherine et lui fit signe de venir plus près.

— Ni même pour Howard, murmura-t-elle. J'ai entendu des rumeurs complètement fantaisistes sur nous, tu sais ?

— Toi et Carter ? s'étonna Katherine. Mais il pourrait être ton père !

— Je sais. Mais je suppose que je ne peux pas partager l'intérêt d'un homme pour quoi que ce soit sans qu'il devienne aussitôt un possible fiancé.

Elle poussa un profond soupir et se redressa au moment où Frederick revenait vers elles, les yeux brillants. Katherine eut tout juste le temps de presser ses doigts entre les siens. Elle était embarrassée pour son amie. Tout était allé très vite avec Lysander – une vie commune leur avait semblé si évident. Mais si des rumeurs absurdes venaient s'en mêler, les fiançailles d'Evelyn ne se dérouleraient sans doute pas aussi bien que celles des Grey...

— Vous avez tout entendu, n'est-ce pas ? murmura Frederick en s'approchant des deux femmes. Alden, vous n'aviez pas pu passer à côté ?

— Bien sûr que non, répondit Katherine avec un froncement de sourcils. Seulement, j'attendais d'en savoir plus sur les lectures de Lysander avant de me prononcer. Ce n'est peut-être qu'un marqueur, pour une ville, un port, un campement militaire, que sais-je encore.

— Et si c'est autre chose ? Il ne m'a pas parlé de son histoire de clef, mais nous sommes bien forcés de la prendre en compte...

— Dans ce cas, il faudra que j'en discute avec Don. Il y a une gravure semblable dans l'autre pièce.

Frederick hocha la tête. Il se satisferait de cela pour le moment. Il s'éloigna pour transmettre son message à Don, et Ahmet surgit presque aussitôt auprès des deux femmes, l'air profondément contrarié. Katherine crut un instant que Frederick l'avait pressé de questions au point de le mettre en colère. Puis, le guide se retourna vers elle et elle comprit que son regard de reproche lui était destiné.

— Il manque quelque chose, ici, dit-il. C'est vous qui l'avez pris, n'est-ce pas ?

La jeune femme sursauta, stupéfaite, et ouvrit aussitôt la bouche pour inventer quelque mensonge, lui faire croire qu'il se trompait... L'expression d'Ahmet l'en dissuada immédiatement. Il était au courant, et la moindre omission ne ferait qu'enfoncer Katherine encore plus.

— Nous le rendrons dès que nous aurons fini de l'étudier, soupira-t-elle. Frederick et toi déciderez à quel musée il appartient.

— Quoi que cela puisse être, vous n'auriez pas dû, protesta Ahmet. Ou bien, vous auriez dû me prévenir ! Vous ne l'avez pas pris sur un mort, au moins ?

— Non ! s'exclama presque la jeune femme. J'ai marché dessus après être tombée, il était coincé sous une couche de vase.

— Tant mieux. Sans quoi, je vous aurais demandé de le remettre à sa place tout de suite. Vous n'avez pas la moindre idée de ce qui... Enfin. Je suppose que le professeur n'en sait rien du tout ?

Katherine et Evelyn secouèrent la tête.

— Tu ne lui diras rien ? s'inquiéta la première. S'il l'apprend, il s'empressera de l'envoyer chez lui pour recevoir des félicitations du Museum !

— Cela va de soi, répliqua Ahmet. Tu sais bien que je n'ai aucun intérêt à vous dénoncer. Votre équipe est la seule qui nous écoute encore un tant soit peu, je n'ai aucune envie de vous voir remplacés par de vulgaires pilleurs.

Katherine sentit le sang lui monter au visage et elle baissa les yeux, embarrassée. L'allusion était à peine dissimulée. La promesse de laisser quelques tablettes d'argile en Égypte ne signifiait rien si de véritables trésors étaient envoyés en Angleterre sans que personne n'en sache rien.

— Je suis désolée, murmura la jeune femme. Viens à la maison ce soir, avec Nashwa. Vous pourrez nous dire ce que vous en pensez.

Ahmet parut réfléchir un instant, puis hocha la tête. Il n'aimait pas l'idée de devoir se pencher sur un objet volé, mais il préférait de loin l'avoir lui-même entre les mains. Oh, les Grey et tous les autres n'étaient pas mauvais... Seulement, ils avaient tendance à s'emballer, à courir après tout ce qui leur paraissait précieux, rare ou vaguement doré. L'homme s'efforçait de se persuader qu'il ne s'agissait là que d'une réaction purement humaine, tout scientifiques qu'ils soient.

— Nous viendrons, dit-il doucement. Et nous ne dirons pas un mot à Frederick. Mais, par pitié, Katherine, ne refais jamais ça. Tu vaux mieux que tous les pilleurs de tombeaux qui trouent le désert jour après jour.

La jeune femme hocha faiblement la tête, non sans remarquer le regard insistant qu'Ahmet posait sur Evelyn. Elle n'avait pas encore eu l'occasion d'évoquer le tombeau de Carter avec lui, mais il était certain qu'il ne supporterait pas de voir les trésors de Toutânkhamon dispersés aux quatre coins de l'Europe. Un bref appel de Don leur parvint depuis l'autre salle, et Ahmet s'écarta aussitôt des deux femmes pour le rejoindre, comme si toute cette conversation n'avait jamais eu lieu. Evelyn se retourna pour le suivre du regard, intriguée. Ce n'était pas la première fois que cet homme-là travaillait avec les Grey, et pourtant il lui semblait que ce chantier en particulier lui tenait plus à coeur que les autres.

— Est-il toujours aussi... ferme ? voulut-elle savoir.

— Seulement lorsqu'il s'agit de préserver nos trouvailles, répondit Katherine avec douceur. Ahmet et Nashwa s'inquiètent beaucoup de ce qu'ils pourront laisser à leurs enfants. Ils craignent qu'ils n'oublient leur histoire si les Européens envoient tout dans nos musées.

— Je vois. Les ouvriers de Carter ne sont pas si pragmatiques. Ils parlent de malédictions et de magie ancienne, et c'est à peu près tout.

Katherine échangea un regard avec Evelyn, dubitative. Sans doute ces histoires de malédictions cachaient-elles les mêmes préoccupations que celles d'Ahmet, évoquées de manière moins directe pour ne pas irriter les archéologues... Mais elle ne s'était pas rendue sur le chantier, et elle ne se risquerait pas à comparer Howard Carter et Lord Carnarvon à des pilleurs de tombes, pas après avoir elle-même subtilisé le médaillon.

— Ont-ils de bonnes raisons de croire à une malédiction ? voulut-elle savoir.

Evelyn lui répondit par un vague signe de la main.

— Un cobra est allé dévorer le canari de Howard, répondit-elle. Ils nous ont dit que ces serpents-là n'étaient pas censés sortir à cette époque de l'année, et ils se sont imaginés que c'était le Pharaon qui l'avait envoyé. À cause de celui sur le némès, tu sais ?

— Mais tu n'en crois pas un mot.

— Bien sûr que non. Ce pauvre canari a manqué de chance, voilà tout. Howard va très bien, lui !

Katherine esquissa un sourire. Evelyn avait retenu un éclat de rire en prononçant ces mots, comme si toute cette histoire était formidablement drôle. Les Grey eux-mêmes n'étaient pas vraiment superstitieux – ils évitaient de se passer le sel de main en main, et marchaient sur les couteaux qu'ils faisaient tomber pour éloigner les visiteurs imprévus, mais c'était là à peu près tout. Il serait sans doute facile pour Carter d'oublier tout cela en rentrant en Angleterre, de le prendre comme une malheureuse facétie des ouvriers, ou comme un simple coup de malchance... À condition que ses collègues ne décident pas de le taquiner à ce sujet jusqu'à la fin de ses jours.

— Il y a tout de même cette histoire de clef, commenta Katherine, pensive. Il n'est pas exclu qu'Ahmet ait songé à une clef spirituelle, quelque chose comme ça.

— Mais il ne menace pas d'envoyer un serpent dévorer la canne de Lysander, répondit Evelyn avec un petit rire.

— Non, reconnut sa compagne. Il dévorera seulement ce que nous lui offrirons ce soir.

*

Il n'était pas dans les habitudes d'Ahmet de dévorer sa nourriture, mais il devait bien admettre que les Grey faisaient la cuisine comme personne. La présence de trois invités exceptionnels à leur table les avaient encouragés à se dépasser, et la satisfaction en faisait presque oublier à leur guide pourquoi il était venu en premier lieu. Presque. La boîte de bois foncé que Lysander avait posée sur la cheminée à son arrivée se trouvait pile dans son champ de vision, et son regard revenait sans cesse dessus, comme attiré par une force surnaturelle. De l'autre côté de la table, Katherine semblait plus volontiers bavarder avec Nashwa qu'avec lui, les joues rosies chaque fois qu'il lui adressait la parole. Ahmet songea qu'il lui faudrait mettre les choses au clair avec elle. Elle l'avait déçu, certes, mais pas au point de la détester jusqu'à la fin de ses jours.

— Bien, lança soudain Don en voyant Katherine amener un lourd plateau de thé et de chocolat. Un petit morceau d'Angleterre pour notre très cher Charlie.

— Je compte les jours jusqu'à notre retour, approuva Dawson. Je ne supporte plus ni la chaleur, ni ce bon Frederick. Il nous fait trimer comme des bêtes de somme, ajouta-t-il à l'adresse de Nashwa.

— Pourquoi donc ? s'étonna Evelyn. Vous avez déjà abattu un travail monstrueux.

Charlie leva les yeux au ciel alors que Katherine poussait une tasse de chocolat vers lui.

— Ne le prenez pas mal, répondit-il. Mais il veut à tout prix dépasser Carter, et faire meilleure impression que lui. Plus nous aurons de données sur la bibliothèque, plus il sera content.

— Et si nous mettons la main sur le Sôma, il bondira tellement de joie qu'il rentrera en Angleterre en trois sauts, renchérit Lysander. Vos suppositions à propos d'une clef l'ont tellement intéressé, Ahmet, qu'il est persuadé que nous sommes aux portes du tombeau et que vous savez comment les ouvrir.

Ahmet esquissa un sourire à ces mots et accepta le thé que lui tendait Katherine en silence.

— À ce sujet, dit-il doucement. J'aimerais voir votre trouvaille, si cela ne vous ennuie pas.

— Bien entendu.

Grey fit un mouvement vers sa canne, mais la main de Don s'abattit aussitôt sur son épaule pour l'empêcher de se lever. Il tendit l'autre en arrière pour s'emparer du coffret et le tendit à Ahmet avec un sourire entendu.

— Nous ignorons encore ce que c'est *exactement*, dit-il. Vous pourrez peut-être nous éclairer.

Nashwa se pencha par-dessus l'épaule de son mari pour mieux voir, et tous deux laissèrent échapper un cri de stupeur en découvrant le médaillon. Ils échangèrent un bref regard et, l'espace d'un instant, Don fut tenté de se ranger à l'avis de Frederick : ils avaient l'air de parfaitement savoir ce qu'était le bijou et comment s'en était servi son propriétaire, des centaines d'années plus tôt.

— C'est un très beau bijou, lâcha finalement Nashwa.

— Avait-il une fonction quelconque ? s'inquiéta Katherine. Pas funéraire, au moins ?

— Non. Non, je ne crois pas... Oh, cela va plus loin que de l'ornement, c'est certain.

— Il y a une inscription en grec sur le pourtour que je n'arrive pas à déchiffrer, intervint Lysander. Je pensais la montrer au professeur Keyes, à Oxford.

Ahmet lui jeta un bref regard et se pencha à nouveau sur l'objet. Il le fit lentement tourner entre ses doigts, puis secoua la tête.

— Je ne suis pas assez bon en grec, dit-il. Les mots se répètent. C'est peut-être de la poésie. En tout cas, je suis heureux que vous nous l'ayez montré.

Il replaça le médaillon dans son coffret et le tendit à Evelyn, qui posait dessus un regard curieux. Il parut réfléchir un instant, puis se pencha vers Nashwa pour lui murmurer une question en arabe. La jeune femme hocha aussitôt la tête, et son mari tourna un regard étonnamment sérieux vers Lysander.

— Vous pouvez le montrer au professeur Keyes, dit-il, mais nous vous en serions très reconnaissants de nous le renvoyer une fois que vous aurez terminé de l'étudier. Je crois que vous savez aussi bien que moi que ce n'est pas un bijou ordinaire. Il vaut mieux le laisser à un musée égyptien.

Lysander hocha la tête d'un air un peu absent. Il voyait un air contrarié altérer les traits d'Evelyn à mesure qu'Ahmet leur exposait sa demande, presque comme s'il s'agissait d'une attaque personnelle. Leur guide n'avait pourtant rien dit au sujet du tombeau de Toutânkhamon, même s'il devinait qu'il avait un avis bien tranché sur la question. Nashwa se pencha à nouveau vers son mari pour lui adresser quelques mots, entre deux gorgées de thé. Ahmet secoua doucement la tête. De l'autre côté de la table, Don coula un regard à Lysander et désigna Evelyn d'un léger mouvement du menton. Nashwa s'inquiétait de sa présence à Alexandrie.

— Elle sera partie bientôt, murmura Ahmet en arabe, suffisamment bas pour ne pas être entendu de l'intéressée. La saison est presque terminée.

Nashwa acquiesça en silence tandis qu'Evelyn refermait le coffret sur le médaillon. Une fois que les équipes de Law seraient parties, la jeune femme n'aurait aucune raison de s'attarder à Alexandrie. Elle rejoindrait son père à Louqsor et ils rentreraient tous bien sagement en Angleterre. Ensuite, il leur faudrait seulement s'assurer que le médaillon reviendrait bien à sa place, et qu'Oxford ne tournerait pas la tête des Grey au point d'en oublier leur promesse.

CHAPITRE 10

Don n'avait pu s'en empêcher. Dès que le bateau avait quitté Alexandrie, chargé de leurs bagages et de dizaines de caisses en bois soigneusement fermées, Charlie avait bondi de joie et était allé se réfugier dans la chaleur bénie de sa cabine, poursuivi par les injonctions au calme de Frederick qui ne semblaient pas l'atteindre. Woodland avait éclaté de rire en le voyant presque trébucher dans l'escalier et se redresser aussitôt, comme si rien ne s'était passé, et il ne parvenait plus à calmer son hilarité. Près de lui, Lysander s'efforçait de se maîtriser devant le professeur, malgré la commissure de ses lèvres qui se relevait dangereusement à chaque fois qu'il croisait le regard de Don.

— J'ose espérer qu'elle parlera à son père, disait Frederick sans se soucier de ce qui se passait autour de lui. Nous aurons besoin de fonds pour la prochaine saison, et même si le Museum sera prêt à nous donner les moyens de terminer, je ne serais pas contre une sécurité supplémentaire.

— En toute honnêteté, professeur, je doute qu'elle prenne ce risque, objecta Katherine en tapotant l'épaule de Don avec amusement. Lord Carnarvon était furieux, à ce qu'elle m'a dit, quand elle a quitté Louqsor. À cause du Service des Antiquités, vous savez ?

— Quoi, le Service des Antiquités ? s'étonna Law. Ils refusent qu'ils fouillent le tombeau ?

Katherine retint un profond soupir. Le vieil homme n'avait pu tout à fait masquer l'espoir dans sa voix. Évidemment, si l'accès à la tombe était refusé à Carter, il n'aurait que ses croquis et ses photographies à ramener en Angleterre, et alors la découverte de la bibliothèque attirerait tous les regards sans risquer de concurrence.

— Non, répondit la jeune femme. Mais nous avons reçu une circulaire, vous vous souvenez ? Si la tombe de Carter a véritablement été inviolée, tout ce qui s'y trouve doit rester en Égypte. Aucune exception. Lord Carnarvon a l'impression d'avoir gaspillé son temps et son argent. Je ne pense pas qu'il financera d'autres expéditions avant longtemps.

— Mais la bibliothèque n'est pas un tombeau, remarqua Frederick. Nous ne sommes pas concernés par ce papier, n'est-ce pas ?

— C'est précisément ce qui ennuie Evelyn, expliqua Don à travers une quinte de toux. Elle ne comprend pas que nous puissions accepter les conditions d'Ahmet et Nashwa alors que nous n'avons même pas encore déterré le Sèma.

Katherine acquiesça en silence. Dès le départ de leurs invités, Evelyn s'était retournée vers les Grey, incrédule, et leur avait demandé ce qui leur était passé par la tête pour qu'ils acceptent d'obéir aux moindres demandes d'un couple d'ouvriers. Son amie n'avait pas décelé de malice dans sa question. Lady Evelyn considérait simplement deux choses : d'une part, le couple Grey était reconnu comme brillant dans toute l'Angleterre, même chez les plus réticents, et ce n'était pas le cas d'Ahmet ou de Nashwa. D'autre part, elle ne pouvait que compatir à la frustration de son père et de Carter, aux portes d'une découverte formidable et pourtant forcés de tout laisser derrière eux, sans rien à porter en triomphe à leur retour au foyer. La bibliothèque seule n'était pas concernée par la circulaire, et pourtant il semblait à la jeune femme que ses amis avaient déjà abandonné toute idée de remplir les vitrines du Museum avec leurs trouvailles.

— Nous n'aurons qu'à dire que nous avons un coup d'avance sur les prochaines décisions du Service des Antiquités, soupira Frederick avec un haussement d'épaules. Pour l'heure, nous n'avons rien d'autre que des morceaux de fresques encore accrochés à leur mur et des monceaux de tablettes d'argile pour la plupart illisibles. Le Museum saura bien s'en passer.

— Ces objets n'ont pas leur place au Museum, mais ils l'ont au Caire ? objecta Lysander.

— Puisque les Égyptiens veulent les garder, grand bien leur fasse ! Nous avons d'autres choses. Katherine a pu sauver un vase formidable avant de tomber. Croyez-moi, ils sauront s'en contenter avant de nous laisser y retourner.

Le professeur s'éloigna sur ces bonnes paroles, sans que ses trois élèves puissent déterminer s'il était satisfait de leur expédition ou s'il était aussi irrité qu'Evelyn par le comportement d'Ahmet. Il avait seulement l'air de penser à autre chose. Lysander arqua un sourcil alors qu'il disparaissait vers l'escalier qui menait aux cabines, et se retourna vers ses compagnons.

— Eh bien, murmura-t-il. Quand nous étions là-dessous, il bondissait comme une puce, et le voilà qui s'en contrefiche comme de sa première chemise. C'est l'air marin qui lui fait ça ?

— Peut-être, répondit Don. Ou peut-être qu'il a une nouvelle idée derrière la tête, et qu'il n'a aucune envie de nous en parler. Alors il s'en va ennuyer ce pauvre Charlie.

Les Grey échangèrent un bref regard. Si vraiment c'était le cas et que Frederick choisissait de se confier à Dawson, le jeune homme passerait la pire traversée de sa vie. Law le tuerait s'il racontait quoi que ce soit aux autres, et Charlie ne demanderait rien mieux que d'être laissé en paix au fond de sa couchette.

— Quand nous serons de retour à Oxford, déclara Lysander, le malheureux va dormir pendant trois jours et trois nuits avant d'être à nouveau opérationnel.

*

Katherine n'était pas encore réveillée. Pour ce qu'il en voyait par la petite lucarne de leur cabine, la lune brillait haut dans le ciel et leur traversée durerait au moins jusqu'au soir suivant. Comme les trois premières nuits, Lysander n'avait pu dormir que quelques heures avant d'être tiré des bras de Morphée par un rêve des plus réalistes, qui le poursuivait dans l'obscurité du bateau. Posé devant lui, le coffret qui contenait le médaillon semblait le narguer, l'inviter à l'ouvrir pour prendre le bijou au creux de sa main et tenter encore une fois de percer ses secrets. Il s'efforçait pourtant de résister. Pour commencer, Katherine ne manquerait pas de s'inquiéter si elle le découvrait là au milieu de la nuit, penché sur un ouvrage qu'il n'était censé traiter qu'une fois de retour à Oxford. Ensuite, il connaissait assez Frederick pour savoir qu'il n'hésiterait pas à venir le voir aux heures les plus incongrues, et il n'était pas encore prêt à lui parler de leur trouvaille.

Le linguiste ferma les yeux et ramena sa robe de chambre autour de ses épaules, s'efforçant de chasser les visions qui s'attardaient dans son esprit. La première nuit, il avait rêvé d'un soldat égyptien qui traversait le désert au triple galop, le médaillon claquant vivement contre son plastron, les yeux tournés vers les murailles d'une ville qui se dessinait à l'horizon. La deuxième nuit, il avait entendu des hommes parler dans une langue qu'il ne connaissait que par les livres, débitant les mots à une vitesse folle, suppliant quelqu'un de leur dire où il leur faudrait installer leur roi. Ce soir-là, son esprit épuisé lui avait montré un temple formidable, décoré d'or et de couleurs vives, deux statues monumentales le toisant dans la lumière du soleil couchant. C'était la chaleur qui l'avait réveillé, alors même qu'elle n'existait pas dans la cabine. Il s'était cru de retour en Égypte, et jamais ses rêves ne lui avaient paru si tangibles. Pourtant, il avait beau fouiller dans ses souvenirs, ce temple magnifique ne lui disait rien du tout. Il lui faudrait consulter ses livres à leur retour, ou peut-être demander son avis à Don. Après tout, une si belle bâtisse n'avait pu qu'être documentée quelque part…

— Tu ne dors pas ?

Lysander rouvrit les yeux et esquissa un sourire. Katherine s'était redressée sur un coude et posait sur lui un regard ensommeillé, presque prête à se recoucher sans poser plus de questions.

— J'ai fait un mauvais rêve, répondit-il doucement. Rien de grave.

— Reviens te coucher. Tu vas mourir de froid, là-bas.

Grey se leva aussitôt pour obéir, son amusement achevant de dissiper les restes de son rêve. Katherine tendit le bras vers lui alors qu'il se débarrassait de sa robe de chambre et l'attira tout près d'elle lorsqu'il s'étendit à nouveau sous les draps. Sa main à elle était chaude sur son épaule, et pourtant elle se serrait contre lui comme pour chercher sa chaleur.

— Charlie a raison, marmonna-t-elle alors que Lysander déposait un bref baiser sur son front. Il fait bien meilleur loin de l'Egypte.

— Pourquoi cela ?

— Parce que, là-bas, il faisait trop chaud pour que tu puisses me prendre dans tes bras sans nous faire souhaiter la mort à tous les deux.

Lysander émit un petit rire et ramena la couverture sur leurs épaules. Bercés par les vagues, ils semblaient suspendus dans le temps. Grey n'aimait rien plus que cette sensation, juste avant leur retour annuel en Angleterre, alors qu'ils n'étaient pas encore débordés par les demandes de l'université. Seul Frederick pourrait venir briser leur tranquillité, mais alors il leur suffirait de le jeter dehors pour que la paix revienne dans la cabine.

— Quel genre de mauvais rêve était-ce ? voulut savoir Katherine.

— Rien de bien exceptionnel, répondit Lysander. Un temple, au crépuscule. Je ne sais pas trop pourquoi, mais j'avais le sentiment que quelque chose d'affreux était arrivé à l'intérieur.

— Un temple que nous avons visité ?

— Non. J'ignore même s'il existe réellement. Je ne me souviens pas que nous ayons fouillé des temples encore dorés et peints.

Katherine secoua doucement la tête contre sa poitrine. Elle n'en avait pas le souvenir non plus.

— Ce n'est sans doute qu'une projection, affirma Lysander. Toutes ces histoires de bibliothèque et de médaillon incompréhensible auront fini par me monter à la tête.

— Ou bien, tu sais quelque chose à ce propos, mais tu ne parviens pas à remettre le doigt dessus, sourit Katherine.

— Peut-être. Dans tous les cas, je crois que nous devrions nous reposer un peu. Nous arrivons bientôt, Frederick sera surexcité demain matin.

Katherine rouvrit les yeux et se redressa à nouveau, un sourire amusé au coin des lèvres. Lysander arqua un sourcil en sentant sa main effleurer son épaule, lentement, dans une invitation à peine voilée.

— Tu as l'air d'avoir aussi peu sommeil que moi, remarqua-t-il.

— Tu m'as réveillée, rappela Katherine avec un léger rire. Et il faut dire que tu étais très beau, assis sous la lune.

— Combien de temps m'as-tu observé ?

— Je ne sais plus. Assez longtemps pour me demander si je rêvais encore ou si j'étais bien réveillée.

Lysander lui rendit son sourire et se redressa pour l'embrasser, oubliant sa vision pour de bon. Frederick avait beau se moquer de lui, il ne pourrait jamais cacher à quel point il était fou de sa femme. Il se débattit un instant contre les draps qui s'enroulaient autour d'eux, et un bruit de pas derrière leur porte les fit s'immobiliser, aux aguets. Ils pouvaient bien tolérer Frederick s'ils ne faisaient que discuter, mais ils étaient prêts à lui jeter une chaussure au visage s'il les interrompait à cet instant. Finalement, l'importun s'éloigna à grands pas, et ils se retournèrent l'un vers l'autre avec soulagement. Katherine étouffa un rire contre l'épaule de Lysander, et ce dernier la serra plus fort contre lui en la sentant passer une jambe par-dessus les siennes. Le médaillon attendait toujours, au creux de son coffret, mais toutes les merveilles de l'Egypte ne pourraient jamais rivaliser avec les mains de Katherine sur lui. Les pas revinrent, de l'autre côté du battant, mais ils ne prirent pas la peine de s'arrêter pour l'intrus. L'Angleterre aurait tout le loisir de venir s'insinuer dans leur vie privée – en attendant, ils ne demandaient qu'une dernière nuit de tranquillité, loin des chantiers de fouilles et des bibliothèques poussiéreuses du Museum.

OXFORD

« *La vertu intellectuelle dépend dans une large mesure de l'enseignement reçu, aussi bien pour sa production que pour son accroissement ; aussi a-t-elle besoin d'expérience et de temps. La vertu morale, au contraire, est le produit de l'habitude, d'où lui est venu aussi son nom, par une légère modification de ethos.* »

- Aristote, *Éthique à Nicomaque*.

CHAPITRE 11

— Et celui-ci ?
— À côté de l'amphore. Faites attention aux vases canopes en passant. Et... Et au bas-relief.

Lysander esquissa un sourire désabusé en voyant le morceau de sarcophage médiéval s'écraser sur le tapis, renversé par le pied peu attentif du jeune homme qui s'était proposé de l'aider à décharger leurs dernières trouvailles. Ce dernier releva vers lui un regard contrit et ouvrit la bouche pour s'excuser, mais Grey secoua aussitôt la tête :

— Ce n'est rien, ce n'est rien, dit-il. Heureusement que ce tapis était là. Je le ramasserai plus tard.

Le garçon raffermit nerveusement sa prise sur le petit vase qu'il avait entre les mains et reprit sa marche hésitante vers l'amphore en terre cuite qui se dressait dans un coin de la pièce. Il avait manqué de le lâcher une première fois, lorsque Lysander lui avait ouvert la porte de la bibliothèque formidable qu'il avait aménagée dans l'ancienne salle à manger de la maison. Il ne lui avait fallu qu'un bref coup d'œil à l'une des étagères pour comprendre que tout avait été soigneusement étiqueté et inventorié, du plus petit recueil de poèmes à l'énorme incunable qui trônait derrière l'abri d'une vitrine. Le jeune homme connaissait les Grey depuis qu'ils s'étaient installés à Oxford, mais il ne s'était jamais imaginé une telle profusion d'ouvrages et de pièces de musée. Ils avaient là de quoi rendre jaloux les plus grands collectionneurs d'Angleterre.

— Voilà, monsieur Grey, lança le garçon en déposant le vase sur le tapis. Dites, c'est impressionnant, ce que vous avez là...

— Merci bien, répondit joyeusement Lysander. Madame Grey a beaucoup de goût. Voilà pour vous.

Le jeune homme empocha timidement les quelques livres que le linguiste lui tendait, son regard s'attardant encore sur toutes les merveilles qu'il avait aidé à entreposer là. Le docteur Grey avait commencé par lui mettre quelques tablettes d'argile entre les mains, puis une caisse entière de tessons de poteries, une boîte de bijoux dorés achetés à un marchand alexandrin, et finalement le vase que Katherine avait pu sauver avant sa chute. Ce dernier, comme les tablettes, ne faisait que transiter par la maison des Grey avant d'être envoyé au British Museum, mais le garçon le trouvait du plus bel effet au milieu des étagères de bois sombre.

— Vous partez tous les ans, n'est-ce pas ? voulut-il savoir. Pour les fouilles ?

— C'est exact, répondit Lysander avec un sourire.

— Est-ce que vous allez toujours en Égypte ?

— Oh, non. Nous sommes allés en Grèce, en Italie, en Libye... Mais il est vrai que l'Egypte attire tout particulièrement l'attention du professeur Law.

— Vous croyez que le professeur aurait besoin de quelqu'un pour vous accompagner, l'année prochaine ? Je veux dire, pour... creuser, ou porter des choses ?

Lysander sourit un peu plus largement et fit signe au jeune homme de s'asseoir dans l'un des fauteuils disposés autour de la cheminée. Le garçon obéit timidement, sans pouvoir retenir un bref regard alors que son hôte étendait sa jambe blessée devant lui avec un soupir de soulagement.

— Quel âge avez-vous ? interrogea Grey.

— Dix-huit ans, répondit son compagnon. Je sais que ce n'est pas beaucoup, mais...

— C'est largement suffisant pour proposer vos services au professeur. Vous devriez demander à suivre ses cours. Si vous vous intéressez à ce que nous faisons, cela devrait vous convenir à merveille.

Le jeune homme parut hésiter, son regard errant entre les vitrines et les rangées de livres. C'était une chose de s'extasier devant de beaux objets en or, c'en était une autre de les étudier à l'université. Les Grey ne lui semblaient pas du genre à pousser des cris de ravissement devant tout ce qu'ils déterraient…

— Je n'ai pas l'argent, répondit-il après quelques secondes. Ils ne me prendront pas.

— Madame Grey n'avait pas d'argent non plus. Le professeur s'est occupé de tout, expliqua Lysander. Il l'a fait pour Don Woodland également. S'il se montre réticent, nous pouvons vous aider aussi. Cela vous intéresserait-il ?

— Je ne sais pas, docteur Grey, bredouilla le jeune homme. Ce serait beaucoup de travail, je ne suis pas certain d'être à la hauteur, vous savez ?

— Cela vous fait peur ?

— Un peu, avoua le garçon. Je… Je n'aime pas beaucoup lire. Et puis, vous l'avez vu, je suis maladroit… Il vaut mieux ne pas l'être si je dois déplacer des objets précieux à longueur de journées. Et il faudra passer des examens, et écrire des articles, et partir en voyage. Je ne crois pas que j'en serais capable. Je suis désolé, ajouta-t-il précipitamment.

Lysander secoua doucement la tête. Son sourire n'avait pas quitté ses lèvres. Le jeune homme craignait de le décevoir, mais il ne semblait que vaguement amusé par son hésitation. Il parut réfléchir un instant, et son invité crut qu'il allait abandonner son idée et le laisser partir sans demander son reste. Finalement, le linguiste hocha la tête, comme s'il se mettait d'accord avec lui-même, et s'appuya contre l'accoudoir de son fauteuil avec satisfaction :

— Je parlerai de vous à Frederick, dit-il. Vous n'êtes obligé à rien. Mais si vous souhaitez nous accompagner, autant réserver votre place dès maintenant. Comment vous appelez-vous ?

— Terry Williams, monsieur. Pardon, je veux dire, Terrence.

Lysander allait lui répondre lorsque trois coups à la porte d'entrée résonnèrent dans la maison. Terry sursauta en voyant Katherine surgir de nulle part pour aller ouvrir, comme si elle s'était attendue à recevoir de la visite dès leur retour.

— Ah, souffla Lysander en entendant une voix d'homme s'élever du dehors. Quand on parle du loup...

— Je crois qu'elles sont dans la bibliothèque, dit Katherine en refermant la porte. Dois-je faire du thé ?

— Seulement si vous l'aviez prévu, répondit Frederick. Je ne reste pas longtemps, il faut seulement que je parle un peu à Lysander. C'est au sujet de Keyes, vous voyez ?

Le linguiste fit un mouvement pour se lever en voyant le professeur passer l'encadrement de la porte, mais ce dernier lui adressa un bref signe de la main pour l'en empêcher. Il ignorait jusqu'où sa jambe pouvait aller pour le faire souffrir, mais il devinait sans trop de peine que le voyage l'avait éprouvé.

— Bonjour, Grey, lança le vieil homme en s'approchant pour lui serrer la main. Heureux de voir que vous êtes bien installé, à nouveau.

— J'ai reçu un peu d'aide, indiqua Lysander. Monsieur Williams a été assez bon pour décharger avec nous.

Frederick se retourna vers Terry avec un haussement de sourcils. Il avait été si absorbé par Lysander qu'il n'avait pas vu le garçon assis près de lui. Ce dernier n'avait pas osé bouger, son regard irrésistiblement attiré par la formidable moustache du professeur. Le vieil homme n'avait pas l'air particulièrement hostile, mais Williams ne pouvait nier qu'il l'intimidait, ainsi sanglé dans son manteau noir.

— Je vois, souffla Frederick en balayant le garçon des yeux. Il vous a payé, dites-moi ?

— Oui, monsieur, répondit Terry d'une voix faible.

— Bien, bien. Le docteur Grey est parfois très tête-en-l'air.

Il se retourna vers Lysander, mais le linguiste ne le regardait plus. Son attention était toute entière tournée vers Katherine, debout à la porte, et sa main était serrée sur sa canne comme s'il n'attendait que de se lever pour la rejoindre. Le regard de la jeune femme croisa celui de Frederick, et elle adressa un bref signe de tête à son mari, avant de disparaître à nouveau. Une seconde plus tard, les trois hommes percevaient un léger bruit de porcelaine qui s'élevait dans la cuisine.

— Est-ce qu'elle va bien ? s'inquiéta le professeur. Ce n'est peut-être que la lumière, mais je la trouve un peu pâle...

— Elle a dû prendre froid sur le bateau, répondit doucement Lysander en pivotant à nouveau vers lui. Ne vous en faites pas. Vous vouliez me parler de Keyes, donc ?

— C'est exact. J'ai pu lui parler après avoir débarqué, voyez-vous, et il a accepté de vous rencontrer. Seulement, il voudrait... Je trouve cela monstrueusement embarrassant, Grey, mais je crains de ne rien pouvoir faire pour vous. Il voudrait vous tester avant de vous enseigner quoi que ce soit.

Le professeur s'était assis tout en parlant, et son épaule masquait presque entièrement le visage de Lysander aux yeux de Terry. Pas assez, cependant, pour que le garçon puisse ignorer la mine stupéfaite qui allongeait les traits du linguiste.

— Me tester ? répéta ce dernier. C'est une plaisanterie ?

— J'ai bien peur qu'il ne soit très sérieux, répondit Frederick avec douceur. Il voulait savoir si vous pouviez passer le voir dans son bureau, aujourd'hui.

— *Aujourd'hui ?*

Lysander agrippa sa canne et se retourna vivement vers la porte, au moment où Katherine amenait un plateau de thé. La jeune femme s'immobilisa presque aussitôt. Il ne fallait pas être devin pour comprendre que quelque chose n'allait pas.

— Il peut attendre ? interrogea Lysander à l'adresse de Frederick. Demain ? Pas aujourd'hui, professeur, s'il vous plaît...

— Il attendra si je le lui demande, oui, répondit le professeur, interloqué. Katherine, Lysander, vous êtes certains que tout va bien ?

Les deux époux échangèrent un bref regard. Il était rare que Law les appelle par leurs prénoms pour autre chose que les différencier. Ce simple refus avait été suffisant pour l'inquiéter pour de bon.

— Tout va bien, répondit finalement Lysander. C'est seulement que nous avions quelque chose de prévu. Un rendez-vous important. Non que le professeur Keyes ne soit pas important, ajouta-t-il vivement. Mais nous ne pouvons pas annuler.

Le regard de Frederick passa lentement de l'un à l'autre des deux Grey.

— Vous me cachez quelque chose, soupira-t-il. Mais soit. Keyes n'est pas assez important pour vous arracher à vos devoirs, quels qu'ils soient.

— Ce n'est pas un mensonge, Frederick, lâcha Katherine en se penchant pour servir le thé. Nous avons réellement un rendez-vous.

— Et je vous crois, répondit le professeur. Après tout, nous venons à peine de rentrer, il ne peut pas s'attendre à ce que vous lui tombiez immédiatement dans les bras. Merci, Alden.

Il prit la tasse que Katherine lui tendait et se retourna vers Terry, pensif derrière sa moustache. Le jeune homme accepta un peu de thé en silence, trop impressionné pour seulement oser parler. Il aurait voulu disparaître derrière le fauteuil, ainsi pris au piège sous le regard du professeur. Lysander ne lui avait pas encore parlé de l'accepter à l'université, mais il lui semblait que le vieil homme avait déjà formé cette idée dans son esprit.

— Vous me rappelez l'un de mes élèves, dit-il entre deux gorgées de thé. Un jeune homme brillant, vraiment brillant... Il regardait les vitrines des musées avec le même étonnement, quand je l'ai rencontré.

Un fin sourire revint sur les lèvres de Lysander à ces mots, tandis que Terry sentait une chaleur désagréable lui monter au visage.

— Vraiment ? murmura-t-il.

Frederick hocha la tête et se retourna vers les Grey.

— Charlie n'a jamais cessé de s'émerveiller devant tout ce qu'il voit, remarqua Katherine. Le moindre tesson de poterie est un trésor à ses yeux.

— Et il a bien raison de le penser, affirma Lysander. Monsieur Williams aimerait nous accompagner pour la prochaine saison de fouilles, ajouta-t-il pour Frederick. Voulez-vous bien le former ?

— Bien sûr, bien sûr, sourit le professeur. Que voudriez-vous faire, mon garçon ? Qu'est-ce qui vous intéresse ?

Terry tressaillit et secoua lentement la tête, hésitant. Il n'en savait trop rien. Son regard fit le tour de la bibliothèque, à la recherche d'un sujet un peu savant sur lequel il aurait pu jeter son dévolu. Son attention revint presque aussitôt sur le vase flanqué de son amphore romaine, à l'autre bout de la pièce. Le jeune homme les désigna d'un doigt timide, sans voir le sourire qui s'épanouissait sur le visage de Frederick.

— Ceci, dit-il. Je voudrais en savoir plus.

— Nous manquons justement de céramologues ! s'exclama joyeusement le professeur. Venez me voir demain, Lysander vous montrera le chemin. Je vous présenterai à Charles Dawson, il est spécialiste de tout ce qui touche de près ou de loin à la vaisselle antique.

Terry bredouilla aussitôt des remerciements, le rouge s'étendant jusqu'à ses oreilles. Frederick ressemblait à un enfant le matin de Noël.

— Voudra-t-il me tester ? s'enquit le jeune homme. Monsieur Dawson ?

Même mal en point, Katherine ne put retenir un léger gloussement à ces mots.

— Oh, non, répondit-elle. Charlie a toujours eu les examens en horreur. Il vous suffira d'écouter ce qu'il a à vous dire et de prendre quelques notes si le cœur vous en dit.

Terry se détendit aussitôt, soulagé. Sa mère n'en reviendrait pas lorsqu'il lui annoncerait qu'il allait étudier avec un universitaire. Il n'avait pas fini sa tasse qu'il s'enfuyait presque de la maison, escorté par Katherine. Resté seul avec Frederick, Lysander semblait soudain plus épuisé qu'il n'aurait dû l'être, même après leur traversée. Le professeur l'observa en silence pendant quelques secondes, puis reposa sa tasse et se pencha vers lui, les sourcils froncés.

— Lysander, appela-t-il. Vous ne voyez pas d'inconvénient à étudier avec Keyes plutôt qu'avec moi, n'est-ce pas ?

Grey sursauta et secoua aussitôt la tête avec un rire nerveux.

— Non, répondit-il. Pas le moins du monde, voyons. Je suis seulement trop fatigué pour montrer mon enthousiasme.

— Vous êtes donc enthousiaste. Bien. Keyes n'a peut-être pas l'air très avenant au premier abord, mais il fera de vous l'un des meilleurs professeurs qu'Oxford ait connu... Et s'il vous cause des ennuis, surtout, dites-le moi. Une rivalité professionnelle ne doit pas lui faire oublier ses devoirs d'enseignant.

— Je ne m'inquiète pas à ce sujet, affirma Lysander d'une voix douce. Quel que soit le test qu'il souhaite me faire passer, j'ai assez confiance dans vos enseignements pour ne pas m'en faire.

— Alors qu'y a-t-il ?

— Rien de bien important pour vous. Seulement une journée difficile pour Katherine et moi. Nous irons mieux demain.

Frederick se redressa au moment où Katherine venait reprendre sa place auprès de Lysander. Elle l'observait du coin de l'œil, comme si elle attendait le premier signe de son départ pour le raccompagner dehors. Ils n'avaient pas précisé la nature de leur rendez-vous, mais le professeur devinait qu'ils souhaitaient quitter la maison au plus vite. Il poussa un profond soupir et se leva sans plus attendre, peu enthousiaste à l'idée d'être jeté dehors.

— Si vous avez besoin de quoi que ce soit, dit-il. Vous savez où me trouver.

Alors que Katherine se levait pour lui ouvrir la porte, le vieil homme ne put s'empêcher de se répéter qu'elle avait l'air trop pâle, malgré les mois passés sous le soleil égyptien. Ce ne fut qu'une fois dans la rue qu'il comprit ce qui lui avait donné cette impression. Aussi loin qu'il s'en souvienne, Katherine Grey n'avait porté du noir qu'à la fin de la guerre. Il était encore sur le trottoir à héler un taxi lorsque le couple sortit de la maison, serrés l'un contre l'autre. Frederick les suivit du regard, les lèvres serrées. Il n'y avait pas de doute possible. Ses deux protégés avaient passé un habit de deuil.

CHAPITRE 12

Lysander n'avait jamais fait qu'entrevoir le professeur Keyes, dans les couloirs de l'université, mais il ne fallait pas être un grand observateur pour comprendre qu'il le méprisait. Il l'avait salué du bout des lèvres au moment de lui ouvrir la porte, et l'exercice de transcription et de traduction qu'il lui avait soumis était si ridiculement simple qu'il relevait de l'humiliation. Grey ne parvenait pas à déterminer qui, de Frederick ou lui-même, devait se sentir le plus offensé. À présent, Keyes observait sa tentative avec attention, visiblement à la recherche de la plus petite erreur.

— Ce n'est pas trop mal, lâcha-t-il enfin. Law a fait un travail suffisant avec vous.

— Suffisant ? répéta Lysander avec un haussement de sourcil.

— Vous m'avez entendu. La papyrologie exige de la rigueur, docteur Grey. Vous allez encore bien trop vite, mais il n'y a pas d'erreurs cette fois-ci. Cela pourrait être différent avec quelque chose de plus complexe.

Lysander sentit la chaleur envahir sa nuque et son visage, et pria pour que Keyes ne le voie pas rougir. Il tenta de se concentrer sur le crâne lisse du professeur, alors que ce dernier se replongeait dans sa production. Peut-être, s'il parvenait à oublier son regard inquisiteur, serait-il plus assuré.

— Vous voyez, reprit Keyes sans le regarder, vous avez évité le piège du non-sens sur la troisième ligne. Le contexte vous aura aidé, sans doute. Mais dans la précipitation, vous auriez pu lui faire dire exactement le contraire de ce qu'il signifie. Il faudra que je vous apprenne la bonne méthode, sans quoi vous tomberez dans ces pièges encore et encore.

Lysander retint l'envie de s'indigner. Le piège dont il parlait était facilement évitable, même pour une traduction hâtive. Frederick ne s'était pas contenté de lui inculquer les bases, tout le monde le savait... Tout le monde, sauf Keyes, en toute vraisemblance. Ce dernier releva brièvement les yeux vers Grey et esquissa un sourire amusé.

— On dirait bien que je vous ai contrarié, remarqua-t-il. Est-ce la simplicité de l'épreuve qui vous ennuie ?

— Je ne peux pas nier que je m'attendais à autre chose, répondit Lysander.

— Pensez-vous que je vous prends pour un imbécile, docteur Grey ?

Le linguiste arqua un sourcil. S'il répondait franchement, le professeur risquait de ne pas apprécier.

— Je crois, dit-il lentement, que vous me prenez pour moins formé que je ne le suis. On croirait que j'ai commencé le grec hier.

Keyes émit un son à mi-chemin entre le rire et la quinte de toux. Lysander ne savait plus s'il se moquait de lui ou non.

— Vous n'êtes pas stupide, Grey, dit-il. Je ne le pense pas. Mais vous êtes encore jeune, vous le savez très bien, et je dois m'assurer que Frederick n'a pas surestimé ses propres capacités en me parlant de vous. Ce ne serait pas la première fois qu'il se montre un peu trop sûr de lui, voyez-vous.

Il marqua une pause et accorda à nouveau un demi-regard à Lysander. Il parut réfléchir un instant, puis se leva pour venir fouiller dans quelques tiroirs, jusqu'à en tirer une large boîte flanquée d'un numéro d'inventaire. Il la déposa devant Lysander et l'ouvrit avec précaution avant de reprendre sa place derrière le bureau, les yeux luisant d'intérêt.

— Traduisez, ordonna-t-il. À haute voix.

Lysander pinça les lèvres. Il s'agissait d'un papyrus administratif, une déclaration du nombre d'animaux que possédait un obscur fermier du nom de Dôriôn. Quelques manques étaient à déplorer çà et là, mais la traduction n'était pas beaucoup plus ardue que la première fois. Lorsqu'il se tut, le linguiste dut une nouvelle fois affronter le sourire suffisant de Keyes, pour sa plus grande exaspération.

— Il y a au moins un point sur lequel on ne m'a pas menti, commenta-t-il. Vous faites cela avec une telle aisance qu'il serait difficile de ne pas admettre que vous êtes brillant. Ce qui m'étonne, c'est que Frederick songe encore à vous apprendre autre chose. Que croit-il que je puisse faire pour vous ?

— Il affirme que vous êtes meilleur papyrologue que lui, répondit Lysander avec méfiance. Il n'a rien dit de plus. Je pensais que vous en aviez discuté.

— C'est le cas, sourit Keyes. Il souhaite que vous preniez sa chaire, et que vous puissiez former les meilleurs élèves d'Oxford. C'est un merveilleux programme, mais que puis-je bien vous apporter si vous savez déjà tout ce qu'il y a à savoir ?

Grey se crispa à ces mots. Cette fois, c'était évident, il se moquait de lui. Il s'amusait avec ses nerfs et cherchait à lui faire dire ce qu'il savait très bien être faux : qu'il en savait assez et n'avait pas besoin de ses services.

— Vous m'avez demandé de traduire ces documents, professeur, dit-il. Pas d'en étudier le contenu. Jusqu'à nouvel ordre, vous n'êtes pas seulement paléographe, et moi non plus.

Le sourire de Keyes s'élargit et il hocha la tête, l'air satisfait.

— C'est tout à fait exact, répondit-il. Je suis heureux de constater que vous savez faire la différence entre ces deux disciplines. Voyons ce que vous faites de ceci. Qui a écrit cette déclaration ?

Lysander baissa les yeux sur la boîte ouverte devant lui. La papyrologie n'était reconnue comme discipline que depuis une trentaine d'années, tout au plus. Même Frederick n'aurait su dire avec certitude quel genre de personne avait pu rédiger un tel rapport.

— Sans doute un fonctionnaire local, suggéra-t-il. En tout cas, quelqu'un ayant fait assez d'études pour recevoir cette charge.

— À quoi le voyez-vous ?

— Il le faut bien, pour rédiger une déclaration en grec, n'est-ce pas ?

— En effet. Mais ce fonctionnaire est-il grec ou égyptien ? Jusqu'à quel point a-t-il étudié ? Et quand a-t-il vécu ? Je vous assure que vous pouvez trouver toutes ces informations en relisant attentivement ce qu'il a écrit.

J'en doute, voulut rétorquer Lysander. Il se retint pourtant, et s'efforça de chasser l'irritation qui le rendait peu attentif. Il ne voyait rien qui aurait pu lui donner la réponse aux questions de Keyes. Le document était trop laconique, il ne contenait rien de particulier en termes de style ou d'orthographe qui aurait pu lui fournir au moins une date, un contexte culturel... Le silence sembla s'étirer à l'infini dans le bureau alors qu'il observait le papyrus, sa frustration prenant de plus en plus de place dans son esprit.

— Je ne sais pas, admit-il soudain. Je peux vous dire qu'il a étudié, que ceci a été rédigé pendant une période prospère, et c'est à peu près tout.

— C'est déjà très bien, répondit Keyes avec douceur. Certains de mes élèves sont incapables d'aller au-delà du sujet traité pendant plusieurs mois. Il faut apprendre, voilà tout.

Il se leva et contourna le bureau pour désigner quelques passages du bout de son doigt ganté, une fois assuré que Lysander l'écoutait avec attention.

— Notre homme est égyptien, dit-il. Il a certes étudié, mais pas à un niveau suffisamment haut pour faire passer le grec conservateur avant la langue orale dans sa rédaction. Je le sais parce qu'il ne décline pas. Vous pouvez le voir ici, ou là.

Le visage de Lysander s'empourpra aussitôt. Il se maudissait de ne pas l'avoir vu. À présent que le professeur le lui mettait sous le nez, cela lui paraissait évident.

— Vous me parlez d'une période prospère, reprit ce dernier. Ce papier date en réalité du IIIe siècle avant notre ère, plus précisément du règne de Ptolémée IV. La valeur des animaux diminue en même temps que la fiscalité augmente. Cependant, la situation n'est pas encore aussi catastrophique qu'elle le sera quelques dizaines d'années plus tard. Mais ne vous en faites pas, vous ne pouviez pas vous montrer aussi précis dès le premier essai.

Keyes referma la boîte et l'enferma à nouveau au fond de son tiroir, puis regagna sa place derrière le bureau, non sans remarquer l'air consterné de Lysander. Le monde entier critiquait les méthodes de Frederick, parfois un peu bourrues, mais le linguiste ne parvenait pas à supporter l'air tranquillement satisfait de son échec qu'arborait son collègue.

— Allons, allons, ce n'est rien, lança le professeur. Vous ne pouvez que vous améliorer. C'est pour cela que Frederick vous a envoyé ici, non ?

— Certes, répondit Lysander avec toute la dignité dont il était capable. J'aurais seulement aimé être plus... convaincant dans ma démonstration. Professeur, il y avait quelque chose dont je voulais vous parler...

— Mmh ?

Grey hésita un instant. Il ne lui paraissait plus une si bonne idée de parler du médaillon à Keyes. Il voulait déchiffrer l'inscription lui-même, sans passer pour un jeune premier auprès de lui. Car il parlerait au reste de l'université, il en était sûr – le si brillant docteur Grey incapable de dater un vulgaire rapport financier.

— C'est à propos d'un médaillon, soupira Lysander après quelques secondes. Il porte une inscription en grec que je parviens à déchiffrer, mais pas à comprendre.

Keyes haussa un sourcil et se pencha légèrement par-dessus le bureau, l'air soudain vaguement intéressé par ce que le jeune homme avait à lui proposer.

— Un médaillon, dites-vous, murmura-t-il. D'époque lagide, donc ?

— C'est probable, répondit lentement Lysander. Mon épouse l'a trouvé dans la cave de la bibliothèque, à Alexandrie. Nous pensons que quelqu'un l'a perdu en fuyant la destruction de la bâtisse.

— Je vois. Ce bijou, vous l'avez ici, avec vous ?

Lysander hocha la tête, presque à contrecœur. Lorsqu'il tira le petit coffret du sac qu'il avait amené avec lui, il ne put ignorer la soudaine avidité qui se dessinait sur le visage de Keyes. Il n'avait attendu que cela, réalisa Grey avec un mélange de compréhension et de dégoût : d'être associé à la découverte de la bibliothèque, et de pouvoir enfin donner son opinion sur ce qui s'y trouvait. Le linguiste poussa rapidement la boîte vers lui, et le professeur l'ouvrit avec la même délicatesse que celle qui contenait le papyrus, presque avec tendresse. Son regard s'illumina lorsqu'il découvrit le bijou, soigneusement protégé pendant son voyage jusqu'en Angleterre.

— Voilà qui est formidable, souffla-t-il. Est-ce du verre, au centre ?

— Oui, répondit Lysander. Probablement fabriqué à Alexandrie même, selon l'expertise de Charles Dawson.

Keyes agita un peu la main par-dessus le bureau, comme pour chasser le nom du céramologue de son esprit.

— Dawson est assez bon, mais son expertise ne vaut pas grand-chose, lâcha-t-il avec un mépris à peine voilé. Si c'était lui que Frederick m'avait envoyé, j'aurais refusé sur-le-champ. J'ose espérer qu'un autre le remplacera vite, si vous voulez avancer.

Lysander sursauta à ces mots et retint la réplique cinglante qui lui brûlait les lèvres. Il pouvait admettre que Keyes faisait figure d'autorité en matière de papyrus, mais cet homme ne pouvait nier qu'il n'y connaissait rien en céramologie. Charlie avait sans doute plus d'une chose à lui apprendre, à commencer par l'humilité…

— C'est cette petite inscription qui vous tracasse ? s'étonna soudain le professeur. Vraiment, cette fois, je dois dire que vous m'étonnez. Je m'attendrais plutôt à ce que vous les traduisiez sans trop de peine.

— Les ? répéta Lysander, interloqué.

Keyes releva les yeux vers lui, presque aussi surpris que lui.

— Bien sûr, répondit-il. Il y a deux phrases, ici. Vous ne l'aviez donc pas vu ?

Grey secoua lentement la tête, à nouveau mortifié. S'il y avait bien deux inscriptions, elles étaient formidablement courtes… Et leur grammaire devait être on ne peut plus simple. Keyes se releva brusquement et vint poser le médaillon devant lui, à l'endroit où s'était trouvé le papyrus quelques instants plus tôt. Son doigt

partit du haut du cercle et désigna la première partie de l'inscription
— *Ho basileus ou katapauthēsetai en tē araruiāi gē tēs Alexandreias.*

— Le roi ne reposera pas dans la terre maudite d'Alexandrie, traduisit aussitôt Lysander. Cela, au moins, je peux le lire.

— Excellent, sourit Keyes. Et ensuite ?

— Ensuite, les mots n'ont plus de sens, protesta Grey. Ahmet Ibrahim, notre guide, a supposé que cela pouvait être de la poésie, mais...

Le rire du professeur l'interrompit net. Il sentit sa main gantée tapoter son épaule avec un semblant d'affection, et le crâne lisse brilla dans la lumière des lampes alors qu'il secouait la tête :

— Voyez, dit-il. C'est là ce que Frederick a omis de vous inculquer à tous. Un peu de rigueur scientifique. Vous êtes si enclin à y voir un mystère quelconque, un poème ou que sais-je encore que vous ignorez la simplicité la plus enfantine. Parfois, docteur Grey, il suffit d'observer la structure d'une phrase pour voir qu'elle n'est pas si complexe.

Son doigt se posa à nouveau en haut du médaillon pour tracer un arc de cercle, cette fois de l'autre côté du soleil de Vergina. Lysander mit encore un instant à comprendre ce que cela signifiait. Le cercle devait être coupé en deux pour comprendre ce que le bijou avait à dire. Les deux phrases s'entremêlaient au début et à la fin, entrecroisées pour faire le tour du disque d'or.

— Lisez et traduisez, ordonna tranquillement Keyes.

— *Ho basileus katapauthēsetai en tē hierā gē tēs Alexandreias*, articula Grey. Le roi reposera dans la terre sacrée d'Alexandrie. Mais...

— Oui ?

Lysander pinça les lèvres. Plus il avouait son impuissance, plus il avait le sentiment de se ridiculiser devant le professeur.

— Cela n'a pas beaucoup plus de sens qu'avant, marmonna-t-il. Comment la terre d'Alexandrie peut-elle être à la fois maudite et sacrée ? Et qui est ce roi dont nous parlons ? Peut-être voyez-vous cela dans la tournure de phrase ?

Il avait laissé sa colère parler, et il le regretta aussitôt. Keyes éclata d'un rire si tonitruant qu'on avait dû l'entendre à l'autre bout du collège. Il se rassit de l'autre côté du bureau et replaça tranquillement le médaillon dans son coffret, étouffant encore quelques gloussements que Grey trouva ridicules.

— Je suis papyrologue, jeune homme, pas devin, répondit-il après quelques instants. Qui est ce roi, je ne saurais vous le dire à moins de pouvoir dater précisément cet objet. Or, je ne le peux pas, pas sans des analyses plus précises. Quant à la terre d'Alexandrie... Votre épouse est géographe, je crois ?

Lysander se raidit sur sa chaise, la main posée sur sa canne et prêt à quitter le bureau sans demander son reste. Le professeur arborait la même expression d'intérêt poli que Frederick lorsque la jeune femme lui exposait des conclusions dont il n'avait que faire. Le linguiste pouvait à peu près supporter qu'on l'humilie de la sorte, mais pas qu'on s'en prenne à Katherine.

— C'est exact, répondit-il.

— Eh bien, vous devriez lui demander ce qu'elle en pense, sourit Keyes. Si elle est meilleure en géographie que Dawson ne l'est en céramologie, elle devrait pouvoir vous expliquer de quel genre de figure de style il est question ici.

Le professeur se renversa contre le dossier de sa chaise, sans se départir de son sourire, et repoussa le coffret vers Lysander.

— Votre leçon suivante aura lieu la semaine prochaine, dit-il. Même jour, même heure. Ne soyez pas en retard. Vous pouvez rentrer chez vous.

CHAPITRE 13

— Qu'en dites-vous ? interrogea Frederick. Il m'a tout l'air d'un garçon prometteur.

— Je suis d'accord, répondit Charlie. Il est intéressé par ce que je lui raconte, et je crois qu'il sera assez prudent pour ne pas répandre nos vases dans les couloirs.

— Vous ne lui demandez rien de plus ?

Dawson secoua la tête avec un demi-sourire. Terry était terrifié à l'idée de devoir retenir trop d'informations. Pour commencer, il se contenterait de le faire observer alors qu'il triait les objets qu'ils avaient ramenés d'Alexandrie. Sans doute le garçon retiendrait-il mieux ses gestes qu'une liste griffonnée sur un coin du bureau.

— Alors, c'est entendu, lança joyeusement Frederick. Votre premier élève, Dawson ! Il faudra fêter cela.

Charlie sourit un peu plus largement. Il ne s'était jamais imaginé enseigner, et encore moins que Law approuverait. À présent que Terry était parti, il se prenait à planifier tout ce qu'il pourrait lui apprendre, tout ce qu'il aurait aimé savoir avant d'être projeté sur le terrain. Il allait trépigner d'impatience jusqu'à sa première leçon…

— Je me demande comment s'en sort Lysander, dit-il, moitié par réel intérêt, moitié pour ne pas paraître trop empressé. Il n'avait pas l'air ravi de rencontrer Keyes, si vous voulez mon avis.

— Je suis sûr qu'il fait des merveilles, répondit Law. Il ne devrait plus tarder, Keyes m'a promis de ne pas le retenir plus d'une heure.

Il n'avait pas achevé sa phrase que les pas de Lysander se faisaient entendre dans le couloir, si rapides que sa canne semblait à peine suivre le rythme. Charlie pinça les lèvres et observa Frederick du coin de l'oeil. Quoi qu'ait pu lui dire Keyes, cela ne lui avait pas plu du tout. Lorsque Law l'invita à entrer, Charlie entraperçut le visage du linguiste l'espace d'une seconde, avant qu'il ait pu se redonner une contenance. Dawson fit aussitôt un mouvement pour se lever, alarmé. S'il ne le connaissait pas si bien, il aurait pu croire que Lysander allait fondre en larmes d'une seconde à l'autre.

— Tout s'est bien passé ? s'inquiéta-t-il.

Grey haussa les épaules et se laissa tomber sur la chaise qui faisait face au bureau, les lèvres serrées.

— Disons que j'ai connu des messieurs plus agréables, répondit-il. Le professeur Keyes a l'air de penser que je ne suis qu'un enfant. Je m'y attendais, à vrai dire.

— Et ce test ? voulut savoir Frederick.

— Il a lui-même admis qu'il était très simple. Il s'attendait à ce que je me laisse avoir et que je fasse quelques erreurs de traduction, mais il n'en a finalement relevé aucune.

— Je n'en attendais pas moins de vous. Vous finirez par vous habituer à lui. Il peut paraître très hautain, mais croyez-moi, je n'exagère rien quand je vous dis que vous le surpasserez un jour ou l'autre.

Lysander ne répondit pas. Il ne pouvait s'enlever le rire moqueur de Keyes de la tête, et les encouragements de Frederick n'y changeaient rien. Et puis, il y avait Charlie de l'autre côté du bureau, qui ignorait de quelle manière le papyrologue avait parlé de lui. Non, décidément, cet homme-là pouvait être aussi brillant qu'il le voulait, cela n'empêchait pas Lysander de le détester comme jamais encore il n'avait détesté quelqu'un.

— Je remplis peut-être vos espérances, Frederick, lâcha-t-il enfin. Mais je doute d'être à la hauteur des attentes de Keyes. Si je devais l'écouter, je serais déjà en train de brûler ma thèse en pensant que ce n'est qu'un ramassis d'âneries. Dieu merci, nous étions seuls dans ce bureau et la porte était fermée.

— Il ne t'a pas insulté, au moins ? s'enquit Charlie.

— Pas directement, grimaça Lysander. Mais si tu l'avais entendu... C'était tout comme. Je dois le revoir la semaine prochaine, ajouta-t-il. J'espère que cela n'était qu'une très mauvaise première impression.

Frederick acquiesça avec satisfaction, et Grey se promit aussitôt de ne plus en parler devant lui. Il passait déjà pour un petit garçon auprès de Keyes, il ne tenait pas à ce que Law le considère à son tour comme un enfant capricieux. De l'autre côté du bureau, Charlie lui adressa un sourire contrit. Le jeune homme se sentait presque coupable d'être aussi heureux alors que son collègue était visiblement mortifié.

— Je suis désolé pour toi, Lysander, dit-il avec douceur. J'ai pris la voiture. Je peux te ramener chez toi, si tu veux ?

Grey lui coula un regard intrigué et hocha la tête. Katherine et lui n'habitaient pas si loin, et il s'était attendu à ce que Charlie serve une nouvelle fois de chauffeur à Frederick. Dawson n'avait pas abandonné son fauteuil que le professeur bondissait pour prendre sa place et tirait quelques papiers à lui, adressant un bref signe à ses deux élèves alors qu'ils sortaient. La seconde suivante, Lysander devait s'agripper aux épaules de Charlie pour ne pas tomber et son cri de stupeur couvrait le bruit de sa canne sur le parquet. Dawson marmonna quelques mots indignés tandis qu'un crâne lisse s'inclinait devant eux pour ramasser le bâton avec un petit rire.

— Veuillez m'excuser, docteur Grey, dit Keyes en se redressant. Je ne vous avais pas vu. Une chance que vous ayez été là, monsieur Dawson.

Lysander lui arracha presque sa canne des mains, le cœur battant à tout rompre. C'était sans doute son antipathie qui lui faisait penser cela, mais il lui semblait que Keyes ne cherchait même plus à masquer la moquerie dans sa voix. Il balaya un instant Charlie du regard, le temps que Lysander s'assure à nouveau sur ses jambes, puis poussa la porte du bureau sans frapper. Au bruit soudain qui s'éleva à l'intérieur de la pièce, les deux hommes devinèrent que Frederick ne s'était pas attendu à une telle visite.

— Allons-nous en, murmura Charlie en tirant un peu sur la manche de son compagnon. Je comprends ce que tu as voulu dire.

Lysander ne se fit pas prier. Il ne voulait pas s'imaginer Keyes plus fourbe qu'il ne l'était réellement, mais il aurait facilement pu croire qu'il n'avait pas fauché sa canne par accident. Peut-être s'était-il tenu derrière la porte tout au long de sa discussion avec Frederick, et il n'avait pas apprécié la manière dont son nouvel élève avait parlé de lui... Il pinça les lèvres et s'efforça de chasser cette pensée de son esprit. Aucun professeur d'Oxford, tout hautain qu'il fût, n'aurait pris le risque de mettre sa santé en danger pour un simple désaccord. Et puis, songeait-il, si vraiment Keyes avait tout entendu, il aurait trouvé un moyen beaucoup plus subtil de le lui faire comprendre...

*

Katherine avait pris le temps de servir du thé à Charlie avant de le laisser repartir, ne sachant que trop bien à quel point Lysander craignait de la voir exploser en public. Ce dernier lui avait exposé son entrevue avec Keyes d'un ton égal, et avait confié à Dawson que le professeur ne croyait pas à sa datation du médaillon. Le jeune homme avait éclaté de rire et s'était contenté de hausser les épaules, sans rien cacher de son amusement :

— Il dit cela parce que je l'ai repris à l'Ashmolean sur l'origine d'un stamnos à figures rouges, affirmait-il. J'ai bien cru qu'il allait m'étrangler sur place, mais il disait de telles âneries que je n'ai pas pu me retenir.

Il ne s'était pas attardé bien longtemps, soucieux de préparer quelques unes de ses notes pour Terry avant de le revoir. À présent, les Grey se trouvaient au fond de la bibliothèque, bien à l'abri derrière les rangées de livres au cas où quelqu'un décidait de venir frapper chez eux.

— Tu aurais dû le dire à Charlie, soupira Katherine lorsque Lysander lui répéta exactement les mots de Keyes à son sujet. Il aurait été heureux de l'entendre de toi.

— Il est surtout heureux d'être de retour et de pouvoir enseigner à quelqu'un, répondit Lysander. Je ne voulais pas le contrarier aujourd'hui. Ce n'est pas si important.

— Et à propos du médaillon ?

Le linguiste coula un bref regard au coffret qu'il avait posé sur une étagère. Il s'étonnait presque que Charlie ne lui ait posé aucune question à ce sujet avant de partir.

— Il a traduit l'inscription, en se moquant copieusement de moi au passage, dit-il. Il y a deux phrases qui s'entremêlent. La première dit que *le roi ne reposera pas dans la terre maudite d'Alexandrie*, et l'autre prétend qu'il *reposera dans la terre sacrée d'Alexandrie*.

Katherine arqua un sourcil et vint se percher sur l'accoudoir de son fauteuil, intriguée.

— Cela a du sens pour lui ? interrogea-t-elle.

— Sans doute, grimaça Lysander. Mais il n'a pas voulu m'en dire plus. En fait, il m'a recommandé de te poser la question.

— À moi ? s'étonna Katherine. Bon sang, je suis même surprise qu'il se souvienne que tu es marié. En quoi puis-je être plus utile que toi ?

— Je lui ai demandé comment la terre d'Alexandrie pouvait être à la fois sacrée et maudite. Il a eu l'air de suggérer que tu comprendrais plus vite que moi. Il se souvient aussi que tu es géographe…

Katherine releva les yeux vers le coffret, confuse. Elle ne voyait pas en quoi sa qualité de géographe pouvait aider à comprendre une inscription sur un bijou. Elle allait en faire la remarque à Lysander lorsque ses yeux s'agrandirent soudain de compréhension. Comme pour la traduction des deux phrases, la réponse était si simple que c'en était presque ridicule.

— Je déteste avoir à le dire, souffla-t-elle, mais Keyes a raison. C'est une question de géographie, Lysie. Le médaillon parle de deux Alexandries différentes.

— Je te demande pardon ? lâcha Lysander.

— Je ne sais pas de quel roi il parle, reprit la jeune femme en se levant pour ouvrir le coffret. Mais si je suis le raisonnement de monsieur Keyes, alors il est question d'une Alexandrie maudite qui ne convenait pas à sa dépouille, et d'une autre sacrée qui lui a servi de tombeau. À moins que le repos ne renvoie à autre chose ?

Elle se retourna vers Lysander, le regard interrogateur, mais ce dernier lui répondit par un geste impuissant. Il ne savait pas. Keyes avait réussi à mettre en doute toutes ses capacités d'interprétation en moins d'une heure. Il tendit la main vers Katherine et la jeune femme déposa le médaillon au creux de sa main, puis s'agenouilla sur le tapis pour se mettre à sa hauteur.

— Je ne vois pas d'autre signification possible, avoua Lysander à voix basse. Je pourrais me tromper, mais je ne me vois pas demander à Keyes de jeter un œil encore une fois. Quand j'ai sorti la boîte, il a eu l'air d'un vautour.

— Nous pourrons nous débrouiller, répondit Katherine. Nous devons encore en parler à Don et Charlie, et il faudra bien mettre Frederick au courant un jour ou l'autre... Nous pourrions demander à Carter ce qu'il en pense ?

— Tu veux notre mort à tous les deux ? protesta Lysander avec un sursaut. Si Frederick l'apprend, il nous en voudra pour le restant de nos jours ! Non, nous pouvons trouver sans Carter. Au moins nous en sortir jusqu'à ce que nous en parlions au professeur.

Katherine hocha la tête et leva une main pour la poser sur le genou de son mari. Ce n'était pas seulement qu'il était contrarié par Keyes. Il avait pris soin de ne plus la réveiller, sans doute, mais elle devinait qu'il dormait toujours mal et se levait en pleine nuit pour se changer les idées.

— Pourquoi ne pas en parler à Arthur ? interrogea-t-elle d'une voix douce. Tu pourrais lui raconter ce que tu as fait aujourd'hui. Lui dire à quel point le professeur Keyes est un horrible personnage, et comment Charlie s'est moqué de lui au musée ?

Lysander se détourna du médaillon et esquissa un sourire à ces mots. Il se pencha pour poser le bijou sur la table, puis se redressa juste assez pour déposer un baiser sur les lèvres de Katherine, une main effleurant les mèches qui bouclaient sur sa nuque.

— C'est une bonne idée, murmura-t-il. Je suis sûr que cela le fera rire un peu. Je vais aller me changer.

Il tint encore Katherine un instant contre lui, puis se leva pour quitter la pièce sans un regard de plus au médaillon. La jeune femme se redressa pour prendre sa place sur le fauteuil, pensive. Frederick leur avait assez répété qu'ils étaient encore très jeunes pour qu'elle ne puisse l'ignorer. Leurs études avaient été brutalement interrompues par la guerre, et Lysander, Don et Charlie avaient mis des mois avant de pousser à nouveau la porte de l'université une fois la paix signée. Comme Law, Keyes avait sans doute été trop vieux pour être appelé sous les drapeaux et avait pu poursuivre son travail... Mais il avait tout de même compris le sens de l'inscription un peu trop vite au goût de Katherine. D'après Lysander, il n'avait eu qu'à lui jeter un bref coup d'oeil avant de le traduire. Et il y avait la perle de verre qui brillait au centre du disque, que le professeur ne croyait pas originaire d'Alexandrie...

La jeune femme se pencha en avant pour attraper le bijou, les sourcils froncés. Lorsqu'elle n'avait que dix ans, ses parents l'avaient emmenée à Paris et s'étaient esclaffés en apprenant qu'un homme était parvenu à glisser un buste on ne peut plus moderne parmi quelques antiques sans que personne au musée ne s'en rende compte. Elle n'avait pas saisi l'importance de l'affaire alors, mais elle avait appris au fil des années que les farceurs et les faussaires étaient moins rares qu'il n'y paraissait. Si Don avait eu raison dès le départ et que le médaillon était un faux, Keyes ne manquerait sans doute pas de le faire savoir à tous ceux qui voudraient bien l'écouter. Peut-être, songeait Katherine, était-il lui-même l'auteur du méfait ?

— Non, ce n'est pas possible, murmura-t-elle pour elle-même. Comment aurait-il pu le mettre là, alors que nous étions en train de fouiller et qu'aucune entrée n'était accessible ? Bon sang, cela n'a pas de sens.

Elle ne voulait pas l'admettre, mais sans doute le détestable professeur Keyes était-il seulement très doué dans son domaine. Après tout, elle préférait de loin faire confiance à Charlie pour ce qui était du verre. La jeune femme se leva pour replacer le bijou dans sa boîte. Elle n'était pas satisfaite, mais il ne servirait à rien de se torturer l'esprit pendant des heures. Et puis, Lysander aurait besoin d'un long bain chaud à son retour. Peut-être iraient-ils dîner pour oublier les tracas de la journée. Katherine y songeait encore lorsque quelqu'un frappa à la porte d'entrée. Frederick se tenait sur le perron, vraisemblablement amené là par Charlie.

— Bonjour, Alden, dit-il. Puis-je parler à Lysander ?

— Il est sorti, répondit Katherine. Si vous marchez assez vite, vous pourrez peut-être le rattraper, mais je ne suis pas certaine qu'il accepte d'être dérangé...

— Oh, bredouilla le professeur. Je vois. Cela vous ennuie-t-il si je tente ma chance malgré tout ?

La jeune femme esquissa un sourire et secoua la tête.

— Allez-y, dit-elle. Mais soyez doux avec lui, s'il vous plaît.

— Je vous le promets. Par où est-il parti ?

— Il devait aller au cimetière.

CHAPITRE 14

Charlie n'avait pas mis bien longtemps à mettre le point final à ses notes, soucieux de ne pas surcharger le pauvre Terry de travail dès ses premiers jours. Il se souvenait encore de la panique qui l'avait saisi lorsque Frederick avait laissé tomber une bibliographie sans fin près de son coude, la première fois qu'il avait mis le pied à l'un de ses cours. Il ne souhaitait infliger cette sensation à son élève pour rien au monde. Après tout, le garçon lui avait bien fait comprendre qu'il préférait les travaux pratiques à la lecture, et Dawson ne pouvait pas lui en vouloir... Quitte à se faire mal aux yeux, lui-même préférait le faire sur des céramiques que sur les pattes de mouche d'un manuel. Finalement, il avait empoché son carnet et s'était décidé à sortir, profitant de la douceur qui régnait encore sur Oxford avant que décembre et ses monceaux de neige n'arrivent.

Il était nerveux, réalisa-t-il alors qu'il déambulait devant les vitrines des magasins. Le sentiment ne lui était pas inconnu, loin de là, mais il se serait plutôt attendu à être de bonne humeur, après l'entrevue qu'il avait passée avec Terry. Et il l'avait été... Jusqu'à ce que Willard Keyes et ses airs de maître du monde ne viennent se dresser entre lui et la bonne journée qu'il prévoyait de passer. Les coins de sa bouche s'abaissèrent un peu à ce souvenir, alors qu'il regardait sans la voir la devanture d'un modiste. Le sourire que le papyrologue avait adressé à Lysander lui en rappelait un autre, sur les lèvres du même homme, tranquillement appuyé contre une étagère...

— Dawson !

Charlie sursauta et fit volte-face, à la recherche de la voix qui avait crié son nom. Il n'eut pas à chercher bien longtemps. Don remontait le trottoir à sa rencontre, un sourire détendu aux lèvres. Il s'immobilisa près de lui et considéra un instant les chapeaux exposés en vitrine, une drôle de lueur dans le regard :

— Tu veux te lancer dans le dandysme ? s'étonna-t-il.

— Oh, non, répondit Charlie avec un léger rire. C'est affreusement démodé, voyons. Je ne faisais que réfléchir.

— Je vois. Que dirais-tu de réfléchir autour d'une grande tasse de café ? On vient de m'en vendre un qui vient du Brésil, à ce qu'il paraît, mais je ne suis pas assez connaisseur pour faire la différence avec les autres...

Le sourire radieux de Charlie lui tint lieu de réponse. Il n'en fallait pas beaucoup pour le convaincre de suivre l'un de ses amis jusque chez lui – si l'on manquait de café, quelques carrés de chocolat faisaient tout aussi bien l'affaire. Même s'ils échouaient le plus souvent chez les Grey, puisque la maison était plus grande et la bibliothèque mieux fournie, Don et Charlie avaient passé une sorte d'accord tacite : le premier conservait toujours chez lui un paquet de bon café, et le second n'oubliait jamais d'acheter un peu du tabac blond dont son compagnon était friand.

— Je suis sûr qu'il est excellent, déclara Dawson en lui emboîtant le pas. Dis-moi, n'étais-tu pas censé travailler avec Frederick, aujourd'hui ?

Don haussa les épaules.

— Si, répondit-il. Mais il était contrarié quand je suis arrivé, alors je n'ai pas voulu m'attarder. J'ai bien fait, je crois, il est sorti presque en courant un peu après moi.

Charlie arqua un sourcil. Don n'était sans doute pas arrivé assez tôt pour croiser Keyes, mais le céramologue devinait que l'irritation de Law venait de son entrevue avec ce dernier. Comment aurait-il pu en être autrement ? Il s'était ouvertement moqué d'un de ses plus brillants élèves au milieu du couloir –

désert, peut-être, mais Dawson savait à quel point les bureaux des professeurs pouvaient être mal insonorisés.

— Il m'a dit que tu avais un apprenti, maintenant, lança Woodland en fouillant dans sa poche à la recherche de ses clefs. C'est vrai ?

— En effet, sourit Charlie, un brin de fierté dans la voix. Terrence Williams. Il dit qu'il est affreusement maladroit et qu'il déteste lire, mais je crois qu'il fera un excellent céramologue.

— Avec un professeur tel que toi, je n'en doute pas une seconde, répondit Don avec douceur.

Charlie se sentit rougir. Il ne décelait aucune trace de malice dans la remarque. Woodland lui sourit par-dessus son épaule et poussa la porte, lui faisant signe d'entrer à sa suite. Passé l'étroit escalier qui grinçait à chacun de leurs pas, les deux hommes finirent par se glisser dans l'appartement de l'historien, exigu mais charmant – et toujours plus vaste que la cage à lapins que louait Dawson.

— Mets-toi à l'aise, lança Don en abandonnant son manteau sur l'accoudoir du canapé. Je m'occupe du café.

— Où as-tu mis la vaisselle, cette fois ? répliqua Charlie.

— Oh, il doit y avoir une ou deux tasses du côté de la fenêtre.

Dawson se mit aussitôt à la recherche de la porcelaine. Dans la cuisine, Don se débattait pour tirer la cafetière du fond d'un placard encombré d'un service qui n'avait jamais trouvé d'utilité. Lorsqu'il reparut dans le salon, Charlie s'avançait déjà triomphalement vers lui, une tasse dans chaque main. Bientôt, l'odeur épaisse du café envahissait le petit appartement, arrachant un soupir de satisfaction au jeune homme alors qu'il s'emparait d'un plateau en bois. Ce n'était certes pas le service de kaolin et d'argent que monsieur et madame Grey avaient offert à leur fils pour son mariage, mais cela faisait tout aussi bien l'affaire.

— J'ai cru comprendre que Keyes avait donné sa première leçon à Lysander, lança Don en s'installant dans un coin du canapé. J'espère pour lui que tout s'est bien passé.

S'il vit la brève contrariété qui contracta les lèvres de Charlie, il n'en laissa rien paraître. Ce dernier acheva de servir le café, penché avec précaution au-dessus du plateau en équilibre sur deux épais romans – Don songea qu'il n'avait encore jamais remarqué la manière dont ses cheveux bouclaient sur sa nuque, lorsqu'ils n'étaient pas aplatis par un chapeau ou la sueur sous le soleil égyptien – puis le jeune homme se laissa tomber près de lui, le visage fermé. S'il ne l'avait pas si bien connu, Don aurait pu croire qu'il était devenu jaloux de Lysander, tant le regard qu'il posait sur la porte fermée était assassin. Woodland patienta un instant, peu soucieux de le mettre en colère pour de bon, puis se tourna vers lui :

— Eh bien ? dit-il. Tu n'as pas l'air de beaucoup te réjouir pour ce pauvre Lysander.

— Mmh ? répondit Charlie. Oh, si. Je suis assez d'accord avec Frederick, je ne vois personne d'autre à sa place.

— Alors pourquoi diable as-tu la tête d'un homme qui veut en étrangler un autre ?

Dawson se détourna de la porte et se mit à jouer avec ses boutons de manchettes. Deux taches rouges étaient apparues en haut de ses pommettes et menaçaient de s'étendre à tout son visage, conscient qu'il était du regard inquisiteur de Don posé sur lui.

— Ce n'est pas Lysander, lâcha-t-il enfin. C'est seulement... Je n'aime pas beaucoup Keyes. Je n'avais pas prévu de le revoir de sitôt, mais il est venu parler à Frederick et il a presque envoyé Lysander au tapis en passant. Il avait cet air... *suffisant*, comme s'il était supérieur au reste du monde et qu'il voulait nous le faire savoir.

Le corps de Charlie fut parcouru d'un frisson de dégoût et Don arqua un sourcil, intrigué. La plupart des gens laissaient le céramologue parfaitement indifférent, et ceux qui lui déplaisaient n'avaient jamais provoqué de réaction pareille chez lui. Ce n'était pas qu'il n'aimait pas Keyes. Il le *haïssait*.

— Il a presque réussi à faire pleurer Lysander en seulement une heure de cours, reprit Dawson avec une grimace. Et Frederick n'a rien vu. Il prétend qu'il finira par s'habituer.

— Mais toi, tu n'en penses pas un mot, devina Don.

Charlie secoua la tête.

— Keyes a cette manière de te parler et de te faire comprendre que tu n'es rien, dit-il. Ne le dis pas à Lysander, je ne veux pas lui faire peur, mais...

Il parut chercher ses mots un instant, puis secoua la tête.

— C'est un enfoiré, déclara-t-il. Une espèce de parasite qui te colle à la peau et qui te répète que tu ne sers à rien, que tu ne sais rien du tout, et qu'il vaudrait mieux pour tout le monde que tu rentres chez toi et que tu y restes. Il prend un malin plaisir à humilier les étudiants, les siens, et encore plus ceux des autres.

— Comment le sais-tu ? s'étonna Don.

— Il m'a convoqué dans son bureau, il y a des années, et la conversation s'est très mal passée. Je n'ai pas envie d'en parler.

Woodland leva les mains à hauteur d'épaules, les yeux grands ouverts derrière ses lunettes. Charlie n'était pas particulièrement cachottier. Pourtant, il n'avait jamais jugé bon de leur parler d'une quelconque entrevue avec Keyes. Sans doute cela datait-il des mois qui avaient suivi son retour à l'université, après la guerre – Dawson s'était montré distant avec eux pendant près d'un an, à la fois incapable de faire son deuil et rongé par la culpabilité chaque fois qu'il apercevait la canne de Lysander ou les mains de Don. Il avait été éloigné des combats peu après s'être engagé, pour occuper un poste de secrétaire auprès d'un général qui ne mettait que rarement les pieds sur le front. Depuis qu'il avait découvert dans quel état étaient revenus ses amis, il s'était mis en tête qu'il ne méritait pas le corps en pleine santé avec lequel il s'en était sorti.

— Et, d'après toi, Keyes va s'amuser avec Lysander jusqu'à ce qu'il craque ? s'inquiéta Don.

Charlie hésita un instant, puis haussa les épaules.

— Je n'en sais rien, admit-il. Peut-être qu'ils s'entendront à merveille. Je sais seulement que Keyes a ses méthodes bien à lui, et qu'il est encore moins patient que Frederick. Mais je ne veux pas faire peur à Lysander, répéta-t-il fermement.

— Je ne lui dirai rien, assura Don d'une voix douce. En as-tu au moins parlé à Frederick ?

— Non. Il doit être au courant, de toute manière, depuis le temps qu'ils se fréquentent.

Don ne releva pas. Il porta sa tasse à ses lèvres sans un mot, considérant pourtant son ami du coin de l'œil pendant de longues secondes. Non, Charlie n'avait jamais été un cachottier. Il était aussi un piètre menteur – ce qui faisait de lui une proie de choix chaque fois que Frederick voulait leur tirer les vers du nez. Alors, songeait-il, pourquoi diable tenait-il tant à se taire sur cette rencontre avec Keyes qu'il leur cachait depuis des années ?

— Tout de même, lâcha soudain le céramologue, il y a quelque chose qui me chiffonne. Pourquoi Frederick est-il allé lui mettre Lysander sous le nez alors qu'il est tout aussi compétent que Keyes en papyrologie ?

Don haussa les épaules.

— Il est peut-être plus humble que nous ne le pensions, dit-il doucement. Puisqu'il prétend qu'il veut faire de lui le meilleur des professeurs, et qu'il a décidé qu'il n'en était pas capable tout seul...

— Tout de même, répéta Charlie, les sourcils froncés. Grey me ferait presque mal au cœur. Il avait l'air très heureux de travailler avec lui, à Alexandrie, et puis tu l'aurais vu quand il est entré dans le bureau de Frederick... Si ce n'était pas de la désillusion, je ne sais pas ce que c'est !

— Je ne te ferai pas l'affront de te dire que c'était sans doute une mauvaise première impression. Si Lysander ne dit rien et que Frederick ne voit rien, alors nous le tiendrons à l'œil nous-mêmes, voilà tout.

Charlie retourna un regard surpris vers Don, l'air toujours aussi placide au-dessus de sa tasse. Il croyait percevoir un léger sourire sur ses lèvres tandis qu'il sirotait son café, perdu dans des pensées connues de lui seul. Il n'était pas dans les habitudes de l'historien de se mêler de ce qui ne le regardait pas – question de préservation, disait-il. Pourtant, Dawson n'avait même pas eu à lever le petit doigt pour le convaincre de surveiller Keyes.

— Je n'ai rien dit du tout, remarqua Charlie.

— Je sais, répondit Don d'un ton tranquille. Mais je te connais assez bien pour savoir que tu ne laisseras pas Lysander s'enfoncer tout seul dans des leçons qui ne lui conviennent pas. Et, si Keyes t'a déjà en ligne de mire, autant que tu puisses appeler quelqu'un à l'aide le jour où il te tombera dessus.

Il fit mine de ne pas remarquer la manière dont le visage de Dawson virait à l'écarlate. Des dizaines de questions lui brûlaient les lèvres, mais il valait sans doute mieux laisser le jeune homme en paix pour le moment. Il ne l'avait encore jamais vu en colère, mais il ne tenait pas à faire de ce jour-là une première fois. Don se leva pour partir à la recherche de sa pipe et Charlie le suivit du regard. Ses yeux rencontrèrent presque aussitôt le livre qu'il avait abandonné près de son vieux gramophone, ses pages écrasées contre le bois sombre. En tendant le cou, il pouvait lire le nom de Clemence Dane qui s'étalait sur la couverture...

— *Régiment de femmes*, indiqua Don en interceptant son regard. Plutôt sympathique, je dois dire. Comment trouves-tu le café ?

Charlie lui répondit par un sourire et tendit la main vers la cafetière pour se resservir, amusé :

— Il est excellent.

CHAPITRE 15

Frederick n'avait pas osé suivre Lysander parmi les tombes, soucieux de ne pas le déranger dans un moment si intime. De là où il se trouvait, il distinguait sa silhouette agenouillée devant une tombe, la tête penchée comme s'il avait voulu murmurer quelque chose à quelqu'un. S'il s'agissait d'un décès récent, songea le vieil homme, il ne manquerait pas de forcer Keyes à revoir son jugement sur Lysander. On ne pouvait pas s'attendre à ce qu'il soit en possession de tous ses moyens dans de telles circonstances... Ce fut peut-être un mouvement trop brusque, ou un pressentiment, mais Grey se redressa soudain et se retourna vers l'entrée du cimetière, comme s'il avait su que quelqu'un l'observait. Frederick se détourna aussitôt avec un toussotement embarrassé. Il attendit quelques secondes, puis jeta à nouveau un regard par-dessus son épaule. Lysander n'avait pas bougé. Il leva une main pour lui faire signe d'approcher, l'autre fouillant dans la poche de son manteau pour en tirer un petit mouchoir en tissu.

— Katherine m'a dit où vous étiez, indiqua Frederick dès qu'il fut à portée de voix. Je ne voulais pas vous déranger.

— Non, pas du tout, répondit doucement Lysander en se relevant. Je me suis attardé plus longtemps que prévu.

— Mes condoléances. Sincèrement.

— Je vous remercie. Cela fait cinq ans maintenant, mais on ne se remet jamais vraiment de ce genre de choses, n'est-ce pas ?

Frederick secoua la tête. Il baissa les yeux sur la tombe et ses yeux s'agrandirent de stupeur. Le nom qui s'étalait sur la pierre était celui d'Arthur Francis Grey. Le vieil homme aurait pu croire à un parent de Lysander, peut-être son père, un oncle, un cousin, s'il n'y avait eu les dates : Arthur Grey était né le 23 novembre 1917 et était mort le même jour. Lysander posa doucement une main sur son bras alors que Frederick se forçait à se détourner, horrifié.

— Je suis navré, Lysander, bredouilla le vieil homme. J'ignorais que vous aviez eu un enfant.

— Nous avons longtemps évité ce sujet, répondit Grey à voix basse. Katherine a accouché bien trop tôt, quand j'étais encore au front. Le médecin m'a avoué qu'Arthur n'avait vécu que trois heures, tout au plus. Ils ont dû choisir.

— Choisir ? répéta faiblement Frederick.

— Entre Katherine et lui. Il n'y avait pas assez de temps, ni assez de matériel pour les sauver tous les deux.

Lysander pinça les lèvres et secoua la tête. Il était rentré du front quelques jours plus tard pour découvrir son fils déjà enterré et sa femme à peine consciente, trop faible pour seulement boire sans aide. Il avait refusé de repartir avant d'être certain qu'elle allait mieux. Quelques mois plus tard, il manquait de perdre sa jambe et Don et lui étaient renvoyés en Angleterre, brisés et épuisés. Frederick n'avait rien vu de tout cela. Il ne l'aurait pas supporté, songea Grey. Lorsqu'il était enfin revenu à l'université, appuyé sur sa canne, le professeur avait bien failli s'évanouir – et la main de Don avait presque eu raison de lui. Le linguiste lui souhaitait de n'avoir jamais croisé de soldats défigurés si tôt après la guerre.

— Je peux vous laisser, souffla Frederick. Si vous avez besoin de plus de temps.

Lysander secoua la tête.

— Tout va bien, professeur, répondit-il. Il faut que je rentre, ou Katherine va commencer à s'inquiéter. Dites-moi, de quoi vouliez-vous me parler ?

Le regard de Frederick s'attarda encore un instant sur la tombe avant qu'il ne suive son élève, son cœur battant encore trop fort dans sa poitrine.

— C'est Keyes, dit-il alors qu'ils quittaient le cimetière. Vous savez qu'il est venu me voir après vous avoir libéré. Il m'a dit que vous deviez vous attendre à plus de sévérité de sa part que si vous étiez l'un des étudiants qui suivent ses cours.

— Bien entendu, soupira Lysander. Je n'en attendais pas moins de lui.

— Il m'a aussi parlé de la bibliothèque, reprit Law. Il prétend que vous n'êtes pas capable de mener les fouilles à bien.

Lysander faillit s'arrêter net.

— Je vous demande pardon ? s'exclama-t-il.

— J'ai vivement protesté, bien sûr, répondit précipitamment Frederick. Je lui ai dit qu'il n'était pas en position de juger le travail que vous avez accompli là-bas, vous et les autres, et que rien de ce qu'il dirait ne me ferait remettre en doute vos capacités. Mais il a longuement insisté, et pour tout vous dire, j'en ai presque eu l'impression qu'il voulait mettre son nez dans les fouilles en vous en écartant complètement.

Lysander retint l'insulte qui lui brûlait les lèvres. Il s'était attendu à ce que Keyes se paie sa tête dans tout Oxford, mais pas qu'il cherche à convaincre Frederick qu'il n'était qu'un incapable.

— A-t-il parlé des autres ? interrogea-t-il du bout des lèvres.

Le professeur mit quelques secondes à lui répondre, visiblement embarrassé. Finalement, il hocha la tête, son regard déviant timidement vers la maison des Grey alors qu'ils en approchaient.

— Il a prétendu que Charlie ne pourrait pas faire la différence entre une amphore et de l'argile brute, répondit-il. Et que Don ne servirait à rien, hormis peut-être à amadouer les ouvriers locaux.

Lysander fronça les sourcils. Le vieil homme omettait volontairement quelque chose de plus qu'avait affirmé Keyes, il le voyait sur son visage.

— Il a parlé de Katherine, devina le linguiste.

— Un peu plus copieusement qu'il n'aurait dû, avoua Frederick. Il prétend qu'elle vous a détourné du droit chemin avec des affabulations et des contes pour enfant, que ses plans de l'Alexandrie antique sont tous faux…

— Il n'en a pas vu un seul !

— Qu'elle ferait mieux de travailler à Oxford plutôt que de nous suivre en fouilles...

— Sans elle, nous n'aurions jamais identifié la bibliothèque si vite !

— Et qu'une femme géographe est d'un ridicule consommé, puisqu'il est bien connu que les femmes ont un sens de l'orientation discutable. Je le cite.

Cette fois, Lysander s'immobilisa pour de bon au milieu du trottoir, consterné. Keyes n'avait jamais eu affaire à Katherine. À vrai dire, le linguiste doutait même qu'il puisse la reconnaître s'il la croisait dans la rue. Il ne savait rien de ses travaux, pas plus qu'il ne s'intéressait à ceux de Don ou Charlie. Un sourire crispé étira ses lèvres lorsqu'il comprit que le papyrologue voyait en eux exactement ce que Frederick redoutait : une femme, un étranger, un infirme, et un chauffeur privé pour le professeur Law. À moins d'un miracle, il ne les verrait jamais comme des chercheurs à part entière.

— Très bien, lâcha Grey. Je ne voudrais pas passer pour un élève récalcitrant, mais suis-je bien forcé de le revoir ?

— Je n'en vois pas d'autre qui pourrait vous apprendre la papyrologie correctement, répondit Frederick en s'agitant un peu. À moins d'aller jusqu'à Cambridge, ou en France...

— Ou bien, je pourrais attendre encore un peu avant de prendre votre suite ! Professeur, vous ne prévoyez tout de même pas de prendre votre retraite dans les prochains mois ?

Frederick haussa les épaules et s'arrêta au bas des marches qui menaient à la maison, les lèvres serrées.

— Je suis un vieillard, Lysander, répondit-il. Je pourrai encore tenir une saison de fouilles, peut-être, pour achever ce que nous avons commencé... Mais il est grand temps que je rentre chez moi et que j'y reste. Je suis désolé de vous avoir pris au dépourvu.

Lysander ne répondit pas. Il ne pouvait que comprendre les préoccupations de Law, mais il ne voulait plus jamais avoir affaire à Keyes.

— Et en Égypte ? interrogea-t-il soudain. N'y a-t-il pas de papyrologues au musée du Caire ? Je pourrais apprendre là-bas, pendant la prochaine saison, et prendre votre place ensuite ?

Frederick hésita un instant. Il ignorait ce que valaient vraiment les papyrologues du Caire, et il craignait que la réputation de Grey ne prenne un coup pire encore si l'on apprenait qu'il avait été formé par des étrangers. Il finit par secouer la tête, impuissant.

— Nous verrons, soupira-t-il. Retournez au moins le voir la semaine prochaine. S'il ne se montre pas plus respectueux, nous trouverons une autre solution.

Lysander hocha la tête avec reconnaissance. Cela lui laisserait au moins une porte de sortie au cas où Keyes se montrait plus exécrable encore. Il prit rapidement congé de Law et poussa la porte de la maison, trop heureux de pouvoir annoncer la nouvelle à Katherine. Il n'avait pas fait trois pas vers la bibliothèque qu'il s'immobilisait, aux aguets. Il avait entendu quelqu'un fouiller la pièce, et ce n'était pas sa femme.

*

Charlie ne parvenait pas à trouver le sommeil. Il aurait pu mettre cela sur le compte de son euphorie, ou de sa vague inquiétude au sujet de Keyes et Lysander... Mais il ne s'agissait pas de cela. Il y avait un drôle de pressentiment qui le maintenait éveillé, comme s'il craignait qu'on ne lui rende visite à l'improviste. Il savait pourtant que personne ne venait jamais le déranger chez lui. Frederick préférait toujours se tourner vers les Grey, qui ne sortaient eux-mêmes que rarement une fois la nuit tombée. Quant à Don, il devait être plongé dans son livre au point d'en oublier tout ce qui l'entourait, y compris la tasse de thé fumante sur la table de chevet. Charlie soupira en se retournant sous ses couvertures. S'il parvenait à se convaincre que personne ne viendrait, il finirait sans doute par s'endormir.

Il avait fermé les yeux et parvenait enfin à somnoler lorsqu'un bruit incongru le fit sursauter. Le parquet avait craqué sur le palier, à la porte du petit appartement. Un bref regard à l'horloge lui indiqua qu'il était presque une heure du matin. Il avait bel et bien réussi à s'endormir, au moins un peu... Le bois craqua de nouveau et le jeune homme se redressa vivement dans son lit. Il vivait seul à cet étage, et personne ne passait jamais devant sa porte en pleine nuit. Et puis, il lui semblait bien que le bruit ne venait pas du palier, mais de l'intérieur de l'appartement... Il se leva lentement et tâtonna à la recherche d'une arme de fortune, sans quitter la porte des yeux. Sa main se referma sur la lampe de chevet. L'intrus aurait une mauvaise surprise s'il tentait de s'en prendre à lui. Charlie retint un sursaut sonore lorsque la poignée de la porte s'abaissa, lentement, prudemment. Il leva le bras pour frapper. Un cri de stupeur lui parvint au moment où il allait jeter la lampe à travers la pièce. Il retint son bras juste à temps et poussa un juron sonore en reconnaissant la silhouette qui se découpait dans l'encadrement de la porte.

— Bon sang, Don ! s'écria-t-il. J'ai cru qu'on me cambriolait !

— Arrête de crier, protesta aussitôt Woodland en refermant la porte derrière lui. Je ne viens pas te cambrioler, mais tu pourrais recevoir de la visite d'ici peu de la part de gens qui en ont l'intention.

— Qu'est-ce que ça veut dire ? Don, est-ce que tu saignes ?

Charlie venait d'apercevoir les tâches qui fleurissaient sur le col de sa chemise. Don hocha faiblement la tête et fit un mouvement vers l'armoire, les sourcils froncés.

— Deux hommes sont entrés chez moi, dit-il. J'ai cru qu'ils voulaient passer leurs nerfs sur un étranger et j'ai riposté, mais le plus grand m'a frappé au visage et m'a demandé où étaient les caisses qu'on avait ramenées d'Alexandrie. Il savait très bien qui j'étais et ce que je faisais. Je ne sais pas combien ils sont. Habille-toi.

— Pour aller où ?

— Chez Frederick. Lysander et Katherine peuvent se défendre, mais pas lui.

— Tu es bien sûr qu'ils courent un risque ?

— Pas vraiment. Mais je préfère passer pour quelqu'un de trop méfiant plutôt que d'apprendre qu'on les a poignardés dans leur sommeil. Habille-toi, bon sang !

Charlie reposa la lampe et fouilla dans l'armoire pour enfiler les premières choses qu'il trouvait. Il eut tout juste le temps d'attraper son manteau tandis que Don l'entraînait vers l'escalier au pas de course.

— Qu'est-ce que tu leur as dit ? haleta-t-il. À ces types ?

— Que tout était au musée, répondit Don. Sous bonne garde. Ça ne leur a pas plu et ils ont cru que je mentais. Je les ai frappés et je suis parti dès que je l'ai pu. Où est ta voiture ?

— Juste en bas de l'immeuble. Ils auraient pu te tuer, Don !

— Et ils pourraient tuer Frederick si nous ne nous dépêchons pas.

Don poussa une porte et Charlie le suivit sans réfléchir. Les trombes d'eau qui se déversèrent sur lui manquèrent de le faire remonter à la recherche d'un parapluie. Seule la main de Don sur son poignet l'en empêcha, l'entraînant droit vers la voiture. Il n'était pas encore installé derrière le volant qu'il apercevait deux silhouettes masculines qui poussaient la porte de chez lui. La lumière des lampes se déversa sur eux et Dawson tressaillit. Il aurait pu croire à des voisins qui rentraient chez eux, mais il ne connaissait pas ces hommes.

— Démarre, souffla Don à côté de lui. Charlie, démarre, maintenant.

Le jeune homme obéit aussitôt. Le bruit soudain du moteur dans la rue déserte fit sursauter les deux hommes. Charlie croisa le regard du plus grand d'entre eux, l'espace d'une seconde, avant que la voiture ne bondisse sur la route.

— J'espère qu'ils n'ont pas eu l'idée de crever les pneus, lâcha Dawson en les voyant se précipiter derrière eux. Ou alors, Frederick devra se débrouiller sans nous.

CHAPITRE 16

Personne n'avait eu le temps de crever les pneus de la voiture, mais la pluie torrentielle qui s'abattait sur Oxford parvenait tout de même à ralentir Charlie. Don jurait à côté de lui à chaque virage, lorsqu'il sentait la machine déraper sur les pavés trempés. Dawson se sentait paniquer. S'ils arrivaient chez Frederick pour le trouver mort, il s'en voudrait pour le restant de ses jours... Mais il ne tenait pas non plus à leur faire traverser un lampadaire.

— Merde, Charlie ! s'écria soudain Don.
— Je fais ce que je peux ! protesta-t-il.

Il pressa un peu plus l'accélérateur, mais Woodland l'agrippa aussitôt par le bras pour le retenir, son autre main lui désignant quelque chose à l'extérieur :

— Non ! Là, juste là, regarde !

Charlie suivit son regard et pila aussitôt avec un cri de stupeur tandis que Don se débattait pour sortir de la voiture. Frederick remontait la rue au pas de course, en bras de chemise et la tempe ensanglantée. Dawson agrippa plus fort le volant alors qu'il les apercevait et se précipitait vers eux. Il lui semblait même que le vieil homme boitait un peu.

— Pour l'amour de Dieu ! s'écria ce dernier et se jetant presque sur la banquette arrière. Ils vous ont cueillis aussi ?

— Seulement Don, répondit Charlie. Il est venu me chercher avant qu'ils n'arrivent chez moi. Vous allez bien ?

— Aussi bien que possible. Woodland, vous saignez du nez.

Le professeur se pencha en avant pour tendre un mouchoir à Don, les sourcils froncés. Ce dernier le remercia rapidement et se retourna vers Charlie pour lui adresser un bref signe de tête en direction de la route.

— Les Grey, dit-il. Je suis sûr qu'ils vont bien, mais on ne sait jamais.

— Combien étaient-ils pour vous ? s'enquit Frederick.

— Deux, répondit Charlie en repartant prudemment sur les pavés. En toute honnêteté, je doute que Lysander soit capable de tenir deux hommes à distance si Katherine est prise par deux autres. Frederick, que s'est-il passé ?

Le professeur se renversa contre la banquette et leva une main pour essuyer le filet de sang qui coulait encore sur son visage, sans se soucier de tacher sa chemise ou non.

— Ils ont forcé la porte de chez moi, répondit-il. J'étais sur le point d'aller me coucher. J'ai entendu quelqu'un monter l'escalier et j'ai voulu aller voir si ce n'était pas l'un de vous, mais une de ces brutes m'a attrapé par les cheveux et m'a frappé la tête contre la porte. L'autre m'a demandé où j'avais rangé les tablettes d'argile de la bibliothèque. Ils sont entrés dans une rage folle quand je leur ai dit qu'elles étaient au musée, et ils ont commencé à retourner mes tiroirs. Je me suis enfui alors qu'ils ne regardaient pas. Je suis tombé dans l'escalier au passage, mais au moins je suis en vie...

Charlie hocha la tête. Il ignorait ce qu'il y avait de si important de ce qu'ils avaient sorti de la bibliothèque. Il ne s'agissait sans doute que de revendeurs sans foi ni loi, songea-t-il. Des gens qui cherchaient à voler quelques tablettes pour en tirer des sommes qu'ils imaginaient astronomiques... Il valait mieux que cela ne soit rien de plus. Il serait facile de les retrouver s'ils avaient déjà dérobé autre chose auparavant – et ils paraissaient trop bien organisés pour qu'il s'agisse de leur coup d'essai.

La voiture s'arrêta enfin devant la maison des Grey, et les trois hommes se jetèrent dehors à peine le moteur coupé. Charlie manqua de trébucher sur le trottoir, épouvanté. Les lumières étaient allumées à l'intérieur, et la scène qui se jouait devant eux prenait des allures de rêve fiévreux : la silhouette de Lysander se découpait contre les rideaux comme dans un théâtre d'ombres, alors qu'il se servait de sa canne comme d'une arme pour tenir un homme deux fois plus large que lui à bonne distance. Celle de Katherine apparut brièvement à l'étage, armée de ce qui aurait aussi bien pu être un couteau qu'un coupe-papier. Don poussa la porte d'entrée et s'écarta aussitôt pour éviter le livre qui traversa le couloir. Katherine surgit soudain en haut de l'escalier, poursuivie par un brun haut et maigre aux traits déformés par la colère.

— Charlie, attention ! s'écria-t-elle.

Dawson bondit en avant pour rattraper Lysander avant qu'il ne s'effondre, poussé hors de la bibliothèque par son assaillant. Sa main agrippa instinctivement le poignet de ce dernier, au moment où il allait planter un couteau de cuisine dans la poitrine de Grey.

— Tout est au musée ! s'écria Charlie en s'arc-boutant contre son adversaire pour le repousser. C'est au musée ! Allez-vous-en !

— Et ça ? rugit l'intrus en brandissant le poing devant son visage. Où est le reste ?

Le visage de Dawson se décomposa lorsqu'il reconnut l'éclat doré du médaillon dans la main de l'homme. Frederick ne l'avait pas vu, trop occupé qu'il était à tirer Katherine des griffes de son assaillant. Il suffirait pourtant qu'il se retourne un instant pour le remarquer – et s'ils se tiraient tous vivants de cette embuscade, alors ce serait le professeur qui se chargerait de les étriper.

— C'est une reproduction moderne ! protesta Lysander en cherchant sa canne du regard. Elle n'a aucune valeur !

— Menteur ! hurla l'homme. Où est le reste ?

— Au musée, pour l'amour de Dieu ! s'écria Don. Nous avons tout envoyé aujourd'hui !

Un coup à l'arrière des genoux força soudain Charlie à lâcher Lysander et ils s'effondrèrent tous les deux en travers du couloir. Don les enjamba pour s'élancer à la poursuite de l'homme qui se ruait vers la porte, le médaillon bien en main. Ce dernier n'atteignit jamais la route. Quatre autres silhouettes lui barraient le chemin sur le perron, rendues plus hautes encore par leur casque reconnaissable entre mille. Deux hommes cueillirent le fugitif au vol, laissant tout juste à Don le temps de lui arracher le médaillon des mains. Deux autres se précipitèrent à l'intérieur pour arracher Katherine à la poigne de son adversaire, son couteau prêt à lui trancher la gorge.

— Vous en avez mis, du temps, lâcha Frederick en reconnaissant l'uniforme noir des policiers britanniques.

Aucun des intéressés ne prit la peine de lui répondre. Le vieil homme haletait, une main plaquée contre sa poitrine sans pouvoir décider si la douleur venait de ses poumons en feu ou de son cœur qui semblait vouloir lui briser les côtes pour s'échapper. Charlie s'était relevé tant bien que mal pour partir à la recherche de la canne de Lysander de l'autre côté de la bibliothèque. Le linguiste s'était appuyé contre le mur, une main levée pour éponger le sang qui perlait sur sa lèvre coupée. Katherine laissa tomber son coupe-papier et tituba jusqu'à son mari, les mains tremblantes.

— C'est toi qui les as appelés ? souffla Lysander.

La jeune femme hocha la tête. Dès qu'elle avait entendu des pas dans l'escalier – des pas qui n'étaient pas ceux de Grey – elle s'était enfermée dans la chambre et avait appelé la police. Grand bien lui en avait fait. Quelques instants encore, et ils étaient morts tous les cinq. Une silhouette noire plia un genou à côté d'elle et lui tendit une main gantée avec sollicitude.

— Y a-t-il d'autres personnes qui pourraient être en danger ? interrogea l'homme.

Katherine secoua doucement la tête. À sa connaissance, Evelyn et Carter n'étaient pas encore revenus à Londres, et personne d'autre qu'eux et le personnel du musée n'avaient aidé à décharger les caisses…

— Terrence Williams, lâcha soudain Charlie. J'ignore si nous avons été vus ensemble, mais si oui, il est peut-être pris pour cible également. J'ai son adresse.

Le policier s'éloigna aussitôt pour s'entretenir avec lui, les sourcils froncés. Il ne fallait pas être un génie pour comprendre ce qui l'inquiétait. Ces effractions avaient été préméditées et parfaitement organisées, et leur but avait sans aucun doute été d'assassiner Frederick Law et ses élèves après leur avoir arraché diverses informations. Don plongea une main dans sa poche pour s'assurer que le médaillon s'y trouvait toujours. Il doutait que leurs sauveurs aient même aperçu le bijou. Si Frederick s'en tenait à ce que Lysander avait dit à son assaillant, ils pourraient peut-être le dissimuler sans qu'il pose trop de questions... Les quatre officiers ne tardèrent pas à quitter la maison, et Charlie s'approcha aussitôt de Lysander pour l'aider à se relever, le teint pâle et les lèvres serrées.

— Respire, Charlie, marmonna Don. On dirait que tu vas vomir.

— Ce n'est pas l'envie qui manque, crois-moi, répondit Dawson d'une voix faible. Je leur ai demandé de nous envoyer Terry s'il va bien. J'espère que cela ne vous ennuie pas ?

— Au contraire, soupira Katherine. Plus nous serons nombreux, moins nous aurons de chances d'être attaqués encore une fois.

Lysander s'assura sur sa canne et tendit son bras libre vers elle. La jeune femme tremblait comme une feuille, en dépit de son visage impassible. Ils avaient commencé par fouiller la maison en pensant qu'elle était vide. Celui qui était monté avait pourtant fini par l'entendre parler, accrochée au téléphone, et avait forcé la porte de la chambre pour la faire descendre de force. C'était à ce moment que Lysander était entré, inconscient de la menace qui pesait également sur Frederick alors que ce dernier rentrait chez lui.

— Je vais faire du café, décida soudain Don. Et chercher la bouteille de whiskey. Je crois que nous en avons tous besoin.

Ses compagnons acquiescèrent en silence. Toutes les bouteilles de whiskey du monde ne suffiraient pas à effacer cette soirée, mais ils pouvaient au moins essayer. Woodland s'éloigna vers la cuisine, et Lysander entraîna Katherine dans le salon, plus ou moins épargné par les intrus. Sans doute avaient-ils été trop occupés à les maîtriser pour seulement songer à fouiller les autres pièces. Les Grey se laissèrent tomber dans un sofa et se serrèrent aussitôt l'un contre l'autre, tandis que Charlie et Frederick s'installaient dans deux fauteuils chargés de coussins. La chaleur de la pièce leur donnerait au moins l'impression d'être en sécurité.

— Combien de temps es-tu restée seule avec eux ? voulut savoir Lysander.

— Je n'en sais rien, répondit Katherine à voix basse. Juste assez longtemps pour réaliser qu'ils étaient là, appeler la police et me faire remarquer avant que tu ne rentres. Je t'avais préparé un bain, se souvint-elle avec un froncement de sourcils contrarié. Il doit être froid, maintenant.

Lysander parvint à esquisser un sourire et se pencha pour déposer un baiser sur son front. Un bain était bien le cadet de ses soucis, mais Katherine restait pareille à elle-même. Elle semblait toujours s'inquiéter de lui avant tout, avant sa propre santé, et il n'avait jamais cessé de le lui faire remarquer. Le regard de Grey s'attarda un instant sur Frederick, enfoncé au fond de son fauteuil et les yeux dans le vague, comme s'il avait été sur le point de s'évanouir, puis revint sur sa femme. Elle était plongée dans la contemplation de ses mains sur sa robe déchirée. Les doigts de Lysander se resserrèrent soudain autour de son épaule, alors que son cœur bondissait dans sa poitrine.

— Celui qui était en haut, chuchota-t-il, assez bas pour ne pas être entendu des deux autres. Est-ce qu'il t'a touchée ?

Katherine releva les yeux vers lui, soudain alarmée.

— Non, répondit-elle. Dieu merci. Il m'a attrapée par les cheveux pour me faire descendre, mais j'ai attrapé le coupe-papier et je l'ai frappé avec. Tu es revenu à ce moment-là. Comment va ta jambe ?

Lysander pinça les lèvres en tapotant un peu son genou.

— Je resterai sans doute couché demain, répondit-il. Entre le professeur Keyes qui envoie valser ma canne et ça, je doute qu'elle apprécie beaucoup.

Il sentit Katherine sursauter contre lui. Une fois de plus, c'était sans doute son esprit qui lui jouait des tours, le contrecoup de l'attaque qui lui faisait imaginer des choses... Mais la jeune femme ne pouvait s'empêcher de songer que, peut-être, le professeur Keyes avait voulu faire tomber Lysander précisément pour l'empêcher de se défendre le soir même. Charlie se leva soudain pour aller aider Don, incapable de tenir en place tant qu'il ne saurait pas si Terry allait bien. Katherine le suivit du regard. S'il n'avait pas été dans le couloir avec Lysander, devant le bureau de Frederick, et s'il ne l'avait pas conduit jusqu'à la maison, le linguiste serait sans doute rentré dans un état qui lui aurait interdit toute sortie. Frederick se serait ensuite attardé chez eux, laissant tout le loisir à ses assaillants de retourner ses tiroirs et de venir le cueillir ensuite…

La jeune femme appuya la tête contre la poitrine de Lysander et ferma les yeux. Ses propres pensées défilaient trop vite pour qu'elle puisse les suivre. Elle s'efforçait de se persuader que Keyes n'y était pour rien dans la visite qu'ils avaient reçue, qu'il n'en savait rien et dormait paisiblement dans son lit sans même penser à son nouvel élève. Il valait sans doute mieux qu'elle en fasse autant. Elle serait au chevet de Lysander le lendemain, et il faudrait que quelqu'un aille répondre aux questions de la police... Elle entendit vaguement quelqu'un frapper à la porte au moment où les pas de Don revenaient dans le salon. La voix de Charlie s'éleva dans le couloir, salua quelqu'un, puis se rapprocha. Un jeune homme lui répondit – Terry Williams, elle en était sûre. Elle sentit la main de Lysander effleurer ses cheveux et ses tempes, et elle se serra un peu plus contre lui. Elle n'entendit pas Frederick se redresser pour lui proposer un peu de café. Quelques secondes encore, et elle plongeait dans le sommeil.

CHAPITRE 17

— Nous avons une mine affreuse.

Don observa Charlie à la dérobée alors qu'il observait son visage dans le miroir. Les toilettes de l'université ne leur offraient pas la meilleure des lumières, mais Woodland devait bien admettre qu'ils avaient l'air de sortir d'une tornade.

— Au moins, tu n'as pas pris de coup dans le nez, remarqua-t-il en effleurant doucement le sien. Je crois qu'il l'a presque cassé. Il n'est plus aussi droit qu'avant. Qu'est-ce que tu en penses ?

Il se retourna vers Charlie pour le laisser le dévisager, l'espace de quelques secondes. Finalement, Dawson secoua la tête, les sourcils froncés.

— Je ne vois rien de différent, dit-il. Mais tu as un bleu, juste là. Assez visible, je dois dire.

— Ah. Eh bien, je n'aurais qu'à raconter que je me suis battu.

Don émit un petit rire en voyant les lèvres de Charlie se relever légèrement. Son compagnon retenait son hilarité, il le savait. Personne ne le croirait jamais s'il prétendait s'être battu, même provoqué. Depuis la fin de la guerre, il ne cessait de jurer qu'il ne lèverait plus jamais la main sur qui que ce soit. Il se retourna vers le miroir, et ses doigts reprirent leur lente exploration de son visage.

— Ce qui m'ennuie, dit-il à voix basse, ce sont mes lunettes. Elles sont tordues, et ce n'est pas une impression, cette fois.

Il les retira de son nez et les posa en équilibre sur le rebord des lavabos. Charlie écarquilla les yeux. Elles penchaient tellement que cela en devenait presque risible.

— Je n'ai pas les moyens de les faire remplacer, marmonna Don. Et j'ai trop peur de les casser pour de bon si je tente de les remettre en place.

— Je paierai, répondit aussitôt Charlie. Hors de question que tu travailles dans ces conditions.

— Dawson, tu habites un appartement minuscule de Cowley qui a été mis à sac pendant que nous regardions ailleurs. Tu as besoin de cet argent.

— Ton appartement n'est pas beaucoup plus grand que le mien, protesta Charlie. Et je doute qu'il ait subi un sort plus favorable.

— Il n'est pas beaucoup plus grand parce que personne n'a voulu me louer quoi que ce soit hormis celui-ci, objecta Don. Toi, tu vis dans une cage à lapin parce que tu dépenses à tort et à travers. Garde ton argent, Charlie. Je me débrouillerai.

Il replaça ses lunettes sur son nez et se redressa pour admirer le résultat. Le monde tanguait un peu autour de lui lorsqu'il bougeait, mais il pourrait au moins continuer à lire et à observer les photographies de la bibliothèque pendant un moment. Charlie l'observa du coin de l'œil pendant un instant. Il ignorait s'il devait parler de cela à Frederick. Le vieil homme accepterait sans doute de prêter un peu d'argent à Woodland, si cela pouvait l'aider à travailler correctement... Mais encore fallait-il que Don accepte cette avance. Lui qui avait déjà eu le plus grand mal à se laisser faire lorsque le professeur était intervenu pour Katherine et lui auprès de l'université !

— Allons-y, lâcha-t-il soudain. Il ne faudrait pas qu'on nous attende. Je n'ai pas envie de voir Frederick s'arracher les cheveux en se demandant où nous sommes encore passés.

Charlie acquiesça et jeta un dernier regard à son reflet avant de le suivre. Toute cette affaire leur avait fait oublier qu'ils devaient présenter la découverte de la bibliothèque à leurs pairs, le matin même. Katherine les avait accompagnés avec réticence. La jeune femme avait été réveillée par les gémissements de douleur étouffés de Lysander, en dépit des efforts de ce dernier pour se taire. Elle aurait de loin préféré s'occuper de lui, mais Frederick avait insisté pour qu'elle se rende à l'université, au moins pour les deux heures nécessaires à leur entretien. Lorsque les deux hommes sortirent des toilettes, il la repérèrent de l'autre côté du couloir, appuyée contre le mur et les doigts appuyés sur ses paupières dans l'espoir de les faire dégonfler.

— Nous avons une mine affreuse, répéta Charlie lorsqu'elle releva les yeux vers eux. Ils vont croire que Frederick nous maltraite.

— Parce que tu trouves qu'il ne le fait pas encore assez ? grimaça Katherine. Bon sang, j'ai l'impression d'être passée sous une voiture. Je ne comprends pas qu'il n'ait pas reporté.

— S'il l'avait fait, les autres auraient sûrement cru que nous avions quelque chose à cacher, soupira Don. Ils se seraient jetés sur lui comme des vautours pour savoir ce qui n'allait pas. Je n'aime pas cela, mais je suppose qu'il vaut mieux que nous soyons présents avec des mines affreuses plutôt qu'absents sans avoir donné d'explications.

Charlie hocha la tête. Frederick était un homme fier, ce n'était un secret pour personne. Il avait certes eu l'air sonné la veille, mais il ne se serait laissé impressionner pour rien au monde. Des pas retentirent soudain dans le couloir, et un crâne luisant ne tarda pas à apparaître au détour d'une porte. Dawson grimaça et laissa échapper un juron à voix basse.

— Ne manquait plus que lui pour parfaire cette matinée, marmonna-t-il. Je suppose que Frederick est dans son bureau ?

— Il voulait s'assurer que personne n'était venu fouiller dans ses papiers cette nuit, approuva Katherine. Allons-y avant que cet énergumène ne nous remarque.

Un sourire dubitatif plissa les lèvres de Charlie. Ils étaient reconnaissables entre mille, même à bonne distance, et il connaissait assez Keyes pour savoir qu'il ne se trouvait pas là par hasard. Ou bien le destin avait voulu qu'il donne cours dans ce couloir précisément, ou bien il était à leur recherche. Leur trio voulut s'éloigner dans l'autre sens, sans lui accorder un regard. Peine perdue. Le bras du papyrologue jaillit au moment où ils se croisaient et agrippa celui de Dawson avec une force peu commune.

— Pardonnez-moi, dit-il d'une voix douce alors que le jeune homme laissait échapper un cri de protestation. Je cherche le docteur Grey. Il devrait être avec vous, n'est-ce pas, puisque vous devez présenter le bilan de vos découvertes ?

— Vous voyez bien que ce n'est pas le cas, répondit Charlie en cherchant à se dégager. À présent, si vous n'y voyez pas d'inconvénient, nous sommes pressés.

— J'aimerais seulement savoir où je peux le trouver, insista Keyes. Est-il avec le professeur Law ?

— Monsieur Grey est malade, lâcha Katherine d'un ton sec. Pardonnez-le, mais il ne pourra pas être présent aujourd'hui.

Keyes arqua un sourcil, et son regard balaya la jeune femme de haut en bas avec une surprise qu'il ne cherchait pas à cacher. Il relâcha lentement le bras de Charlie, et parut vouloir tendre une main vers elle, hésitant. Katherine crut un instant qu'il n'avait aucune idée de la manière dont il devait saluer une femme au sein de l'université. Et puis, elle vit son regard errer du côté de sa main gauche et comprit.

— Veuillez m'excuser, lâcha-t-il finalement. Vous êtes ?

— Docteur Katherine Grey, répondit la jeune femme en lui tendant franchement la main. Je suis enchantée de faire votre connaissance, professeur Keyes.

L'homme lui rendit instinctivement sa poignée de main, avec l'air de quelqu'un à qui on aurait annoncé un décès. Ses doutes étaient fondés, remarqua Katherine. Il avait fait mine de se souvenir des moindres détails de son travail devant Lysander, mais il aurait été bien incapable de la reconnaître si elle s'était présentée à l'un de ses cours.

— De même, lâcha finalement Keyes. Docteur Grey.

On aurait dit qu'on lui arrachait ce titre contre sa volonté. Katherine lâcha sa main et lui adressa un bref signe de tête, puis fit un mouvement pour s'éloigner.

— Votre époux est-il disposé à recevoir des visites ? la retint le professeur.

La jeune femme pinça les lèvres, et Charlie se retourna pour dissimuler son sourire derrière une quinte de toux.

— Non, répondit-elle. La seule visite qu'il reçoit ce matin est celle d'un médecin. Il a besoin de repos.

— Nous n'aurons donc pas le plaisir d'entendre ses conclusions sur la bibliothèque ?

— Je me chargerai des conclusions de monsieur Grey. À présent, le professeur Law nous attend.

Elle s'éloigna à grands pas sans attendre la réponse de Keyes. Don et Charlie lui emboîtèrent le pas, sans plus chercher à masquer leur satisfaction. Ils n'aimaient rien plus que voir Katherine remettre leurs collègues à leur place – hormis peut-être voir Lysander menacer de leur donner des coups de canne. Keyes ne tenta plus de les retenir. Il se contenta de rester planté au milieu du couloir, à les regarder s'éloigner en direction du bureau de Frederick, le front plissé à tel point que ses sourcils menaçaient de se toucher.

— Lysander pourra au moins tirer cela de bon, murmura Don lorsqu'ils eurent traversé quelques corridors. Il n'aura pas eu à le croiser.

— J'espère qu'il n'insistera pas et qu'il n'ira pas frapper à notre porte, répondit Katherine. Nous ne savons toujours pas qui a envoyé ces brutes, et monsieur Keyes a eu l'air très intéressé par la bibliothèque, selon les dires de Lysander.

— Tu crois qu'il aurait pu vouloir nous voler ces tablettes ? s'alarma Charlie. Je veux bien croire que c'est un odieux personnage, mais tout de même, Katherine... Ce n'est pas rien, envoyer des gens pour nous tuer !

— Il n'avait peut-être pas dans l'idée de nous tuer. Ce sont peut-être eux qui se sont emballés après que j'ai appelé la police.

Dawson pinça les lèvres et enfonça les mains dans ses poches, soudain soucieux. Terry était arrivé chez les Grey plus vite qu'il ne l'avait cru, et lui avait assuré que personne ne s'était introduit chez lui, mais il n'était pas rassuré pour autant. Imaginer que Keyes était à l'origine de tout cela lui paraissait presque réconfortant – il imaginait mal le vieux papyrologue tenter une nouvelle attaque de ce genre... Mais sa raison lui soufflait qu'il n'y était pour rien, et que ceux qui en avaient après leur découverte couraient toujours.

— Vous voilà enfin ! s'écria Frederick lorsque Don poussa la porte du bureau. J'ai presque cru que vous ne viendriez pas !

— Nous avons été retenus, répondit Katherine. Le professeur Keyes cherchait Lysander.

Frederick releva les yeux vers elle à ces mots.

— Je n'ai pas vu Keyes depuis que je suis arrivé, remarqua-t-il alors que la jeune femme refermait la porte. Que lui voulait-il ?

Katherine haussa les épaules.

— Je n'en sais rien, et je ne veux pas le savoir, répondit-elle. Je lui ai dit que Lysander était malade et qu'il devait se reposer. Je suppose que nous le verrons dans l'amphithéâtre.

Frederick approuva d'un hochement de tête. Leur présentation était ce qui importait le plus, et Keyes ne manquerait sans doute pas d'y assister. Il lui avait posé des questions très insistantes au sujet d'Alexandrie, entre deux plaintes au sujet de Lysander et de sa supposée précipitation... Le professeur referma doucement le dossier posé devant lui et se renversa contre le dossier de sa chaise pour observer ses trois élèves, alignés de l'autre côté du bureau dans l'attente de ses directives.

— Bien, dit-il. Dawson, Woodland, j'espère que vous avez fait les ajouts dont je vous ai parlé. Alden, avez-vous eu le temps de relire les notes de Grey ?

Katherine hocha la tête. Lysander lui avait indiqué les points les plus importants avant qu'elle ne parte pour l'université, et lui avait fourni un bref aide-mémoire pour l'aider à assimiler quelques termes techniques.

— Excellent, reprit Frederick. À présent, avant que nous y allions, j'aimerais que vous me disiez quel est ce mystérieux médaillon que vous avez ramené avec vous et pourquoi diable vous ne m'en avez pas encore parlé.

S'il n'y avait eu l'anxiété de la présentation, la mine allongée de stupeur des trois jeunes gens l'aurait fait éclater de rire. Ils échangèrent des regards alarmés pendant un instant, sans prononcer un mot. Ils semblaient s'encourager mutuellement à parler, ne sachant que trop bien que le premier à ouvrir la bouche serait aussi le premier à subir les foudres du vieil homme.

— Lysander a dit qu'il s'agissait d'un bijou moderne, lâcha finalement Don, hésitant.

— Mais il a menti, répondit Frederick avec calme. Puisque monsieur Keyes est venu m'en parler hier, et qu'il m'a affirmé qu'il était bien antique.

— Monsieur Keyes a prétendu qu'il n'y croyait pas, protesta aussitôt Charlie. J'ai essayé de dater le verre, et il a dit à Lysander que je me trompais !

Frederick émit un petit rire et tapota un peu le bord du bureau, presque attendri.

— Allons, mon garçon, dit-il. Vous savez comme moi que Keyes ne connaît rien à la verrerie antique. Il a dit cela pour contrarier Grey, et vous-même par la même occasion. Pourquoi ne pas me l'avoir dit ?

— Nous avons pensé qu'il valait mieux savoir de quoi il en retournait avant de vous en parler, répondit Katherine. Nous... Bon sang, professeur, nous avons craint que vous ne l'envoyiez à Londres avant de nous laisser l'examiner.

— Dois-je comprendre que vous ne me faites pas assez confiance pour ce qui est d'encourager votre carrière ?

— Non, voyons, ce n'est pas cela, bredouilla Don. Seulement, puisque tout devait partir...

— Je dois bien avouer que je suis déçu, l'interrompit Law. Non par le fait que vous l'ayez gardé pour vous, mais parce que vous avez pensé à en parler à Keyes avant de me consulter. Enfin, ce qui est fait est fait. L'avez-vous amené ici, ou est-ce Grey qui se charge de garder un œil sur lui ?

Don plongea la main dans sa poche pour en tirer le bijou, et son geste étira les lèvres de Frederick en un sourire satisfait. Les doigts du professeur se refermèrent sur le disque doré et le firent tourner un instant, dans un sens, puis dans l'autre pour lire l'inscription qui courait sur le pourtour. Son regard s'arrêta ensuite sur la perle de verre, et il leva le bijou devant ses yeux, juste assez pour pouvoir le faire miroiter dans la lumière de sa lampe. Finalement, il reposa le bijou face à Don et sourit un peu plus largement.

— Quelles conclusions en avez-vous tiré ? voulut-il savoir.

— Le verre vient d'Alexandrie, répondit aussitôt Charlie. J'ignore encore à quoi il sert dans ce cas précis, mais vous avez pu voir qu'il est assez pur pour refléter la lumière d'une manière très intéressante. Il brillait déjà avant d'être nettoyé.

— Je n'ai réussi à le rattacher à aucune période en particulier, mais je pencherai plutôt en faveur d'une parure hellénistique, enchaîna Don. C'est de l'or, peut-être destiné à un dignitaire ou dans un but funéraire. Mais cette deuxième option reste peu envisageable, puisque Katherine l'a trouvé dans la cave de la bibliothèque.

— Son propriétaire l'a peut-être perdu en fuyant l'incendie, approuva Katherine. Puisque l'inscription mentionne deux Alexandries, une sacrée et l'autre maudite, il s'agit sans doute d'une indication sur l'emplacement d'un tombeau. Pour le moins énigmatique, je vous l'accorde. Quant au roi dont il est question, nous ne savons encore rien à son sujet.

Frederick acquiesçait poliment à chacune de leurs phrases, ses doigts de retour au bord du bureau. Il les observa un instant en silence, sans se départir de son sourire, puis ouvrit un tiroir pour en tirer quelques feuilles de papier.

— Notez tout cela, dit-il en poussant la liasse vers eux. Faites vite. Tout ce que vous pourrez dire à ce sujet, ce que Lysander en a pensé, ce que vous avez entendu à Alexandrie, absolument tout. Quant à moi, je vais tâcher de trouver un bel écrin pour cette merveille.

Ses trois élèves échangèrent des regards confus.

— Professeur ? s'inquiéta Katherine. Je ne comprends pas ce que vous attendez de nous, exactement.

— Que vous rabattiez leur caquet à tous ces vieux imbéciles qui vous prennent pour des bons à rien, répliqua Frederick. Keyes a prétendu que vous n'étiez que des poids morts pour cette université, et vous allez lui prouver le contraire.

CHAPITRE 18

Katherine n'avait jamais été très douée pour saisir les intentions de ses pairs. Cette fois, pourtant, elle devinait celles des trente messieurs rassemblés devant l'estrade sans aucune peine. Ils les écoutaient parler de la bibliothèque avec une attention polie, une lueur avide dans les yeux, et chacun semblait se pencher en avant comme un prédateur guettant sa proie chaque fois que l'un d'eux s'aventurait sur un territoire un peu technique. Ils attendaient qu'ils prononcent une énormité, n'importe quoi qui aurait pu leur permettre de récupérer le chantier pour leur propre profit. Le moment où ils devraient présenter le médaillon approchait, et Katherine craignait que l'assistance ne se jette dessus comme des vautours.

— Les tablettes que nous avons confiées au musée restent encore à interpréter, affirmait Charlie à côté d'elle. Le docteur Lysander Grey s'est déjà attelé à cette tâche, mais nous accepterons bien entendu toute l'aide qui nous sera proposée.

— Hormis les fresques, ils n'ont donc pas grand chose de tangible à nous proposer, murmura un historien à son voisin.

— Je suppose que nous ne pouvons pas trop leur en demander, répondit ce dernier. Ils n'ont eu que deux semaines pour fouiller cette cave, après tout.

Katherine intercepta le regard courroucé que Charlie tournait vers eux, et retint le coup de coude qu'elle aurait voulu lui envoyer dans les côtes.

— Nous avons néanmoins eu le temps d'étudier une pièce impressionnante découverte en même temps que la cave elle-même, poursuivit Dawson. Le docteur Katherine Grey a eu la présence d'esprit de se pencher dessus, et nous l'en remercions vivement.

Quelques ricanements s'élevèrent au fond de la salle, et Katherine fit mine de ne pas les avoir entendus. Frederick lui adressa un bref signe de tête au moment où Don et Charlie tiraient sur le drap qu'il avait jeté sur une petite vitrine, tirée au dernier moment des réserves du musée. Un silence écrasant s'abattit aussitôt sur l'assistance, presque immédiatement suivi par des chuchotements stupéfaits et des grincements de chaises. Law avait placé le bijou dans un écrin de velours pourpre, juste assez sombre pour faire ressortir l'éclat de l'or et la pureté du verre. Katherine laissa son regard s'attarder sur les visages ahuris des messieurs à ses pieds, un sourire luttant pour apparaître sur ses lèvres. Leur professeur avait très bien calculé son effet. Les moqueries se taisaient tout à fait, à présent.

— Ce médaillon se trouvait sous une couche de vase, au pied d'un mur, dit-elle alors que les voix mouraient de nouveau dans l'assemblée. Aucun ossement humain n'a été retrouvé à proximité. Toutefois, il ne nous paraît pas improbable qu'il ait été perdu au moment de la catastrophe qui a détruit la bibliothèque. Il est fait d'or pur, et le centre du disque est orné d'une perle de verre qui proviendrait d'Alexandrie et permettrait de le dater de la période hellénistique. Une inscription est encore lisible autour de cette perle, que le professeur Willard Keyes a bien voulu aider à déchiffrer.

Un léger grognement lui parvint sur sa gauche, là où le papyrologue s'était installé. Elle lui répondit par un signe de tête qu'elle espérait suffisamment poli.

— Cette inscription est composée de deux phrases, qui se rejoignent en haut et en bas du médaillon, reprit-elle. Elles indiquent que *le roi ne reposera pas dans la terre maudite d'Alexandrie*, et qu'il *reposera dans la terre sacrée d'Alexandrie*.

Cela suppose alors l'existence d'une tombe royale dans l'une des cités fondées par Alexandre le Grand, ou par l'un de ses successeurs, que nous pourrions peut-être localiser en étudiant les tablettes et la carte peinte sur le mur de la bibliothèque. Il va de soi que nous aurons besoin d'une saison de fouilles supplémentaire pour obtenir toutes les informations nécessaires, peut-être deux.

— Savons-nous au moins de quel roi il est question ici ? lança quelqu'un au fond de la salle.

— Comme vous pouvez le constater, le médaillon n'est pas vraiment précis sur ce point, répondit Don avec un sourire. Mais puisqu'il se trouvait dans la bibliothèque, sous une épaisse couche de vase et de limon, nous pouvons raisonnablement penser que quelques données ont pu être conservées à cet endroit.

— Sommes-nous bien sûrs que la traduction est bonne ? interrogea quelqu'un d'autre. Cette *prophétie* me paraît pour le moins énigmatique.

— La traduction est très exacte, cher confrère, riposta aussitôt Keyes. Le docteur Grey m'a demandé mon aide, et je la lui ai donnée avec la plus grande rigueur. Ce que j'aimerais savoir, ajouta-t-il à l'adresse des trois jeunes gens sur l'estrade, c'est ce que le docteur Alden pense pouvoir tirer de ces deux Alexandries dont elle parle.

Katherine arqua un sourcil. Être appelée par son nom de jeune fille lui importait peu lorsqu'il s'agissait de Frederick, mais cela sonnait presque comme une insulte dans la bouche de Keyes. Elle soutint son regard, les doigts serrés autour de ses notes. Que pouvait-elle bien penser de cela ? Elle n'avait que quelques mots et une fresque partielle à sa disposition, rien qui aurait pu lui indiquer clairement à quelles villes le bijou faisait référence. Il lui faudrait encore des semaines pour être sûre d'elle, peut-être des mois... Peut-être valait-il mieux l'avouer sans hésitation, plutôt que de s'attirer l'hilarité de tous ces messieurs. Elle ouvrait la bouche pour s'expliquer lorsque le souvenir des soleils de Vergina gravés sur les murs s'imposa à elle. Ahmet avait pensé à un lien avec le bijou, et leur petite équipe y avait songé également. Ce n'était qu'une hypothèse, mais même le plus petit soupçon pouvait encourager le Museum à financer une nouvelle saison de fouilles.

— Il semblerait évident qu'Alexandrie la Grande soit l'une ou l'autre des cités dont il est question, répondit-elle en se penchant pour tendre ses notes à Frederick. Ce qu'il est intéressant de constater, en revanche, c'est qu'il est fait mention d'un roi, et non d'un pharaon. S'agit-il de Ptolémée Sôter, d'un autre souverain de cette période, ou d'une reine que l'on aurait appelée *roi* sur les inscriptions officielles, je ne saurais le dire. Quant à la seconde Alexandrie, qu'elle soit maudite ou sacrée, l'étude préliminaire de la carte que nous vous avons présentée pourrait suggérer qu'il s'agit d'une cité de moindre importance située non loin d'Antioche.

— Sur quelles preuves vous appuyez-vous ? voulut savoir Keyes.

— La fresque a été augmentée d'une minuscule gravure, très précise, représentant le même soleil que sur le médaillon, répondit Katherine avec une assurance qui la surprenait elle-même. S'il s'agit bien d'un marqueur, ainsi que je le pense, alors quelqu'un a un jour jugé cette Alexandrie suffisamment importante pour la différencier des autres aux yeux de tous ceux qui pénétraient dans cette salle.

De nouveaux murmures s'élevèrent dans la pièce, cette fois sans la moindre trace de moquerie. La jeune femme voyait avec satisfaction ses éminents collègues se pencher les uns vers les autres, les sourcils froncés, certains prenant quelques notes contre leurs accoudoirs avec des hochements de tête approbateurs. D'autres ne cachaient rien de leur scepticisme, mais ne se risquaient pas à rire ouvertement d'elle. Seul Keyes souriait encore, avec l'air d'un serpent sur le point de mordre sa proie.

— Et s'il ne s'agit que d'un remploi ? dit-il. Si la gravure était déjà présente sur le mur, et que la carte avait été peinte par-dessus sans que l'on prenne la peine de l'effacer ?

Katherine sentit Don se redresser près d'elle, presque indigné.

— Cette carte a été peinte *a fresco*, professeur Keyes, dit-il. Cela implique de poser plusieurs couches d'enduit, que vous devinez sans doute assez épaisses pour masquer une gravure aussi peu profonde. De plus, nous aurions alors trouvé des traces de polychromie à l'intérieur du motif. Or, ce n'est pas le cas.

— Bien, répliqua Keyes. Dans ce cas, qu'est-ce qui rendrait cette Alexandrie en particulier si importante ? En quoi se démarque-t-elle des quelques soixante-dix villes et garnisons créées par Alexandre ?

— C'est l'une des premières, répondit Katherine sans perdre une seconde. Si ce n'est la première Alexandrie de toutes, en partie destinée à célébrer la victoire d'Issos. Elle n'a peut-être plus autant d'éclat qu'Alexandrie d'Égypte, mais nous ne pouvons nier qu'elle a un jour été symboliquement importante pour Alexandre comme pour ses généraux.

— Alors, est-elle sacrée ou maudite ? Vous devez bien avoir une petite idée sur la question ?

Frederick se redressa soudain, prêt à mettre fin à l'interrogatoire. Il n'eut pas le temps d'affronter son collègue. Un mouvement soudain au fond de la salle l'arrêta net dans son élan, et une voix ne tarda pas à s'élever près de la porte, arrachant quelques cris de surprise aux moins attentifs :

— Tout dépend de l'auteur que vous consultez, professeur Keyes, répondit doucement Lysander. Certains voient un tombeau de roi comme une bénédiction pour une ville, d'autres y voient une source inépuisable de malheurs.

— N'étiez-vous pas censé vous reposer, docteur Grey ? lâcha Keyes, stupéfait.

— Je l'étais, en effet, répondit le linguiste en claudiquant jusqu'à l'estrade. Mais j'ai entendu une discussion intéressante au sujet d'un certain médaillon, et je suis venu voir ce qu'il en était. Charles, si tu veux bien...

Charlie se pencha aussitôt pour l'aider à les rejoindre, tandis que Katherine acceptait avec reconnaissance la chaise que l'un des messieurs venait de libérer pour son mari. Lysander était encore assez pâle pour que tous devinent qu'il était mal en point, mais il parvenait au moins à avoir l'air détendu. Il s'assit avec lenteur, juste à portée de la vitrine, et adressa un bref signe de tête à Frederick.

— Je suis heureux de vous voir au moins un peu remis, dit Keyes une fois l'attention de Grey revenue sur lui. Nous parlions donc d'une Alexandrie entre Issos et Antioche. Sur quelles sources vous êtes-vous donc penché pour avoir l'air si sûr de vous ?

— Aucune en particulier, répondit Lysander d'un ton tranquille. Il ne s'agit là que de simples suppositions. Ainsi que mes collègues vous l'ont sans doute indiqué, il nous faudra encore un peu de temps pour tirer de la bibliothèque toutes les informations nécessaires à la compréhension de cette inscription. Pourtant, je ne peux m'empêcher de remarquer que nous n'avons toujours pas mis au jour de voie d'accès aux deux monuments qui se trouvaient près de ces vestiges.

— Le Mouseîon et le Sèma, approuva Keyes avec un intérêt soudain. Mais vous n'avez fouillé que pendant deux semaines.

— C'est le cas de la cave, oui, répondit Lysander. Mais pas des quartiers royaux dans leur ensemble, au sein desquels nous avons déjà passé près de trois ans. Je veux bien croire qu'il est difficile de mettre la main sur un édifice inondé par le bas et brûlé par le haut, qui contenait presque exclusivement du bois et des papyri... Sans doute trouverons-nous la porte du Mouseîon l'année prochaine, il ne peut pas être bien loin. Ce qui m'intrigue, c'est cette histoire de tombeau.

— Le Sèma pourrait tout aussi bien se trouver à un kilomètre de là, protesta aussitôt un géographe au premier rang. Vous ne fouillez pas au bon endroit, voilà tout !

— Benjamin, pensez-vous sincèrement que nous avons creusé dans les mêmes fosses pendant trois ans ? soupira Frederick. Les plans du docteur Alden nous ont permis de ratisser les alentours du gymnase et du théâtre, ainsi que la partie centrale de Rhakotis. Si le Sèma s'était trouvé là, nous l'aurions vu.

— À moins qu'il ne soit dans le même état que la bibliothèque ! s'écria un autre. Si cette fosse ne s'était pas effondrée, aucun de vous n'aurait pu mettre la main dessus, ne le niez pas !

Frederick laissa échapper un cri indigné, et le ton se mit à monter au fond de la pièce, autour du professeur Keyes.

— Ils vont en venir aux mains, glissa Don à Charlie.

— C'est que l'allusion de Lysander est pour le moins osée, répliqua Dawson à mi-voix.

— Il n'a pourtant rien dit de particulièrement clair.

— Patience. Keyes n'a pas dit son dernier mot.

Charlie désigna le papyrologue d'un léger mouvement du menton, et Don esquissa un sourire. Le vieil homme échangeait à toute vitesse avec l'un de ses voisins, le visage cramoisi et les poings serrés. Il ne croyait pas un mot de ce que leur équipe disait, mais il peinait à rallier ses collègues à sa cause.

— Du calme, messieurs, du calme, lança soudain Lysander. Je vous l'ai dit, ce ne sont là que des suppositions. Cependant, ajouta-t-il alors que le silence retombait sur l'assemblée. Nous ne pouvons nier que cette inscription suppose plusieurs évidences, au moins pour son commanditaire : l'identité de ce roi, tout d'abord, la localisation de ces Alexandries, ensuite, et la distinction entre la sacrée et la maudite, enfin. Ces évidences se sont perdues avec le temps, et il nous revient de les rétablir.

— Dites ce que vous avez en tête, pour l'amour du Ciel ! s'écria Keyes. Vous avez une idée précise de ce dont il s'agit, nous le voyons tous !

Quelques voix l'approuvèrent aussitôt, et Lysander releva rapidement les yeux vers Katherine pour lui adresser un sourire entendu. La jeune femme ne lui répondit qu'à peine, trop surprise pour réagir. Son mari avec une idée derrière la tête, en effet, et elle ignorait de quoi il s'agissait. Au vu de l'expression de Frederick, Don et Charlie, ils n'en savaient pas beaucoup plus qu'elle.

— Je crois, répondit lentement Lysander, que deux possibilités s'offrent à nous. Ou bien la prochaine saison de fouilles mettra au jour les restes du Mouseîon et du Sèma, auquel cas nous pourrons nous féliciter d'avoir redécouvert de si précieux édifices. Ou bien, le tombeau du roi reste introuvable, et nous n'aurons plus qu'à retourner tout Alexandrie pour en dénicher l'entrée.

Katherine retint un cri de surprise en comprenant où il voulait en venir. C'était en effet osé. Sans doute un peu trop. Elle voyait déjà les visages se décomposer dans la salle, certains se préparer à se lever et à hurler des protestations sans fin. Lysander ne perdit pas son sourire, pourtant, le regard vissé sur celui de Keyes.

— À moins, bien entendu, que l'évidence ne soit ailleurs, reprit-il. Et que le Sèma, le tombeau du roi parmi les rois, ne se trouve pas à Alexandrie la Grande, maudite par on ne sait quelle catastrophe…

Quelques chaises glissèrent au sol alors que leurs propriétaires bondissaient sur leurs pieds.

— Mais à Alexandrie près d'Issos, poursuivit Lysander sans leur accorder un regard. Rendue sacrée par la victoire qui a eu lieu à proximité.

— S'il y a bien une Alexandrie maudite entre toutes, c'est celle-là ! protesta Keyes avec force. Ignorez-vous quel désordre les Français ont laissé là-bas ?

— Au contraire, professeur. Mais Callisthène ne prétend-il pas que le lieu de repos d'Alexandre le Grand attirera des conflits sans fin ?

— Vous vous basez sur le roman d'Alexandre pour émettre votre hypothèse ? Bon sang, Grey, avez-vous perdu l'esprit ?

Lysander sourit plus largement alors que Keyes s'étranglait presque de stupeur et de rage.

— Alors, vous convenez avec moi que Callisthène seul n'est pas assez fiable pour déterminer l'emplacement du Sèma ? dit-il.

— Bien entendu ! s'écria Keyes. Un texte si peu contemporain, tellement fragmenté, écrit et réécrit !

— Alors, il ne suffit pas non plus pour affirmer que le tombeau se trouve bien du côté de Rhakotis, répondit Lysander avec satisfaction. Aucun autre ne parle du tombeau avec autant de précision. Aucun qui soit parvenu jusqu'à nous, en tout cas.

Keyes écarquilla les yeux, comme au bord de la crise d'apoplexie. Les protestations s'étaient tues, alors que tous paraissaient chercher dans leur mémoire à la recherche d'un texte qui aurait placé le Sèma ailleurs que dans une vague *Alexandrie*. Qui avait prétendu qu'il se trouvait près du Mouseîon pour la première fois ? Qui d'autre que Callisthène évoquait Rhakotis ? Finalement, Frederick se retourna vers Keyes avec un large sourire, sans rien cacher de sa satisfaction.

— Eh bien, lança-t-il. Une telle audace mérite bien un financement, vous ne croyez pas ?

CHAPITRE 19

— Tu n'aurais jamais dû sortir, lança Katherine par-dessus son épaule. Regarde-toi, je vais mettre des heures à te sortir de ce bain.

— Avoue tout de même que la tête de Keyes valait le déplacement, répliqua Lysander avec un sourire. Nous n'en verrons plus jamais de pareille !

Katherine émit un petit rire et revint s'asseoir au bord de la baignoire. Ils étaient rentrés juste à temps pour éviter à Lysander de presque s'évanouir de douleur, et l'eau chaude semblait lui faire le plus grand bien. Frederick avait insisté pour prendre le relai après leur départ, encore pressé de questions et d'objections par ses collègues. Don et Charlie devaient encore être auprès de lui pour l'épauler, et cela laissait aux Grey le temps de se remettre des émotions des deux derniers jours.

— Je crois que je ne t'ai jamais autant aimé depuis notre mariage, sourit Katherine en passant une main dans les cheveux de Lysander. Je ne savais plus quoi dire pour faire plaisir à ces messieurs.

— De là où je me trouvais, tu avais l'air très à l'aise, répondit Grey avec douceur. C'est Frederick qui allait sortir de ses gonds... Est-ce que tu ne voudrais pas que je sorte de là pour aller te préparer une tasse de thé ?

La main de Katherine sur sa poitrine le repoussa dans l'eau alors qu'il faisait un mouvement pour se redresser.

— Pas question, répondit la jeune femme, amusée. Tu trembles encore. Je n'ai pas envie que tu t'écroules dans l'escalier.

— C'est toi qui en as le plus fait ce matin, Kitty. Je ne veux pas te prendre tout ton temps.

— Tu sais bien que ce n'est pas le cas. Et puis, ce n'est pas moi qui ait dû hausser le ton face à nos amis de l'université !

Lysander s'autorisa un sourire, et prit doucement la main de Katherine pour l'embrasser. L'idée de mettre la main sur le tombeau d'Alexandre ailleurs qu'en Égypte lui était venue comme une hallucination, à travers ses antidouleurs. Il n'avait d'abord pas eu l'intention de se rendre à l'université, terrassé par la fatigue et par les tremblements incontrôlables de sa jambe. Finalement, le brouillard des médicaments s'était dissipé, assez pour qu'il s'aventure dans la bibliothèque et ne se mette à reclasser les livres éparpillés au sol par les deux intrus. Son regard avait fini par se poser sur une édition oubliée du roman d'Alexandre, et il n'avait pas tardé à enfiler son manteau, bien décidé à présenter son idée à Frederick avant la fin de la journée. Voir Katherine débattre de la seconde Alexandrie avec Keyes l'avait suffisamment encouragé à hausser la voix, profitant de l'effet de surprise.

— Je pourrais me tromper, murmura-t-il en fermant les yeux sous les caresses de Katherine. Je pourrais nous emmener sur une fausse piste, et tout le monde se paiera notre tête jusqu'à la fin de nos jours.

— Ou bien, tu pourrais avoir raison, répondit la jeune femme avec fermeté. Et dans ce cas, tu serais à l'origine d'une découverte formidable. N'aie pas peur de te tromper, ajouta-t-elle alors que Lysander allait protester. Je suis sûre que même Keyes a un jour fait des erreurs de traduction monstrueuses. Nous ne sommes pas tenus d'être parfaits en tous points.

— Au contraire, marmonna Grey en s'enfonçant dans l'eau jusqu'aux épaules. J'ai le sentiment très net que ces messieurs de l'amphithéâtre en attendent plus de nous que de n'importe quelle autre équipe. Frederick n'a jamais eu tort sur ce point.

Cette fois, Katherine ne trouva rien à répondre. Personne n'avait jamais raté une occasion de leur signifier qu'ils n'avaient pas leur place, à moins de travailler d'arrache-pied sans jamais s'arrêter – et sans jamais se tromper. Frederick lui-même s'était montré terrible avec eux, et plus encore après la guerre, lorsque les hommes étaient rentrés du front et avaient rechigné à remettre les pieds dans sa salle de cours. La jeune femme se souvenait d'une après-midi mémorable où le vieil homme était allé tirer Charlie du lit, après avoir passé une semaine à déplorer son absence. Il n'avait voulu que leur bien, ils le savaient tous les quatre, même s'il s'y était affreusement mal pris... Mais ce n'était pas le cas des autres, de cela, ils pouvaient en être sûrs.

— Au moins, soupira Lysander après un silence, Frederick se charge du financement. La perspective de retrouver une momie dans un cercueil de verre attisera sans doute la convoitise du Museum.

— Et tout Londres va venir frapper à notre porte, répondit Katherine. L'Ashmolean voudra sans doute sa part du gâteau...

— Évidemment. Sans oublier le musée du Caire, s'il se trouve en Égypte...

— Ou le musée impérial s'il est à Alexandrette.

Katherine pinça les lèvres.

— S'il est à Alexandrette, souffla-t-elle, j'ignore si une partie des vestiges reviendra vraiment au musée impérial. Ahmet nous parlait déjà de tensions en Égypte... Ce sera pire encore si nous devons mettre le pied chez les ottomans.

— Nous avons encore quelques mois pour espérer que les choses s'arrangent, répondit Lysander. Avec un peu de chance, on nous laissera fouiller sans nous causer d'ennuis.

Katherine hocha la tête. Elle ne pouvait s'empêcher de penser que tout aurait sans doute été plus simple avant la guerre, mais son mari avait raison. Peut-être les choses seraient-elles revenues à la normale lorsqu'ils seraient autorisés à fouiller à Alexandrette... Et après tout, il s'agissait d'Alexandre le Grand. La terre qui lui servait de repos serait à nouveau auréolée de gloire une fois le tombeau ramené à la surface. Personne n'aurait d'intérêt à les empêcher de creuser. La jeune femme laissa ses pensées dériver en même temps que ses doigts sur l'épaule de Lysander. Elle ne s'était pas assez penchée sur la question du Sèma pour savoir à quoi s'attendre. Elle avait seulement supposé qu'une bâtisse aussi grande ne passerait pas inaperçue au cours des fouilles.

— Tu as dit qu'aucun auteur ne parlait clairement d'Alexandrie d'Égypte, murmura-t-elle. Est-ce qu'ils décrivent le tombeau, ou cette partie-là manque aussi ?

— Certains l'ont décrit, répondit Lysander. Mais ils ne parviennent pas à se mettre tout à fait d'accord. Lucain prétend que l'édifice est de style macédonien. Cela suppose un tumulus en pierre, une chambre funéraire en albâtre, quelque chose de grandiose... Il n'a pas dû être enterré seul, cela dit. Il n'est pas exclu que nous trouvions d'autres sépultures autour de celle d'Alexandre, sans doute un peu plus modestes.

— Celles de la dynastie lagide ?

Lysander hocha la tête.

— Le cercueil pourrait être en plomb, en or, en verre ou en albâtre, reprit-il. Cela dépendra de ce qui a vraiment été fait, et de ce qui relève de la pure fantaisie des auteurs. Ptolémée II aurait fait remplacer le plomb par un sarcophage en or, puis Ptolémée X aurait utilisé cet or pour pallier des difficultés financières et fait fabriquer un nouveau cercueil translucide.

— En verre ou en albâtre... Cela paraît très... féérique, tu ne crois pas ?

Lysander émit un petit rire.

— Il y a plus fantaisiste encore, répondit-il. J'ai entendu dire que le corps d'Alexandre sentirait encore merveilleusement bon, comme ceux des saints catholiques. Certains prétendent même que ce cercueil de verre a été rempli de miel pour le conserver indéfiniment, jeune et beau comme au moment de sa mort. Si c'est vraiment le cas, ajouta-t-il avec un gloussement, Auguste a dû avoir une sacrée surprise en ouvrant le sarcophage.

Katherine ne put retenir un sourire, à la fois devant l'amusement de son mari et à la vision du solennel Octave Auguste soudain couvert de miel jusqu'aux genoux, face à une momie au parfum trop capiteux. Quelle belle découverte cela ferait, songeait-elle. Un cercueil de verre, digne des plus grands mythes. Tout l'or du monde ne suffirait pas à détrôner un tableau pareil à la une des journaux.

— Allons, lança soudain Lysander. Aide-moi à sortir de là. J'ai envie d'une grande tasse de thé bien chaud, et je dois terminer de ranger la bibliothèque.

— Va pour le thé, répliqua Katherine. Mais pas question que tu t'épuises à la bibliothèque. Frederick va encore nous faire travailler comme des bêtes de somme pour préparer les prochaines fouilles, tu dois être en mesure de lui tenir tête. Maintenant qu'il sait pour le médaillon, tu vas devoir traduire des tablettes à n'en plus finir...

Si les tablettes étaient leur seule préoccupation, songea Grey en s'appuyant sur sa femme pour se relever. Chacun des messieurs qui avaient entendu leurs élucubrations dans l'amphithéâtre allaient se mettre à travailler de conserve pour leur mettre des bâtons dans les roues, il en était sûr. Rien de bien nouveau – ils avaient fini par ignorer les murmures qui s'élevaient dans les couloirs à leur passage – mais Lysander ne pouvait s'empêcher de craindre ce qui arriverait si l'un de ces très estimés professeurs parvenait à devancer Frederick pour des fouilles à Alexandrette. Le vieil homme tempêterait tant que quelqu'un finirait par l'enfermer dans son bureau pour avoir la paix...

Lysander se rappelait encore la force de sa voix, un matin de 1912, quelques jours après son premier dîner avec Katherine, croyait-il. Il redoutait autant qu'il attendait son prochain rendez-vous avec son professeur au sujet de sa thèse. Il connaissait alors suffisamment le vieil homme pour savoir que ses colères avaient une réputation épouvantable, mais il n'avait jamais eu l'occasion d'en être témoin. Cette fois, lorsqu'il était arrivé devant la porte, Lysander avait bien cru que Law s'était mis en tête de démolir Magdalen College par la seule force de sa voix :

— C'est pourtant bien vous, Hammond, qui débarquez dans mon bureau sans prévenir pour me sermonner ! Avez-vous donc oublié votre mission première ? Êtes-vous historien, ou bien vous êtes-vous improvisé juge pendant que je regardais ailleurs ?

— *Vous* avez complètement perdu l'esprit, Law ! avait protesté Hammond avec la même force. Où donc avez-vous la tête ? Cette expédition est vouée à l'échec, comme toutes les autres ! Arat ne vous a pas servi de leçon ?

— Je vous interdis d'invoquer son nom devant moi. Il était brillant, c'est tout ce que nous avons besoin de savoir. Qu'il porte un turban et prie sur un tapis n'y change rien !

Lysander avait sursauté, comprenant soudain ce qui mettait l'un des plus respectés professeurs d'Histoire ancienne d'Oxford dans une telle rage : Frederick prévoyait déjà une nouvelle saison de fouilles en Égypte – ce n'était un secret pour personne, et Grey n'ignorait pas qu'il était censé partir avec lui – et l'équipe qu'il avait choisie semblait un peu trop hétéroclite pour paraître respectable.

— Une femme et un Noir ! avait éructé Hammond, hors de lui.

— Woodland n'est pas Noir, avait aussitôt répliqué Frederick, le timbre glacial. Il est Indien par sa mère, mais son père est aussi Anglais que vous et moi.

— Êtes-vous aveugle ? Sa peau est aussi sombre que le charbon, et vous osez croire qu'on le traitera comme un Britannique ?

— C'est un historien de l'art plus doué que la plupart de ses collègues, qui sont pourtant aussi blancs qu'un linge de table, avait asséné Law. Quant à Alden, il me semble que ses professeurs ont unanimement décrété qu'elle avait des idées révolutionnaires, qui traitent à la fois de la géographie et de l'Histoire. Elle sera parfaite pour Alexandrie.

— Vous êtes une honte, Frederick. Nous vous avons pardonné Arat, mais croyez bien que cet affront-là restera dans les annales. Pourquoi pas un infirme, tant que vous y êtes ? Puisque les idées comptent autant à vos yeux, choisissez donc un cul-de-jatte et faites-le descendre dans une fosse, je vous regarde !

Hammond était sorti si vite qu'il avait manqué de renverser Lysander au milieu du couloir, non sans lui adresser un regard furibond au passage. Lorsque le jeune homme était entré, Frederick l'avait salué d'un petit sourire contrit, de l'autre côté de son bureau :

— Navré que vous ayez eu à entendre cela, avait-il dit. Installez-vous, Grey. Il y a des fouilles à Alexandrie dont j'aimerais vous parler. Mais avant toute chose... Comment s'est passé votre rendez-vous avec miss Alden ?

Il ne lui avait jamais parlé de cet étudiant qui avait tant scandalisé Hammond, réalisa Lysander, pensif. Son nom ne lui rappelait aucun des jeunes gens qui avaient assisté aux mêmes cours que lui...

— Du sucre ? lança Katherine depuis la cuisine, alors qu'il se laissait tomber sur le sofa.

— À cette heure ? protesta Lysander avec un éclat de rire. Je pensais que je devais me reposer ?

Le visage de Katherine apparut dans l'encadrement de la porte, son sourire effaçant tout souvenir de la colère de Law :

— Eh bien, je ne suis pas contre un peu de... conversation avant d'aller au lit.

*

— Vous tombez de sommeil, mon garçon, lança Frederick par-dessus son livre.

Charlie sursauta et releva les yeux vers lui, avachi dans le fauteuil en velours que le vieil homme lui avait désigné à son arrivée. Ce dernier avait insisté pour que Don et lui viennent passer la nuit chez lui, encore soucieux à l'idée que d'autres pourraient tenter de les cambrioler. Woodland était allé se coucher tôt, épuisé par la nuit précédente et par leur présentation. Charlie avait cru pouvoir tenir plus longtemps que lui et servir de compagnon au professeur jusqu'à la fin de la soirée. Force était de constater qu'il s'était trompé.

— Je vous ai préparé une chambre au fond du couloir, reprit Frederick en tournant une page. Juste à côté de celle de Woodland.

— J'ai l'impression d'être un enfant, répondit Charlie sans pouvoir masquer le ton ensommeillé dans sa voix. Je devrais être capable de rester debout après dix heures.

— Je ne vous ferai pas l'affront de vous partager mon point de vue de vieillard, répondit Law avec un sourire. Vous avez bien travaillé ce matin, Dawson. Allez vous reposer.

— Et si quelqu'un vous attaquait ?

— Eh bien, je vous appellerai à l'aide. Vous n'avez tout de même pas le sommeil si lourd ?

Charlie secoua la tête, tout en sachant que Frederick ne le regardait pas. Après tout, il avait entendu Don arriver avant même qu'il ne passe la porte de l'appartement. Il se leva lentement et se retourna vers le couloir plongé dans l'obscurité. Il pouvait entendre

Woodland ronfler doucement au fond de son lit. Lui tombait de sommeil, mais il n'avait aucune envie d'aller se coucher.

— Frederick, appela-t-il timidement. Pensez-vous vraiment que Lysander puisse avoir raison ? Au sujet du tombeau ?

Cette fois, le professeur releva franchement la tête vers lui, pensif.

— Oui, dit-il après quelques secondes. Oui, je crois qu'il y a d'assez bonnes chances pour qu'il ait raison. Cela ne signifie pas que sa théorie soit irréfutable en l'état, mais je le crois.

— Et, hésita Charlie. S'il se trompe ? Que se passera-t-il pour nous, alors ?

Frederick haussa un sourcil, puis ses lèvres s'étirèrent en un sourire attendri. Il referma tout à fait son livre et s'appuya contre l'accoudoir de son fauteuil, l'air soudain perdu dans des souvenirs connus de lui seul.

— Cela, Charlie, cela vous appartiendra, répondit-il. Vous vous sentirez mortifié, et vous en aurez parfaitement le droit. Cependant, vous devrez décider ensuite de ce que vous souhaitez faire. Vous pourrez choisir de vous cacher jusqu'à la fin de vos jours, ou bien vous pourrez reprendre vos recherches, fort de ce que vous aurez appris.

— Cela paraît difficile, souffla Charlie. Ce ne sont pas de minces espérances que Lysander a fait reposer sur nous...

— En effet, sourit Frederick. La tâche vous semblera sans doute impossible à surmonter. Mais je peux vous assurer que c'est possible, mon garçon, et que la situation a l'air plus effrayante qu'elle ne l'est réellement.

— J'admire votre assurance, professeur.

Frederick laissa échapper un petit rire et secoua la tête.

— Ce n'est pas de l'assurance, dit-il d'une voix douce. C'est de l'expérience. Croyez-moi, si Lysander se trompe, si vous vous trompez tous, je serai auprès de vous pour vous aider à vous relever si vous le souhaitez.

— De l'expérience ? répéta Charlie, stupéfait.

Il voyait mal le si prudent Frederick Law décevoir ses pairs au point d'hésiter à revenir à l'université. À vrai dire, il se l'imaginait mal faire la moindre erreur, tant il avait toujours été appliqué.

— J'ai un jour prétendu pouvoir faire une découverte extraordinaire, expliqua Frederick à voix basse. J'y ai travaillé jour et nuit, pendant plusieurs mois, et j'en parlais à qui voulait bien l'entendre dès que l'occasion se présentait. Toute l'université était au courant, même en dehors du département d'Histoire. On a attendu mon retour avec la plus grande impatience. L'Ashmolean espérait que je remplisse ses vitrines de vestiges. J'ai emmené des dizaines de personnes dans ma folie, et j'ai refusé d'abandonner même une fois mis devant mon erreur.

— Vous n'avez rien trouvé ? comprit Charlie.

Law hocha la tête, et ses doigts se mirent à pianoter sur l'accoudoir.

— Rien du tout, soupira-t-il. Nous étions au beau milieu de l'océan, sous une chaleur écrasante, vous auriez détesté cela. J'étais persuadé d'avoir raison. Lorsque je suis revenu, après avoir admis ma défaite, tous ceux qui m'avaient si ardemment soutenu dans mon projet se sont moqués de moi. J'ai cru qu'on ne me prendrait plus jamais au sérieux. Mais j'ai fini par revenir, même si j'entendais encore les chuchotements de mes collègues sur mon passage, et je me suis félicité de l'avoir fait lorsque vous avez fini par vous inscrire à mes cours, tous les quatre.

Charlie lui rendit son sourire. Il sentait une chaleur réconfortante se répandre dans sa poitrine chaque fois que Frederick le complimentait, l'aidait à se sentir important à ses yeux.

— Qu'étiez-vous parti chercher ? voulut-il savoir. Si ce n'est pas indiscret…

Law lui répondit par un vague mouvement de la main, comme s'il avait voulu chasser cette remarque.

— Il vous suffira de poser quelques questions pour le savoir, répondit-il. Autant que cela vienne de moi. Je m'étais mis en tête, sur la base de quelques textes, que je pouvais retrouver les vestiges de l'Atlantide. Je suppose que j'étais un peu trop rêveur pour ce métier… Allons, vous devriez aller vous coucher, à présent. Une tasse de café fumant vous attendra demain matin.

CHAPITRE 20

Charlie s'était rarement senti aussi épanoui dans sa vie, en dépit des événements. Il sortait de sa deuxième leçon avec Terry Williams, et tout s'était passé pour le mieux. Il s'était attendu à bafouiller, à perdre ses mots au point d'en devenir incompréhensible, mais il s'était bien mieux débrouillé que lors des courtes répétitions qu'il avait exécutées chez lui le matin même. Le garçon avait passé une heure à prendre des notes sur tout ce que lui disait son professeur, jusqu'à ce que Dawson lui propose de mettre en pratique ce dont ils avaient parlé. Il se montrait encore hésitant – quoi de plus naturel ? – mais Charlie était persuadé que Terry ferait des merveilles, une fois sur un chantier.

À présent, Dawson songeait que marcher un peu lui ferait le plus grand bien, après le chaos des derniers jours. Il avait pris l'habitude d'errer quelques minutes dans les couloirs, aux moments où la plupart des cours n'étaient pas terminés et où les étudiants libres préféraient se réfugier dans la bibliothèque ou dans les jardins, selon la saison. Ses pas le menèrent instinctivement vers le couloir qui était devenu leur repère, alors que Lysander, Don, Katherine et lui n'étaient pas encore diplômés. C'était aussi dans ce couloir qu'il avait cru s'évanouir, se souvenait-il, le jour où Frederick l'avait presque traîné jusqu'à sa salle de cours. Il était rentré du front depuis plusieurs mois, à ce moment, et avait jeté aux oubliettes la thèse qu'il avait commencée en même temps que Katherine et Lysander, bien décidé à ne plus jamais entendre parler de céramologie. Lorsqu'il avait tenté de l'expliquer à Frederick, le vieil homme avait paru sur le point d'exploser, la moustache frémissante d'indignation.

— Je vous interdis de jeter votre carrière au feu de cette manière, avait-il tonné dans le petit appartement. Vous ne voulez plus écrire, soit, faites donc ce que vous voudrez. Mais tout abandonner ? Je vous assure, Dawson, que vous allez revenir, et que vous allez chasser toutes ces idées noires qui vous empoisonnent l'esprit ! Allons, arrangez-vous un peu, mon cours doit commencer et je ne partirai pas d'ici avant que vous ne soyez prêt à me suivre !

Et il avait poursuivi ainsi jusqu'à être arrivé à l'université, prêt à porter Charlie sur son épaule comme un vulgaire sac de toile s'il faisait seulement mine de faire demi-tour. Il n'avait pas vraiment eu à le regretter, songeait le jeune homme. Il aurait pourtant apprécié de voir le professeur s'y prendre avec un peu plus de tact...

Il ne se souvenait plus exactement comment il avait découvert que cette partie de l'université était déserte à cette heure. Peut-être était-ce durant l'une de ces journées où il errait sans but réel à travers le collège, ou alors James Walter lui en avait-il fait la remarque alors qu'ils flânaient ensemble... Toujours était-il qu'il avait apprécié ce calme au milieu des cours et du tumulte des étudiants et des professeurs qui remontaient les couloirs, et qu'il l'appréciait toujours. Charlie jeta un bref regard au coin du corridor avant de s'y engager. Les mains profondément enfoncées dans les poches, le nez un peu plus relevé qu'à l'accoutumée, il aurait paru parfaitement détendu à un observateur extérieur. Pourtant, il ne pouvait s'empêcher de rester aux aguets, au cas où Frederick ou un autre aurait décidé de le surprendre. Une mauvaise habitude qu'il avait prise quelques années plus tôt et qui refusait de se détacher de lui, l'empêchant de savourer entièrement sa tranquillité...

— Vous devez pourtant bien admettre que cela tourne au ridicule.

Dawson sursauta si violemment qu'il manqua de glisser sur le sol de marbre. La voix de Keyes avait résonné trop fort dans le couloir désert, alors même qu'il semblait s'efforcer d'être discret. Le jeune homme fut pris d'un bref moment de panique, alors qu'il scrutait les portes une par une à la recherche de celle qui dissimulait le papyrologue... Il finit par la repérer, à quelques mètres de lui, entrouverte alors que le vieil homme parlait de nouveau :

— Il est très doué, je ne me permettrai pas de le nier, disait-il. Il apprend vite et bien, en dépit de quelques erreurs d'inattention, et sa thèse est la preuve qu'il peut apporter des idées brillantes à l'université. Cependant, je me dois d'attirer votre attention sur son impatience et sur celle du professeur Law à me confier son poulain favori...

— Je ne saisis pas bien où vous voulez en venir, Keyes, répondit la voix du doyen, plus bas encore. Prétendez-vous que Law et Grey ont travaillé ensemble pour évincer tous les autres candidats ?

— Oh, je n'irais pas jusque là. Grey a l'air parfaitement mal à l'aise chaque fois que j'aborde le sujet, et j'ai cru comprendre qu'il ne s'attendait pas à la proposition de Law. Malgré tout, j'ai moi-même été sollicité au moment où je m'y attendais le moins, et le très court délai que l'on m'a donné pour former ce jeune homme laisse clairement entendre que Law compte prendre sa retraite d'ici peu de temps. S'il n'en avertit personne et que Grey est à ce moment-là le seul être à la ronde à pouvoir prendre sa place, son poste est effectivement assuré, n'est-ce pas ?

— Eh bien... Oui, je suppose que cela rendrait toute la procédure plus facile, en effet. Aviez-vous quelqu'un d'autre en tête, Keyes, qui vous paraîtrait mieux indiqué pour remplacer votre collègue ?

Même sans le voir, Charlie devina que le papyrologue avait haussé les épaules, soucieux de se donner un air innocent avant de passer à l'attaque :

— Eh bien, nombre de mes propres étudiants ont étudié la paperasse antique depuis bien plus longtemps que le docteur Grey. Je n'ai pas de nom particulier en tête, mais une formation complète et soignée me semble bien préférable aux cours accélérés qu'il subit en ce moment.

— Vous avez donc bien conscience de les lui faire subir, répondit le doyen, amusé. Pauvre garçon, il paraît que vous le malmenez tant qu'il tient à peine debout à la fin de vos leçons...

— Allons, n'exagérons rien, souffla Keyes avec un petit rire. Je l'ai tout de même prévenu que je me montrerais plus exigeant avec lui, compte tenu des demandes de Law.

— Mais vous, dites-moi ? N'étiez-vous pas connu il y a quelques années pour avoir tenté de capter les élèves de Law, en particulier... Comment s'appelait-il ? Vous savez, le grand dadais ottoman ?

Charlie jeta un regard par-dessus son épaule et amorça un demi-tour, lentement, terrifié à la simple idée d'interrompre leur conversation. Il n'était pas si loin du couloir par lequel il était arrivé. Une fois qu'il aurait tourné au coin, il pourrait accélérer pour sortir et être sûr que Keyes ne le remarquerait pas... Il n'avait pas fait trois pas que sa chaussure glissait à nouveau sur le sol, dans un abominable couinement qui couvrit la voix du professeur au moment où il répondait. Son cœur rata un battement et il allongea le pas en entendant la porte s'ouvrir plus largement dans son dos.

— Ah, c'est vous ! Attendez un instant, vous voulez bien ? Nous allons dans la même direction.

Charlie s'immobilisa aussitôt, instinctivement, alors que sa raison lui soufflait de l'ignorer et de poursuivre sa route. À quoi bon, songea-t-il alors que Keyes serrait la main du doyen. Il l'avait reconnu, et il l'aurait rattrapé en quelques secondes. Il valait encore mieux faire comme si de rien n'était.

— Professeur Keyes, lâcha-t-il alors que l'homme parvenait à sa hauteur.

— Monsieur Dawson, répondit ce dernier avec un sourire affable. Vos escapades dans la bibliothèque ne vous suffisaient plus, je vois ? Il faut encore que vous alliez écouter aux portes.

— Je n'écoutais pas, répliqua aussitôt Charlie. Je pensais être seul, et j'ai fait demi-tour aussitôt que je vous ai entendus.

Keyes baissa sur lui un regard ouvertement dubitatif. Le jeune homme sentit ses joues chauffer sous le jugement muet. Il n'avait jamais su mentir correctement, ils le savaient tous les deux, et le professeur se ferait une joie de mettre cette faiblesse à profit. Une fois de plus, songea Dawson avec amertume.

— Très bien, lâcha finalement Keyes. Vous n'écoutiez pas. Dans ce cas, je suppose que je ne dois pas m'inquiéter de ce que vous irez raconter au docteur Grey sur mon compte ? Je le crois assez fragile, vous voyez, après ce qui lui est arrivé pendant la guerre. Un traumatisme qui doit sans doute lui interdire toute forme de surmenage, surtout s'il veut réellement prendre la suite de ce bon Frederick...

Il avait posé une main sur l'épaule de Charlie tout en parlant, et ce dernier avait manqué de trébucher sur les marches du collège à ce contact. Le pouce de Keyes s'enfonçait dans son omoplate jusqu'à lui faire mal et l'empêchait de s'écarter tandis que le vieil homme adressait un large sourire à un *fellow* qui passait en sens inverse.

— Bien entendu, grimaça Dawson. Puisque je vous dis que je n'ai rien entendu, j'aurais le plus grand mal à répéter quoi que ce soit !

— Nous sommes donc d'accord, répondit joyeusement Keyes en relâchant son étreinte. Voulez-vous que je transmette vos amitiés à monsieur Walters ?

— N'en faites rien. Je saurai le trouver s'il me prend l'envie de le recontacter.

Grossière erreur. Le visage de Keyes se tordit en un sourire de crocodile alors que Charlie s'écartait tout à fait de lui, le visage en feu. Sans doute le jeune homme l'avait-il évité trop longtemps. Il avait oublié de quelle façon il se plaisait à agiter la menace de James au-dessus de sa tête, chaque fois que Dawson prenait le risque de le contrarier. Cette fois, ce dernier songeait que sa remarque avait tous les atours du chantage.

— Vraiment, lâcha le professeur d'une voix doucereuse. Eh bien, dans ce cas, je vous laisse à vos propres... affaires. Bonjour chez vous, Dawson.

Il s'éloigna sans attendre la réponse, et Charlie ne put que rester planter là, au beau milieu de la pelouse, à le regarder disparaître derrière les hautes bâtisses d'Oxford. Lorsqu'il fit un pas pour rentrer chez lui, son estomac se tordit aussitôt en une vive protestation. Ce ne fut qu'à cet instant qu'il réalisa à quel point il était tendu, tous ses muscles raidis pour faire barrage à cet *enfoiré de Keyes*, les oreilles bouillantes et les lèvres engourdies. Dawson se força encore à marcher quelques mètres le long de l'allée, s'appliquant à prendre des inspirations lentes et régulières. Il n'habitait pas si loin, il pouvait sans doute se calmer avant d'arriver chez lui...

Son corps le trahit au moment où il allait quitter le jardin. Il eut tout juste le temps de trouver une haie touffue derrière laquelle se cacher avant de devoir se pencher pour vomir, la main de Keyes comme imprimée sur son épaule. Il resta courbé encore quelques secondes, le temps de reprendre son souffle, avant de se redresser et de s'éloigner pour de bon. Il avait envie de hurler. Il s'était juré de ne plus jamais se laisser impressionner par Keyes, et voilà qu'il se faisait de nouveau avoir. Il fut un instant tenté de conduire jusque chez Don pour tout lui raconter... Mais il lui faudrait alors expliquer pourquoi le papyrologue le traitait ainsi, et il ne s'en sentait pas capable. Il pinça les lèvres en s'installant derrière le volant. Il fallait se rendre à l'évidence. Même après toutes ces années, Willard Keyes le terrifiait, et il le haïssait pour cela.

*

— Là, regarde.

Katherine tendit le cou pour voir ce que Don lui montrait. Lysander et eux se penchaient sur le médaillon depuis plus d'une heure, sous le regard attentif de Frederick, enfoncé dans un fauteuil un peu plus loin. Woodland venait d'apercevoir, en haut du disque, un petit rectangle gravé que Charlie n'avait pas réussi à nettoyer complètement. Il tendit le doigt pour tenter de gratter un peu plus de limon, sans parvenir à faire bouger le moindre grain de poussière, trop obstinément enfoncé dans le relief.

— Que crois-tu que c'est ? s'inquiéta Lysander.

— Je n'en sais rien, répondit Don. Peut-être le signe d'un remploi... Non, cela n'aurait pas de sens. Bon sang, où est Charlie quand on a besoin de lui ?

Frederick émit un drôle de son depuis son fauteuil, à mi-chemin entre le ricanement et le toussotement. Il avait croisé Dawson à l'université le matin même, puis le jeune homme n'avait plus donné signe de vie, en dépit de l'invitation des Grey à venir se réunir chez eux.

— Sans doute a-t-il d'autres obligations, murmura Katherine. Il rend peut-être visite à de la famille, ou à une petite amie, pour ce que j'en sais.

Don lui jeta un bref regard, et il sembla à Frederick qu'il avait retenu un sursaut, invisible pour ses compagnons penchés sur la table, mais évident depuis son propre poste d'observation. Le vieil homme arqua un sourcil, mais ne releva pas. À la place, il déplia les jambes et se leva pour attraper le téléphone niché entre deux étagères. Quelques instants plus tard, il jetait une exclamation qui faisait sursauter ses trois protégés, un sourire triomphant aux lèvres :

— Dawson ! Je ne vous réveille pas, au moins ?

— Frederick ! protesta Lysander.

— Chez les Grey, oui, dit Law en agitant la main dans sa direction pour le faire taire. Aviez-vous donc oublié ? Enfin soit, monsieur Woodland vient de trouver quelque chose d'intéressant sur le médaillon et réclame votre aide.

— Ce n'est pas... commença Don.

— Bien sûr, coupa Frederick avec un nouveau signe de la main à son attention. Prenez donc la voiture, vous serez là plus vite. Le thé est encore chaud. Nous vous attendons.

Il raccrocha presque aussitôt et se tourna vers ses élèves, l'air très satisfait de lui-même :

— Et voilà, dit-il. Espérons qu'il n'aura pas oublié ses outils, vous risquez sûrement d'en avoir besoin.

CHAPITRE 21

Les semaines avaient défilé si vite que personne n'avait semblé les voir passer. Les rues d'Oxford s'étaient couvertes d'une épaisse couche de neige, et les chants de Noël n'avaient pas tardé à résonner dans la chaleur des maisons. Lysander avait continué à prendre ses cours particuliers auprès de Keyes, en dépit de ses réticences, et Katherine avait fini par dépoussiérer son grec rudimentaire pour lui prêter main forte, rendue nerveuse par la manière dont il s'arrachait presque les cheveux sur les exercices que lui donnait le papyrologue. Don et Frederick avaient étudié le médaillon sous toutes ses coutures, à la recherche du moindre indice qui aurait pu leur permettre d'affirmer avec certitude qu'il les mènerait bien au tombeau d'Alexandre. Leurs recherches n'avaient pas été des plus fructueuses, mais ils continuaient d'affirmer aux musées de Londres et d'Oxford qu'ils ne pouvaient pas encore l'exposer. Quant à Charlie, il était aux anges, de plus en plus satisfait par un Terry Williams qu'il disait brillant. Il recevait le garçon deux fois par semaine dans un bureau prêté par l'université, et chaque entrevue semblait faire de lui le plus heureux des hommes.

Assis face aux vestiges de leur dîner de Noël, Lysander laissait son regard errer de l'un à l'autre de ses compagnons avec une reconnaissance qui lui rappelait celle qu'il avait ressentie au sortir de la guerre, lorsque Don et Charlie étaient finalement revenus sains et saufs et qu'il en avait remercié tous les dieux de l'Histoire. Il ignorait à quoi aurait ressemblé sa carrière s'ils n'avaient pas été là, et il n'avait aucune envie de le savoir. Il s'imaginait sans peine des recherches monotones, presque sans saveur, au milieu de visages qui allaient et venaient sans jamais s'attarder…

— Je vais t'aider, lança-t-il en voyant le bras de Katherine passer devant lui pour attraper son assiette. Tu n'as sans doute pas assez de bras pour porter tout cela.

— Tu n'en as qu'un à me prêter, répliqua la jeune femme avec un éclat de rire.

— Il peut au moins porter ce qui reste du chapon !

Grey suivit Katherine du regard alors qu'elle s'éloignait vers la cuisine. Il la trouvait merveilleusement gracieuse, même chargée de ses plats vides. Il avait manqué de trébucher dans l'escalier en la voyant, au moment où elle se précipitait pour ouvrir à Frederick. Puisqu'il avait été absent toute la journée, elle avait encore fait raccourcir ses boucles et avait enfilé une délicieuse robe bleue qui lui tombait sur la taille et menaçait de dévoiler ses genoux au moindre mouvement. Si Frederick avait sauté sur l'occasion de glisser à Lysander un murmure presque horrifié à l'idée que le linguiste avait épousé une *flapper*, ce dernier semblait plus émerveillé que jamais chaque fois que sa femme passait dans son champ de vision.

— Combien en as-tu achetées ? interrogea-t-il en la rejoignant au fond de la cuisine. Des robes comme celle-ci ?

Katherine lui adressa un sourire espiègle avant de se pencher pour attraper la bouilloire.

— Quelques unes, répondit-elle. Pour la journée, pour le soir… Et aussi une ou deux tenues de nuit.

— Seigneur, souffla Lysander. Si seulement je l'avais su plus tôt, j'en aurais fait venir des dizaines d'Amérique. Tu es splendide, Kitty. Je devrais te le dire plus souvent, ajouta-t-il avec un froncement de sourcils.

— Tu y passerais tes journées, objecta Katherine. J'espère que ton cadeau te fera autant plaisir que mes folies vestimentaires.

— Oh, je n'en doute pas une seconde.

Katherine s'assura que la bouilloire ne risquait pas de basculer sur le feu, puis se retourna pour planter un baiser sur les lèvres de Lysander. Ce dernier la serra aussitôt contre lui, retenant son bras de justesse pour ne pas froisser la robe neuve. Un éclat de rire leur parvint de la salle à manger, et il s'écartèrent lentement l'un de l'autre, le regard tourné vers le couloir au cas où quelqu'un déciderait de venir les chercher.

— Ces messieurs vont nous attendre, souffla Lysander.

— Encore une ou deux heures, et nous serons enfin tranquilles, répondit Katherine avec un léger rire.

— Assez pour profiter de tes derniers achats ?

La jeune femme lui envoya un coup de coude affectueux, lui arrachant un bref éclat de rire. Le linguiste l'embrassa à nouveau, un large sourire accroché aux lèvres, puis se redressa pour répondre à l'appel de Don de l'autre côté de la maison. Katherine le suivit du regard jusqu'à ce qu'il disparaisse au coin du couloir, puis s'employa à disposer les tasses, la théière et le sucrier sur un plateau. La bouilloire se mettait à peine à siffler sur le feu que Don et Charlie appelaient son nom à son tour, entre les voix de Frederick et Lysander.

— Voilà, voilà, j'arrive ! lança-t-elle en amenant le plateau sur la table. Ai-je raté quelque chose ?

— Frederick était sur le point de nous transmettre le cadeau de Noël que nous fait l'université, répondit Don.

— J'ignorais que l'université nous faisait un cadeau de Noël.

— Et moi donc, répondit Frederick d'un ton joyeux. Voici pour vous, à présent que vous êtes tous là. Charlie, vous serez assez aimable pour transmettre la nouvelle à monsieur Williams.

Le vieil homme poussa une petite enveloppe vers Katherine, et la jeune femme n'hésita qu'un instant avant de l'ouvrir, encouragée par ses compagnons. Son visage s'allongea de stupeur lorsqu'elle en tira un rectangle de papier, reconnaissable entre tous :

— Un chèque ? s'exclama Charlie.

— Un chèque conséquent, approuva Lysander, les yeux écarquillés. Pourquoi ce cadeau, professeur ?

— Il s'agit du financement de votre prochaine expédition à Alexandrie, répondit Frederick avec satisfaction. Vous le trouvez peut-être conséquent, mais d'après moi, c'est encore trop peu.

— C'est plus que cette année, objecta Don.

— Mais vous aurez cent fois plus à faire, Woodland. C'est pourquoi j'ai moi aussi un petit quelque chose pour vous.

Une nouvelle enveloppe traversa la table jusqu'à Don, suivie d'un quadruple cri de surprise et d'un éclat de rire de la part de Law.

— Frederick, vous êtes devenu fou ! lâcha Katherine, à moitié debout pour regarder par-dessus l'épaule de son ami. C'est beaucoup trop !

— Au contraire, répondit tranquillement le vieil homme. Il y a là de quoi payer les ouvriers, les concessions, et les chambres d'hôtel de ces messieurs. Ne dites pas à nos amis de l'université que je vous ai donné cela, ils seraient indignés.

Ce serait bien plus que de l'indignation, ils le savaient tous les cinq. Le don de Frederick aurait pu financer la totalité des fouilles même sans l'aide de l'université. Il n'était certes pas Lord Carnarvon, mais il ne tarderait pas à prendre sa place de grand mécène s'il décidait de poursuivre de telles folies !

— En fait, reprit Frederick, je tiens à ce que vous puissiez commencer à prospecter dès que vous apercevrez une trace du tombeau. Si vous en apercevez une, s'entend. Si cela implique de vous rendre à Alexandrette, je préfère que vous soyez préparés.

— Vous n'étiez pas obligé, bredouilla Lysander. Je veux dire... Nous vous en sommes très reconnaissants, n'en doutez pas. Mais vous n'étiez pas obligé.

— En effet, approuva le vieil homme. Mais vous avez su me convaincre devant Keyes, et je dois bien avouer que je meurs d'envie de savoir si vous avez vu juste.

Il se mit à pianoter distraitement sur le bord de la table, un drôle de sourire aux lèvres. Il ne regardait plus qu'à peine ses étudiants, comme perdu dans ses pensées.

— Je ne suis plus tout jeune, dit-il finalement à mi-voix. Je ne pourrai pas courir les chantiers éternellement, et vous n'allez plus tarder à prendre ma place dans les salles de cours. Je vais prendre ma retraite... Oh, je vous en prie, ne me regardez pas avec ces yeux-là. Vous ne pensiez tout de même pas que j'étais sérieux avec ces histoires de nuque brisée ? Il est grand temps que je rentre chez moi et que j'y reste, à couler des jours heureux et paisibles. Mais, ajouta-t-il alors que Lysander allait protester. Je n'aimerais pas terminer ma carrière sans avoir fait tout ce que je pouvais pour vous aider. Alors, voici un premier cadeau de ma part, et d'autres suivront si vous décidez que vous en avez besoin.

— Vous allez vous ruiner, Frederick, répliqua Charlie. Si vous n'êtes plus là et que nous ne trouvons rien l'année prochaine, nos financements officiels tomberont à l'eau au moins pour les trois prochaines saisons !

Law haussa les épaules, avec une indifférence qui les surprit tous les quatre.

— Et alors ? répondit-il. Cet argent-là, je n'y ai qu'à peine touché. Il me restera largement assez pour m'offrir un bon roman de temps à autre. Et si je ne vous le donne pas, à qui servira-t-il ? Je ne suis pas marié, je n'ai pas d'enfants.

— Mais... commença Charlie.

— Pas de mais, Dawson. Je serai bien plus heureux de finir ma vie ruiné et en sachant si vous aviez raison ou pas, que riche à me demander si vous auriez pu mettre la main sur ce tombeau. Cela vaut pour tout le reste. Si vous avez besoin de matériel pour monsieur Williams, je paierai. Si vous voulez un appartement plus grand pour stocker le vôtre, vous n'avez qu'à demander. Tout ce qui est en mon pouvoir pour vous aider, jeunes gens, insista le vieil homme. Je le ferai.

— Pourquoi ? s'étonna Don. Les autres n'en auraient pas fait autant.

— Précisément, rétorqua Frederick. Parce qu'ils n'en feront jamais autant, et parce que certains d'entre eux préféreraient mourir que de vous donner le moindre penny pour vos efforts. Il faut bien que quelqu'un les empêche de saboter vos carrières à tous.

Katherine pressa doucement la main de Lysander dans la sienne, encore incapable de détacher ses yeux des deux chèques. Ils n'avaient jamais eu tant de moyens. S'il n'y avait eu les possibles fouilles du Sèma, Frederick leur aurait offert l'équivalent d'une année entière de fouilles, avec peut-être une marge de quelques semaines. Aucun d'eux ne semblait pouvoir y croire. Finalement,

Lysander se fendit d'un large sourire et émit un petit rire nerveux en replaçant les chèques dans leurs enveloppes.

— Eh bien, lâcha-t-il. Nos propres cadeaux vont vous paraître bien pâles après celui-ci.

— Bah, répondit Frederick. Vous pourriez m'offrir une paire de chaussettes dépareillées que j'en serais très content. Continuez de penser à moi de temps en temps, voilà tout.

*

— Voilà qui est mieux, marmonna Lysander en se laissant tomber au bord du lit. Un peu de silence dans cette maison, voilà qui n'est pas de refus !

— Ils nous manqueraient s'ils ne venaient plus, objecta Katherine.

— Tu as raison. Mais tu m'as parlé de certains achats que tu as fait dernièrement, et je ne pouvais plus attendre de les découvrir.

Katherine éclata de rire dans la salle de bains, et Lysander s'appuya plus confortablement contre ses oreillers, un sourire radieux déjà accroché aux lèvres. L'euphorie de la soirée n'était pas encore retombée et sa jambe le laissait miraculeusement tranquille. Il ne manquait plus que sa femme contre lui, et cette nuit serait définitivement la plus parfaite de l'année.

— Imagine, lança-t-il soudain, le nombre de robes que je pourrais t'offrir avec un seul tétradrachme du tombeau.

Katherine rit de nouveau, lui arrachant un sourire plus large encore.

— Il faudrait pour cela qu'il y ait des tétradrachmes à ramasser, répliqua-t-elle. Ne m'avais-tu pas dit que Cléopâtre avait tout pillé pour financer sa guerre contre Rome ?

— En effet, répondit Lysander avec nonchalance. Mais Frederick m'a recommandé de ne pas me fier aux textes incomplets ou anachroniques, et je suis assez d'accord avec lui. Même si Keyes préférerait que je les considère tous comme parole d'Évangile.

— Ha ! s'écria la jeune femme en forçant l'indignation dans sa voix. Il te disait pourtant de te montrer plus prudent il n'y a pas un mois !

Ce fut au tour de Lysander d'éclater de rire. Depuis son intervention surprise, Keyes ne cessait de lui donner des ordres contradictoires, sans même s'en rendre compte. Le linguiste avait d'abord cru qu'il se moquait de lui à nouveau, qu'il tentait de le faire passer pour plus incompétent qu'il ne l'était. Il n'avait pas fallu plus de deux semaines pour comprendre que le papyrologue s'arrachait en fait les cheveux sur son cas et ne savait plus comment le traiter. Il se montrait parfois particulièrement affable, répondant à ses moindres questions et lui passant même quelques erreurs d'inattention. Le plupart du temps, il restait aussi odieux qu'au premier jour, et lui laissait clairement entendre qu'il n'avait accepté de le prendre comme élève que par respect pour sa prétendue amitié avec Frederick. Quelques fois encore, il se montrait franchement hostile, au point de lui envoyer des insultes à peine voilées et de le flanquer dehors sans autre forme de procès une fois l'heure écoulée. Il n'avait plus jamais tenté de faucher sa canne au milieu des couloirs, cependant. Il ne l'aurait pas pu même s'il l'avait voulu : les Grey, Charlie, Don et Frederick étaient entourés d'une petite cour de jeunes chercheurs dès qu'ils mettaient le pied à l'université, qui ne les quittaient plus d'une semelle jusqu'à ce qu'ils décident de rentrer chez eux.

— J'en aurai bientôt terminé avec lui, soupira Grey avec satisfaction. Une fois que nous serons de retour en Égypte, il pourra bien cracher son venin autant qu'il le souhaite. Je serai trop loin pour qu'il puisse m'atteindre.

La porte de la salle de bains s'entrouvrit et le visage de Katherine apparut par l'entrebâillement, un sourire espiègle au coin des lèvres.

— Et s'il reste des tétradrachmes, dit-elle, nous lui en offrirons un pour le remercier de ses bons et loyaux services. Je suis sûr qu'il le gardera précieusement.

Lysander ne put retenir un ricanement en s'imaginant la mine de Keyes lorsqu'il lui mettrait la lourde pièce dans la main, comme preuve de leur réussite. Car le professeur n'attendait que leur humiliation, ils le savaient tous. C'en était presque devenu une affaire personnelle entre Frederick et lui. Le premier accordait toute sa confiance à ses élèves, avec un calme olympien qui ne lui ressemblait pas. Le second allait parfois tempêter dans le bureau de Law, sans rien cacher de ce qu'il pensait de cette expédition et de ses conséquences, et affirmait à qui voulait l'entendre que son collègue était irresponsable de laisser faire de si jeunes gens sur le point de saborder leur carrière. Il était si persuadé qu'ils se trompaient qu'il prétendrait sans doute que la pièce était fausse s'ils parvenaient à en tirer une du tombeau.

Un mouvement à la porte le fit relever les yeux. Katherine avait presque l'air de sortir d'un roman, debout ainsi au bout du lit dans sa chemise de nuit neuve, la vague lumière de la lune et des réverbères dessinant les contours de son corps sous le vêtement. Lysander ne put que l'observer pendant quelques secondes, incapable de prononcer le moindre mot. S'il avait dû mourir à cet instant, il se serait sans doute déclaré l'agonisant le plus comblé du monde.

— Kitty, déclara-t-il finalement. Tu es un ange descendu du ciel.

CHAPITRE 22

— Reprenez.

Lysander serra les lèvres pour retenir le juron qui ne demandait qu'à sortir. Charlie était appuyé contre la porte, de l'autre côté de la pièce, et détournait soigneusement le regard en faisant mine de ne pas écouter. Grey savait pourtant qu'il ne pouvait faire autrement, et Keyes semblait plus exigeant de minute en minute à présent qu'il avait un public.

— C'est du démotique, répondit lentement le linguiste. Malgré les manques, cette ligne indique une production thébaine, probablement à but documentaire…

— Soyez précis, cracha presque Keyes. Documentaire, dans ce cas, ne signifie rien.

— Il s'agit d'un reçu, rétorqua aussitôt Lysander. Pour la livraison d'un taureau.

— Dans quel contexte ?

— Un enterrement. Le taureau constituait le paiement des funérailles.

— La date ?

De légers coups à la porte arrachèrent un grognement agacé au professeur. Il adressa un bref geste du menton à Charlie, sans même lui accorder un regard, et le jeune homme arqua un sourcil à l'attention de Grey. Ce dernier dut masquer son rire derrière une quinte de toux. L'expression de Dawson parlait d'elle-même : *est-ce qu'il me prend pour son domestique ?*

— La date ? insista Keyes.

— Milieu du sixième siècle avant notre ère, répondit Lysander.

— C'est encore trop large. Vous pouvez vous montrer plus précis que cela.

Les coups résonnèrent à nouveau dans le bureau, et Keyes adressa un regard furibond à Charlie. Le jeune homme leva les yeux au ciel, non sans pouvoir retenir un mouvement de recul, et entrouvrit la porte pour jeter un œil à l'importun. Un fin sourire étira ses lèvres lorsqu'il découvrit Katherine au milieu du couloir, emmitouflée dans un épais manteau brun et une valise à la main.

— Oui ? murmura Dawson alors que Lysander se débattait avec le nom d'un obscur directeur de nécropole. Je vous demande pardon, docteur, mais le professeur Keyes est très occupé. Vous pouvez sans doute me remettre votre carte, je transmettrai.

Katherine pouffa de rire et lui fit signe de baisser le ton, avant que le papyrologue ne perde son calme pour de bon.

— Nous aurons tout le temps de nous moquer de lui à notre retour, chuchota-t-elle. Bon sang, mais que fait-il ?

— Il titillait Lysander sur ses talents de traducteur, et voilà qu'il l'emmène sur le sentier de la chronologie, soupira Charlie. Cela n'en finira jamais. Je ne sais pas comment il tient le coup, c'est assommant.

— Frederick s'impatiente.

— Si tu crois qu'il en a quelque chose à faire…

— Monsieur Dawson, lança soudain Keyes. Si vous voulez discuter avec vos camarades de classe, libre à vous, mais faites-le hors de mon bureau.

Charlie se redressa brusquement, les joues empourprées. Il pouvait supporter un certain nombre de choses, mais certainement pas d'être traité comme un collégien. Katherine fronça les sourcils et repoussa la porte, jusqu'à apercevoir le professeur penché par-dessus l'épaule de Lysander. Il leur tournait le dos, et paraissait bien peu soucieux de savoir qui venait frapper à sa porte.

— Le professeur Law vous fait savoir que ces messieurs sont attendus, lança la jeune femme.

Keyes sursauta si fort qu'il manqua d'en faire tomber son papyrus. Il fit volte-face et, l'espace d'une seconde, son visage n'exprima plus que de la confusion. Une fois encore, il ignorait comment il devait saluer Katherine. Il la fixa un instant sans mot dire, comme pour prendre le temps de se mettre d'accord avec lui-même, puis Lysander fit un mouvement pour se lever et il abattit la main sur son épaule pour le forcer à se rasseoir, ses traits à nouveau durs et froids.

— Faites donc savoir au professeur Law que nous n'avons pas terminé, répliqua-t-il. Et qu'un seul messager était suffisant pour m'informer.

Charlie coula un regard éloquent à Katherine. Cela faisait presque vingt minutes que Frederick l'avait envoyé chercher Lysander, et Keyes le maintenait cloué sur sa chaise depuis tout ce temps sans se soucier de ce que Dawson avait à lui dire.

— Notre train pour Londres n'attendra pas que votre heure de cours supplémentaire soit terminée, soupira Katherine.

— Eh bien, vous prendrez le suivant, rétorqua Keyes. Ce ne sont tout de même pas les trains qui manquent.

— C'est-à-dire que nous devions nous entretenir avec Sir Kenyon...

Le papyrologue se retourna vers elle, les yeux écarquillés. Cette fois, il ne retint pas Lysander lorsqu'il se leva pour prendre son manteau.

— Vous allez voir Kenyon ? bredouilla-t-il.

— En effet, sourit Katherine. Et saluer Lord Carnarvon et sa fille. Il s'agit de ce que nous trouverons à Alexandrie l'année prochaine, vous voyez ?

Keyes hocha faiblement la tête, et salua les trois jeunes gens avec une humilité soudaine qui le rendait presque ridicule. S'il y avait bien un papyrologue en Angleterre qui faisait figure d'autorité, c'était Sir George Kenyon. Cela faisait plus de dix ans qu'il avait pris la tête du British Museum, et son étude des papyri grecs avait longtemps été le texte de chevet du vieil homme. Au moment de refermer la porte, ce dernier n'avait pu que remarquer la teinte dangereuse qu'avait pris le sourire de Katherine. Lysander se garderait bien de critiquer qui que ce fut ouvertement, c'était une évidence, mais sa femme... Si elle était aussi commère que Keyes se l'imaginait, elle serait bien capable de parler de lui à Kenyon, peut-être même de lui faire perdre son poste, si Carnarvon était également mêlé à l'affaire. Les airs innocents et angéliques des Grey avaient mis tant de monde à leurs pieds ! Pourquoi pas le Museum tout entier, après tout ?

    Le papyrologue se retourna vers son bureau et s'employa à ranger ses papyri avec toute la délicatesse dont il était capable. Ce n'était pas qu'il détestait Lysander. Il aurait même pu apprendre à l'apprécier, s'il ne l'avait pas rencontré dans des circonstances aussi déplorables. Seulement, il avait les étudiants trop sûrs d'eux en horreur, et il lui semblait que Grey avait décroché son doctorat sans jamais lever le petit doigt, rien qu'en faisant les yeux doux à Law et en agitant sa canne à chaque fois qu'on lui reprochait une erreur, comme si ses services pendant la guerre suffisaient à excuser son manque de rigueur scientifique. Le garçon n'était pas *mauvais*. Il était même difficile de contredire Frederick lorsqu'il affirmait qu'il était brillant, l'un des meilleurs linguistes de sa génération. Il était seulement, comme chacun de ses quatre collègues, prodigieusement agaçant. Non, décida-t-il tout aussitôt. Pas comme les quatre autres.

    S'il devait choisir entre eux tous à qui enseigner, il choisirait tout de même Grey sans hésiter. Venait ensuite le placide Don Woodland, jamais un mot plus haut que l'autre, seulement un brin trop moqueur à son goût – et puis, comment aurait-il pu réaliser quoi que ce soit en papyrologie avec ces loupes qu'il avait sur les yeux ? Restaient enfin Katherine Alden et Charles Dawson. Ni l'un ni l'autre ne lui inspiraient la moindre confiance, ni la plus petite trace de sympathie. Mais Katherine avait un doctorat, et il lui était infiniment plus aisé de la considérer comme une collègue, sinon comme une égale... Tandis que Charlie, de son côté, lui faisait penser à un parasite accroché à la peau d'un chien. Il n'était rien, rien d'autre qu'un céramologue à peine compétent qui suivait Frederick partout où il allait pour lui servir de chauffeur. Pourtant, il persistait à croire qu'il avait autant voix au chapitre que les Grey, et que son expertise valait autant que la leur. Un rictus méprisant crispa les lèvres de Keyes à cette pensée. Ce garçon-là était mauvais, et le resterait toute sa vie s'il n'apprenait pas à se montrer plus humble... Et il entraînerait Terence Williams avec lui si Frederick persistait à vouloir lui en laisser la responsabilité.

*

— Eh bien, ce n'est pas trop tôt ! s'écria Frederick, perché sur le marchepied. Est-ce qu'il vous avait ligoté sur votre chaise ?

— Il l'aurait fait s'il avait eu de quoi m'attacher, répliqua Lysander en lui tendant sa valise. J'ai bien cru qu'il allait mettre Charlie dehors et me garder jusqu'à ce soir.

— Tu aurais dû lui mettre des coups de canne, répondit Don en tendant une main pour l'aider à se hisser dans le train. Il aurait bien fini par te lâcher à un moment où un autre, et nous t'en aurions été très reconnaissants.

Frederick lui adressa un regard réprobateur, mais le jeune homme vit distinctement sa moustache frémir, comme s'il réprimait un sourire amusé. Katherine apparut enfin sur la plateforme à leurs côtés, aussitôt suivie de Charlie, au moment où l'on sifflait la fermeture des portes. Ils se laissèrent tomber sur les banquettes, comme épuisés par les caprices de Keyes. Leur départ pour l'Egypte se rapprochait à toute vitesse, et le papyrologue semblait de plus en plus abject à mesure que les semaines passaient. C'était presque comme s'il cherchait à signifier à Lysander sa désapprobation à propos de cette expédition.

— Il faudra que nous parlions de lui à Sir Kenyon, marmonna Frederick en s'appuyant contre la fenêtre.

— Que pourrait-il bien faire ? objecta Lysander. J'en ai presque terminé avec ces cours, et Kenyon n'a plus d'autorité sur lui depuis qu'il a quitté Magdalen College.

— Il saura lui remettre les idées en place. Ce n'est tout de même pas une manière de traiter un docteur. Je ne vous l'ai pas recommandé pour qu'il vous coupe toute envie de travailler !

Lysander esquissa un sourire. Il faisait mine de supporter les sautes d'humeur de Keyes depuis un moment, mais il ne pouvait plus nier qu'il rentrait chez lui épuisé chaque mercredi soir, toute son énergie absorbée par les exigences inatteignables du papyrologue. Peu après le nouvel an, Katherine l'avait trouvé au fond de la bibliothèque, endormi sur l'un des traités de Kenyon, son stylo encore pendu au bout de ses doigts. Lorsqu'il s'était réveillé dans la chambre, déshabillé et presque parfaitement reposé, il s'était redressé d'un air si perplexe que la jeune femme avait éclaté de rire à côté de lui. Grey avait alors cessé de se brûler les yeux sur des manuels pour tenter d'obtenir la sympathie de Keyes. Lorsque cette brusque fatigue le prenait, il se contentait d'avaler un antidouleur et d'aller se coucher. Sans doute aurait-il dû faire cela le matin même, songeait-il, et s'excuser auprès du vieil homme pour prendre son train à l'heure.

— Et Sir Kenyon ? dit soudain Don, pensif. Il est papyrologue, lui aussi, n'est-ce pas ?

Frederick lui coula un regard intrigué.

— Oui, répondit-il. Qu'avez-vous en tête, mon garçon ?

— Eh bien, je suppose qu'il serait plus que qualifié pour achever la formation de Lysander, sourit Woodland en s'appuyant contre le dossier de la banquette avec nonchalance. Avec un peu de chance, il ne sera pas bien occupé, puisque les nouvelles fouilles de Carter n'ont pas encore commencé. Et puis, chaque département du Museum est capable de se débrouiller sans monopoliser son attention, vous ne croyez pas ?

Lysander écarquilla les yeux et secoua presque imperceptiblement la tête à son attention, épouvanté. Il avait placé les plus grands espoirs en Keyes tant qu'il le voyait de loin, et il avait été affreusement déçu. Il ne tenait pas à reproduire l'expérience, pas si tôt. Et puis, il pouvait encore tenir tête au vieux papyrologue d'Oxford, mais Kenyon avait assez d'influence pour lui fermer toutes les portes d'un claquement de doigts. Si Keyes avait en fait raison et qu'il était réellement mauvais dans ce domaine...

— Je ne sais pas, marmonna Frederick. C'est que je ne connais pas bien son emploi du temps, et il doit avoir une montagne d'obligations, avec son école d'archéologie à Jérusalem... Mais je suppose que nous pouvons tenter notre chance. Grey, qu'en pensez-vous ?

Le visage de Lysander s'empourpra aussitôt, et il chercha un peu de soutien dans le regard de Charlie en face de lui.

— Ne serait-ce pas trop incorrect de repousser Keyes maintenant ? hésita-t-il. Il ne nous reste guère plus de deux ou trois semaines...

— Cinq, rectifia Frederick. Sauf si vous souhaitez arrêter un peu avant notre départ. Ce qui serait peut-être préférable si vous voulez être sûr d'embarquer en même temps que nous, ajouta-t-il aussitôt avec une grimace.

— Professeur...

— Vous parlerez de cela à Sir Kenyon, l'interrompit Law sans plus attendre. Nous verrons ce qu'il considère préférable pour vous. Car vous faites cela pour vous, Grey, vous m'entendez ? Pour vous, et certainement pas pour Keyes.

Lysander ne protesta pas. Le visage de Frederick avait à nouveau pris cette expression qui trahissait son bouillonnement intérieur, et une contrariété ne ferait que le mettre en colère une fois pour toutes. Le linguiste sentit la main de Katherine serrer la sienne, et il s'appuya légèrement contre elle en réponse. Si les choses se passaient mal, il pourrait encore claquer la porte du bureau de Keyes et espérer que Kenyon le traiterait mieux que lui.

*

— Et cette fresque mène, croyez-vous, droit à Alexandrette ? Pourquoi pas Antioche, par exemple ? Sur cette photographie, le marqueur semble tout de même assez proche.

Sir Frederic George Kenyon se penchait avec intérêt sur leurs notes depuis près d'une heure, à présent, sans paraître vouloir changer de sujet. Celles de Katherine, tout particulièrement, retenaient son attention. Cela faisait plusieurs dizaines de minutes que ses questions ne s'adressaient qu'à elle, son regard clair fixant le sien avec une intensité peu commune lorsqu'elle répondait.

— Nous avons choisi de considérer que le médaillon et la fresque étaient liés, dit la jeune femme en désignant la photo du bijou d'un léger mouvement de la main. Si c'est bien le cas, cela ne peut pas être Antioche.

— Mmh, souffla Kenyon. Quelque chose me chiffonne néanmoins. Pourquoi diable les Ptolémées auraient-ils soudain décidé d'envoyer leur roi à Alexandrette plutôt qu'à Alexandrie ? Le médaillon parle certes de malédiction, mais c'est un peu léger pour de si grands enjeux politiques, vous ne croyez pas ?

— C'est juste, répondit Katherine avec un sourire. C'est pourquoi je me suis un peu penchée sur la question.

Lysander arqua un sourcil à ces mots. Elle ne lui en avait pas encore parlé. Ou peut-être était-il trop absorbé par les exercices de Keyes pour y prêter attention...

— Les frontières ont énormément bougé à cette époque, reprit Katherine en poussant une carte vers Kenyon. Surtout dans la région d'Alexandrette. Cependant, il a fallu plusieurs années pour que le tombeau soit achevé, et la dépouille se trouvait entre-temps à Memphis, suffisamment loin pour que Perdiccas ne puisse pas l'atteindre lors de sa tentative de traversée du Nil en 321.

— C'est tout à fait exact.

— D'autre part, les Lagides parviennent à prendre le contrôle du Hatay vers 219 suite à un conflit avec Antigone le Borgne, pendant les guerres des diadoques. En prenant Séleucie de Piérie, l'Egypte développe également des tensions terribles avec Séleucos, qui épouse la petite-fille d'Antigone le Borgne et forme ainsi une alliance avec lui.

— Et Ptolémée offre sa fille, Arsinoé, à Lysimaque, approuva Kenyon. En 299, je crois ?

Katherine hocha la tête. De là où il se trouvait, Lysander ne pouvait s'empêcher de penser qu'ils avaient tous les deux quelque chose en tête, qu'il ne parvenait pas encore à comprendre mais qui leur paraissait très clair à mesure que la jeune femme exposait son raisonnement.

— L'année suivante, Démétrios, le fils d'Antigone, occupe la Coelé-Syrie, coupant ainsi l'accès à Antioche et Alexandrette à Ptolémée par la terre, reprit-elle. Ce qu'il est intéressant de constater à ce moment, c'est la manière dont les frontières se déplacent encore : certains prétendent que Ptolémée et Antigone seraient parvenus à un accord par le biais de Séleucos, sans doute inquiet des ambitions un peu trop hégémoniques de Démétrios. Ptolémée serait parvenu à obtenir pour Démétrios la promesse de pouvoir prendre pied en Europe après la mort de Cassandre, en Macédoine, et l'aurait aidé en cela en lui fournissant de l'argent jusqu'à lui faire une dette considérable. Démétrios aurait ensuite remboursé cette dette en cédant à Ptolémée quelques-unes de ses possessions. Puisqu'il se trouve alors en Europe, quoi de plus intéressant, pour lui comme pour son créancier, que d'abandonner les territoires syriens ?

Kenyon effleura sa moustache du bout des doigts, pensif. Lysander échangea un bref regard avec Don, et ce dernier lui adressa un signe de tête entendu et un sourire satisfait. Il n'était certes pas géographe, mais la démonstration de Katherine l'avait convaincu que le linguiste n'avait pas parlé sur un coup de tête le jour de leur présentation.

— C'est une hypothèse intéressante, en effet, murmura lentement Kenyon. Qu'en est-il des autres ? Ptolémée, Séleucos et Antigone ont pu se mettre d'accord, mais cela n'explique pas pourquoi d'autres, plus tard, n'ont pas essayé de s'approprier la dépouille.

Katherine sourit un peu plus largement.

— Je dois encore approfondir cette question, dit-elle. Mais je pense à un accord tacite à la suite d'une série de conflits rituels.

— Rituels ? s'étonna Kenyon. Qu'est-ce qui vous fait dire cela ?

— Une citation, dans la *Bibliothèque Historique* de Diodore de Sicile. Il y est dit que, dans ses dernière paroles, Alexandre aurait souhaité que ses généraux lui fassent de grandes obsèques par les combats qu'ils mèneraient les uns contre les autres pour prendre la succession de son empire. La citation est postérieure à la mort d'Alexandre, mais ne peut-elle pas alors justifier ces années de guerre qui ont épuisé ces royaumes ?

Kenyon écarquilla les yeux, stupéfait. Son regard parcourut à nouveau les notes et les photographies éparpillées devant lui, comme à la recherche d'autre chose qui aurait pu lui permettre de poser plus de questions.

— Grands dieux, lâcha-t-il après un long silence. Docteur, j'ignore ce que vous êtes, mais vous n'êtes assurément pas géographe.

— Je vous demande pardon ? s'étonna Katherine.

— Je ne dis pas cela comme une mauvaise chose. Vous n'êtes pas non plus historienne. Vous êtes... Quelque part entre les deux. Je comprends mieux pourquoi Frederick vous tient en si haute estime, votre raisonnement est fascinant. Si plus de vos confrères pensaient comme vous... Il faut vous ouvrir une chaire.

Frederick sursauta violemment à l'autre bout de la pièce, et chercha en vain à noyer son cri de surprise sous une quinte de toux. Le visage de Katherine semblait avoir perdu toute couleur, à l'exception de ses pommettes et ses oreilles cramoisies.

— Une chaire ? répéta-t-elle, interloquée. Je crains de n'être pas assez académique pour cela...

— Précisément, répliqua Kenyon. Il vous faut une discipline à vous, quelque chose de nouveau. Vous êtes une pionnière en la matière, docteur Grey, et il ne faut surtout pas que vous gardiez cela pour vous. Je verrai ce que je peux faire. Quant à cette expédition, sachez que vous avez tout le soutien du Museum, et ce quels que soient les imprévus. Bon sang, si vous ne trouvez rien là-bas, je vous jure que je démissionne !

RHAKÔTIS

« *L'Agathos Daïmôn quittera ensuite la ville en construction et partira pour Memphis, et la ville qui sera fondée comme ville des étrangers sera désertée. Cela arrivera à la fin du mal, lorsque les étrangers tomberont comme des feuilles et la ville des porteurs de ceinture sera désertée à cause du chaos qu'ils auront apporté en Égypte [...]. Les statues divines qui ont été emportées là-bas reviendront à nouveau en Égypte et la ville au bord de la mer sera comme une aire de séchage des pêcheurs, parce que l'Agathos Daïmôn Kmèphis sera revenu à Memphis.* »

- *Oracle du Potier*

CHAPITRE 23

L'hiver avait bien failli saboter tout le travail qu'ils avaient accompli quatre mois auparavant. Lorsqu'ils avaient débarqué à Alexandrie, Ahmet et Nashwa les attendaient de pied ferme, prêts à entendre tout ce qu'ils avaient pu déduire au sujet du médaillon. La mention d'Alexandre le Grand et de son tombeau les avait fait bondir tous les deux, et Ahmet n'avait pas caché son inquiétude lorsque Don avait évoqué Alexandrette.

— Les Français ont laissé la situation se dégrader dans le Hatay, avait-il marmonné. C'est dangereux pour des Anglais d'aller là-bas. Pour tout le monde, en fait. Ils n'ont pas encore fini de se battre les uns contre les autres, pour le contrôle de ceci, contre l'autorité de cela. Ils ne voudront pas de vous.

— La situation ici n'est pas bien meilleure, et pourtant nous voilà, avait objecté Don.

— Ici, vous êtes encadrés et vous devez respecter les lois. Ce serait la même chose à Constantinople. À Alexandrette, cela sera différent.

Woodland n'avait plus tenté de le contredire, et les fouilles avaient repris quelques jours plus tard, rythmées par le bruit des pompes et les jurons de Charlie chaque fois qu'une fosse – ou pire, la cave – menaçait d'être à nouveau inondée et fragilisée par les eaux du Nil. Les ouvriers étaient parvenus à sauver les fresques et quelques dizaines de tablettes, un jour que plusieurs infiltrations avaient manqué de remplir la cave à nouveau, mais le pied des colonnes avait plus souffert qu'il ne l'avaient imaginé. Ils avaient passé les jours suivants à consolider le plafond, peu soucieux de voir les lourdes pierres s'effondrer une nouvelle fois dans les vestiges. À présent, Katherine et Lysander travaillaient de conserve près de la carte sur le mur, tandis que Don et Ahmet s'employaient à achever le relevé des fresques et que Charlie se chargeait du reste des tablettes et des poteries qu'ils avaient pu tirer des décombres.

— Combien en dénombres-tu ? interrogea Grey en désignant la liste des Alexandries que Katherine avait à la main.

— Une bonne cinquantaine, répondit la jeune femme. Et je continue de compter. Toutes n'ont pas été fondées par Alexandre lui-même, cela dit.

— Cela signifie-t-il que le tombeau pourrait encore être ailleurs ?

— Peut-être. Mais cela me paraîtrait surprenant, compte tenu de ce que tu as trouvé dans les textes. Quoi que Frederick puisse en dire, ajouta-t-elle au léger froncement de sourcils de Lysander.

— Ce n'est pas Frederick qui m'ennuie, soupira Grey. C'est Keyes. Il aurait presque fini par me convaincre que je ne sais pas plus lire qu'un enfant dans son berceau. Je pourrais me tromper à cause d'une simple erreur de traduction.

Katherine reposa aussitôt sa liste pour venir s'asseoir près de lui. Tant que Frederick ne venait pas jeter un œil à leur travail, ils avaient tout le temps de discuter de Keyes et de ce que ses insinuations avaient fini par faire à Lysander.

— Les faits historiques concordent avec ce que tu as dit à la présentation, répondit-elle avec fermeté. Tu n'as pas parlé sur un coup de tête ce jour-là, ni les fois suivantes. Et même si nous avons tort, nous aurons au moins le mérite d'avoir essayé.

— Oh, oui, oui, répondit Lysander d'un air un peu absent. Sans doute. Mais si nous ne trouvons rien, à notre retour, je pourrai dire adieu à ma place au poste de Frederick. Personne ne me laissera enseigner, pas à Oxford.

— Nous avons le soutien de Sir Kenyon. Même si nous nous trompons, il en prendra la responsabilité, et Frederick avec lui.

Lysander secoua la tête, les sourcils froncés.

— Non, dit-il. Ce n'est pas nous qui avons son soutien. C'est toi.

Katherine se redressa légèrement. Si elle ne connaissait pas si bien son mari, elle aurait pu croire qu'il lui faisait un reproche.

— Il a parlé de l'expédition, pas de moi, protesta-t-elle. Qu'a-t-il dit à propos de Keyes ?

— Rien du tout, grimaça Lysander. Je ne lui en ai pas parlé.

— Mais tu as dit à Frederick…

— Je sais. Seulement, je ne voulais pas passer pour un enfant capricieux. Kenyon a déjà suggéré que je me mette plus sérieusement à la papyrologie, je ne peux pas me plaindre de mon professeur maintenant que je fais ce qu'il demande.

Katherine écarquilla les yeux. Cela ne lui ressemblait pas de baisser les bras ainsi. Il aurait dû parler à Kenyon, et s'assurer qu'il n'aurait plus à subir les foudres de Keyes jusqu'à leur départ. La jeune femme le soupçonnait soudain de simuler des insomnies pour aller travailler à la bibliothèque, la laissant dormir sans se douter de rien. La voix de Frederick s'éleva soudain à l'autre bout de la cave, la coupant net dans son élan. Il venait vers eux, c'était inévitable.

— Fais attention, Lysie, chuchota Katherine. S'il te plaît. Je ne tiens pas à ce que tu t'effondres d'épuisement tous les soirs à cause de ce qu'il t'a dit. Tu auras ce poste, parce que Frederick te considère assez compétent et parce que tu l'es.

Lysander n'eut pas le temps de répondre. Law se présentait déjà dans l'encadrement de la porte, et posait un regard attentif sur la liste que Katherine avait encore à la main. Il ne lui posa aucune question à ce sujet, pourtant, et adressa un bref signe de la main à Grey pour qu'il le rejoigne. Le linguiste coula un regard hésitant à sa femme, mais cette dernière lui adressa un sourire encourageant. Elle fit mine de retourner à sa carte tandis qu'il s'éloignait, mais son attention toute entière était concentrée sur le bruit de ses pas contre les planches de bois. Si elle avait su que Keyes sèmerait autant le doute dans son esprit, elle aurait harcelé Frederick jusqu'à ce qu'il accepte de trouver un autre professeur à Lysander.

Elle s'accroupit lentement devant le mur, comme pour observer un détail sur la fresque, et laissa ses pensées dériver un peu plus loin. Malgré plusieurs entretiens avec la police d'Oxford, ils n'avaient plus eu la moindre nouvelle des hommes qui s'étaient introduits chez eux. Ils avaient tenté de s'enfuir avec le médaillon, se souvenait-elle, et ils avaient tous supposé que leur but était de le revendre, de le fondre, peut-être, afin qu'on ne le reconnaisse pas au moment d'en tirer de l'argent. À présent, elle ne pouvait s'empêcher de supposer qu'ils savaient déjà quelle valeur il avait et où il pourrait les mener. Il n'était pas exclu que les empereurs romains, les uns après les autres, aient compensé en offrandes ce que les Lagides avaient enlevé au tombeau d'Alexandre. D'après certains écrits, Auguste était venu ceindre la momie du roi d'une couronne de fleurs. Qui pouvait bien savoir s'il s'agissait réellement de fleurs, ou de quelque reproduction en or et en pierres précieuses ? Un cercueil de verre semblait déjà trop beau pour être vrai – pourquoi pas une couronne ?

Et puis, il y avait Keyes. Keyes, imbu de lui-même, suffisant, insupportable, prêt à renverser Lysander au beau milieu d'un couloir pour se moquer de lui et lui prouver à quel point il ne parviendrait à rien. Il n'avait pas été le seul à protester de vive voix lors de leur présentation, mais la jeune femme se souvenait du regard intéressé, presque avide, qu'il avait posé sur Lysander lorsqu'il avait évoqué le Sèma. Il avait eu l'air d'un enfant le matin de Noël, et puis il s'était empressé de convaincre son nouvel élève que son idée était forcément fausse, que tout ne pouvait être aussi facile, qu'il ne parviendrait jamais à mettre la main sur ce tombeau... Comme si, songeait Katherine, il avait soudain voulu les éloigner de cette découverte. Et il n'y aurait rien eu de bien étonnant à cela, si Keyes n'était pas resté cloîtré dans son bureau pendant les dix dernières années et s'il n'y avait eu ce cambriolage la veille même de cette réunion.

— Katherine ?

La jeune femme se redressa et jeta un regard par-dessus son épaule. Nashwa se tenait à l'entrée de la pièce, une main appuyée contre la paroi de pierre et l'autre tenant le bas de sa robe relevé au-dessus de la fine couche de vase qui maculait encore le sol.

— Lysander ne se sent pas très bien, dit-elle. Je l'emmène voir le médecin, mais je préférais te prévenir avant.

— Que se passe-t-il ? s'inquiéta Katherine.

— Il discutait avec le professeur, et puis il est devenu très pâle et il a demandé à s'asseoir. Ensuite, il a réclamé un verre d'eau en disant qu'il avait la bouche très sèche. Charles est resté avec lui. Il dit que tu ne dois pas remonter pour lui, ajouta Nashwa alors que la jeune femme faisait un mouvement vers elle. Il pense qu'il doit seulement couver quelque chose.

— Dis au médecin qu'il a besoin de beaucoup de repos, répondit Katherine à contrecœur. Mais ne le laisse pas entendre que c'est moi qui ai dit ça. Essaie... Essaie de faire en sorte qu'il le renvoie à la maison, s'il te plaît. Je le verrai ce soir.

Nashwa hocha la tête et fit quelques pas prudents sur les planches pour repartir vers l'échelle. Elle s'arrêta presque aussitôt, les sourcils froncés par-dessus le voile qui couvrait son nez et ses lèvres.

— Katherine, appela-t-elle à nouveau. Est-ce que tout s'est bien passé, en Angleterre ?

La jeune femme se retourna vers elle, les mains soudain serrées autour de sa liste.

— Nous avons été cambriolés, répondit-elle à voix basse. Enfin, ils ont essayé. Deux hommes sont entrés chez nous, deux autres chez Frederick, deux chez Don et deux chez Charlie. Ils ont voulu s'enfuir avec le médaillon, mais j'avais appelé la police.

— Allah y rahmou, souffla Nashwa. Ils ne vous ont pas touchés ?

— L'un d'eux a essayé de me trancher la gorge, grimaça Katherine. Et l'autre aurait brisé la jambe de Lysander s'il l'avait pu.

— Mais vous êtes en vie, grâce au Ciel. Est-ce pour cela que Lysander est si fatigué ?

Katherine pinça les lèvres. En effet, il n'avait guère eu le temps de prendre du repos depuis cette nuit-là.

— Pour cela, soupira-t-elle. Et aussi à cause de Willard Keyes qui n'a eu de cesse de le faire plancher sur des traductions à n'en plus finir tout le temps que nous étions là-bas. Frederick a insisté pour qu'il apprenne la papyrologie, expliqua-t-elle face au regard interdit de Nashwa. Mais le professeur qu'il lui a choisi a pris Lysander en grippe, et lui se serait tué à la tâche si on l'avait laissé faire.

Nashwa parut réfléchir un instant, puis un fin sourire étira ses lèvres, derrière le voile.

— Fais-lui boire du vinaigre de pomme mélangé à de l'eau et du miel, dit-elle. Tous les soirs avant qu'il aille se coucher, à la place de son thé.

— Du vinaigre ? répéta Katherine, interloquée. Il ne voudra jamais toucher à ça, ça a l'air affreux.

— Ça l'est, répondit Nashwa avec un petit rire. Mais je peux t'assurer qu'il dormira comme une pierre.

*

Le vertige l'avait saisi sans prévenir, alors que Frederick lui parlait de quelques inscriptions que les ouvriers avaient dégagées sur le seuil d'une nouvelle porte. Ils n'étaient remontés que quelques instants, le temps que le professeur lui montre le relevé qui venait d'être fait, et puis la lumière du soleil lui avait soudain paru insupportable. Quelques secondes encore, et une migraine terrible lui vrillait les tempes tandis que sa gorge s'asséchait à une vitesse alarmante. La chaleur n'était pourtant pas si écrasante, songeait-il alors qu'on le faisait asseoir sur une chaise des plus inconfortables. Et il n'avait jamais été aussi sensible que Charlie au climat égyptien...

— Vous allez rentrer chez vous, docteur Grey, lança soudain le médecin. Et ne plus en bouger, au moins jusqu'à demain matin. Il vous faut dormir, et boire de grandes tisanes bien chaudes.

— C'est tout ? s'étonna Lysander en retenant une quinte de toux. Je ne peux pas dire à Frederick que je rentre pour dormir et boire du thé !

— Il peut bien se passer de vous pour l'après-midi, répondit le médecin avec douceur. Vous serez bien moins utile quand vous vous serez évanoui d'épuisement, n'est-ce pas ? Et vous ne voulez pas que cette toux s'aggrave ?

Lysander secoua la tête, et l'homme le gratifia d'une petite tape sur l'épaule avant de s'éloigner vers un ouvrier qui se plaignait d'un poignet douloureux. Grey dut s'appuyer plus lourdement que d'habitude sur sa canne pour se lever, sa jambe le confortant dans l'idée qu'il valait mieux obéir. Charlie avait détalé vers les fosses dès le verdict du médecin, et Lysander ne tarda pas à le voir revenir, le visage rouge et les cheveux ébouriffés.

— Qu'a dit Katherine ? s'inquiéta le linguiste.

— Qu'elle te rejoindra dès que Frederick la laissera faire, et qu'il vaut mieux que tu sois au lit à son retour si tu ne veux pas qu'elle te jette une de ces tablettes à la figure, répondit Dawson, haletant. J'ai aussi prévenu Terry que je m'absentais, pas question que tu rentres seul dans cet état.

Sans trop savoir pourquoi, Lysander lui en fut infiniment reconnaissant. Ce n'était pas la première fois qu'il abandonnait le chantier pour le ramener chez lui, mais l'arrivée de Terry avait tout changé, et il aurait cru que Charlie refuserait de le laisser seul pour ses premiers jours de fouilles. Dawson émit un petit rire lorsqu'il lui en fit la remarque et secoua la tête :

— Je ne serai pas si long, répondit-il. Et puis, il se débrouille très bien. Il m'avait dit qu'il était maladroit, mais j'ai bien du mal à le croire.

— Il t'a dit ça parce qu'il a renversé un de mes bas-reliefs en voulant m'aider à décharger, sourit Lysander.

— Dieu merci, tu ne l'as pas renvoyé comme un bon à rien après cela. Je ne sais pas comment j'ai fait pour me débrouiller sans lui tout ce temps. Oh, est-ce que tu préfères qu'on ralentisse ?

Le sourire de Lysander s'était estompé, et il semblait soudain sur le point de fondre en larmes, exactement comme lorsque sa jambe décidait soudain de le faire souffrir.

— Non, répondit-il pourtant. Non, tout va bien, la voiture n'est plus très loin. Dis-moi un peu, Charlie... Comment t'y es-tu pris pour tout apprendre à Terry ?

Dawson lui coula un regard surpris.

— Je ne sais pas trop, avoua-t-il. Frederick m'avait conseillé de préparer des cours structurés, quelque chose qui ressemblerait aux siens, mais j'ai trouvé ça plutôt rasoir. Je me suis dit qu'une fois les bases posées, il suffirait de lui apprendre ce qui me servait le plus, et de garder le reste pour plus tard.

— Et, hésita Lysander. Est-ce que tu as peur qu'il te remplace un jour ?

Charlie haussa les épaules.

— Pas vraiment, répondit-il. Et s'il le fait, quelle importance ? Je trouverai toujours meilleur que moi ailleurs, et je serai très heureux si ce quelqu'un de meilleur avait été formé par mes soins. Quelque chose ne va pas, Grey ?

Lysander tenta de lui sourire, mais il sut aussitôt que son expression paraissait aussi fausse que les phrases qu'il s'était répétées pour tenir pendant ses cours de papyrologie. Charlie lui fit signe de monter dans la voiture, mais ne démarra pas immédiatement. Il ne prononça pas un mot, mais n'eut qu'à attendre quelques secondes pour que Lysander appuie soudain les paumes contre ses paupières, luttant contre les larmes qui lui montaient aux yeux.

— Je ne sais pas ce que je lui ai fait, articula-t-il. Il prétend que ce serait une honte pour toute l'université si je prenais la suite de Frederick. Que je ne suis pas capable d'enseigner, et que mes cours seraient désertés en quelques semaines.

— Entre autres choses plus ou moins discutables, répondit doucement Charlie. Écoute. Keyes est un salaud, tu le sais aussi bien que moi. Si j'ai bien compris une chose auprès de Frederick, c'est que les rivalités deviennent parfois plus fortes que les préoccupations d'ordre pratique.

— Qu'est-ce que ça veut dire ?

— Que Keyes avait pour ambition de récupérer les étudiants de Frederick, et que tu es venu te mettre en travers de son chemin. Je sais, ajouta-t-il alors que Lysander allait protester. Tu n'as rien demandé à personne. Mais Frederick est intouchable, alors Keyes s'en prend à la seule personne sur laquelle il peut rejeter la faute. Sans parler du fait que tu es très bon, quoi qu'il puisse en dire. Personne ne pourra te refuser le poste.

— Alors, pourquoi s'acharne-t-il ainsi ? Si je suis aussi bon que tu le dis, pourquoi persiste-t-il à affirmer que ce n'est pas assez ?

Charlie poussa un profond soupir, les deux mains posées sur le volant.

— Cela ne sera jamais assez parce qu'il ne voit que lui à ce poste, répondit-il. Et comme il ne peut pas faire en sorte qu'on te dise non, il essaie de s'arranger pour que ce soit toi qui refuse de le prendre. Crois-moi, je l'ai fréquenté assez longtemps pour savoir de quoi je parle.

CHAPITRE 24

Katherine avait jugé préférable de ne pas immédiatement dire à Lysander ce qui se trouvait derrière la porte que Frederick l'avait emmené examiner. Lorsque le battant avait enfin cédé et que tous avaient pu voir ce que renfermait cette nouvelle caverne aux trésors, il était vite devenu évident qu'ils avaient tous dû respirer quelque champignon peu aimable, et que Grey avait sans doute été le premier à en faire les frais. Car cette salle-là ne différait en rien des autres, à ceci près qu'elle contenait trois squelettes couverts de terre et de vase, comme empilés dans le coin opposé à la porte.

— Eh bien, avait murmuré Don. Nous avons fini par retrouver le propriétaire du médaillon, semble-t-il.

— Ne faisons pas de conclusions hâtives, Woodland, avait répondu Frederick. Il ne s'agit peut-être que de malheureux innocents qui n'ont pas pu sortir à temps.

— Je doute que le premier détenteur de ce bijou ait eu quelque chose à se reprocher. Pour porter une telle prophétie autour du cou, il faut au moins se trouver dans les bonnes grâces du roi...

Le professeur n'avait pas répondu, mais Don avait bel et bien capté son regard approbateur. Il avait ensuite été décidé que les fouilles de cette nouvelle pièce seraient reportées au lendemain. Katherine avait seulement pris le temps de boucler sa liste des cités répertoriées sur la fresque de l'autre salle avant de tout abandonner pour rejoindre Lysander, avant qu'il ne s'ennuie pour de bon et ne décide de sortir du lit. Oh, elle ne détestait pas le voir se lever aussitôt qu'il en avait l'occasion... Mais à présent qu'elle savait qu'il avait peut-être respiré des germes enfermés au fond d'une cave depuis des millénaires, elle n'avait aucune envie de le voir courir d'un bout à l'autre de la maison jusqu'à tomber de fatigue.

— Je suis là, lança-t-elle en refermant la porte. Où es-tu passé ?

— Au fond du lit, répondit la voix de Grey, étouffé par une porte. Comme tu me l'as demandé.

Katherine esquissa un sourire soulagé et envoya valser ses chaussures pour gravir les escaliers quatre à quatre. Lysander se trouvait bien à son poste, et rien n'indiquait qu'il s'était précipité sous les draps en l'entendant rentrer.

— Tu vois, sourit-il alors qu'elle se plantait sur le pas de la porte. Pour une fois, j'ai écouté tes conseils.

— Pour une fois, répéta Katherine avec un éclat de rire. Comment te sens-tu ?

— Mieux. J'ai dormi un peu, puis je suis allé me préparer une tasse de thé, et j'ai déniché un assez bon roman dans la bibliothèque pour me tenir compagnie. Ensuite, je suis revenu ici.

— Nashwa m'a dit que tu avais mal à la gorge.

— Oh, oui. Je crois bien que j'aurais pu boire toute l'eau du Nil si je l'avais pu. Mais le thé semble faire son petit effet.

Katherine vint s'asseoir au bord du lit, et Lysander sembla soudain peiner à soutenir son regard, comme s'il avait voulu se détourner et se dérober à ses questions. Il ne fallut qu'une seconde à la jeune femme pour savoir ce qu'il souhaitait lui cacher. Il s'était sans doute aspergé le visage d'eau froide, mais ses paupières n'avaient pas tout à fait eu le temps de dégonfler et ses yeux restaient juste un peu plus rouges qu'à l'accoutumée.

— Tu as pleuré ? interrogea-t-elle à voix basse.

— Après le départ de Charlie, avoua Lysander en s'agitant sous la couverture. Nous avons parlé de Keyes. Je sais que c'est puéril de ma part, mais je ne peux pas m'empêcher de me dire qu'il n'a peut-être pas tout à fait tort.

— Qu'en pense Charlie ?

— Il dit que Keyes voulait le poste de Frederick, et qu'il essaie de me forcer à le refuser. Au début, je me disais que c'était bien trop sournois pour lui... Maintenant, je n'en suis plus si sûr.

Katherine prit sa main dans la sienne et déposa un baiser au bout de ses doigts. Si Charlie avait raison – et elle était persuadée que c'était le cas – alors il lui faudrait soutenir Lysander de toutes ses forces jusqu'au départ de Frederick. Une fois qu'il aurait pris la place du vieil homme, Keyes n'aurait plus d'autre choix que de le considérer comme son égal, mais en attendant, il s'en donnerait à cœur joie. La jeune femme ouvrit la bouche pour lui adresser encore quelques mots réconfortants, mais un bruissement soudain de l'autre côté de la porte l'arrêta net. Lysander surprit son sursaut et parut vouloir dire quelque chose, mais Katherine plaqua aussitôt une main sur ses lèvres, les yeux écarquillés. *Non*, articula-t-elle en silence. Quelque chose parut se traîner sur le parquet, puis contre le battant, et Lysander referma le poing sur ses draps, épouvanté.

Katherine se redressa lentement et fit quelques pas vers la porte, en dépit de Lysander qui secouait frénétiquement la tête pour l'en dissuader. Le lourd chandelier doré qui trônait sur la commode pourrait lui servir d'arme. Il lui faudrait agir vite. Si c'était un pistolet qui se trouvait de l'autre côté de cette porte, Lysander se trouverait droit sur son chemin... Le battant trembla soudain avec un bruit sourd, et Katherine releva son chandelier, aux aguets. Que l'intrus essaie seulement d'ouvrir la porte.

— Non, il n'y a personne, souffla soudain une voix excédée. Ils sont encore sur le chantier, je l'ai vu de mes yeux.

Quelqu'un dut lui répondre, trop bas pour être entendu, car l'homme poussa un profond soupir et la poignée tourna lentement, sans bruit.

— Regarde, dit-il. Il n'y a personne...

Lysander adressa un regard alarmé à Katherine. Le lit grinçait abominablement. S'il tentait de se lever maintenant, les deux intrus devineraient que le premier s'était trompé et que les Grey étaient chez eux... Ou du moins, l'un d'entre eux, songeait-il. Si Katherine parvenait à se dissimuler derrière la porte, il aurait peut-être le temps de faire diversion pour la laisser s'enfuir et prévenir les autres. Il fit un léger mouvement pour se redresser et le sommier protesta aussitôt dans un craquement qui lui parut assourdissant. Combien de temps pourrait-il se battre avant que sa fatigue et sa jambe ne lui interdisent tout effort ? Il aurait certainement encore assez de force pour mettre le premier au tapis, mais le second finirait par l'avoir à l'usure, c'était une évidence.

— Lysie, chuchota Katherine, aussi bas que possible. Viens.

Il se pencha pour attraper sa canne au moment où la porte s'entrouvrait, avec prudence, comme si l'intrus avait tout de même perçu la présence de la jeune femme de l'autre côté. Il était presque parvenu à la rejoindre lorsqu'un regard grisâtre accrocha le sien, avec une surprise soudaine. Lysander jeta un regard à Katherine et le regretta aussitôt. L'homme projeta le battant contre le mur et l'envoya heurter la jeune femme de plein fouet. Le chandelier s'écrasa au sol dans un fracas de fin du monde, et Lysander se sentit tiré en arrière au moment où il allait se précipiter vers sa femme. Un instant encore et on lui arrachait sa canne des mains pour l'envoyer à genoux sur le tapis avec un hoquet de douleur. Le cri de Katherine fut aussitôt étouffé, et il comprit à travers le brouillard que l'un des deux hommes la bâillonnait, et que l'autre le maintenait cloué au sol.

— La carte, gronda l'intrus à son oreille. Où est-elle ?

— La carte ? répéta Lysander sans comprendre. Je ne sais pas de quoi…

— La carte qui mène au tombeau, où est-elle ? rugit l'homme en le secouant avec force.

— À la bibliothèque ! Elle est dans la salle du fond, c'est la porte de gauche, elle est toujours ouverte !

Il n'avait pas peur pour lui. Il n'y parvenait pas. Sa jambe lui faisait mal, mais il trouvait sa posture bien plus confortable que celle de Katherine, dont il ne pouvait détourner le regard. La main de son adversaire écrasait sa bouche, et l'autre parcourait outrageusement ses vêtements, sans rien cacher de ses intentions. Lysander aurait vendu son âme pour la sortir de là. Son agresseur resserra sa prise sur son bras et se pencha plus près de lui, jusqu'à ce qu'il sente son souffle sur sa nuque.

— La salle du fond, répéta-t-il lentement. Je suppose que cette salle est surveillée ?

— Par les ouvriers, balbutia Lysander.

— Alors comment comptes-tu m'y faire entrer ?

— Dites que je vous ai recrutés et que je vous ai demandé de nous ramener la liste de ma femme. Ils vous laisseront passer.

L'homme tira sur son épaule jusqu'à lui arracher un gémissement de douleur, comme pour le mettre à l'épreuve. Katherine secouait ostensiblement la tête à son attention, mais Lysander fit mine de l'ignorer. À cet instant, il se fichait bien de la bibliothèque. Ces deux hommes étaient sans doute armés, et eux n'avaient aucun moyen d'alerter qui que ce soit sur leur situation. Quelques années plus tôt, le linguiste aurait été en mesure de les affronter. Mais la guerre était passée par là, et tout son corps lui hurlait qu'il était hors de question pour lui de se battre. Finalement, l'homme le repoussa contre le tapis et fit signe à son compagnon de relâcher Katherine. Lysander tendit les bras vers la jeune femme et la serra contre lui alors que les intrus se concertaient à voix basse. Grey mit un instant à comprendre pourquoi celui qui l'avait retenu se dirigeait soudain vers la table de chevet, un couteau à la main.

— Non ! s'écria-t-il soudain.

L'homme éclata de rire et laissa retomber le fil du téléphone qu'il venait de sectionner.

— Tu ne croyais quand même pas qu'on allait vous laisser les prévenir ? nargua-t-il. Quelqu'un viendra sûrement vous chercher demain matin. Merci infiniment pour votre aide !

Lysander fit un mouvement pour se relever, épouvanté, mais la main de Katherine le retint fermement par le bras. La porte claqua brusquement et le couple entendit les deux hommes la verrouiller pour leur interdire le passage. Évidemment, songea Lysander avec horreur. Ils auraient pu se précipiter à la bibliothèque s'ils s'étaient contentés de quitter la maison au pas de course.

— Ils vont saccager la maison, bredouilla Lysander.

— C'est le cadet de nos soucis, répondit Katherine. Nous devons prévenir Frederick.

— Comment ? La fenêtre ne donne pas sur la rue !

La jeune femme lui tendit sa canne et Lysander s'appuya sur son épaule pour se relever, encore tremblant. L'espace d'un instant, il ne put qu'admirer le sang-froid de Katherine, son regard qui balayait rapidement la pièce à la recherche d'une issue... Et puis, elle se retourna vers lui, et il comprit que son calme n'était qu'une façade pour l'aider à se détendre.

— Nous allons bien trouver quelque chose, marmonna-t-elle.

Elle avança à grands pas vers la porte et secoua le battant un moment, comme à la recherche d'un point faible dans le bois et le métal. Leurs assaillants avaient dû emporter la clef avec eux, s'assurant par là que, même si quelqu'un leur venait en aide, la manœuvre serait assez longue pour leur permettre de pénétrer dans la bibliothèque. Katherine recula soudain et courut presque vers l'armoire pour y dénicher des chaussures.

— Tu veux essayer de casser le verrou ? s'alarma Lysander.

— C'est une idée, en effet.

— Kitty...

La jeune femme enfila ses chaussures et se jeta presque sur la porte. Le premier coup ébranla tout le battant, et Lysander crut un instant qu'elle allait parvenir à ses fins. Son deuxième coup lui parut pourtant moins puissant. Le troisième la fit reculer avec une grimace de douleur, et il s'approcha d'elle pour la soutenir, posant un regard inquiet sur sa cheville.

— Cela ne sert à rien, marmonna-t-elle avec dépit. Cette porte est un peu plus solide que je le pensais.

— Nous devrions la verrouiller plus souvent, dans ce cas, grimaça Lysander.

Il claudiqua tant bien que mal jusqu'à la fenêtre, plus lourdement appuyé sur sa canne qu'à l'accoutumée. Katherine le suivit du regard, soucieuse. Il cherchait à le lui cacher, mais elle voyait bien sa jambe trembler de plus en plus fort, et pas seulement sous l'effet de la peur. Son genou avait heurté le sol avec une rare violence, même sa propre lutte contre son agresseur n'avait pu le lui masquer. Lysander entrouvrit la fenêtre et risqua un regard au dehors, prudemment, au cas où quelqu'un les aurait attendu en contrebas. Celle-ci donnait sur une petite cour à l'arrière du bâtiment, conçue pour dérober les pièces les plus intimes aux regards des passants. Une préoccupation dont ils se seraient bien passés à cet instant précis.

— Personne ne peut entrer par là, n'est-ce pas ? marmonna-t-il.

Son regard balayait la cour, mais il ne se souvenait pas d'y avoir vu la moindre ouverture. Katherine posa une main sur son épaule et se pencha à son tour au-dehors, les sourcils froncés.

— Non, répondit-elle après quelques secondes. Il faudrait un miracle pour que quelqu'un ait l'idée d'escalader ce mur pour venir nous parler.

Elle n'avait pas achevé sa phrase que des pas résonnaient à nouveau dans la maison, vifs et rapides à l'étage inférieur. Les Grey échangèrent un regard alarmé, et Katherine se mit aussitôt en quête d'une nouvelle arme de fortune. Si les deux brutes étaient revenues pour les achever, elle se ferait un plaisir de les accueillir. Puisque le chandelier ne lui avait été d'aucune aide, elle s'empara du téléphone hors d'état et recula auprès de Lysander. Il était assez léger pour qu'elle puisse le lancer sans trop de difficultés, et assez lourd pour faire des dégâts sur celui qui se trouverait en face d'elle... Ils entendirent les pas gravir l'escalier et s'arrêter devant la porte, suivis d'un bruissement de tissu. Lysander agrippa instinctivement la robe de Katherine pour la tirer derrière lui en cas de danger. Ils s'attendirent à entendre la clef tourner dans la serrure et la porte s'ouvrir à nouveau... Une main tourna la poignée et secoua un instant le battant, sans grand résultat.

— Je vais chercher Charlie, lança soudain la voix de Frederick, brûlante d'une fureur contenue. Vous êtes à l'intérieur, tous les deux ?

— Frederick ? lâcha Lysander, stupéfait.

— Qui d'autre ? répliqua le vieil homme. Votre porte d'entrée était ouverte, et Ahmet est venu frapper chez moi comme un forcené pour me dire que deux hommes avaient été envoyés à la bibliothèque chercher une liste qui m'avait déjà été remise. Katherine, vous êtes là ?

La jeune femme répondit faiblement, trop surprise pour faire preuve d'aplomb. Elle coula un regard à Lysander et ce dernier hocha la tête. Il avait espéré que Katherine avait emporté la liste avec elle, et que les deux hommes se trahiraient en demandant à la récupérer.

— Charlie a des outils pour casser le verrou, reprit Frederick. Une fois que cela sera fait, vous devrez me regarder dans les yeux, Lysander, et me faire une promesse.
— Laquelle ? s'enquit Grey, les yeux écarquillés.
— Je veux que vous n'approchiez plus jamais de Willard Keyes. Ce salaud ne perd rien pour attendre.

CHAPITRE 25

Je le savais. Katherine ne pouvait plus songer à rien d'autre alors que Frederick faisait les cent pas dans leur salon, les mains croisées dans le dos et les traits contractés de fureur. Les ouvriers qui avaient arrêté les deux intrus avaient aussitôt menacé de les faire arrêter, et la perspective de finir au fond d'une prison égyptienne avait paru leur délier la langue instantanément. Lorsque le professeur était arrivé, ils affirmaient haut et fort que c'était Willard Keyes qui les avait payés pour s'emparer d'une clef, qu'il prétendait en possession du couple Grey. Le papyrologue leur aurait ordonné de ne pas leur faire de mal, mais de les effrayer suffisamment pour qu'ils leur remettent l'objet sans protester.

— J'ai cru qu'il allait leur arracher les yeux sur place, chuchotait Charlie à l'adresse de Lysander. Quand il a compris qu'ils étaient entrés chez vous, il est parti si vite que Don et moi n'avons pas réussi à le suivre.

Grey hocha la tête et avala une grande rasade de whiskey, le visage fermé. Si Keyes avait été là, il se serait fait une joie d'assister Frederick pour lui faire passer l'envie de les cambrioler. Il avait beau avoir demandé à ce qu'aucun mal ne leur soit fait, le linguiste ne pouvait s'enlever de l'esprit la manière dont l'une des brutes avait osé toucher Katherine, comment il avait souri en sachant que ses mains ne laisseraient aucune trace…

— Je vais lui faire avaler ses papyrus, marmonnait Frederick, incapable de tenir en place. Je le jetterai dans les escaliers, cela lui fera une belle jambe. Qu'ils essaient de m'en empêcher. Comment s'imaginait-il contrôler ces gens-là depuis l'Angleterre, j'aimerais bien le savoir !

— Invitons-le ici, proposa Don avec un sourire féroce. Nous lui ferons faire le tour de la bibliothèque, et ensuite, nous le laisserons moisir à l'intérieur avec ces deux cadavres.

Katherine pinça les lèvres. L'idée était tentante, elle devait bien se l'avouer. Elle aurait donné cher pour pouvoir pousser Keyes du haut d'une fosse et le voir se briser la nuque...

— Nous voilà devenus bien sanguinaires, commenta Charlie à voix basse.

— Et ce n'est que justice ! protesta Frederick. Il aurait pu tous nous faire tuer ! Et même si cela n'est pas arrivé, de quel droit pense-t-il pouvoir nous dérober ce qui ne lui appartient pas ?

— Il sait très bien qu'il n'en a aucun droit, répondit Don d'une voix douce. Puisqu'il n'est pas venu nous le demander lui-même.

— Il sait surtout que je ne lui aurais pas permis de faire une telle demande, répliqua le professeur en agitant un doigt dans sa direction.

Katherine et Lysander échangèrent un bref regard. Keyes avait pourtant eu l'occasion d'entrer dans les bonnes grâces de son *ami* au moment où Grey lui avait parlé du médaillon. Il aurait pu simplement se proposer d'aider au travail de traduction, et ainsi les accompagner à Alexandrie pour la saison... Mais il avait préféré leur montrer ouvertement son mépris et envoyer d'autres hommes pour leur prendre leurs trouvailles par la force.

— Aussi étrange que cela puisse paraître, murmura Lysander, je trouve que cela... Cela ne ressemble pas à Keyes.

— Au contraire, mon garçon, rétorqua Frederick. C'est tout à fait le genre de choses qu'il pourrait faire.

Il avait prononcé ces mots avec un tel ressentiment que Charlie ne put s'empêcher de lever un regard surpris vers lui. Le professeur se remit à faire les cent pas, et le jeune homme appuya sa tête au creux de sa paume, pensif. Se pouvait-il que cette rivalité soit née au moment de la folle entreprise de Frederick pour retrouver l'Atlantide ? Keyes s'était-il joué de lui comme il avait tenté de se jouer de Lysander ? Dawson se tourna vers ce dernier et retint un mouvement de recul en découvrant son regard sombre, presque meurtrier. Lysander Grey n'avait jamais un mot plus haut que l'autre, jamais la moindre trace évidente de colère sur le visage... Et pourtant, à cet instant précis, Charlie devinait qu'il aurait pu briser la nuque de Keyes si on lui en avait donné l'occasion. Il surprit soudain son regard et parut se radoucir.

— L'un d'eux a pris Katherine pour son déjeuner, dit-il avec un rictus de haine. Autant te dire que s'il lui avait fait quoi que ce soit, je ne me serais pas gêné pour les tuer.

Charlie hocha la tête. Il n'était jamais vraiment tombé amoureux – en tout cas, pas comme Lysander était tombé amoureux de Katherine – mais il pouvait deviner quelle sorte de rage le saisirait s'il se retrouvait un jour dans une situation semblable. Si cette rage le pousserait à tuer, en revanche, il n'en savait rien. Il avait déjà le plus grand mal à faire mine de s'impatienter auprès de Terry. Il avait passé la majeure partie de la guerre à éviter la mort autant que possible. Tuer lui semblait au-dessus de ses forces.

— Je vais lui envoyer une lettre, décida brusquement Frederick. Une jolie lettre très courtoise pour lui demander de rappeler ses chiens et de s'expliquer à propos de cette histoire de carte. Il était pourtant là du début à la fin de votre présentation, j'ignore par quel miracle il espérait pouvoir s'emparer d'un mur entier sans que personne ne s'en aperçoive !

Un bref silence suivit son exclamation, alors que ses élèves échangeaient des regards soudain très intéressés.

— Peut-être ne parlait-il pas de la fresque, murmura Lysander. Peut-être pensait-il à autre chose…

— Quoi donc ? répliqua Frederick. Nous n'avons pas trouvé d'autre carte dans cette cave, à ce que je sache ? Alden ?

Katherine secoua la tête.

— Pas à ma connaissance, répondit-elle lentement. Mais Ahmet et les autres ouvriers ont parlé d'une clef, et nous n'avons rien trouvé de tel non plus. Soit nous n'avons pas encore mis la main dessus, soit nous l'avons fait... Et sans le savoir.

— Et de quoi parlerait-il, dans ce cas ? De votre fameuse liste ?

Katherine se renversa contre le dossier de son fauteuil, pensive. Il ne s'agissait pas de la liste, les deux hommes avaient paru comprendre immédiatement de quoi parlait Lysander et ils n'avaient pas bronché. En revanche, ils avaient semblé plutôt surpris d'apprendre qu'ils avaient laissé cette carte, quelle qu'elle soit, dans la bibliothèque... La jeune femme se redressa brusquement et se précipita dans l'escalier, sans se soucier des cris de surprise des hommes dans son dos. Lorsqu'elle réapparut, le visage de ses compagnons se décomposa et Lysander passa une main sur son visage, partagé entre le soulagement et la consternation.

— Évidemment, marmonna-t-il. Comment avons-nous pu passer à côté ?

Katherine tenait le médaillon au creux de sa main, comme prête à le tenir hors de portée d'un nouvel assaillant. Frederick considéra le bijou depuis l'autre côté de la pièce, les sourcils froncés.

— Mais ils ont parlé d'une carte, objecta-t-il. Sauf votre respect, Alden, j'en ai vu de plus convaincantes.

— Il est vrai que j'aurais plutôt tendance à croire que ceci est la clef dont parlait Ahmet, approuva Don.

— Mais Keyes savait déjà que nous l'avions en notre possession, insista Katherine. Nous ne lui avons rien dit à propos d'une carte, et il a envoyé ses hommes chez nous sans hésiter. Hormis les tablettes et les céramiques, nous n'avons rien déterré d'autre...

— Et Keyes sait parfaitement que nous les avons déposées au musée, puisqu'il nous a regardés faire, acheva Lysander. Cela ne nous dit pas pourquoi ces messieurs ont appelé *cela* une carte, alors que nous voyons tous que ce n'en est pas une.

Frederick se rassit brusquement, l'une de ses mains entortillant nerveusement sa moustache autour de son doigt. Ils avaient retourné le bijou dans tous les sens, l'avaient observé sous toutes ses coutures, et pourtant ils n'avaient rien trouvé qui aurait pu ressembler de près ou de loin à une carte. Don avait même passé des heures à dessiner l'objet, à la lumière trop crue d'une des lampes de l'université. Il aurait fini par déceler les contours d'une côte, ou un relief montagneux... Charlie se redressa soudain et tendit la main vers Katherine, les yeux écarquillés.

— Don, appela-t-il. N'avais-tu pas parlé de reflets que tu trouvais étranges ?

— Si, répondit Woodland avec un froncement de sourcils. Je me suis dit que c'était un peu de vase que tu n'avais pas pu enlever autour du verre.

Charlie leva le médaillon vers la lumière, les yeux plissés pour y voir quelque chose à travers les reflets de l'or. Il le fit pivoter doucement entre ses doigts pendant quelques instants, les lèvres de plus en plus pincées par la contrariété. Il allait reposer le bijou avec un soupir de frustration lorsque son œil repéra quelque chose, au beau milieu de la perle de verre.

— Bon sang ! s'écria-t-il. Là !

Frederick tendit aussitôt le cou vers lui, et Katherine se précipita pour lui amener une petite lampe. Alors qu'ils se penchaient tous sur le médaillon, Dawson plongea les mains dans son sac pour en tirer un carnet et arracher une feuille vierge, soudain surexcité.

— Là, répéta-t-il en poussant le papier sous la lampe. Regardez. Je ne comprends pas comment nous avons pu passer à côté pendant si longtemps.

Il chercha un instant le bon angle entre la lampe, le médaillon et la feuille. Et puis, le reflet apparut à nouveau sur la surface blanche, presque assez clair pour pouvoir en dessiner les contours. Katherine sursauta, les mains serrées sur le bord de la table. Le verre avait souffert des centaines d'années qu'il avait passées sous l'eau, mais ce qu'il projetait sous leurs yeux restait suffisamment clair : c'était un fragment de carte.

— Keyes a dû le remarquer quand je lui ai montré le médaillon, souffla Lysander.

— Et nous lui avons donné la confirmation qu'il attendait sans même nous en rendre compte, approuva Don. Quand tu es intervenu pendant la présentation.

Il poussa un crayon vers Katherine, et la jeune femme entreprit aussitôt de marquer le tracé révélé par la lentille, avant que Charlie ne perde patience et n'écarte le bijou de la lampe. Elle mit quelques secondes à comprendre ce qu'elle dessinait. Lorsqu'elle reconnut enfin les reliefs de la côte, elle poussa un cri de joie qui fit sursauter Frederick au fond de son fauteuil :

— Lysie, je crois que tu avais raison !

Grey se pencha aussitôt par-dessus son épaule, le cœur battant à tout rompre. La jeune femme acheva rapidement son croquis, et Charlie écarta le bijou, leur laissant voir à tous les contours plus nets des terres qu'ils étudiaient depuis plusieurs semaines.

— Ceci, c'est le nord de l'Egypte, expliqua Katherine en désignant le tracé du doigt. Ici, la Phénicie et la Cœlé-Syrie. Là, la Cilicie. Et entre les deux, la Syrie.

— En quoi cela prouve-t-il que j'ai raison ? objecta Lysander.

Katherine esquissa un sourire et posa une main sur son épaule. Son doigt désigna deux points sur le croquis, et ses compagnons ne mirent qu'une seconde à comprendre ce qu'elle avait vu :

— Ce n'est pas Alexandrie la Grande qui se trouve au centre de cette carte. C'est Alexandrette.

*

À la fin de la soirée, Charlie avait couché diverses choses dans son carnet, à mesure que leur conversation s'échauffait. Frederick avait consacré une page entière au brouillon de la lettre qu'il enverrait à Keyes, assez polie pour le pousser à venir s'expliquer en personne et assez virulente pour laisser entendre qu'il envisageait des représailles. Venaient ensuite les observations de Katherine sur la carte, et une petite reproduction de son croquis. Don et Charlie avaient dû se concerter pendant plusieurs dizaines de minutes pour tenter d'expliquer la présence d'un fragment de carte si minuscule gravé dans la lentille, et la page du carnet sur laquelle Dawson avait pris des notes était couverte de ratures. Finalement, ils s'étaient mis d'accord sur deux choses : la petite taille de la gravure n'invalidait pas la datation de Charlie – il existait tellement de bijoux plus petits aux décors plus délicats encore – et il manquait quelque chose à cette carte.

— Des marqueurs, avait affirmé Katherine en tendant le cou vers le carnet. Je ne vois aucune ville, ni aucun fleuve, seulement les contours des côtes. Je dois avouer que c'est assez déroutant, en effet.

— Comment savoir qu'elle mène bien à Alexandrette, dans ce cas ? s'était inquiété Don.

— Si nous posions la question à Ahmet, je suis persuadée qu'il nous répondrait de regarder la fresque de la bibliothèque, avait répondu la jeune femme. Je m'avance peut-être, mais je crois bien que le médaillon n'était pas connu de tous. La fresque n'a pas de sens caché pour celui qui ne sait pas quoi chercher.

— C'est très poétique, mais cela ne nous dit pas comment les gens qui avaient connaissance de son existence étaient supposés utiliser le médaillon, avait objecté Frederick. Je doute que la lumière d'une lampe ait alors été suffisante pour révéler le motif.

La lumière du soleil, avaient-ils alors décidé d'un commun accord. Ils devaient sans aucun doute chercher un élément dans la bibliothèque qui aurait pu guider la lumière du soleil jusqu'à la fresque, et au porteur du médaillon. Etendu dans l'obscurité de la chambre d'hôtel qu'il partageait avec Frederick, Charlie ne pouvait s'empêcher de remémorer cette conversation, encore et encore, sans parvenir à trouver le sommeil. Une question le taraudait depuis que Law lui avait dicté sa lettre au professeur Keyes, et il cherchait désespérément un moment dans la soirée où il aurait pu la formuler à voix haute, en vain.

Le jeune homme se retourna sous ses draps et maudit un instant la couverture trop légère qui glissait de ses jambes au moindre mouvement. Il aurait sans doute pu s'adresser à Frederick lui-même, dès qu'ils étaient rentrés à l'hôtel, mais il connaissait trop bien la désinvolture du professeur quand il s'agissait de ce genre de choses. Il avait invité Keyes à les rejoindre à Alexandrie sans la moindre hésitation, avec la double promesse de lui faire visiter la bibliothèque et de lui faire payer ce qu'il avait fait aux Grey. Charlie ne pouvait que s'imaginer le scandale que cela provoquerait si le professeur Law décidait de ruiner la réputation de son collègue, déclarations de ses hommes de main à l'appui. Mais Dawson frissonnait en songeant que, sans doute, Keyes n'aurait jamais pris le risque d'être découvert s'il n'avait eu dans sa manche quelque parade pour les menacer de représailles à son tour.

CHAPITRE 26

Plus d'un mois avait passé depuis que Frederick avait expédié sa lettre, et aucune réponse ne leur était encore parvenue. Plus personne n'avait tenté de s'introduire chez qui que ce fut, et le professeur était à présent si absorbé par les travaux d'anthropologie qui restaient à faire sur les deux corps enfermés dans la cave qu'il ne semblait même plus se souvenir de Keyes.

— Ce n'est pas plus mal, déclara Charlie lorsque Don lui en fit la remarque. Nous ne devons pas nous laisser abattre par cet espèce d'illuminé de l'autre côté du continent.

Il esquissa un sourire alors que Terry l'approuvait d'un hochement de tête. Il avait peine à y croire, mais savoir que le jeune homme était d'accord avec lui le revigorait plus encore que les compliments de Frederick. Il lui passa avec précaution une petite amphore presque entière qu'il tenait absolument à photographier avant de terminer sa journée. Le garçon allait l'emporter sous l'une des tentes qui servaient d'atelier de travail à Dawson lorsque des cris de protestation s'élevèrent soudain de l'autre côté du chantier. Les trois hommes se redressèrent d'un seul mouvement, intrigués. Ils n'avaient jamais entendu les ouvriers s'agiter ainsi, hormis lorsque les deux hommes qui étaient entrés chez les Grey s'étaient présentés à l'entrée de la bibliothèque.

— Que se passe-t-il, là-haut ? s'écria Frederick en émergeant d'une fosse adjacente.

— Aucune idée, répondit Don. Qui est-ce, avec eux ? Vous le connaissez ?

Charlie plissa les yeux et porta une main à son front pour se protéger du soleil, interdit. Il reconnaissait cette silhouette sombre qui se détachait au milieu des tenues plus claires des Égyptiens, sans parvenir à remettre un nom dessus. Le nouveau venu leva soudain une main pour ôter son chapeau et s'éponger le front, et le visage de Charlie se décomposa.

— Merde, souffla-t-il, épouvanté.

— Quoi ? s'étonna Don.

Frederick poussa un cri de stupeur et s'éloigna aussitôt à la rencontre de l'intrus, son expression tiraillée entre la satisfaction et l'ennui. Charlie pinça les lèvres et se détourna. Il n'avait aucune envie d'affronter cette vision pour le moment.

— Qui est-ce ? insista Don en écarquillant les yeux pour mieux voir. Charlie ?

— C'est Keyes. J'espère que les ouvriers le jetteront au fond d'un trou avant que Frederick ne le rejoigne.

*

Il s'en était fallu de peu pour que toute leur équipe se retrouve dans une situation délicate. Les ouvriers, Ahmet en particulier, avaient décrété que Willard Keyes n'était pas le bienvenu sur le chantier, pas après l'intrusion dont il était à l'origine, et ils avaient refusé de le laisser aller plus loin que les premiers échafaudages. Si Frederick n'était pas intervenu, affirmait le papyrologue avec humeur, ils l'auraient sans doute réexpédié en Angleterre sans autre forme de procès. À présent, les deux professeurs se faisaient face dans l'une des pièces de la maison d'Ahmet et Nashwa, la plus proche du chantier, que le couple avait bien voulu leur prêter. Alignés contre le mur du fond, Charlie, Don, Katherine et Lysander avaient tout à fait l'impression d'être menés à leur exécution. Les deux hommes se toisaient depuis plusieurs minutes, sans doute sous prétexte de s'assurer qu'Ahmet n'était plus à portée de voix, mais le silence qui s'épaississait de seconde en seconde leur donnait envie de disparaître sous le tapis.

— Votre lettre était inacceptable, déclara enfin Keyes. J'ai songé à ne pas venir.

— Ma lettre ? répéta Frederick entre ses dents serrées. Que pourrait-on dire de votre comportement, dans ce cas ? Pouvons-nous savoir ce qui vous est passé par la tête ?

— Soyez plus clair, Frederick. Je n'aime pas les sous-entendus.

Lysander retint un ricanement. Le papyrologue n'avait cessé de faire les sous-entendus les plus sordides à son sujet tant qu'il était son élève.

— Je parle des hommes que vous avez payés pour nous cambrioler, cracha presque Law, les poings serrés le long de ses cuisses. D'abord à Oxford, ensuite ici même. Je parle des deux hommes qui ont enfermé les Grey dans leur propre maison en menaçant de les égorger !

Keyes haussa les épaules, comme si tout cela n'avait aucune importance à ses yeux. Même de là où ils se trouvaient, les quatre jeunes gens pouvaient voir à quel point Frederick devait se contenir pour ne pas se jeter sur lui et lui enfoncer son poing au milieu de la figure.

— Je leur ai explicitement demandé de ne pas vous faire de mal, répondit-il. Vous n'avez jamais couru le moindre danger, le but était seulement de vous effrayer.

— L'un d'eux m'aurait tranché la gorge si la police n'était pas arrivée à temps, répliqua vivement Katherine. Ce n'est pas ce que j'appelle *ne pas courir le moindre danger.*

Keyes se retourna vers elle et la parcourut de haut en bas, comme s'il venait de se souvenir de son existence. Il parut vouloir lui répondre, puis se ravisa et reporta son attention sur Frederick. Lysander faillit s'étouffer d'indignation. Le message était clair : la jeune femme ne méritait pas le moindre mot de sa part. Katherine posa une main sur son poignet pour le retenir et il s'efforça d'expirer lentement. La conversation ne faisait que commencer, et ils n'étaient pas censés intervenir. Ils n'étaient là que parce qu'ils étaient directement concernés par les machinations de Keyes.

— Vous devriez savoir que ce genre de personnes n'en font qu'à leur tête une fois l'argent en poche, lâcha froidement

Frederick. Qu'auriez-vous fait s'ils nous avaient tués ? Auriez-vous prétendu une erreur de jugement avant de reprendre vos activités ?

— Quelle importance ? répliqua Keyes en balayant cette remarque d'un mouvement de la main. Vous n'êtes pas morts, et je ne recommencerai pas. Êtes-vous satisfaits ?

— Non ! s'étrangla Law, le visage rougi par la colère. Pour l'amour de Dieu, Willard, vous avez failli nous faire tuer pour une simple babiole et vous le prenez comme un enfant à qui on passe un savon !

— Comment donc voudriez-vous le prendre ? répliqua l'autre. Nous aurions pu régler cela à distance, Frederick. Puisque je suis venu jusqu'ici, je m'attendais à autre chose qu'un vulgaire sermon. Voulez-vous que j'aille me confesser pour expier mes péchés ?

— Faites donc cela, oui. Devant un amphithéâtre rempli de nos collègues !

Keyes arqua un sourcil et un drôle de sourire étira ses lèvres. Charlie frissonna contre le mur. Ses doutes l'assaillaient de nouveau, et un terrible pressentiment faisait battre son cœur un peu trop vite à son goût.

— Ah, lâcha le papyrologue. Nous y voilà. C'est donc cela que vous voulez, mmh ? Mettre le monde entier au courant ?

— Pourquoi pas, si c'est la seule chose qui peut vous faire prendre conscience de vos actes ? répliqua Frederick.

— Et qu'en tirerez-vous ? Une place de choix pour votre poulain préféré ? Cela vous plairait-il, mon garçon ?

Lysander se raidit. Le regard de Keyes le mettait au défi de répondre, dans un sens ou dans l'autre, et celui de Frederick ne l'aidait en rien. La main de Katherine n'avait pas quitté la sienne, serrée sur le pommeau de sa canne. Finalement, il secoua lentement la tête, les sourcils froncés.

— Je n'ai aucune envie de vous évincer, et encore moins pour prendre votre place, dit-il.

— Vous mentez comme un arracheur de dents, rétorqua Keyes.

— Je vous dis la vérité. Votre poste ne m'intéresse pas, on m'en a déjà proposé un.

Ils s'affrontèrent un instant du regard, puis Frederick vint s'interposer entre eux, le regard dur.

— Ça suffit, Willard, dit-il. Ces jeunes gens ne t'ont rien fait. Laisse-les tranquilles.

— Je les laisserai si tu acceptes de te taire. Autrement, je les emporte dans ma chute.

La réponse de Frederick s'étrangla dans sa gorge et le cramoisi de ses joues s'étendit brusquement à ses oreilles. L'espace de quelques secondes, il ne put que contempler son collègue, bouche bée. Il ignorait ce qui l'assommait le plus : la menace, ou l'audace d'un homme qui était sur le point de finir en prison.

— Vous n'avez rien contre nous, intervint Katherine d'un ton glacial.

Keyes la fixa à nouveau avec l'air de quelqu'un qui regarde au travers d'une fenêtre. Il se fichait bien de son opinion. Pourtant, son sourire ne tarda pas à s'élargir et il inclina doucement la tête vers Charlie, une lueur dangereuse dans les yeux.

— Je trouve monsieur Dawson bien silencieux, dit-il.

Le jeune homme retint un sursaut et bénit le mur qui l'empêchait de reculer sous son regard. Il mit un instant à comprendre ce que Keyes sous-entendait, et ses yeux s'agrandirent d'épouvante alors que le papyrologue se tournait tout à fait vers lui, ignorant Frederick qui s'étouffait de rage dans son dos.

— Vous ne feriez pas ça, bredouilla-t-il. Vous avez promis.

— Je me demande ce que monsieur Williams dirait, répondit tranquillement Keyes. Laissera-t-il son fils unique travailler avec vous si je lui dis tout ?

— Professeur Keyes...

— Oh, j'imagine que nos charmants collègues à Oxford seraient scandalisés de savoir comment vous occupez votre temps libre.

— Je vous en prie...

— Sans compter cet amphithéâtre devant lequel je dois me confesser. Les trois autres, passe encore, mais vous ?

— Arrêtez.

— Parlant des autres, sont-ils au courant ou dois-je leur dire sur-le-champ ?

— Non !

S'il n'avait pas eu si peur des représailles, Charlie se serait jeté sur lui pour le faire taire. Il sentait les regards de ses compagnons peser sur lui, et il ne parvenait pas à se détourner du visage goguenard de Keyes en face du sien. Ce dernier fit un pas vers lui, et le jeune homme s'écrasa un peu plus contre le mur. Il pâlissait à vue d'œil.

— Willard ! s'écria Frederick. Je ne cours pas à travers Oxford pour terroriser vos étudiants, je vous prierai d'en faire autant !

Il fut près de son collègue en trois pas et l'agrippa par l'épaule pour l'éloigner de Charlie. Ce dernier ne bougea pas, le souffle court. Tant qu'il était là, Keyes pouvait décider de tout leur raconter. Il pouvait décider de traverser le chantier et de le crier à tue-tête s'il le voulait. Katherine l'interrogea du regard et il secoua la tête. Il ne voulait pas, ne *pouvait pas* leur dire, même si sa raison lui soufflait qu'il vaudrait mieux qu'il s'en charge avant que Keyes n'ait l'occasion de le faire.

— Vous ne direz rien, cingla le papyrologue à l'adresse de Frederick. Sans quoi monsieur Dawson se retrouvera vite dans une situation bien plus délicate que la mienne.

— Charles Dawson n'a jamais envoyé qui que ce soit cambrioler un rival ! éructa Law. Vous passerez au moins quelques mois en prison, Keyes !

— Et Charles Dawson y passera quelques années si vous parlez. Satisfaites-vous de cela : je n'envoie plus personne vous ennuyer, et en échange, vous gardez le secret. Nous y sommes tous gagnants, et vos poulains restent en sécurité. Marché conclu ?

Frederick fixa la main qu'il lui tendait, et Charlie eut immédiatement le sentiment qu'il aurait voulu lui briser les doigts. Le vieil homme releva les yeux vers lui et chercha son regard. Le jeune homme se contenta de hocher faiblement la tête, impuissant. Keyes avait dit vrai. Il n'avait certes mis personne en danger de mort, mais sa peine serait sans doute bien plus lourde que celle du papyrologue. Pourtant, il ne pouvait supporter la main tendue de Keyes et son air suffisant, celui d'un homme qui aurait toujours l'ascendant sur eux, qui pourrait se permettre de venir les humilier jusqu'à la fin de leurs jours. Le jeune homme réalisa à peine qu'il s'interposait entre les deux hommes et forçait Frederick à reculer, en dépit du chuchotement d'avertissement de Katherine.

— Je vous traînerais en prison moi-même si je le pouvais, lâcha-t-il. Vous pouvez raconter ce que vous voulez à qui vous voulez. C'est votre parole contre la mienne.

Keyes laissa échapper un ricanement moqueur.

— Et vous croyez qu'on vous écoutera ? cingla-t-il. Vous ?

— Vos hommes ont avoué devant des dizaines de témoins, répondit Charlie.

— Et vous, vous avez apposé votre signature au bas de quelques lettres très compromettantes que l'on m'a chargé de conserver. Nous nous retrouverons donc en cellule, mon cher garçon.

Keyes marqua une pause, pensif, puis son sourire réapparut et il se tourna vers Frederick, comme si toute cette conversation n'avait jamais eu lieu.

— Vous m'aviez promis une visite de la bibliothèque, je crois ? dit-il d'une voix suave.

Le regard de Law passa un instant de Charlie au papyrologue. Il ignorait comment il était censé réagir à cette provocation. Finalement, Dawson se détourna de Keyes et sortit à grands pas, aussitôt poursuivi par ses trois compagnons. Frederick attendit un instant qu'ils se soient éloignés pour désigner la porte à son collègue, les lèvres serrées.

— Demain matin, dit-il. Le plus tôt possible pour ne pas déranger les ouvriers. Et vous resterez loin de mes étudiants.

Keyes lui adressa un sourire radieux, et Frederick songea qu'il aurait pu faire un excellent acteur s'il avait su le faire monter jusqu'à ses yeux.

— Bien entendu, répondit-il.

Il s'éloigna sans demander son reste, poussant même l'audace jusqu'à adresser un signe de la main à son collègue en guise d'adieu. Frederick resta planté là, outré et plus inquiet qu'il ne l'avait jamais été depuis la guerre. Il n'y avait pas eu la moindre satisfaction dans le regard de Keyes lorsqu'il avait cédé. Seulement une anticipation malsaine et cruelle. Il avait décidé de s'en prendre à Charlie, et il le ferait jusqu'à obtenir de Law la promesse qu'il ne dirait rien des hommes qui étaient entrés chez eux et de celui qui les avait envoyés. Peut-être même irait-il jusqu'à exiger le médaillon en gage de leur bonne foi. Et Frederick le lui donnerait, songea-t-il avec amertume. Charlie Dawson ne survivrait pas plus de quelques jours en prison, quoi qu'il ait pu faire.

Ahmet surgit soudain à la porte et considéra le professeur en silence, comme pour ne pas le déranger dans ses réflexions. Frederick mit un moment à se souvenir qu'il se trouvait chez lui, et non à l'hôtel. Il s'écarta de la table contre laquelle il s'était appuyé et poussa un profond soupir.

— Je suis désolé, dit-il. Je vais retourner travailler.

— Ne vous forcez pas, répondit Ahmet. On ne travaille pas bien quand on est contrarié.

Frederick ne put retenir un léger sourire.

— Je ne suis pas contrarié, répondit-il. Je suis... hors de moi. Ce salaud menace mes élèves devant moi, et j'ai le sentiment que le seul moyen de le faire taire serait de le frapper.

— Mais vous êtes un vieil homme respectable, alors vous ne le ferez pas, compléta Ahmet avec un petit rire. Eh bien, je verrai ce que je peux faire pour vous. Peut-être pas le frapper, mais au moins le faire tourner en bourrique jusqu'à ce qu'il retourne en Angleterre. Que diriez-vous de saler son thé et de boucher l'accès aux salles qu'il ne devrait pas voir ?

Frederick laissa échapper un éclat de rire et s'approcha de lui pour lui serrer la main avec reconnaissance.

— Merci, Ahmet, dit-il. Vraiment, je ne sais pas ce que je ferais sans vous.

Il laissa le guide le raccompagner à la porte et le salua d'une brève poignée de main avant de s'éloigner d'un pas vif. Il n'avait pas tourné au coin de la rue que Nashwa apparaissait en haut de l'escalier, une lettre froissée à la main. Ahmet referma soigneusement la porte avant de la rejoindre, interrogateur.

— Il demande beaucoup d'argent, soupira Nashwa. Mais il est d'accord.

— Dis-lui que nous paierons, répondit aussitôt Ahmet.

— Mais...

— Frederick ne me posera pas de questions si je lui demande une avance. Nous paierons.

Nashwa acquiesça, les lèvres pincées. Lorsqu'elle s'assit derrière la table pour rédiger leur réponse, pourtant, il lui sembla que son mari hésitait. Elle se décida pour une missive laconique, mais suffisante, qui acceptait les conditions de l'homme à qui elle écrivait sans laisser entendre qu'ils se trouvaient dans l'urgence. En elle-même, elle songea que Frederick Law était à la fois une bénédiction et un démon sur ce chantier. Elle rédigeait en turc – une langue qu'aucun des élèves du professeur ne maîtrisait, elle en était sûre. Le vieil homme lui-même, en revanche, le lisait aussi bien que ses précieux hiéroglyphes, et il n'aurait pas manqué de le leur rappeler si une seule ligne de cette lettre était tombée entre ses mains.

— Tu ne changeras pas d'avis, n'est-ce pas ? lança-t-elle sans relever les yeux de sa feuille.

Ahmet s'appuya contre le bureau, le regard fuyant.

— Non, répondit-il à voix basse. C'est... important. Nécessaire.

— Mais ?

— Mais je ne veux pas saboter leur carrière à tous, admit le guide. J'ai peur que l'université les empêche de revenir ici s'ils se rendent compte de ce que nous avons fait. Je ne plaisantais pas, avec Katherine. Je préfère faire affaire avec eux plutôt qu'avec des pilleurs de tombeaux.

Nashwa releva la tête vers lui, pensive.

— Je crois, dit-elle lentement, que si l'université veut les empêcher de revenir, elle trouvera un moyen avec ou sans notre intervention. Et qu'ils seront si distraits par le mépris qu'ils ont pour Frederick et les autres qu'ils ne prêteront même pas attention au reste.

— Si nous sommes responsables de leur chute, j'ignore si je pourrai me le pardonner, soupira Ahmet.

— Nous aurons fait ce qui est juste. Aie confiance, *habîbî*. Le reste n'a pas d'importance.

CHAPITRE 27

Charlie n'avait pu fermer l'œil de la nuit. Même après que Katherine l'ait poursuivi à travers le chantier pour l'assurer de son soutien si les choses tournaient mal, il n'avait pu se sortir de la tête que Keyes n'allait pas tarder à détruire sa carrière pour de bon. Lorsqu'il était arrivé sur le chantier, même Terry n'avait pu retenir un froncement de sourcils soucieux à son approche. Il ne s'était tu que sur un signe de Don. Charlie avait une mine affreuse, et il le savait probablement déjà.

— Bonjour, marmonna-t-il en passant près de Woodland.

— Bonjour, Charlie, répondit ce dernier. Frederick nous fait savoir que nous devons hurler si Keyes s'approche un peu trop de nous.

— Je lui mettrai mon poing dans la figure avant. Il est déjà là ?

Don secoua la tête. Frederick l'attendait depuis près d'une heure et le chantier commençait à s'éveiller tout à fait, mais Keyes restait invisible. Charlie parut le chercher du regard un instant, puis haussa les épaules et se tourna vers Terry pour lui exposer le programme de leur journée. Ils n'avaient pas fait trois pas vers leur tente pour examiner leurs dernières trouvailles que la voix de Frederick s'élevait soudain, sans qu'il fasse le moindre effort pour paraître aimable :

— Je vous avais demandé d'être là le plus tôt possible.

— J'ai fait au plus vite, répliqua Keyes. Monsieur Williams voudrait voir son fils. Est-il là, ou commence-t-il sa journée plus tard ?

Terry se redressa, les yeux écarquillés de stupeur.

— Mon père ? bredouilla-t-il. Qu'est-ce qu'il fiche ici ?

— Il est avec son professeur, répondit Frederick. Allez donc voir sous cette tente, là-bas, ou demandez aux ouvriers. Vous, vous venez avec moi.

Charlie perçut les pas des deux hommes qui s'éloignaient vers la bibliothèque, et ceux de Williams qui se rapprochaient, vifs et résolus.

— Je vais vous laisser, souffla Dawson. S'il a fait tout ce voyage pour te voir, cela doit être important.

Terry hocha faiblement la tête, l'air anxieux.

— Il est en colère, murmura-t-il. Je ne sais pas ce que Keyes est allé lui raconter, mais il est sûrement venu me passer un savon.

— Sans attendre que tu rentres ? objecta Charlie. Je ne sais pas ce que tu as fait, mais j'espère pour toi que tu peux courir vite.

Terry esquissa un sourire et secoua la tête, amusé malgré son inquiétude. Il ouvrait la bouche pour répondre lorsque la haute silhouette de monsieur Williams se campa soudain devant lui, sans accorder un regard aux vases et tessons entreposés là.

— Te voilà ! s'exclama-t-il. Le professeur ne savait pas si je te trouverais ici.

— Papa, répondit faiblement Terry. Je... ne m'attendais pas à te voir ici. Comment vont les autres ?

Charlie reposa doucement la anse rougeâtre qu'il s'apprêtait à dessiner et fit quelques pas vers l'entrée de la tente pour s'éclipser. La toile claire n'offrait pas beaucoup d'intimité, mais cela vaudrait toujours mieux pour Terry que de rester là comme une commère à l'affût de nouvelles rumeurs. Une main trop large s'abattit brusquement sur son épaule pour le retenir, et son regard rencontra le sourire faussement aimable de Williams, une tête au-dessus de lui.

— Pardonnez-moi, dit-il. Vous êtes Charles Dawson, c'est bien cela ?

— En effet, répondit Charlie, les sourcils froncés.
— C'est vous qui enseignez... tout cela à mon fils ?

Williams avait désigné les céramiques d'un mouvement du menton, et Terry semblait pétrifié près de la table, son regard passant à toute vitesse de son père à Charlie. Ce dernier hocha la tête, interdit.

— Le docteur Grey et le professeur Law ont tous les deux suggéré que Terrence devienne mon élève, répondit-il lentement. Y a-t-il quelque chose que je puisse faire pour vous ?

— Oui, répondit Williams en articulant exagérément. Éloignez-vous de mon fils. Il rentre à Oxford avec moi.

— Quoi ? s'écria Terry, horrifié.

— Quoi ? bredouilla Charlie en écho.

— Vous m'avez très bien entendu, cracha Williams, abandonnant tout à fait son sourire. Et je toucherai deux mots au docteur Grey pour avoir osé livrer mon enfant à une ordure telle que vous.

— Papa ! protesta Terry. Monsieur Dawson n'est pas...

— Est-ce que vous l'avez touché ?

Charlie sentit son cœur sombrer dans sa poitrine à ces mots. Le sang battait à ses tempes et la parole semblait l'avoir complètement déserté. Keyes avait menacé de parler au père de Terry, se souvenait-il. Il ne s'était pas imaginé qu'il l'avait peut-être déjà fait. Le colosse resserra soudain sa prise sur son épaule et le secoua comme s'il ne pesait rien :

— L'avez-vous touché ? vociféra-t-il.

— Je n'ai rien fait, articula Charlie en se débattant pour se dégager. Lâchez-moi !

Un cri lui parvint soudain et une douleur atroce sembla vider tout l'air de ses poumons. Il mit un instant à comprendre que Williams venait de lui enfoncer son poing dans l'estomac. Un autre coup le frappa à la tête et l'envoya s'effondrer hors de la tente, hors de portée de Terry qui cherchait à retenir son père. Dawson leva les mains pour protéger son visage, et Williams l'atteignit aussitôt en pleine poitrine. Charlie leva un bras pour attirer l'attention des ouvriers, et laissa échapper un cri de détresse lorsque son adversaire le plaqua au sol de son genou. La seconde suivante, il ne pouvait plus que hoqueter de douleur et se tordre sous son poids pour échapper à la grêle qui s'abattait sur lui.

— Ça suffit ! Reculez !

Le poids de Williams libéra soudain sa poitrine et il put se recroqueviller sur lui-même, haletant. Une brûlure sourde se répandait près de son œil, et respirer lui faisait mal. Une main fine mais ferme prit soudain son poignet pour l'écarter de son visage, et il découvrit les yeux bruns de Nashwa au-dessus de lui.

— Vous saignez, dit-elle seulement.

Le jeune homme porta une main à sa joue pour essuyer le filet de sang qu'il sentait couler vers son menton. Il se redressa tant bien que mal, et Don se joignit à Nashwa pour l'y aider, les yeux écarquillés.

— Il s'est jeté sur toi comme un animal, balbutia-t-il. Bon sang, qu'est-ce que tu lui as fait ?

— Je n'ai rien fait, répondit faiblement Charlie. Je n'ai rien fait du tout…

Il ne savait plus vraiment s'il s'adressait à Don ou à Williams. Ce dernier se débattait comme un beau diable contre Ahmet et deux ouvriers qui étaient venus l'arracher à sa victime, et hurlait encore des insultes que Charlie ne comprenait qu'à moitié. Frederick surgit soudain de l'autre côté de la tente, flanqué d'un Keyes à l'air trop satisfait de lui-même. Il n'eut pas le temps de poser la moindre question. Une paire de bottines poussiéreuses passa brusquement près de Charlie, et Katherine vint enfoncer son index dans la poitrine du papyrologue, le visage tordu de colère.

— C'est vous qui êtes responsable ? cingla-t-elle d'une voix assez forte pour couvrir celle de Williams. C'est vous qui l'avez amené ici ?

Keyes voulut reculer, mais elle le suivit jusqu'à pouvoir lui bloquer le passage, entre une fosse et Lysander qui retenait Frederick.

— Est-ce que vous êtes responsable ? s'écria la jeune femme.

— Je n'ai rien fait dont nous n'avons pas discuté hier, répliqua Keyes.

La main de Katherine frappa si fort que le son avait dû être entendu à l'autre bout du chantier. Quelques ouvriers laissèrent échapper des cris de surprise, et Charlie devina un sourire derrière le voile de Nashwa alors que Keyes perdait tout à fait son air suffisant, une main plaquée contre sa joue.

— Vous n'êtes qu'un misérable petit homme imbu de lui-même, siffla Katherine. J'ignore ce que vous êtes venu faire ici. Vous n'avez pas votre place sur ce chantier, ni sur aucun autre !

— J'en ai autant à votre service, répliqua Keyes. A-t-on jamais vu une femme soulever des pierres ?

— Si vous avez pour habitude de fouiller avec vos couilles, il n'est pas étonnant que vous passiez l'année cloîtré au fond d'un bureau.

Lysander pinça les lèvres pour retenir un éclat de rire au moment où Frederick portait une main à sa bouche, épouvanté. Il n'avait encore jamais vu Katherine dans cet état. La jeune femme s'écarta brusquement de Keyes et fit quelques pas vers Charlie, les poings encore serrés, mais la voix du papyrologue la retint aussitôt, suave et mielleuse :

— Si vous passiez plus de temps au fond d'un bureau, vous seriez peut-être en mesure de donner un héritier à votre mari.

Katherine s'immobilisa, et Lysander se redressa aussitôt, sa canne bien en main. Ils n'échangèrent qu'un bref regard avant que la jeune femme ne fasse demi-tour. Le sourire qui était apparu sur le visage de Keyes disparut brusquement et il fit un mouvement pour s'éloigner. Katherine l'agrippa aussitôt par la manche et un hurlement de douleur traversa le chantier. La seconde suivante, la jeune femme toisait le papyrologue avec un mépris évident alors qu'il sanglotait, à genoux sur le sol et prêt à rendre son petit-déjeuner à ses pieds. Son pantalon portait la marque de ses bottines poussiéreuses, pile entre les cuisses.

— Allez donc donner un héritier à votre femme, siffla-t-elle. Si elle peut encore supporter votre présence.

Lorsqu'elle fit volte-face, Lysander arborait un large sourire, sans rien masquer de la fierté qui illuminait son regard. Nashwa et Don soutinrent Charlie pour l'aider à se relever et le menèrent à la tente du médecin, mais les autres restèrent campés là, les yeux fixés sur Keyes et Williams. Ce dernier repoussa soudain Ahmet et vint agripper le papyrologue pour le forcer à se relever, en dépit de ses gémissements de douleur. Katherine esquissa un sourire féroce en les voyant s'éloigner, le dos trop raide de Williams formant un contraste saisissant avec le corps plié en deux de Keyes.

— Je suis désolé, balbutia Terry en s'approchant de Frederick. Je ne savais pas qu'il viendrait, et encore moins qu'il le frapperait...

— Vous n'y êtes pour rien, mon garçon, répondit le professeur en posant une main rassurante sur son épaule. Nous ne vous tiendrons jamais pour responsable des lubies de cet enfoiré de Keyes.

*

— Pourquoi vous a-t-il frappé ?

Charlie ne répondit pas. Nashwa avait insisté pour s'occuper de lui, et Don patientait à l'entrée de la tente pour le ramener à l'hôtel. Le jeune homme avait pourtant protesté, persuadé qu'il pourrait reprendre son travail dès que Nashwa aurait fait quelque chose pour son arcade sourcilière enflée, mais la douleur aiguë qui l'avait frappé en pleine poitrine au moment de s'asseoir l'en avait dissuadé.

— Je ne dirai rien aux autres, reprit Nashwa en venant palper quelques côtes. Mais il vaut mieux que quelqu'un sache, si jamais cela se reproduit.

— Il vaut mieux que personne ne sache rien, répondit Charlie d'une voix sourde. J'ai beaucoup de chance qu'il n'ait rien laissé échapper.

— Il vous a beaucoup insulté.

— Je n'ai pas compris la moitié de ce qu'il a dit.

— Il a dit que vous aviez touché à son fils. Terrence affirmait que c'était faux. Avez-vous été un peu rude avec lui ?

Charlie sursauta, indigné qu'elle puisse seulement penser cela de lui.

— Non ! s'exclama-t-il. Terry est très doué, je n'ai jamais eu besoin de m'emporter avec lui !

Nashwa releva les yeux vers lui, les mains soudain immobilisées au-dessus de sa poitrine.

— Le professeur Keyes aurait-il pu mentir à votre sujet ? voulut-elle savoir. Peu importe qu'il l'ait fait ou non, ajouta-t-elle avant qu'il ait pu répondre. Mais vous aurez besoin d'une excuse à présenter aux autres. Ils voudront savoir ce qui s'est passé.

— Oui, soupira Charlie. Oui, il aurait tout à fait pu mentir. N'importe quoi pour lui assurer que nous ne dirons rien à personne au sujet des deux hommes qui sont venus ici, l'autre jour.

— Alors, nous n'aurons qu'à dire que c'est ce qu'il a fait, décréta Nashwa. Il a menti à monsieur Williams et lui a fait croire que vous étiez violent avec Terrence, et c'est pour cela qu'il vous a frappé. Cela vous convient-il ?

Dawson hocha la tête. Tant que personne ne lui posait d'autres questions, elle aurait tout aussi bien pu raconter que Williams avait soudain perdu l'esprit et s'était mis à frapper tout ce qui bougeait, sans autre explication. Il s'en fichait, se répétait-il alors qu'elle lui assurait qu'aucune côte n'était cassée. Il se fichait de savoir ce qu'il raconterait aux autres, ou comment réagirait Keyes après l'affront de Katherine. Tout ce qui importait, c'était qu'il était allé raconter à quelqu'un un secret qu'il avait juré de garder. La simple idée qu'un homme qu'il ne connaissait ni d'Eve ni d'Adam puisse en savoir autant à son sujet le rendait malade.

— Je vais rentrer, dit-il en se redressant. Merci, Nashwa.

— Faites attention à ne pas vous surmener, répondit la jeune femme en s'écartant de lui. Vous allez avoir de belles ecchymoses pour le reste de la semaine. N'oubliez pas de mettre un peu de glace sur votre œil.

Le jeune homme acquiesça et s'efforça de rejoindre Don sans avoir l'air trop pressé de s'éloigner. Il ne voulait plus que s'enfermer dans sa chambre et ne plus jamais en bouger. En sortant, il aperçut Terry qui le cherchait du regard, dressé sur la pointe des pieds à côté de Frederick. Charlie détourna aussitôt le regard. Il s'en était fallu de peu pour que le chantier au grand complet apprenne ce que Keyes le menaçait de dévoiler, il était inutile d'en rajouter.

— Eh bien, il n'y est vraiment pas allé de main morte, souffla Don en le voyant arriver. Si Ahmet ne l'avait pas fait avant moi, je lui aurais sûrement rendu la pareille.

— Tes lunettes n'ont vraiment pas besoin de ça, répondit Charlie.

Sa tentative d'humour sonna creux, même à ses propres oreilles. Don sourit pourtant, et l'entraîna vers la voiture, les mains enfoncées dans les poches.

— Frederick se demande ce que tu as bien pu dire pour le mettre en colère, dit-il.

— Je n'ai rien dit.

— Très bien.

Le silence retomba entre eux jusqu'à ce que Don se glisse derrière le volant, pensif. Ils n'avaient pas tout à fait quitté les abords du chantier qu'il se penchait à nouveau vers Charlie.

— Terry a eu l'air de cacher quelque chose à Frederick, dit-il. Il lui a demandé ce qui s'était passé, et il a seulement répondu que son père t'avait empêché de sortir et s'était jeté sur toi.

— Mais Frederick n'est pas dupe, soupira Charlie.

— Non, en effet. Et le reste d'entre nous non plus.

Le jeune homme ne prononça pas un mot. Il fixait résolument la route devant lui, les bras croisés sur sa poitrine douloureuse, bien décidé à ne rien dire du tout. Don soupira et se redressa, résigné.

— Très bien, dit-il. Si jamais tu changes d'avis, tu sais où nous trouver.

CHAPITRE 28

La main de Katherine pianotait sur le bord de la table, comme pour détendre ses muscles après la gifle magistrale qu'elle avait administrée à Keyes. Elle avait à peine touché à son assiette, malgré tout le soin de Lysander pour lui préparer un copieux repas. Elle se contentait de fixer ses légumes et de pianoter, encore et encore, tout près de sa fourchette. Face à elle, Grey restait silencieux. Il s'efforçait de se montrer patient, malgré toutes les questions et toutes les paroles rassurantes qui se pressaient sur ses lèvres. Contrairement aux autres, il avait vu Katherine s'emporter plus d'une fois, et il savait qu'elle ne parlerait que lorsqu'elle y serait prête. Le silence s'étirait ainsi entre eux depuis plusieurs heures, sans que le linguiste ne lui en tienne rigueur. Ce n'était pas lui qu'elle repoussait ainsi.

— Je suis désolée, soupira-t-elle soudain. Je n'ai pas beaucoup d'appétit, ce soir.

— Je le vois, répondit calmement Lysander.

— C'est pourtant excellent.

Il inclina la tête en signe de remerciement, et attendit encore. Si elle se levait pour aller prendre un bain, ou se coucher, il ne la retiendrait pas. Si elle se mettait à nouveau en colère, il se contenterait de l'empêcher de détruire la vaisselle. Evelyn lui avait un jour confié que la laisser faire la soulageait plus vite, mais qu'elle en était toujours navrée une fois qu'elle constatait les dégâts.

— Je n'aurais peut-être pas dû le frapper si fort, murmura Katherine.

Lysander retint le sourire qui menaçait d'étirer ses lèvres.

— Au contraire, répondit-il. Je crois qu'il n'a eu que ce qu'il méritait. Il n'avait aucun droit de te parler sur ce ton.

— C'est moi qui ai commencé.

Lysander secoua doucement la tête et elle arqua un sourcil, surprise. C'était pourtant bien elle qui s'était précipitée sur Keyes pour lui hurler dessus, elle également qui l'avait giflé lorsqu'il avait fini par lui répondre...

— C'est lui qui a commencé lorsqu'il s'en est pris à Charlie, dit fermement Lysander. Qu'il ait envoyé quelqu'un d'autre pour le faire n'y change rien. Il l'a menacé, il a divulgué je ne sais quel secret à un parfait inconnu qui en a profité pour le battre devant le chantier au grand complet. Tu n'as rien fait de mal, Kitty.

— Charlie pense-t-il la même chose ? objecta la jeune femme. Peut-être n'avait-il aucune envie que je me mêle de cela.

— Je n'ai pas eu l'occasion de lui poser la question. Mais je pense qu'il aura besoin de tout le soutien que nous pouvons lui donner si Keyes met ses menaces à exécution. Il l'aurait fait avec ou sans ton intervention, ajouta-t-il, anticipant la question de sa femme.

Il marqua une pause, et les paroles de Keyes flottèrent un instant entre eux, comme elles l'avaient fait sur le chantier. Lysander sut ce que Katherine allait dire avant même qu'elle n'ouvre la bouche :

— Crois-tu qu'il a raison ? voulut-elle savoir. Que je devrais rester en Angleterre et cesser de m'agiter ? Peut-être est-ce cela qui a mal tourné, avec Arthur...

Non, aurait voulu protester Lysander. Il aurait voulu se lever et aller la secouer un peu, la prendre dans ses bras, lui faire promettre de ne plus jamais se mettre des idées pareilles dans la tête. Mais ce n'était ni la première, ni la dernière fois qu'elle lui poserait cette question, et il refusait tout bonnement de parler à sa place.

— Redis-moi ce qu'ont expliqué les médecins, dit-il doucement.

— Une nouvelle grossesse serait trop risquée, répondit Katherine à voix basse. Parce que je pourrais faire une hémorragie et me vider de mon sang. Mais... Avec les bonnes techniques et le bon matériel, l'enfant pourrait survivre.

— Est-ce que c'est ce que tu veux ?

Katherine pinça les lèvres.

— Non, répondit-elle. Je veux pouvoir élever notre enfant avec toi. Mais si je restais en Angleterre, si je prenais plus de repos que pendant la guerre, cela aiderait peut-être. Tu ne crois pas ?

— Je ne sais pas, Kitty, avoua Lysander avec la plus grande sincérité. Je ne suis pas médecin. Cela pourrait marcher, comme cela pourrait te tuer. Je... ne suis pas certain de vouloir prendre ce risque.

Katherine hocha la tête, sans trop savoir si elle l'approuvait ou non. Elle se leva pour contourner la table, et Lysander écarta aussitôt sa chaise. La jeune femme vint s'asseoir sur son genou valide et le laissa la presser contre lui, la tête posée contre son épaule.

— J'aurais voulu un enfant de toi, Lysie, chuchota-t-elle.

— Je sais, répondit-il. Moi aussi.

Ils restèrent ainsi, serrés l'un contre l'autre, et Lysander ne put s'empêcher de songer que le fantôme de leur fils ne serait jamais rien d'autre qu'une arme pour tous ceux qui souhaitaient leur faire du mal. Keyes avait su où frapper, par il ne savait quel miracle qui lui en avait appris autant sur eux, tout comme il avait su quoi dire à Charlie pour l'effrayer.

— En tout cas, souffla-t-il, tu lui auras fait passer l'envie de s'en prendre à toi. Il va rester couché pour le reste de la semaine.

Katherine parvint à esquisser un sourire.

— Je n'ai pourtant pas frappé si fort, répondit-elle.

— Tu as réduit ses bijoux de famille en charpie, répliqua Lysander. Crois-moi, je n'aurais pas aimé être à sa place. Et Frederick non plus, à en croire sa tête...

Cette fois, il sentit Katherine rire tout contre lui et se détendit un peu. Il n'y aurait pas d'assiettes brisées ce soir-là, ni de silence interminable jusqu'à leur retour sur le chantier.

— Je demanderai à Don comment va Charlie, dit soudain Katherine. Il ne viendra sans doute pas demain et Terry va se faire un sang d'encre pour lui.

— Terry prétend qu'il n'a rien fait pour mettre son père en colère, répondit Lysander. Je sais que ce ne sont pas nos affaires, mais je me demande tout de même ce que Keyes est allé lui raconter.

Katherine arqua un sourcil et se redressa, stupéfaite.

— Tu n'as pas entendu de quoi le traitait Williams ? s'étonna-t-elle.

— Je dois avouer que j'étais trop occupé à poursuivre Don pour m'en occuper, répliqua Grey. Que disait-il ?

La jeune femme parut hésiter. Finalement, elle secoua la tête et fronça les sourcils, les bras passés autour du cou de son mari.

— Ce n'est sans doute pas à moi de te le dire, répondit-elle. Si c'est vrai, Charlie s'en occupera lui-même.

Lysander n'insista pas. Un vague soulagement envahit Katherine à l'idée que ses compagnons avaient peut-être tous été trop distraits pour écouter les vociférations de Williams. Car les accusations de cette brute auraient sans doute suffi à le faire jeter hors du chantier et à lui interdire tout contact avec Terry : son père avait affirmé haut et fort que Charles Dawson était un pédéraste.

*

— Je vous ai fait apporter du café, lança Frederick par-dessus son épaule. Voulez-vous venir le chercher ou préférez-vous que je vous le serve moi-même ?

Pas de réponse. Charlie était resté enfermé dans la partie de la suite qui lui était réservée, et n'avait pas prononcé un seul mot depuis que le professeur était rentré. Ce dernier poussa un profond soupir. Lorsqu'il s'était risqué à pousser la porte, il avait découvert la petite chambre plongée dans le noir et le jeune homme lui avait adressé un grognement de mécontentement. Il n'avait plus insisté depuis.

— Mon garçon, si vous ne pouvez pas vous lever, essayez au moins de me répondre, dit-il. Un coup pour oui, deux coups pour non ?

Non qu'il aurait pu les entendre de toute manière. Il se faisait vieux et Charlie ne lui paraissait pas particulièrement disposé à frapper fort. Mais il songeait qu'un peu d'humour, aussi maladroit fut-il, lui ferait le plus grand bien.

— Terry est passé, reprit-il en débarrassant sa propre tasse pour libérer le plateau. Il voulait savoir comment vous allez, et vous dire qu'il ne rentrait pas en Angleterre, malgré ce que son père a pu vous dire.

Cette fois, il crut percevoir un léger mouvement de l'autre côté de la porte.

— Il vous fait également savoir qu'il est navré de ce qui est arrivé et qu'il écrira à sa mère dès ce soir pour que vous obteniez réparation. Il dit qu'elle ne sait pas se servir d'un téléphone, la réponse mettra donc un peu de temps à arriver, mais il...

Frederick esquissa un sourire en entendant la porte s'ouvrir brusquement. Charlie ne lui accorda pas un regard et se dirigea droit vers le téléphone qui trônait dans un coin de la pièce, une poche de glace à moitié fondue appuyée sur le front. Le vieil homme se laissa tomber dans son fauteuil et se détourna soigneusement alors que son élève composait le numéro de Terry, le visage fermé.

— C'est Charles, l'entendit-il dire doucement. Au sujet de cette lettre à ta mère... Non. Non, Terry, ce n'est pas la peine. Tu sais bien que Nashwa ne m'a pas demandé d'argent. Je... Comment, déjà envoyée ?

Le jeune homme se redressa vivement, et Frederick ne put s'empêcher de couler un regard dans sa direction.

— Non, balbutiait-il. Terry... Tu lui renverras. Je n'en ai pas besoin, je t'assure. Tu n'y es pour rien, et ta mère non plus.

Il se tut soudain, et le professeur n'entendit plus que la voix lointaine de Terry dans le combiné. Même couvert d'hématomes, le visage de Charlie semblait avoir perdu toute couleur. Il écouta le garçon en silence, et Frederick se redressa un peu en voyant des larmes briller soudain dans ses yeux. Lorsque Terry se tut, un silence terrible parut s'étendre entre eux. Charlie tourna un instant la tête vers Frederick, hésitant, puis pinça les lèvres et secoua la tête.

— Oui, dit-il seulement.

Sa main trembla autour du combiné, et Law attendit d'entendre la voix de Terry à nouveau. Le silence parut à nouveau s'étirer à l'infini. Le vieil homme posa lentement la main sur l'accoudoir, dans un mouvement qui se voulait naturel. Il se tenait prêt à intervenir au cas où le garçon décevrait Charlie, quelle que fût la question à laquelle ce *oui* répondait. Lorsque Terry reprit la parole, le silence était si absolu et sa voix tellement plus forte qu'auparavant que Frederick parvint à percevoir quelques mots :

— Cela changera-t-il quoi que ce soit à nos relations ? interrogea-t-il.

— Non, répondit aussitôt Charlie. À moins que tu n'en décides autrement. Il n'est pas trop tard pour changer d'avis et rentrer en Angleterre…

— Je ne veux pas rentrer en Angleterre. Je veux continuer d'apprendre, avec vous.

— Alors nous poursuivrons comme avant. Je... Merci, Terry. Bonne nuit.

Il reposa le combiné et resta là un moment, les yeux clos, sa poitrine se soulevant et s'abaissant à un rythme un peu trop rapide au goût de Frederick. Et puis, il plaqua sa main libre contre sa bouche et éclata en sanglots. Le professeur jaillit hors de son fauteuil plus vite qu'il ne l'avait jamais fait, le visage allongé de stupeur.

— Charlie ! s'exclama-t-il en s'approchant pour le prendre par les épaules. Allons, ce n'est pas si grave... Je veux dire, ce que Keyes a fait est terrible, bien entendu, mais vous allez vous en sortir !

— Je pensais qu'il n'avait rien dit, articula Charlie. Je n'avais pas entendu…

— Entendu quoi ?

— Ne faites pas semblant !

— Mon garçon, je vous assure que je n'ai pas la moindre idée de ce dont vous parlez. Dites-moi ce qui se passe, que je puisse vous aider un peu.

Charlie effaça brusquement ses larmes et se retourna vers lui, les joues empourprées. Frederick ne put que voir l'hésitation dans son regard, et s'écarta légèrement pour lui laisser le temps de réfléchir sans paraître trop pressant. Finalement, le regard du jeune homme se posa sur la tasse de café encore fumante sur son plateau, et il vint se laisser tomber dans un fauteuil, l'air résigné. Frederick prit place face à lui avec prudence. Tout comme il n'avait plus vu Katherine Grey porter de noir après la fin de la guerre, il n'avait plus jamais vu Charles Dawson pleurer après qu'il ait entendu la liste de leurs collègues tombés au front.

— Monsieur Williams m'a traité de pédéraste, dit-il d'une voix sourde.

Frederick sursauta, les yeux écarquillés.

— Devant tout le chantier, bredouilla-t-il. C'est un inconscient... Pourquoi a-t-il dit une chose pareille ?

— Parce que Keyes lui a dit que j'en étais un, répondit Charlie.

— Et... A-t-il dit vrai ?

Dawson planta son regard dans le sien, par-dessus la tasse, et Frederick comprit soudain le sens de ce *oui* si laconique qu'il avait adressé à Terry.

— Évidemment, soupira le vieil homme. Est-ce pour cela qu'il vous a frappé ?

— Il pensait que j'avais touché à son fils, répondit Charlie. Je n'ai rien fait de tel, ajouta-t-il aussitôt. Terry n'était même pas au courant, ce n'est qu'un enfant.

— Keyes était-il donc le seul à le savoir ?

Charlie hocha la tête. Frederick se renversa contre le dossier de son fauteuil et s'efforça de ne pas paraître trop horrifié par cette idée. C'était le comportement de Keyes qui le rendait malade, et il ne voulait pas que Dawson s'imagine que sa colère était dirigée contre lui.

— Comment ? voulut-il savoir. Comment l'a-t-il su ?

Charlie haussa les épaules.

— J'ai... entretenu une liaison avec l'un de ses élèves, expliqua-t-il. Nous nous retrouvions après les cours, et nous échangions beaucoup de lettres. Keyes nous a surpris dans un coin vide de la bibliothèque, et il m'a promis de ne pas me dénoncer. À l'époque, il pensait encore que cela serait désastreux pour l'autre garçon autant que pour moi. Je suppose que cela n'a plus beaucoup d'importance, puisqu'il s'est marié...

— Suiviez-vous déjà mes cours, à ce moment ?

Charlie haussa un sourcil et secoua la tête.

— Oui, répondit-il. Mais je ne vous ai rien dit, parce que je ne voulais pas que l'affaire s'ébruite plus que nécessaire. Je ne voulais pas que vous le sachiez, ni vous, ni les autres.

— Et maintenant ? interrogea doucement Frederick. Si Terry a entendu ce que disait son père, on peut raisonnablement supposer que d'autres l'ont entendu aussi.

Charlie pinça les lèvres. Il y avait pensé, bien évidemment. Nashwa avait peut-être saisi au vol ce mot que Williams lui avait jeté au visage – c'était sans doute pour cela qu'elle lui avait posé tant de questions. Don, lui, ne savait toujours rien. Quant aux Grey... À présent qu'il y réfléchissait, la colère de Katherine lui paraissait bien disproportionnée en comparaison de ce qui était arrivé.

— Je veux pouvoir le leur dire moi-même, soupira finalement le jeune homme. S'il vous plaît, Frederick.

— Bien entendu, répondit le vieil homme.

— Mais peut-être serait-il plus simple de faire comme si monsieur Williams m'avait simplement insulté. De laisser les autres s'imaginer que Keyes a menti.

Frederick sursauta vivement et se redressa.

— Charles Dawson, lâcha-t-il. Si vous poursuivez ainsi, je vous envoie à Paris sur-le-champ.

— À Paris ? répéta Charlie, interloqué.

— Parfaitement. Où vous rencontrerez des dizaines de personnes qui seraient horrifiées de vous entendre parler de la sorte. Vos frasques amoureuses ne concernent que vous, et ceux qui veulent bien vous y suivre, vous m'entendez ? Et si Keyes essaie de s'en servir contre vous, autant que vous soyez préparé à lui renvoyer ses sourires narquois à la figure.

— Mais, Frederick, bredouilla le jeune homme. Si cela se sait, je suis bon pour la prison... Ou au moins la fin de ma carrière !

— Ainsi que l'a dit Keyes, c'est sa parole contre la vôtre, rétorqua Law avec fermeté. Vous n'êtes certes pas forcé de le crier sur tous les toits, mais n'ayez aucune crainte en ce qui nous concerne. Si Keyes veut vous traîner en prison, il devra fournir des preuves, des preuves que je me ferai un plaisir de détruire une par une.

Charlie baissa les yeux sur sa tasse, les joues à nouveau rougies par il ne savait quelle souffrance que Frederick ne comprendrait jamais tout à fait.

— Pourquoi feriez-vous cela ? interrogea-t-il à voix basse.

Frederick émit un petit rire et il releva la tête, surpris. Comment pouvait-il s'amuser d'une telle situation ?

— Une femme, un étranger et un infirme, récita tranquillement le vieil homme. Je les ai défendus tous les trois. Croyez-vous sincèrement que je vous délaisserai quand on viendra me hurler qu'embaucher un homosexuel relève du scandale ?

CHAPITRE 29

— C'est ennuyeux.

Don marmonnait cette phrase pour la troisième fois, plus pour lui-même que pour Ahmet, penché par-dessus son épaule. Le guide l'avait presque convoqué chez lui pour lui montrer quelque chose, et Woodland n'avait pas eu le cœur de refuser après ce qui était arrivé à Charlie. À présent, penché sur la table de la salle à manger, il considérait qu'attendre le lendemain matin aurait été la pire erreur de sa vie.

— Et que comptait-il faire ensuite ? interrogea-t-il.

— Je n'en sais rien, avoua Ahmet. Peut-être vous empêcher de partir. Non que cela m'aurait déplu, mais ses méthodes... Et puis, je suppose qu'il prendra votre place aussitôt certain que vous ne serez plus sur son chemin ?

Don hocha la tête, les yeux plissés pour mieux lire la lettre qui était tombée de la poche de Williams, signée par Willard Keyes en personne. *Mon cher monsieur Williams,* disait-elle. *Ainsi que je vous le disais dans ma première lettre, je m'inquiète beaucoup au sujet de votre fils Terrence. Il se trouve en effet seul à Alexandrie, entouré de personnes à la morale discutable, à commencer par son professeur de céramologie. Charles Dawson a certes été désigné par le professeur Law, mais j'ai d'excellentes raisons de penser qu'il s'intéresse à Terrence pour des raisons qui n'ont rien à voir avec la science. Je vous joins dans la même enveloppe une lettre signée par monsieur Dawson, datant d'il y a quelques années, qu'il a envoyée à l'un de mes élèves (il était venu me demander conseil après avoir tout naturellement refusé ses avances). Si vous désirez tout de même que Terrence poursuive son étude de la céramologie, je suis tout disposé à le recevoir à Oxford, afin de le préparer comme il se doit à l'expédition que je dois entreprendre cette année à Alexandrette.*

— Et il ose prétendre que le message de Frederick était inacceptable, marmonna Don en s'écartant de la table. Katherine aurait dû le frapper plus fort !

— Que vas-tu dire à Charles ? interrogea doucement Ahmet.

— La vérité. Cette lettre est tombée lorsque tu as repoussé Williams, et tu l'as prise avant que quelqu'un d'autre ait pu la voir. Tu as bien fait. Je n'ose pas imaginer ce qui se serait passé si elle était tombée entre de mauvaises mains.

Ahmet sembla sur le point de dire quelque chose, puis se ravisa, pensif. Don aurait voulu demander à Nashwa ce dont elle avait parlé avec Charlie, mais la jeune femme restait hors de vue. Woodland poussa un profond soupir et tapota la lettre, sans rien masquer de son indignation.

— Il n'a pas touché un seul cheveu de Terry, lâcha-t-il. Nous l'aurions su avant Keyes.

— Comment ? objecta Ahmet. Tu n'avais pas l'air de savoir qu'il avait envoyé ces lettres, quand vous étiez étudiants…

— Il partage la même chambre d'hôtel que Frederick, et le reste du temps, il est avec nous sur le chantier. S'ils avaient disparu tous les deux sans prévenir, nous l'aurions vu à coup sûr.

Ahmet hocha vaguement la tête, et Don le prit comme un signe d'approbation. Et quand bien même, songeait-il. Il y avait des choses bien plus importantes que ce que Charlie préférait au lit. Ils n'avaient jamais fait cesser leur travail pour demander à Katherine ce que la blessure de guerre de Lysander avait changé à leurs ébats ! En revanche, cette invitation de Keyes à enseigner la céramologie à Terry l'inquiétait au plus haut point… Sans parler de cette expédition qu'il avait prévue à Alexandrette. Lorsqu'il en fit la remarque à Ahmet, ce dernier se contenta de hausser les épaules, sans comprendre où il voulait en venir :

— Il a sans doute envie de voler quelques élèves à Frederick, répondit-il. Ce ne serait pas la première fois qu'un de ses collègues tente le coup.

— Mais Keyes ne connaît rien à la céramologie ! protesta Don. Charlie l'a repris plusieurs fois au musée, et il a essayé de nous faire croire que le médaillon était moderne. Terry pourrait apprendre bien des choses avec lui, mais certainement pas dans ce domaine !

Ahmet pinça les lèvres.

— Ou bien, c'est ce qu'il veut vous faire croire, répondit-il lentement. Puisqu'il a envoyé ces deux hommes voler le médaillon... Il devait bien croire qu'il était antique ?

— Ils ne sont venus ici qu'après notre intervention à Oxford, objecta Don. Évidemment, après ce que lui a dit Lysander, il fallait bien que…

Les mots s'étranglèrent soudain dans sa gorge. Bien sûr, les premiers intrus n'avaient pas fait preuve d'autant de précision que les seconds... Mais ceux qui s'étaient rendus chez les Grey avaient bien tenté de s'enfuir avec le médaillon, sans croire Lysander une seule seconde lorsqu'il avait prétendu qu'il ne valait rien. S'ils avaient aussi été envoyés par Keyes – et il n'avait aucun doute là-dessus – alors le papyrologue savait à quoi s'en tenir dès que Lysander lui avait mis le bijou entre les mains.

— Bon sang, souffla-t-il. Mais il est papyrologue, et rien d'autre !

— Katherine est géographe, mais elle lit le grec presque aussi bien que Lysander et toi, remarqua Ahmet. Peut-être qu'il a appris, il y a longtemps, sans rien dire à personne. Ou peut-être qu'il a seulement écouté Charles, pour ce que j'en sais !

Don passa une main sur son visage. L'incompétence de Keyes en matière de céramologie était bien connue depuis plusieurs années. Il se l'imaginait mal jouer la comédie si longtemps, seulement pour saisir une occasion hypothétique de doubler Frederick. Woodland tira une chaise à lui pour s'asseoir, les yeux levés vers un Ahmet impassible. Ce dernier ne connaissait pas Keyes, et pourtant, il avait l'air de le cerner beaucoup mieux que lui...

— Est-il déjà venu ici ? s'enquit soudain Don. Sur le chantier ?

— Pas celui-ci, répondit le guide avec un froncement de sourcils. Il est venu il y a trois ans, quand vous avez fouillé autour du gymnase. Il n'est pas resté plus d'une semaine, et personne n'a vraiment fait attention à lui.

— Et vous n'avez rien dit à Frederick ?

Ahmet secoua la tête.

— Nous ne nous connaissions pas bien, à l'époque, rappela-t-il. Nous avons pensé que Keyes était venu avec vous et qu'il reviendrait un jour ou l'autre. Il est repassé quand vous avez commencé à creuser par ici, et puis nous ne l'avons plus revu.

— Ce qui explique comment il a pu venir jusqu'ici sans aide, marmonna Don. Non qu'il y ait des centaines de chantiers en cours à Alexandrie, mais... Bon sang, comment compte-t-il monter une expédition avant la fin de l'année ? Avec quel financement ? Il n'a tout de même pas le bras si long !

— Avec le médaillon et Terry, il aurait pu faire croire à tout le monde qu'il avait votre accord et se servir dans les fonds que l'université nous a alloués, répondit Ahmet.

— Combien d'archéologues as-tu arnaqués de la sorte pour être aussi sûr de toi ?

Le guide esquissa un fin sourire, amusé.

— Tu serais surpris de connaître le nombre de fouilles qui ont été sabotées à cause de rivalités malvenues, dit-il. Et je suis sûr que Keyes comme Frederick ont eu leur rôle à jouer dans certaines d'entre elles. Même si on ne les remarque pas, les ouvriers sont toujours aux premières loges de ce genre d'affaires.

Don se renversa contre le dossier de sa chaise, les bras croisés sur la poitrine. C'était donc cela. Ahmet ne prenait cette histoire que comme une nouvelle rivalité entre équipes, une tentative de plus de la part d'un professeur inconnu pour doubler celui qui l'avait engagé. Mais Woodland n'aimait pas la tournure que prenaient les événements. Williams aurait tué Charlie sur place si les ouvriers l'avaient laissé faire, et Keyes n'en avait pas paru ennuyé le moins du monde. Son seul mouvement d'inquiétude avait été pour lui-même, lorsque Katherine était revenue à la charge. Il n'avait pas semblé se formaliser non plus lorsqu'il avait appris que cette dernière avait failli mourir, la gorge tranchée par l'un des hommes qu'il avait envoyés chez eux. Comme s'il voulait se débarrasser d'eux sans jamais se salir les mains, définitivement.

— Il faut que je rentre, décréta-t-il soudain. Et que je parle à Charlie... S'il est en état.

Ahmet acquiesça, et serra brièvement la main qu'il lui tendait – la gauche, savait-il, puisque la droite ne pouvait plus guère serrer quoi que ce soit. Don s'émerveilla intérieurement de la facilité avec laquelle le guide s'était adapté à lui, alors que tant d'autres oubliaient encore l'obus qui avait réduit ses doigts en charpie. Lorsqu'il émergea dans la nuit de la ville, il ne put s'empêcher de ramener son manteau autour de lui, frissonnant. En plein hiver, les soirées égyptiennes n'avaient presque rien à envier au climat anglais. Cela rendrait sans doute sa convalescence plus aisée à Charlie. Don n'osait s'imaginer dans quel état le jeune homme se serait trouvé s'il avait dû affronter la chaleur en plus de la douleur...

Il atteignait tout juste le porche de l'hôtel lorsqu'un cri étouffé le fit sursauter. Il avait cessé de prêter attention à ce qui l'entourait, tout absorbé qu'il était par Dawson et par la lettre de Keyes. Woodland fit volte-face, scruta l'obscurité à travers ses lunettes encore tordues. Rien ne bougeait dans la rue. Il ne sut trop comment – peut-être un vieux réflexe qu'il avait gardé de la guerre – mais son instinct lui souffla soudain de ne pas bouger. *Continue. Fais semblant de chercher, ou d'attendre quelqu'un.* Un frisson parcourut son échine, et il posa aussitôt la main sur le mur pour le réprimer. Cette fois, ce fut un gémissement qui lui parvint dans son dos, quelque part sur sa droite. Puis, le bruit d'une semelle qui raclait le sol, et un grognement sourd.

— Ferme-la, chuchota un homme. Avance.

Un sanglot lui répondit, et Don se tendit brusquement. L'homme était seul, mais ils se dirigeaient vers la rue... Woodland repéra soudain un mouvement dans l'une des voitures arrêtées là. Un homme sur le siège passager qui venait de se pencher vers le conducteur.

— Je vais enlever ma main, entendit Don derrière lui. Si tu cries, je te descends. S'il te regarde, dis-lui bonsoir et explique-lui que tu rentres en Angleterre.

Son sang se glaça dans ses veines. Terry. Non content de les avoir cambriolés, Keyes avait décidé d'enlever Terry. Il attendit que les pas se rapprochent, puis se composa un air affable et se retourna. Le garçon et son gardien s'immobilisèrent aussitôt. Le premier était pâle comme la mort, les yeux brillants et les lèvres tremblantes. Le second rendit son sourire à Don, comme s'il avait pu suffire à dissimuler le pistolet qu'il pressait dans le dos de Terry.

— Bonsoir, lança Woodland d'une voix détendue.

— Bonsoir, répondit faiblement Terry. Je... Voulez-vous bien prévenir Frederick que je rentre en Angleterre avec mon père ?

Don inclina légèrement la tête.

— Je crois qu'il vaudrait mieux que tu montes le lui dire toi-même, répondit-il.

S'il vit le sursaut du jeune homme alors que son geôlier resserrait sa prise sur lui, il n'en laissa rien paraître. Il ne fallait surtout pas le brusquer. Pas si deux autres attendaient dans la voiture.

— Monsieur Dawson est avec lui, bredouilla Terry. J'ai... interdiction de l'approcher. À cause de ce qu'il... de ce qu'il a fait.

— Je vois. As-tu au moins pensé à lui rendre tes notes sur le médaillon ?

Don vit avec satisfaction le visage de l'autre homme s'allonger de stupeur, en même temps que celui de Terry.

— Mes notes ? balbutia-t-il.

— Oui, répondit joyeusement Don. Tu sais, celles sur la lentille, là où il a trouvé la carte ? Katherine t'avait prêté ses croquis, n'est-ce pas ?

À la lueur qui s'était allumée dans les yeux de l'intrus, il sut qu'il avait fait mouche. Keyes ne partirait pas avant d'avoir mis la main sur ces documents – ou d'avoir découvert qu'ils étaient tous une pure invention. Terry écarquilla soudain les yeux, la compréhension chassant momentanément la peur de son visage.

— Je doute qu'elles vous soient d'une grande utilité, articula-t-il. Mais j'aimerais les récupérer...

Don vit son gardien tirer un peu sur son bras, et le garçon retint un cri de douleur.

— Je vais les chercher, décréta-t-il aussitôt. Où as-tu rendu les clefs de ta chambre ?

— Je ne les ai pas rendues, souffla Terry.

Il plongea sa main libre dans sa poche, et son geôlier parut soudain réaliser qu'il se trahirait s'il ne le relâchait pas quelques instants. Le jeune homme tendit maladroitement la clef à Don, et ce dernier s'approcha tranquillement pour la prendre. Terry fronça les sourcils en le voyant avancer la main droite. Woodland surprit son regard et émit un petit rire, suffisant pour que l'intrus se détende et abaisse son arme. C'était tout ce qu'il attendait. Son poing gauche heurta sa mâchoire avec assez de force pour faire craquer l'os, et le pistolet tomba au sol.

— À l'intérieur ! s'écria Don. Dépêche-toi !

La seconde suivante, Terry détalait vers la porte de l'hôtel, Woodland sur ses talons. Ce dernier empoigna le jeune homme par le bras en entendant des pas s'élancer à leur poursuite. Les deux autres étaient sortis de la voiture.

— Monte ! haleta-t-il.

— Jusqu'où ?

— Je te le dirai !

Il ne voulait pas risquer que leurs assaillants prennent l'ascenseur pour les devancer. Charlie était sans doute toujours dans un sale état, et ni lui ni Frederick ne savaient à quoi s'attendre.

— Là ! À gauche !

Terry saisit aussitôt où il voulait se réfugier. Il se jeta presque contre la porte de Frederick, et Don manqua de s'écraser contre lui. Sa main chercha la poignée, mais Woodland poussa soudain un cri de douleur. Le garçon le vit disparaître du coin de l'œil, tiré en arrière par deux paires de mains.

— Frederick ! hurla-t-il. Frederick, ouvrez la porte !

Il manqua de trébucher lorsque le battant se déroba sous ses doigts, et sentit quelqu'un le tirer à l'intérieur, au moment où l'homme qui était venu le cueillir dans sa chambre allait l'attraper par le col. Terry mit un instant à comprendre que c'était Charlie qui le poussait derrière lui, cherchant à mettre le plus d'obstacles possible entre le jeune homme et ses poursuivants, tandis que

Frederick venait de jeter une tasse en porcelaine au visage de son adversaire.

— Charlie ! s'écria Don depuis le couloir.

Terry fit un mouvement pour retenir Dawson, mais il glissa entre ses doigts avant qu'il ait pu refermer la main. Il se précipita dehors pour éloigner les deux hommes de son ami, attrapant une carafe en verre au passage.

— Lâchez-le ! vociféra-t-il. Ça suffit !

Terry poussa soudain un cri d'alerte en voyant une quatrième silhouette se présenter en haut de l'escalier. Charlie le vit arriver trop tard, encore aux prises avec celui qu'il avait réussi à arracher à Don. Son visage se décomposa brusquement, et il fit un mouvement pour s'écarter. Une seconde plus tôt, il aurait sans doute pu éviter le coup qui l'atteignit à la tempe. Terry le vit s'effondrer contre le montant de la porte comme une poupée de chiffons, les yeux mi-clos. Le garçon recula précipitamment en voyant son père enjamber Dawson, le regard vissé sur lui. Il tendait la main vers la porte de la chambre de Charlie, prêt à se barricader jusqu'à l'arrivée de la sécurité. Il ne fit qu'effleurer la poignée. Williams le saisit brutalement par la taille et le tira vers lui, sans prêter attention à son hurlement de terreur.

— Nous rentrons, gronda-t-il. Que cela te plaise ou non.

Terry voulut hurler à nouveau. S'il faisait suffisamment de bruits, quelqu'un finirait bien par monter – un gardien, un policier, n'importe qui. Williams passa la porte, et le garçon entrevit Charlie qui clignait vaguement des yeux, sans paraître comprendre ce qu'il voyait. Il tendit mollement le bras vers lui, le regard vitreux, et le laissa aussitôt retomber avec un gémissement de douleur. Frederick voulut s'élancer à leur poursuite, mais son adversaire lui barra le passage.

— Terry ! cria Don en repoussant le sien. Ta main !

Le jeune homme lui tendit le bras jusqu'à se faire mal, ruant de toutes ses forces contre son père. Don le rata une première fois, arrêté en plein élan par un coup de poing. Son adversaire l'agrippa par le bras gauche et Woodland se débattit comme un beau diable pour lui échapper, épouvanté.

— Terry ! cria-t-il encore.

Le garçon crut pouvoir se dégager, l'espace d'un instant. Don lui tendait sa main droite. S'il parvenait à saisir son poignet, il pourrait se retenir, se hisser vers lui et vers Charlie... Il sentit le pouce de Don l'effleurer, puis Williams resserra sa prise sur lui, si brusquement qu'il chassa tout l'air de ses poumons. La seconde suivante, il s'écrasait au bas de l'escalier, les quatre hommes lancés à sa poursuite. L'un d'eux – son père ou un autre – le chargea sur son épaule comme un vulgaire paquet. Sa tête lui faisait mal. Il perçut vaguement des pas à l'étage supérieur, et la voix de Don qui criait quelque chose en arabe. Et puis, il n'y eut plus rien d'autre que l'obscurité.

CHAPITRE 30

— Comment va-t-il ?

Katherine avait presque enfoncé la porte avant que Frederick ne vienne lui ouvrir, encore haletante et le visage rougi d'avoir couru.

— Son état inquiète Nashwa, répondit le vieil homme en saluant Lysander d'un bref signe de tête. Williams l'avait déjà frappé à la tête, et il n'a pas hésité à recommencer.

— À-t-on réussi à repérer leur voiture ? interrogea Lysander.

Frederick secoua la tête. Don était parvenu à décrire celle qu'il avait vu, et on leur avait promis de les rappeler aussitôt que le véhicule aurait été arrêté. Les deux hommes échangèrent un regard, et le professeur comprit aussitôt que son élève pensait la même chose que lui : le port n'était pas si loin, et il n'était pas impossible que Keyes, Williams et Terry soient déjà en route pour l'Angleterre.

— Il n'a pas encore tout à fait compris ce qui s'est passé, reprit Frederick d'un air sombre. C'est à peine s'il peut aligner deux phrases complètes.

Katherine traversa aussitôt la pièce pour rejoindre Nashwa au chevet de Charlie, et le vieil homme ne fit rien pour la retenir. La gifle qu'elle avait envoyée à Keyes était encore bien présente dans son esprit. Il referma doucement la porte et fit signe à Lysander de s'asseoir. Ce dernier s'exécuta sans discuter, ses lèvres réduites à une mince ligne pâle. Law se laissa tomber face à lui, et ils ne firent rien d'autre pendant un moment que d'écouter les voix de leurs compagnons à travers la porte de la chambre.

— Nous avons toujours le médaillon ? interrogea soudain Frederick, la voix à peine audible.

Lysander hocha la tête et tira le bijou de sa poche, comme s'il avait tenu à le rassurer sur ce point. Le vieil homme acquiesça en réponse.

— Keyes pense que Terry sait quelque chose à propos de la carte, reprit-il. Don a surpris l'une de ces brutes en bas, alors qu'il allait le faire monter dans la voiture. Il a rusé pour le forcer à le lâcher, mais il a dû suggérer que Katherine et Charlie lui avaient donné du travail sur le médaillon.

Lysander poussa un profond soupir et leva une main pour se pincer l'arête du nez, sans rien cacher de son épuisement. Le coursier que Frederick avait envoyé, faute de téléphone en état de marche chez les Grey, l'avait tiré d'un sommeil étonnamment paisible en comparaison des cauchemars qu'il avait continué à faire depuis la dernière intrusion.

— J'espère qu'ils le retrouveront, soupira-t-il. Avez-vous appelé l'Angleterre ?

— Bien entendu, répondit Frederick. La police et l'université. Si Keyes met ses menaces à exécution, nos collègues sauront à quoi s'en tenir.

— Ses menaces ?

La mine du professeur s'assombrit. Il avait omis de parler de ce détail à Lysander.

— Keyes a envoyé une lettre à monsieur Williams avant de venir ici, expliqua-t-il. Il y écrivait qu'il souhaitait ramener Terry à Oxford pour lui enseigner la céramologie à la place de Charlie.

Lysander arqua un sourcil, interloqué.

— Je sais, marmonna Frederick. Il s'y connaît autant en céramologie que moi en maçonnerie. Mais il prétend vouloir monter une expédition pour Alexandrette avant la fin de l'année, et Don pense qu'il a besoin de Terry pour utiliser les fonds de l'université.

— Ceux qui nous sont réservés, devina Lysander. Mais pourquoi Terry et pas l'un de nous ?

— Lysander, vous savez très bien que n'importe lequel d'entre nous aurait hurlé ses méfaits sur tous les toits aussitôt débarqué en Angleterre. Terry est encore jeune, et son père n'a pas hésité à le jeter au bas d'un escalier pour le forcer à le suivre. Il pliera bien plus aisément que nous sous les menaces de Keyes.

Un cri soudain les fit sursauter tous les deux, suivi d'une quinte de toux et d'un sanglot de douleur. Nashwa ouvrit brusquement la porte de la chambre, assez largement pour que les deux hommes puissent entrevoir Charlie, penché sur une bassine par-dessus le bord du lit, et Katherine agenouillée près de lui.

— Que se passe-t-il ? bredouilla Frederick.

— Il a rendu son dîner, répondit simplement Nashwa. C'est très inquiétant. Il doit voir un médecin, un vrai. Mon diagnostic n'aura pas beaucoup de valeur face à quelqu'un de diplômé, ajouta-t-elle en interceptant le regard de Lysander.

— Et de quel diagnostic s'agit-il ?

Charlie retomba contre ses oreillers et plaqua aussitôt les mains sur son visage, sans pouvoir tout à fait étouffer ses pleurs. Katherine se releva aussitôt pour remplir le pichet d'eau que Nashwa avait posé sur la table de chevet.

— Il pourrait avoir une commotion, soupira cette dernière. Ce n'est peut-être que l'effet des maux de tête, mais je préfère en avoir le cœur net.

— Est-ce qu'il a pris quelque chose ? s'inquiéta Lysander. Contre la douleur ?

Nashwa secoua la tête.

— Impossible de lui faire avaler quoi que ce soit, répondit-elle. Il a fallu que je le menace pour lui faire boire un peu d'eau. Il dit que le moindre petit mouvement lui fait mal à lui faire souhaiter la mort.

— Mais cela pourrait aider ?

— Peut-être. Cela vaut le coup d'essayer en attendant qu'un médecin arrive.

Lysander empoigna aussitôt sa canne pour se lever, son autre main fouillant au fond de ses poches pour trouver le précieux tube de comprimés qu'il emportait partout avec lui. Il prétendait qu'ils calmaient ses migraines devant Frederick, mais il avait en réalité réalisé qu'ils retardaient les caprices de sa jambe s'il les prenait dès le premier signe d'inconfort. Si cela pouvait aider Charlie à supporter la douleur, il était prêt à en sacrifier un pour lui. Il attendit que Katherine lui aie servi un verre d'eau pour s'approcher et tirer une chaise près du lit, hésitant.

— Charlie, appela-t-il doucement. J'ai apporté des médicaments...

— Non, souffla aussitôt Dawson. Je n'en veux pas.

— Charlie, tu souffres le martyr, ne fais pas semblant. Prends-le avec un verre d'eau et je te jure que tu ne sentiras rien.

Le jeune homme secoua la tête et se pétrifia aussitôt, le souffle court. Lysander s'écarta juste à temps. La seconde suivante, il se tordait au-dessus de la bassine pour vomir à nouveau, pâle comme la mort. Il resta ainsi un moment, le front pressé contre son coude, le corps parcouru de frissons. Lorsqu'il se redressa, il peinait à garder les yeux ouverts. Lysander attendit un instant qu'il ait repris son souffle, puis lui prit doucement la main pour lui mettre le comprimé au creux de la paume.

— Ça te fera du bien, murmura-t-il. Essaie au moins.

Charlie lui répondit par un gémissement à peine audible. Il resta immobile quelques secondes encore, et Lysander crut qu'il allait finir par s'endormir. Et puis, il émit un drôle de grognement et leva la main pour glisser le comprimé entre ses lèvres. Grey lui tendit aussitôt le verre d'eau et échangea un regard satisfait avec Katherine alors qu'il le vidait d'un trait, en dépit de sa main tremblante.

— Merci, articula-t-il. Est-ce que... quelqu'un a donné des nouvelles ?

— Pas encore, avoua Lysander. Mais je suis sûr qu'ils n'ont pas pu aller bien loin.

Charlie se cala un peu plus confortablement contre les coussins et poussa un soupir.

— Ils sont déjà sur le bateau, souffla-t-il. Ce serait un miracle que Terry aie pu les retarder une deuxième fois.

Il n'avait pas achevé sa phrase que Frederick bondissait hors de son fauteuil pour ouvrir à Don, parti à la recherche d'un médecin encore debout à cette heure. Il apparaissait que personne n'avait accepté de le suivre, hormis celui qui intervenait sur le chantier.

— Tant mieux, marmonna Frederick en venant lui serrer la main. Au moins, vous savez à quoi vous attendre.

Lysander fit un mouvement pour se lever alors que le médecin approchait, mais Charlie tendit soudain la main pour effleurer la sienne.

— Il ne lui fera pas de mal, n'est-ce pas ? dit-il. Il n'oserait pas ?

Grey échangea un bref regard avec Katherine. Après cet enlèvement, il ne savait plus quoi penser de Keyes.

— Non, dit-il pourtant. Même s'il a été violent, monsieur Williams ne le laissera pas toucher son fils.

Charlie parut se détendre à ces mots, et sa main retomba sur les draps. Lorsque le médecin referma la porte derrière les Grey, le regard de Frederick s'arrêta net sur Katherine, oscillant entre le soulagement et l'inquiétude. Lysander tourna la tête et haussa un sourcil en voyant le sourire qui s'épanouissait sur le visage de sa femme. Cette dernière se dressa sur la pointe des pieds pour l'embrasser sur la joue avant de venir s'asseoir dans l'un des fauteuils, les jambes nonchalamment croisées sur l'accoudoir, sans se soucier de savoir si un autre que son mari pouvait apercevoir ses genoux ou non.

— Je vais le tuer, déclara-t-elle d'un ton tranquille. Dès qu'il m'en laissera l'occasion, je lui ferai avaler ses papyri et je le laisserai s'étouffer avec.

*

Lorsqu'il avait repris connaissance, dans la voiture, Terry n'avait pas mis plus de quelques secondes à se souvenir de ce qui lui était arrivé. Son premier réflexe avait été de se débattre et d'essayer de sortir, malgré les quatre colosses qui l'entouraient. Puis, son père avait menacé de le menotter comme un criminel et il s'était muré dans un silence à toute épreuve, même alors que la voiture s'arrêtait devant l'hôtel le plus éloigné du chantier et qu'il aurait pu saisir sa chance d'alerter quelqu'un. Le garçon n'avait pas émis un son lorsque son père l'avait accompagné auprès de Keyes, ni quand ce dernier lui avait proposé un repas chaud avec un sourire trop large pour être vrai. À présent, il était seul avec le professeur, son assiette encore pleine refroidie devant lui, à côté d'une feuille de papier vierge.

— Allons, jeune homme, susurrait Keyes. Je ne vous demande tout de même pas la Lune. Montrez-moi seulement ce que monsieur Dawson vous a appris, et nous pourrons reprendre où il s'est arrêté.

Terry ne bougea pas d'un pouce, les yeux vissés sur la feuille. Il voulait seulement se cacher derrière les rideaux et pleurer comme un enfant, mais il refusait de se laisser intimider. Que son père ait osé le pousser dans cet escalier était déjà une humiliation bien suffisante.

— Ou peut-être que Dawson ne vous a rien appris du tout, reprit tranquillement Keyes. Peut-être n'était-ce qu'un prétexte pour assouvir ses besoins pervers ?

Terry dut retenir la réplique qui lui brûlait les lèvres. Cela n'était que de la provocation. Il était plus fort que cela.

— Saviez-vous ce qu'il était avant qu'il ne vous prenne sous son aile ? Ou bien ne l'avez-vous remarqué qu'après qu'il ait commencé à vous toucher ? L'un de mes élèves a entretenu une relation avec lui, vous voyez. Il m'a dit qu'il devenait très... tactile lorsqu'il apprécie un homme. Cependant, je n'aurais jamais cru qu'il les prenait aussi jeunes. Je veux dire, regardez-vous...

La lèvre de Terry tressaillit soudain et Keyes s'interrompit. Le garçon s'efforça aussitôt de se reprendre. De la provocation. Ce n'était rien d'autre que de la provocation... Le professeur se pencha soudain par-dessus le bureau, et sa chaise émit un grincement abominable. Il poussa encore un peu la feuille vers Terry, jusqu'à la laisser en équilibre précaire au bord de la table.

— Vous ne pourrez pas reprendre avec lui, dit-il. On enseigne très mal au fond d'une prison.

— Il n'ira pas en prison, répliqua Terry avec un sursaut.

— Bien sûr que si. Ou alors, il fuira pour le restant de ses jours. Ne savez-vous donc pas comment a fini Oscar Wilde ? Oh, peut-être êtes-vous trop jeune...

Terry se sentait trembler, à présent. Il savait parfaitement de quoi parlait Keyes, et il ne pouvait supporter de s'imaginer son professeur condamné aux travaux forcés.

— Il va de soi qu'il y aura un procès, reprit le vieil homme comme s'il parlait de la pluie et du beau temps. Mais il a peu de chances de s'en sortir... À moins, bien sûr, que personne ne le dénonce.

Le cœur du jeune homme rata un battement. Bien entendu. Ni son père, ni Keyes ne diraient rien à personne s'il acceptait de travailler avec le papyrologue. Ce dernier tapota la feuille du bout du doigt, un sourire entendu au coin des lèvres.

— Allons-y, dit-il. Montrez-moi tout ce que vous savez faire.

— Je ne sais pas par où commencer, souffla Terry.

Ce n'était pas tout à fait un mensonge. Charlie lui avait enseigné tant de choses au cours de ces quelques mois ! Keyes sourit un peu plus largement et appuya la tête contre son poing, comme attendri par le garçon qui se tordait les mains devant lui.

— Vous pouvez commencer par un objet, dit-il. Je pense par exemple à un bijou que monsieur Dawson et le *docteur* Grey vous ont demandé d'étudier...

Il avait craché le titre de Katherine comme une insulte, manquant de faire sursauter Terry. Ce dernier prit lentement le crayon qu'il avait poussé vers lui. Il peinait à masquer ses tremblements. S'il refusait de s'exécuter, Keyes entrerait dans une colère noire, il le sentait au plus profond de lui-même. Mais il suffirait de quelques mots pour qu'il réalise que Don avait menti et qu'il n'avait même jamais posé la main sur le médaillon. À ce moment, songeait le jeune homme, le vieux professeur serait capable du pire, que son père patiente dans le couloir ou non.

— Eh bien ? appela Keyes.

Terry fit mine de reposer le crayon, mais son regard l'en dissuada aussitôt.

— Je ne sais pas, articula-t-il en secouant la tête. Je n'ai pas eu le temps de récupérer mes notes...

— Mais vous avez bien quelques souvenirs ? C'est votre travail, après tout.

— Je... Non, professeur, je ne sais pas, je... Il m'a jeté du haut d'un escalier, bon sang, comment voulez-vous que je me rappelle quoi que ce soit ?

Le jeune homme repoussa feuille et crayon et s'enfonça au fond de son siège, le visage résolument tourné vers la fenêtre. C'était tout ce qu'il avait trouvé. Cela ne ferait que retarder le moment où Keyes reviendrait à la charge, mais cela lui laisserait au moins la nuit pour trouver un moyen de se sortir de là.

— Voulez-vous voir un médecin ? interrogea doucement le professeur.

— Non, marmonna Terry. Pas si c'est vous qui l'envoyez.

Il entendit Keyes se lever, mais s'efforça de ne pas se retourner vers lui. Il ne voulait pas lui montrer à quel point tout cela le terrifiait – la situation, les questions, le vieil homme lui-même. Ce dernier contourna le bureau pour venir se pencher vers lui, une main posée sur son épaule dans un geste faussement affectueux :

— Il ne vous sera fait aucun mal, mon garçon, dit-il. Vous êtes ici pour apprendre, comme vous le faisiez avec monsieur Dawson.

— Monsieur Dawson me laissait libre de mes allées et venues, répliqua Terry.

— Et vous l'êtes avec moi également. Dans ce quartier, et à condition que quelqu'un vous accompagne. À présent, si vous n'avez pas faim et que la mémoire ne vous revient pas, vous pouvez aller vous coucher.

*

— Es-tu bien sûr que nous sommes au bon endroit ?

— Bien entendu. Regarde, c'est la quatrième fois qu'il essaie d'ouvrir la fenêtre.

— Il pourrait simplement avoir trop chaud.

— Il se retourne comme une bête traquée, Hisham. S'il a chaud, c'est à force de courir d'un bout à l'autre de sa chambre.

L'homme se tut brusquement derrière son journal alors qu'un passant lui jetait un regard courroucé en le contournant. Celui-là avait l'air d'être fraîchement arrivé, songea-t-il, avec son costume immaculé et le sac trop lourd qui le faisait pencher vers la gauche. Il le suivit du regard alors qu'il passait le porche de l'hôtel, non sans un coup d'œil en arrière pour surveiller les deux ombres de l'autre côté de la rue. L'homme esquissa un sourire, inclina légèrement la tête vers lui, et son compagnon lui enfonça aussitôt le coude entre les côtes.

— Abruti, marmonna-t-il alors que l'importun s'engouffrait précipitamment dans l'hôtel. On nous a demandé de rester discrets.

— C'est ce que je fais, répliqua aussitôt l'autre. Ce charmant jeune homme comprendra qu'il n'avait rien à craindre de nous, et il nous ignorera si nous nous croisons à nouveau.

— Ou bien, il va aller chercher la sécurité pour nous forcer à partir, rétorqua Hisham. Et nous ne serons pas plus avancés... Enfin, que fait-il ?

Son compagnon suivit son regard et émit un son amusé. Derrière l'une des plus hautes fenêtres, la silhouette mince qu'ils surveillaient brandissait un énorme volume, comme prêt à l'abattre sur le verre. Comme s'il n'avait attendu que cela, un autre homme surgit soudain derrière lui et le tira à l'intérieur de la pièce sans aucun ménagement. Hisham émit un claquement de langue agacé et secoua la tête.

— Lui aussi devrait se montrer plus discret, commenta-t-il. À ce rythme, ils vont finir par l'assommer pour avoir la paix.

— Nous devrions peut-être les prévenir, remarqua l'autre. Ils doivent s'inquiéter pour lui.

Hisham se raidit aussitôt près de lui, et l'homme rit tout bas. Il n'aimait rien tant que le faire tourner en bourrique.

— Pour qu'ils viennent frapper à la porte et s'entretuer en bas de la rue ? protesta Hisham. Ozhan, tu es fou ?

— Cela ferait un peu de spectacle, répondit l'autre avec un haussement d'épaules. Tiens, voilà ce que nous allons faire. Nous allons nous assurer qu'il n'arrive rien de fâcheux à ce pauvre garçon, et nous le ramènerons au professeur dès qu'il y aura une ouverture.

— Et s'il n'y en a pas ?

— Eh bien, nous irons avertir quelqu'un. Immédiatement s'ils se mettent en tête de partir. Pas de risques inutiles, ni pour nous, ni pour lui. Qu'en penses-tu ?

Hisham s'appuya contre le mur, pensif. Le sourire d'Ozhan s'élargit alors qu'il lui jetait un regard en coin. Il avait déjà gagné, il le savait. Son compagnon resterait horrifié à l'idée d'abandonner le garçon à son sort, et il serait en même temps ravi de ne pas avoir à intervenir en personne.

— Bien, déclara-t-il après quelques secondes. Dans ce cas, passe-moi ce journal, que je me mette au travail.

CHAPITRE 31

Lysander se laissa tomber sur le siège que lui avançait Frederick, une main levée pour essuyer les gouttes de sueur qui perlaient sur son front. La chaleur revenait peu à peu sur le chantier, et il lui semblait qu'il ne pourrait pas la supporter aussi bien qu'avant. Le moindre rayon de soleil paraissait alourdir ses muscles au point qu'il pouvait à peine descendre au fond d'une fosse sans haleter comme s'il avait couru des kilomètres. Sans doute n'était-ce qu'un effet de l'angoisse qui le prenait chaque fois qu'il pensait à Terry, mais sa jambe le faisait aussi souffrir plus que de raison. Il laissa retomber sa main et suivit des yeux la silhouette de Katherine qui s'affairait en contrebas, déplaçant caisse après caisse et vase après vase pour achever le travail que Terry et Charlie avaient commencé.

— Je n'arriverai jamais à la suivre, lâcha-t-il. Je ne sais pas comment elle fait.

Frederick haussa les épaules à côté de lui, sans détacher le regard de la jeune femme.

— Elle a toujours été ainsi, répondit-il. Même avant de vous rencontrer. Elle se perd dans le travail à la moindre contrariété.

Lysander acquiesça. Katherine n'avait cessé de courir d'un bout à l'autre du chantier depuis l'enlèvement de Terry. Un jour, elle étudiait ses cartes pendant des heures, le lendemain, elle se mettait en tête d'épauler Don dans ses relevés... Ce matin-là, elle s'était levée avant l'aube et avait décidé de mettre un peu d'ordre dans les céramiques. Charlie avait commencé par la supplier de ne rien en faire, prétextant qu'il serait sur pied bien assez tôt pour s'en charger, mais il avait fini par abandonner la partie et la remercier pour son aide.

— Vous n'avez toujours aucune nouvelle d'eux ? interrogea Lysander.

Il ne le faisait que pour meubler le silence qui s'était installé. Si Frederick recevait le moindre mot à propos de Terry, il viendrait frapper chez eux pour les en avertir, même au beau milieu de la nuit.

— Rien, soupira le vieil homme. Ni ici, ni en Angleterre. Pour être honnête, je doute que Keyes ait véritablement emmené le garçon à Oxford.

Lysander se retourna vers lui, les sourcils froncés.

— N'était-ce pas ce qu'il avait proposé à son père ? s'étonna-t-il.

— Si. Mais s'il était rentré, à Oxford ou à Londres, quelqu'un aurait fini par me mettre au courant. Cela fait presque deux semaines et je n'ai reçu ni lettre, ni coup de téléphone.

— Il est peut-être parvenu à tous les retourner contre nous, objecta Lysander avec une grimace de dégoût. Cela n'aurait rien de bien compliqué, après ce que nous avons vu pendant la présentation.

Le regard que Frederick posa sur lui lui fit presque regretter ces paroles. Il était rare que le professeur laisse ses émotions le submerger, mais à cet instant, Grey pouvait tout lire sur son visage : son inquiétude quant à leurs carrières, son regret de n'avoir pu les rendre plus crédibles auprès des autres, sa peur au sujet de Terry et de ce que Keyes prévoyait de faire de lui... Lysander leva une main pour tapoter celle du vieil homme, posée sur le dossier de sa chaise.

— Il arrive à tout le monde d'être haï au cours de sa carrière, je suppose, dit-il. Keyes n'est pas non plus l'homme le plus apprécié d'Oxford.

— Non, en effet, avoua Frederick. Mais Keyes s'est rendu antipathique par son attitude. Vous, en revanche, n'avez rien fait de mal... Je ne suis peut-être qu'un enfant au fond de moi-même, mais je trouve injuste que vous deviez faire les frais de ses manigances. Il aurait pu s'en prendre à n'importe quelle autre équipe, mais il a décidé que ce serait vous, parce qu'il vous est déjà si difficile d'être pris au sérieux !

Lysander hocha la tête. Il avait raison. Keyes aurait pu choisir de fouiller en Grèce, en Italie, en Libye... Mais il avait jeté son dévolu sur Alexandrette, et il lui avait suffi de leur enlever leur dernière recrue pour ralentir toutes leurs recherches. Cela lui laissait le champ libre, devinait-il, pour poursuivre les siennes et rassembler toute la main-d'œuvre nécessaire avant que Law ne débarque de l'autre côté de la Méditerranée.

— Croyez-vous qu'il aurait essayé de doubler Carter, s'il avait mis un peu plus de temps à trouver son tombeau ? interrogea le linguiste, pensif.

Frederick parut réfléchir un instant, puis secoua la tête.

— Non, dit-il. Il a trop de respect pour Carnarvon. Et un pharaon oublié, même couvert d'or... Je crois que cela n'aurait pas été à la hauteur de ses ambitions.

Lysander laissa échapper un rire moqueur.

— Dans ce cas, nous devrions le prévenir que le Sèma est doit être dans le même état que la bibliothèque, lâcha-t-il. Quelques chambres souterraines, deux ou trois cadavres impossibles à identifier, et pas de sarcophage du tout. Cela douchera peut-être son enthousiasme ?

— Peut-être, répondit Frederick. Ou peut-être pas. Il est sans doute à la poursuite du prestige plus que de l'or.

— S'il est impossible d'identifier la tombe, il aura bien du mal à trouver le moindre prestige !

Le professeur posa sur lui un regard dubitatif. Si Keyes parvenait à mettre la main sur le médaillon, le moindre vestige qu'il trouverait à Alexandrette serait suffisant pour faire de lui un héros à son retour en Angleterre. Son nom serait à jamais associé à celui du roi de Macédoine, et Law devinait que rien de ce que ses élèves feraient ne parviendrait à détourner l'attention : ce serait Keyes qui serait couvert de gloire, et eux finiraient ridiculisés jusqu'à la fin de leurs jours. Le vieil homme dut retenir un frisson à cette pensée. Il ne voulait pas alarmer Lysander, mais il ne pouvait supporter cette perspective, surtout pas après la promesse qu'il avait faite à Charlie. Le regard de Frederick erra à travers le chantier, s'arrêtant à peine sur Don qui venait glisser quelques mots à Katherine, et son attention fut soudain attirée par Ahmet qui émergeait d'une tente avec trois autres ouvriers.

— Dites-moi, Grey, dit-il à voix basse. Pensez-vous qu'Ahmet puisse gérer ce chantier seul ?

Lysander releva les yeux vers lui, interdit.

— Je n'en sais rien, répondit-il. Je veux dire, il travaille avec nous depuis des années, et il connaît très bien Alexandrie... Mais j'ignore si on le laisserait terminer sans nous.

— Au contraire, je crois que le Conseil des Antiquités serait ravi. Ahmet me paraît plus que compétent.

— Je ne dis pas le contraire, répliqua Lysander. Mais le Museum risque de voir cela d'un très mauvais œil. Si nous rentrons maintenant sous prétexte de partir à la recherche de Keyes...

— Mon garçon, qui a parlé de rentrer ?

Le linguiste tressaillit. Le sourire qui s'épanouissait sur les lèvres de Frederick ne lui disait rien de bon – et, en même temps, faisait naître en lui une curiosité terrible que rien ne pourrait arrêter. Le jeune homme ouvrait la bouche pour l'interroger lorsque Katherine surgit soudain devant eux, couverte de poussière et le visage luisant de sueur.

— Nous avons reçu des nouvelles d'Evelyn, annonça-t-elle sans préambule. Keyes n'est pas en Angleterre. Elle m'assure que sa maison est vide, et qu'il n'a pas remis les pieds à l'université depuis des semaines.

Frederick émit un léger rire à ces mots, partagé entre la fierté et l'incrédulité.

— Vous vous servez de Lady Evelyn comme espionne ? s'étonna-t-il.

Katherine haussa les épaules.

— Nous l'avons accueillie chez nous quand elle est venue visiter la bibliothèque, répondit-elle. Je pouvais bien lui demander ce service.

— Alors, ils sont en route pour Alexandrette, soupira Lysander en se renversant contre le dossier de sa chaise. Voulez-vous donc vous lancer à leur poursuite ? ajouta-t-il à l'adresse de Frederick.

Le vieil homme secoua la tête, sans se départir de son sourire. Katherine parut seulement remarquer son expression pensive, et fronça les sourcils. Elle avait appris à se méfier des idées de leur professeur.

— Pourquoi iraient-ils à Alexandrette ? répondit ce dernier. Ils ne savent pas où creuser.

— Keyes pense que Terry a travaillé sur le médaillon, objecta Katherine.

— Mais ce n'est pas le cas, et Keyes est trop prudent pour risquer de rester coincé une fois arrivé là-bas. Si Terry est assez malin, il nous reste à peine quelques jours avant qu'il ne réalise que Don a menti.

Lysander se redressa brusquement sur sa chaise, sa main agrippant sa canne comme s'il avait voulu bondir sur ses pieds.

— Vous croyez qu'ils vont revenir ? bredouilla-t-il. Pour prendre le médaillon ?

— Le médaillon, ou les notes qui existent à son sujet, répondit Frederick. N'importe quoi qui puisse leur indiquer où chercher. C'est pourquoi nous allons devoir quitter Alexandrie avant eux.

Lysander parut blêmir malgré la chaleur, et Katherine croisa les bras sur sa poitrine, sans rien masquer de sa désapprobation. Elle désigna l'autre côté du chantier d'un mouvement du menton, et Frederick n'eut aucun mal à saisir ce qu'elle allait lui dire :

— Charlie ne nous suivra pas, affirma-t-elle.

— Il le faudra pourtant, répliqua le vieil homme.

— Il ne laissera pas Terry derrière lui s'il est encore ici, insista la jeune femme. Il ne reste pas seulement prostré à cause de sa tête, il se fait un sang d'encre pour lui ! Il ne nous suivra pas !

— Il le faudra bien, répéta Frederick avec fermeté. Parce qu'il est hors de question que *lui* reste derrière nous.

— Nous avons le temps d'aller chercher Terry si Keyes n'a pas quitté l'Égypte, intervint Lysander. Obtenir l'autorisation de fouiller à Alexandrette prendra du temps, pour eux comme pour nous. Charlie sera sans doute rétabli d'ici là.

Il se retourna vers Frederick, et sut aussitôt qu'il avait prononcé une énormité. Le professeur posait sur lui un regard consterné, et le linguiste se raidit soudain. Il croyait comprendre ce que le vieil homme avait en tête, et cela ne lui plaisait pas du tout.

— Nous nous chargerons des autorisations plus tard, affirma Frederick. Ne croyez pas que Keyes s'embarrassera de semaines de paperasse. Nous partirons dès que nous saurons où chercher, et nous commencerons à creuser immédiatement.

— Mais…

— C'est cela, ou laisser Keyes ruiner votre carrière. Vous pouvez prendre le temps d'y réfléchir ou vous mettre au travail dès aujourd'hui. Je parlerai de tout cela à Charlie ce soir, je vous laisse tout expliquer à Don.

Il s'éloigna sans laisser aux Grey le temps de protester, sans doute pour aller annoncer à Ahmet qu'il serait bientôt en charge du chantier dans son intégralité. Katherine le suivit du regard et secoua la tête, consternée.

— Charlie va détester cette idée, lâcha-t-elle.

— Il va seulement réussir à le braquer, approuva Lysander. Et puis, honnêtement, je préfère le savoir ici avec Ahmet et Nashwa que de l'emmener avec nous avec Keyes et ses brutes à notre poursuite. Ils nous pousseraient du haut d'une falaise à la première occasion.

Katherine acquiesça. Son regard s'était tourné vers l'autre bout du chantier, comme si elle hésitait à courir à l'hôtel pour devancer Frederick. Le vieil homme n'hésiterait pas à secouer Dawson pour le contraindre à les suivre, et personne n'en serait surpris. Lysander tendit la main vers elle pour presser la sienne, seule marque d'affection qu'ils s'autorisaient sur le chantier. Grey ouvrit la bouche pour la réconforter, s'efforçant de se persuader lui-même que tout irait bien pour Charlie, lorsqu'il aperçut soudain Nashwa qui traversait le chantier presque en courant, un panier de fruits à la main. La jeune femme ne tarda pas à repérer Frederick et Ahmet. Elle pivota aussitôt vers eux, sa robe et son voile formant comme une traînée liquide dans son sillage.

— Elle a l'air aussi ravie que nous, commenta Katherine à voix basse.

Au même instant, Nashwa agrippa le bras de Frederick de sa main libre et fit signe à Ahmet de les suivre en direction d'une tente vide. À l'expression du professeur, les Grey devinèrent qu'elle avait déjà commencé à lui parler, son voile sans doute suffisant pour masquer ses paroles aux yeux des indiscrets. Frederick sursauta soudain et parut vouloir s'immobiliser, mais la jeune femme le poussa presque à l'intérieur de la tente. Lorsque Lysander baissa les yeux, Don les observait déjà depuis le bord de sa fosse, les sourcils froncés. Il l'avait vue aussi.

— Quoi qu'elle ait à lui dire, ce doit être important, souffla Grey.

Il ne fallut pas plus de quelques minutes pour que Frederick réapparaisse à l'entrée de la tente, un bras levé pour attirer leur attention :

— Alden ! appela-t-il. Nous avons besoin de vous ici, immédiatement !

La jeune femme leva les yeux au ciel et effleura les doigts de Lysander avant de s'écarter, presque aussitôt remplacée par Don près de la chaise. Frederick s'écarta pour la laisser passer, et Nashwa s'approcha aussitôt d'elle pour lui prendre les mains, ses yeux brillants d'une lueur que Katherine ne leur avait encore jamais vue.

— Je sais où est Terry, dit-elle.

Ahmet adressa un bref signe de la main à Frederick, et les deux hommes sortirent aussitôt. Katherine fronça les sourcils et les suivit du regard, mais Nashwa l'attira un peu plus dans l'ombre, penchée vers elle pour être sûre que personne ne l'entendrait.

— Ils sont dans un hôtel près du port, affirma-t-elle. J'ai cru que Terry était seul, mais il y avait un des hommes de Keyes avec lui.

— Ils t'ont reconnue ? souffla Katherine.

— Terry, oui. L'autre n'a pas su me différencier des autres femmes du marché. C'est ce qu'il a dit, précisa-t-elle en captant le regard interdit de son amie. Il a retenu Terry au moment où il allait venir vers moi, et il s'est moqué de lui quand il a prétendu avoir vu quelqu'un qu'il connaissait. Il disait que toutes les femmes d'ici se ressemblent, avec le niqab.

— Et Keyes veut aller fouiller avec ces gens-là ? grimaça Katherine. Je dirai à Frederick de ne pas s'en faire, nous avons tout le temps du monde.

— Au contraire, répliqua Nashwa. L'énergumène s'est éloigné assez longtemps pour que Terry puisse me parler. Il dit que Keyes veut partir le plus vite possible, et qu'il a besoin de toi pour cela.

— Il peut toujours rêver !

Katherine avait presque arraché ses mains de celles de Nashwa, indignée. Elle ne laisserait pas Keyes l'enfermer comme un animal, et tout l'or du monde ne suffirait pas à la convaincre de travailler pour lui. Nashwa parut scruter l'entrée de la tente à la recherche d'un intrus, puis reporta son attention sur la jeune femme, l'air grave.

— Terry écoute aux portes, là-bas, dit-elle. Keyes a parlé de ta thèse. Il prétend que personne ne pourra se montrer aussi précis que toi au moment de désigner un endroit où creuser. Terry n'est pas certain de ce qu'il a entendu, mais Williams et lui auraient aussi parlé plusieurs fois de toi comme si tu étais enceinte. Ce dont il est sûr, c'est que Keyes a répété plusieurs fois « *Elle pourrait le garder* ».

Katherine blêmit à ces mots et se retourna vivement vers l'entrée de la tente, épouvantée.

— L'as-tu dit à Lysander ? s'enquit Nashwa.

— Non, répondit la jeune femme. J'espérais le perdre avant d'avoir à lui en parler. Faire passer ça pour mon cycle.

Nashwa fronça les sourcils, soucieuse.

— C'est dangereux, murmura-t-elle. Tu devrais le lui dire, surtout si Keyes est au courant…

— Comment pourrait-il être au courant ? protesta Katherine. Si même mon propre mari ne le sait pas ?

— Je n'ai pas d'explication. Mais tu dois bien avouer qu'il avait l'air très sûr de lui, l'autre jour.

— Alors, aide-moi à m'en débarrasser. Cela donnera tort à Keyes, et cela évitera à Lysander de souffrir une deuxième fois.

Nashwa secoua aussitôt la tête, les yeux écarquillés.

— Je ne peux pas, dit-elle. Je n'ai pas le droit.

Katherine expira lentement. Tout ceci ne lui plaisait pas. Cela ne faisait pas encore un mois qu'elle savait, et pourtant Keyes avait réussi à mettre la main sur son secret, comme il avait mis la main sur celui de Charlie. À croire qu'il les observait tous, sans relâche, caché dans les murs... Nashwa l'attira soudain contre elle pour la serrer dans ses bras, et elle réalisa qu'elle tremblait de tous ses membres.

— Parle à Lysander, murmura son amie à son oreille. Il comprendra. Vous trouverez un moyen.

— Et Keyes ?

— S'il essaie de t'emmener, nous serons tous là pour l'en empêcher.

CHAPITRE 32

— Non.

Don poussa un soupir et jeta un coup d'œil à Frederick. Cela faisait des jours que Charlie gardait le lit, prétextant des migraines affreuses, mais à cet instant, il avait l'air particulièrement lucide. Le professeur n'accorda pas un regard à son historien de l'art. Dawson et lui semblaient s'affronter en silence par-dessus la table, comme si leurs compagnons n'existaient plus. Il ne fallait pas être un génie pour comprendre que Frederick avait déjà tenté de le convaincre de partir pour Alexandrette, et que Charlie avait refusé à chaque fois.

— Nashwa et Ahmet savent où il est, insista le vieil homme. Ils pourront tenter quelque chose. Et s'ils n'y arrivent pas, nous les intercepterons là-bas.

— Non, répéta fermement Charlie. C'était un enlèvement pur et simple, il est hors de question que je poursuive ces recherches comme si de rien n'était. Partez si vous le souhaitez, je reste ici.

— Charlie, hésita Don. Je ne voudrais surtout pas te manquer de respect, mais je doute que tu puisses faire quoi que ce soit pour Terry dans ton état...

Dawson le foudroya du regard, les lèvres serrées.

— Si j'étais dans sa situation, répliqua-t-il, j'aimerais beaucoup savoir que quelqu'un de confiance essaie de m'aider.

Don eut un mouvement de recul.

— Tu n'as pas à te sentir responsable de ce qui s'est passé, répondit-il. C'est la faute de Keyes, pas la tienne.

— Si je n'avais pas fait l'imbécile, Keyes n'aurait pas eu de prise sur nous, à aucun moment.

Katherine grimaça à ces mots. Elle n'avait pas trouvé le courage de parler à Lysander, la veille, mais le moment fatidique arriverait sans doute plus vite que prévu si Charlie se mettait en tête qu'il était coupable de l'enlèvement de Terry. Elle vit Frederick sursauter du coin de l'œil, puis se pencher vers Dawson pour protester, la moustache frémissante d'indignation.

— Vous n'y êtes pour rien, mon garçon, affirma-t-il. Votre proposition de rester ici est louable, c'est évident, mais Woodland a raison. Nous savons où il se trouve, et Nashwa affirme qu'il va bien.

— Physiquement, peut-être, rétorqua Charlie. Mais son propre père l'a embarqué de force dans une voiture pour l'emmener voir un homme dont nous n'avons cessé de dire du mal !

— À raison !

— Quand bien même ! Osez me dire qu'il ne doit pas être terrifié à l'heure qu'il est !

Katherine se leva brusquement pour s'éloigner, sans trop savoir si les voix des deux hommes l'irritaient ou si c'était la situation elle-même qui faisait battre son cœur aussi vite. La soirée était déjà bien avancée, mais il lui semblait que la pièce n'avait pas eu le temps de rafraîchir. Elle ferma les yeux et appuya son front contre la fenêtre, repoussant les protestations de Charlie et Frederick aussi loin que possible dans un coin de son esprit.

— Katherine, tout va bien ?

Elle sursauta et releva la tête. La voix de Lysander avait soudain traversé celles des trois autres, comme si Terry n'avait soudain eu plus aucune importance. Charlie pivota sur son siège et une drôle d'expression passa sur ses traits, à mi-chemin entre la contrariété et l'inquiétude.

— Oui, répondit la jeune femme. Oui, je vais bien. J'ai juste un peu chaud.

Don se leva aussitôt pour lui servir un verre d'eau, et Frederick se pencha vers elle pour mieux la voir, les sourcils froncés.

— Vous êtes un peu pâle, Alden, dit-il. Voulez-vous que j'appelle un médecin ?

— Je vais bien, répéta Katherine un peu plus fermement. Je suppose que Charlie n'est pas le seul à avoir du mal à s'adapter au climat égyptien.

L'intéressé hocha la tête, mais la sollicitude avait entièrement remplacé la colère sur son visage. Katherine n'avait jamais eu de difficultés à supporter la chaleur, bien au contraire. Elle s'enrhumait au moindre coup de vent, et passer la fin de l'hiver à Alexandrie était pour elle une bénédiction. Le jeune homme se retourna vers Lysander et ce dernier lui adressa un bref signe de tête alors que sa femme revenait s'asseoir près de lui. Ce n'était sans doute rien, songeait-il, mais Katherine était malade. La jeune femme vida le verre que lui tendait Don presque d'un trait, et le reposa sur la table avec la sensation désagréable que les regards des quatre hommes pesaient trop lourd sur elle. Elle se redressa pour parler à Charlie, essayer de le convaincre malgré tout de partir avec eux... Et s'immobilisa aussitôt.

— Où sont les toilettes ? articula-t-elle.

Frederick lui désigna une porte derrière elle. Elle s'y précipita aussitôt et claqua le battant, poursuivie par le cri de surprise de Lysander.

— A-t-elle mangé quelque chose ? s'inquiéta Don.

— Dans ce cas-là, préparez-vous à la suivre, marmonna Charlie.

Lysander secoua la tête, abasourdi. Il n'avait jamais vu Katherine dans cet état. La jeune femme ne tarda pas à réapparaître à la porte, plus pâle que quand elle était entrée et les yeux encore larmoyants.

— Nous rentrons, déclara Lysander.

— Je vais chercher la voiture, approuva Don.

Katherine secoua aussitôt la tête, les yeux écarquillés. La simple idée de traverser Alexandrie en voiture, ballotée sur son siège, ranimait sa nausée. Elle laissa échapper un gémissement et disparut à nouveau derrière la porte, sans pouvoir la fermer tout à fait. Lysander jaillit aussitôt de son fauteuil pour la rejoindre, oubliant presque sa canne dans sa précipitation. La jeune femme dut entendre Frederick s'emparer du téléphone car elle poussa un cri de protestation, au-dessus de la voix de son mari qui lui murmurait qu'elle devait voir un médecin :

— Je vais bien ! insista-t-elle en se relevant. Il faut seulement que je... Que j'essaie de manger un peu. Je vais bien.

Elle voyait Lysander s'agiter tout près d'elle, comme à la recherche de l'origine de son malaise. La dernière fois qu'elle s'était trouvée dans cet état, lui, Don et Charlie étaient au front, et elle lui avait épargné le détail de ses symptômes. Mais elle était loin d'avoir épousé un imbécile, et il ne tarderait pas à comprendre ce qui était arrivé. Elle se retourna à nouveau vers Charlie, cherchant ses mots dans l'espoir de détourner l'attention, mais des coups sonores à la porte la coupèrent net dans son élan. Frederick leva les yeux au ciel et se laissa retomber contre le dossier de son fauteuil, une main levée pour masser sa tempe.

— Quoi ? lança-t-il.

— C'est Ahmet. Je reviens du port.

Le professeur se leva aussitôt pour lui ouvrir, sans voir Charlie qui se redressait dans son dos, les yeux écarquillés.

— Eh bien ? interrogea le vieil homme alors qu'Ahmet passait devant lui. Qu'y a-t-il de si important sur le port qui ne puisse pas attendre demain matin ?

Le guide ne lui accorda pas un regard et vint se planter devant Charlie, les bras croisés sur sa poitrine.

— Keyes et Williams ont embarqué sur un navire à destination d'Antioche, dit-il. Terry n'était pas avec eux. J'ignore s'il était déjà sur le bateau quand ils sont montés, ou s'il est encore quelque part en ville, mais il faut que vous partiez avant qu'ils n'envoient quelqu'un vous chercher.

— Me chercher ? répéta Charlie, interloqué. Pour m'emmener où ?

— En prison, sans doute. Ou pour vous lyncher, je ne sais pas trop. Ils ont mis tous les ouvriers au courant avant de partir.

L'espace d'un instant, Katherine crut que Charlie allait s'évanouir. Son visage déjà pâle avait pris une teinte grisâtre, et il sembla à la jeune femme qu'il ne tarderait pas à la pousser hors de la salle de bains pour vomir à son tour. Puis, il tourna la tête vers elle et serra les mains sur les accoudoirs de son fauteuil.

— Il faut le retrouver, souffla-t-il. Peu importe où il est, il faut le tirer de là…

— Nous allons le retrouver, répondit fermement Katherine. En bonne santé et sans la moindre égratignure. Mais pour cela, il faut que nous partions pour Alexandrette le plus vite possible.

— Mais s'il est encore ici…

— S'il est encore ici, cela signifie que Keyes n'est plus là pour le surveiller, l'interrompit Don. Ni lui, ni son père ne pourront l'empêcher de revenir vers le chantier pour nous prévenir.

Son regard dévia vers Ahmet et ce dernier hocha la tête, comprenant sans mal ce que le jeune homme attendait de lui :

— S'il vient frapper chez nous, Nashwa et moi serons prêts à l'accueillir, dit-il. Ensuite, nous l'hébergerons ou nous le renverrons à Oxford, selon ce qu'il décide.

Charlie acquiesça, les lèvres serrées. Il parut encore hésiter quelques secondes, puis s'appuya sur les accoudoirs pour se lever, en dépit de sa crainte de voir les migraines revenir.

— S'il vient vous voir, murmura-t-il à l'attention d'Ahmet. S'il essaie de nous suivre… Faites ce que bon vous semble, mais ne le laissez pas aller jusqu'à Alexandrette. C'est trop dangereux.

— C'est une expédition archéologique, Dawson, objecta Frederick. C'est aussi une course au premier qui arrivera là-bas, certes, mais cela n'a rien de différent avec…

— Keyes a fait enlever un enfant sous nos yeux, coupa Charlie. Il a envoyé des gens nous voler et nous menacer de mort. Ce n'est pas une expédition comme les autres, que cela nous plaise ou non. Terry sera en danger, autant que nous, s'il essaie de nous suivre.

Frederick parut vouloir protester, mais le regard de Don l'en dissuada aussitôt. Dawson n'avait pas tort sur ce point. Le vieil homme s'imaginait mal Keyes réellement tenter de leur faire du mal, mais il ne pouvait nier que l'enlèvement de Terry avait été plus violent qu'il n'aurait dû, et que le papyrologue n'avait pas hésité une seconde à faire de Charlie une cible vivante sur laquelle Williams, les ouvriers et sans doute leurs collègues d'Oxford pourraient tirer à loisir. Ahmet fit un pas vers Dawson et leva la main pour presser son épaule, un sourire un peu crispé aux lèvres :

— Très bien, dit-il. Je l'enfermerai dans une chambre s'il le faut, mais il ne parviendra pas jusque là-bas.

Il se retourna vers Katherine et désigna la porte d'un léger mouvement de tête.

— Nashwa dit que tu dois venir chercher un paquet qu'elle t'a préparé, indiqua-t-il. Je ne pensais pas tous vous trouver ici. Il y a un autre bateau qui part pour Antioche dans quelques heures. Ensuite, vous pourrez prendre un train pour Alexandrette, ou repasser par la mer.

Katherine dut retenir un nouveau haut-le-cœur à ces mots. Elle n'avait jamais eu le mal de mer, mais à cet instant, monter sur un bateau lui paraissait être une tâche insurmontable. Elle ne protesta pas, pourtant, et se contenta d'entraîner Lysander à sa suite alors qu'Ahmet prenait congé de leurs compagnons. Avec un peu de chance, Nashwa aurait ajouté un remède des plus utiles parmi ceux qu'elle avait préparés.

— Nashwa sait-elle ce que tu as ? lui glissa Lysander alors qu'ils quittaient l'hôtel.

Katherine hocha la tête. Grey parut sur le point de lui poser une autre question, puis se ravisa. Son épouse lui en fut reconnaissante. Elle avait encore besoin de quelques instants pour trouver ses mots, et elle ne tenait pas à parler de cela devant Ahmet. Elle se contenta de prendre la main libre de Lysander et de la serrer dans la sienne, avec un regard entendu : elle lui dirait tout dès qu'ils auraient trouvé un peu d'intimité.

Dans la chambre d'hôtel, Charlie s'était à nouveau muré dans un silence obstiné et faisait mine de ne pas prêter attention à la conversation de Don et Frederick dans son dos :

— Si nous partons pour Antioche ce soir, disait le professeur, il faut que nous soyons sûrs d'arriver à Alexandrette avant Keyes.

— Mais nous ne savons pas encore où creuser, objecta Don. La rapidité ne nous servira à rien si nous n'avons ni piste concrète, ni ouvriers avec lesquels travailler.

— Katherine nous dira où creuser. Elle aura tout le temps du monde pour trouver une piste sur le bateau. Quant aux ouvriers, nous trouverons bien une équipe sur le départ du côté d'Antioche et des mains prêtes à travailler pour nous.

— Encore faut-il qu'ils acceptent de nous suivre jusqu'à Alexandrette. Et que Keyes n'ait pas la même idée que nous au moment où il arrivera…

Charlie ferma les yeux, appuyé contre l'accoudoir de son fauteuil. Les mots recommençaient à se brouiller dans son esprit, comme s'ils avaient soudain perdu tout leur sens. Il avait d'abord cru que les coups qu'il avait reçus avaient fini par altérer ses facultés, mais il s'était vite rendu à l'évidence : sa tête allait très bien, et il refusait tout bonnement de comprendre ce que ses compagnons étaient en train de se dire. Ne pas comprendre était plus confortable. Les pensées ne se bousculaient plus pour prendre le dessus, et le cri de Terry lorsqu'il avait dégringolé les escaliers de l'hôtel ne résonnait plus aussi fort qu'avant au fond de lui…

— Charlie, ça va ?

Le jeune homme hocha faiblement la tête, sans même ouvrir les yeux. La voix de Don avait fini par traverser le vide, trop forte à son goût.

— Je suis fatigué, répondit-il. Je dormirai un peu sur le bateau.

Même sans le voir, il devina le sourire satisfait de Frederick. Le vieil homme avait toujours adoré le voir céder à ses moindres volontés, et cette fois-là ne faisait certainement pas exception. Dawson retint un soupir résigné. *Si cela peut vous faire plaisir*, répondait-il invariablement chaque fois que Law lui demandait quelque chose. Lui ne tirait aucune satisfaction à le conduire d'un bout à l'autre de la ville dès que l'envie lui prenait. Il ne tirerait aucune satisfaction non plus à quitter Alexandrie, en laissant derrière lui un chantier inachevé et, peut-être, un apprenti qui avait besoin de son aide. Mais puisqu'il fallait faire plaisir à Frederick, il monterait sur ce fichu bateau et l'aiderait à trouver des ouvriers à Alexandrette. *Foutus rivaux*, songea-t-il avec amertume. *Foutus financements, et foutus musées, et foutu tout le reste. Je n'avais pas signé pour ça, moi…*

Il ne réalisa qu'il s'était assoupi que lorsque Don vint le secouer un peu, avec toute la douceur dont il était capable. Charlie lui adressa un signe de tête rassurant et se redressa, son regard évitant toujours soigneusement Frederick. Alors qu'il se forçait à se lever pour rassembler ses affaires, il ne put s'empêcher de penser qu'il ne pouvait pas en vouloir au vieil homme. Après tout, c'était lui qui avait fait de lui un céramologue assez bon pour prendre la responsabilité d'un élève, et lui-même n'avait cessé de vouloir prouver au reste du monde qu'il était suffisamment doué pour être pris au sérieux... Mais il y avait le cri de Terry qu'il ne pouvait se sortir de la tête, et les menaces de Keyes qui pesaient encore sur lui. S'il n'y avait eu cette course au prestige, sans doute ne se seraient-ils jamais retrouvés dans cette situation.

— Dawson, appela Frederick depuis l'autre pièce. Êtes-vous prêt au départ ?

Charlie poussa un profond soupir. Il n'était absolument pas prêt à quitter Alexandrie si vite, mais puisqu'il fallait lui faire plaisir...

— Oui, professeur.

ALEXANDRETTE

« *À peine arrivé en Égypte, Perdiccas périt de la main de ses propres soldats : il s'était laissé surprendre par une brusque attaque de Ptolémée et bloquer dans une île déserte, et ses soldats furieux s'étaient rués sur lui et l'avaient percé de leurs sarisses. [...] Seul le corps du roi fut retenu par Ptolémée qui le transporta à Alexandrie et l'y ensevelit en grande pompe. Il y est encore, mais non plus dans le même cercueil ; car le cercueil actuel est de verre, et celui où l'avait mis Ptolémée était d'or.* »

— Strabon, *Géographie*.

CHAPITRE 33

Terry jeta un bref regard à la porte, pour la quatrième fois depuis qu'ils avaient embarqué. Son père était resté avec Keyes. Avant de quitter la cabine, il lui avait ordonné de ne pas attirer l'attention sur lui, ne sachant que trop bien comment Law et son équipe avaient signalé la disparition du jeune homme. À présent, assis seul au bord de sa couchette, le garçon hésitait à courir sur le pont pour trouver de l'aide. Keyes ne pouvait pas l'avoir fait embarquer avec uniquement les hommes qu'il avait payés pour les accompagner... Le jeune homme se força à se détourner, une fois de plus. Il ne tenait pas à être rattrapé avant d'avoir pu alerter qui que ce soit. Son regard se posa sur le sac qu'il avait jeté dans un coin – des vêtements de rechange, un carnet et un crayon, rien de plus. Keyes consultait ce carnet tous les soirs et en avait arraché une dizaine de pages. Il avait subitement décidé qu'il garderait les notes les plus intéressantes sur le médaillon, au cas où Frederick parviendrait à remettre la main sur le garçon. Ce dernier se consolait en songeant qu'il les ferait encore tourner en rond une fois à Alexandrette, puisque le papyrologue était persuadé que Terry saurait les mener au Sèma.

— Vous nous indiquerez où fouiller, avait-il déclaré. Le docteur Grey a bien dû vous donner quelques informations à ce sujet, puisque vous avez vu la carte.

— Je n'ai pas vu cette carte, avait pourtant répété Terry à la moindre occasion. Je les ai entendus en parler, mais ils ne me l'ont jamais montrée eux-mêmes.

— C'est bien suffisant, avait répliqué Keyes. Vous nous indiquerez où creuser, et votre nom sera à jamais associé à celui d'Alexandre. Que celui qui s'étalera à côté du vôtre soit celui de Frederick Law ou le mien, quelle importance ?

Terry serra les dents à ce souvenir. Ce n'était pas le nom de Law qui lui importait. Le vieil homme n'avait fait que le présenter à celui qui changerait sa vie. C'était de ne pas avoir Charles Dawson près de lui qui le rendait nerveux, plus encore que l'idée d'avoir été enlevé par son propre père. Ce dernier avait beau prétendre qu'il ne l'avait accepté comme élève que pour le mettre dans son lit, le jeune homme savait bien qu'il ne s'agissait là que d'odieux mensonges. Il s'étendit sur la couchette et ferma les yeux, chassant les bruits du bateau autour de lui. Voir Nashwa au marché l'avait soulagé plus qu'il ne l'aurait cru lui-même. Il savait qu'elle avait eu le temps de prévenir Charlie, et il avait le sentiment que l'équipe de Law saurait quel bateau ils avaient pris et comment les suivre.

Des coups frappés à la porte le firent sursauter et il se redressa vivement, un poing serré sur la couverture. Il ne parvenait plus à dormir sereinement depuis qu'on était venu le cueillir dans sa chambre, à l'hôtel. Le souvenir du pistolet braqué sur lui ne l'aidait pas à se détendre.

— Oui ? lança-t-il alors qu'on frappait encore.

La porte s'ouvrit sur Keyes et le jeune homme retint un soupir exaspéré. Le papyrologue ne le lâchait pas d'une semelle, comme s'il craignait qu'il ne se jette par-dessus bord.

— Je me suis trompé de cabine en vous cherchant, lança-t-il d'un ton joyeux. Votre père voulait savoir si vous alliez manger quelque chose.

— Puisqu'il le faut, répliqua Terry en se laissant retomber contre la couchette.

— Si vous avez le mal de mer, ne vous sentez pas forcé.

Le garçon retint l'envie de le foudroyer du regard. Keyes n'avait jamais levé la main sur lui, ainsi qu'il l'avait promis, mais il avait toujours le sentiment qu'il valait mieux ne pas le provoquer.

— Je n'ai pas le mal de mer, répondit-il. Je me demande seulement ce que nous allons bien pouvoir fouiller à Alexandrette, puisque nous n'avons ni carte, ni équipe.

— Nous avons une carte, rectifia Keyes. Celle que vous avez si admirablement bien dessinée pour nous. Quant à l'équipe, c'est à moi de m'occuper des détails.

— Vous aviez dit que je serais libre de mes mouvements.

Keyes arqua un sourcil.

— Auriez-vous préféré que je vous laisse seul là-bas ? interrogea-t-il.

Cette fois, Terry releva la tête vers lui, sans rien cacher de sa colère.

— Évidemment, répliqua-t-il. J'avais un travail, là-bas, j'avais des amis !

Le rire moqueur du papyrologue manqua de lui faire perdre ses moyens. Le garçon se serait jeté sur lui pour le rouer de coups s'il n'avait eu si peur de le mettre en colère – ou pire, d'attirer l'attention de son père.

— Vous n'aviez pas d'amis là-bas, asséna Keyes. Vous aviez un professeur et des collègues, mais pas d'amis.

— Cela, c'est ce que vous prétendez pour justifier vos actes, répliqua Terry. Vous n'avez aucune idée de ce qui se passait là-bas, puisque vous n'êtes arrivé que pour nous insulter et nous violenter !

— Mon garçon, sachez que j'ai toujours le pouvoir de mettre fin à votre carrière…

— Elle n'a pas encore commencé !

— Et à celle de Charles Dawson, l'interrompit sèchement Keyes. Votre parole n'aura pas assez de poids pour le tirer d'affaire, vous le savez aussi bien que moi.

Terry serra les lèvres pour contenir l'insulte qui montait dans sa gorge. Son *nouveau professeur* avait eu tout le temps d'apprendre à le connaître, et il savait parfaitement que menacer Charlie était le meilleur moyen de le rendre plus docile. Le jeune homme s'était risqué une seule fois à lui dire combien il le trouvait lâche de s'en prendre à Dawson plutôt qu'à lui, et il n'avait pas tardé à devoir le supplier de reposer le téléphone, prêt qu'il était à mettre tout Oxford au courant. Il avait maîtrisé sa colère depuis cet incident, sans jamais parvenir à décider si les paroles de Keyes étaient sérieuses ou seulement quelques menaces en l'air.

— Si vous ne voulez pas perdre la main, reprit le papyrologue, j'ai emporté quelques livres qui pourraient vous intéresser. Je peux aussi commencer à vous enseigner le grec, si vous craignez de vous ennuyer une fois là-bas.

— Je ne veux pas apprendre le grec, rétorqua Terry.

— Il le faudra pourtant, si vous voulez poursuivre dans cette voie. Un bon archéologue connaît le grec et le latin, peut-être aussi un peu d'hébreu.

— Je ne veux pas apprendre le grec, répéta le jeune homme. Je n'en ai pas besoin.

— C'est Dawson qui vous a dit ça ? ricana Keyes. Ou peut-être voulez-vous apprendre, mais pas avec moi ?

Terry se détourna, les bras croisés pour masquer ses mains tremblantes. Charlie lui avait affirmé qu'il aurait tout le temps d'apprendre les langues anciennes auprès de Frederick ou Lysander, lorsqu'il le souhaiterait. *Il est important que tu connaisses les matières et les formes*, avait-il dit. *Les mots sont un avantage, mais il ne sert à rien de nous précipiter.* Le jeune homme avait tout juste eu le temps d'évoquer ces leçons avec Lysander, qu'il devinait plus patient que Frederick... Et puis, Keyes était venu tout chambouler.

— Le docteur Grey ne fera jamais un bon professeur, lança ce dernier avec hauteur. Il n'a pas assez de poigne, ni assez de rigueur.

— Lysander, répondit Terry en utilisant volontairement le prénom de Grey, est le meilleur linguiste de sa génération.

— Vous répétez bêtement ce que le professeur Law vous a dit, répliqua Keyes avec un rire moqueur. Vous ignorez tout de ce qui fait un bon linguiste, et je parie que vous n'avez même pas lu ses travaux. Vous êtes venu ici pour l'aventure, et voilà tout. Mais si vous le souhaitez, je demanderai au docteur Grey de venir vous donner des cours, s'il en est capable.

Terry se retourna vers lui, interdit. Keyes ne s'était pas départi de son sourire suffisant, celui qui servait d'avertissement chaque fois que le garçon s'emportait un peu trop.

— Vraiment ? souffla-t-il.

— Bien entendu, répondit le vieil homme. Je suis certain que votre père serait ravi de le revoir.

Évidemment. Terry se crispa à nouveau et se rallongea, le visage résolument tourné vers le mur. Du coin de l'oeil, il perçut le vague haussement d'épaules que lui adressait Keyes, comme s'il ne venait pas une fois de plus de menacer les gens qui l'avaient pris sous leur aile :

— Comme vous voudrez, dit-il. Je vais dire à monsieur Williams de vous amener de quoi manger. Si vous avez des envies de lecture, vous savez où me trouver...

*

Il faisait trop sombre pour y voir à plus de quelques mètres. Il craignait de trébucher à chaque pas, appuyé contre un mur froid et humide. Il savait qu'il avait perdu sa canne, mais ne parvenait pas à se souvenir où ni comment. Quelqu'un criait derrière lui, mais il devinait qu'il lui fallait avancer encore, droit devant, sans jamais s'arrêter. La voix s'intensifia encore, et il pressa le pas. Il était poursuivi. Quelqu'un en voulait à sa vie, et il devait le distancer quoi qu'il lui en coûte. Sa jambe tremblait violemment au moindre mouvement, mais il ne pouvait pas s'arrêter. S'il le faisait, Katherine ne le lui pardonnerait jamais. Il cligna des yeux et la vit soudain, étendue au milieu de la galerie, sa chemise de nuit blanche couverte de sang. Un cri lui échappa, résonnant contre la pierre. Une certitude terrible et indiscutable le prenait à nouveau, comme elle ne l'avait jamais fait depuis la guerre : sa femme allait mourir, et il ne pouvait rien faire pour l'empêcher. Quelque chose heurta sa jambe et il s'effondra près d'elle, convulsé de douleur. Dans son dos, les cris se rapprochaient...

— Lysander !

Il ouvrit les yeux et mit un instant à se souvenir où il se trouvait. Tout semblait trop grand autour de lui, et il ne se souvenait pas que les couchettes du bateau étaient si inconfortables. Il leva les yeux et rencontra ceux de Katherine au-dessus de lui, à la fois soucieux et amusés.

— Tu pourrais attendre demain matin avant de te jeter par-dessus bord, dit-elle. Et me laisser la couverture.

— Je suis désolé, répondit Lysander en se redressant. J'ai encore fait un cauchemar.

Il se débattit quelques instants contre le drap entortillé autour de ses jambes et s'assit au bord du lit, dévorant presque Katherine du regard alors qu'elle replaçait la couverture sur ses épaules. Frederick était venu les chercher dès qu'ils avaient quitté Ahmet et Nashwa, et ils s'étaient effondrés de fatigue dès que le vieil homme avait enfin daigné les laisser seuls. La jeune femme avait l'air en meilleure forme qu'à l'hôtel, mais cela n'empêchait pas Lysander de s'inquiéter pour sa santé. Il ouvrit la bouche pour parler, mais Katherine fronça soudain les sourcils et il s'immobilisa, prêt à la porter jusqu'aux toilettes s'il le fallait.

— J'ai faim, déclara-t-elle.

Elle drapa la couverture sur ses épaules et chercha du regard le sac que lui avait confié Nashwa, bourré de plantes, d'épices et de médicaments. Lysander arqua un sourcil en la voyant en tirer une pleine grappe de dattes, enveloppées dans un morceau de tissu.

— Ne te gêne pas, je suis d'humeur partageuse, dit-elle en agitant les fruits vers lui.

— C'est-à-dire que j'ai rarement envie de dattes à une heure si avancée de la nuit, répondit Lysander, intrigué. Nashwa aurait-elle des dons de voyance dont elle ne nous a pas parlé ?

Katherine secoua la tête.

— Elle m'a demandé d'anticiper ce genre de choses, répondit-elle d'une voix douce. Le temps que nous prenions une décision.

— Une décision ? répéta Lysander. À propos de quoi ?

Le regard que Katherine lui adressa faillit l'alarmer tout à fait. Il devinait qu'elle se voulait rassurante, mais cela impliquait forcément que quelque chose devait l'affoler et qu'elle attendait de lui qu'il se calme.

— J'aurai sans doute des nausées demain matin, dit-elle à voix basse. Pendant les prochaines semaines, j'aurai faim à des heures impossibles, avec des envies... inhabituelles. Il n'est pas exclu que je sois hors d'état de travailler à cause de migraines.

— Si tu es malade, nous pouvons envoyer Frederick au diable, répondit Lysander en se relevant pour claudiquer jusqu'à elle. Keyes ou pas, Sèma ou pas, il vaut mieux que tu te reposes.

Katherine esquissa un sourire et lui fit signe de venir plus près, une drôle de lueur dans les yeux. Lorsqu'il s'agenouilla entre ses jambes, elle l'attira contre elle dans une étreinte qu'il devinait bizarrement familière, comme un écho venu de trop loin. Il referma ses bras autour d'elle et se pétrifia presque aussitôt. *Crétin*, souffla une voix dans son esprit. *Comment as-tu fait pour ne pas le voir plus tôt ?*

— Je suis enceinte, Lysie, murmura Katherine. Depuis plus d'un mois.

Il la serra plus fort contre lui, son propre cœur battant si fort qu'il noyait tous les autres bruits autour de lui.

— Depuis plus d'un mois, répéta-t-il dans un souffle. Tu le savais déjà quand Keyes est arrivé, n'est-ce pas ?

Katherine hocha la tête.

— Je suis allée voir Nashwa dès que je m'en suis rendue compte, expliqua-t-elle. Je pensais lui demander de m'aider à... à l'enlever. Elle m'a dit qu'elle ne pourrait pas le faire elle-même, mais elle m'a donné de quoi le déloger si nous décidons de ne pas le garder.

— Et tu veux cet enfant, devina Lysander.

— Je voulais t'en parler avant de faire quoi que ce soit.

— Tu sais que c'est à toi que revient le dernier mot. Si tu veux essayer, alors nous essaierons, et Frederick et Keyes pourront bien aller se faire voir.

Katherine se pencha pour déposer un baiser sur son front, s'efforçant d'ignorer ses propres tremblements. Elle n'avait pas réellement réfléchi à ce qu'elle désirait. Elle voulait élever un enfant avec Lysander, de cela elle était certaine. Mais elle n'avait aucune envie de ressentir à nouveau la douleur qui l'avait frappée en plein ventre alors qu'elle venait tout juste de sortir de chez elle, ni d'entendre son mari la supplier de rester en vie. Ce dernier le cachait plutôt bien, mais elle devinait qu'il luttait contre lui-même pour ne pas la presser de prendre les plantes abortives que Nashwa avait glissées dans le sac.

— Frederick et Keyes ne doivent rien en savoir, soupira-t-elle finalement. Nous essaierons, mais je mettrai un terme à cette grossesse si je reconnais les mêmes signes que la dernière fois.

Lysander hocha faiblement la tête, tout contre elle. Cela ne le rassurait qu'à moitié, mais c'était un début.

— Promets-moi de refuser s'il t'en demande trop, dit-il. Repose-toi. Et reste à l'écart si les choses s'enveniment encore avec Keyes.

— Autant que toi, répliqua Katherine. Je crois que Keyes aimerait beaucoup te voir perdre ta jambe.

— Je ne risque pas ma vie si je perds ma jambe, objecta Lysander. D'autres moins chanceux ont perdu des membres mais sont toujours là. Toi, tu…

La main de Katherine dans ses cheveux l'interrompit en plein élan. Il se laissa peu à peu aller contre elle, les paupières étroitement closes. Son cauchemar prenait des allures de prémonitions dans son esprit. S'il avait un jour rêvé de découvrir des monceaux de richesses dans le tombeau d'Alexandre, il priait à présent de toutes ses forces pour que le Sèma ne soit plus qu'une ruine à peine reconnaissable. Plus vite ils auraient terminé les fouilles, plus vite ils rentreraient à Oxford.

CHAPITRE 34

— Qu'en pensez-vous, Alden ? Cette partie-là, vous semble-t-elle intéressante ?

Katherine secoua doucement la tête, se massant les tempes du bout des doigts. La main de Lysander sur son épaule semblait peser une tonne, mais elle n'avait aucune envie de l'écarter. En revanche, elle se serait bien passée des questions incessantes de Frederick. Rassemblés autour d'un plateau de thé sur le pont du bateau qui les amenait à Antioche, leur petite équipe, amputée de Terry, Nashwa, Ahmet et Charlie – le céramologue s'était à nouveau réfugié dans la fraîcheur des cabines – cherchait à déterminer où il valait mieux commencer à creuser. Cela faisait à peine une heure que Katherine s'était mise au travail, ses croquis éparpillés devant elle, et elle brûlait déjà d'envie de jeter le professeur à la mer.

— Non, soupira-t-elle. Ce n'est certes pas Alexandrie, professeur, mais reste que Lysander a bien identifié des indications sur l'emplacement du tombeau.

— Les mêmes qu'en Égypte, peu ou prou, marmonna Don en se penchant sur les dessins de la jeune femme. Une intersection, c'est bien cela ?

Katherine hocha la tête. Lysander avait épluché les textes anciens des heures durant, à la recherche du moindre indice au sujet du Sèma. *À l'intersection de deux grandes voies*, avait-il dit. *L'une sur un axe allant du sud-ouest au nord-est, et l'autre orientée du nord au sud. Si nous trouvons la voie Canopique, celle qui traverse Alexandrette de part et d'autre, le tombeau sera quelque part dessus. Il se trouve au cœur des quartiers royaux, à un endroit que tout le monde pouvait voir de loin.*

— Pouvons-nous au moins dégager une zone géographique ? s'impatienta Frederick.

— À Alexandrie, il se serait trouvé presque en plein centre, soupira Katherine. Cependant, nous ne connaissons pas les limites antiques d'Alexandrette, ni la disposition des rues et des voies de communication, et je…

Le pont se souleva brusquement, poussé vers le haut par une vague plus impressionnante que les autres, et la jeune femme se sentit aussitôt sur le point de rendre son petit-déjeuner aux pieds de Frederick. Elle ferma les yeux et s'efforça de se concentrer sur la main de Lysander, toujours serrée sur son épaule. Elle prit plusieurs inspirations, avec prudence, puis rouvrit les yeux et désigna un point sur le croquis.

— Là, dit-elle. Cela pourrait se trouver quelques centaines de mètres plus loin, mais en prenant en compte la distance avec le port et les possibles causes d'une destruction naturelle, je ne vois pas d'autres zones dans lesquelles chercher.

— Eh bien, c'est un excellent début, répondit joyeusement Frederick en la gratifiant d'une petite tape sur son autre épaule. Si notre ange gardien est toujours avec nous, Keyes fouillera assez loin de nous pour ne pas nous ennuyer.

Don leva les yeux au ciel et s'écarta de la table. Quelques secondes de plus, et il finirait par faire avaler ses croquis au professeur. Ce dernier n'avait cessé de babiller à propos d'Alexandrette depuis qu'il les avait rejoints sur le pont, et n'avait qu'à peine prêté attention à Charlie lorsqu'il avait abandonné sa tasse de café pour se réfugier dans sa cabine. Le jeune homme n'avait pas prononcé le moindre mot, et il ne fallait pas être un génie pour comprendre qu'il avait décidé de ne plus lui adresser la parole. Woodland haussa un sourcil à l'adresse de deux autres passagers qui fixaient ses mains avec un peu trop d'insistance, puis descendit à nouveau dans les entrailles du bateau à la recherche de son ami. Il n'aimait pas l'idée de le laisser seul, pas après les coups qu'il avait reçus.

— Dawson, appela-t-il en frappant doucement à la porte de la cabine. Tu es là ?

— Où donc voudrais-tu que je sois ? répliqua Charlie de l'autre côté du battant.

— Oh, je ne sais pas trop. De l'autre côté du bateau, peut-être, aussi loin que possible de nous ?

La porte s'ouvrit presque aussitôt, et il esquissa un sourire contrit en découvrant la mine désabusée de Charlie.

— Ce n'est pas vous que j'évite, affirma le jeune homme.

— Je sais. Tu veux bien m'offrir l'asile un moment ? Il devient vraiment insupportable.

Charlie acquiesça et s'écarta pour le laisser entrer. S'il ne l'avait pas fréquenté si longtemps, Don aurait pu passer à côté de son mouvement d'hésitation, comme s'il avait soudain voulu changer d'avis et lui fermer la porte au nez. Woodland n'avait pas fait trois pas à l'intérieur qu'il comprenait ce qui l'alarmait soudain : le céramologue avait improvisé un bureau sur sa table de chevet, le médaillon trônant au milieu de ses papiers, jetant ses reflets autour de lui dans la vive lumière de la lampe. Charlie se balança d'un pied sur l'autre alors que Don s'approchait, sans rien cacher de sa surprise.

— Ne dis rien à Frederick, souffla Dawson. Je n'avance pas aussi vite que je le voudrais, et je ne veux pas qu'il me bombarde de questions comme il le fait avec Katherine.

— Compte sur moi, répondit Don à voix basse. Mais n'était-ce pas précisément Katherine qui devait travailler là-dessus ? Pour comprendre la carte ?

— Elle est assez sûre d'elle sur ce que la carte montre, expliqua Charlie en le rejoignant près de la table. Elle pense qu'elle devait être utilisée par des marins, ou par des gens qui savaient appliquer ce type d'indications sur la terre. Mais elle reste indécise pour ce qui est de cette histoire de clef dont parlait Ahmet.

— Et toi, qu'en penses-tu ?

Charlie se laissa tomber sur la couchette, couvant le médaillon d'un drôle de regard.

— Je ne crois pas que ce bijou soit lui-même une clef à proprement parler, répondit-il avec un soupir. Les bords sont lisses, l'arrière aussi, et il me semble que l'utiliser dans l'autre sens aurait fini par abîmer le verre jusqu'à le rendre illisible. En revanche, il pourrait y avoir eu une sorte de garde spécifique chargée de veiller sur Alexandre. Comme des gardes du corps par-delà la mort, tu comprends ? Je ne serais pas étonné s'ils s'étaient servis de médaillons ou d'insignes pour se reconnaître entre eux.

Don se retourna vers le bijou, intrigué. Charlie pouvait bien avoir raison. Ou bien, personne n'avait jamais eu besoin d'utiliser le médaillon comme une clef, et le verre était resté intact. Il se pouvait aussi qu'il ne s'agisse que d'une parure comme une autre, un peu excentrique sans doute, mais sans autre utilité... Pourtant, le jeune homme devait admettre que la théorie de Dawson était des plus cohérentes. Alexandre, comme son père avant lui, avait eu à sa disposition pas moins de sept gardes du corps – et le premier Ptolémée à avoir pris la tête de l'Egypte en avait fait partie. À une époque où la dépouille du roi courait le risque d'être volée, ou pire, détruite par des conflits interminables, Don n'aurait pas trouvé incongru que quelques hommes triés sur le volet aient été chargés de veiller sur elle.

— Je sais que tu n'as pas vraiment la tête à ça, dit-il d'une voix douce, mais tu devrais tout de même en toucher deux mots à Frederick. Ou, au moins, en parler à Katherine, insista-t-il alors que Charlie ouvrait la bouche pour protester. La pauvre ne sait plus quoi dire pour le satisfaire, et elle a l'impression de tourner en rond.

— Je sais, soupira Dawson. Je sais, mais... Je n'aime vraiment pas ça, Don. J'aimerais comprendre, j'aimerais découvrir ce qu'il y a derrière ce foutu médaillon, mais certainement pas au point de risquer nos vies à tous pour une stupide question de réputation !

Don arqua un sourcil et vint s'asseoir près de lui, non sans remarquer le regard méfiant qu'il lui adressait.

— Ce n'est donc que cela, à tes yeux ? interrogea-t-il à voix basse. Une question de réputation ?

— Quoi d'autre ? rétorqua Charlie. Frederick et Keyes ne peuvent pas se battre en public, alors il le font par l'intermédiaire de leurs recherches, voilà tout. Et nous avons le malheur d'être au mauvais endroit au mauvais moment.

Il n'avait pu retenir une grimace à ces mots, et Don l'observa encore quelques instants en silence, sans trop savoir quoi dire.

— As-tu pensé au pouvoir que cela te donnerait si tu découvrais où se trouve le tombeau ? murmura-t-il finalement. Sur Keyes, et sur tous les autres vieux barbons de son espèce ?

Dawson haussa les épaules.

— Pas vraiment, avoua-t-il. Je n'ai pas vu de changements quand nous leur avons parlé de la cave.

— La cave, passe encore. Nous avons mis la main sur des bribes de textes qui changeront sans doute notre connaissance du monde antique, mais la moitié de ces hommes-là en a fait autant. En revanche, tirer de l'oubli la momie d'un roi quasi mythique qui a presque mis à ses pieds l'intégralité du monde connu ?

Don marqua une pause et secoua la tête, les yeux agrandis par un mélange d'excitation et d'angoisse derrière ses lunettes tordues :

— Nous sortons d'une guerre qui n'a fait que prouver à quel point nous sommes désorganisés, souffla-t-il. Regarde-nous. Nous avons quitté l'Angleterre et sommes allés risquer nos vies en France, parce qu'un Bosniaque sorti de nulle part a décidé de mettre une balle dans la gorge d'un Autrichien.

— Et il serait donc de notre devoir d'aller déterrer un roi Macédonien enterré en Syrie par des Égyptiens ? ricana Charlie. Excuse-moi, Don, mais j'ai du mal à comprendre où tu veux en venir.

— Alexandre a unifié tout un empire en moins de dix ans, insista Woodland. Ou, du moins, il a essayé. Si nous lui mettons la main dessus, ce sera comme... Comme avoir une preuve tangible de cette unité. Quand nous rentrerons, tous ces vieux barbons ramperont devant nous, et nous aurons peut-être rétabli un semblant de paix par ici !

Charlie écarquilla les yeux en saisissant enfin ce que Don essayait de lui dire, puis éclata d'un rire nerveux.

— Tu n'es pas sérieux, lâcha-t-il. Tu crois que c'est un cadavre dans une boîte en verre qui empêchera les gens de s'entretuer ? Qui va forcer les Anglais à laisser l'Inde tranquille ? Qui va décider s'il vaut mieux qu'Alexandrette soit syrienne ou turque ?

— Je crois que ce genre de décisions se prendra bien plus paisiblement s'il y a au moins une chose sur laquelle tout le monde peut s'entendre, protesta Don. Des centaines de tribus finissent par former des nations sous prétexte d'une histoire commune. Pourquoi des nations ne pourraient-elles pas s'entendre pour les mêmes raisons ?

Dawson secoua la tête, abasourdi. Il savait son ami idéaliste, mais il ne s'était pas imaginé qu'il l'était à ce point. Il le contempla encore un moment, puis se leva pour rassembler ses papiers, lui-même surpris par le tremblement de ses mains. Bien sûr, s'imaginer un monde dans lequel tout le monde parviendrait à un accord était grisant. L'idée de voir Keyes reconnaître son expertise, privé de tout ascendant sur lui, l'était plus encore. Mais il refusait de croire à des rêves pareils. Il avait cru que les fouilles de la bibliothèque changeraient les choses, et à présent, il ne pouvait plus remettre les pieds sur le chantier sans s'attendre à être traité comme un paria.

— Les Anglais ont massacré les Écossais, dit-il d'une voix sourde. Les Français ont tranché la tête de leur roi. Les Américains se sont étripés pour des balles de coton. Et tu voudrais me faire croire qu'un mort sera suffisant pour éviter une nouvelle guerre ?

— J'aimerais croire que cela entrera en compte au moment de tirer la première balle, répondit doucement Don.

— Et si Keyes nous passe devant ? Si c'est lui qui détient ce pouvoir, qu'en sera-t-il de nous ?

Cette fois, Woodland ne répondit pas. Charlie se pencha pour éteindre la lampe, puis se retourna vers lui. À la manière dont il le regardait, le jeune homme sut qu'il partageait ses craintes. Si c'était Keyes qui trouvait Alexandre en premier, il aurait assez de pouvoir pour briser leur carrière, une fois que Frederick ne serait plus là pour les protéger. Finalement, Don poussa un soupir résigné et se laissa tomber sur le dos, les mains derrière la tête.

— L'un de nous le jettera du haut d'une falaise avant qu'il puisse faire quoi que ce soit, dit-il. Je m'étonne même que nous ne l'ayons pas poussé dans un trou, à Alexandrie.

— Nous sommes des archéologues, Don, pas des meurtriers, objecta Charlie.

— Tu as raison. Avec un peu de chance, il mourra de vieillesse dans le train. Ou bien, le père Williams l'étranglera pour nous.

Dawson émit un son étouffé, et Don releva la tête pour mieux le voir. Il avait voulu le faire passer pour un rire, mais n'avait pas réussi à masquer son angoisse à propos de Terry. Cette précaution lui parut soudain ridicule. Ses compagnons savaient très bien qu'il se faisait un sang d'encre pour le jeune homme. À quoi bon essayer de le cacher ?

— Son père ne laissera pas Keyes lui faire du mal, affirma Don.

— Son père ne laissera pas Keyes lever la main sur lui, corrigea Charlie. Mais cet enfoiré n'a pas besoin de frapper pour obtenir ce qu'il veut, j'en sais quelque chose.

— C'est à propos de ce qu'il t'a dit pour te faire chanter ?

Charlie pinça les lèvres.

— Oui, admit-il à contrecœur. Frederick dit qu'il m'aidera, mais je sais qu'il ne pourra pas faire grand-chose si Keyes met ses menaces à exécution. Et que ça finira par faire du mal à Terry, que son père le veuille ou non. C'est sûrement déjà fait, de toute façon.

La dernière véritable conversation qu'il avait eue avec son élève lui revenait en mémoire – l'empressement que le garçon avait eu à lui envoyer de l'argent, la honte qu'il avait perçue dans sa voix, et, par-dessus tout, la manière dont il lui avait rapporté les insultes proférées par son père sur le chantier. *Je ne dis pas ça pour vous offenser, monsieur Dawson, je voulais seulement que vous soyez au courant. Excusez-moi si je me montre insolent, mais est-ce qu'il a dit vrai ?* Charlie regrettait de n'avoir pu lui répondre autrement que par monosyllabes. S'il avait su ce qui devait se produire ensuite, il lui aurait assuré qu'il pouvait lui faire confiance, qu'il n'avait jamais eu l'intention de le toucher, en dépit de tout ce que son père pourrait lui dire…

La main de Don se referma sur la sienne et lui arracha un sursaut plus vif qu'il l'aurait voulu. Pourtant, il se laissa faire lorsque Woodland l'attira plus près de lui, jusqu'à le contraindre à se rasseoir.

— Tout ira bien, murmura-t-il.

Charlie pinça les lèvres en une esquisse de sourire. Il lui était infiniment plus facile de le croire ainsi, épaule contre épaule et la main serrée dans la sienne. Une chaleur familière envahit soudain sa poitrine et son sourire s'estompa. L'espace d'un instant, il se demanda ce qui arriverait s'il embrassait Don sur-le-champ. S'il le repoussait, il en resterait mortifié jusqu'à la fin de ses jours. Mais s'il cédait... Se contenterait-il de quelques baisers ou irait-il jusqu'à le plaquer contre le matelas comme James l'avait fait un jour ?

Trois coups discrets à la porte tranchèrent net le fil de ses pensées. Don se redressa et jeta un regard alarmé à la liasse de croquis que Charlie avait encore à la main, mais ce dernier lui adressa un sourire amusé et secoua la tête.

— Tu peux entrer si tu n'es pas suivie, lança-t-il.

Katherine poussa aussitôt la porte avec un soupir de soulagement, à peine surprise de trouver Don à moitié allongé sur la couchette.

— Lysander devrait l'occuper encore un moment, dit-elle en repoussant le battant. Nous ferons escale à Chypre, et nous devrons trouver d'autres stratagèmes pour le tenir à distance.

— Eh bien, nous lui achèterons une bonne bouteille de vin chypriote, et nous le laisserons dormir comme une pierre jusqu'à Antioche, répliqua Charlie avec un sourire satisfait. Tu tombes bien, Don voulait que je te parle...

CHAPITRE 35

— Ne t'éloigne pas.

Terry retint la réplique qui lui brûlait les lèvres. Il venait à peine de poser le pied hors du bateau, et son père lui avait déjà répété quatre fois de rester près de lui. Non que Keyes et lui aient eu l'intention d'aller bien loin de toute manière. Le professeur n'avait cessé de babiller à propos de Chypre et de toutes les merveilles hellénistiques qui devaient s'y trouver, mais il avait tout bonnement refusé de s'attarder plus longtemps que prévu. Seule la perspective de voir Terry mal supporter l'enfermement l'avait poussé à le laisser prendre l'air sur le port, sous la surveillance accrue de son père et de ses hommes.

— Qu'as-tu appris avec monsieur Keyes aujourd'hui ? voulut savoir Williams.

Terry ne répondit pas. Il avait décidé qu'il serait plus confortable de ne parler que s'il y était réellement forcé, et il n'avait aucune envie de s'adresser à son père.

— Terry ? appela ce dernier en lui coulant un regard noir.

Le garçon secoua la tête. Il n'oserait pas le frapper en public, de peur que Keyes lui reproche son manque de prudence. Ils étaient peut-être partis dans la précipitation, mais aucun d'eux n'ignorait que d'autres navires faisaient escale dans le même port, et que l'équipe de Frederick pouvait se trouver sur l'un d'eux. La main de Williams se referma pourtant sur l'épaule de son fils et serra, pas assez pour le faire crier, mais suffisamment pour lui faire mal.

— *Terry ?* insista-t-il.

— Je n'ai rien appris, grimaça le jeune homme en se tortillant pour se dégager. Il m'a posé des questions et j'ai répondu.

Il crut un instant pouvoir se libérer, mais son père le ramena brutalement à lui, sans se soucier de l'enfant qu'il manqua de bousculer. S'il vit l'homme qui se retournait vers eux, il n'en laissa rien paraître.

— Le professeur m'a dit qu'il t'avait proposé de t'apprendre le grec, mais que tu as refusé, dit-il entre ses dents serrées. Tu vas retourner le voir et lui dire que tu as changé d'avis.

— Je ne veux pas apprendre le grec, répliqua Terry. Je veux qu'il me laisse tranquille !

L'espace d'un instant, il se demanda à quel point il serait facile de pousser Keyes dans le même piège que celui qu'il avait tendu à Charlie. S'il prétendait que le vieil homme lui avait fait des suggestions inappropriées, s'il laissait entendre qu'il l'avait touché dans sa cabine, jusqu'à quel point son père le croirait-il ? Combien de temps s'acharnerait-il sur Keyes avant que quelqu'un ne vienne l'arrêter ? Assez longtemps, songeait-il, pour lui laisser une occasion de s'enfuir. Mais il doutait que Williams soit assez stupide pour se précipiter vers le bateau en abandonnant son fils derrière lui. Son pouce enfoncé dans son épaule lui faisait mal. Il lui suffirait de tirer pour forcer le jeune homme à le suivre et à s'expliquer avec le vieil homme…

— Il prétend qu'apprendre te sera bénéfique, reprit gravement Williams. Pour ta future carrière.

— Dans ce cas, rétorqua Terry, qu'il tienne sa promesse et demande au docteur Grey de venir m'enseigner.

À la manière dont son père haussa les sourcils, le garçon sut que Keyes ne lui avait rien dit de cette partie de la conversation qu'ils avaient eu dans sa cabine.

— Le docteur Grey ne s'approchera pas de toi tant que je serai encore en vie, déclara-t-il d'une voix un peu trop forte. Pas s'il n'est pas capable de bien choisir ses amis !

— Monsieur Dawson est quelqu'un de très respectable, protesta Terry en cherchant à nouveau à s'éloigner. Il n'a jamais eu l'intention de me faire du mal !

— Oh, je suis sûr qu'il pensait même te faire beaucoup de bien, répliqua Williams avec dégoût. Mais il ferait mieux d'aller chasser ses pulsions avec des prostituées égyptiennes, au lieu de s'en prendre à des garçons de bonne famille.

— Le seul qui s'en est pris à moi, c'est toi, quand tu as autorisé Keyes à me sortir de mon lit avec une arme !

Cette fois, Williams vit clairement l'homme qui les observait un peu plus loin, appuyé contre un mur. Il aurait pu croire qu'il bavardait avec deux autres marins penchés vers lui, si son regard n'avait été aussi fixe. Ce n'était pas seulement qu'il les observait, comprit l'homme. Il les écoutait. Terry fit un mouvement pour se retourner à son tour, mais son père l'entraîna brusquement vers le bateau, jetant un bref regard en arrière pour s'assurer que les trois marins ne les suivaient pas. Depuis qu'il avait embarqué avec Keyes, il avait tendance à oublier que les Anglais n'étaient pas toujours les bienvenus dans cette partie du globe. Chypre, bien qu'en passe de devenir britannique, ne faisait pas exception.

— Il n'aurait pas eu à te menacer si tu t'étais montré raisonnable, marmonna Williams. Si tu étais parti avec nous après que je sois venu te chercher la première fois.

— Tu t'es jeté sur lui comme une bête sauvage, rappela Terry. Tu aurais pu le tuer !

— Tant mieux, c'était exactement mon intention.

Le jeune homme manqua de trébucher à ces mots, horrifié. Il savait son père sanguin et violent, mais il ne l'avait jamais vu comme un meurtrier. S'il trouvait à nouveau Charlie sur son chemin, il ne retiendrait pas ses coups. Le regard de Terry erra sur le port à la recherche de quelque chose qui aurait pu l'aider à s'éloigner pour de bon. Il devait bien y avoir un enfant, des marins, quelqu'un qu'il pourrait appeler à l'aide sans être vu...

— Ah, vous voilà ! Nous n'allons pas tarder à repartir.

Terry retint un gémissement de désespoir. Keyes venait à leur rencontre, l'air très satisfait de lui-même. Ainsi coincé entre ses deux gardiens, il avait peu de chance d'échapper à un nouvel embarquement forcé. Williams adressa un sourire poli au vieil homme et se pencha vers lui, sans relâcher sa prise sur son fils.

— Vous prévoyez donc d'inviter monsieur Grey à se joindre à nous ? interrogea-t-il d'un ton mielleux.

Keyes haussa un sourcil, et Terry ne put retenir un frisson. De toute évidence, il avait perçu la menace derrière la façade aimable de son nouvel associé – et cet homme-là n'aimait pas être menacé.

— S'il juge que nous sommes plus dignes de confiance que Frederick Law, je ne l'enverrai certainement pas promener, répondit-il. Il est aussi mon élève, après tout.

Terry retint son envie de protester. Il avait plusieurs fois entendu Lysander parler de Keyes, et il n'avait pu que comprendre à quel point ses cours avaient seulement servi à l'humilier. Il n'écoutait plus les deux hommes que d'une oreille, son attention tournée vers les bâtiments qui s'élevaient de l'autre côté du port. S'il pouvait s'éloigner juste un instant, trouver un téléphone ou un télégraphe...

La sensation d'une main contre son flanc le fit sursauter. Il recula d'un pas, aussitôt arrêté par son père, et poussa un cri en rencontrant le regard amusé d'un homme qui agitait le poing dans sa direction. Il mit un instant à comprendre ce qu'il lui montrait. Lorsque Keyes le repoussa pour s'élancer à la poursuite du voleur, le jeune homme n'eut même pas l'idée de protester, trop abasourdi pour réagir. Il gardait sa main plaquée contre sa poche et les yeux écarquillés. L'homme s'était arrêté juste assez longtemps pour que Keyes et Williams puissent apercevoir le médaillon doré qu'il avait entre les doigts. Or, le bijou ne s'était jamais trouvé dans la poche de Terry. En fait, ses poches étaient restées vides depuis leur départ d'Alexandrie – tous ses effets personnels se trouvaient dans son sac, à portée de main du professeur. Pourtant, le jeune homme sentait à présent une liasse de billets sous ses doigts, là où le prétendu voleur avait plongé les siens.

L'espace d'un instant, il crut Keyes perdu dans la foule qui se pressait sur le port. Puis, Williams leva le bras et cria son nom, au moment où quelqu'un rappelait que le départ de leur navire était imminent. À cet instant, Terry ne songea plus qu'à une chose : son père l'avait lâché. Le professeur était trop loin pour le retenir et les hommes qu'il avait engagés avaient déjà dû remonter sur le bateau. S'il partait maintenant, ses gardiens auraient le choix entre le poursuivre et rater le départ, ou embarquer et le laisser là. Dans les deux cas, il leur ferait prendre un retard considérable. Dans les deux cas, il condamnait Charlie. Mais si Keyes revenait en pensant qu'il avait eu le médaillon sur lui tout ce temps, il n'aurait plus jamais d'occasion pareille. Il fouillerait ses vêtements, prendrait l'argent et le contraindrait à obéir à ses moindres désirs... La main de Williams s'abaissa brusquement pour se reposer sur l'épaule de son fils. Ce dernier bondit aussitôt hors de sa portée. Ce fut suffisant pour qu'il se décide.

Lorsqu'il s'élança sur le port, les passagers qui se pressaient pour embarquer s'écartèrent sur son passage. Personne ne tenta de l'arrêter, en dépit des cris de son père dans son dos. Le jeune homme tourna brusquement et se laissa avaler par les passants et les bâtisses. Il avait assez d'argent pour envoyer des télégrammes à Antioche et à Alexandrie. Prendre une chambre d'hôtel était risqué. Il ne voulait pas regarder derrière lui, de peur de voir son père se rapprocher. Charlie allait peut-être le détester.

Il manqua de trébucher au moment où l'un des navires envoyait un appel sonore. Il ne devait pas trop s'éloigner. Si Frederick et les autres débarquaient à Chypre, il pourrait sans doute les rejoindre et partir avec eux. Dans le cas contraire, il trouverait un bateau en partance pour Alexandrie et il les attendrait à l'hôtel. Son pied heurta un pavé mal placé et il s'étala de tout son long au milieu de la route. Il laissa échapper un cri de douleur et se retourna vivement. Son père n'était plus là. Ou bien il le cherchait au mauvais endroit, ou bien il était remonté sur le bateau avec Keyes. Une main surgit soudain dans son champ de vision et le jeune homme dut retenir un cri d'épouvante.

— Ils sont partis, indiqua le nouveau venu. Le vieil homme a fait demi-tour et le plus jeune a été arrêté par deux messieurs plus forts que lui. Ils ont tous quitté l'île.

Terry accepta la main qu'il lui tendait et épousseta rapidement ses vêtements. L'homme était grand, bâti pour les travaux de force. Il lui souriait derrière son épaisse barbe noire, et parlait anglais avec un accent bien plus épais que celui d'Ahmet.

— Merci, bredouilla le garçon en risquant encore un regard par-dessus son épaule. Ils m'ont enlevé à Alexandrie et je ne savais plus quoi faire pour me débarrasser d'eux.

— Je sais, répondit l'autre d'un ton étrangement joyeux. Terrence Williams, c'est bien cela ? Le professeur Frederick Law a envoyé du monde à votre recherche. Je suis sûr qu'il paiera une belle récompense à celui qui vous ramènera en Égypte sain et sauf.

Terry recula aussitôt, les yeux écarquillés. Il se serait remis à courir si l'homme n'avait pas soudain éclaté de rire, sans afficher la moindre malveillance. Le garçon en oublia toute idée de fuite, décontenancé.

— Allons, ne faites pas cette tête ! s'exclama le marin. Je ne vous aurais pas donné tout cet argent si c'était pour vous enlever aussitôt, n'est-ce pas ?

— Donné ? répéta Terry d'une voix faible. Mais ce n'est pas vous que j'ai…

— Non, en effet, l'interrompit l'homme en souriant plus largement. C'était un de mes amis, il est beaucoup plus doué que moi pour le vol… Enfin, pour ce qui *ressemble* à du vol. J'espère que le vieil homme ne lui a pas pris le médaillon, ajouta-t-il avec un léger froncement de sourcils. J'y tiens.

Il parut chercher un instant le visage de son ami dans la rue, puis se retourna vers Terry, son air affable de retour sur ses traits.

— Alors ? voulut-il savoir. Que comptez-vous faire avec cet argent ?

— Est-ce important ? répliqua le jeune homme, méfiant.

— Pas vraiment. Je suis surtout curieux. Vous, en revanche, vous l'êtes moins que la plupart des Européens que j'ai croisés.

Terry ne répondit pas. L'homme avait l'air de s'amuser follement, mais il ne comprenait pas où il voulait en venir. Il attendait qu'il lui pose une question, mais lui avait seulement envie de s'éloigner et de trouver un téléphone. Si Frederick et les autres avaient pris un bateau, Ahmet et Nashwa sauraient probablement où ils étaient allés et comment les contacter…

— Si vous décidez de vous installer à l'hôtel en attendant vos amis, je peux vous faire quelques recommandations, lança l'homme sans se soucier de ses réflexions. Mais il faut que vous sachiez qu'ils sont peut-être déjà repartis pour Antioche.

— Ils ne sont peut-être même pas partis du tout, rétorqua Terry avec un mouvement agacé.

Le marin laissa échapper un léger rire.

— Oh que si, ils sont partis, dit-il. Ils n'ont pas été aussi discrets que vous. La nouvelle est déjà arrivée en Angleterre, et le *Times* s'est empressé de publier quelques lignes à ce sujet. Sans occulter les gros titres, bien sûr...

Il n'avait pas achevé sa phrase que le journal en question surgissait brusquement devant les yeux de Terry, lui arrachant un cri de protestation. Le jeune homme fit volte-face et reconnut sans aucune peine le petit homme qui lui avait fourré les billets dans la poche, tout en éloignant Keyes de lui. L'inconnu lui adressa un sourire goguenard en lui mettant le journal dans les mains, puis se retourna vers l'autre homme et lui tendit le bijou qu'il avait agité devant le professeur. Le marin passa aussitôt la chaîne autour de son cou et murmura quelques mots que Terry ne comprit pas. À la manière dont son compagnon hocha la tête, le garçon devina qu'il l'avait remercié.

— C'est sur la deuxième page, indiqua l'homme en désignant le journal.

Terry chercha aussitôt les *quelques lignes* du regard, sans s'attarder sur la une qui faisait à nouveau l'éloge de Carter et de son tombeau intact. Il ne tarda pas à trouver ce dont parlait le marin : un encart des plus laconiques qui indiquait que le chantier de la bibliothèque d'Alexandrie avait été laissé entre les mains d'un guide égyptien, tandis que le professeur Law et ses élèves embarquaient pour Antioche – seuls, et sans en avoir averti l'université auparavant.

— Alors, ils vont passer par ici, souffla le jeune homme.

— Ils sont peut-être déjà passés, rappela le marin.

— J'en doute. Ils sont partis après nous.

Pourtant, l'inquiétude enflait dans sa gorge. Frederick avait mis tous ses moyens à la disposition de leur expédition. Il avait sans doute assez d'argent pour embarquer sur un navire d'excellente qualité, qui n'avait pas besoin de faire escale. Et même s'il le faisait, ils ne descendraient sans doute pas, trop concentrés sur ce qu'il resterait à faire une fois en Syrie. Le journal ne mentionnait pas le nom du bateau qu'ils avaient pris.

— Vous dites que vous connaissez les hôtels de Chypre ? interrogea Terry.

— En effet, sourit le marin.

— Et ceux d'Antioche ?

Le sourire de l'homme s'élargit alors que le garçon repliait son journal.

— J'en connais quelques-uns, oui, dit-il. Vous prévoyez donc de visiter Antioche malgré tout ?

— Je dois envoyer quelques télégrammes.

— Dans tous les hôtels de la ville ? Cela va vous coûter une petite fortune.

Terry lui rendit son sourire :

— Il se trouve qu'un mystérieux bienfaiteur m'a récemment fait don d'une somme considérable. Vous vouliez bien savoir ce que je comptais en faire ?

CHAPITRE 36

Plus le temps passait, et plus Lysander se prenait à regretter les soirées passées dans leur petite maison d'Alexandrie, à veiller sur le café et les œuvres d'art pendant que Frederick et Don se disputaient dans la bibliothèque. Dans ces moments, au moins, il pouvait s'éloigner un peu pour calmer son envie d'étrangler le professeur. Piégé entre lui et le bateau sur le port d'Antioche, ralenti à la fois par sa canne et par sa valise, il ne pouvait pas aller bien loin. Il ne comprenait pas comment le vieil homme pouvait ignorer les regards soucieux que Charlie promenait autour de lui, visiblement à la recherche de Terry.

— Il nous faut trouver un train, déclara Frederick pour la troisième fois depuis leur arrivée. Je ne crois pas qu'Alden supportera un nouveau voyage en mer.

Sur ce point, au moins, il n'avait pas tort. Katherine avait achevé la traversée avec un mal de mer comme jamais encore elle n'en avait ressenti, et même les remèdes de Nashwa n'y avaient rien fait. Elle ignorait si le train valait mieux que le bateau, mais elle supposait que le monde tanguerait un peu moins autour d'elle.

— Il faut trouver un hôtel, répondit Don d'un ton ferme.

— Nous n'avons pas le temps pour un hôtel, lâcha Frederick. Nous dormirons dans le train.

— Professeur, Katherine est encore verdâtre et Charlie a besoin de se reposer. Nous pourrons partir tôt demain matin. Et ainsi, insista Woodland alors que le vieil homme s'apprêtait à protester, nous ne courrons pas le risque d'être dépouillés de tout ce que nous avons.

Le professeur jeta un bref regard autour de lui et pinça les lèvres, sans rien cacher de son agacement. Pourtant, il ne pouvait nier que Don avait raison. Si les hommes de Keyes étaient venus les cambrioler chez eux, d'autres n'hésiteraient pas à profiter de cinq étrangers assoupis.

— Bien, soupira-t-il. Trouvons un hôtel. Nous n'irons pas bien loin si vous tombez d'épuisement, je suppose...

Don se retourna vers Charlie et leva les yeux au ciel. Le jeune homme ne put retenir un sourire amusé à travers son propre agacement. Frederick avait, après tout, toujours été ainsi : un jour, il leur adressait à peine la parole et leur confiait une montagne de choses à faire, le lendemain, il était aux petits soins pour eux et les couvrait de compliments. L'idée de pouvoir devancer Keyes l'avait évidemment poussé dans la première voie, sans espoir de retour avant plusieurs jours. Dawson l'écouta à peine lorsqu'il les entraîna à sa suite, marmonnant quelque chose à propos d'un hôtel peuplé de Français dans lequel il avait séjourné des années auparavant. Il se demandait si Terry parviendrait à se mettre en sécurité, s'il était toujours auprès de Keyes et si les choses tournaient mal. Parlait-il seulement français ? Ahmet avait prétendu que des Anglais seraient encore plus mal vus à Alexandrette qu'ils ne l'étaient déjà en Égypte...

— Dawson, souffla Don en enfonçant son coude entre ses côtes. Regarde où tu marches, ou Lysander va finir par t'assommer à grands coups de canne.

— Pardon, répondit Charlie. Je réfléchissais.

— Cela, je l'ai vu. Laisse Terry se débrouiller pour ce soir, d'accord ? Tout ira bien pour lui.

— J'aimerais être aussi confiant que toi.

Charlie ralentit le pas pour laisser les Grey prendre un peu d'avance sur lui. Il fronça les sourcils en constatant que Don faisait de même et restait à sa hauteur, en dépit de Frederick qui les exhortait à presser le pas. Woodland esquissa un sourire en captant son regard, à la fois surpris et reconnaissant.

— Je ne te lâcherai pas tant que tu continueras à te morfondre, déclara-t-il.

— Et si je n'ai pas envie d'arrêter ? rétorqua Dawson.

— Eh bien, je te regarderai faire. Mais je ne pense pas que ça sera très amusant. Dis-moi, que comptes-tu faire une fois que nous aurons déterré le plus grand conquérant de l'histoire ?

Charlie haussa les épaules.

— Continuer à trier des poteries, je suppose, dit-il. Si Keyes ne m'a pas envoyé au fond d'une prison d'ici là.

— Et avec l'argent ?

— L'argent ?

Don émit un léger rire et désigna Frederick d'un léger mouvement de tête.

— Tu ne crois quand même pas que je vais le laisser empocher tout l'argent que le Museum nous donnera pour quelques babioles dorées, murmura-t-il. Moi, j'ai l'intention de m'offrir des lunettes neuves et un paquet de bon tabac.

Charlie arqua un sourcil et secoua lentement la tête.

— Je ne sais pas, dit-il. Je suis très content de ce que j'ai. Arrête de me regarder comme ça, ajouta-t-il avec un petit rire. Je n'achèterai pas d'autre appartement.

Don leva les mains à hauteur d'épaules, l'air parfaitement innocent.

— Je n'ai rien dit, protesta-t-il.

— Tu l'as pensé assez fort pour que je l'entende.

— Je crois seulement que si nous avions un entrepôt assez grand pour toutes nos vieilleries, notre travail n'avancerait que plus vite. Et Frederick aurait aussi moins de raisons de nous houspiller.

Charlie manqua de trébucher à ces mots, les joues brusquement empourprées. Don vivait certes dans un appartement un peu plus huppé que le sien, mais il n'était pas bien grand. En vérité, on lui aurait probablement loué un simple grenier si Frederick n'avait pas décidé d'intervenir. Quant à stocker les objets sur lesquels il travaillait, la manœuvre était tout bonnement impossible – il avait beau plaisanter à ce sujet, il craignait tout de même d'être jeté dehors du jour au lendemain sur un caprice du propriétaire.

— Ou je t'ai très mal compris, bredouilla Charlie, ou tu parles de vivre sous le même toit.

— Avec la paie mirobolante du Museum, ce ne serait pas un problème, répondit Don en enfonçant ses mains dans ses poches. Nous pourrions choisir une maison. Aucun risque de nous marcher dessus.

— Tu n'aimerais pas ça, déclara Dawson. Je suis invivable. Demande donc à Frederick.

— Sans vouloir lui manquer de respect, je ne crois pas que Frederick soit une référence en la matière. Je n'ai passé qu'une nuit chez lui et je ne voudrais recommencer pour rien au monde. Tu as entendu comme il ronfle ?

Charlie étouffa un éclat de rire, mais son cœur cognait trop fort contre sa poitrine. Hormis Law et Terry, il n'avait encore confié à personne ce à quoi Keyes avait fait référence. Il devinait que Nashwa avait entendu les insultes de Williams, mais il lui faisait assez confiance pour croire qu'elle n'avait rien dit à personne. Si Don se mettait en tête de devenir son colocataire, il faudrait pourtant lui en parler... Si le papyrologue mettait ses menaces à exécution et qu'il emménageait avec un homme, il savait d'avance ce que les gens penseraient – et Don n'avait pas besoin d'une étiquette estampillée *pédéraste* à côté de celle qui disait *étranger*.

— Ce ne serait pas une bonne idée, soupira-t-il finalement. Ce n'est pas que je n'apprécie pas ta compagnie, seulement... Tu aurais beaucoup de mal à me supporter.

Don retourna la tête vers lui et parut sur le point de dire quelque chose, mais les Grey s'arrêtèrent soudain devant eux, alors que Frederick levait le nez vers l'enseigne d'un hôtel.

— C'est celui-ci, lança-t-il par-dessus son épaule. Espérons qu'il leur reste des chambres.

— J'aimerais autant ne plus avoir à marcher, souffla Katherine. J'ai l'impression que je pourrais dormir sur le trottoir.

Charlie acquiesça en silence. Il n'avait plus envie de rien faire, hormis se glisser dans des draps frais et ignorer Frederick jusqu'au lendemain matin. Il ne prêta aucune attention au décor lorsqu'ils pénétrèrent dans l'hôtel – il connaissait assez le professeur pour savoir qu'il n'aurait jamais mis un orteil dans un endroit qui ne lui inspirait pas confiance. Il l'écouta d'une oreille distraite alors qu'il s'entretenait en français avec l'homme posté derrière le comptoir, puis se retourna vers les Grey. Lysander avait posé sa valise et s'était penché vers Katherine pour lui parler à voix basse, l'air soucieux. Dawson ne put s'empêcher de ressentir un certain soulagement à l'idée qu'il n'était pas le seul à s'inquiéter. Encore un peu, et Frederick aurait fini par le convaincre qu'il était complètement paranoïaque. Ce dernier égrenait leurs noms d'une voix un peu trop forte au goût du jeune homme, le cou tendu pour corriger l'orthographe du réceptionniste.

— Alden, dit-il. Katherine.

— Grey, rectifia l'intéressée avec un léger signe de tête à l'attention de l'homme. C'est Katherine Grey, je suis mariée.

Le réceptionniste suspendit son crayon au-dessus du registre et l'observa un instant, la mine confuse. Frederick attendit quelques secondes sans comprendre, puis ouvrit la bouche pour parler, mais le Français le prit de vitesse :

— Vous n'êtes donc pas Katherine Alden ? voulut-il savoir.

La jeune femme fit quelques pas vers le comptoir, les sourcils froncés.

— Alden est mon nom de jeune fille, répondit-elle. Est-ce important ?

— Un télégramme est arrivé de Chypre tôt dans l'après-midi. Il est adressé à Katherine Alden.

Frederick se retourna aussitôt vers elle, alarmé. La jeune femme posa une main rassurante sur son bras et secoua doucement la tête. Si Keyes avait su qu'ils logeraient dans cet hôtel précisément, songeait-elle, il les aurait arrêtés alors qu'ils marchaient encore. Et puis, comment aurait-il pu savoir, puisque le professeur avait d'abord prévu de sauter dans le premier train pour Alexandrette ?

— Donnez, dit-elle. S'il n'est pas pour moi, je vous promets que son contenu restera confidentiel.

Le réceptionniste hocha la tête et disparut un instant, puis revint pour tendre à Katherine le papier blanc et rouge de l'Eastern

Telegraph Company. La jeune femme sursauta vivement en reconnaissant le nom de l'expéditeur

— Il est bien pour moi, lâcha-t-elle. Je vous remercie.

Elle n'accorda pas un regard à Frederick alors qu'il cherchait à la retenir, ses questions se lisant sur son visage. Charlie haussa un sourcil lorsqu'elle lui tendit le morceau de papier, sans la moindre hésitation.

— Suis-je vraiment le mieux placé pour lire ton courrier ? interrogea-t-il.

— Ce n'est pas le mien, répondit Katherine à voix basse. Il est pour toi.

— C'est ton nom qui est écrit là-dessus, pas le mien.

— C'est Terry.

Charlie écarquilla les yeux, stupéfait. Lorsqu'il reporta son attention sur le télégramme, le cœur battant à tout rompre, un rire de soulagement manqua de lui échapper. Le message était des plus brefs, mais il était suffisant pour le rassurer : *Ai débarqué seul à Chypre. Vous ai attendus. Parti pour Alexandrie. Dites Monsieur D. désolé.*

— Désolé ? répéta Charlie dans un souffle. Pourquoi est-il désolé ? Ce n'est tout de même pas sa faute s'il a été enlevé.

Don se pencha vers lui pour lire à son tour, les sourcils froncés.

— Keyes, murmura-t-il, assez bas pour n'être entendu que de lui et Katherine. Keyes va être furieux si Terry a réussi à s'enfuir. Il va sans doute redoubler d'efforts pour nous mettre des bâtons dans les roues.

— Eh bien, qu'il le fasse, siffla Dawson. Puisqu'il n'a plus d'otage à mettre entre lui et nous, je suppose qu'il aura bien plus de mal à nous intimider.

Don pinça les lèvres, mais ne répondit rien. Même s'il n'était pas censé connaître le secret de Charlie, il ne pouvait ignorer les menaces que Keyes avait proférées. Un coup de téléphone adroitement placé, et le céramologue ne pourrait plus poser le pied sur un sol anglais sans risquer l'arrestation. Sa parole et celle de Terry n'auraient pas beaucoup d'importance, si Keyes plaçait son argent et sa confiance au bon endroit.

— Nous pouvons y aller, lança soudain Frederick. Allons, nous avons tous besoin d'une bonne nuit de sommeil.

Et de quelques explications, disait le regard qu'il posait sur Katherine. Cette dernière hocha vaguement la tête en lui emboîtant le pas, Lysander de retour auprès d'elle. Sans vraiment s'en rendre compte, Don laissa à son tour ses pensées errer vers Terry, avec plus d'inquiétude qu'il l'aurait voulu. Il prétendait être parti pour Alexandrie, mais Woodland ne pouvait que voir les questions que cela soulevait. Avec quel argent avait-il embarqué ? S'il n'avait pas d'argent, comment diable avait-il envoyé le télégramme ? Et, par-dessus tout, pourquoi avait-il adressé celui-ci à Katherine, en utilisant son nom de jeune fille de surcroît, plutôt qu'à Charlie ?

— C'est un garçon plein de ressources, murmura Don en se penchant vers son ami. Je dois bien avouer qu'il m'impressionne.

— Ah oui ? marmonna Charlie. Moi, cela m'effraie un peu. Il ne pouvait pas savoir que nous viendrions ici, et pourtant son message est arrivé à destination.

— Mais il savait que nous partions pour Antioche, objecta Woodland.

Dawson releva un regard sombre vers lui et secoua la tête.

— Il n'en savait rien, répondit-il à voix basse. Nous sommes partis sans prévenir personne hormis Ahmet, et même Keyes ne pouvait pas savoir que nous le suivrions si vite.

Don accepta la clef que Frederick lui tendait, et serra les lèvres en voyant Charlie se rapprocher du professeur, le pas hésitant. Une fois de plus, le vieil homme n'avait demandé que trois chambres.

— Dawson, le retint Don alors qu'il allait s'éloigner. Il faut que je te parle.

Charlie se retourna vers lui, pris de court, et Frederick agita aussitôt la main dans leur direction.

— Prenez la même chambre, dit-il. Puisque nous ne savons pas où est Keyes, autant éviter de nous déplacer inutilement cette nuit.

Il se retourna trop vite pour voir la brève expression de panique qui passa sur les traits du jeune homme. Don l'entraîna sans lui laisser le temps de refuser, ignorant ses propres mains tremblantes. Il était certes connu pour être le plus doué de tact parmi les élèves de Law, mais il avait toujours eu le plus grand mal à trouver ses mots. Lorsqu'il referma la porte, Charlie se contenta de laisser tomber sa valise et de s'appuyer contre la porte, le visage cramoisi et le regard fuyant. Don laissa passer quelques secondes, puis fouilla dans la poche de sa veste pour en tirer le morceau de papier froissé qui dormait là depuis l'enlèvement de Terry.

— Williams a laissé tomber ça, sur le chantier, expliqua-t-il alors que Dawson tendait les doigts vers la lettre. Ahmet l'a ramassée et a préféré me la donner. Il disait que les Grey iraient frapper chez Keyes sans réfléchir et que Frederick ne comprendrait pas. Et toi, eh bien, tu... n'étais pas en état de lire quoi que ce soit.

Charlie hocha faiblement la tête. Il relut plusieurs fois le message, comme incapable de comprendre ce que le papyrologue avait écrit. Puis, il poussa un profond soupir et rendit le papier à Don, les traits soudain tirés par une fatigue qui n'avait rien à voir avec leur voyage.

— Autant aller le dire aux Grey tout de suite, souffla-t-il. Au rythme où tout cela va, ils seront au courant avant la fin de la semaine, de toute manière.

— Tu as tout le temps pour ça, répondit doucement Don. Tu sais bien qu'ils n'écouteront pas les rumeurs. Keyes n'a pas de prise sur eux.

— Jusqu'au moment où il fera publier mes lettres dans tous les journaux d'Angleterre pour nous discréditer, répliqua Charlie. Vous serez tout aussi mal accueillis que moi si on nous voit ensemble !

— Je suis déjà mal accueilli, rappela Don avec un sourire. Il y a des gens qui crachent sur mon passage et d'autres qui refusent tout bonnement de m'adresser la parole. On s'habitue. Ce n'est pas moins dur, mais on s'habitue.

— Je ne suis pas certain de pouvoir m'habituer à ce qu'on me prenne pour un loup croqueur d'enfants.

Don haussa les épaules.

— Le tout, c'est de ne pas en attendre trop, dit-il. Si tu n'espères rien des gens, ils ne peuvent pas te décevoir, pas vrai ?

Charlie l'observa en silence, stupéfait. Son ami avait toujours balayé insultes et moqueries d'un revers de la main, de la même façon que Frederick refusait le moindre remerciement. Il souriait aux gesticulations de ceux qui ne le prenaient pas au sérieux, et ignorait simplement ceux qui menaçaient de devenir violents. Dawson avait vu tout cela comme les vagues qui s'écrasaient sur un rocher sans jamais le faire bouger. À présent, il se demandait combien de fois Don avait espéré, et combien de fois il avait été déçu. Dawson se détacha lentement de la porte pour venir s'asseoir près de lui, sur le lit. Don lui adressa un léger sourire et tapota doucement sa main du bout du doigt. Charlie ouvrit la bouche pour parler, mais des coups à la porte l'arrêtèrent net.

— Oui ? lança-t-il.

— Frederick aimerait que nous dînions tous ensemble, répondit Katherine de l'autre côté du battant.

Dawson se leva aussitôt pour lui ouvrir avec un soupir exaspéré.

— Tu es un peu moins verte, commenta Don lorsque le visage de la jeune femme apparut.

— Je n'étais pas verte, protesta aussitôt Katherine. Jaunâtre, d'accord, mais certainement pas verte. Nous avons reçu un coup de téléphone d'Ahmet, ajouta-t-elle avec un froncement de sourcils. Nashwa et lui ont reçu le même télégramme que nous, et il dit que le *Times* parle de notre départ.

Charlie se retourna vers Don, alarmé.

— Alors, c'est comme ça que Terry a su où nous étions, murmura ce dernier.

Il parut réfléchir un instant, puis émit un petit rire.

— Eh bien, dit-il. Nous n'avons plus qu'à déclarer ouvertement la guerre à Keyes.

— Non ! sursauta Charlie. Tu veux nous faire tuer tous les cinq ?

— Dawson, si nous devenons les chouchous de l'Angleterre et qu'il nous arrive quelque chose, tu peux être sûr que c'en sera fini de Willard Keyes et de son ennuyeuse carrière.

CHAPITRE 37

Il n'avait pas fallu bien longtemps à Charlie pour déclarer qu'il avait sommeil et qu'il allait se coucher. Frederick avait sans doute cru être discret, mais le coup de pied qu'il avait envoyé à Don pour l'inciter à le suivre avait bien failli atteindre Lysander – au grand dam de ce dernier. Katherine s'était attardée encore un moment, plongée dans une conversation à voix basse avec son mari sur les sources qu'il avait consultées le matin même. Elle s'était levée au moment où Frederick allait s'éclipser, mais la main de Grey sur son épaule l'avait cloué sur sa chaise. À présent, Lysander achevait de siroter son verre, les yeux baissés vers les notes qu'il venait de commenter. Le professeur l'observait avec inquiétude, jetant de temps à autre un regard au barman appuyé contre le comptoir. Si le linguiste s'emportait, viendrait-il le défendre ?

— Charlie ne vous pardonnera pas si facilement.

Frederick sursauta si fort que son genou fit trembler la table. Lysander n'avait pas relevé la tête.

— Il n'a aucune envie d'être ici, reprit-il. Don dit qu'il dort très mal.

— Il me semblait pourtant qu'ils ne partageaient pas la même cabine, objecta Frederick.

— Il a des cernes tellement larges qu'ils ressemblent à des hématomes.

Le vieil homme se détourna. Il n'avait pas pu ignorer les traits tirés de Dawson sur le bateau, mais il avait tenté de mettre sa fatigue sur le compte du voyage. Lysander replia soudain ses papiers et se retourna franchement vers lui.

— Qu'aviez-vous en tête ? voulut-il savoir.

— Je ne comprends pas, bredouilla Frederick.

— Etait-il bien nécessaire de traîner Charlie jusqu'ici plutôt que de le laisser à l'hôtel ? Katherine et lui auraient pu rester sur le chantier de la bibliothèque.

— Ahmet et Nashwa nous en auraient voulu. Ils auraient cru que nous ne leur faisions pas confiance.

— Alors vous préférez vous moquer de la confiance que Charlie avait en vous ?

Frederick releva les yeux. Lysander n'avait pas haussé le ton, mais sa voix avait pris un timbre acide. Sa main pianotait au bord de la table, et si cela n'avait pas suffi, ses sourcils relevés achevaient de donner à son visage une expression qui n'avait rien d'affable. Le vieil homme aurait voulu se détourner, mais ses yeux restaient rivés à ceux de son élève. Il était habitué à la froideur de Katherine lorsqu'il la contrariait, au silence obstiné de Charlie lorsqu'il en avait assez de ses élucubrations. Même Don lui manifestait parfois son agacement, toujours en silence, mais de manière assez évidente pour le rappeler à l'ordre – leur dispute à Alexandrie reposait moins sur leur désaccord que sur la manière dont le vieil homme avait dépassé les bornes. Aux yeux du monde entier, Frederick n'avait jamais prêté attention à leur mauvaise humeur, en bon professeur strict et rigoureux qu'il se devait d'être. Pourtant, cette fois, rien ne parvenait à masquer l'angoisse qui naissait sur ses traits. Lysander Grey n'avait jamais haussé le ton avec lui. Law ne se souvenait pas non plus qu'il l'ait un jour regardé de cette manière. Dans cet endroit où seul le barman pouvait les voir, cela le mettait dans un état d'affolement qu'il avait espéré ne plus jamais connaître.

— Je vous ai déçu, dit-il d'une voix sourde.

Lysander esquissa un sourire qui n'atteignit pas ses yeux.

— Le mot est faible, répondit-il.

— Je suis désolé.

— Ce n'est pas à moi que vous devez adresser vos excuses.

Frederick écarquilla les yeux, presque imperceptiblement. Lysander parlait encore trop bas pour être entendu de l'homme derrière le comptoir, mais sa voix vibrait de colère contenue. S'ils avaient été seuls, il lui aurait crié ces mots. La peur tordit soudain le ventre du vieil homme. Ce n'était pas Grey qu'il craignait – il ne lèverait pas la main sur lui, et il ne s'abaisserait jamais à user des mêmes stratagèmes que Keyes. Le professeur venait simplement de réaliser à quelle vitesse le linguiste s'éloignait de lui, à quel point il risquait de le perdre – de les perdre tous.

— Grey, bredouilla-t-il. Je n'allais tout de même pas le laisser seul là-bas après que Keyes…

— Il n'aurait pas été seul, coupa Lysander. Katherine serait restée avec lui. Don également, sans doute, puisque vous tenez tant à les voir se rapprocher. J'ignore pourquoi, et je ne veux pas le savoir. Nashwa et Ahmet ont aussi prouvé qu'ils étaient capables de veiller sur lui.

— Alors, c'est moi qui aurait été seul, protesta Frederick avec un sursaut. Suggérez-vous que laisser Keyes enlever Terrence était la meilleure des choses à faire ?

Lysander pinça les lèvres et secoua la tête.

— Je vous aurais suivi, dit-il. Je vous aurais suivi jusqu'en Chine si vous me l'aviez demandé. J'avais une confiance aveugle en vous, Frederick, vous n'imaginez pas combien de fois Katherine me l'a reproché.

— Dans ce cas, qu'est-ce qui a changé ? répliqua le professeur d'une voix un peu trop forte. Pourquoi cette discussion *maintenant*, alors que je ne pense à rien d'autre qu'à votre sécurité ?

L'espace d'un instant, il crut que Lysander ne répondrait pas. Qu'il allait simplement se lever et rejoindre sa femme sans en dire plus. Finalement, le linguiste passa une main sur son visage et Frederick songea que ses yeux brillaient un peu plus qu'à l'accoutumée.

— D'abord, vous avez refusé de nous citer dans la plupart de vos rapports, souffla-t-il. Comme si nous n'étions rien de plus que de simples ouvriers.

Frederick se raidit aussitôt.

— Vous ne comprenez pas, dit-il.

— Je comprends très bien, répliqua Lysander d'un ton sec. Je comprends que vous aviez une réputation à reconstruire, et que vous souhaitiez le faire seul. Je comprends et j'aurais pu vous pardonner. Mais vous n'en faites qu'à votre tête, sans jamais rien nous dire de vos intentions. Quand comptiez-vous nous parler de votre amitié avec Keyes ?

— Je ne vous ai jamais caché...

— Je parle de la vraie, professeur. Pas de la farce grotesque que vous jouez avec lui depuis plus de quinze ans.

Cette fois, Frederick bondit de sa chaise et le barman releva la tête vers lui. Au signe que Lysander lui adressa, le professeur devina qu'il avait été à deux doigts d'être secouru. Ne restait plus que deux options : fuir, ou affronter le regard accusateur du linguiste alors qu'il poussait l'un de ses papiers vers lui. Un article de journal grossièrement découpé, que Frederick n'eut pas besoin de lire pour le reconnaître.

— Saviez-vous qu'il avait pris Charlie pour cible ? interrogea Lysander.

Le vieil homme secoua la tête.

— J'ignorais même qu'ils se connaissaient, articula-t-il.

— Aviez-vous l'intention de l'avertir, ou comptiez-vous le laisser s'en rendre compte par lui-même ?

— Je vous jure que ce n'est pas...

— Et à moi ? coupa Lysander. Avez-vous seulement considéré la possibilité de me le dire, avant de m'envoyer étudier avec lui ?

Frederick eut un mouvement de recul, alors même que son esprit lui commandait de se rapprocher du linguiste pour implorer son pardon.

— Willard m'a juré que c'était un accident, balbutia-t-il. Il m'a dit... Lysander, je vous le jure, vous devez me croire. Il m'a dit qu'il s'était égaré et qu'on ne l'y reprendrait plus. Nous avons réellement été amis, je lui ai fait confiance...

À mesure qu'il parlait, Lysander secouait la tête, la déception creusant ses traits de seconde en seconde.

— Et pourtant, dit-il du bout des lèvres, vous n'avez rien dit quand il a envoyé ces hommes chez nous.

— Je ne savais pas, répondit Frederick, implorant.

La main du linguiste désigna l'article dans un geste éloquent, et le professeur se sentit trembler. Il se mentait à lui-même, et leur mentait à tous par la même occasion. Comment aurait-il pu ne pas savoir ? Le journal détaillait tout – la soif de la découverte, la manière dont Keyes avait engagé une dizaine d'hommes pour retourner les tiroirs de son confrère, puis comment il s'était présenté chez son élève le plus brillant et les conséquences de cette visite. Le papyrologue n'avait fait aucun effort pour se dissimuler, agissant exactement de la même manière. *Comment Law aurait-il pu ne pas savoir ?*

— Je ne savais pas, répéta-t-il pourtant.

Lysander se contenta de l'observer en silence, une main posée sur sa canne.

— Je ne voulais pas l'envisager, articula finalement Frederick. Il m'avait juré. Je n'avais pas l'intention de vous mettre en danger.

— Mais c'est ce que vous avez fait.

Grey resta là encore un instant, puis secoua la tête et se leva, s'attirant à nouveau le regard méfiant du barman. Lorsqu'il sortit, ce dernier retourna à ce qui l'affairait derrière son comptoir, sans prêter plus d'attention au vieil homme désemparé resté seul au milieu de la salle. Frederick baissa les yeux sur l'article. Tant qu'il restait en sa possession, songeait-il, Lysander ne pourrait que faire valoir sa parole contre la sienne auprès des autres. Il n'aurait peut-être pas à s'expliquer. Mais il avait parlé de l'Atlantide à Charlie, se souvenait-il, et il lui apparaissait soudain qu'aucun d'entre eux ne serait prêt à le croire *lui* plutôt que le linguiste. Son cœur fit un bond dans sa poitrine lorsqu'il songea qu'ils allaient peut-être véritablement l'abandonner là et le laisser poursuivre Keyes seul. L'épouvante lui glaça les entrailles. Si cela devait arriver, il n'aurait plus d'autre choix que de rentrer en Angleterre. Tout plutôt que de se risquer à Alexandrette sans personne, pas alors que Keyes était si bien entouré – et tant pis pour le Sèma.

Il fit quelques pas vers la porte et s'efforça de ne plus penser qu'au lit qui l'attendait, avant le voyage qui les absorberait tous le lendemain. Il avait tout juste atteint la porte lorsqu'une voix venue de trop loin s'imposa dans son esprit, lui assénant reproche après reproche dans une langue que trop peu à Oxford connaissaient. Son poing se serra autour du morceau de papier qu'il venait de plonger dans sa poche. Même alors qu'il coupait les ponts avec lui, prêt à embarquer sur le bateau qui le ramènerait à Antalya, le dernier élève qu'il avait emporté dans sa folie avait pris soin de le préserver des rumeurs. Il ne mériterait pas que Lysander fasse de même.

— Grey, appela-t-il. Grey, attendez, s'il vous plaît.

Lorsqu'il le rattrapa, le linguiste s'était immobilisé au milieu de l'escalier, lourdement appuyé sur sa canne. Il n'avait aucune envie de l'écouter, il aurait fallu être stupide pour ne pas le voir. Abandonner et faire comme si la conversation n'avait jamais eu lieu aurait sans doute été plus facile, plus confortable... Mais il ne supporterait pas de terminer ce voyage avec l'allure d'un meurtrier, même involontaire.

— Il a tiré, c'est vrai, murmura-t-il après quelques secondes.

— Mais vous êtes toujours persuadé que c'était un accident, répliqua froidement Lysander.

— Je... Je crois qu'il n'était pas tout à fait lui-même. Qu'il n'en avait pas l'intention en se présentant chez lui, et qu'il s'est emporté. Il n'aurait pas dû, ajouta le professeur avec hâte, mais Willard n'est pas un tueur, Grey, je vous le jure.

— Non, bien sûr. Visiblement, il préfère laisser d'autres faire le travail à sa place.

Frederick se mit à tirer sur sa moustache jusqu'à se faire mal, les joues cramoisies. Il avait voulu arranger les choses, et voilà qu'il s'enfonçait. Il poussa un soupir tremblant et ne fut soudain plus conscient que du poids qui obstruait sa gorge.

— Il a été le seul à me croire, vous savez ? dit-il faiblement. Ce garçon. C'est lui qui est allé parler à Willard pour le convaincre de nous aider. Nous avions besoin d'un financement, et je savais que personne ne me donnerait le moindre penny pour poursuivre des chimères, pas avec un étranger à mes côtés. J'aurais sans doute dû revenir à la raison à ce moment-là, quand il est revenu avec Willard et toute la fierté du monde sur le visage. Il ne voyait même pas comment les autres le regardaient. Ils étaient effrayés, dégoûtés, parce qu'il avait l'accent trop prononcé et qu'il priait sur un tapis. Il les ignorait. Rien ne comptait plus à ses yeux que mon approbation.

— Don et lui se seraient sans doute bien entendus, commenta Lysander.

Frederick hocha la tête. Il ignorait si c'était à cause des larmes qu'il sentait affluer à ses paupières, mais il lui semblait que sa voix s'était radoucie.

— Nous sommes partis, et Willard est resté en Angleterre, reprit-il. Il nous avait prêté suffisamment d'argent pour commencer, et c'est grâce à lui que l'université s'est sérieusement intéressée au projet. Si je parvenais à ramener ne serait-ce qu'une pierre de l'Atlantide, ce serait la plus belle découverte d'Oxford. Nous étions tous très enthousiastes, au début. Nous sommes arrivés sur une île au milieu de l'océan Indien, et nous avons plongé plusieurs fois sans jamais rien trouver. Trop profond. Alors, nous nous sommes rapprochés des côtes. Toujours rien. Un matin, quelqu'un a remonté du bois. Nous avons plongé à nouveau, seulement pour trouver deux épaves de navires marchands, on ne peut plus modernes, sans doute de l'East India Company. Alors… Il a commencé à douter. À raison. Il a tenté de me ramener en Angleterre, mais je me suis emporté, et je lui ai dit des choses que je n'aurais jamais dû lui dire. Il est parti seul. C'est alors que *ceci* est arrivé.

Le vieil homme agita un peu l'article froissé dans son poing et secoua la tête. Il se souvenait de chaque mot qu'il avait prononcé ce jour-là, et du regard que son élève adoré posait sur lui. C'était sans doute à cause de lui qu'il avait fini par lui annoncer qu'il ne poursuivrait pas ses études. Un véritable gâchis. Quand Charlie avait voulu faire de même, après la guerre, Frederick avait tout bonnement refusé de faire face à un deuxième échec.

— Ne dites rien, lâcha-t-il brusquement. Pas un mot de tout cela aux autres, je vous en prie. Même si je suppose que Katherine est déjà au courant.

À sa grande surprise, Lysander secoua doucement la tête.

— Katherine sait pour l'Atlantide, répondit-il. Mais c'est tout. Elle vous aurait arraché la tête elle-même si je lui avais dit.

Frederick se détourna, nerveux. Il n'avait pas tort. Le souvenir du coup de pied envoyé à Keyes restait encore cuisant dans son esprit.

— Pourquoi ne rien dire ? insista Lysander. Si Charlie risque de se faire tirer dessus, il mérite de le savoir, vous ne croyez pas ?

— Je ne veux pas l'effrayer davantage, répondit Law. Il est déjà inquiet pour Terry, et il a frôlé la mort avec ce coup à la tête. S'il prend le risque de repartir pour l'Égypte et que Keyes ou ses brutes le cueillent en chemin, insista-t-il alors que Grey allait protester, il n'en reviendra peut-être jamais. Je ne suis pas prêt à le laisser faire. Je n'ai jamais voulu vous mettre en danger, Lysander.

Le linguiste soupira et ses doigts s'agitèrent un instant sur le pommeau de sa canne. Il leva les yeux vers les marches qui s'élevaient encore au-dessus d'eux, le front plissé par l'inquiétude. Lui ne pensait qu'à ce qui arriverait si Keyes *s'emportait* encore une fois. Une chose était certaine, il ne s'interposerait pas si Williams décidait de sauter à la gorge de Charlie... Finalement, il secoua la tête et baissa les yeux vers Frederick. Le vieil homme attendait sa réponse, les traits tendus par l'angoisse. Le linguiste lui en voulait toujours – si quelque chose arrivait à Dawson, ou à un autre, il lui en voudrait jusqu'à la fin de sa vie. Pourtant, il hocha la tête, pris d'une soudaine bouffée de compassion pour cet homme qui avait fait de lui ce qu'il était.

— Ne me mentez plus jamais, Frederick, dit-il d'une voix douce. Même par omission. Si je vous suis, je veux savoir où nous allons.

— Je vous le promets, répondit aussitôt le professeur.

— Alors je ne dirai rien. Essayez tout de même de vous réconcilier avec Charlie. Dites-lui que vous ne vouliez que le protéger, ou rien ne l'empêchera de faire demi-tour.

Frederick acquiesça, s'efforçant de conserver un semblant de contenance. Il ignorait si Dawson accepterait de l'écouter, mais il pouvait au moins essayer. Lysander esquissa un sourire et s'éloigna, claudiquant un peu plus qu'à l'accoutumée. Le vieil homme resta planté là, à écouter. Lorsque le linguiste ouvrit la porte de sa chambre, la voix de Charlie s'éleva encore un instant avant de s'interrompre, remplacée par celle de Katherine – la jeune femme parlait trop bas pour que Frederick la comprenne. Le battant se referma, et l'escalier plongea à nouveau dans le silence. Le professeur entreprit aussitôt de regagner sa propre chambre. Il se rappelait y avoir fait monter un peu de champagne, et il avait besoin de quelque chose qui l'aiderait à dormir.

CHAPITRE 38

— Je ne sais pas encore si ça marchera. Il a peut-être déjà appelé, et si les impressions sont lancées... Enfin, je suppose que nous aurons au moins essayé.

Katherine hocha la tête, tout en sachant qu'Evelyn ne pouvait pas la voir. Assis derrière elle, Lysander la couvait d'un regard soucieux. Charlie avait demandé à leur parler après le dîner, et le linguiste avait bien cru qu'il allait fondre en larmes alors qu'il leur expliquait de quelle manière Keyes le faisait chanter. Lorsqu'il avait évoqué la possibilité que le professeur pourrait diffuser ses lettres dans les journaux, Katherine avait presque bondi de son siège, épouvantée.

— Don a dit que Keyes allait être furieux, avait-elle balbutié. S'il est en colère, il a sûrement déjà pensé à une manière de se venger.

— Aura-t-il le temps d'avertir les journaux ? s'était inquiété Charlie.

— Si Terry a eu le temps d'envoyer son télégramme, Keyes a eu tout le loisir de contacter quelqu'un à Londres.

La jeune femme s'était précipitée sur le téléphone pour appeler Evelyn, à la grande surprise de ses compagnons. Ce n'était que lorsque les deux femmes avaient évoqué Carter qu'ils avaient compris ce qu'elles essayaient de faire : faire suffisamment pression sur le *Times* pour que toute publication signée par Keyes ou impliquant le nom de Charles Dawson soit refusée.

— Je vais en parler à mon père, indiqua Evelyn de l'autre côté du combiné. Sans entrer dans les détails, bien sûr, mais il m'écoutera. Monsieur Burton pourra peut-être nous épauler également, s'il ne craint pas trop de perdre de l'argent.

— Il n'est pas utile d'alerter tout le pays, marmonna Charlie, les joues à nouveau rendues cramoisies par l'embarras.

Katherine n'avait parlé que de lettres compromettantes que Keyes menaçait de révéler au grand public, mais le jeune homme ne pouvait s'empêcher de penser que quelqu'un dans l'entourage de Lady Evelyn pourrait finir par comprendre de quoi il s'agissait. Lysander lui adressa un sourire rassurant.

— Evelyn ne dira rien qui puisse te nuire, affirma-t-il. Elle a toujours été très prudente. Si Carter, Carnarvon et Burton refusent tous les trois de poursuivre leur collaboration avec le *Times*, ils n'auront même pas besoin d'en expliquer la raison pour que le journal accepte toutes leurs conditions.

Charlie hocha faiblement la tête. Cela ne calmait pas complètement son inquiétude – il y avait toujours la possibilité de voir les lettres publiées dans l'édition du lendemain – mais il devait bien admettre que voir Katherine se démener ainsi pour lui l'apaisait un peu. Il grimaça en entendant soudain Frederick ronfler, de l'autre côté du mur. Une fois que la jeune femme aurait raccroché, il lui faudrait souhaiter une bonne nuit aux Grey et aller passer la sienne dans la même chambre que Don. Il savait d'avance qu'il ne dormirait pas avant d'être monté dans le train qui les emmènerait à Alexandrette. Il s'imaginait déjà les regards noirs que le Français leur lancerait au moment du départ, un exemplaire du *Times* déplié sur son comptoir... Il s'efforça de repousser cette vision, sans pouvoir retenir un froncement de sourcils. Après tout, pourquoi diable un Français irait-il lire le *Times* ? Le *Petit Journal* relatait assez bien les aventures de Carter, et il doutait que la politique anglaise intéresse beaucoup le réceptionniste d'un petit hôtel d'Antioche.

— Bien, lança soudain Katherine, le tirant de ses réflexions. Voilà qui est réglé. Evelyn va de ce pas parler à son père, qui se chargera de prévenir Carter et Burton si sa seule voix ne suffisait pas.

— Merci, soupira Charlie. Je serais bien incapable de lui tenir tête tout seul.

— Et tu n'en auras pas besoin, assura Lysander.

— Je le giflerai autant de fois que nécessaire pour qu'il te laisse tranquille, précisa Katherine.

Dawson esquissa un sourire et la laissa l'embrasser sur les deux joues alors qu'il se levait pour rejoindre son lit. Tandis que Lysander le raccompagnait jusqu'à la porte, il ne put s'empêcher de songer à l'absurdité de sa situation. Peut-être, lui soufflait une voix dans son esprit, Keyes aurait-il été plus indulgent avec lui s'il n'avait pas passé tant de temps à se moquer de lui. Et puis, s'il avait été plus prudent, le vieil homme n'aurait sans doute pas songé à garder les lettres – et alors, ses menaces n'auraient eu aucun effet sur lui.

— Ton lit est à droite, grogna Don au moment où il ouvrit la porte de la chambre. Si tu pouvais le trouver sans allumer la lumière, tu serais bien aimable.

Au son de sa voix bizarrement étouffée, Charlie devina qu'il avait le visage enfoncé dans son oreiller. Il jeta un bref regard par-dessus son épaule et considéra le couloir vide un moment, puis se glissa à l'intérieur et referma le battant. Alors qu'il clignait des yeux pour s'habituer à l'obscurité, il entendit Don remuer au fond de son lit.

— À droite, répéta-t-il d'une voix ensommeillée. Sauf si tu préfères dormir devant la porte.

— Je n'y vois rien, espèce d'abruti, répliqua Charlie en réprimant un sourire. Laisse-moi quelques secondes.

— Qu'est-ce que tu fabriquais ?

— J'écoutais Katherine et Lady Evelyn comploter au téléphone pour empêcher Keyes de publier quoi que ce soit dans le *Times*. Evelyn pense convaincre son père et Carter de refuser de leur donner l'exclusivité des prochaines découvertes au sujet de Toutankhamon, sans l'assurance que le bon professeur n'aura pas une seule ligne dans leur journal.

Don émit un marmonnement approbateur, et Charlie l'entendit retomber contre son oreiller. De l'autre côté du mur,

Frederick ronfla de nouveau, plus fort que jamais. Woodland poussa un gémissement et quelque chose de mou heurta Dawson alors qu'il tâtonnait jusqu'à l'autre lit.

— Hé ! protesta-t-il.

— Ce n'est pas toi que je visais.

— Il est derrière un mur.

— Eh bien, frappe le mur et dis-lui de la fermer.

Charlie émit un petit rire et parvint enfin à trouver son matelas. Il s'assit lentement par-dessus les draps et leva les mains pour déboutonner sa chemise, le dos tourné à Don. Lorsqu'il se glissa sous la couverture, ce dernier ne remuait plus. Le jeune homme risqua un bref regard dans sa direction. La faible lumière du dehors éclairait vaguement son épaule, la faisant paraître bien haute par rapport à l'oreiller trop mou. Dawson se retourna vers le mur et ferma les yeux, s'efforçant d'ignorer les ronflements de Frederick et la perspective du lendemain matin. Il commençait à somnoler lorsque Don se mit à rire dans son dos, cherchant en vain à étouffer son hilarité contre son bras.

— Qu'est-ce que tu as ? souffla Charlie.

— Je serais un colocataire épouvantable, répondit Don avec un hoquet. Je viens de te jeter une chaussette au visage.

— C'était donc une chaussette, répondit Dawson d'un ton faussement intéressé.

— Tu ne t'imaginais quand même pas autre chose ?

Charlie laissa échapper un son indigné, et Don se mit à rire de plus belle en sentant une chemise s'écraser près de sa tête, artistiquement roulée en boule pour lui donner plus d'élan.

— Tu vises encore plus mal que moi, articula-t-il.

— Moi, au moins, je ne lance pas des chaussettes aux gens par accident !

— Peut-être bien, mais c'est la deuxième fois que tu essaies de me frapper et que tu n'y parviens pas.

— La deuxième fois ? s'étonna Charlie.

— Chez toi. Tu étais prêt à me frapper avec ta lampe de chevet, rappela Don.

Il marqua une pause et rit de nouveau, jusqu'à arracher à Dawson quelques gloussements.

— Tu aurais vu ta tête, murmura Woodland. Je ne savais pas si tu avais envie de me tuer ou de me jeter dehors.

— Tu es entré chez moi sans prévenir, rétorqua Charlie, tout à fait gagné par l'hilarité. Tu m'aurais poussé dans mon armoire pour que je m'habille !

Il était épuisé. Malgré ses inquiétudes de la journée, il lui semblait que le moindre mot avait le pouvoir de le faire rire jusqu'à ce que ses côtes lui fassent mal. De toute évidence, Don se trouvait dans le même état. Le lendemain matin, ils partiraient pour Alexandrette et ils devraient sûrement affronter Keyes à nouveau – il ne pouvait pas être bien loin devant eux. Mais pour le moment, s'amuser un peu lui faisait du bien. Les deux hommes parvenaient finalement à se calmer lorsque des coups leurs parvinrent soudain de l'autre côté du mur.

— Jeunes gens, nous aurons une longue journée demain, lança Frederick. Tâchons de nous reposer.

Don se redressa sur un coude, indigné.

— C'est l'hôpital qui se fout de la charité, déclara-t-il.

Lorsqu'il retomba sur l'oreiller, Charlie était parvenu à étouffer ses rires et s'était retourné vers lui. Tant qu'il se tenait allongé sur le côté, Don pouvait l'observer à loisir sans risquer d'être vu : la lumière dessinait ses contours à lui à contre jour, mais éclairait entièrement le visage de Dawson, de ses yeux qui luttaient pour rester ouverts aux cheveux clairs qui semblaient vouloir boucler sous son oreille. Woodland attendit patiemment que ses paupières se ferment enfin, puis que son souffle se fasse plus profond avant de se laisser aller à somnoler à son tour. Après tout, Frederick avait raison. La journée serait longue, et il était essentiel que Charlie dorme un peu. Il l'avait très bien caché aux autres, mais il n'avait fallu que quelques secondes à Don pour deviner qu'il n'avait pas fermé l'œil sur le bateau…

Il ne mit que quelques heures à comprendre dans quel état il avait dû se trouver, pris au piège avec le professeur à chaque étape de leur voyage. Se retourner dans tous les sens pour trouver le sommeil ne lui faisait pas le moindre bien. Il avait d'abord cru que le problème venait de l'oreiller et de la manière dont son visage s'y enfonçait chaque fois qu'il bougeait. Puis, il avait mis son insomnie sur le compte de la couverture, bien trop épaisse à son goût. Vers deux heures du matin, il avait décidé que la faute incombait à Frederick et à ses ronflements épouvantables dans la chambre voisine. Finalement, il avait dû se rendre à l'évidence : la présence de Charlie si près de lui électrisait chacun de ses nerfs et rendait tout repos impossible. Chaque fois qu'il se tournait vers lui, Don paraissait découvrir quelque chose de plus à son sujet. À trois heures, il savait notamment que le céramologue ne tirait jamais la couverture plus haut que sa poitrine, qu'il s'agitait autant dans le sommeil que sur les chantiers de fouille, et qu'il avait prononcé son nom exactement quatre fois depuis qu'il s'était endormi.

Lorsqu'il avait repoussé ses draps, Woodland était resté pétrifié, à la fois soucieux de ne pas le réveiller et stupéfait par ce qu'il voyait. Il avait pris l'habitude de voir Charlie dans des vêtements trop larges pour lui – il prétendait pouvoir porter ses caisses de poteries plus aisément ainsi. Il n'avait jamais soupçonné que ces chemises retroussées jusqu'aux coudes masquaient en fait un torse finement musclé, qu'un Girodet ou un Natoire auraient aisément pu prendre pour modèle. Don se demanda un instant à quoi ressemblerait la sensation de ce torse sous ses doigts. Il se figura un Charlie éveillé, étendu contre lui au lieu de se trouver sur un autre lit de l'autre côté de la pièce. Il lui sourirait, ses cheveux clairs en bataille sur l'oreiller. Don passerait la main sur son épaule, doucement, puis se pencherait sur lui pour…

Il ferma brusquement les yeux et se retourna avec un grognement de frustration, chassant cette vision de son esprit. Il ne pouvait pas. Ils avaient été collègues et amis depuis si longtemps – s'il y avait eu une ouverture, Charlie le lui aurait fait comprendre. Don le croyait, en tout cas. Mais il y avait la lettre de Keyes et ses menaces, et le secret de Dawson révélé au grand jour, et cette angoisse terrible qui semblait le prendre chaque fois que Don et lui se trouvaient seuls dans la même pièce... Woodland enfonça son visage plus profondément dans l'oreiller, les paupières serrées à se faire mal. Il ne *pouvait pas* penser à Charlie ainsi. Il avait besoin de quelqu'un pour le soutenir, pour lui donner de l'espace lorsqu'il en avait besoin, pour le faire rire lorsqu'il n'y parvenait plus et pour s'assurer que Williams ne lui mettrait pas à nouveau son poing dans la figure. Ce dont il n'avait pas besoin, c'était d'un autre béat en manque d'affection qui finirait par s'emballer et tout gâcher.

Don se retourna à nouveau, poussant un profond soupir. Il n'était pourtant pas un béat en manque d'affection. Il n'avait jamais écrit de lettres enflammées à personne, et certainement pas de nature à ruiner une réputation. Il se targuait d'être un homme pragmatique, jamais un mot plus haut que l'autre, réfléchissant soigneusement avant de parler. Il y avait une certaine prestance qu'il devait tenir en public, afin de rappeler au monde qu'il s'adressait à Don Woodland, historien de l'art de son état, et non à un étranger à la peau trop sombre ramené d'Inde à contrecœur par un père absent. Pourtant, Charlie Dawson avait fait vaciller cette prestance dès qu'il était entré dans sa vie – pas assez pour que quiconque remarque le changement, mais suffisamment pour que Don lui-même contemple son reflet avec consternation une fois rentré chez lui.

Charlie avait été charmant ce jour-là. Don avait eu l'idée saugrenue de venir étudier chez Lysander, et il avait fini par abandonner le linguiste à une sieste improvisée, lui-même trop absorbée par son étude d'une fresque de Parmigianino pour lui prêter attention. Et puis, Katherine Alden – délicieuse miss Alden dans sa longue robe bleue, devant laquelle Lysander Grey se pâmait déjà d'admiration – avait frappé à la porte, porteuse d'un message de Frederick pour son plus brillant élève. C'était Don qui avait ouvert, le brillant élève en question toujours étendu en travers du canapé. Woodland avait tout à fait oublié Katherine dès qu'elle lui avait présenté son compagnon. Charlie Dawson était d'une beauté désarmante, sa veste nonchalamment drapée sur ses épaules, les cheveux décoiffés par le vent d'automne, hésitant sur le pas de la porte alors que Lysander émergeait du sommeil pour lui proposer une tasse de café…

Don soupira à nouveau, ramené à la réalité par un ronflement plus sonore que les autres de la part de Frederick. Puisque Morphée ne daignait pas venir le chercher, autant sortir de la chambre pour lire un peu sans déranger Dawson. Peut-être un bon roman parviendrait-il à détourner ses pensées de son céramologue – non, celui de l'équipe – assez longtemps pour que des rêves moins échauffés viennent le trouver. Il allait mettre son idée à exécution lorsque Charlie remua sous la couverture et parut vouloir tendre le bras vers lui.

— Don, chuchota-t-il pour la cinquième fois.

Ce dernier le contempla en silence, le cœur battant à tout rompre. La main de Dawson pendait par-dessus le matelas, dans une invitation sans équivoque. L'espace d'un instant, Don songea à la prendre, ne serait-ce que pour lui assurer qu'il était près de lui et ne l'abandonnerait pas. Et puis, il se ravisa. Charlie lui en voudrait sûrement. Que penserait-il si Frederick débarquait au petit matin pour les tirer du lit et les trouvait ainsi, main dans la main ? Non, il ne pouvait pas. Woodland repoussa brusquement ses couvertures et fit un mouvement pour se lever. Un faible gémissement du côté de Charlie le retint aussitôt. S'il sortait pour lire, qui veillerait sur lui ?

Il resta là un moment, assis au bord du lit, à écouter Frederick ronfler. Et puis, avec un soupir de résignation, il se recoucha. Il ne dormirait pas, songea-t-il en fermant les yeux, mais il pouvait au moins profiter de l'obscurité pour rêver un peu.

*

Terry n'avait pas touché à la tasse de thé posée devant lui. Il cherchait encore un moyen de déterminer si oui ou non la boisson avait été agrémentée d'une drogue quelconque lorsque le visage barbu du marin se pencha par-dessus son épaule, un sourire amusé aux lèvres.

— Il doit être froid, maintenant, commenta-t-il. Êtes-vous un de ces Anglais qui n'aiment pas le thé ?

— Au contraire, répliqua Terry. Je me demandais simplement comment j'étais supposé vous faire confiance, à présent que je suis assis chez l'un de vos amis avec moitié moins d'argent en poche que lorsque nous nous sommes rencontrés.

L'homme s'assit face à lui et parut réfléchir très sérieusement à la question, l'espace de quelques secondes. Puis, son sourire réapparut et il secoua la tête :

— Vous ne le pouvez pas, répondit-il. Pas plus que je ne peux vous faire entièrement confiance. Après tout, je vous ai fait entrer ici et je vous ai donné mon argent sans rien connaître de vous, n'est-ce pas ?

Terry ne sut quoi répondre. À ses yeux, c'était lui qui se trouvait en plus mauvaise posture, seul dans un pays qu'il ne connaissait pas, peut-être poursuivi par les hommes de Keyes et possiblement enfermé dans la maison d'un inconnu avec deux hommes qui pourraient aisément le maîtriser. Mais peut-être que ces deux hommes craignaient qu'il ne mette le feu à la demeure et ne s'enfuie pendant leur sommeil…

— Vous connaissez mon nom, mais je ne connais pas le vôtre, remarqua soudain le jeune homme.

Le marin laissa échapper un petit rire et lui tendit la main par-dessus la table.

— Ozhan Arat, dit-il alors que Terry la serrait. Je servais dans la marine ottomane, mais aujourd'hui, je suis seulement pêcheur.

— La plupart du temps, lança son compagnon depuis une autre pièce. Quand il n'erre pas sur les ports à la recherche d'archéologues imprudents.

Terry sursauta vivement à ces mots, mais Ozhan lui adressa un signe de tête qui se voulait rassurant :

— Il ne parle pas de vous, dit-il. Je n'étais pas à Chypre pour intercepter des archéologues. Mais il est vrai qu'il m'arrive de barrer la route à certains d'entre eux. Nous allons devoir mettre le cap sur Iskenderun, ajouta-t-il à l'adresse du petit homme. Si Willard Keyes était si pressé de mettre la main sur notre petit bijou, cela signifie qu'il n'a pas mis la main sur le deuxième.

— N'est-il pas rangé au fond d'une boîte à l'Ashmolean Museum ? objecta son compagnon.

Le marin coula un regard à Terry, interrogateur. Ce dernier mit une seconde à comprendre ce qu'il attendait de lui. Il se redressa brusquement, indigné, et fit un mouvement pour se lever.

— Keyes m'a fait dessiner ce médaillon encore et encore, pendant des jours, déclara-t-il. Je ne veux plus rien à voir avec lui !

— Vous n'aurez même pas à y toucher si vous ne le voulez pas, assura Ozhan. J'aimerais seulement savoir s'il est en Angleterre ou ailleurs.

Le jeune homme pinça les lèvres. Il ignorait où se trouvait le bijou à cet instant, mais une chose était certaine, il n'était pas à Oxford.

— La dernière fois que je l'ai vu, il était chez les Grey, à Alexandrie, soupira-t-il finalement. Ils sont sans doute partis avec.

Le visage d'Ozhan se plissa en une moue ennuyée. Dans l'autre pièce, le petit homme émit un rire moqueur en entendant Terry, et le jeune homme saisit aussitôt ce que cela signifiait : ils avaient parlé de l'équipe de Law et de leurs trouvailles, et Ozhan avait choisi, d'une drôle de manière, de leur faire confiance. Son compagnon, en revanche, avait dû l'avertir de toutes sortes de dangers qui guetteraient si le bijou tombait entre de mauvaises mains.

— Je te l'avais dit, déclara-t-il en venant se planter dans l'encadrement de la porte, un torchon à la main. Je t'avais dit qu'ils se sauveraient avec quelques babioles dans leurs poches. Je t'avais prévenu aussi pour Carter.

— Je ne pouvais rien faire pour Carter, répliqua aussitôt Ozhan. Le temps que nous nous rendions compte de ce qui se passait, il était déjà de retour en Angleterre.

— Je t'avais prévenu, insista l'autre.

— Oh, très bien ! Tu m'avais prévenu, et je ne t'ai pas écouté. Maintenant, nous allons dire aux autres que nous partons pour Iskenderun, et nous allons régler le problème des babioles qui se trouvent dans les poches des Anglais. Satisfait ?

— Je serai satisfait quand tu m'auras présenté des excuses publiques. Et quand Carter aura rendu tout ce qu'il a pris au pharaon.

Ozhan se contenta de hausser les épaules et de se retourner vers Terry, un petit sourire contrit sur le visage. Le jeune homme les observait avec méfiance, et n'avait toujours pas touché à sa tasse. À la manière dont il se tenait tout au bord de sa chaise, il était facile de deviner qu'il se tenait prêt à s'enfuir si les deux marins se montraient hostiles.

— Nous n'avons toujours pas l'intention de vous faire du mal, assura Ozhan.

— Keyes disait ça aussi, répliqua Terry. Vous pourriez me faire du mal sans avoir besoin de me frapper.

— C'est vrai. Mais ce n'est tout de même pas notre intention.

Le petit homme rejeta son torchon dans la pièce adjacente et s'approcha de la table, jetant un bref regard à la tasse encore pleine.

— Il nous arrive seulement d'intercepter des équipes d'archéologues et de... remplacer certains objets qui doivent partir pour l'Europe, expliqua-t-il en se laissant tomber sur la dernière chaise libre. Nous étions en route pour Alexandrie, mais nous voilà forcés de faire demi-tour parce que le capitaine Arat n'écoute pas ses matelots. Puisque tu ne le bois pas, tu permets que je m'en charge ? ajouta-t-il en pointant le thé.

Terry hocha la tête et le petit homme tira aussitôt la tasse à lui, un sourire gourmand aux lèvres. Ozhan suivit son mouvement du regard, puis reporta son attention sur le garçon avec un profond soupir.

— Le plus souvent, nous faisons cela à la demande de quelques personnes qui ont les moyens de nous rendre la vie plus facile, dit-il. Ils veulent que ces objets reviennent à leur place, par vengeance, par respect, ce n'est pas très important. L'important, c'est que nous sommes assez doués dans la fabrication de faux pour que les archéologues ne se rendent pas compte de l'échange... Pas immédiatement, en tout cas.

— Et le médaillon que vous avez montré à Keyes... bredouilla Terry.

— Un faux que je trouve particulièrement réussi.

Le marin tira le bijou de sa poche et le poussa vers le jeune homme. Ce dernier ne put qu'approuver le compliment. L'inscription, la perle de verre, tout était semblable au médaillon que Katherine avait tiré de la bibliothèque... À ceci près que le verre était trop clair et trop lisse, dépourvu de la carte que Charlie avait trouvée dessus. Le cœur du garçon se serra un peu à la pensée du céramologue. Il aurait aimé pouvoir lui montrer cela, pour voir sa réaction.

— Charles Dawson l'aurait vu, déclara-t-il en reposant le bijou sur la table.

— Si tu le dis, marmonna le petit homme entre deux gorgées de thé.

— C'est trop propre, insista Terry. Ils l'auraient tous vu. Mais...

Son cœur se serra à nouveau alors qu'il observait le faux. Keyes s'était laissé prendre, emporté par l'urgence et par son avidité. À Oxford, les savants de l'Ashmolean Museum auraient tout le temps d'observer le médaillon... Mais le jeune homme devinait que cela ne ferait aucune différence. Aucun d'eux ne saurait distinguer ce bijou de celui qui leur avait été présenté quelques mois plus tôt. Une brusque envie de pleurer le saisit alors qu'il comprenait ce que l'existence du faux impliquait, et pourquoi les deux marins parlaient de faire demi-tour.

— Vous voulez leur prendre le vrai médaillon, souffla-t-il.

— Et le ramener à Alexandrie, approuva Ozhan.

— Ne leur faites pas ça.

Le marin haussa un sourcil. Le garçon ne le regardait pas, mais sa voix avait pris une teinte implorante qu'il n'aurait pas cru entendre.

— Cela ne changera rien à leur découverte, répondit-il d'une voix douce. Personne ne s'en rendra compte.

— Eux s'en rendront compte, répondit Terry. Ils ne s'en remettront pas. Et si Keyes s'en aperçoit, il s'arrangera pour qu'ils deviennent la risée de tout le monde. Ne leur faites pas ça. Ils ont travaillé trop dur pour que ça se termine de cette façon.

Le petit homme haussa les épaules près de lui, comme si le travail de toute une équipe et de dizaines d'ouvriers n'avait aucune importance. De l'autre côté de la table, pourtant, Ozhan paraissait considérer les paroles de Terry avec un léger intérêt. Il avait prétendu que les motivations de ses clients ne comptaient pas vraiment à ses yeux. Peut-être pouvait-il changer d'avis si quelqu'un lui proposait mieux ?

— Je pourrais vous payer, balbutia Terry. Je recevrai un salaire, à mon retour à Oxford, et je…

Arat leva une main pour l'interrompre, et les mots moururent sur ses lèvres.

— Je ne veux pas être payé, dit-il. Pas par vous. Vous n'êtes même pas encore majeur, n'est-ce pas ?

Terry pinça les lèvres et hocha la tête. Ozhan l'observa encore en silence pendant quelques instants, puis lui adressa un sourire pensif.

— Vous leur avez dit que vous partiez pour Alexandrie, dit-il. Vous pouvez encore changer d'avis. Mettre les voiles avec nous demain matin.

— Monsieur Dawson va s'arracher les cheveux s'il apprend que je lui ai menti, objecta Terry avec un froncement de sourcils.

— Ce ne serait pas tout à fait un mensonge, répondit le petit homme. Iskenderun s'appelait aussi Alexandrie, autrefois.

Vous n'aurez qu'à prétendre que vous avez écrit ça pour ne pas attirer l'attention sur nous.

— Venez avec nous, insista Ozhan. Présentez-nous vos amis, et nous déciderons s'il vaut mieux renvoyer le médaillon à Alexandrie ou les laisser l'emmener en Angleterre.

Terry se sentit hésiter. Il savait qu'il n'aurait nulle part où aller une fois qu'ils seraient en pleine mer, et il ignorait s'il voulait ressentir une telle impuissance une fois de plus. D'un autre côté, il n'aurait sans doute pas de meilleure occasion d'aider Charlie et les autres – et, mieux encore, de barrer la route à Keyes au moment où il s'y attendrait le moins. Il releva les yeux vers Ozhan et hocha la tête.

— Très bien, dit-il. Je pars avec vous.

CHAPITRE 39

Alexandrette n'était pas particulièrement grande. Frederick en avait été plus surpris que ses élèves l'auraient cru, lui qui avait pourtant passé tant de temps à Antioche, presque à portée de main. La gare paraissait trop petite, trop loin de la ville elle-même. Ses murs clairs renvoyèrent une lumière jaunâtre dans les cheveux de Charlie alors qu'il laissait tomber sa valise pour s'éponger le front.

— N'avais-tu pas dit que la ville était au bord de la mer ? glissa-t-il à Katherine.

— Elle l'est, répondit la jeune femme avec un léger rire. Le golfe d'Alexandrette est droit devant nous. Mais tu peux toujours piquer une tête dans les marécages si tu n'as pas envie d'attendre.

— Il y a des marécages ? s'étonna Dawson.

Katherine hocha la tête et agita vaguement la main vers sa gauche. C'était cela qui avait attiré son attention lorsqu'elle avait commencé à étudier les plans d'Alexandrette : la ville était encadrée par des marais, de la même façon qu'Alexandrie d'Égypte l'avait été à ses premières heures. Même si la cité antique lui paraissait s'être trouvée un peu plus loin de la côte, au bord des montages qui se dressaient dans leur dos, ces marécages étaient encore assez vastes pour permettre de supposer qu'ils se trouvaient déjà aux abords des murailles deux mille ans auparavant. Frederick lança un ordre bref et Charlie se pencha aussitôt pour ramasser sa valise. Alors que leur petit cortège se mettait en marche, il ne put s'empêcher de glisser un regard inquiet en arrière, comme s'il avait craint qu'on ne les suive. Katherine se retourna à son tour, intriguée.

— Qu'y a-t-il ? voulut-elle savoir.

— Rien, répondit Dawson en secouant la tête. J'ai seulement... Maintenant que nous sommes ici, je me dis que la distance qui nous sépare de Keyes ne peut que se réduire. Je n'aime pas ça.

Katherine acquiesça en silence, retenant un regard vers son ventre qui ne tarderait pas à s'arrondir. Ce que Nashwa lui avait rapporté l'inquiétait toujours. Si vraiment Keyes était au courant pour sa grossesse, elle ignorait comment il avait bien pu l'apprendre, si elle était même parvenue à le cacher à Lysander. Elle préférait ne pas imaginer ce que le papyrologue pourrait décider de faire s'il les trouvait sur son chemin alors qu'ils n'étaient pas censés y être.

— Il ne fera rien, dit-elle pourtant, tant pour rassurer Charlie que pour apaiser ses propres craintes. S'il tente quoi que ce soit contre nous, il devra en répondre à son retour en Angleterre et cela pourrait lui coûter tout ce qu'il a construit jusqu'à maintenant. C'est trop risqué pour lui.

— C'est plus risqué pour nous, répliqua Charlie.

Il marqua une pause et poussa un profond soupir, l'air résigné.

— C'est plus risqué pour *moi*, corrigea-t-il. Et pour Terry. Même s'il essaie de le faire passer pour une victime, on le regardera de travers toute sa vie parce que tout le monde se demandera si je l'ai vraiment manipulé ou s'il s'est laissé faire.

— Raison de plus pour qu'il se taise, objecta Katherine. Puisqu'il voudrait prendre Terry sous son aile.

Charlie ne répondit pas. La jeune femme n'avait pas tort, mais il soupçonnait que la fuite du jeune homme avait coupé court à toute tentative de Keyes pour en faire un de ses étudiants. Le vieux papyrologue avait beau être un manipulateur hors pair, capable de façonner l'esprit de ses élèves jusqu'à ce qu'ils fassent ce qu'il attendait d'eux, Dawson le savait aussi prompt à une colère qui lui faisait oublier toute mesure. Voir son seul atout lui échapper avait dû le mettre dans une rage noire.

— Tant que nous ne le croisons pas dans les couloirs de l'hôtel, nous devrions nous en sortir correctement, soupira finalement Katherine. Aucun de nous ne pourra aller bien loin sans ouvriers pour nous aider à creuser, alors nous aurons encore un répit de quelques jours.

Charlie émit un grognement dubitatif.

— C'est sans compter sur lui, répliqua-t-il en désignant Frederick d'un bref mouvement de la main. Nous n'aurons pas défait nos valises qu'il sera déjà à la porte avec une pelle pour chacun de nous.

— Je suis sûre que tu te ferais un plaisir de le frapper avec.

Le sourire de Dawson lui servit de réponse. La jeune femme émit un petit rire et reporta son attention sur ce qui se passait autour d'elle, alors qu'ils entraient dans la ville. Contrairement à ce qu'elle s'était imaginé, l'armée française n'avait pas cherché à rendre sa présence plus discrète. Trois soldats en uniforme se retournèrent sur eux avec surprise en les entendant parler anglais, et un autre s'arrêta même pour s'enquérir de la blessure de Lysander et le saluer, de survivant à survivant, dans un mélange d'argot londonien approximatif et de français affublé d'un accent américain parfaitement étudié.

— Ils ont au moins le mérite d'être amicaux, commenta Frederick à voix basse. Croyez-vous qu'ils ont réservé le même accueil à Keyes ?

— Je n'en sais trop rien, avoua Don. Ils avaient l'air assez surpris de nous voir ici, mais peut-être qu'ils n'ont pas l'habitude de voir débarquer autant d'Anglais *en même temps*.

— Je vois. Si nous voulions être discrets, c'est donc bel et bien raté, soupira le professeur.

Il avait espéré passer inaperçu le temps de trouver des ouvriers et un lieu où commencer les fouilles. Après de longues concertations avec ses collègues, Katherine avait fini par leur indiquer un espace en dehors de la ville, à une distance raisonnable de la mer, qu'elle avait identifié à partir des lectures de Lysander :

— Si j'en crois les descriptions antiques, nous devrions trouver les restes de quelque chose d'assez somptueux, avait-il expliqué alors qu'ils achevaient de dévorer les dattes de Nashwa. Si les Ptolémée lui ont fait un tombeau à la macédonienne, je suppose que les pierres du tumulus auront tenu, à moins qu'il ne se trouve assez près de la mer pour avoir subi l'érosion.

— Mais tu n'y crois pas une seconde, avait répondu Katherine.

— En effet. Je crois que le plus grand danger pour le Sèma jusqu'à maintenant n'a pas été l'érosion, mais la guerre. Je serai déçu de réaliser que le tumulus a tenu le coup jusqu'au seizième siècle et qu'il a finalement laissé la mer gagner à peine trois cents ans avant notre arrivée.

— Jusqu'au seizième siècle ?

Lysander avait acquiescé et poussé quelques pages de notes vers elle.

— La dernière fois qu'un texte a explicitement mentionné le tombeau d'Alexandre, c'était chez Léon l'Africain, en 1525. Il a voyagé du Maroc à Constantinople, et il parle d'une sorte de petite masure dans les ruines d'Alexandrie que les locaux considéraient comme le Sèma. Plus personne n'en fait mention ensuite. Ce que je trouve étrange, c'est que les Alexandrins de 1525 semblent savoir très exactement où se trouve la tombe, alors que ceux dont parle Jean Chrysostome au cinquième siècle n'en ont pas la moindre idée.

— Et il serait surprenant qu'un mausolée royal somptueux supposément visible de tous puisse être décrit comme une petite masure, avait approuvé Katherine. Surtout si notre voyageur n'avait par ailleurs aucune difficulté à désigner des ruines pour ce qu'elles sont. S'il avait voulu parler d'un bâtiment effondré, il l'aurait sans doute précisé…

— C'est ce que je pense. Dans ce cas, ou bien les textes antiques embellissent beaucoup la réalité, ou bien le tombeau a radicalement changé de forme pour une raison inconnue… Ou alors, il se trouve bien à Alexandrette. Je suppose que tu as entendu parler de Richard Pococke ?

— Et comment, avait grimacé Katherine.

Elle se souvenait des heures passées penchées sur ses descriptions de l'Orient, et des notes sans fin qu'elle avait prises sur ce qu'il disait de la géographie méditerranéenne et de ses changements au cours du temps. L'un de ses professeurs l'avait désigné comme une sorte de père spirituel, et bien que d'autres aient fini par prendre plus de place dans les références de la jeune femme, elle pouvait difficilement oublier Pococke. Lysander avait souri et pointé du doigt quelque chose parmi ses papiers.

— Je n'ai pas eu le temps de lire le chapitre dans son intégralité, avait-il dit. Mais j'ai trouvé ça. Il est venu à Alexandrette et parle d'une ruine que personne d'autre n'a mentionné auparavant, selon lui, qui se trouverait quelque part autour de la ville.

— Un arc de triomphe en marbre gris, avait lu Katherine. Des colonnes effondrées, un escalier... Peut-être au pied des murailles. Ne serait-ce pas risqué de placer le tombeau à cet endroit ? Alexandrette se trouvait déjà au bord de deux frontières, je ne suis pas certaine que le choix soit bien stratégique...

— Sauf si les murs dont il parle ne sont pas les murailles de la ville, mais l'enceinte d'une nécropole, avait objecté Lysander. Puisque les Ptolémée sont censés avoir été inhumés autour du mausolée, dans de petites chapelles.

— Et si le Sèma lui-même est une ruine, il n'est pas impossible que ces chapelles aient été complètement détruites... J'aime ça, Lysie, j'aime beaucoup.

À présent, alors qu'ils suivaient Frederick à la recherche d'un hôtel qui ne soit pas infesté par les hommes de Keyes, Katherine ne pouvait s'empêcher d'observer les montagnes que l'on distinguait au-dessus des bâtiments, proches en apparence, mais peut-être trop loin pour abriter les ruines dont parlait Pococke. Law, quant à lui, faisait mine de ne pas s'en soucier. Pourtant, il parlait trop fort et marchait si vite que ses étudiants peinaient à suivre le rythme. Ces derniers auraient pu croire à de la satisfaction d'être enfin parvenus à Alexandrette, s'ils n'avaient remarqué la manière dont il ne cessait de changer sa valise de main, un peu plus souvent que nécessaire. Il était terriblement nerveux.

— Là, lança-t-il soudain. Qu'en pensez-vous ?

Charlie leva les yeux vers la façade de l'hôtel et hocha aussitôt la tête.

— Honnêtement, professeur, je m'arrêterais n'importe où à condition que ce soit à l'ombre, répondit-il.

Frederick se retourna vers lui, sans rien masquer de sa surprise, puis esquissa un sourire. C'était la première fois qu'il daignait lui adresser la parole depuis leur départ d'Alexandrie. Le vieil homme n'avait réalisé qu'après le dîner de la veille à quel point il craignait de perdre tout à fait son amitié.

— Bien, dit-il alors que les trois autres ne protestaient pas. Alors, nous nous installerons ici.

*

La nuit était tombée plus vite que ce à quoi Charlie s'était attendu, et le simple fait d'avoir à allumer une lampe lui avait renvoyé toute sa fatigue au visage. Étendu en travers de son lit, il songeait qu'il aurait au moins dû se changer, pour éviter de s'endormir dans ses vêtements de voyage... Mais aucun de ses muscles ne semblait vouloir lui obéir, ne serait-ce que pour s'installer plus confortablement. Il ne voulait plus rien d'autre que fermer les yeux et se reposer. Il partageait à nouveau la chambre de Don – Frederick avait tout de même eu la présence d'esprit de ne pas imaginer une réconciliation immédiate – et la seule chose qui l'empêchait de s'assoupir pour de bon était la pensée que son ami le réveillerait aussitôt qu'il le trouverait dans cette position. Il n'avait pas formulé cette pensée que Woodland poussait doucement la porte et jetait un regard prudent à l'intérieur de la chambre. Il esquissa un sourire en croisant le regard de Charlie et se glissa à l'intérieur.

— J'avais peur que tu te sois endormi, murmura-t-il. Je ne voulais pas te réveiller.

— Ça n'est pas passé loin, répondit Dawson. Je crois que je pourrais dormir sans m'arrêter jusqu'à demain soir.

— Peut-être que tu devrais. Nashwa a recommandé de te laisser du repos. *Beaucoup* de repos.

— Va donc dire ça à Frederick. Il viendra me tirer du lit par les chevilles si je ne me lève pas demain.

Don haussa les épaules et vint s'asseoir sur l'autre lit, les épaules contorsionnées pour se débarrasser de sa veste.

— Lysander reste couché quand sa jambe lui fait mal, répondit-il. Je ne vois pas pourquoi tu ne pourrais pas en faire autant le temps que ta tête guérisse complètement. On travaille beaucoup moins bien avec une migraine.

Charlie lui répondit par un marmonnement incompréhensible. Il n'était pas certain que Frederick comprendrait, et encore moins si près du but. Il ferma les yeux et entendit Don se lever derrière lui, puis se débattre avec les loquets de sa valise.

— Si la lumière te dérange, dis-le moi, lança Woodland par-dessus ton épaule.

— Je n'y manquerai pas, répondit Charlie avec un bâillement. Qu'est-ce que tu lis ?

— *Le Diable au corps*. C'est nouveau, c'est français, et Lysander détesterait.

Charlie rouvrit les yeux et haussa un sourcil. Il n'était pas très au fait de la littérature française, mais ce roman-ci avait fait suffisamment de bruit pour qu'il en entende parler.

— N'est-ce pas un roman d'amour ? s'étonna-t-il.

Don émit un petit rire et se laissa retomber sur le lit.

— En quelque sorte, répondit-il. J'avoue que je préfère des histoires un peu plus légères, mais j'ai une amie à Paris qui m'a presque supplié de lui dire ce que je pensais de celle-ci. Elle me l'a envoyé quand nous étions encore à Alexandrie.

Charlie redressa la tête un instant. Il n'ignorait pas que Don avait quelques amis en France, la plupart rencontrés pendant la guerre... Mais apprendre qu'une femme lui avait envoyé un roman d'amour faisait naître en lui une drôle de sensation, semblable à l'impatience qui se nichait dans sa poitrine chaque fois que Frederick lui faisait un reproche.

— Sait-elle que tu n'es plus là-bas ? interrogea Dawson.

Don leva les yeux de son livre, la mine soudain confuse. Charlie réalisa que sa voix avait sans doute sonné plus dure qu'il ne l'avait cru.

— Oui, répondit Woodland. Je lui ai adressé un télégramme pendant que les Grey étaient avec Ahmet. Mais je ne lui ai rien dit sur Keyes, ajouta-t-il, pensif. Elle pense que nous avons été appelés en urgence sur un autre chantier.

— Si elle lit les journaux, elle t'en voudra peut-être de lui avoir menti.

Cette fois, Don se retourna franchement vers lui et Charlie sentit une chaleur désagréable envahir son visage.

— À t'entendre, on dirait que ça te ferait plaisir, déclara Don.

Il souriait, plus amusé qu'en colère, mais Dawson se redressa tout à fait et se détourna. Son sang battait à ses tempes et il se savait écarlate – ou sur le point de le devenir. Toute trace de sommeil semblait avoir été effacée d'un coup d'éponge.

— Ce n'est pas ce que je dis, répondit-il. Mais tu dois bien admettre que j'ai raison.

— Sans doute, admit Don. Quelle importance ? Nous partons à la recherche d'une ruine, pas au front. Elle s'en remettra.

— À sa place, j'aurais eu du mal à le tolérer.

— Heureusement pour moi que tu n'es pas à sa place, dans ce cas.

Ce n'était qu'une plaisanterie de plus, et pourtant Charlie reçut ces mots comme une gifle. Il inspira brusquement et se leva, fouillant la chambre à la recherche de la veste qu'il avait abandonnée dans un coin. Don ne lui prêta qu'à moitié attention, mais se redressa soudain en le voyant enfiler ses chaussures.

— Où vas-tu ? s'étonna-t-il.

— Je crois que j'ai laissé mon portefeuille au bar, mentit Dawson. Je vais le chercher et je reviens.

Il faisait trop chaud dans la chambre et il avait besoin de prendre l'air. Peut-être n'était-ce que la fatigue qui lui faisait imaginer des choses, mais il craignait d'exploser pour de bon s'il restait là plus longtemps. Don le suivit du regard alors qu'il sortait, stupéfait, puis se pencha pour examiner les bagages de son ami. Le portefeuille était là, niché entre deux pantalons dans la valise ouverte. Il songea un instant à se lancer à sa poursuite, puis se ravisa. Il n'était pas assez stupide pour ne pas voir qu'il y avait autre chose, et que Charlie avait besoin d'être seul.

Ce dernier était sorti de l'hôtel à grands pas, sans réfléchir, sans même songer une seule seconde qu'il ne connaissait pas la ville. Il savait seulement qu'il devait marcher, respirer l'air marin pour calmer ses joues brûlantes et épuiser son corps jusqu'à ce qu'il n'ait plus d'autre choix que de revenir. C'était ridicule. Don ne s'était jamais montré antipathique envers lui, même lorsqu'ils étaient étudiants et que le jeune Dawson passait pour le pire des imbéciles. Alors qu'il tournait au coin d'une ruelle, il perçut le chuchotement d'une voix qu'il avait mis des années à repousser soigneusement dans un coin de son esprit : *Tu es stupide. Tu passes une nuit dans sa chambre et voilà que tu perds tous tes moyens parce que ses amis lui envoient des cadeaux. Tu ne pensais tout de même pas être le seul ?*

Le jeune homme ralentit le pas et s'efforça de respirer plus régulièrement. Don lui avait seulement parlé d'une amie. Et même si elle était plus que cela, quelle importance ? Cela ne l'avait jamais empêché de travailler à leurs côtés. Le jeune homme baissa les yeux sur sa montre et s'arrêta tout à fait, épouvanté. Il était sorti bien plus longtemps que nécessaire pour que son mensonge tienne la route. Il pivota sur ses talons pour sortir de la ruelle et s'immobilisa à nouveau après quelques pas, le cœur battant. Il ne se souvenait plus d'où il était venu. Et, comme de bien entendu, il n'avait pas pensé à noter le nom de l'hôtel.

— Et merde, souffla-t-il.

Il fit encore quelques pas hésitants, et une voix lui parvint soudain sur sa droite. Quelqu'un qui parlait anglais. Il poussa un soupir de soulagement et s'avança dans cette direction, levant déjà un bras pour interpeller l'homme. Sa main s'abaissa presque aussitôt et il se pétrifia, soudain incapable d'aller plus loin. En face de lui, Williams avait interrompu sa conversation, une cigarette entre les lèvres et les yeux étrangement fixes alors qu'il dévisageait Charlie.

— Bonsoir, lança-t-il d'une voix douce. Vous venez prendre des nouvelles de mon fils ? Il n'est pas ici.

— Je sais, bredouilla Dawson.

Il le regretta aussitôt. Le front de Williams se plissa un peu plus et il fit un pas vers lui, expirant un épais nuage de fumée.

— Je... Je n'avais pas l'intention de venir par ici, poursuivit-il. Je me suis seulement perdu.

Ses jambes refusaient de lui obéir. Williams laissa tomber la cigarette et l'écrasa avec soin sous son talon, sans quitter Charlie du regard.

— Vous vous êtes perdu, répéta-t-il. Quelle chance que vous ayez trouvé d'autres Anglais avec qui discuter, dans ce cas, n'est-ce pas ?

Il était proche, trop proche. Charlie parvint à se détourner pour jeter un regard derrière lui. La rue était déserte. Ils étaient quatre devant lui. Il n'aurait pas pu les éviter s'il était venu par ce côté. S'il se mettait à courir et parvenait à retrouver l'hôtel... Il se retourna juste à temps pour voir le visage de Williams se tordre en un sourire carnassier. Il n'avait pas fait un pas en arrière que le colosse l'empoignait brutalement pour le ramener vers lui. Charlie ouvrit la bouche pour crier mais une main s'écrasa aussitôt contre ses lèvres, si fort qu'il crut qu'elle allait l'étouffer. Un rire lui parvint, juste avant que Williams ne vienne lui coller le canon d'un pistolet contre la tempe :

— Le professeur et moi-même aimerions discuter un peu.

CHAPITRE 40

Le vent soufflait si fort que Terry peinait à croire que le bateau ne s'était pas déjà retourné sous leur poids. Près de lui, dans l'abri tout relatif de la cabine, Ozhan ne paraissait pas perturbé pour un sou, tout entier absorbé par le bouton de chemise qu'il s'employait à recoudre. Plusieurs fois, Terry s'était retourné vers lui pour engager la conversation. Il s'était ravisé à chaque tentative. Il ne connaissait rien de l'homme, et il craignait toujours de le mettre en colère en se montrant trop méfiant, ou au contraire trop familier. Le marin se redressa soudain, la chemise tendue devant lui pour admirer son œuvre. Un sursaut fit trembler Terry à la vue de son torse dénudé. Il n'aurait pas dû être surpris – après tout, il avait servi dans l'armée ottomane – mais le garçon ne pouvait s'empêcher de fixer avec stupeur la cicatrice ronde qui fleurissait entre deux côtes, d'une pâleur effrayante contre la peau sombre.

— Le professeur Keyes n'est pas un homme patient.

Terry sursauta à nouveau. La voix d'Ozhan s'était élevée, pas plus haute qu'un murmure, alors qu'il surprenait son regard. Il souriait doucement, comme pris d'une soudaine pitié pour le garçon qu'il s'était décidé à aider.

— En effet, bredouilla Terry. J'ai eu le temps de m'en rendre compte. Mais…

Il s'interrompit brusquement, tandis qu'Ozhan souriait plus largement. Il venait de comprendre ce que sous-entendait le marin, et cette simple idée lui glaçait le sang alors qu'il repensait aux menaces de Keyes.

— C'est lui qui vous a fait ça ? souffla-t-il.

Ozhan acquiesça et se retourna pour enfiler sa chemise, sans prêter attention à la brusque rafale qui sifflait entre les planches.

— C'était avant la guerre, expliqua-t-il. J'avais suivi mon très respecté professeur de linguistique dans une expédition pour retrouver les vestiges de l'Atlantide. Peine perdue, bien sûr, nous n'avons rien trouvé. Je suis rentré en Angleterre, seul, puisque mon professeur refusait de m'écouter et de faire demi-tour. Keyes a cru que je revenais avec des résultats. Je lui ai pourtant dit que cette expédition reposait sur des chimères. Il n'a rien voulu entendre. Aussi bornés l'un que l'autre...

Il poussa un profond soupir et se retourna vers Terry, son sourire prenant une teinte contrite dans la lumière faiblarde de la cabine.

— Il vous a tiré dessus ? devina le garçon.

— Oui. Il a juré que c'était un accident. Il a dit qu'il s'était emporté, qu'il regrettait. Il a payé une somme considérable pour que l'on me soigne et que je me taise. Il a promis qu'on ne l'y reprendrait plus.

Le sourire se mua en une grimace de colère contenue et Ozhan acheva de boutonner sa chemise avec une vigueur excessive, comme pour évacuer la haine qu'il vouait à Keyes à travers ce simple mouvement.

— Tout le monde l'a cru, reprit-il avec amertume. Absolument tout le monde. Moi, j'étais aux premières loges. Je t'assure qu'il n'a jamais eu l'air aussi lucide que lorsqu'il a tiré.

Terry serra les lèvres, le cœur battant à tout rompre. Il aurait voulu croire que Keyes était incapable d'une telle violence. Cela aurait été tellement plus confortable ! Un vieil homme respectable de l'université d'Oxford ne pouvait être qu'innocent. Pourtant, à la lumière de son propre enlèvement, le jeune homme ne pouvait que croire le récit du marin.

— Il n'y a eu aucune conséquence ? voulut-il savoir. Comment peut-il encore enseigner alors qu'il a voulu tuer un étudiant ?

Ozhan laissa échapper un rire sans joie.

— Des excuses publiques et beaucoup d'argent, répondit-il. Il s'en est sorti avec une réputation d'homme colérique, et moi, j'ai quitté Oxford. Je crois que personne n'a plus parlé de moi ensuite. Trop compliqué, sans doute, après un fiasco comme celui de l'Atlantide. Et puis, qui se soucierait d'un étudiant étranger à l'accent trop prononcé ?

— Mais, insista Terry en s'approchant de lui, personne n'a essayé de prendre votre parti ? Vos amis, votre professeur ?

Ozhan rit à nouveau, mais cette fois, le garçon perçut distinctement la déception dans sa voix.

— Je crois que Frederick ne m'aurait pas défendu même s'il avait tout vu, soupira-t-il. Il était trop préoccupé par sa réputation pour seulement y penser.

— Frederick ? répéta Terry, stupéfait. Comme…

— Frederick Law, oui. Il a décidément le don de mettre ses élèves en mauvaise posture, n'est-ce pas ?

Le garçon ne sut quoi répondre. Il y avait à présent une désillusion féroce sur le visage d'Ozhan, une déception que rien ne semblait pouvoir réparer. Le marin lui fit signe de venir s'asseoir près de lui et lui serra l'épaule avec une force peu commune, lui communiquant une chaleur dont Keyes n'avait jamais fait preuve avec lui. L'espace d'un instant, il parut épuisé, bien loin de la façade détendue et spirituelle qu'il affichait à Chypre. C'était comme si évoquer Keyes l'avait ramené à l'époque où il n'était qu'un étudiant pris au piège entre un Frederick trop ambitieux et un rival prêt à tout pour prendre sa place.

— Parle-moi du professeur Law, lâcha soudain le marin. Les journaux disent que ses nouveaux étudiants sont remarquables.

— C'est le cas, répondit Terry avec un froncement de sourcils. Du moins, je crois. Le professeur Keyes prétend que je ne sais rien de ce qui fait un bon linguiste, et il a sans doute raison, mais... Le professeur Law regarde Lysander avec tellement de fierté que je ne peux pas croire Keyes quand il dit qu'il est mauvais.

— Ah, sourit Ozhan. C'est donc Lysander Grey qui a toute son attention ?

— Un peu plus que les autres, convint Terry. Law voudrait qu'il prenne son poste à l'université, quand il partira en retraite. Je devais apprendre le grec avec lui, ajouta-t-il. Mais Keyes m'a enlevé avant.

— Je vois. J'imagine que tu ne les as pas accompagnés pour étudier la linguistique ?

Le garçon secoua la tête, un sourire gagnant ses propres lèvres alors qu'il pensait à la tente encombrée de poteries, à Alexandrie.

— J'apprends la céramologie, expliqua-t-il. Avec Charles Dawson. Mon père prétend qu'il ne voulait rien me transmettre hormis des idées contre-nature, mais c'est faux.

Ozhan arqua un sourcil à ces mots. Terry avait ajouté ces mots avec une détermination féroce, les poings serrés sur son pantalon.

— Tu ne lis pas les journaux, pas vrai ? devina-t-il.

Le jeune homme secoua la tête et le visage d'Ozhan s'assombrit quelque peu. Son regard parcourut la pièce à la recherche de quelque chose, mais l'ombre d'Hisham se profila soudain à la porte de la cabine :

— Keyes a fait publier les lettres de Charles Dawson dans le *Daily Telegraph*, dit-il. Un grand romantique, ton professeur. S'il avait écrit à une femme, on aurait pu croire à un roman à l'eau de rose.

Terry crut que son cœur allait s'arrêter de battre à ces mots. Oh, il avait su que Keyes mettrait ses menaces à exécution aussitôt qu'il avait échappé à l'étreinte de son père. Pourtant, il avait voulu croire que le vieil homme se raviserait, qu'il garderait cet atout dans sa manche peut-être, pour faire chanter Charlie encore un peu... La main d'Ozhan pressa son épaule un peu plus fort alors qu'il enfouissait son visage entre ses doigts, le souffle court. Si Dawson parvenait à rentrer à Oxford sans être intercepté par la police, cela tiendrait du miracle.

— Allons, souffla Ozhan. Tout va bien se passer. Si Keyes a pu s'en sortir grâce à son argent, Dawson s'en sortira aussi. Il n'y a rien d'indécent dans ses lettres.

— Mais monsieur Dawson n'a pas d'argent, objecta Terry à travers ses paumes. Pas assez pour faire taire les rumeurs, en tout cas.

— Frederick Law en a, lui, remarqua tranquillement Hisham. S'il tient tant à son équipe si hétéroclite, il paiera.

Terry releva la tête vers lui, mais le petit homme ne le regardait pas. Il fixait Ozhan d'un air goguenard, qui laissait clairement entendre qu'il savait tout de leur conversation. Le marin lui répondit par une moue ennuyée et secoua la tête.

— Peut-être qu'il tient vraiment à eux, dit-il. Terrence me disait il n'y a pas une minute qu'il était fier de Grey.

— Grey est très Anglais, contra aussitôt Hisham. Il est marié à une femme, il a le teint aussi blanc que ta chemise et c'est un héros de guerre. Qu'il marche avec une canne ne change rien. Bien sûr que Law est fier de lui, c'est de loin le plus respectable de tous dans sa bien-aimée université !

— Il est connu pour être l'infirme dans l'équipe de Frederick, et Keyes prétend qu'il est mauvais. Il n'est pas aussi respecté que tu le crois.

— Tu ne m'écoutes pas, insista Hisham. Il est en train de traîner quatre de ses élèves dans une expédition à peine préparée pour retrouver un tombeau qu'il croit caché au milieu de nulle part. Il reproduit les mêmes erreurs qu'avec toi, et tu prétends encore voler à son secours ?

Ozhan fronça les sourcils et sa main quitta brusquement l'épaule de Terry.

— Je ne vole pas à son secours, répondit-il. Il a plusieurs fois démontré qu'il n'a pas besoin de mon aide. En revanche, ajouta-t-il alors qu'Hisham allait l'interrompre, il a effectivement quatre jeune gens avec lui qui ne savent probablement rien de Keyes ou de moi. Je ne peux pas le laisser s'en prendre à eux.

Hisham croisa les bras sur sa poitrine, sans rien masquer de sa contrariété. Ils en avaient déjà discuté, devina Terry, sans doute plus d'une fois. Pour le petit homme, la solution paraissait toute trouvée : intercepter l'équipe de Law avant qu'ils ne débarquent à Antioche, subtiliser leur médaillon et le remplacer par le *merveilleux faux* dont les deux hommes ne cessaient de se targuer. Pour Ozhan, il y avait autre chose – l'espoir, comprit le garçon, que Frederick ait appris de ses erreurs et fasse passer ses étudiants avant sa si précieuse réputation. Finalement, Hisham poussa un profond soupir et désigna la mer agitée d'un bref mouvement du menton.

— Nous approchons d'Iskenderun, indiqua-t-il. Ils ne doivent pas être bien loin derrière nous. Ozhan, promets-moi qu'au premier signe de danger, tu laisseras Law se débrouiller comme il l'entend.

— Je te le promets, répondit le marin d'une voix étonnamment douce.

— Tu n'es pas l'extension de son savoir, et tu n'as rien à lui prouver, ni à lui rendre.

— Je sais. Merci, Hisham.

Le petit homme resta planté là encore un instant, fouillant les yeux d'Ozhan comme s'il y cherchait la moindre trace de mensonge, puis il fit demi-tour pour remonter sur le pont. Le marin le suivit du regard, puis se retourna vers Terry, un air d'excuse sur le visage.

— Il est très protecteur, dit-il.

— Il s'inquiète pour vous, répondit Terry.

— Oui. Nous... *Je* n'étais pas censé donner une seconde chance à Frederick. Je suppose que tu t'es montré assez convainquant pour que j'accepte de revoir mon jugement.

Le garçon s'agita un peu sur son siège, mal à l'aise. À présent qu'Hisham avait parlé de l'argent du professeur, il se prenait à craindre que ce dernier ne fasse pas ce qu'il fallait pour aider Charlie. Il ignorait si lui-même pourrait pardonner au vieil homme s'il ne le faisait pas. Il peinait à se mettre à la place d'Ozhan, à s'imaginer donner une nouvelle chance à un homme qui l'avait abandonné alors qu'on le menaçait de mort...

— Je dois beaucoup à Frederick, murmura Ozhan, comme s'il devinait ses pensées. Il a fait de moi une partie de l'homme que je suis devenu. Je ne serais pas ici, à me battre pour que des artefacts historiques reviennent aux bonnes personnes, s'il ne m'avait pas inculqué ce qu'il sait des civilisations anciennes et de leurs productions. Hisham affirme que je n'ai rien fait de mal en le laissant se débattre en Angleterre avec ceux qui voulaient détruire sa carrière, mais je sais que je ne l'ai pas aidé à se reconstruire. J'ai eu des mots... durs. Trop, sans doute. Il mérite une chance de s'expliquer.

— Mais, s'il n'y avait rien à expliquer ? s'inquiéta Terry. Si vous aviez raison, et qu'il n'avait agi que pour sauver l'image que l'on se faisait de lui, quitte à vous sacrifier ?

— On croirait entendre Hisham, répondit le marin avec un petit rire. Eh bien, si c'est le cas, je suppose que je saurai à quoi m'en tenir. En attendant, j'aime conserver un peu d'idéalisme et penser qu'il y a peut-être plus qu'une simple question de réputation.

Terry lui rendit son sourire. Toute trace de méfiance semblait avoir été effacée, remplacée par une vague surprise de voir le marin se confier ainsi à lui. Ce dernier renversa la tête en arrière et soupira à nouveau, les lèvres serrées sous sa barbe sombre.

— Vous vous entendriez bien avec monsieur Dawson, risqua Terry. Il voit beaucoup de bonté chez les gens... Même quand d'autres ne la voient pas.

— J'espère pouvoir le rencontrer sans que Keyes vienne nous ennuyer, répondit Ozhan. Je crois, en effet, que nous aurons beaucoup de choses à nous dire... Lysander Grey pourra se joindre à nous. Il faudra que nous fassions le bilan de toutes les horreurs que ce vieux hibou nous a fait subir, à tous les quatre.

— Alors, il nous faudra sans doute beaucoup de thé, remarqua le garçon avec gravité. Je crois que nous en aurons pour plusieurs jours, si nous voulons dresser une liste exhaustive.

Ozhan éclata de rire. La voix d'Hisham s'éleva à l'extérieur, et le marin prit doucement congé de son nouveau compagnon avant de se lever pour le rejoindre, le pas plus léger que lorsqu'ils avaient embarqué. Terry prit une lente inspiration alors qu'une nouvelle bourrasque faisait tanguer le bateau. Il aurait pu mettre les battements désordonnés de son cœur sur le compte du mal de mer, mais la nausée n'était nulle part en vue. En revanche, Alexandrette se rapprochait, et atteindre son rivage signifiait se rapprocher à nouveau de son père, de Keyes et de tous les hommes de main qu'ils avaient pu emmener avec eux. Il était hors de question de rejoindre l'équipe de Law tant qu'Ozhan et Hisham n'avaient pas décrété que la voie était libre. Le garçon avait le sentiment d'être à nouveau pris au piège – avec des alliés, peut-être, mais toujours retenu par les manigances du vieux professeur. Il voulait aider, s'interposer entre l'équipe de Frederick et celle de Keyes, leur donner un peu plus de temps pour trouver le Sèma...

Son regard se posa soudain sur un pistolet abandonné près de cartes froissées, sur le bureau qu'on avait poussé dans un coin de la cabine. Son père avait un jour insisté pour qu'il apprenne à se servir d'une arme, arguant qu'un homme, un vrai, savait comment se défendre en toutes circonstances. Il n'était pas trop mauvais, mais peut-être Ozhan pourrait-il lui apprendre un ou deux tours pour devenir meilleur encore... Et ainsi, songeait-il, peut-être pourrait-il intervenir si les choses tournaient mal à Alexandrette.

CHAPITRE 41

Keyes avait d'abord été surpris de le voir, contorsionné pour essayer d'échapper à l'étreinte de Williams. Puis, il avait éclaté de rire et ce son avait coupé court à toutes les tentatives de Charlie. Lorsqu'il l'avait invité à venir s'asseoir avec lui, le jeune homme avait obéi sans discuter, trop sonné pour seulement songer à protester.

— J'aurais cru que vous le jetteriez à la mer sans autre forme de procès, commenta Keyes en se servant une tasse de thé.

— C'était tentant, répondit Williams. Mais puisque Terry n'est plus avec nous, j'ai pensé qu'il pourrait répondre à quelques questions. Pas pour moi, je vous remercie, ajouta-t-il alors que Keyes levait la théière dans sa direction.

La vieil homme interrogea Charlie du regard et le jeune homme secoua faiblement la tête. La peur contractait tous ses muscles et le rendait nauséeux. Keyes n'avait pas l'air particulièrement hostile, mais il arborait la même expression que lorsqu'il avait convoqué Dawson dans son bureau, des années plus tôt : un mélange de satisfaction et de dégoût que Charlie avait appris à voir comme un signe de danger immédiat.

— Vous n'avez pas l'air surpris d'apprendre que le jeune Terrence n'est pas ici, remarqua le vieil homme.

— Quand je le lui ai dit, il a répondu qu'il le savait déjà, répondit Williams en s'appuyant contre le montant de la porte.

Keyes porta sa tasse à ses lèvres, puis adressa un bref signe de tête à Charlie.

— Il est donc auprès de Frederick, je suppose, dit-il.

Dawson secoua aussitôt la tête.

— Il est reparti pour Alexandrie, répondit-il d'une voix sourde. Il nous a envoyé un télégramme pour nous dire qu'il nous avait attendus à Chypre et qu'il avait pris un bateau.

Williams émit un ricanement moqueur dans son dos et Keyes reposa doucement sa tasse, un sourire amusé sur les lèvres.

— J'ai du mal à le croire, répondit-il. Terrence s'est enfui sans prendre la peine de récupérer ses affaires. Il n'a pas de vêtements, pas de papiers, et surtout, il n'a pas d'argent. Avec quoi aurait-il pu payer un télégramme et un billet pour Alexandrie ?

Charlie fouilla aussitôt les poches de sa veste, bénissant le réflexe qui l'avait poussé à l'emmener malgré la chaleur. Il entendit Williams se redresser dans son dos et rencontra le regard soudain méfiant de Keyes. Ils craignaient qu'il ne soit armé. Finalement, il parvint à extirper le papier rouge et blanc de sa poche et le tendit au vieil homme, sans parvenir à masquer le tremblement de sa main. Keyes parcourut le message des yeux, l'air ennuyé, puis releva la tête vers Williams.

— Il dit vrai, soupira-t-il. Au moins pour ce qui est du télégramme. Pour le bateau, en revanche, permettez-moi de douter encore. Il est possible de demander un peu de monnaie à quelqu'un, mais je connais assez peu de gens qui seraient prêts à payer une place sur un navire pour un jeune garçon qu'ils ne connaissent pas.

— Eh bien, il doit encore être à Chypre, dans ce cas, répondit Charlie. Nous ne l'avons pas vu là-bas. Jusqu'à notre arrivée à Antioche, nous pensions qu'il était encore avec vous.

Il maudissait les intonations suppliantes que prenait sa voix. Il n'osait pas imaginer ce que Williams lui ferait s'il pensait qu'il lui cachait où se trouvait son fils. Keyes le dévisagea un instant, comme à la recherche d'une trace de mensonge sur ses traits, puis poussa un profond soupir.

— Soit Terrence se cache très bien, dit-il, soit il vous a menti. Il n'a pas remis le pied à Alexandrie. Les charmants messieurs que vous avez failli envoyer en prison sont restés là-bas, et ils m'ont assuré qu'ils ne l'avaient pas vu. Les hommes restés à Chypre affirment la même chose. Vous comprendrez donc que nous avions très envie d'interroger Frederick à ce sujet.

À la grande surprise de Charlie, il lui rendit le télégramme et lui adressa un sourire qui se voulait sans doute amical, sans parvenir à le convaincre le moins du monde.

— Vous avez réussi à me causer quelques problèmes avec le *Times*, semble-t-il, reprit-il en se calant contre le dossier de son fauteuil. Je ne crois pas qu'il était question de me dire qui en était à l'origine, mais le nom de Carter a fini par glisser. C'était très habile de votre part de faire appel à lui.

Charlie se sentit pâlir. Le vieil homme n'avait pas l'air irrité par ce contretemps. En fait, il avait même l'air très satisfait de lui-même. Il émit un petit rire et se pencha pour soulever la théière, dévoilant l'exemplaire du *Daily Telegraph* dont il s'était servi comme repose-plat. Le cœur de Dawson sombra dans sa poitrine et il secoua la tête. Il ne voulait même pas y toucher. Il n'en avait pas besoin pour comprendre ce que Keyes était en train de lui dire. Ce dernier reposa la théière et s'appuya contre son accoudoir, une lueur féroce dans le regard.

— Vous m'aviez juré de le garder pour vous, articula Charlie.

— J'avais aussi juré à Terrence de détruire votre carrière s'il me contrariait, répondit tranquillement le vieil homme. Jusqu'à Chypre, cela fonctionnait plutôt bien.

— Vous méritez de brûler en Enfer.

— Eh bien, nous nous retrouverons là-bas le moment venu.

Keyes se leva et Charlie se sentit sur le point de s'effondrer. Sa vision se brouillait déjà, tandis que le papyrologue semblait n'avoir que faire du coup qu'il lui avait porté. Williams jubilait toujours près de la porte. Le jeune homme s'appliqua à chasser les larmes qui lui obstruaient la gorge et se crispa alors que Keyes revenait vers lui et déployait une carte devant lui, sans se départir de son sourire. Charlie enfonça ses ongles dans les accoudoirs du fauteuil jusqu'à se faire mal. C'était un plan d'Alexandrette.

— Vous savez sans doute où Frederick compte commencer à creuser ? interrogea le vieil homme en se rasseyant.

— Allez au diable ! cracha Dawson.

— Nous avons déjà établi que c'était en projet, répliqua Keyes. Alors ?

Charlie se retourna vers la porte. Williams lui barrait le chemin, le pied tendu pour le faire trébucher s'il tentait de se précipiter sur la poignée.

— Avez-vous la moindre idée de ce qu'il a fait à Terry ? siffla le jeune homme. Ma carrière est peut-être terminée, mais vous pouvez être sûr que la sienne ne décollera jamais !

— Ne soyez pas ridicule, l'interrompit Keyes. Terrence est votre victime, dans cette histoire.

— Vous savez ce qu'il en est aussi bien que moi. Si vous ne le saviez pas, vous n'auriez pas attendu que James se marie avant de venir me menacer.

Williams fronça les sourcils, posant sur Keyes un regard méfiant – le même que lorsqu'il lui avait parlé de Lysander, sur le port.

— Que veut-il dire ? s'inquiéta-t-il.

— Je veux dire, articula Charlie, que nos charmants collègues d'Oxford se retourneront sur son passage dès qu'il posera un pied à l'université. Qu'ils s'imagineront toutes sortes de choses à son sujet. Et puisque Terry n'a pas l'air décidé à jouer aux victimes éplorées, il y a beaucoup de chances pour qu'ils s'imaginent qu'il était d'accord !

À la mine de Williams, il crut un instant qu'il l'avait convaincu et qu'il allait se retourner contre Keyes. C'était sans compter ce dernier, et les semaines qu'il avait passées à mettre l'homme en confiance.

— Si j'ai pu faire le nécessaire pour que vos lettres soient publiées malgré vos manigances avec Carter, dit-il d'une voix douce, vous devinez sans peine que je peux également faire le nécessaire pour protéger Terrence.

Il étendit le bras pour tapoter la main de Charlie, et ce dernier sursauta vivement, épouvanté. Keyes lui adressa un sourire moqueur et désigna à nouveau la carte avant de remplir sa tasse une deuxième fois.

— Où allez-vous creuser ? interrogea-t-il.

— Je ne vous le dirai pas. Vous ne pouvez pas me garder ici éternellement, rétorqua Dawson.

— En effet. Vous me causeriez sans doute un peu plus d'ennuis que le jeune Williams.

Keyes sirota son thé un moment, comme pour laisser à Charlie le temps de réfléchir, puis reporta son attention sur lui. À nouveau, le jeune homme perçut le danger dans son regard.

— Vous avez une tête bien faite, Dawson, soupira le vieil homme. Mais je crains qu'elle ne supporte pas un troisième choc, et vous avez déjà irrité monsieur Williams. Dites-moi où vous comptez creuser, et vous pourrez aller me dénoncer à Frederick.

Le visage de Charlie se décomposa et il baissa les yeux sur la carte. Donner ce qu'il attendait à Keyes le répugnait, mais il ne tenait pas à passer une nouvelle fois entre les mains de la brute qui lui servait de bras droit. Il inspira lentement, puis désigna un point sur le plan d'un doigt tremblant. Keyes se pencha aussitôt en avant pour mieux voir, son sourire de retour au coin des lèvres.

— Bien, murmura-t-il. Et que suis-je censé trouver là-bas ?

— Une ruine, répondit Charlie. Un arc de triomphe et des colonnes effondrées. Le docteur Grey est assez sûre d'elle.

— Bon garçon.

S'il n'y avait eu Williams dans son dos, Charlie l'aurait frappé. L'expression de Keyes avait pris une teinte triomphante, et il ne cachait rien du plaisir qu'il avait à l'humilier. Le jeune homme sentit ses pommettes chauffer comme s'il l'avait giflé. Il ne parvenait pas à s'avouer qu'il s'était jeté tout droit dans ses bras à cause d'une stupide crise de jalousie. Le vieil homme acheva de boire son thé, laissant quelques longues minutes de silence planer entre eux. Puis, il reposa sa tasse et se leva, adressant un signe de tête entendu à Williams alors qu'il se dirigeait vers la porte.

— Ne me l'amochez pas trop, dit-il. Et faites attention à sa tête. Frederick m'en voudrait de le lui renvoyer en mauvais état.

Charlie mit une seconde à comprendre ce que cela signifiait. Il bondit sur ses pieds avec un cri de protestation et voulut s'élancer à la poursuite de Keyes, mais un poing le cueillit en plein vol et s'appliqua à chasser l'air de ses poumons. Il avait à peine touché le sol que deux paires de mains se posaient déjà sur lui pour le relever, tandis que Williams refermait la porte. Le jeune homme chercha à s'éloigner, mais les deux hommes qui le retenaient n'avaient aucune intention de le lâcher. Il resterait là, debout et bien en place pendant que le colosse passerait ses nerfs sur lui.

— Je n'ai pas touché à votre fils, articula Charlie alors qu'il s'approchait de lui. Je vous jure que je ne l'ai pas touché.

— Je ne vous crois pas, répondit simplement Williams.

Et il ne laissa plus Dawson prononcer un seul mot.

*

— Je ne pensais pas qu'il sortirait, balbutiait Don. Je pensais qu'il allait descendre et revenir aussitôt.

— Ce n'est pas ta faute, répondit Lysander. Il est sûrement juste allé faire un tour. Il ne va pas tarder.

— Ça fait deux heures !

La porte s'ouvrit soudain sur Frederick et Katherine, et Don releva vivement les yeux vers eux. Ils avaient tous les deux les cheveux ébouriffés et les traits tirés d'avoir été tirés du lit, et ils avaient l'air contrarié.

— Nous sommes allés demander aux Français qui discutaient devant l'hôtel, indiqua la jeune femme. Ils disent qu'ils l'ont vu sortir, mais qu'ils ne savent pas où il est allé. L'un d'eux pense qu'il a pu se perdre s'il ne connaît pas les environs.

— La ville n'est pas si grande, objecta Lysander. Si nous nous y mettons à quatre, nous pouvons sûrement le retrouver ?

— Nous avons fait trois fois le tour du quartier, grimaça Frederick. Pas moyen de lui mettre la main dessus. Bon sang, j'espère qu'il n'est pas allé sauter dans le port.

— Nous pouvons prendre le relais, affirma Don en esquissant un mouvement pour se lever. Et vous pouvez rester ici au cas où il reviendrait.

Lysander approuva d'un signe de tête et tendit la main vers sa canne. Charlie ne se serait jamais aventuré dans un endroit qui ne lui inspirait pas confiance, songeait-il. Aucun d'eux n'avait l'étoffe d'un aventurier, et Dawson n'était pas connu pour chercher les ennuis. Il n'avait pas pu aller bien loin. Les deux hommes allaient atteindre la porte lorsque cette dernière s'ouvrit brusquement. Don poussa un cri de stupeur et Katherine se laissa tomber sur le lit avec un soupir de soulagement. Charlie les dévisagea un à un, surpris malgré son regard embrumé.

— Enfin, te voilà ! s'écria Don. Où étais-tu passé, bon sang ? On s'est fait un sang d'encre !

— Désolé, souffla Dawson. Je suis désolé... Pourquoi êtes-vous tous là ?

— Nous sommes partis à votre recherche, répondit Frederick avec un froncement de sourcils. Vous êtes parti sans rien dire à personne, nous avions peur qu'il vous soit arrivé quelque chose.

Charlie referma lentement la porte, et dut aussitôt s'appuyer dessus pour ne pas perdre l'équilibre. Lysander se tourna vers Don et l'interrogea du regard, soucieux. Il imita le mouvement d'un verre que l'on portait à sa bouche, et Woodland secoua doucement la tête. Charlie n'avait pas l'air si abattu lorsqu'il était ivre. Il s'approcha doucement de lui et le sentit se crisper sous ses doigts alors qu'il posait la main sur son épaule.

— Viens, dit-il. Tu disais que tu étais fatigué…

— Je suis épuisé, coupa Charlie d'une voix hachée. J'en ai assez, Don, je veux rentrer chez moi…

Il plaqua une main contre sa bouche, mais ne parvint pas à se retenir plus longtemps. La seconde suivante, il éclatait en sanglots. Frederick sursauta et voulut s'approcher à son tour, mais Don lui fit aussitôt signe de ne pas bouger, les yeux écarquillés. Il venait de remarquer le sang qui affleurait sur les phalanges de son ami, comme s'il était tombé sans parvenir à arrêter sa chute. Il se pencha pour observer son visage, épouvanté, et repéra aussitôt la coupure qui saignait encore près de son sourcil. Lorsqu'il écarta les pans de sa veste, il découvrit sa manche droite décousue, comme arrachée d'un coup sec.

— Que s'est-il passé ? bredouilla-t-il. Charlie, qui t'a fait ça ?

Lysander claudiqua jusqu'au téléphone, la main serrée sur sa canne pour se donner une contenance. Dawson voulut répondre, mais il ne parvint qu'à sangloter de plus belle et Don l'attira contre lui, s'efforçant de ne pas lui faire mal. Il entendit vaguement le linguiste commander une poche de glace et une grande tasse de café chaud, avant que Charlie ne se reprenne suffisamment pour parler :

— Il pensait que Terry était avec nous, balbutia-t-il. Je leur ai montré le télégramme, et ensuite, il a voulu que je lui dise où nous allions creuser. Je suis désolé, je suis désolé...

Don retourna vivement la tête vers Frederick, horrifié. Le professeur contemplait Charlie avec stupeur. Il ne parvenait pas à comprendre ce qu'il venait de dire. Il avait pourtant vu Williams se jeter sur le jeune homme à Alexandrie, il savait qu'il aurait continué si Ahmet n'était pas intervenu...

— Est-ce Keyes qui vous a frappé ? interrogea-t-il d'une voix trop calme.

Charlie secoua la tête.

— Williams, donc, marmonna Law entre ses dents serrées. Leur avez-vous dit ce qu'ils voulaient entendre ?

Cette fois, le jeune homme acquiesça.

— Vous avez bien fait, déclara le vieil homme. Vous auriez été stupide de refuser. Y a-t-il autre chose que je devrais savoir ?

Charlie releva péniblement les yeux vers lui, et rencontra le regard brûlant du professeur. Les colères de Keyes étaient célèbres, mais celles de Law pouvaient être plus meurtrières encore. Celle-ci ne ferait pas exception.

— Le *Times* a refusé de publier les lettres, articula-t-il. Alors il les a envoyées au *Daily Telegraph*. Tout le monde est au courant.

Les lèvres de Frederick s'étirèrent en un rictus terrifiant.

— Bien, murmura-t-il. Très bien. Woodland, vous restez avec lui. Grey et Alden, assurez-vous qu'il ne manque de rien. Charles, vous souvenez-vous du nom de l'hôtel où ils logent ?

Charlie acquiesça et mit un moment à comprendre pourquoi le vieil homme notait soigneusement les indications qu'il lui donnait.

— Ne vous en faites pas, sourit Frederick alors qu'il ouvrait la porte. Nous allons simplement discuter entre collègues. Qu'il cesse de croire qu'il peut violenter mes élèves impunément.

CHAPITRE 42

Williams n'avait jamais pensé au professeur Law comme à un danger potentiel. Lorsqu'il s'était présenté à l'hôtel en exigeant de parler à Keyes, il en avait presque été surpris. Après tout, il n'avait rien fait pour l'écarter de Dawson, à Alexandrie, et il avait laissé Katherine Grey se charger elle-même du papyrologue. S'il avait été un peu plus attentif, le colosse aurait pu apercevoir le poing qui se refermait alors que Keyes se levait pour saluer son collègue. Le coup que Frederick lui envoya manqua de le faire passer par-dessus la table. Williams fit un mouvement pour l'écarter, mais le papyrologue leva aussitôt une main vers lui, l'autre plaquée contre sa joue.

— C'est de bonne guerre, dit-il. Allez vous coucher, nous n'en avons pas pour longtemps.

Williams hésita un instant. Law n'avait pas l'air enclin à débarrasser le plancher de sitôt. Il finit pourtant par s'éloigner, moitié surpris, moitié déçu de ne pas les entendre s'entretuer une fois qu'il eut refermé la porte. À l'intérieur de la suite, Frederick songea à frapper encore en voyant Keyes se laisser tomber dans son fauteuil avec nonchalance, comme si ce qu'il venait de faire à Charlie n'avait rien d'important.

— Ne vous avais-je pas dit de rester loin de mes élèves ? siffla-t-il.

— C'est ce que j'ai fait, répondit Keyes. Monsieur Dawson est venu lui-même s'échouer en bas de l'immeuble, et monsieur Williams a jugé bon de me l'amener. Il disait qu'il s'était perdu, paraît-il.

— Et, plutôt que de l'aider à retrouver son chemin, vous avez préféré lui arracher quelques informations avant de le faire rouer de coups ?

— Williams est contrarié. Il est très difficile pour lui de ne pas savoir où se trouve son fils.

— Dawson tenait à peine debout quand il est rentré ! explosa Frederick. Cela ne vous suffisait pas d'étaler sa vie privée au grand jour, il fallait aussi le torturer ? Croyez-vous donc que c'est un jeu, que vos actions n'auront aucune conséquence ?

Keyes esquissa un sourire et secoua doucement la tête. Il désigna l'autre fauteuil à Frederick, mais ce dernier se contenta de le fusiller du regard. Il ne parviendrait pas à s'asseoir – la colère le ferait bondir à nouveau aussitôt que son collègue ouvrirait la bouche. Finalement, le papyrologue poussa un profond soupir et croisa les jambes devant lui, non sans remarquer que ce mouvement mettait Law dans une rage plus profonde encore.

— Nous savons tous que cela n'a rien d'un jeu, affirma-t-il. Beaucoup de gens subiront les conséquences de ces fouilles, en bien comme en mal. Est-il déraisonnable de ma part de vouloir assurer la carrière de mes propres étudiants ?

— Si ce n'était que cela, j'aurais pu vous pardonner, rétorqua Frederick. Je l'aurais pu, si vous n'aviez pas décidé de tourmenter les miens pour faire bonne mesure !

— Ils ne seront bientôt plus vos élèves. Leur carrière est déjà assurée par la bibliothèque d'Alexandrie. Ont-ils réellement besoin d'ajouter le Sèma à leur palmarès ?

— Ne jouez pas l'imbécile, Keyes, gronda Law. Vous étiez dans l'amphithéâtre, vous avez entendu combien de personnes se sont moquées d'eux. Vous savez aussi que votre machination avec le *Daily Telegraph* coûtera des années de travail à Dawson. Bien sûr qu'ils en ont besoin, à cause de gens de votre espèce qui n'ont cessé de les mépriser depuis le début !

Keyes arqua un sourcil.

— De gens de mon espèce ? répéta-t-il. Mais, Frederick, n'est-ce pas vous qui insistiez pour que leurs noms n'apparaissent pas sur vos rapports de fouilles, il n'y a pas six mois ?

Le visage de Law vira aussitôt au cramoisi. Il avait bel et bien fait en sorte qu'il soit presque seul à recevoir le mérite de leurs dernières découvertes, et seule la perspective de mettre Lysander à sa place à l'université lui avait rappelé que ses quatre poulains auraient besoin de bonnes références. À nouveau, le regard suffisant du papyrologue lui donna envie de le rouer de coups.

— Vous savez très bien pourquoi j'ai insisté, dit-il d'une voix sourde.

— Bien sûr, répondit Keyes en penchant la tête sur le côté. Il est sans doute plus confortable de laisser tout le monde croire que vous avez trouvé des merveilles, que vous avez rempli les vitrines du Museum, et que vous l'avez fait seul. Sans doute était-il aussi plus confortable de croire que cela effacerait le fiasco de l'Atlantide dans les esprits.

— Ils auraient été plus mal accueillis encore si j'avais accepté d'associer leurs noms au mien, répliqua Frederick. Ils seraient devenus la risée de l'université avant même d'avoir commencé quoi que ce soit.

— Et que pensez-vous qu'ils soient, aujourd'hui ? Comment seront-ils perçus à leur retour ? Votre linguiste tient à peine debout, votre historien de l'art n'y voit pas à deux mètres, votre géographe sera prête à accoucher sur l'estrade, et je ne vous parle même pas de votre céramologue et de son intérêt maintenant notoire pour les jeunes hommes... Oh, vous ne le saviez pas ?

Frederick s'était pétrifié à la mention de Katherine, les yeux écarquillés. Il était pourtant sûr d'avoir bien entendu Lysander, au cimetière : la jeune femme ne pouvait pas avoir d'enfant, l'accouchement la tuerait. Il la savait obstinée, mais pas au point de mettre sa vie en danger, de cela, il en était sûr. Keyes émit un gloussement moqueur et secoua la tête.

— Vous voyez ? dit-il. Il ne vous font même pas assez confiance pour vous donner une information aussi capitale. Elle aurait dû cesser de travailler au beau milieu de la saison de fouilles, et vous n'auriez pas compris pourquoi.

— Je doute que le docteur Grey vous fasse plus confiance qu'à moi, répliqua Frederick. D'où sortez-vous une idée aussi farfelue ?

— Du docteur Grey elle-même, répondit tranquillement Keyes. Elle l'a dit à l'un des hommes qui est venu prendre sa carte, à Alexandrie.

— Elle ne peut pas porter d'enfant.

— Elle le peut, rectifia l'autre. C'est la naissance qui posera problème. Ne me regardez pas comme ça, ajouta-t-il en captant la mine consternée de Frederick. Vos étudiants n'ont rien de discret, pas fichus de garder leurs conversations confidentielles. Woodland et Grey en ont parlé plusieurs fois dans les couloirs, et vous seriez surpris de savoir combien on peut en apprendre sur celui-là rien qu'en lui faisant miroiter un peu de reconnaissance...

— Et que signifie ceci ? répliqua Frederick.

Keyes eut un sourire carnassier :

— Que vous l'avez formé de telle sorte qu'une simple tape sur l'épaule est une carotte suffisante pour le contraindre à n'importe quoi en échange, répondit-il. Pourquoi croyez-vous qu'il m'ait montré ce médaillon avant de vous en parler ? Vous prétendez qu'il est le *meilleur linguiste de sa génération*, mais moi, je n'ai vu qu'un jeune homme perdu, qui se démène pour prouver sa valeur et qui craint de vous décevoir plus encore qu'il ne craint de décevoir sa propre épouse. Quelques questions habilement placées, et il se laisse lire comme un livre ouvert.

— Vous n'êtes qu'un serpent, Keyes.

— Un serpent, peut-être, répliqua l'intéressé d'un ton narquois, mais vous devez bien admettre que vous y êtes pour quelque chose.

Law le fixa un moment en silence, puis plia les jambes pour s'asseoir et se pencha vers lui. Sa fureur s'était muée en une haine féroce. Il n'avait jamais beaucoup apprécié Keyes en tant qu'ami, mais il avait au moins appris à l'estimer en tant que collègue. Même cette estime avait complètement déserté son esprit.

— Mon linguiste, dit-il lentement, tient à peine debout parce que vous l'avez épuisé avec vos leçons sans queue ni tête. Mon historien de l'art n'y voit pas à deux mètres parce que l'un des imbéciles que vous avez engagés a ruiné ses lunettes. Ma géographe est sans doute plus au fait de sa propre santé que vous, et mon céramologue restera à son poste que cela vous plaise ou non.

— Je crains que cela ne soit pas à vous d'en décider, répondit Keyes d'un ton mielleux. Il en va de notre réputation à tous, vous comprenez ? Et puisque vous prendrez votre retraite à notre retour à Oxford, vous n'aurez pas voix au chapitre.

— Vous n'attendez que cela, n'est-ce pas ? Que j'abandonne mon poste pour que vous puissiez vous en prendre à eux tant que vous le voudrez ?

— Frederick, vous n'êtes qu'un gros ours, soupira Keyes. Vous agitez les bras et vous prétendez vouloir les protéger comme un père protège ses enfants. Mais ils ne sont pas vos enfants, et vous n'êtes pas éternel. N'est-il pas temps de les laisser se défendre par eux-mêmes ? Ou les avez-vous si mal formés qu'ils sont incapables de se débrouiller sans vous ?

— Et vous ? persifla Law. Formez-vous si mal vos étudiants que vous devez saboter la carrière des miens pour en faire quelque chose ? Si vous tenez tant à eux, pourquoi venir enlever Terrence Williams et engager des hommes de main plutôt que de faire appel à eux ?

— Moi, je ne les mets pas en danger pour satisfaire un besoin maladif d'être regardé.

La gifle partit avant même que Frederick y ait pensé. Il se sentit à nouveau trembler de rage alors que Keyes éclatait de rire.

— Ce n'est pas moi qui les mets en danger, dit-il. C'est vous qui avez envoyé vos chiens de garde les cambrioler !

— Vous les avez traînés derrière vous jusqu'ici, alors qu'ils auraient pu rester bien sagement à Alexandrie pour terminer le travail que vous aviez commencé. Mais non. Dès qu'ils ont commencé à parler du tombeau, vous avez encouragé leurs recherches en ce sens, et pire encore, vous vous êtes lancés à ma poursuite sans même savoir où vous alliez. Personne ne sait que je suis ici. En revanche, toute l'Angleterre a les yeux tournés vers vous. Si vous ne trouvez rien, Frederick, si vos chers élèves se trompent, vous n'aurez plus qu'à vous morfondre tous les cinq au fond de l'université. Si vous parvenez à supporter le poids d'un deuxième échec spectaculaire, s'entend.

Frederick serra les poings et Keyes lui adressa un léger sourire, comme pour le mettre au défi de le frapper encore. Law s'efforça de se contrôler. La violence signifiait qu'il perdait le contrôle, et son adversaire semblait s'en amuser follement. Il était venu pour assurer la sécurité de Charlie et des autres, mais il ne parvenait qu'à enrager encore et encore, incapable d'encaisser les piques que Keyes lui jetait au visage.

— Vous m'avez soutenu lorsque j'ai commencé à parler de l'Atlantide, lâcha finalement Frederick. Vous y avez cru comme moi, ne le niez pas.

— Au début, seulement, contra Keyes. Je me suis rétracté aussitôt que j'ai vu dans quel désastre vous vous engagiez. J'ai essayé de vous dissuader de partir, mais vous n'avez pas voulu m'écouter.

Il marqua une pause, pensif, et secoua la tête.

— Vous pourriez vous rétracter aussi, dit-il. Laissez donc Lysander Grey mener cette équipe comme il l'entend. C'était son idée, après tout. Vous parviendrez peut-être à sauver les meubles.

Frederick émit un ricanement et se leva à nouveau.

— À quelques mois de ma retraite ? répliqua-t-il. Vous voudriez donc que je sois un lâche, en plus d'avoir été un imbécile ? Non, Keyes. Si vous êtes si certains qu'ils se trompent, rentrez donc en Angleterre et laissez-nous en paix. Autrement, il faudra me passer sur le corps pour leur faire du mal.

— C'est que cela n'a pas été bien difficile jusqu'à présent, objecta l'autre.

Frederick arqua un sourcil et s'approcha de lui. Keyes crut un instant qu'il était bon pour un autre coup de poing, mais Law se contenta de se pencher vers lui jusqu'à pouvoir s'appuyer sur les accoudoirs de son fauteuil, le piégeant à l'intérieur.

— Ecoutez-moi bien, Willard, susurra-t-il. Si vous ou l'un des messieurs que vous avez engagés touche encore une fois à ces jeunes gens, je vous jure que je vous tue. Peu importe comment il faudra s'y prendre. Je vous tuerai. Est-ce clair ?

— Comme de l'eau de roche, siffla Keyes.

Il s'était redressé dans un mouvement de défi, mais Law vit avec satisfaction une lueur de doute s'allumer au fond de ses yeux. Il resta là une demi-seconde de trop, juste assez pour que la menace fasse son effet, puis tourna les talons et sortit. Ce n'était pas la première fois qu'il parlait de tuer quelqu'un. Seulement, cette fois-ci, il était on ne peut plus sérieux.

*

Ils marchaient depuis une heure, et Charlie n'avait cessé de contempler ses chaussures pendant tout le trajet. Il sentait la présence de Don près de lui, et percevait le bruissement de la robe de Katherine chaque fois qu'elle se retournait vers lui, mais il refusait de croiser leurs regards. Ils n'avaient pas fermé l'œil de la nuit à cause de lui, alors qu'il avait fini par céder et s'endormir, terrassé par l'épuisement. Il n'avait fait qu'entrapercevoir les cernes de Don avant qu'il ne chausse ses lunettes, mais cela avait été suffisant pour qu'il s'en veuille. Sans parler de Frederick et de sa colère évidente, qui ne l'avait pas quitté depuis qu'il était allé parler à Keyes. Le jeune homme sursauta lorsqu'un morceau de pain surgit dans son champ de vision, manquant de le faire trébucher.

— Mange, lança Don. Tu n'as rien avalé depuis hier soir.

— Merci, mais je n'ai pas faim, répondit Charlie.

— Pas à moi. Ton estomac crie au scandale depuis un quart d'heure.

Il n'avait pas tort. Son corps réclamait de la nourriture, mais Dawson avait le sentiment qu'il ne pourrait rien avaler sans le rejeter aussitôt. Il hésita un instant, puis accepta le pain sans plus protester. Il avait l'impression de mâcher des cendres, mais il ne tenait pas à s'effondrer à nouveau alors que tous les autres tenaient le coup.

— Charlie, appela Don, la voix soudain tendue. Ai-je dit quelque chose hier qui t'a mis en colère ? Est-ce pour ça que tu es sorti ?

Dawson pinça les lèvres. C'était cela, en quelque sorte, mais il ne voulait pas que Don se sente coupable de ce qui lui était arrivé. Il ne pouvait s'en prendre qu'à lui-même, et à son imprudence. Il secoua la tête, sans parvenir à articuler un seul mot. Il ne voulait pas lui répondre avec honnêteté, mais il ne se sentait pas non plus la force de mentir.

— Si c'est le cas, tu devrais me le dire, reprit Don à voix basse. Histoire que je ne refasse pas la même bêtise. Tu nous as vraiment fait peur, tu sais ?

— Je suis désolé, soupira Charlie. Je te jure que je vous préviendrai, la prochaine fois.

Il perçut le regard de Woodland qui pesait sur lui, mais refusa de relever la tête. La sueur qui perlait sur sa nuque alors qu'ils s'engageaient sous quelques arbres pouvait encore lui servir d'excuse. La voix de Frederick jeta un appel devant lui, et Lysander lui répondit aussitôt, sans que Charlie comprenne un traître mot de ce qu'ils disaient. Les pas du linguiste s'arrêtèrent brusquement et le jeune homme manqua de le percuter de plein fouet, encore emporté par son élan. Il releva les yeux pour protester, mais Grey posa soudain un genou à terre, comme s'il avait perdu quelque chose. Le regard de Charlie s'arrêta sur ce qu'il venait de repérer : des pierres affleuraient sous une épaisse couche de mousse, trop lisses et trop régulières pour être naturelles. Lysander les contempla un instant, puis se retourna vers Charlie, comme pour chercher son approbation. Le jeune homme s'accroupit près de lui et acquiesça lentement, le souffle court.

— Elles sont énormes, murmura-t-il.

— Tu crois que c'est une route ? s'enquit Lysander. Romaine, peut-être ?

Dawson secoua la tête, les sourcils froncés.

— C'est peut-être bien romain, répondit-il. Mais ce n'est pas une route. Les pierres sont trop grandes. Je crois...

Il s'interrompit. Son regard avait accroché autre chose, un peu plus loin : d'autres pierres, plus épaisses et plus hautes, qui auraient sans doute pu passer pour un mur aux yeux d'un simple passant.

— C'est une rue, sourit Charlie. Je ne sais pas par quel espèce de miracle elle est encore visible, mais c'est certainement l'une des rues principales de la ville antique. Nous sommes en plein milieu, et les piétons marchaient de ce côté.

Katherine se retourna vers eux à ces mots et lui adressa un sourire radieux. Le tombeau était supposé se trouver à une intersection importante. S'ils avaient trouvé une rue, il leur suffisait d'identifier la seconde, et leur but serait à portée de main... Un double cri leur parvint soudain, sous le couvert des arbres. Charlie tendit une main à Lysander pour l'aider à se relever, et tous les trois se pressèrent en direction du bruit. Charlie laissant échapper un jurons en découvrant ce que Don et Frederick avaient trouvé, et Katherine agrippa la main libre de Lysander, stupéfaite. Ils restèrent silencieux un moment, les yeux écarquillés, puis la jeune femme se retourna vers son mari :

— Pocoke n'avait-il pas parlé d'un *petit* arc de triomphe ? dit-elle.

Lysander hocha faiblement la tête. La ruine qui s'élevait devant eux pouvait assez difficilement être qualifiée de petite. Le marbre – gris, ainsi que Pococke l'avait décrit – les dominait de plusieurs mètres, masquant presque entièrement le pied des colonnes à demi-effondrées un peu plus loin. Il repéra le mur dont parlait son livre, qui faisait comme deux ailes atrophiées autour de l'édifice, et l'escalier qui ne menait plus nulle part. Et, au milieu de tout cela, quelque chose dont les textes ne parlaient pas : le formidable tumulus de pierres, déformé, comme courbé vers l'avant, mais bel et bien là et entier.

— Eh bien, jeunes gens, souffla Frederick. Même si ce n'est pas ce que nous cherchons, c'est une sacrée bâtisse que vous avez dénichée.

Il fit quelques pas vers l'édifice, hésitant, puis se retourna vers eux.

— Peut-être préférez-vous attendre de trouver des ouvriers et d'obtenir les autorisations ? s'enquit-il.

Les quatre jeunes gens échangèrent quelques regards, comme plongés dans une conversation silencieuse. Finalement, Katherine secoua la tête.

— En d'autres circonstances, nous aurions préféré fouiller dans les règles, dit-elle. Mais puisque Willard Keyes s'obstine à vouloir être le pire de nos fléaux, autant rester devant lui aussi longtemps que possible.

— Nous n'aurons qu'à prétendre une découverte fortuite, ajouta Don. Après tout, tout le monde sait que nous sommes partis pour Antioche, mais personne ne sait pourquoi.

À la grande surprise de Charlie, le regard du professeur s'arrêta sur lui, interrogateur. Cela constituait une promesse en soi, comprit-il : s'il refusait de les suivre, il serait libre de rentrer à l'hôtel et de ne plus en bouger. L'idée était tentante. La veille, il n'avait plus voulu que rentrer en Angleterre et ne plus jamais

voyager, pas si cela impliquait d'être humilié publiquement par un collègue peu scrupuleux.. Mais à présent qu'ils avaient trouvé ce qu'ils étaient venus chercher, en dépit de toutes les moqueries qu'ils avaient pu recevoir, il ne pouvait pas faire demi-tour. Il adressa un sourire à Frederick et hocha la tête :
— Mettons-nous au travail.

CHAPITRE 43

— Je suis désolée, lâcha Katherine.
— Tu veux ma mort, répliqua Charlie.
— Je ne pouvais pas savoir !
— Si vous me lâchez, je reviendrai vous hanter jusqu'à la fin de vos jours, vous m'entendez ?

Frederick se pencha légèrement en avant, et le poignet de Charlie glissa aussitôt de quelques millimètres entre ses doigts. Le jeune homme poussa un juron sonore et battit des jambes à la recherche d'un appui, arrachant une grimace à Katherine qui cherchait à le retenir par la manche de sa chemise.

— Arrête de gigoter ! s'exclama-t-elle. Tu ne fais qu'empirer les choses !
— J'essaie de trouver une solution ! protesta Dawson.

Il avait suivi Katherine au moment où elle pénétrait dans les ruines, le nez levé vers l'escalier qui s'élevait vers un temple dont il ne restait presque plus rien. Ils s'étaient approchés du tumulus et Frederick les avait rejoints, laissant Don et Lysander à l'observation d'un bas-relief encore assez bien préservé. La jeune femme n'avait pas tardé à dénicher les restes d'une porte écrasée sous les décombres, et avait fait un pas de trop sur le sol meuble : la mousse s'était soudain affaissée sous son pied et elle avait bondi en arrière – pas assez vite, cependant, pour tirer Charlie vers elle au moment où la terre glissait sous ses pieds. Frederick l'avait rattrapé de justesse avant qu'il ne tombe tout à fait, et ils s'employaient tous les deux à le faire remonter. L'opération était vite devenue délicate lorsqu'ils avaient réalisé que Dawson ne trouvait aucun mur sur lequel prendre appui pour se hisser jusqu'à eux – et qu'ils pouvaient plonger tous les trois à tout moment.

— C'est tout de même ironique, haleta Don, appuyé de tout son poids sur les mollets de Frederick. Que le sol s'effondre ici comme à Alexandrie.

— Tu trouveras ça moins drôle quand Keyes arrivera et nous poussera tous dans ce trou, rétorqua Charlie.

Il poussa un cri soudain et se contorsionna si fort contre le rebord que Katherine manqua de le lâcher complètement. Il poussa brusquement sur ses jambes et tendit la main vers la canne que Lysander étendait vers lui. Frederick le saisit aussitôt par les épaules et tira en même temps que le linguiste, jusqu'à ce que Charlie s'effondre entre eux, l'une de ses chaussures couverte d'une boue sombre et épaisse.

— Évidemment, lâcha-t-il, haletant. Des marécages. Le sous-sol est trempé.

— Si tout est inondé, nous risquons d'avoir quelques ennuis, murmura Don.

Il tendit la main à Charlie pour l'aider à se relever, soucieux. Dawson avait un hématome flambant neuf sur la pommette, et son ami en avait aperçus d'autres sur ses côtes et au bas de son dos lorsqu'il s'était habillé, le matin même. Et voilà que ses mains étaient à nouveau rouges d'avoir tenté de s'agripper à une pierre et qu'il boitillait alors qu'ils s'éloignaient de la crevasse. De son côté, Frederick couvait Katherine d'un regard inquiet, tandis que Lysander se penchait vers elle pour lui parler à voix basse. *Je vais bien*, lut-il sur ses lèvres. Le vieil homme se détourna. Il lui semblait soudain que Keyes avait au moins raison sur un point : cette expédition ne cessait de mettre ses étudiants en danger. Couvert de terre et de boue, Charlie avait la mine d'un cadavre fraîchement déterré. Katherine avait passé plusieurs minutes à plat ventre pour le retenir, les muscles contractés pour rester en place. Law n'était pas particulièrement au fait de ce qu'une femme enceinte devait éviter de faire, mais il doutait que se jeter au sol et hisser un homme hors d'un trou fasse partie des activités recommandées.

Il fit quelques pas autour de la crevasse et se pencha pour ramasser une pierre, les sourcils froncés. Lorsqu'il la jeta dans l'obscurité, il ne perçut qu'un bruit mou, signe que seule la boue avait envahi la ruine. Mais il pouvait toujours y avoir une infiltration d'eau plus loin, qui ne demandait qu'à être empirée pour les ensevelir sous les gravats.

— Cela n'a pas l'air bien profond, lança-t-il. Je pourrais essayer de descendre.

— Vous allez vous briser les chevilles, protesta aussitôt Don. Il doit bien y avoir un autre accès quelque part, un escalier que nous n'avons pas vu, *quelque chose* !

— L'escalier de la bibliothèque était bloqué par des pierres énormes, rappela le professeur. Celui qui menait au sous-sol doit être dans le même état, si vous voulez mon avis.

— Et par où donc voulez-vous descendre ? objecta Charlie. Je peux vous assurer qu'il n'y a rien là-dessous pour éviter la chute. La paroi est tellement loin que je n'ai pas... Pour l'amour de Dieu, Frederick !

Il se précipita en avant, aussitôt suivi de ses trois compagnons, mais ils durent s'arrêter à quelques mètres du trou. Law avait paru l'écouter avec beaucoup d'attention, un léger sourire aux lèvres... Puis, il avait tout simplement sauté. Lysander tendit sa canne en avant pour tester le sol devant eux et Katherine agrippa aussitôt son poignet, épouvantée.

— Tout va bien ! lança Frederick. Mes chevilles sont entières, et il n'y a pas d'eau. N'ayez pas peur de salir vos chaussures.

— Parfait ! s'exclama Charlie. Et maintenant, comment comptez-vous remonter ?

— Je n'en ai pas l'intention. Nous avions emmené des lampes, je crois ? Vous seriez bien aimables de m'en envoyer une.

— Vous allez glisser et vous briser le cou !

— Ne dites pas de sottises. Je sais très bien ce que je fais. Lysander, si vous décidez de descendre, faites attention à vous. Il y a quelques pierres qui me paraissent traîtres.

Dawson laissa échapper un cri consterné et se retourna vers le linguiste. Ce dernier considérait le trou d'un air dubitatif, ses doigts pianotant sur le pommeau de sa canne. Il avait déjà eu le plus grand mal à monter jusqu'aux ruines. Il doutait de pouvoir suivre Frederick dans son exploration sans finir par s'effondrer tout à fait.

— Je suis désolé, professeur, soupira-t-il finalement. Je crois que ma jambe ne supportera pas.

— Ne vous excusez pas, répliqua Frederick. Ce n'est tout de même pas votre faute. La lampe, jeunes gens ?

Don leva les yeux au ciel et s'agenouilla pour fouiller dans le sac qu'ils avaient emporté, marmonnant quelque chose en marathi que Charlie ne comprit pas, mais qui n'avait pas l'air particulièrement aimable. Il en tira une lampe de poche et l'une des lanternes qui n'avaient pas servi à Alexandrie, et se pencha en avant pour s'assurer que Frederick se tenait prêt à les réceptionner. Le vieil homme ouvrit la bouche pour le remercier, mais bondit soudain en arrière avec un cri de surprise, repris en écho au-dessus de sa tête. Don avait tout juste attendu qu'il écarte la lanterne de son chemin avant de sauter à son tour, envoyant une gerbe de boue éclabousser son pantalon.

— Tu te fiches de nous ? s'écria Charlie.

— Nous n'allons quand même pas le laisser y aller tout seul ! répliqua Don en faisant mine d'épousseter sa chemise. Allez, descends. Il fait plus frais en bas.

— Pas question ! Je ne me suis pas déboîté les épaules en essayant de remonter pour changer d'avis tout aussitôt !

— Tu étais très enthousiaste il n'y a pas un quart d'heure !

— C'était avant de frôler la mort !

Frederick leva une main pour tapoter l'épaule de Don, un sourire amusé aux lèvres.

— Ce n'est pas bien grave, glissa-t-il. Nous allons explorer ce passage, puis nous reviendrons. Nous ne sommes pas forcés de tout terminer aujourd'hui.

Woodland grimaça à ces mots, mais n'insista pas. Si Keyes venait installer ses équipes en leur absence, ils ne finiraient rien du tout et seraient bons pour un retour à Alexandrie. Mais les trois autres resteraient à la surface, peu importe ce qu'il pourrait leur dire

– Lysander était tout bonnement incapable de descendre, Katherine refuserait de le laisser seul et Charlie ne bougerait pas tant qu'il n'en aurait pas décidé autrement. Le jeune homme tourna la tête vers Frederick au moment où il allumait la lanterne, projetant une vive lumière dans un boyau qui se déployait sur leur droite. Cela n'avait rien à voir avec la cave de la bibliothèque. La boue n'était pas la seule à avoir tout envahi : il devinait des racines qui émergeaient des parois, et quelques insectes qui finiraient par leur tomber dessus tôt ou tard. Peut-être était-il préférable que Charlie ne descende pas, tout compte fait.

— Très bien, souffla Don. Allons-y, dans ce cas. Vous êtes certain que nous ne craignons rien ?

— Absolument pas, répliqua Frederick. Mais nous ne le saurons jamais si nous ne bougeons pas d'ici, n'est-ce pas ?

Woodland hocha faiblement la tête. C'était exactement ce qu'il avait pensé avant de sauter : le professeur avait décidé de commencer ses fouilles, avec ou sans eux, et il valait sans doute mieux que ce soit avec. Sa prudence légendaire qui le faisait douter de tout semblait s'être évaporée, laissant place à une témérité que ses étudiants ne lui connaissaient pas. Frederick se penchait déjà pour s'engager dans le boyau lorsqu'une voix au-dessus de leurs têtes le fit s'immobiliser. Don mit un instant à se souvenir du visage de son propriétaire. C'était Williams.

— Oh, merde, lâcha Charlie.

Lysander et Katherine se retournèrent vers l'endroit d'où ils étaient venus, à la recherche de quelque chose pour les aider à ramener Don et Frederick à la surface. La voix de Keyes s'éleva à son tour, un peu plus proche. Finalement, Lysander pinça les lèvres et fit volte-face, l'air résigné.

— Très bien, soupira-t-il. Attrapez ça, vous voulez bien ?

Don leva les yeux vers lui et Frederick tendit aussitôt les mains pour attraper sa canne au vol, avant qu'elle ne s'écrase dans la boue. Le linguiste vacilla un instant, appuyé sur l'épaule de Katherine, puis s'assit prudemment au bord de la crevasse et se laissa glisser. Le choc le fit grimacer de douleur, mais les deux hommes étaient parvenus à le rattraper et à amortir sa chute. Au moins, songeait-il, il pouvait encore tenir debout. Frederick s'assura qu'il était bien en état de marcher, puis tendit les bras vers Katherine.

— À votre tour, dit-il. Allez-y doucement.

La jeune femme parut hésiter, interrogeant Lysander du regard, puis prit une grande inspiration et sauta. Le professeur la sentit glisser sur la boue et la retint aussitôt, épouvanté.

— Doucement, j'ai dit, souffla-t-il. Dawson, c'est à vous !

Charlie jeta un regard par-dessus son épaule, le cœur battant à tout rompre. Il n'avait aucune envie d'être piégé dans ce trou quand Keyes arriverait. Ils ne savaient pas où menait le passage que Law avait découvert, ni même s'il menait où que ce soit. Williams lança un grand éclat de rire et le jeune homme se pencha pour ramasser le sac, tremblant. S'ils devaient se cacher, autant ne laisser aucune trace. Il adressa un signe de la main à Don et lui jeta le paquetage sans plus attendre. Il allait sauter à son tour lorsqu'un mouvement sous le couvert des arbres attira son attention. Il se pétrifia aussitôt, le souffle court. Keyes arrivait dans son dos. Pourtant, il avait bien vu une silhouette humaine plonger derrière un bosquet, avant qu'il ait pu la saisir tout à fait…

— Charlie ! Dépêche-toi, bon sang !

Le jeune homme ne se fit pas prier plus longtemps. Un morceau de terre glissa sous son pied lorsqu'il sauta, et il atterrit lourdement dans les bras de Don, étouffant son cri de douleur contre son épaule. L'espace d'un instant, il crut sentir l'étreinte de ce dernier autour de lui – une seconde seulement, le temps de lui arracher un battement de cœur plus vigoureux que les autres avant qu'il ne s'écarte.

— Allons-y, lança aussitôt Frederick. Avant qu'ils n'aient l'idée saugrenue de nous suivre.

Il s'empara de la lanterne et tendit l'autre lampe à Katherine. L'unique passage qui s'offrait à eux ne lui inspirait aucune confiance, mais il lui semblait préférable à une confrontation directe avec Keyes. Le souvenir de leur dernier affrontement à propos d'un chantier lui revenait en mémoire, et il n'avait rien d'agréable. La voix du papyrologue s'estompa peu à peu dans leur dos, alors que le boyau rétrécissait à vue d'œil. Lysander progressait par petits pas prudents, appuyé à la fois sur sa canne et contre la paroi, et Don peinait à réfréner son envie de s'agripper à

Charlie en voyant les araignées grandes comme sa main suspendues au-dessus de leurs têtes.

— Attention, le plafond devient bas, par ici, souffla Frederick. Lysander, votre main.

Le vieil homme se glissa par un trou à peine plus large que lui, écartant pierres et racines sur son passage, et se délesta de sa lanterne pour aider Grey à passer, non sans remarquer le léger tremblement de sa main dans la sienne. Il pinça les lèvres par réflexe, pris d'un affreux pressentiment. C'était une mauvaise idée, lui soufflait son esprit. Il n'aurait jamais dû les emmener dans un endroit pareil. Il relâcha Lysander et tendit la main à Katherine. La jeune femme manqua de trébucher à nouveau et il fit un mouvement pour la rattraper, le coeur battant.

— Alden, faites attention ! protesta-t-il.

— Désolée, murmura Katherine sans lui accorder un regard. Bon sang, où sommes-nous ?

Charlie émergea derrière elle et sursauta en sentant Don attraper sa chemise. Il jeta un regard par-dessus son épaule et retint un bond en arrière en le découvrant presque à genoux sur le sol, la tête rentrée entre ses épaules. Une araignée explorait tranquillement le dos du jeune homme.

— Enlève-la, bredouilla Woodland. S'il te plaît.

Charlie ne put retenir une grimace. Il tendit prudemment la main et chassa l'animal d'un geste vif, sans trop savoir comment il réagirait s'il décidait de lui monter sur les doigts. Don poussa un soupir de soulagement et se redressa, adressant un sourire contrit à Charlie en voyant le regard méfiant qu'il posait sur la bestiole.

— Désolé, souffla-t-il.

— Espérons que Keyes soit moins à l'aise que toi, répondit Dawson. Ça le dissuadera peut-être de venir par ici.

— Il vaudrait mieux, répliqua Lysander. Messieurs, vous allez avoir du travail pour les dix ans à venir.

Charlie se retourna vers lui, prêt à lui demander ce qu'il entendait par là, mais les mots s'étranglèrent dans sa gorge. Ils avaient émergé au beau milieu d'un large couloir, à peine éclairé par la lampe de Frederick. La voûte qui s'élevait au-dessus d'eux était plus haute que ce qu'ils auraient pu s'imaginer du dehors. Face à eux, sur toute la longueur du mur, se déployaient diverses scènes de style égyptien – et qui pourtant, songea Don, ne l'étaient assurément pas. À leurs pieds, des centaines de pièces de céramique émergeaient de la boue et des pierres. Katherine se débattit un instant avec sa lampe et le faisceau rencontra un imposant escalier de marbre qui disparaissait sous la terre et les gravats.

— Ceci, murmura-t-elle, monte vers ce que Pococke désigne comme l'arc de triomphe.

— Et cela ? interrogea timidement Charlie.

La jeune femme se retourna et ne put retenir un sourire, partagée entre le soulagement et l'émerveillement le plus total. Une porte se dressait devant eux, encadrée de deux colonnes et surplombée d'un formidable trompe-l'œil aux couleurs passées et d'une frise au rouge encore éclatant.

— Cela, mon garçon, répondit Frederick, cela m'a tout l'air d'être la porte d'une antichambre funéraire.

Il se tourna vers Don pour l'interroger du regard, et ce dernier acquiesça sans attendre. Il fit quelques pas vers l'arche, veillant à ne pas écraser les céramiques sur son chemin, et tendit la main vers les imposants battants. Le bois avait commencé à pourrir longtemps avant leur arrivée. Si rien ne se trouvait de l'autre côté, l'ouverture serait d'une facilité déconcertante.

— Devons-nous prendre le risque ? interrogea-t-il par-dessus son épaule.

Lysander haussa les épaules.

— Puisque nous sommes là, répondit-il, autant continuer d'avancer.

Don hocha la tête, et Charlie fut près de lui en un instant pour l'aider à faire bouger le battant pris dans la boue. Lorsque le bois glissa sous leur poids, un cri de douleur faillit échapper à Dawson. Williams n'y était pas allé de main morte, la veille, et seul le retour de Keyes l'avait empêché de le frapper jusqu'à ce qu'il perde connaissance. Il aurait sans doute passé la nuit dans la rue, à seulement quelques mètres de l'hôtel, si un homme ne s'était pas soudain proposé de l'aider à marcher. Il sentit la main de Don sur son épaule et tous deux firent quelques pas en avant, alors que Katherine et Frederick s'appliquaient à éclairer leur chemin.

— Eh bien, souffla le professeur. Si *ces pièces* sont seulement les antichambres, je n'ose pas imaginer ce que nous trouverons au bout.

La salle qu'ils découvraient semblait avoir un peu moins souffert que la première, protégée par la porte. Don écarta la boue d'un large mouvement du pied, dévoilant les restes d'une mosaïque géométrique dont la plupart des tesselles étaient restées en place. Lysander, lui, laissait son regard errer sur les murs, couverts de peintures d'un style bien plus grec qu'égyptien cette fois. Frederick s'approcha de Woodland et se pencha pour observer un petit objet doré que le jeune homme avait fait rouler un peu plus loin.

— Est-ce une fibule ? s'enquit Don.

— Il semblerait, répondit Frederick en passant un doigt le long de l'agrafe. Elle est lourde. Qu'en pensez-vous ?

Le jeune homme s'accroupit près de lui et prit le bijou entre deux doigts, un léger sourire aux lèvres. L'arc était orné de motifs végétaux d'une extraordinaire finesse. Il n'imaginait pas moins qu'un aristocrate pour la porter.

— C'est macédonien, affirma-t-il. Avec une influence scythe, sans doute. Même si ce tombeau n'est pas celui d'Alexandre, c'est peut-être bien l'un de ses proches qui se trouve au bout du couloir.

Frederick acquiesça, un drôle d'éclat dans les yeux alors que les trois autres faisaient le tour de la pièce à la lumière de la lampe de Katherine.

— J'ai eu un élève qui vous ressemblait beaucoup, quand j'étais plus jeune, dit-il. Un garçon toujours très prudent dans ce qu'il disait, mais qui m'a tout de même suivi dans ma folie pour retrouver l'Atlantide.

— Le connaissons-nous ? s'enquit Don.

Frederick secoua la tête.

— Il n'est pas resté mon élève bien longtemps, soupira-t-il. Après trois plongeons au milieu de l'océan sans que rien ne vienne affirmer que j'avais raison, il a essayé de me raisonner et de me convaincre de rentrer. Il disait que les choses étaient devenues dangereuses, que je serais un imbécile de m'entêter. Maintenant, je sais qu'il avait raison, mais à l'époque j'ai refusé de l'écouter. Alors il a pris la décision qui lui a paru la plus sensée. Il m'a planté là et est rentré seul en Angleterre.

Il poussa un profond soupir, le regard vissé sur la fibule, et Don eut aussitôt le sentiment qu'il ne lui disait pas tout. Si cela n'avait été que cela, Frederick leur aurait parlé de ce mystérieux étudiant à chaque occasion, il l'aurait dressé en modèle à suivre pour chacun d'entre eux.

— Que s'est-il passé à votre retour ? interrogea-t-il doucement.

— Oh, les choses n'ont pas attendu mon retour pour s'envenimer, lâcha Frederick. Pendant que je dépensais des fortunes pour essayer de trouver une cité qui n'existe pas, cet élève a été harcelé par tout Oxford pour savoir où je me trouvais et ce que j'avais découvert. Quand il a répondu qu'il n'y avait rien, certains ont commencé à se moquer ouvertement de moi. D'autres ne l'ont tout simplement pas cru et se sont imaginés qu'il leur cachait quelque chose. Quand je suis rentré, il m'a appris qu'il sortait tout juste de l'hôpital. Quelqu'un était entré chez lui et lui avait tiré dessus, pendant que d'autres saccageaient allègrement ma maison et mon bureau.

Don se pétrifia, et Law lui adressa un sourire contrit. Cette histoire était abominablement familière.

— Keyes ? bredouilla le jeune homme. Keyes a envoyé quelqu'un chez lui, comme il l'a fait avec nous ?

— Pire que cela, mon garçon, répondit Frederick. C'est lui qui a tiré. Comme il ne parvenait à rien à force de questions, il a perdu son sang-froid et a sorti un pistolet. Il a joué les pleureuses et m'a juré qu'il avait seulement fait une erreur, qu'il regrettait de s'être emporté et qu'il avait payé tous les frais pour se faire pardonner... À présent, c'est moi qui regrette de lui avoir accordé une seconde chance.

Il observa la fibule encore un instant, puis se releva, aussitôt imité par Don. Ce dernier comprenait mieux la réaction du vieil homme lorsqu'il avait trouvé la porte des Grey grande ouverte, à Alexandrie. Si Keyes était capable d'aller si loin pour lui passer devant... Ils rejoignirent leurs trois compagnons au pied de la deuxième porte, le nez levé pour voir la scène de chasse qui se déployait au-dessus d'elle. Katherine avait déjà posé les mains sur le battant et se tenait prête à pousser, la lanterne jetant des ombres grotesques sur ses vêtements tachés. Charlie s'appuya sur l'autre pan de bois et s'apprêtait à lui donner un signal lorsqu'un cliquetis sinistre les coupa net dans leur élan.

— Jeunes gens, lança Keyes de l'autre côté de la pièce. Soyez gentils, et écartez-vous de cette porte.

CHAPITRE 44

Ils n'avaient pas songé une seule seconde à protester. Williams n'était pas le seul à braquer son arme sur eux. Keyes était venu avec une demi-douzaine d'hommes, parmi lesquels Katherine et Lysander reconnurent ceux qui étaient entrés chez eux. Alors qu'ils s'approchaient pour les repousser tous les cinq contre le mur, Keyes fit quelques pas vers la porte pour en contempler le montant avec intérêt.

— Il est vrai que vous avez eu une formidable intuition, docteur Grey, commenta-t-il. Dites-moi un peu, comment avez-vous fini par trouver cet endroit ?

Lysander fut tenté de ne pas répondre. Après tout, il doutait que le papyrologue veuille réellement entendre son raisonnement. Cela n'avait plus d'importance, puisqu'il avait mis la main sur le tombeau... Le regard alarmé de Frederick l'incita pourtant à obéir, en même temps que Keyes retournait la tête vers lui.

— Richard Pococke en parle dans le récit de ses voyages en Orient, répondit-il faiblement.

— Pococke décrit les piliers de Jonas, répliqua aussitôt le vieil homme. Il est même assez clair sur ce point.

— La gravure qui a été publiée dans le livre ne ressemble en rien aux piliers. Pas tels que nous les connaissons depuis le siècle dernier, en tout cas. Vous devez avouer que le doute était permis.

Keyes parut réfléchir un instant à ce qu'il disait, puis hocha la tête, un léger sourire flottant sur ses lèvres. Lysander comprit soudain à quoi rimait sa question. S'il voulait s'approprier leurs recherches, il faudrait bien qu'il présente des résultats à leurs collègues... Et il ne convaincrait personne s'il avouait que son propre raisonnement s'était borné à suivre les théories de quelqu'un d'autre.

— Très bien, dit-il. Nous aurions pu en discuter tant que vous suiviez mes cours, vous savez ? Cela aurait rendu les choses bien plus faciles.

— Vous auriez pu proposer votre concours avec un peu plus de délicatesse, rétorqua Lysander. Nous aurions sans doute accepté que vous vous joigniez à nous.

Keyes jeta un rire moqueur et Charlie tressaillit. Sa voix avait sonné de la même façon la veille, et il n'était rien ressorti de bon de l'entrevue.

— Je ne voulais pas me joindre à vous, jeune homme, répondit le papyrologue. Je voulais le Sèma. *Vous* étiez censés rester bien tranquillement à Alexandrie pour vous occuper de la bibliothèque.

— Vous nous avez cambriolés... siffla Lysander.

— Oui, oui, je sais, nous en avons déjà parlé.

— Vous avez enlevé un enfant !

La main de Williams partit sans prévenir. La gifle résonna à travers la pièce et le linguiste manqua de perdre l'équilibre, aussitôt retenu par Frederick. Katherine poussa un cri que ce dernier prit un instant pour de la peur. Un instant seulement. Williams dut bondir en arrière pour éviter l'énorme pierre qu'elle venait de lui jeter au visage, aussitôt suivie par une autre qui rata Keyes de peu.

— Vous ne devriez vraiment pas faire ça, lança ce dernier.

— Et *vous* devriez vraiment m'épargner vos conseils ! répliqua Katherine. Et vous, s'écria-t-elle à l'adresse de Williams, osez encore lever la main sur mon mari et je vous fracasse le crâne !

— Le professeur Keyes a raison, répondit simplement le colosse. Vos cris ne sont pas bons pour l'enfant.

Katherine se serait sans doute jetée sur lui si Frederick et Lysander ne l'avaient pas retenue, trop conscients des hommes qui se tenaient prêts à leur tirer dessus sur un mot de Keyes.

— Du calme, Alden, lui glissa le professeur. Nous ne sommes pas encore tirés d'affaire.

Il resserra sa prise sur son bras en entendant le papyrologue rire à nouveau, comme si la jeune femme venait de lui raconter une bonne plaisanterie et non de lui jeter un véritable pavé au visage. Une simple bravade, il le savait. Keyes avait toujours cherché à intimider son entourage à chaque fois qu'il était mal à l'aise.

— Nous partons, déclara Frederick. C'est ce que vous attendez, n'est-ce pas ? Nous partons, et nous vous laissons le champ libre pour ces fouilles.

Il ignora soigneusement les regards consternés que ses élèves posaient sur lui. Il ne voyait pas d'autre porte de sortie. C'était cela, ou prendre le risque de voir Keyes *perdre son sang-froid* une fois de plus. Cela, il ne le supporterait pas. Le papyrologue fit quelques pas vers lui, sans se départir de son sourire, et secoua lentement la tête.

— Non, dit-il.

— Comment donc, *non* ? protesta Frederick.

Il sentait la panique l'envahir. Quelques années plus tôt, il aurait pu s'interposer entre ces brutes et ses élèves sans trop de difficulté. À présent, il devinait qu'un seul coup l'enverrait au tapis, sans qu'il ait pu aider qui que ce soit.

— Pour que vous alliez crier sur tous les toits qu'une fouille illégale est en cours ici ? répondit doucement Keyes. Pas question. Vous restez ici jusqu'à ce que nous ayons terminé.

— Il nous faudrait expliquer ce que nous faisions ici et comment nous savons ce que vous êtes venu faire, répliqua Frederick. Nous nous rendrions coupables autant que vous !

— Cela n'empêcherait pas la police de venir jusqu'ici, et je ne souhaite pas être dérangé. À présent, j'aimerais beaucoup voir le médaillon que Terrence a si admirablement dessiné pour moi.

La main de Don se referma sur le poignet de Charlie, et ce dernier retint un sursaut. Le bijou semblait soudain peser une tonne dans sa poche. Le regard de Keyes s'arrêta tour à tour sur chacun d'eux, jusqu'à s'arrêter sur Dawson, une lueur dangereuse dans les yeux. Il inclina la tête vers lui et Williams pivota aussitôt pour mieux le voir. Le jeune homme s'efforça de soutenir le regard du vieil homme, en dépit de son cœur qui s'affolait dans sa poitrine.

— Donnez-le moi, mon garçon, dit doucement Keyes. Venez, je ne vais pas vous dévorer.

— Allez vous faire voir, répliqua Charlie.

Don resserra encore sa prise sur son poignet en guise d'avertissement, mais il n'y prêta pas attention. Quoi que Frederick puisse penser, il n'avait aucune envie de laisser Keyes s'en sortir si facilement. Ce dernier sourit un peu plus largement, comme avec compassion.

— Charles, soupira-t-il. Si vous ne me l'apportez pas vous-même, ces messieurs vous le prendront par la force. Je suis sûr que vous en avez eu largement assez hier soir.

— Venez donc le chercher vous-même, rétorqua Dawson. Je ne suis pas votre chose.

Il s'efforçait de ne pas regarder Williams, ne sachant que trop bien ce qu'il verrait sur son visage. Il avait juré de le tuer, et cet endroit était le lieu parfait pour le faire sans être inquiété. Pourtant, la main de Don qui tirait de plus en plus fort sur la sienne ne parvenait pas à le faire changer d'avis. S'il voulait le médaillon, Keyes allait devoir le lui arracher des mains.

— Ça suffit, Dawson, souffla Frederick. Donnez-le lui et n'en parlons plus. Nous avons la bibliothèque, elle nous donnera bien assez de travail…

— C'est Ahmet qui se charge de la bibliothèque, répondit Charlie. J'ai été traîné ici alors que je ne voulais pas quitter Alexandrie, j'ai été battu et humilié, ce n'est certainement pas pour tout laisser tomber maintenant.

— Charlie, soyez raisonnable, je vous en prie…

Le jeune homme secoua la tête, les poings serrés et le regard planté dans celui de Keyes. Ce dernier tendit la main vers lui, et Dawson recula aussitôt d'un pas, s'arrachant du même coup à l'étreinte de Don.

— Allez vous faire voir, répéta-t-il.

En comparaison du coup qu'il lui porta, la gifle que Williams avait administrée à Lysander parut presque douce. Même alors qu'il s'était juré de retenir ses cris, Charlie ne put s'en empêcher. Le moindre mouvement lui avait fait mal alors qu'ils progressaient dans le boyau – être frappé encore faisait vibrer la souffrance dans chacun de ses muscles. Williams l'attrapa brusquement par les cheveux pour l'éloigner de Don, sans prêter attention aux protestations frénétiques de ce dernier. Il traîna Dawson jusqu'à la porte qu'ils avaient ouverte et laissa un homme lui tordre les bras dans le dos avant de le frapper une nouvelle fois, là où il se souvenait s'être particulièrement acharné la veille. Charlie émit un son à mi-chemin entre le hurlement et l'inspiration de quelqu'un qui se noie. Deux hommes durent ranger leurs armes pour retenir Don, prêt à se jeter sur Williams à son tour.

— Ça suffit ! s'écria-t-il. Arrêtez, vous allez finir par lui briser les côtes !

Le colosse se retourna vers lui, un sourire poli au coin des lèvres :

— Vraiment ? dit-il. Voilà qui est intéressant. Pensez-vous que cela irait plus vite à coups de pied ?

Don se débattit de plus belle entre ses deux gardiens. Frederick put à peine faire trois pas vers Keyes avant d'être arrêté par l'œil d'un pistolet. Lysander le tira aussitôt en arrière avec un cri alarmé, et Katherine passa devant lui sans même se soucier de l'arme pour se ruer sur Williams. Elle eut à peine le temps de le toucher. La seconde suivante, il lui tordait le poignet et la repoussait vers ses compagnons, l'envoyant s'effondrer dans la boue sans aucun ménagement.

— Lorsque vous aurez votre enfant, siffla-t-il, vous comprendrez pourquoi je suis en colère.

— Si c'est ainsi que vous exprimez votre colère, rien d'étonnant à ce que votre fils ait saisi la première occasion de prendre la fuite, asséna Katherine en se relevant. Vous n'êtes rien d'autre qu'une brute épaisse !

— Vous comprendrez, répéta seulement Williams.

Il se retourna vers Charlie et agrippa brutalement sa veste pour plonger la main dans sa poche. Lorsqu'il en tira le médaillon, une expression confuse passa sur le visage du jeune homme. Williams avait trouvé le bijou dans sa poche droite. Or, il sentait toujours son poids dans sa poche gauche, là où il l'avait glissé avant de partir. Lorsqu'il le remit à Keyes, Charlie le fixa avec hébétude, sans parvenir à masquer sa surprise. La lanterne jetait un éclat trop jaune sur le disque d'or, et la chaîne que Williams laissa tomber dans la main du papyrologue lui semblait trop grossière.

— Bien, lança Keyes. Voyez que je tiens mes promesses. Faites-en ce que vous voudrez, je ne suis pas responsable.

Williams ne se fit pas prier. Lorsqu'il revint vers Dawson, ce dernier se désintéressa tout à fait du médaillon et ouvrit de grands yeux sur l'arme braquée sur lui. À cet instant précis, il n'y eut rien d'autre dans son esprit que deux certitudes. La première était qu'il allait mourir – immobilisé et à une si courte distance, il y avait peu de chances pour que Williams rate son coup. La seconde était qu'il s'était comporté avec Don comme un véritable abruti, et qu'il n'aurait jamais plus d'occasion de lui expliquer ce qui lui était passé par la tête.

— Terry n'approuverait sans doute pas, s'entendit-il dire par-dessus les cris de ses compagnons.

— Je ne fais que réparer son honneur, répliqua Williams.

— Je ne l'ai pas touché. Je ne l'aurais pas fait même s'il me l'avait demandé. Il n'est qu'un enfant.

Williams ne cilla pas. Charlie n'en fut pas surpris. Il avait décidé de croire Keyes plutôt que son propre fils, et ce n'était pas à cet instant qu'il changerait d'avis. Alors qu'il observait le papyrologue, le médaillon levé à hauteur du regard, le jeune homme ne put s'empêcher de se demander avec un étrange détachement si le colosse viserait le cœur ou la tête... Le coup de feu résonna dans le petit espace, aussitôt remplacé par un sifflement désagréable. Quelqu'un cria, non loin de lui, et il perçut la voix de Keyes qui vociférait sans qu'il comprenne quoi que ce soit. Dawson fronça les sourcils, pris d'un brusque agacement. C'était pourtant lui qui avait donné son accord à Williams.

Et puis, l'homme qui maintenait encore ses bras dans le dos le relâcha et il parvint à essuyer les larmes que les coups avaient fait affluer à ses paupières. Il vit seulement Don se précipiter vers lui pour l'attirer contre le mur avant de comprendre ce qui était arrivé. Williams n'avait pas eu le temps de tirer. Quelqu'un l'avait fait avant lui, et à présent la main du colosse était trempée de sang, son arme abandonnée à ses pieds.

— Reste près de moi, souffla Don.

— Cela ne les a pas arrêtés la première fois, articula Charlie.

Il le laissa pourtant passer devant lui, un bras tendu pour le repousser en arrière si on tentait encore de s'en prendre à lui. Ce n'étaient pas Keyes et ses hommes qui l'inquiétaient – la moitié d'entre eux s'était précipitée vers Williams pour tenter de limiter les dégâts, et les trois autres ne leur prêtaient plus aucune attention. Comme Woodland, ils couvaient la porte grande ouverte d'un œil méfiant, prêts à riposter si l'intrus attaquait encore.

— Il ne peut pas rester ici, Keyes, lança soudain celui qui se penchait sur la main de Williams. Il doit voir un médecin.

Le papyrologue émit un rire moqueur et lui désigna la porte d'un bref mouvement de la tête :

— Eh bien, allez en chercher un, répliqua-t-il. Vous saluerez le tireur de notre part !

Un ricanement grave lui répondit depuis l'obscurité, et une silhouette s'appuya tranquillement contre l'une des colonnes, comme si la scène ne l'affectait en rien :

— Emmenez-le donc, sourit l'intrus. Nous ne tirons pas sur les blessés.

— Vous me paierez ça, qui que vous soyez, articula Williams en faisant quelques pas vers lui. Si je perds ma main…

— Si vous la perdez, vous cesserez peut-être de battre ceux qui vous déplaisent, répliqua le nouveau venu en venant se planter devant lui. Vous vous expliquerez avec le responsable.

— Eh bien, amenez-le moi, que je lui brise la nuque.

L'intrus se contenta de lui sourire derrière son épaisse barbe. Williams leva sa main valide vers lui, prêt à le gifler, mais un sursaut collectif l'arrêta en plein élan. Lorsqu'il porta son regard au-delà de l'épaule de son adversaire, il crut qu'il allait s'étouffer de stupeur et de rage. Terry se tenait à quelques pas de la porte, une arme à la main, encore vaguement levée vers son père au cas où il aurait à nouveau constitué une menace. Don sentit Charlie tressaillir contre lui alors que Keyes faisait tourner le médaillon entre ses doigts, le regard vissé sur le garçon.

— Allons donc, souffla-t-il. Pris un bateau pour Alexandrie, mmh ? Je savais qu'il ne fallait pas vous croire.

— Ce n'était pas un mensonge, rétorqua Terry. Nous sommes bien à Alexandrie, n'est-ce pas ?

Keyes poussa un cri faussement émerveillé, une lueur dangereuse dans le regard :

— Quel enfant brillant nous avons là ! Même le bon monsieur Dawson s'y est laissé prendre... Frederick, je vous ai dit que vous n'irez nulle part.

Trois pistolets se retournèrent aussitôt vers Law et les Grey, les arrêtant en plein élan alors qu'ils cherchaient à se rapprocher de Don et Charlie. Terry serra les lèvres et releva le sien en direction de Keyes, en même temps qu'Ozhan tournait un regard curieux vers Frederick. Ce dernier avait presque fauché la canne de Lysander en se plaçant devant lui, un bras tendu en arrière pour repousser Katherine dans son dos. Si Keyes décidait d'ordonner un tir, les Grey parviendraient sans doute à s'en tirer, mais Law n'en réchapperait pas.

— La police a été alertée, indiqua doucement Ozhan. Ils seront là d'une minute à l'autre, je crois.

Keyes sursauta vivement à ces mots.

— J'imagine que cela fera la une des journaux, reprit le marin d'un ton tranquille. Le très éminent professeur Keyes arrêté à l'entrée du Sèma pour avoir tenté d'assassiner ses propres collègues. C'est étrange, cela me rappelle quelque chose...

— Vous ne savez rien de cette affaire, répliqua Keyes en s'approchant encore de lui. J'ai été pardonné il y a longtemps, n'est-ce pas, Frederick ?

Law secoua lentement la tête, l'air consterné.

— Par l'université, peut-être bien, répondit-il. Mais certainement pas par moi.

— Pourquoi m'avoir envoyé le docteur Grey, dans ce cas ? siffla Keyes. Vous m'avez presque supplié de lui apprendre ce que je savais !

— Je vous faisais confiance ! protesta Frederick. Vous m'avez promis de le former correctement, mais il a suffi d'une seule babiole en or pour que vous changiez d'avis ! Vous payez ces hommes pour le menacer de mort !

Keyes émit un ricanement narquois.

— Vous n'êtes pas le mieux placé pour me donner des leçons, répondit-il. N'est-ce pas la deuxième fois que vous embarquez de force vos élèves dans vos lubies pour une babiole en or ? Vous ne pouvez pas prétendre que vous ne connaissiez pas les risques.

De là où il se trouvait, Charlie pouvait distinguer les joues cramoisies de Frederick et ses mains tremblantes alors qu'il soutenait le regard de Keyes. Il mourait d'envie de se tourner vers Terry, de s'assurer qu'il allait bien, mais il ne pouvait se détacher de l'affrontement silencieux qui se déroulait devant lui. Finalement, Frederick secoua la tête et étendit le bras vers eux, comme pour les écarter tout à fait.

— C'était une mauvaise idée, dit-il. Une très mauvaise idée que je n'aurais jamais dû avoir. Faites ce que vous voulez, Willard, ce n'est plus notre affaire.

Le visage de Keyes se tordit en un sourire terrifiant dans la lumière de la lanterne, et Charlie agrippa instinctivement la manche de Don pour le tirer en arrière. Plus loin, Lysander sursauta vivement et recula pour de bon, repoussant Katherine le plus loin possible de lui. Frederick ne bougea pas d'un pouce. Il avait vu le pistolet pointé sur Grey, et le doigt de son collègue sur la détente, mais il ne paraissait pas impressionné le moins du monde.

— Très bien, siffla Keyes, le regard étonnamment clair. Je veux que vous cessiez de vous mettre en travers de mon chemin, vous et vos petits protégés.

Ozhan se redressa brusquement et tendit la main vers Terry, les yeux écarquillés. Le garçon n'eut pas le temps de lui remettre son arme. Le coup partit sans sommation et un double cri traversa le tombeau, aussitôt suivi d'un bruit de cavalcade. La lanterne bascula brusquement et la chambre plongea dans l'obscurité, l'espace de quelques secondes seulement. Lorsque la lumière revint, Keyes, Williams et leurs compagnons avaient disparu.

Terry s'assura que la lanterne était bien calée dans la boue et se redressa, haletant. Son poignet portait une marque rouge qui n'était pas là une minute plus tôt. Quelqu'un – son père, sans doute – l'avait agrippé et avait tenté de l'entraîner dans sa fuite. De l'autre côté de la pièce, Don tenait encore Charlie contre lui, le plaquant presque contre le mur pour le protéger. Ozhan s'était penché pour aider Hisham à se relever. Les traces que ce dernier avait laissées dans la boue indiquaient clairement qu'on l'avait poussé sans aucun ménagement. Et puis, le regard du garçon se posa sur Frederick, encadré par les Grey qui lui parlaient à toute vitesse.

— Ce n'est rien, assurait le professeur à travers une grimace de douleur. Tout va bien, je vais m'en remettre.

— Vous avez perdu la tête ! s'écria Lysander. Vous auriez pu vous faire tuer !

— Je crois bien que c'était le but recherché, mon garçon. Mais, entre vous et moi, je préférerais être le premier à passer de l'autre côté.

Le linguiste avait le teint cendreux et sa main tremblait plus violemment que jamais autour de sa canne. Le flanc du professeur commençait à se couvrir de sang. Terry se tourna vers Ozhan, épouvanté, et ce dernier fut près du vieil homme en trois pas. Lorsqu'il souleva sa chemise pour examiner les dégâts, un soupir de soulagement franchit ses lèvres.

— Il ne sait décidément pas viser, marmonna-t-il. Il vous a seulement effleuré.

— Vous voyez, sourit Frederick à l'adresse des Grey. Je vais bien.

Le marin lui coula un regard dubitatif. Il avait l'air aussi réconforté que ses élèves, comme s'il n'avait lui-même pas cru qu'il s'en sortirait. Le vieil homme s'appuya contre le mur, le souffle court, jusqu'à reprendre suffisamment de contenance pour se tourner vers Don et Charlie.

— Dawson, appela-t-il. Vous allez bien ?

— Aussi bien que possible, bredouilla le jeune homme en pataugeant dans la boue jusqu'à lui. Ce n'est pas moi qui vient de recevoir une balle.

— Ce n'est pas passé loin, objecta timidement Terry. J'ai bien cru que j'allais le rater.

Charlie se tourna vers lui et il baissa aussitôt les yeux vers ses chaussures, embarrassé. Les mots de Keyes lui revenaient en mémoire, et il ne pouvait s'empêcher de se souvenir de ce qu'il avait dit à Ozhan et Hisham avant leur départ. Son professeur allait sans doute être furieux contre lui pour s'être ainsi mis en danger...

— Je voulais vous prévenir, souffla-t-il. Mais quand nous sommes arrivés à Alexandrette, vous aviez déjà quitté l'hôtel.

Charles s'approcha de lui et l'entraîna doucement à l'écart, non sans remarquer le drôle de regard que Don posait sur eux. Dawson s'assura qu'il se détournait avant de se pencher vers Terry, un léger sourire aux lèvres.

— Tu m'as sauvé la vie, murmura-t-il. Si tu n'avais pas changé d'avis, je serais sûrement mort à l'heure qu'il est. Je t'en suis reconnaissant, Terry, je ne t'en veux pas.

Le garçon releva les yeux vers lui sans parvenir à masquer sa surprise, et lui rendit son sourire avec soulagement. Charles jeta un bref regard à la porte qui se dressait près de lui, puis désigna les deux marins d'un léger mouvement de tête.

— Tu t'es fait des amis, apparemment, dit-il.

— Hisham m'a tiré d'affaire à Chypre, répondit Terry avec un hochement de tête. Il a fait semblant de me voler le médaillon, et Keyes s'y est laissé prendre. J'en ai profité pour partir en courant. Et le capitaine Arat m'a proposé de venir ici avec eux.

Frederick s'étrangla brusquement avec la gourde que Katherine lui avait mis de force dans les mains. Il pesta un instant entre deux quintes de toux, la douleur dans son flanc se faisant presque insupportable, et pointa un doigt en direction d'Ozhan :

— Arat ? répéta-t-il. Mais...

Le marin éclata de rire.

— Allons, professeur, la barbe ne me change pas tant que cela, si ? lança-t-il.

Il laissa passer un bref silence, puis son sourire s'adoucit et il inclina doucement la tête vers le vieil homme :

— Je suis heureux de vous revoir, professeur.

Frederick le dévisagea un instant, hébété.

— J'ai les étudiants les plus inconscients de tout le monde connu, déclara-t-il. Woodland, voici le jeune homme dont je vous ai parlé. Êtes-vous venu prendre votre revanche sur Keyes ?

Ozhan haussa les épaules alors qu'un sourire s'épanouissait sur les lèvres d'Hisham :

— J'aurais beaucoup apprécié, répondit-il. Mais il est trop lâche pour faire face aux conséquences de ses actes. Dites-moi, comptez-vous ouvrir cette porte ou non ?

Sa question ne fut accueillie que par des regards surpris, tant de la part de Frederick et de ses élèves que de Terry.

— N'êtes-vous pas censé saboter leur expédition ? objecta le jeune homme.

— Ce n'est pas du sabotage, rectifia Ozhan alors que Law ouvrait de grands yeux ronds sur lui. C'est un simple échange. Mais je vous ai promis de ne rien faire si vos amis étaient assez convaincants, et je dois dire que voir Frederick Law se jeter devant un de ses étudiants pour lui sauver la vie vaut bien tous les contrats du monde. Alors ?

Charlie se retourna à nouveau vers la porte, et Don fut près de lui en un instant. Lysander dut s'appuyer plus lourdement qu'à l'accoutumée sur sa canne pour les rejoindre, soutenu par Katherine qui avait passé un bras autour de sa taille. Frederick accepta la main qu'Ozhan lui tendait pour l'aider à s'approcher à son tour, tandis qu'Hisham restait en retrait au cas où d'autres auraient décidé de descendre pour les arrêter.

— Très bien, jeunes gens, lança le professeur. Quoi que nous trouvions de l'autre côté, nous ne touchons à rien. Nous observons, nous retenons, et puis nous rentrons en Angleterre.

— Cela me paraît être la meilleure idée que vous ayez eue depuis longtemps, remarqua Don.

Il adressa un bref signe de tête à Charlie, et tous deux s'arc-boutèrent contre la porte pour la faire bouger. Ils crurent un instant que cela serait aussi facile que pour la première. Le battant démentit aussitôt. Le bois leur semblait infiniment plus lourd, et il ne bougeait pas d'un iota. Terry et Ozhan durent joindre leurs efforts aux leurs pour finalement le faire bouger.

Lorsque la lanterne éclaira la dernière chambre, aucun d'entre eux n'osa plus faire un pas. Un large sourire étira les lèvres de Lysander alors qu'il pressait la main de Katherine dans la sienne. Tout près d'eux, Frederick semblait ne plus savoir où

regarder, émerveillé par tout ce qu'il voyait. Charlie inspira lentement, puis se tourna vers Don. Il avait les larmes aux yeux.
— Ce n'est pas du verre, déclara-t-il. C'est de l'albâtre.

LONDRES

« *Pour lui, qui se piquait de surmonter la fortune par l'audace et la force par la vaillance, il estimait qu'il n'y avait rien d'imprenable pour les audacieux ni rien de solide pour les lâches* »

— Plutarque, *Vie d'Alexandre*

CHAPITRE 45

Il s'était avéré que Keyes et Williams avaient échappé à l'arrestation, et avaient pris un bateau pour l'Angleterre aussitôt qu'ils en avaient eu l'occasion. Après un bref détour par Alexandrie, où Ahmet et Nashwa menaient le chantier de la bibliothèque d'une main de maître, l'équipe de Frederick avait fini par rentrer à Oxford. La nouvelle de leur retour prématuré ne tarda pas à se répandre à travers l'université. Ils n'y avaient remis les pieds que depuis deux jours, accaparés qu'ils étaient par les rapports qu'ils avaient promis à Sir Kenyon et par les soins que devait subir le professeur, lorsque Charlie fut appelé en urgence par le doyen. À présent, debout face au bureau, il songeait qu'il aurait mieux valu que Terry tire sur Keyes avant de le laisser s'enfuir.

— Je suis vraiment navré, répétait le vieil homme face à lui. Mais vous savez comme moi que cela relève du scandale, et si nous décidons de vous laisser enseigner, nous pourrions tous avoir d'énormes ennuis. Vous comprenez, n'est-ce pas ?

Charlie inspira lentement. Non, il ne comprenait pas. Terry avait toujours affirmé avec force que son professeur ne lui avait jamais rien fait, même lorsque sa mère lui avait débité toutes les atrocités que Williams lui avait racontées à son sujet. Personne n'avait bronché lorsqu'il était revenu, en dépit de l'article du *Daily*

Telegraph qui avait vraisemblablement fait le tour du département. Frederick lui-même lui avait assuré que tout irait bien.

— Bien sûr, répondit-il pourtant. Je comprends.

— Le Museum vous avait prêté quelques outils, je crois ? interrogea doucement le vieil homme.

Charlie hocha faiblement la tête.

— Il vous faudra les rendre en même temps que les céramiques, s'il vous plaît. Je crois bien que c'est tout. Je vous souhaite de trouver autre chose rapidement, monsieur Dawson. On ne peut pas nier que vous avez participé à de fantastiques découvertes.

Lorsqu'il prit congé, Dawson ne parvint qu'à émettre quelques mots sifflants. Ahmet et Nashwa devaient arriver avant la fin de la semaine pour présenter ce qu'ils avaient tiré de la bibliothèque au British Museum. Charlie lui-même devait préparer une intervention sur les céramiques du Sèma qu'il avait eu le temps de dessiner après leur départ, avec l'espoir de financer une fouille officielle pour la prochaine saison. L'écouterait-on seulement après une humiliation pareille ?

Ses pas le guidèrent vers le bureau de Frederick sans même qu'il y ait pensé. Le professeur l'invita à entrer d'un ton joyeux, qui aurait presque pu lui faire oublier le bandage contre lequel il pestait encore régulièrement, seule chose qui indiquait au reste du monde à quel point les choses avaient mal tourné. Le jeune homme adressa un bref signe de tête à Lysander, assis de l'autre côté du bureau, puis se tourna vers Frederick :

— Je dois rentrer, articula-t-il. C'est assez urgent. Je reviendrai sans doute cet après-midi.

— Qu'a dit le doyen ? s'inquiéta Law.

Charlie haussa les épaules, le regard rivé sur le bureau plutôt que sur le professeur.

— Un certain nombre de choses, répondit-il. Je vous raconterai cela plus tard.

Il referma la porte sans plus de cérémonie, mais ne put que remarquer le regard surpris que Lysander posait sur lui. Il s'était efforcé de paraître détendu, mais force était de constater qu'il n'avait pas convaincu Grey. Il allait sans doute recevoir de la visite, songea-t-il en s'éloignant vers son appartement. Si Lysander et

Frederick étaient occupés et que Katherine se reposait, soucieuse de ne pas reproduire les erreurs qu'elle croyait avoir faites pendant la guerre, alors ce serait Don ou Terry qui viendraient frapper à sa porte. Peut-être Ozhan. Le marin les avait suivis jusqu'à Oxford, autant pour renouer quelques liens avec Law que pour partager avec eux les résultats de la découverte.

Charlie passa la porte de l'appartement et poussa un profond soupir. Il avait gardé deux énormes caisses qu'il n'avait pas eu le temps de trier, et il aurait le plus grand mal à les ramener seul. Il s'agenouilla sur le parquet pour y remettre un peu d'ordre, méthodiquement, sans réellement y penser. Il valait mieux ne pas penser. Keyes avait au moins eu la décence de le frapper sans rien cacher de ses intentions. Ce que l'université avait fomenté dans son dos, en revanche, lui faisait l'effet d'une véritable trahison. Une simple lettre trouvée à son retour lui aurait paru plus supportable. Il se tournait vers la deuxième caisse lorsque trois coups secs résonnèrent à travers l'appartement. Le jeune homme s'immobilisa un instant. Il espérait à moitié que Frederick ait envoyé Ozhan. Il avait le sentiment qu'il serait plus facile d'expliquer la situation à un parfait inconnu. Il se releva lentement et ouvrit la porte. Ce n'était pas Ozhan.

Le propriétaire de l'immeuble avait apparemment décidé de se souvenir de son existence.

— Monsieur Dawson, salua-t-il avec un sourire embarrassé. Je suis heureux de vous trouver ici, j'avais peur de devoir vous attendre à l'université.

— Est-ce qu'il y a un problème ? s'inquiéta Charles. Il me semblait pourtant avoir réglé le loyer avant de…

— Oh, vous êtes en règle concernant le loyer. Seulement, il y a... C'est ennuyeux. Voyez-vous, j'ai reçu un certain nombre de plaintes vous concernant de la part de vos voisins. Ils... considèrent qu'il n'est pas convenable de vivre aux portes du scandale, vous comprenez ?

Cette question, encore. Charlie fut un instant tenté de lui claquer la porte au nez. L'homme se tordait les mains devant lui, cherchait ses mots, prenait mille détours alors qu'ils se comprenaient très bien l'un et l'autre.

— Vous me mettez dehors, soupira Dawson.

— Je ne le fais pas de gaieté de cœur, protesta l'autre. Mais il est vrai que votre présence ici pourrait nuire à…

— Ne vous fatiguez pas. Je comprends. Quand souhaitez-vous que je parte ?

— Avant trois jours, au plus tard. Le plus vite sera le mieux.

Charlie acquiesça en silence, alors même que rien dans cette affaire n'était en règle. Tout s'écroulait autour de lui, mais il ne parvenait pas à prononcer le moindre mot. Lorsqu'il referma la porte, le sang battait à ses tempes. Il n'avait nulle part où aller. Il avait trois jours pour faire ses bagages et trouver un toit à se mettre sur la tête. Il s'efforça de respirer lentement, avec calme, le front appuyé contre le battant. L'euphorie de la découverte était encore là, quelque part, mais deux hommes venaient de l'enfouir sous une épaisse couche de rage et de honte. Il songeait qu'il devait appeler Frederick tant qu'on le laissait encore utiliser le téléphone, qu'il devait avertir Terry qu'il n'avait plus le droit de lui enseigner quoi que ce soit à l'université. Pourtant, il ne parvenait pas à bouger. Il ignorait s'il parviendrait seulement à parler. Il resta là encore quelques instants, puis retourna à ses caisses, s'efforçant de maîtriser ses tremblements. Ils n'étaient pas les seuls à avoir atteint leurs objectifs pour cette saison, pensa-t-il avec amertume. Willard Keyes était toujours en liberté quelque part, et il avait eu exactement ce qu'il attendait.

*

Terry n'avait pas immédiatement compris ce que lui disait le céramologue qui avait pris place dans le bureau que Frederick avait réservé à Charlie. Lorsqu'il avait affirmé que ce dernier ne pouvait pas enseigner, le garçon avait d'abord cru qu'il était tombé malade, ou que les coups qu'il avait reçus avaient fini par le clouer au lit. Et puis, il avait saisi que Dawson avait tout simplement été renvoyé, et il s'était précipité dans le couloir sans demander son reste, sans se soucier du cri indigné de son nouveau professeur. Il ne tarda pas à trouver Don, visiblement en route pour rejoindre Frederick :

— Monsieur Woodland !

— Terry, répondit-il avec un haussement de sourcils. N'étais-tu pas censé avoir cours avec Charlie ?

— Si, haleta le garçon en s'arrêtant près de lui. Mais il y avait quelqu'un d'autre dans le bureau, et il dit que monsieur Dawson n'a plus le droit de m'apprendre ici. Il ne m'avait rien dit, alors je me demandais si vous étiez au courant.

La mine stupéfaite de Don lui servit de réponse. Frederick en savait peut-être plus, mais lui, en tout cas, ignorait tout à ce sujet. Il parut réfléchir un instant, puis fit signe à Terry de le suivre, la mine profondément contrariée. Lorsqu'il frappa à la porte du bureau, Law mit un peu plus de temps à lui répondre qu'à l'accoutumée. Ils ne tardèrent pas à comprendre pourquoi. Sir Kenyon se leva pour les saluer alors qu'ils entraient, non sans remarquer leur expression soucieuse.

— Woodland, Williams, sourit Frederick. Que puis-je faire pour vous ?

Don hésita un instant, coulant un bref regard en direction de Kenyon. Il devait être au courant pour Charlie, bien entendu, mais il craignait de le mettre en colère en affichant ouvertement son soutien envers son ami.

— C'est à propos de Charles, dit-il finalement. Terrence devait le rejoindre pour un cours, mais on lui a indiqué qu'il avait changé de professeur.

— Sans vous consulter ? s'étonna Frederick à l'adresse de Terry.

Le garçon secoua la tête. Law et Kenyon échangèrent un regard perplexe. De son côté, Terry n'eut aucun mal à comprendre qu'eux non plus n'avaient pas été avertis. Il toussota un peu, embarrassé, et Don lui adressa un signe de tête encourageant.

— Il a été renvoyé, dit-il à voix basse. Le professeur qui doit le remplacer prétend qu'il ne travaille plus avec le Museum non plus.

Il crut que Frederick allait s'étrangler sur place. Kenyon lui-même se retourna vers lui, l'air consterné, puis chercha le regard de Don.

— Qu'est-ce que cela signifie ? lâcha-t-il. C'est pourtant lui qui a trouvé la carte, m'avez-vous dit ?

— En effet, grimaça Woodland. C'est aussi lui qui a daté le médaillon et qui a réalisé les croquis que nous vous avons envoyés.

Vous ne le saviez donc pas non plus, ajouta-t-il à l'adresse de Frederick.

— Évidemment que non ! protesta le vieil homme. Je ne l'aurais pas approuvé ! Le doyen l'a bien convoqué il y a deux ou trois jours, mais je n'ai plus pensé à lui demander ce qu'il en était...

Il tendit la main vers le téléphone qui trônait à l'autre bout du bureau et y resta accroché quelques instants, répétant le même numéro encore et encore. Il finit par raccrocher avec un soupir exaspéré et secoua la tête.

— Soit il n'est pas chez lui, dit-il, soit il n'a aucune envie de répondre. Woodland, si vous pouviez être assez aimable pour lui rendre visite... Je vais voir ce que je peux faire.

— Bien entendu, répondit Don. Merci, Frederick.

Comme à son habitude, le professeur agita un peu la main vers lui pour écarter les remerciements, et fit signe à Terry de se joindre à eux. Puisque le jeune homme n'avait de toute évidence pas la moindre intention d'écouter un autre professeur que Charlie, il pouvait tout aussi bien rester là et faire le récit de son arrivée à Alexandrette à Sir Kenyon.

Don ne put s'empêcher de pester contre Charlie en découvrant la pluie battante qu'il allait devoir affronter jusque chez lui. Alors qu'il traversait la rue au pas de course, il songea qu'il lui aurait été facile de faire demi-tour et d'attendre que les éléments se calment avant de se mettre en route. Mais même attendre un taxi lui semblerait trop long. Frederick avait parlé de deux ou trois jours, et Charlie ne leur avait rien dit du tout, même alors qu'ils s'étaient réunis chez les Grey la veille pour mettre au point le discours qu'ils dérouleraient au British Museum. À présent qu'il y pensait, Woodland se maudissait de n'avoir pas immédiatement réalisé à quel point il avait l'air fatigué. Lorsque Katherine lui avait demandé s'il allait bien, Charlie avait seulement prétendu que le contrecoup du voyage l'avait vidé de son énergie.

— Espèce de crétin, marmonna Don en montant les escaliers de l'immeuble. Tu aurais pu nous le dire, tout de même, tu aurais pu dire quelque chose à Terry...

Il s'immobilisa sur le palier, stupéfait. La porte de l'appartement était grande ouverte, suffisamment pour qu'il puisse constater deux choses : les lieux avaient été vidés, et le propriétaire attendait visiblement quelqu'un d'autre.

— Bonjour, salua-t-il avec méfiance. Vous cherchez quelque chose ?

— Je cherche quelqu'un, répliqua Don. Charles Dawson.

— Il n'habite plus ici, répondit aussitôt l'homme. Il m'a rendu les clefs hier soir.

— *Hier soir ?*

Woodland ne parvenait pas à le croire. Etait-ce avant ou après être arrivé chez les Grey ? Il passa une main sur son visage, consterné, et l'autre lui adressa un sourire contrit.

— Je ne sais pas où il est allé, dit-il. Il m'a dit qu'il essayait de trouver autre chose. Êtes-vous allé demander à l'université ?

— Il est apparemment *persona non grata* à l'université, répliqua Don. Tout comme ici, je suppose.

Il fit volte-face et se précipita à nouveau dans la rue, oubliant tout à fait la pluie qui traversait ses vêtements. Même la voiture avait disparu. Il pinça les lèvres en parcourant la rue du regard. Personne n'était chez Frederick pour lui ouvrir, et il doutait sérieusement que Charlie ait pu penser à venir frapper chez lui. Ne restaient plus que les Grey, qui n'auraient jamais refusé de le laisser entrer. Woodland se remit en route, le cœur battant à tout rompre. Il lui suffisait de chercher la voiture sur le chemin, songea-t-il. S'il la trouvait, alors Charlie ne serait plus très loin.

Il cherchait encore et tournait dans la rue qui menait à chez lui lorsqu'il manqua de trébucher, partagé entre le soulagement et la stupéfaction. Charlie était là, assis sur le perron de l'immeuble, sa valise posée près de lui et trempé jusqu'aux os. Il releva la tête en l'entendant approcher et esquissa un sourire hésitant.

— Je croyais que tu étais encore là-bas, dit-il. Frederick t'a laissé partir plus tôt ?

— Frederick m'a envoyé te chercher, espèce d'idiot, répondit Don en fouillant ses poches à la recherche de sa clef. Lève-toi, il faut te mettre au sec. Où est ta voiture ?

Charlie désigna vaguement une rue adjacente, et Woodland émit un léger grognement.

— Tu aurais pu m'attendre là-bas, dit-il en s'écartant pour le laisser entrer. Tu vas attraper la mort !

— Tu ne mettras pas longtemps à me suivre, dans ce cas, répondit Charlie.

Il souriait toujours alors qu'ils montaient l'escalier, puis lorsqu'il se retourna vers Don qui fermait la porte de l'appartement.

— Je ne te dérange pas longtemps, dit-il. Je voulais seulement te parler de ce que nous allons dire demain.

— Et ensuite ? objecta Don.

Le sourire de Charlie s'estompa un peu et il secoua la tête, l'air confus.

— Ensuite ? répéta-t-il.

— Une fois que tu seras parti, insista Woodland. Qu'as-tu l'intention de faire, exactement ?

Dawson ne répondit pas. Il aurait fait un très bon acteur, songea Don. S'il n'avait pas vu l'appartement vide quelques minutes plus tôt, il aurait pu croire qu'il s'était fait des idées.

— Tu devais donner cours à Terry, aujourd'hui, dit-il doucement. Mais il est venu me voir en me disant que quelqu'un d'autre avait pris ta place, et comme tu ne répondais pas au téléphone, Frederick m'a demandé d'aller voir ce qui se passait.

Le sourire disparut tout à fait du visage de Charlie. Il baissa lentement les yeux sur sa valise et parut regretter de l'avoir amenée. Don fit quelques pas prudents vers lui et tendit la main pour la poser sur ton épaule.

— Je suis allé chez toi, poursuivit-il. Où as-tu dormi, hier soir ?

— Dans la voiture, répondit Dawson d'une voix hachée. Je ne voulais pas gaspiller de l'argent avec une chambre d'hôtel.

Il frissonnait dans ses vêtements trempés, la main serrée à se faire mal sur la poignée de sa valise. Il sentit Don l'attirer contre lui et se laissa enfin aller à pleurer.

CHAPITRE 46

— Tu aurais dû nous le dire, lança Don par-dessus son épaule. Dès que tu l'as su, tu aurais dû venir nous voir !

— Je sais, soupira Charlie, appuyé contre le montant de la porte. Mais je me suis dit que la présentation de demain était plus urgente.

— Tu es un crétin. Tu serais arrivé au musée avec une mine de déterré, tout le monde l'aurait vu et tu aurais dû t'expliquer tôt ou tard. Bon sang, Charlie, tu n'aurais quand même pas passé trois jours entiers dans ta voiture ?

Dawson haussa les épaules, avec un indifférence qu'il ne ressentait pas. Le temps se réchauffait doucement en Angleterre, mais cela n'avait pas suffi pour qu'il ne se réveille pas frigorifié et les muscles douloureux après trois heures de sommeil. Don se retourna vers lui et poussa un profond soupir. Il secoua la tête et pointa la baignoire fumante, tout juste remplie :

— Allez, saute là-dedans, dit-il. Et prends des vêtements secs dans l'armoire, tu gouttes sur mon parquet.

Charlie sursauta à ces mots et secoua la tête, stupéfait.

— Je pensais que ce bain était pour toi, protesta-t-il.

— C'est le cas, répondit Don avec un sourire. Je passerai après toi.

— Pas question. C'est toi qui a traversé la moitié de la ville pour me mettre la main dessus. Tu n'as certainement pas besoin d'un bain froid.

Don arqua un sourcil et fit quelques pas vers lui, les mains profondément enfoncées dans ses poches.

— Tu as passé la nuit dans une voiture et tu es aussi trempé que moi, objecta-t-il.

— Eh bien, j'irai, répliqua Charlie. Une fois que tu auras terminé.

— Dans ce cas, c'est toi qui subiras l'eau froide.

— Elle ne pourra pas être plus froide que cette pluie. Pendant que tu es là-dedans, puis-je te proposer une tasse de café ?

Don laissa échapper un soupir et secoua la tête, un sourire luttant pour apparaître sur ses lèvres. Charlie s'éloignait déjà vers la cuisine, sans un regard en arrière. Woodland s'avança pour refermer la porte et ne put retenir un bref coup d'œil dans le couloir alors qu'il disparaissait.

— C'est censé être mon travail, lança-t-il. Tu es mon invité !

— Je te suis imposé, rectifia Charlie depuis l'autre pièce. Alors autant me rendre aussi agréable que possible.

— Tu es intenable.

— Je t'avais prévenu !

Don referma la porte et sourit tout à fait, amusé malgré son inquiétude. Tant que Charlie se trouvait là, il pourrait faire en sorte que personne ne vienne rendre sa situation plus difficile qu'elle ne l'était déjà. Il s'enfonça dans son bain avec satisfaction et renversa la tête en arrière. Il n'avait pas reparlé à Dawson du moment où Williams avait été sur le point de le tuer. L'unique fois où il s'y était risqué, peu avant leur départ pour Alexandrie, le jeune homme avait évité ses questions et avait fini par se réfugier auprès des Grey, sans rien lui cacher de son irritation. Woodland songeait pourtant qu'il faudrait aborder le sujet tôt ou tard, avant que les souvenirs qui tournoyaient dans son esprit ne le rendent complètement fou. Il ne parvenait pas à se sortir de la tête le moment où Williams l'avait empoigné, et le sentiment terrifiant qui l'avait saisi lorsqu'il avait tendu la main pour le retenir sans y parvenir...

— Le café est chaud, lança Charlie de l'autre côté de la porte. Où dois-je le mettre pour qu'il le reste jusqu'à ce que tu sortes ?

Don se redressa un peu, encore à moitié perdu dans ses pensées.

— J'arrive, répondit-il. Laisse-moi une minute pour me rhabiller.

— Tu n'es resté là-dedans que quelques minutes ! protesta Charlie.

— J'avais seulement besoin de me réchauffer. Vois le bon côté des choses, l'eau est encore chaude.

Lorsqu'il émergea de la salle de bains, Dawson se tenait à l'entrée de la cuisine et posait sur lui un regard moitié consterné, moitié amusé, une tasse de café fumant déjà à la main. Ses vêtements et ses cheveux trempés formaient un contraste saisissant avec son apparente nonchalance.

— Et tu prétends que c'est moi qui suis intenable, remarqua-t-il en passant devant lui.

— Reste dans ce bain pendant des heures si tu le souhaites, répondit Don avec un sourire. Nous avons le temps jusqu'à demain.

— Tu surestimes ma capacité à rester assis sans rien faire.

Woodland lui répondit par un léger rire et s'éloigna à son tour alors que Charlie refermait la porte. Le café était une chose, mais s'il l'avait pu, il lui aurait préparé un véritable banquet. Dawson n'était arrivé chez les Grey que pour avaler quelques pâtisseries, et il doutait qu'il ait seulement pensé à manger après avoir été jeté dehors. Alors qu'il se penchait pour remplir sa tasse, son regard se posa sur le gramophone qui trônait dans un coin de la pièce, resté presque complètement silencieux depuis la fin de la guerre. Lorsque Don lui avait parlé de cet achat, Frederick s'était empressé de lui remettre quelques disques dont il ne voulait plus. Marianne, l'amie française qui avait semblé tant irriter Charlie, lui en avait envoyé d'autres, avant qu'il ne craigne de crouler sous les enregistrements inutiles et la supplie de trouver autre chose. C'était un miracle que les hommes de Keyes ne l'aient pas détruit. À présent, il songeait qu'il était peut-être temps de le remettre en marche.

— On m'a envoyé un peu de musique, lança-t-il par-dessus son épaule. Cela t'ennuie si j'y jette un œil ?

— Tu es chez toi, Don, répondit Charlie depuis la salle de bains. Tu pourrais décider de te lancer dans un solo de claquettes que je n'aurais rien à redire.

— Ce serait assez tentant, si je n'avais pas peur de passer à travers le plancher.

Il mit un moment à se rappeler comment se servir du gramophone, entre la manivelle qu'il craignait de casser et l'aiguille qu'il n'avait pas changée depuis des années. Charlie émergeait de la salle de bains alors que quelques notes de violon s'envolaient finalement dans l'appartement. Charlie resta appuyé contre le montant de la porte, sa tasse vide à la main, et arqua un sourcil en écoutant les mots qui tournoyaient dans la pièce. *So if it's raining have no regrets, because it isn't raining rain you know, it's raining violets...*

— Essaies-tu de me dire quelque chose ? interrogea-t-il en se laissant tomber sur le sofa.

— Je n'ai pas fait attention à ce que j'attrapais, répondit Don. Mais je dois avouer que celle-ci tombe plutôt bien, ajouta-t-il en jetant un regard par la fenêtre.

Il resta là quelques secondes, à contempler cette pluie d'avril qui semblait ne plus vouloir s'arrêter. Il s'efforçait de ne pas penser à Charlie, pelotonné sur le fauteuil dans des vêtements qu'il savait trop grands pour lui. Il se retourna pourtant vers lui en l'entendant se servir une deuxième tasse et ne put s'en empêcher. Lorsque Dawson releva les yeux, Don le fixait du regard avec stupeur, comme s'il avait soudain oublié sa présence.

— Eh bien ? s'inquiéta Charlie. Je te ressers, peut-être ?

— Ça ira, bredouilla Don. Prends tout le reste si tu veux.

Dawson émit un léger rire :

— As-tu prévu de rester debout toute la nuit ? Frederick risque de nous en vouloir.

— Il y a bien un livre que j'avais prévu de finir, mais tu n'es pas tenu de lire par-dessus mon épaule.

Charlie sourit plus largement, alors même que Don retenait une grimace à sa tentative d'humour. Il se savait plus large que lui, mais il n'avait jamais mesuré à quel point avant de le voir là, sa chemise lui tombant sur les cuisses et les pieds à moitié cachés par le bas de son pantalon. Lorsqu'il s'assit près de lui, Woodland ne put que remarquer le regard qu'il posait sur lui – le même, se souvenait-il, que lorsqu'ils avaient discuté sur le bateau vers

Antioche. C'était à croire qu'il ne lui faisait pas tout à fait confiance. Don trouva aussitôt l'idée révoltante.

— Je ne vais pas te dévorer, dit-il.

— Je sais, répondit aussitôt Charlie. Je suis seulement... un peu nerveux. Tu avoueras que j'ai connu des jours meilleurs.

Don tendit la main pour presser doucement son épaule et la retira aussitôt. Dawson avait sursauté sous ses doigts, sans parvenir à retenir son geste. Il resta immobile un instant, le regard plongé dans sa tasse et les doigts pianotant doucement au rythme de la musique, puis poussa un profond soupir.

— Il faut que je trouve une chambre d'hôtel, dit-il.

— Mon humble demeure ne te plaît pas ? objecta Don.

— À moins que tu aies soudain investi l'appartement de ton voisin, il me semble que tu n'as qu'une chambre.

— Eh bien, je m'installerai sur le canapé. Il est très confortable.

Charlie se retourna vers lui, les sourcils froncés, et secoua la tête.

— Pas question, dit-il. Je n'ai pas l'intention de…

Des coups à la porte l'interrompirent en plein élan. Don arqua un sourcil, sans montrer la moindre intention de se lever pour ouvrir. Les deux hommes attendirent un instant, et d'autres coups résonnèrent dans l'appartement, un peu plus fort. Woodland poussa un profond soupir et désigna le gramophone d'un mouvement de la tête.

— Je n'aurais peut-être pas dû l'allumer, dit-il. Je reviens.

Il se leva et les violons se turent, avant qu'il ne traverse la pièce à grands pas. Charlie contempla la cafetière un instant, songeant à se resservir avant qu'un autre visiteur ne vienne se joindre à eux…

— Bonsoir, bredouilla un homme à la porte. Pardonnez-moi, je reviens de l'université et le professeur Law m'a dit qu'il était peut-être ici... Je cherche Charles Dawson.

L'intéressé se redressa un peu plus, les sourcils froncés. Il connaissait cette voix, il le savait, mais son esprit refusait de remettre un visage dessus. Ce ne fut que lorsque Don réapparut à l'entrée du salon, les traits soucieux, que le jeune homme réalisa qui demandait à le voir.

— Va te faire foutre ! s'écria-t-il alors que le visiteur émergeait derrière Woodland.

— Charles... commença l'homme.

Dawson bondit presque hors du canapé et le coup partit avant que l'autre ait pu s'écarter. Don écarquilla les yeux, stupéfait, mais ne prononça pas un mot. Il savait à quel point Katherine pouvait être sanguine, et son coup de colère contre Keyes avait déjà été impressionnant... Mais voir Charlie céder à la fureur avait quelque chose d'effrayant.

— Tu avais promis de brûler ces lettres, siffla Dawson.

L'homme prit une lente inspiration et hocha la tête.

— Je sais, dit-il. Keyes a insisté pour les prendre. Il disait que ce serait une garantie de sécurité si tu décidais d'utiliser les miennes contre moi.

— Moi, je les ai détruites dès que tu me l'as demandé ! s'écria Charlie. À quoi pensais-tu ?

— Il m'avait promis de ne pas les utiliser.

— Et, bien entendu, tu l'as cru ?

L'homme fronça les sourcils.

— Pourquoi ne l'aurais-je pas fait ? répondit-il. Si le professeur Law te faisait une promesse pareille, tu lui ferais confiance, n'est-ce pas ?

Charlie le contempla avec consternation, et Don ne put retenir un hoquet, moitié outré, moitié amusé par la question. Ils avaient rechigné à faire confiance à Frederick lorsqu'ils avaient trouvé le médaillon. Il n'était certes pas Charlie, mais il devinait que ce dernier n'aurait pas accédé si facilement à la requête du professeur s'il avait été à la place de cet homme-là.

— Non, lâcha Dawson. Tu peux croire que je te mens, grand bien te fasse, insista-t-il alors que l'autre allait protester. Mais si j'étais venu te voir pour te supplier de les brûler, tu peux être certain que je les aurais fait disparaître aussi.

— Écoute... bredouilla l'homme. Je comprends bien que j'ai fait une erreur monumentale en le laissant publier ces lettres...

— Cela, j'y compte bien, cracha Charlie. On m'a jeté dehors, bon sang !

L'homme se pétrifia à ces mots, les yeux écarquillés. Son regard parcourut un instant l'appartement, comme s'il venait de réaliser que Dawson n'y était pas chez lui.

— Vraiment ? balbutia-t-il.

— Bien sûr, vraiment, rétorqua Charlie. Je n'ai plus de travail non plus. L'université m'a renvoyé. Tu peux être fier de toi.

— Je ne pouvais pas savoir ! protesta l'homme malgré son horreur. Charlie chéri…

La main de Dawson gifla à nouveau, arrachant un sursaut à Don.

— Appelle-moi comme ça encore une fois, et je te fais passer par la fenêtre, asséna-t-il. Qu'est-ce que tu veux ?

L'homme se massa la joue quelques secondes, abasourdi. Puis, il tira un morceau de papier froissé de sa poche et le tendit à Charlie, la main tremblante.

— C'est une lettre de Keyes, expliqua-t-il alors que Dawson le dépliait avec méfiance. Il m'a invité à votre présentation à Londres, et il m'assure qu'il y sera aussi. Il dit qu'il a quelque chose qui pourrait faire capoter toute votre expédition, et que nous pourrions la récupérer avec d'autres de ses étudiants. Je pensais que tu devais être mis au courant.

Charlie arqua un sourcil en parcourant la lettre, sans paraître alarmé le moins du monde. Il n'avait jamais cru que Keyes resterait tranquillement chez lui pendant qu'ils présenteraient leurs travaux. Frederick lui-même s'était inquiété à ce sujet – il craignait que le papyrologue ne profite de la situation de Dawson pour rallier d'autres chercheurs à sa cause et décrédibiliser leur travail et celui d'Ahmet et Nashwa. Pourtant, un sourire amusé étira soudain les lèvres de Dawson et il tendit le papier à Don, posant un regard féroce sur l'homme qui attendait devant lui.

— Merci, James, dit-il. Tu peux retourner voir Keyes et lui dire qu'il n'a rien du tout contre nous. Qu'il ait pris le médaillon n'y change rien, tout le monde sait que c'est Katherine Grey qui l'a trouvé.

Don releva les yeux vers lui, comprenant soudain d'où venait ce sourire. Keyes s'était enfui avec ce qu'Ozhan ne cessait d'appeler son *merveilleux faux*, sans doute persuadé d'avoir arraché un élément crucial à leur équipe. Or, le véritable bijou se trouvait bien à l'abri au British Museum, attendant d'être à nouveau révélé au grand jour le lendemain.

— Je n'ai plus de contact direct avec lui, répondit James en se tordant un peu les mains. À vrai dire, je ne sais pas pourquoi il m'a envoyé ça. Je n'ai pas l'intention de prendre part à son petit jeu.

— À d'autres, marmonna Charlie.

— C'est la vérité ! insista l'homme. Sa publication m'a éclaboussé aussi, figure-toi. Il y a mon nom dans tes lettres.

Il marqua une pause et poussa un profond soupir.

— Ma femme veut divorcer, précisa-t-il. Elle pense qu'elle ne peut plus rester avec moi maintenant qu'elle sait ce que j'ai fait, et que je serai une mauvaise influence pour les enfants.

— Si tu avais brûlé ces lettres, elle n'en aurait jamais rien su, répliqua Charlie.

— Je sais. Je regrette de ne pas l'avoir fait. Charles…

Il parut hésiter un instant et jeta un coup d'oeil en direction de Don, puis se pencha vers Dawson pour lui murmurer quelque chose. Woodland vit successivement l'incompréhension, la stupeur et la colère passer sur le visage de Charlie alors qu'il parlait, jusqu'à ce que ce dernier ne repousse James avec violence.

— Tu iras te faire foutre ! s'écria Dawson, les poings serrés. Et certainement pas par moi !

— Charles, s'il te plaît…

— Dehors !

James recula d'un pas, les mains levées à hauteur d'épaules pour se protéger si Charlie frappait encore. Don s'approcha aussitôt pour le raccompagner, le cœur battant à tout rompre. Il ignorait ce que l'homme lui avait dit, mais il espérait ne jamais mettre Dawson en rogne de cette manière. Il esquissa un sourire hésitant à l'adresse de James et s'apprêta à refermer la porte, mais ce dernier le retint du bout du pied.

— S'il accepte de vous écouter, murmura-t-il. Dites-lui que je vis toujours au même endroit et qu'il peut venir me voir s'il change d'avis. Ma femme a décidé de déménager chez sa soeur avec les enfants.

— Avec tout mon respect, monsieur, je ne crois pas qu'il changera d'avis, répliqua Don. Bonsoir.

Lorsqu'il revint dans le salon, Charlie était à nouveau recroquevillé sur le canapé, les bras croisés sur la poitrine et les paupières étroitement closes. Don resta immobile à la porte, ne sachant trop comment se comporter. Il songeait qu'il aurait dû demander son nom au visiteur avant de le laisser entrer, mais il savait qu'il ne l'aurait pas reconnu de toute manière. Dawson ne leur avait jamais parlé en détails de l'étudiant de Keyes avec qui ce dernier l'avait surpris, même après la publication des lettres... Et Don n'avait jamais ressenti la moindre curiosité quant au contenu de ces dernières. Finalement, il s'approcha de la table et se pencha pour remplir à nouveau la tasse de Charlie.

— Je suis désolé, dit-il. J'aurais dû lui dire que tu n'étais pas là.

— Tu ne pouvais pas savoir, soupira Dawson. C'est moi qui ai réagi comme un idiot. Bon sang, j'aurais peut-être dû le jeter par la fenêtre, tout compte fait.

— Que t'a-t-il dit ?

Dawson rouvrit les yeux et esquissa un faible sourire en voyant la tasse que Don lui tendait. Il avala quelques gorgées de café en silence, tandis que son compagnon reprenait sa place près de lui, puis prit une grande inspiration.

— Il m'a dit qu'une fois divorcé, il n'aurait plus à se soucier de l'exemple qu'il donnerait à ses enfants, expliqua-t-il. Et que, puisque nos réputations sont toutes les deux ruinées, nous pourrions peut-être... reprendre où nous nous étions arrêtés.

Don sursauta à ces mots, indigné. Il ne protesta pas, pourtant, et se contenta d'observer Charlie avec attention :

— Est-ce que c'est ce que tu souhaites ? voulut-il savoir.

— Plutôt mourir, répliqua Dawson. Je me vois mal faire comme si de rien n'était alors qu'il a brisé une promesse qu'il m'avait faite. C'est seulement... Je ne m'attendais pas à ce qu'il me propose une chose pareille. Ni à ce qu'il s'imagine que j'accepterais.

Don hocha la tête, pensif. Il parut sur le point de dire quelque chose, puis se ravisa, une drôle d'expression sur le visage. Alors qu'il vidait sa tasse, Charlie songeait qu'il avait l'air plus troublé par l'incident qu'il n'aurait dû.

— Bien, souffla Woodland. Puisque Keyes sera là demain avec ses élèves, nous devrions sans doute... prendre un peu de repos. Autant aller nous coucher avant que Frederick ne décide de venir frapper à la porte.

Charlie faillit s'étrangler avec son café, interloqué, et jeta un regard à sa montre. Il n'était pas sept heures, et le soleil jetait encore quelques rayons à l'horizon, en dépit de la pluie qui battait toujours les fenêtres.

— Il t'impressionne tant que cela ? s'inquiéta-t-il.

Don tourna vers lui un regard surpris.

— Charlie, ce type a failli te faire tuer, dit-il. Il a enlevé Terry, et il n'a pas hésité à tirer sur Lysander. Bien sûr qu'il m'impressionne.

— Je doute qu'il essaie de nous assassiner en plein Londres, objecta Dawson.

— Quand bien même. Tu sais qu'il tentera quelque chose contre nous. Je... préfère être aussi alerte que possible quand il le fera. Plus qu'à Alexandrette.

Charlie pinça les lèvres et se pencha pour reposer sa tasse. Don fit un mouvement pour se lever, mais son compagnon suivit son geste et le força soudain à se rasseoir, un doigt enfoncé dans sa poitrine.

— Tu n'aurais rien pu faire, dit-il fermement. Williams est une brute qui t'aurait frappé jusqu'à te briser le crâne si tu avais tenté de t'interposer. Tu n'es pas responsable de ce qu'il a fait.

— J'ai risqué ma vie pour sauver Lysander, protesta Don. Tu crois sincèrement que je n'aurais pas fait la même chose pour toi ?

Charlie secoua la tête.

— Je crois que je ne l'aurais pas pardonné si tu l'avais fait, répondit-il. Ni à toi, ni à moi. Williams n'a pas fait de mal à Katherine à cause du bébé. Avec toi, il n'aurait pas hésité.

Il resta là un instant, penché sur lui, et Don crut voir des larmes briller dans ses yeux. Il tendit prudemment une main vers lui, mais Charlie s'écarta soudain, l'air à nouveau épuisé par tout ce qui arrivait autour de lui. Woodland se leva à son tour et rajusta maladroitement sa chemise, le regard fuyant. Sa raison lui ordonnait de s'éloigner, de le laisser respirer un peu. Pourtant, ses jambes refusaient d'obéir. Dès qu'il saurait que son céramologue avait été jeté dehors, songeait-il, Frederick s'empresserait de signer un chèque monumental et de lui trouver un nouvel appartement. Charlie protesterait d'abord, puis finirait par accepter, faute d'autre solution... Il l'entendit soupirer et fit quelques pas vers la chambre, hésitant. Il était presque parvenu à la porte lorsqu'il s'immobilisa, comme incapable d'aller plus loin.

— Est-ce que tu as encore mal ? s'inquiéta-t-il. Là où il t'a frappé ?

Charlie mit quelques secondes à répondre.

— Non, dit-il. Il paraît que j'avais une côte fêlée, mais je vais mieux.

— Excellent.

Don fut près de lui en un instant. Il perçut à peine le cri que poussa Charlie lorsqu'il passa un bras autour de sa taille, aussitôt étouffé par ses lèvres sur les siennes. Son baiser ne dura qu'une seconde, et pourtant son cœur cognait contre sa poitrine comme s'il venait de se battre pour sa vie. Lorsqu'il s'écarta, Charlie clignait des yeux dans l'obscurité de plus en plus épaisse, comme s'il le regardait pour la première fois de sa vie.

— Désolé, souffla Don.

Charlie fronça les sourcils alors que Woodland reculait encore, sans parvenir à contrôler le tremblement de ses mains. Peut-être avait-il commis une monumentale erreur. Peut-être qu'il ne le lui pardonnerait pas... Dawson releva les yeux vers lui, et il devina un fin sourire sur ses traits, malgré le peu de lumière.

— Qu'est-ce que tu viens de faire, exactement ? interrogea-t-il.

Don arqua un sourcil. Il ignorait s'il y avait une quelconque menace derrière cette question.

— Je... croyais que c'était assez clair, répondit-il.

— C'est que je n'ai pas très bien saisi.

Le sourire de Charlie s'élargit encore alors qu'il faisait quelques pas pour le rejoindre. Lorsqu'il fut à portée de main, il prit doucement les poignets de Don pour le ramener vers lui, déjà dressé sur la pointe des pieds :

— Recommence.

CHAPITRE 47

Tu ne devrais pas, avait dit Hisham. *Cela te fera du mal. N'y vas pas.*

Bien entendu, il avait refusé de l'écouter. Hisham avait eu raison sur bien des choses, et Ozhan le bénissait pour avoir insisté chaque fois qu'il prétendait le contraire. Cette fois, pourtant, le marin était persuadé qu'il avait tort. Il avait vu Frederick se jeter devant Lysander. Il l'avait vu se lever à plusieurs reprises malgré les recommandations du médecin, simplement pour s'assurer que ses protégés n'avaient besoin de rien. Plus encore, Ozhan l'avait écouté parler - ce qu'il avait refusé de faire près de quinze ans plus tôt. Ce qu'il avait entendu l'avait convaincu que les choses avaient une chance de changer à Oxford. Hisham restait certain qu'il se faisait des idées. Ozhan était prêt à prendre le risque.

L'air frais du matin pénétrait sans peine la petite salle du Museum. Personne d'autre que lui ne s'était déplacé si tôt pour admirer les vitrines pleines à craquer de vestiges plus variés les uns que les autres. Ozhan ne tarda pas à repérer deux vases formidables dans l'une d'entre elles, séparés des autres comme s'ils étaient dotés d'une puissance propre. Le cartel attribuait leur découverte au professeur Frederick Law, lors de fouilles récentes à Alexandrie. Ozhan ne put retenir un froncement de sourcils. Le nom de ses quatre étudiants n'était mentionné nulle part.

Un bruit soudain sur le parquet le fit relever la tête. L'espace d'un instant, il fut pris d'une panique insensée en découvrant la silhouette qui se tenait sur le seuil. Et puis, un sourire étira ses lèvres et il adressa un bref signe de tête à Lysander, alors que ce dernier hésitait à entrer.

— Je pensais être seul, dit le marin.

— Je le pensais aussi, répondit Grey en s'approchant de lui. Je croyais que personne n'aurait l'idée saugrenue de venir se cacher ici en un jour aussi important.

Ozhan rit doucement et se retourna vers les vases. Lysander suivit son regard et laissa échapper un soupir résigné en lisant le cartel à son tour.

— Nous ferons modifier ceci, dit-il. Frederick m'a promis de faire son possible pour mentionner nos noms dans ses derniers rapports de fouilles.

— Son possible ? répéta Ozhan, dubitatif.

— Je sais que c'est difficile à croire. Mais... Il me semble que ses remords sont sincères. Je veux croire qu'ils le sont.

Le marin l'observa un instant en silence. Le linguiste avait les traits creusés, ses yeux avaient l'éclat de l'eau cachée derrière la brume, et ses doigts pianotaient sur le pommeau de sa canne comme s'ils avaient voulu s'enfuir. Il le cachait merveilleusement bien, sous une façade de sérieux et de fatigue, mais Ozhan connaissait assez cette expression pour la reconnaître même sur le visage d'un autre. Lysander était terrifié.

— Il en attend beaucoup de vous, dit-il avec douceur. N'est-ce pas ?

Grey acquiesça, les lèvres pincées.

— Cela n'a rien de nouveau, répondit-il. Depuis qu'il a accepté de diriger ma thèse, il ne m'a jamais caché qu'il plaçait de grands espoirs dans mes travaux. Je suppose que prendre sa place implique de se montrer à la hauteur.

— Vous a-t-il déjà félicité pour votre travail ?

Lysander arqua un sourcil. Ozhan attendait sa réponse avec une tristesse presque palpable, la déception donnant à sa voix une inflexion que le linguiste n'avait encore jamais entendue.

— Quelques fois, oui, admit-il. Il est avare de compliments, vous le savez, mais c'est arrivé. Ne vous a-t-il jamais rien dit à ce sujet ?

Ozhan secoua la tête.

— Je savais qu'il en attendait plus de moi que de n'importe quel autre, murmura-t-il. Je savais aussi qu'il encensait mon travail auprès de ses collègues. Devant moi, en revanche, il ne disait jamais rien. Je ne voyais sa satisfaction que dans son regard. Je crois qu'il a toujours parlé plus ouvertement avec ses yeux qu'avec sa bouche.

Il soupira et laissa son regard errer entre les vitrines, comme s'il cherchait à voir quelque chose de plus entre les amphores, les bijoux et les monnaies d'un autre temps. Il se revoyait lui-même, arrachant ces artefacts à la terre pour les envoyer dans ces mêmes boîtes en verre, fier de savoir que le monde les découvrirait un peu grâce à lui - quand bien même son nom ne serait mentionné nulle part.

— Vous avez fabriqué ce faux médaillon, souffla soudain Lysander. Pourquoi ?

— Parce que votre guide et sa femme me l'avaient demandé.

— Je l'ignorais. Pour être honnête, je croyais que vous aviez agi par désir de vengeance.

Ozhan émit un petit rire et se retourna vers lui :

— Vengeance ? répéta-t-il. Envers Frederick ? Hisham ne me l'aurait pas pardonné. C'est à peine s'il me permettait de penser à lui.

Lysander inclina légèrement la tête sur le côté, dans un geste qu'il avait emprunté à Law lui-même, Ozhan en était sûr.

— Alors, pourquoi ? insista-t-il. Pour un peu d'argent ? Ahmet et Nashwa ne sont certes pas pauvres, mais je doute qu'ils aient de quoi se payer des bijoux en or de cette qualité, et encore moins les services d'un faussaire et d'un voleur.

— Vous êtes dur, répliqua Ozhan. Je leur ai offert une partie de mes services, c'est vrai. Mais Hisham et moi n'agissons pas par simple amour de l'argent, et nous sommes plus que des faussaires ou des voleurs. À vrai dire, nous ne volons rien du tout. Nous rendons.

— Je ne vous suis pas.

— Vous n'essayez pas. Vous connaissez Ahmet Ibrahim. Vous devriez comprendre.

Lysander soutint son regard quelques secondes, puis serra à nouveau les lèvres et se détourna. Il sembla à Ozhan que la lumière désertait ses yeux de plus en plus.

— Je comprends chacun des arguments d'Ahmet, souffla-t-il. En revanche, j'ignore si je pourrais lui pardonner si cela devait mettre fin à notre carrière aujourd'hui. Je sais, insista-t-il alors qu'Ozhan ouvrait la bouche pour parler. Il y a des Anglais qui profanent des sépultures, qui pillent les trésors des morts pour leur propre profit, qui privent les Égyptiens de leur histoire, et peut-être bien que j'en fais partie. Mais ne comprenez-vous pas, vous plus que quiconque, que nous n'avons pas le choix ?

— Nous avons toujours le choix, répondit doucement Ozhan. Voulez-vous donc vivre éternellement avec la peur de les voir vous rejeter pour seul moteur ? Ne sont-ils pas vos collègues et égaux ? Ou bien ne verrai-je que des bourreaux dans cet amphithéâtre ?

— Cette fois, monsieur Arat, c'est vous qui n'essayez pas.

Le marin posa la main sur celle du linguiste, et Lysander sursauta à ce contact empreint d'une chaleur qu'il n'attendait pas.

— Au contraire, docteur Grey, murmura Ozhan. Je me souviens. Il n'y avait rien que je souhaitais plus que les satisfaire. Je ne demandais pas grand chose, un encouragement, une poignée de main, *quelque chose* qui me montrerait qu'ils étaient contents de moi et qu'ils me voyaient autrement que comme un étranger. J'ai cru que remplir ces vitrines me donnerait ce que je voulais. J'ai suivi Frederick jusqu'au Pacifique seulement pour leur prouver que j'étais digne de son attention, qu'il ne perdait pas son temps avec moi.

Lysander tressaillit à ces mots. Arat avait, sans le vouloir, resserré ses doigts autour des siens, créant entre eux une sorte de lien silencieux qu'eux seuls pouvaient comprendre.

— Lorsque j'ai réalisé que nous ne trouverions rien, reprit le marin, j'ai essayé de lui parler. Je pensais qu'il m'estimait suffisamment pour prendre mon avis en compte. La première fois, il a refusé de m'écouter, et j'ai mis cela sur le compte de la frustration et de la fatigue. J'ai recommencé le lendemain. Et le surlendemain. Il m'envoyait au diable à chaque fois. Finalement, je lui ai annoncé que je rentrais en Angleterre. *Faites donc cela,* m'a-t-il dit. *Que je ne vous trouve plus dans mes pattes.*

— Il était hors de lui, devina Lysander.

— Et plus encore. Je suis rentré à Oxford avec l'impression d'avoir gâché toutes ces années de travail. J'étais mortifié, je croyais n'avoir plus aucun avenir. Le lendemain même de mon retour, Keyes est venu frapper à ma porte pour me demander ce que nous avions trouvé. Je lui ai dit la vérité, et je l'ai presque supplié d'écrire à Frederick pour l'inciter à revenir aussi. Il ne m'a pas cru. Il pensait que je lui cachais quelque trésor extraordinaire sur lequel nous avions mis la main, et il réclamait une part du butin en échange des efforts qu'il avait fournis pour que Frederick obtienne un financement.

Une ombre haineuse passa sur le visage d'Ozhan alors qu'il parlait, le regard perdus dans des souvenirs encore trop frais dans son esprit :

— Il a tiré, dit-il à voix basse. Il a juré que c'était un accident, mais je vous assure que ce n'en était pas un. J'ai essayé de l'expliquer à Frederick, quand il est venu me trouver. Je lui ai tout raconté alors que j'arrivais à peine à respirer sans gémir de douleur, *bon sang*, j'avais failli mourir ! Mais, une fois de plus, il n'a pas écouté. Il a préféré aider Keyes à faire taire la presse. Il l'a cru, lui, quand il est venu pleurer dans ses bras en prétendant s'être emporté et regretter, mais il ne m'a pas cru, moi, quand je lui ai dit que ce salaud ne cherchait que l'or et la renommée. Alors, j'ai annoncé que je rentrais à Antalya et que je n'en bougerais plus. Pas pour lui. Alors seulement il a réalisé ce qu'il avait fait. Il m'a supplié de ne pas jeter ma carrière au feu, il m'a promis de trouver d'autres professeurs si je ne voulais plus travailler avec lui, mais il tenait à ce que je reste.

— Mais vous aviez déjà pris votre décision, n'est-ce pas ?

Ozhan hocha la tête.

— Je m'en suis terriblement voulu, soupira-t-il. Quand j'ai rencontré Hisham, j'en étais encore à me dire que je n'étais bon à rien et que j'avais détruit toutes mes chances d'être quelqu'un de bien en me séparant de Frederick. Je ne sais pas ce que j'aurais fait sans lui. C'est lui qui m'a montré que je ne lui devais rien. C'est lui aussi qui m'a rappelé qu'il y avait d'autres moyens de protéger l'Histoire que de l'enfermer dans une cage en verre... Et que les très respectables messieurs d'Oxford ne sont pas les seuls à y avoir droit.

Il retira sa main de celle de Lysander, et ce dernier trouva aussitôt la pièce trop froide à son goût. Sur ce point au moins, Keyes avait eu raison : ils s'étaient tous les deux laissés emporter par l'attrait qu'une babiole en or avait eu sur leur mentor, et la nécessité implacable de satisfaire leurs pairs avait sans doute été plus forte que toutes les considérations éthiques du monde. Pourtant, le linguiste ne parvenait pas à se débarrasser de l'idée que c'était Katherine qui avait trouvé le médaillon, et que le voir remplacé par un faux que quelqu'un découvrirait un jour lui était insupportable.

— Que ferez-vous, alors ? voulut-il savoir. Ahmet et Nashwa seront présents dans l'amphithéâtre. Comptez-vous leur donner ce pour quoi ils vous ont payé ?

Ozhan parut réfléchir un instant, puis un sourire réapparut sur ses lèvres et il secoua la tête.

— Non, répondit-il, à la grande surprise de Lysander. J'ai promis à Terry de ne pas procéder à l'échange si vous étiez suffisamment convaincants. Nous sommes semblables, docteur Grey... À ceci près que *vous* avez une carrière à laquelle vous tenez. Je crois que vous ferez des merveilles lors de vos prochaines fouilles, et que le musée du Caire vous en sera infiniment reconnaissant.

— Vous placez de grands espoirs en moi, monsieur Arat, sourit Lysander.

Ozhan acquiesça et sourit plus largement alors que d'autres pas résonnaient à travers le Museum. Un instant encore et ils entendaient la voix de Frederick appeler Lysander dans l'une des salles. Le linguiste serra brièvement la main du marin avant de s'éloigner, le pas aussi rapide que sa jambe encore raidie par l'expédition le lui permettait.

— Une chose encore, docteur Grey, le retint Ozhan.

Lysander lui jeta un regard interrogateur par-dessus son épaule, et Arat lui désigna la porte d'un léger mouvement du menton :

— Vous avez le droit de lui être reconnaissant, dit-il. Mais souvenez-vous que vous êtes brillant par vous-même. Pas à travers lui.

Lysander lui rendit son sourire et hocha doucement la tête, ses yeux retrouvant peu à peu l'éclat qui leur revenait :

— Permettez-moi de vous retourner votre conseil. Je crois, monsieur Arat, que vous êtes quelqu'un de formidable et que l'Histoire vous doit beaucoup.

*

Après la fin de la guerre, Charlie se souvenait avoir passé des jours entiers au lit. La seule idée de retourner en cours le rendait malade, et la manière dont les noms de leurs collègues tombés au combat avaient été égrenés lorsqu'il s'y était risqué l'avait convaincu de s'enfermer chez lui et de ne plus bouger. C'était le retour de Don et Lysander qui l'avait accidentellement contraint à revenir aussi. Les deux hommes avaient tenu à parler à Frederick avant de remettre les pieds dans l'amphithéâtre, ne sachant que trop bien la manière dont il les presserait de questions en voyant leurs blessures. Le vieil homme avait failli faire une attaque en comprenant que la canne de Grey ne répondait à aucune mode du moment, puis en découvrant l'état des mains de Woodland... Et puis, l'angoisse l'avait saisi lorsqu'il avait réalisé que Charlie n'était nulle part en vue. Katherine lui avait assuré que le jeune homme était en parfaite santé, et qu'il hésitait seulement à poursuivre ses études, mais Frederick n'avait pas paru l'entendre de cette oreille. Il les avait plantés là, tous les trois dans son bureau vide, et était allé lui-même tirer Dawson du lit, sans rien écouter de ses protestations, jusqu'à ce qu'il accepte de le suivre jusqu'à l'université et d'*essayer* de se reconstruire une carrière.

À présent, Charlie songeait que tout aurait été bien plus facile si Don avait été avec lui. Les rayons du soleil avaient fini par percer à travers les nuages pour le tirer du sommeil, et il avait été vaguement surpris de sentir encore les bras de Woodland autour de lui. Ce dernier ne bougea pas alors que Dawson émergeait tant bien que mal, puis le jeune homme le sentit se redresser pour déposer un baiser sur son épaule.

— Quelle heure est-il ? marmonna-t-il en remuant les jambes pour écarter les draps entortillés autour d'elles.

— Aucune idée, répondit Charlie. Pas l'heure de prendre le train, en tout cas.

— Comment le sais-tu ?

— Le soleil est trop bas.

Don émit un petit rire contre lui, et Charlie leva un bras pour guider ses lèvres jusqu'aux siennes. Il n'avait pas la moindre envie de se rendre à Londres, ni pour présenter le tombeau, ni pour affronter Keyes, mais savoir Woodland près de lui paraissait rendre les choses à peu près supportables. Quoi qu'il puisse se passer au Museum, songeait-il, il y aurait au moins *cela* que personne ne pourrait lui prendre.

— Je n'ai pas pensé à préparer mes notes, articula Don. Frederick va m'en vouloir.

— Frederick est bien le cadet de mes soucis, répliqua Charlie. Keyes a sûrement prévu quelque chose avec son médaillon, et ce sera un vrai miracle si nous parvenons à nous faire entendre au-dessus de lui.

Don fronça les sourcils et se redressa sur un coude pour mieux le voir.

— Son médaillon est un faux, rappela-t-il. Ozhan sera là pour l'expliquer. Je ne garantis pas qu'on l'écoutera, mais il a été un élève de Frederick, il a au moins un peu d'expertise. Et puis, Sir Kenyon a eu l'air contrarié d'apprendre que l'université t'avait remercié.

— Vraiment ? s'étonna Dawson. Je pensais qu'il s'intéressait surtout à Katherine.

— C'est le cas. Mais cela ne l'empêche pas de se souvenir que c'est toi qui a compris à quoi servait le médaillon.

Charlie hocha vaguement la tête, trop surpris pour répondre. Il avait à peine parlé à Kenyon, avant de repartir pour Alexandrie, et il s'était persuadé que ce dernier ne lui avait pas prêté la moindre attention. Don ouvrit la bouche pour ajouter quelque chose, mais des coups à la porte d'entrée les pétrifièrent tous les deux.

— Woodland, appela la voix de Frederick de l'autre côté de l'appartement. Avez-vous oublié de vous réveiller ?

Don leva les yeux au ciel.

— Je viens vous ouvrir, lança-t-il. Laissez-moi une minute.

Il fit un mouvement pour se lever et Charlie le retint aussitôt, les yeux écarquillés. Don le fixa un instant sans comprendre ce qui l'alarmait, puis dut retenir un juron sonore. Il n'avait pas pensé à appeler Law la veille, et Dawson n'avait averti personne de ce qui lui était arrivé. Le professeur ne s'attendrait sans doute pas à les trouver ensemble, et encore moins dans le même lit.

— Reste là, souffla Don en se penchant pour ramasser son pantalon. Je le rassure sur ton compte, il expédie son thé et je le jette dehors.

Charlie acquiesça en silence. La nuit avait été à la fois empressée et maladroite. Ils n'étaient pas restés dans le salon assez longtemps pour le saccager, mais il croyait se souvenir que sa chemise avait atterri quelque part près du canapé, et son propre pantalon n'était nulle part en vue – sans parler de son manteau accroché près de la porte, que Frederick pourrait difficilement manquer au moment de partir... Don s'éloigna au pas de course et Charlie se pencha prudemment au-dessus du matelas, en quête de ses vêtements.

— Frederick, salua Woodland dans l'autre pièce. Lysander... Comment va Katherine ?

— Assez bien pour prendre le train avec nous, répondit Grey avec chaleur. Ahmet et Nashwa sont restés avec elle ce matin.

— Avez-vous eu des nouvelles de Dawson ? interrogea vivement Frederick.

Il n'avait pas achevé sa question que Don voyait les yeux de Lysander s'agrandir presque imperceptiblement, et ses lèvres se serrer comme s'il retenait un éclat de rire. Il n'eut qu'à faire quelques pas dans le salon pour comprendre ce qui retenait son attention : la chemise abandonnée en travers de la table qui ne laissait aucun doute sur la manière dont elle avait atterri là. Les deux hommes échangèrent un bref regard et Lysander étouffa aussitôt son rire derrière une quinte de toux.

— Il va bien, dit Woodland alors que Frederick haussait un sourcil dans sa direction. Il a... On l'a jeté dehors.

— Comment donc ? protesta Frederick. Depuis quand ?

— Avant-hier. Il a dormi dans sa voiture.

Law écarquilla les yeux, la moustache frémissante d'indignation.

— Et hier ? voulut-il savoir. Avez-vous réussi à lui mettre la main dessus ?

Don s'efforça de ne pas regarder Lysander. Le linguiste peinait de plus en plus à rester impassible, et il croyait entendre Charlie s'agiter dans la chambre.

— Il attendait devant la porte, avoua Don. Je l'ai fait entrer et...

Il s'interrompit net alors que Frederick se retournait vers la porte d'entrée. Le manteau de Charlie avait laissé une flaque sur le parquet, qui n'avait pas réussi à disparaître au cours de la nuit. Le professeur arqua un sourcil, et son regard tomba enfin sur la chemise abandonnée alors qu'il se retournait vers son élève.

— Ah, dit-il. Je vois.

Il s'avança vers la chambre et Don fit un mouvement pour le retenir, mais le vieil homme s'arrêta à quelques pas de la porte, un sourire satisfait aux lèvres.

— Dawson, appela-t-il. Dois-je vous rappeler ce qui est arrivé la dernière fois que j'ai dû vous sortir du lit ?

— Je suis debout ! protesta aussitôt Charlie.

Lysander pouffa de rire et Don lui enfonça aussitôt son coude dans les côtes, sans pouvoir retenir son propre sourire. Frederick se retourna vers lui et inclina la tête en direction de la chambre :

— Il était temps, déclara-t-il. Cela devenait presque douloureux à regarder.

— *Frederick* ! protesta Charlie.

Lysander n'y tint plus et éclata franchement de rire, tandis que Don allait ramasser la chemise pour la jeter à Charlie.

— Tu es de bonne humeur, ce matin, lança-t-il à l'adresse de Grey. C'est Londres qui te met dans cet état ?

Le linguiste secoua la tête en se laissant tomber sur le canapé, sa canne appuyée contre sa cuisse.

— Sir Kenyon a dit à Frederick que Keyes avait insisté pour venir, indiqua-t-il. Cela ne me réjouit pas tellement, mais Katherine a vu le médecin hier, alors Keyes est bien la dernière chose à laquelle j'ai envie de penser. Tout se passe très bien, précisa-t-il alors que Don l'interrogeait du regard. Et Nashwa nous a donné quelques... conseils au cas où la naissance serait difficile. Evelyn nous a dit qu'elle serait là aussi en cas de besoin.

Charlie émergea de la chambre à son tour, les mains levées pour tenter de discipliner ses mèches ébouriffées, et adressa un bref signe de tête à Lysander.

— Keyes prétend pouvoir utiliser le médaillon contre nous, dit-il. Nous ignorons comment il compte s'y prendre.

— En présentant ses propres conclusions, mon garçon, grimaça Frederick. Le Museum a avancé notre intervention pour laisser un peu de place à la sienne. Kenyon n'est pas particulièrement ravi, mais nous espérons qu'entendre les arguments des deux parties convaincra tout le monde que *vous* valez mieux que *lui*.

Charlie se décomposa aussitôt. Son regard passa de Law à Lysander, comme pour chercher la confirmation du linguiste, puis il secoua la tête. S'imaginer Keyes debout sur l'estrade avec eux, dans le seul but de leur prendre le fruit de leur travail... Cela le rendait malade. Sans compter les dizaines de personnes qui seraient là pour les écouter – des chercheurs, de simples curieux, des connaisseurs en tous genres, qui seraient prêts à croire le *Daily Telegraph*, mais pas les jeunes gens alignés devant eux lorsqu'ils accuseraient Keyes de les avoir menacés de mort...

— Dawson ? s'inquiéta Frederick. Asseyez-vous, vous êtes très pâle...

— Je ne peux pas, balbutia Charlie. Je suis désolé, professeur, je ne peux pas y aller. Je n'y arriverai pas, pas devant lui. Vous pourriez présenter mes conclusions à ma place ?

— Il faudra que je donne votre nom malgré tout, répondit doucement Frederick. Ne seront-elles pas mieux accueillies si vous vous en chargez vous-même ?

— Non. Personne ne me croira... Personne ne *voudra* me croire si Keyes est là pour me contredire. Cela ne mènera à rien.

— Tu pourras te défendre en personne, objecta Don en l'attirant jusqu'au canapé.

— Je n'y arriverai pas ! insista Charlie. Je vais rester tétanisé, je vais bégayer, il comprendra que j'ai peur de lui et tout le monde y verra le signe que c'est lui qui a raison.

Don et Lysander échangèrent un regard. Jusqu'à présent, Dawson avait refusé d'admettre que Keyes l'effrayait. La menace du pistolet de Williams braqué sur lui n'avait rien arrangé. Woodland se crispa en songeant que le papyrologue n'avait sans doute pas la moindre idée des dégâts qu'il avait faits. Il s'exhiberait au Museum avec sa suffisance habituelle et frapperait encore et encore, sans se soucier des conséquences. Don s'assit près de Charlie et lui pressa doucement l'épaule.

— Viens au moins avec nous, dit-il. Tu n'es pas obligé de parler, mais il verra que tu ne te caches pas.

— Katherine n'a pas l'intention de dire quoi que ce soit non plus, approuva Lysander. Mais elle tient à être là pour argumenter si elle y est obligée. Frederick prendra tes notes, et tu répondras aux questions les plus pointues si tu t'en sens capable.

Frederick acquiesça alors que Charlie les dévisageait tour à tour avec un air dubitatif. Le silence parut s'étirer à l'infini alors qu'il réfléchissait. Deux mois auparavant, il aurait bondi sur l'occasion de tenir tête à Keyes, mais la tâche lui paraissait à présent trop risquée pour lui. Cet homme lui avait arraché sa carrière et le toit qu'il avait sur la tête. Il avait menacé de lui ôter la vie. Qui savait quel tour sournois il avait encore dans sa manche ?

La main de Don sur son épaule lui assurait pourtant que tout irait bien. Peut-être Frederick avait-il raison. Peut-être Keyes finirait-il par s'empêtrer dans des conclusions qui n'étaient pas les siennes – et alors, la vérité éclaterait au grand jour. Cela ne lui rendrait ni son appartement, ni son poste, mais sa réputation serait sans doute un peu moins catastrophique après cela.

— Très bien, soupira-t-il en faisant mine de ne pas voir le soulagement qui se peignait sur les traits de Frederick. Je viens. Mais ne vous attendez pas à ce que j'adresse la parole à cet enfoiré.

CHAPITRE 48

Il avait manqué de faire demi-tour en voyant la foule qui s'était entassée dans la salle de conférences du Museum, et il savait que Katherine l'aurait suivi sans hésiter s'il s'était décidé à le faire. Kenyon avait eu la splendide idée de les faire entrer par la porte du fond, les forçant à remonter une mer de regards intrigués avant de prendre leurs places au premier rang. Il fallait admettre qu'ils avaient de quoi attirer l'œil. La grossesse de Katherine était devenue bien plus visible que lorsqu'ils avaient quitté Alexandrette, Ahmet, Ozhan et Naswha avaient catégoriquement refusé d'abandonner voile et turbans, et Evelyn les accompagnait toute de noir vêtue, inclinant la tête aux condoléances murmurées sur son passage. Lord Carnarvon avait succombé à une maladie venue de nulle part à peine trois semaines plus tôt, et il se murmurait déjà que la faute incombait à l'imprudent Carter qui avait osé troubler le repos du pharaon.

— Je n'en crois pas un mot, avait-elle répondu lorsque Frederick l'avait interrogée à ce sujet. Il est tombé malade, et c'était une malheureuse coïncidence, voilà tout.

Le professeur s'était bien gardé de donner son opinion. À présent, la jeune femme était assise aux côtés de Katherine, une main dans la sienne, tandis qu'Ahmet et Nashwa dévoilaient les découvertes qu'ils avaient faites dans la bibliothèque :

— ... retrouvé un certain nombre de corps, indiquait Ahmet. Laissant supposer que les premières hypothèses du professeur Law étaient justes : le bâtiment a été inondé par le bas et a brûlé par le haut. La disposition des restes humains laisse entendre que c'est l'inondation qui a d'abord poussé les personnes présentes à fuir, et que le feu a été déclenché peu de temps ensuite. Les retardataires, pris entre les deux catastrophes, ont pour certains tenté de se barricader ou de sortir par le jardin et ont péri noyés.

— Peu de matériel a survécu au temps et aux crues successives, enchaîna Nashwa. Toutefois, la traduction de certaines tablettes d'argile, bien que le texte soit incomplet, a permis de mettre en évidence l'existence d'un corps particulier de somatophylaques. Il apparaît que les diadoques, après la mort d'Alexandre le Grand, se sont mis d'accord sur la création d'un groupe extrêmement réduit de soldats, chargés de la protection du Sôma et reconnaissables entre eux à l'aide d'une clef ou d'une sorte d'énigme, particulièrement efficace au moment de déplacer la momie du roi jusqu'à son lieu de repos définitif.

Il y eut un bref échange de regards entre Katherine, Lysander et Frederick. Là où tous s'étaient accordés pour parler du Sèma – le tombeau – Nashwa avait choisi de parler du Sôma – le corps –, et ce simple mot avait fait naître dans la salle des murmures qui n'avaient plus rien à voir avec les moqueries qui fusaient un instant plus tôt sur ses vêtements ou son accent. Cherchait-elle à contredire Frederick et son équipe ?

— Ptolémée semble être à l'origine de la création de ce groupe, reprit la jeune femme, un sourire dans la voix. S'il n'était pas le seul à en détenir le contrôle, cette tablette et d'autres indiquent qu'il était, comme ses successeurs, le plus écouté. Dans tous les cas, l'idée d'une énigme repose ici sur la tradition égyptienne de la prophétie, ainsi que sur une vision extrêmement méfiante envers Alexandrie d'Égypte à l'époque où le corps a été créé.

Quelques exclamations étouffées s'élevèrent alors que certains comprenaient où elle voulait en venir.

— Nous supposons donc, dit Nashwa, que cette tablette fait référence au médaillon trouvé par le docteur Katherine Grey dans la cave de la bibliothèque. L'inscription aurait permis à ces gardes du corps d'un autre genre d'acheminer la momie d'Alexandre jusqu'au lieu choisi par les diadoques, sans prendre le risque de recevoir d'ordres contradictoires ou de laisser un autre qu'eux approcher le char funéraire, évitant ainsi un nouveau détournement du convoi. Par conséquent, le texte viendrait alors confirmer les suppositions de monsieur Charles Dawson sur l'utilisation de ce médaillon comme outil de reconnaissance, à plusieurs niveaux.

Charlie retint un sursaut, et sentit aussitôt la main de Don effleurer la sienne. Il n'était que trop conscient de la présence de Keyes, quelques sièges plus loin. James avait pris place près de lui, malgré ce qu'il avait affirmé la veille, séparant le papyrologue du doyen. Si Dawson décidait de monter sur l'estrade, leur trio serait pile face à lui. Ahmet et Nashwa laissèrent la place à Frederick, suivi de Don, Lysander et Ozhan. Ce dernier adressa un regard vaguement amusé à l'assemblée alors que quelques doigts se tendaient vers son turban, plus volumineux que celui d'Ahmet. Lorsque Frederick le présenta, des cris fusèrent et le doyen se retourna vivement vers Keyes, abasourdi. Ce dernier leva les yeux au ciel et se pencha vers son collègue, forçant James à s'écraser contre le dossier de son siège.

— Deux antichambres et une chambre funéraire, déclara soudain Frederick, faisant taire toutes les conversations. Voilà ce que Richard Pococke aurait pu décrire il y a moins de deux siècles, si les marécages syriens lui avaient joué un mauvais tour. Au cours de son périple dans les terres ottomanes, il a néanmoins pu apercevoir les restes d'un formidable arc de triomphe, d'un escalier, d'une muraille. Les colonnes de Jonas, affirmait-il, ou un monument à la gloire d'Alexandre bâti à la limite d'Alexandrie près d'Issos. Mais puisque la nature a préféré Charles Dawson à Richard Pococke le moment venu, c'est à nous qu'il revient de décrire le Sèma.

— Il veut me faire tuer, souffla Charlie.

— Nashwa et lui essaient de convaincre ces gens que c'est toi qui a trouvé le tombeau, répondit Katherine.

— Nous l'avons trouvé ensemble.

— Nous ne serions arrivés à rien sans toi.

James tourna soudain la tête vers eux, et Charlie fit mine d'écouter très attentivement Lysander alors qu'il expliquait le raisonnement qui les avait menés aux ruines de l'arc de triomphe. Il avait le net sentiment d'être tombé tête la première dans un piège grossier. Lorsque les premières questions seraient posées, il serait forcé de se lever pour y répondre, et Keyes saisirait l'occasion de l'humilier un peu plus.

— Le sarcophage d'or a ainsi été remplacé par un autre, en albâtre translucide, qui a vraisemblablement pris une teinte orangée au fil du temps, indiqua Ozhan. L'humidité des marécages alentour a pu fragiliser à la fois le sarcophage et la momie, et nous n'avons donc pas pris le risque d'ouvrir le cercueil. Néanmoins, divers objets décrits dans les textes sont encore reconnaissables.

— Nous avons identifié une couronne d'or imitant des motifs végétaux déposée par Auguste alors qu'il poursuivait Antoine et Cléopâtre, approuva Don. Ainsi que des armes, et un bouclier endommagé par endroits qui pourrait avoir servi à Alexandre au cours d'une ou plusieurs batailles. Une tunique avait également été déposée sur le cercueil, peut-être par Caracalla lors de sa visite du tombeau. Par ailleurs, des dizaines de céramiques ont été ensevelies avec la momie et dans les antichambres, suggérant plusieurs dépôts successifs au cours de l'époque lagide. Cependant, le plus impressionnant reste la structure du char funéraire, amputée de ses roues, qui a été placée au-dessus du sarcophage comme un dais, nous permettant d'étudier quatre peintures rendant hommage à Alexandre, en plus des fresques présentes sur les murs de la tombe.

— Trop beau pour être vrai, souffla quelqu'un. Ils trouvent la bibliothèque complètement rasée, mais le tombeau est en parfait état ? Foutaises.

Evelyn se retourna aussitôt et l'homme qui avait parlé détourna le regard. Katherine se contenta de poser une main sur son bras pour le retenir. Ce n'était pas là que se trouvait le véritable danger. Keyes n'allait pas tarder à prendre la parole, et cela l'inquiétait plus qu'elle ne voulait bien le laisser paraître. Don sembla prendre tout son temps pour décrire l'une des fresques qui avait retenu son attention – Darius fuyant devant Alexandre à la bataille d'Issos, la même scène, disait-il, que celle retrouvée dans la Maison du Faune à Pompéi. Puis, Frederick autorisa l'assemblée à poser ses questions, et un silence épais tomba sur la salle. Le professeur haussa les sourcils et attendit quelques instants, faisant mine de ne pas voir le regard confus que Kenyon posait sur lui, puis fit un mouvement pour descendre de l'estrade...

— J'aimerais savoir pour quelle raison les fouilles de la bibliothèque ont dû être poursuivies par des ouvriers, alors que vous n'aviez reçu aucune autorisation pour aller dénicher le tombeau.

Frederick s'immobilisa et retint un profond soupir. Keyes souriait trop largement, l'air très content de lui-même, et son collègue le trouvait parfaitement ridicule en dépit de la balle qui lui avait percé le flanc. Lysander tourna vers lui un regard consterné et le professeur secoua doucement la tête. L'affronter directement ne les mènerait à rien.

— Des circonstances particulières nous ont poussés à quitter Alexandrie avant la date prévue, dit-il. Ahmet et Nashwa Ibrahim ont travaillé avec nous de nombreuses années et connaissent nos méthodes. Ils étaient donc plus que qualifiés pour poursuivre le chantier en notre absence.

— Vous vous êtes donc lancés bille en tête dans une nouvelle expédition, sans argent ni plan d'action, en raison de *circonstances particulières* ? insista Keyes.

Don coula un regard vers Charlie. Ce dernier semblait ne plus oser respirer, et Ahmet s'était penché vers lui pour lui murmurer quelque chose. De son côté, Ozhan conservait en apparence un calme olympien – mais Woodland ne pouvait ignorer la lueur de colère que Keyes avait allumée dans son regard.

— En effet, dit fermement Frederick. Cela dit, nous ne sommes pas partis sans argent. Que l'université soit rassurée, ce voyage a été financé sur mes deniers personnels. Quant à notre plan, si vous aviez écouté monsieur Arat plus attentivement, vous auriez su qu'il était très clair et basé sur la carte trouvée par Charles Dawson au centre du médaillon.

— Vous êtes soit un illuminé, soit un menteur de premier ordre, contra aussitôt Keyes. Il n'y a pas la moindre carte sur le médaillon.

Quelques voix s'élevèrent, les unes pour protester contre l'insulte, les autres pour presser Frederick de s'expliquer, toutes vibrantes d'indignation. Le professeur se contenta de sourire et de patienter un instant, le temps que la rumeur se taise, puis inclina la tête vers Keyes :

— Pas de carte, dites-vous, répéta-t-il. Comment diable l'auriez-vous su ?

Le papyrologue bondit de son siège pour brandir le bijou, le visage fendu d'un sourire triomphant alors que quelques cris de surprise accompagnaient son mouvement. Ozhan dut se retourner un instant pour étouffer un éclat de rire, alors que Don et Lysander échangeaient un regard amusé.

— J'ai moi-même étudié le médaillon, et cette bille de verre est aussi lisse que si elle avait été faite hier, déclara Keyes. Seule l'inscription donne une quelconque indication sur l'emplacement du tombeau, et nous avons déjà établi il y a plusieurs mois qu'elle était des plus vagues. Je m'étonne que vous en soyez réduits à mentir à cette assemblée pour justifier vos actes, par ailleurs parfaitement illégaux, s'il est encore nécessaire de le rappeler.

— Je vois, sourit Frederick. Néanmoins, je peux vous assurer qu'aucun de nous n'a menti à ce sujet. Voyez par vous-même.

Il fit quelques pas vers le bord de l'estrade, et Katherine se leva aussitôt pour lui tendre le vrai médaillon, à nouveau bien à l'abri dans sa boîte. Lorsque le professeur le tira de son écrin, la confusion remplaça la colère dans les conversations. Le visage de Keyes s'allongea de stupeur, tandis que son collègue lui tendait le bijou, de sorte que les deux médaillons puissent être comparés côte à côte.

— Vous en avez donc trouvé plusieurs ? s'étonna le doyen.

— Pas le moins du monde, répondit Don. Seulement, le professeur Keyes, dans son impatience et son empressement à nous contredire, a sans doute laissé passer divers éléments qui lui auraient épargné cette grossière erreur.

— Je n'ai pas fait d'erreur, répliqua aussitôt le papyrologue. Puisque c'est tout un corps de soldats qui existait, il doit bien y avoir plus d'un médaillon, n'est-ce pas ?

Charlie se retourna vers lui, le cœur battant à tout rompre. S'il s'en tenait à utiliser leurs propres théories contre eux, il parviendrait sans aucun doute possible à répandre la confusion parmi leurs collègues. Si le doute était permis, l'université choisirait peut-être d'envoyer Keyes à Alexandrette pour poursuivre les fouilles, et il récolterait le crédit de toutes les conclusions…

— Cet or-là est jaune, lança soudain Dawson.

Keyes se tut au beau milieu d'une tirade sur l'obstination de Law à vouloir mentir et tourna vers lui un regard qui tenait à la fois des feux de l'enfer et de la glace des pôles.

— N'est-ce pas précisément de cette couleur qu'il est censé être ? répondit-il d'une voix suave.

— Certainement pas, répondit sèchement Charlie. Et vous espériez enseigner à Terrence ? Laissez-moi rire.

Don écarquilla les yeux dans sa direction, stupéfait. Dawson se leva brusquement pour venir arracher les deux médaillons des mains de Keyes, le visage plus dur qu'il ne l'avait jamais été.

— Celui-là est en or, dit-il en levant la trouvaille de Katherine en direction de l'assemblée. Il reste du limon dans certains creux, le verre n'est pas aussi régulier, et l'éclat n'est pas aussi jaune que sur *celui-ci*.

Sous la lumière qui se déversait par les baies vitrées, la différence entre les deux bijoux devenait évidente. Keyes s'étouffait de rage, les poings serrés, et Don se tenait prêt à écarter Charlie de son chemin au cas où le vieil homme aurait décidé de le frapper au grand jour.

— L'autre est un faux, approuva Ozhan depuis l'estrade. Réalisé par mes soins à la demande d'un client dont je tairai le nom.

Son regard dévia pourtant brièvement vers Ahmet, et ce dernier lui répondit par un bref signe de tête. Si Frederick vit quoi que ce soit de cet échange, il n'en laissa rien paraître.

— Monsieur Dawson n'avait pas encore trouvé la carte au moment où cette commande m'a été transmise, reprit le marin. Et les photographies publiées dans les journaux n'étaient pas assez précises pour que mes associés et moi-même remarquions ce détail. Que le professeur Keyes veuille bien m'en excuser.

— C'est illégal ! s'égosilla l'intéressé alors que les conversations se faisaient de plus en plus fortes dans son dos. Vous n'avez aucun droit...

— Comment vous êtes-vous procuré ce faux, professeur ? l'interrompit soudain Kenyon.

Le papyrologue se tut, son visage virant peu à peu à un cramoisi peu seyant. Charlie profita de son inattention pour rejoindre Don sur l'estrade et lui confier le médaillon, ne se souvenant que trop bien du coup d'éclat qui avait eu lieu dans le tombeau. Quelques chercheurs s'étaient levés dans l'assemblée, à la fois pour mieux voir Keyes et pour le presser de questions. Ce dernier s'était mis à balbutier, incapable de trouver un mensonge crédible pour justifier son étude du médaillon.

— La présence de monsieur Keyes à Alexandrie a signifié le point de départ des *circonstances* dont je parlais, lança Frederick, coupant court aux protestations de plus en plus véhémentes.

— Sur votre invitation ! s'écria Keyes.

— Sur ma convocation, rectifia Law. Après que vous ayez, par deux fois, envoyé des mercenaires nous cambrioler et nous menacer de mort. Monsieur Arat peut témoigner de cette fâcheuse habitude que vous avez, de même que le docteur Grey, que vous avez fort heureusement raté à Alexandrette...

Des cris d'horreur l'interrompirent net tandis que tous les regards se tournaient vers Katherine. Keyes agita une main agacée en direction de ses collègues, les sourcils froncés :

— Non, non, pas celui-là, protesta-t-il.

— Willard ! s'écria le doyen, les yeux écarquillés.

Frederick esquissa un sourire tandis que Keyes se pétrifiait, réalisant soudain ce qu'il venait de dire.

— Ce médaillon a été volé, indiqua tranquillement le professeur. Arraché de la poche de Charles Dawson après qu'il ait été battu pour la troisième fois par l'un des mercenaires de monsieur Keyes, et juste avant qu'il soit menacé de mort sous nos yeux. Monsieur Arat ayant eu la présence d'esprit d'avertir la police avant de descendre dans le tombeau, Keyes a pris peur et a tenté d'assassiner Lysander Grey avant de prendre la fuite avec ses hommes. C'est moi qui ai pris la balle, Willard, ajouta-t-il d'un ton pensif. Dieu merci, rien de vital n'a été touché.

— Pour l'amour de Dieu, bredouilla le doyen, affolé. Willard ? Est-ce vrai ?

Keyes ne répondit pas. Son regard était passé par-dessus l'épaule de Frederick et considérait Charlie avec une attention malsaine, comme s'il cherchait à savoir comment il pourrait l'entraîner dans sa chute comme il l'avait promis. Kenyon se leva brusquement en captant ce regard et bondit presque sur l'estrade pour se placer entre le papyrologue et les élèves de Law, les lèvres serrées.

— Frederick, appela-t-il. Tout cela ne nous dit pas pourquoi vous avez décidé de quitter Alexandrie du jour au lendemain.

Les deux hommes échangèrent un regard de connivence, alors que Keyes paraissait au bord de la crise de nerfs. Kenyon savait déjà tout, Terry lui avait raconté son périple dans les moindres détails. Le garçon, perché au bord de son siège non loin de Katherine, se pencha un peu plus en avant pour écouter. À côté de lui, sa mère serrait sa jupe entre ses doigts pour les empêcher de trembler.

— Nous sommes partis à la poursuite de monsieur Keyes, répondit Frederick. Lorsque lui et son *associé* sont venus enlever Terrence Williams dans son lit pour le forcer à travailler pour eux. L'associé en question se trouve être nul autre que le père de monsieur Williams, le même homme qui a tenté d'assassiner Charles Dawson, sur la base de calomnies répandues par monsieur Keyes.

— Grands dieux, lâcha le doyen en passant une main sur son visage. Willard, vous avez fait renvoyer un homme…

— La décision que vous avez prise ne repose pas sur des mensonges, rétorqua aussitôt Keyes. Les lettres que j'ai publiées n'ont pas été modifiées, elles sont toutes de la main de Dawson, envoyées à monsieur Walters ici présent.

James s'agita un peu sur son siège, mal à l'aise, et Charlie le foudroya du regard.

— Le poste de monsieur Dawson est assuré au sein du Museum, répondit soudain Kenyon en inclinant la tête en direction du doyen. J'en prends l'entière responsabilité.

Charlie sursauta vivement à ces mots, et rencontra le sourire rassurant du vieil homme, alors que Keyes reculait vers l'allée centrale. Quelques hommes se levèrent aussitôt pour lui barrer la route, et Dawson vit quelqu'un courir vers la porte, encouragé par un petit groupe d'étudiants au fond de la salle. Lorsque les battants s'ouvrirent, Ozhan se fendit d'un large sourire et James leva une main par-dessus la foule, arrachant un cri consterné à Keyes. Sa propre surprise passée, Charlie trouva celle du papyrologue ridicule. Comment avait-il pu croire qu'il s'en tirerait après avoir tiré sur l'un de ses collègues ? En avertissant James et Frederick de sa présence au Museum ce jour-là, il leur avait laissé tout le temps d'alerter les policiers qui remontaient à présent l'assemblée jusqu'à lui et qui, au grand soulagement de Don et Charlie, ne prêtaient aucune attention au céramologue.

— Vous êtes une honte pour toute la profession, Frederick, cracha Keyes alors qu'on l'empoignait par les épaules. Vous, et votre équipe toute entière !

— Oh, c'est une habitude à prendre, répondit Law d'un ton tranquille. Vous vous y ferez. Quand vous sortirez de prison, nous vous réserverons une place de choix pour visiter le Sèma.

Si Keyes avait voulu ajouter quelque chose, les huées de ses collègues auraient tout à fait noyé ses paroles. Presque tous s'étaient levés pour le voir traîné jusqu'à la sortie. Frederick était remonté sur l'estrade pour se poster près de Kenyon, un sourire un peu contrit aux lèvres. Il ne pouvait nier qu'il avait un jour apprécié Keyes et ses conseils, et qu'il avait cru pouvoir lui faire confiance à nouveau en lui adressant Lysander... Mais savoir ses étudiants hors de portée de ses manigances le soulageait plus qu'il ne le laisserait paraître devant une salle pleine à craquer.

— Comptez-vous donc repartir pour Alexandrette avant la fin de la saison ? s'enquit Kenyon en se penchant vers lui.

Frederick arqua un sourcil et se retourna vers Lysander, interrogateur. Ce dernier lui répondit par un regard confus.

— Professeur, hésita-t-il. Ce n'est pas à moi de décider...

— Au contraire, Grey, l'interrompit doucement Frederick. Il reste encore quelques papiers à signer, mais c'est vous qui déciderez de ce qu'il convient de faire. Il est grand temps que je cesse de le faire à votre place, et que je prenne ma retraite.

EPILOGUE

Oxford, Angleterre, novembre 1926.

— Il n'aura pas fallu longtemps, marmonna Evelyn derrière son journal. Prends garde, Kitty, nous pourrions bien être les suivantes.

Katherine se pencha par-dessus son épaule pour lire l'article qui l'intéressait. *Décès suspect du professeur Frederick Law*, disait-il. *À peine un an après sa visite de la tombe KV62, l'un des plus éminents participants à la découverte du Sèma succombe à son tour à une maladie inconnue...*

— Il s'arracherait les cheveux s'il pouvait lire ça, soupira la jeune femme.

— Nous pouvons le faire pour lui, répondit Evelyn. En tout cas, Lysander n'y manquera pas...

Les deux femmes relevèrent les yeux du journal pour observer Grey, assis sur le tapis de la bibliothèque, sa jambe valide tendue devant lui pour permettre à son fils de s'y asseoir à califourchon. La peur panique qui l'avait saisi au moment de l'accouchement semblait bien loin, à présent. Katherine elle-même avait senti toutes ses résolutions l'abandonner le moment venu, terrassée par la douleur et le souvenir de la naissance d'Arthur. Elle se souvenait vaguement que Nashwa avait dû la gifler pour qu'elle reprenne ses esprits, assez longtemps pour comprendre que son amie lui ordonnait de s'accroupir en dépit des protestations du médecin. Gene Grey avait poussé ses premiers cris à peine une demi-heure plus tard, envoyant son père s'écrouler dans les bras de Frederick, et ne s'était plus arrêté pendant près d'une heure. Trois ans plus tard, il se montrait toujours aussi vigoureux.

— Que disent-ils ? voulut savoir Don, étendu sur le canapé en travers des genoux de Charlie.

— Que Frederick est la nouvelle victime de la malédiction de Toutankhamon, répondit Katherine. C'était prévisible, mais je suis tout de même surprise qu'ils aient osé.

— Bah, sourit Dawson. Il aurait sûrement fini par en rire. Ne plaisantait-il pas avec Carter à ce sujet ?

— C'est ce qu'ils m'ont dit, approuva Evelyn. Certains suggèrent même que c'est pour cela que je ne suis plus retournée en Égypte. Tout est bon pour justifier leurs théories, je suppose... Encore une fois.

Elle replia tout à fait le journal et esquissa un sourire alors que Sir Brograve Beauchamp les rejoignait à grands pas, leur petite Patricia accrochée à son cou. Elle s'entendrait très bien avec Gene, avait déclaré Evelyn, une fois qu'ils seraient en âge de tenir une conversation plus ou moins compréhensible des adultes. À tout juste un an, la fillette se contentait de couver son compagnon de jeu d'un regard curieux, ne s'éloignant jamais trop des jambes de son père, désignées comme abri de choix.

— J'aimerais partir avec vous, l'année prochaine, déclara soudain Charlie.

Don releva vers lui un regard surpris, tandis que Lysander se détournait tout à fait de son fils pour la première fois depuis qu'il s'était installé sur le tapis.

— Vraiment ? s'étonna-t-il.

Depuis que Kenyon lui avait offert un poste au département des antiquités grecques et romaines du Museum, Dawson n'avait plus pris part à aucune mission sur le terrain, hormis la première menée par Lysander à Alexandrette. Terry avait depuis acquis suffisamment d'expérience pour les accompagner régulièrement, Ozhan et Hisham avaient proposé leurs propres compétences à Grey – le second s'était révélé être un chimiste hors pair – et Ahmet et Nashwa travaillaient toujours en étroite collaboration avec eux, bien que responsables de leurs propres fouilles sur le sol égyptien. Charlie en avait été ravi, affirmant haut et fort que sa présence n'apporterait rien aux futurs chantiers et que ses talents serviraient bien plus au Museum. Jusqu'à présent, il n'avait pas manifesté la moindre intention de changer d'avis.

— Je ne suis pas contre un peu de travail en Grèce, répondit-il avec un haussement d'épaules. Tout ce que je te demande, c'est de ne pas me laisser brûler en plein soleil comme nous le faisions en Égypte.

— Tu auras droit à une heure par jour pour te baigner en remerciement, sourit Lysander. Katherine nous accompagnera aussi.

Il tendit la main pour ébouriffer les cheveux de Gene, et l'enfant laissa échapper un éclat de rire. Les Beauchamp avaient accepté de l'accueillir chez eux le temps des fouilles, puisqu'Evelyn avait considérablement réduit ses voyages depuis la mort de son père. Brograve s'approcha de sa femme pour lui parler, tandis que Don interrogeait Charlie du regard. Ce dernier se contenta de lui sourire d'un air entendu et de se pencher pour lui planter un baiser sur le front.

— Nous allons rentrer, déclara Evelyn en soulevant Patricia dans ses bras. Transmettez nos salutations à Sir Kenyon, ajouta-t-elle à l'adresse de Charlie.

— Je n'y manquerai pas, assura Dawson. Adressez les nôtres à monsieur Carter.

La jeune femme inclina la tête et Lysander se leva pour raccompagner le couple, laissant Gene courir vers sa mère pour jouer avec sa jupe. Katherine l'observa un instant en silence, un léger sourire aux lèvres, puis se retourna vers Don et Charlie.

— Vous restez dîner ? interrogea-t-elle avec espoir.

— Bien entendu, répondit doucement Woodland. Il paraît que Lysander s'est essayé au pudding et je suis curieux de voir ça.

Katherine sourit plus largement à ces mots. Leurs soirées n'étaient plus tout à fait les mêmes sans les gesticulations de Frederick, mais ils refusaient de les laisser tomber – le professeur les aurait sans doute sermonnés pendant des heures s'ils y avaient seulement pensé. La jeune femme prit la main de Gene et s'éloigna vers la cuisine, aussitôt poursuivie par Lysander. Don se redressa sur le canapé, posant un regard suspicieux sur Charlie.

— Tu ne m'avais pas parlé de ça, dit-il.

Dawson se leva, un sourire satisfait aux lèvres.

— Je n'y ai réfléchi que ce matin, répondit-il. Vous nous avez envoyé une dizaine d'urnes funéraires, et il se trouve que les décors sont... intriguants. J'aimerais voir votre chantier de mes yeux avant d'émettre des suppositions.

Don le rejoignit et passa les bras autour de sa taille, radieux. Terry était d'une excellente compagnie, mais Woodland devait bien avouer que les mois passés loin de Charlie devenaient plus difficiles de saison en saison.

— Cela me manquait de te voir travailler, déclara-t-il.

— Et moi donc, répondit Charlie avec un léger rire. Sir Kenyon pense que je devrais sortir des salles du musée de temps en temps.

Ils restèrent blottis l'un contre l'autre, à écouter les voix des Grey dans l'autre pièce. Charlie arborait un sourire énigmatique, les mains enfoncées au fond de ses poches alors que Don appuyait la tête contre son épaule.

— Crois-tu qu'il fait plus chaud en Inde qu'en Égypte ? interrogea-t-il soudain.

Woodland fronça les sourcils.

— Il y fait plus humide, en tout cas, répondit-il. Pourquoi cette question ?

— Simple curiosité.

Pourtant, le sourire de Dawson s'était élargi. Son regard s'était fixé sur l'un des vases que Lysander avait ajouté à sa collection, trônant au beau milieu d'une console près de la porte. Celui-là aussi soulèverait quelques questions, mais le céramologue avait déjà une petite idée de ce que les décors signifiaient. Tout ce qu'il espérait, c'était que personne n'essaierait de leur passer devant une nouvelle fois.

FIN

GLOSSAIRE

Alexandreias prend place dans un contexte académique de haut niveau, à une époque où l'archéologie connaît un développement et une médiatisation qui la rendent spectaculaire aux yeux du grand public, avec la découverte du tombeau de Toutankhamon en 1922 par Howard Carter.

Bien que de nombreux éléments aient été simplifiés par souci de clarté, ou occultés du fait de l'aspect fictionnel de ce roman, j'ai tenu à demeurer au plus proche des pratiques et du vocabulaire propres à cette discipline et celles qui l'accompagnent. Ainsi, voici un glossaire pour ceux parmi vous qui souhaiteraient en savoir plus.

Antigone le Borgne : Général de Philippe II de Macédoine, puis d'Alexandre le Grand. Proclamé roi d'Asie en 306 avant notre ère, il meurt cinq ans plus tard au cours de la bataille d'Ipsos, qui l'oppose à une coalition formée par trois autres diadoques.

Balsamaire : Récipient contenant des parfums ou des huiles, souvent utilisé lors de rites funéraires.

Callisthène : Historien grec ayant vécu au IVe siècle avant notre ère. Il accompagne Alexandre le Grand pendant sa campagne contre l'empire perse et fait le récit de ses exploits, inspirant plus tard le Roman d'Alexandre : une version légendaire des hauts faits de ce dernier, dont la plus ancienne a été rédigée aux alentours du IVe siècle.

Céramologie : Etude des objets en terre cuite produits à toutes les époques. Le céramologue s'intéresse aux formes, aux matériaux, aux décors et aux techniques de fabrication des céramiques, et son travail peut permettre à la fois de comprendre les sociétés du passé et de dater un site de fouilles.

Cœlé-Syrie : À l'époque hellénistique, désigne la Syrie intérieure, correspondant à l'est de la Syrie actuelle.

Diadoques : Nom donné aux généraux d'Alexandre le Grand. Ces derniers entrent en guerre les uns contre les autres pour le contrôle de l'empire, chacun en ayant reçu une partie à la mort du roi, entre 332 et 281 avant notre ère. Trois royaumes émergent des guerres des Diadoques : le royaume antigonide qui comprend la Macédoine et la Grèce, le royaume séleucide qui occupe un vaste territoire entre l'Anatolie et l'Indus, et le royaume lagide qui contrôle l'Égypte et la côte sud de la Turquie actuelle.

Dynastie lagide : Dynastie de rois et de pharaons descendant du général Ptolémée, qui reçoit le territoire égyptien après la mort d'Alexandre. Il s'agit de la dernière dynastie de pharaons, qui prend fin avec la défaite de Cléopâtre VII et Marc Antoine face à Octave Auguste en 31 avant notre ère.

Mouseîon : Littéralement, le « temple des Muses ». Bien qu'il n'existe pas un seul *mouseîon* dans le monde antique, celui d'Alexandrie, situé dans les quartiers royaux, est le plus célèbre : dédié aux Muses et à Sérapis, il comprenait notamment la mythique bibliothèque d'Alexandrie et constituait un centre culturel majeur pour le monde hellénistique.

Papyrologie : Discipline consistant à déchiffrer les documents grecs et latins de production égyptienne et à en exploiter les données. Les universitaires d'Oxford participent activement aux débuts de la papyrologie à la fin du XIXe siècle, et Sir Frederic George Kenyon fait partie de la première génération de papyrologues.

Perdiccas : L'un des généraux et gardes du corps d'Alexandre le Grand. Selon la tradition, il reçoit l'anneau du roi à la mort de ce dernier, sans qu'Alexandre le désigne officiellement comme son successeur. Il meurt assassiné par ses propres officiers après avoir échoué à traverser le Nil pour reprendre la dépouille d'Alexandre à Ptolémée.

Ptolémée : Surnommé Ptolémée Sôter, littéralement « le sauveur », il est l'un des gardes du corps d'Alexandre. Après la mort de ce dernier, il reçoit le contrôle du territoire égyptien. En 322 avant notre ère, il détourne le convoi funéraire, censé amener la dépouille royale en Macédoine depuis Babylone, pour l'installer à Memphis.

Rhakôtis : Traduit littéralement, signifie « le chantier ». Il s'agit du site originel d'Alexandrie, et probablement du nom que lui donnaient les Égyptiens avant l'arrivée d'Alexandre le Grand.

Séleucos : Surnommé Séleucos Nicator, le « vainqueur », il est l'un des principaux généraux d'Alexandre et un allié de Ptolémée après sa mort. Il fait également partie des officiers qui assassinent Perdiccas en 321 avant notre ère.

Sèma : Littéralement, signifie en grec ancien « le tombeau ». Dernière demeure égyptienne d'Alexandre le Grand. Son emplacement reste, aujourd'hui encore, un mystère.

REMERCIEMENTS

Aucun de mes projets de roman n'a été aussi long à aboutir qu'*Alexandreias*. Quatre ans de travail ont été nécessaires pour raconter l'histoire de Frederick Law et de ses étudiants, au cours desquels j'ai fait des rencontres formidables et vécu des expériences mémorables. Je regrette de ne pas pouvoir remercier individuellement chacune des personnes qui ont contribué de près ou de loin à l'aboutissement de cet ouvrage, mais il m'a fallu faire des choix et, ainsi que l'a dit un grand homme, « choisir, c'est renoncer ».

Merci à Romane, qui a vu la genèse de ce roman et m'a épaulée dans toutes les recherches faites pour lui donner vie.

Merci également à mes bêta-lecteurs Nessy, James, Luce et Laurène. Entre une mise en voix magistrale, des portraits sublimes des personnages et des corrections avisées, vous m'avez rendu plus de services que je n'en demandais, et je ne saurais jamais assez vous remercier. De manière plus générale encore, merci à mes amis de Châtelet-Les Halles pour m'avoir écoutée déblatérer pendant des mois à propos de ce projet.

Mon anecdote favorite à propos de ce roman est que la citation de la *Bibliothèque Historique* qui ouvre l'intégralité de l'ouvrage correspond en fait à la dernière phrase du cours qui, lors de ma première année à l'université, a piqué mon intérêt pour l'épopée d'Alexandre. Ainsi, merci, enfin et par-dessus tout, à mon professeur d'Histoire antique, monsieur David Dubar. *Alexandreias* n'existerait pas sans vous, sans votre passion pour Alexandre, sans votre dévotion à l'enseignement. Ce livre vous est dédié pour cela, et pour tout le reste.